长眠医生

[美] 斯蒂芬·金 著　于是 译

STEPHEN KING　DOCTOR SLEEP

人民文学出版社

著作权合同登记号：图字 01-2016-0871

图书在版编目(CIP)数据

长眠医生/(美)金著；于是译.—北京：
人民文学出版社，2016
(斯蒂芬·金作品系列)
ISBN 978-7-02-011648-5

Ⅰ.①长… Ⅱ.①金… ②于… Ⅲ.①长篇小说-美国-现代
Ⅳ.①712.45

中国版本图书馆 CIP 数据核字(2016)第 095736 号

出 品 人 黄育海
责任编辑 朱卫净 任 战
封面设计 陈 晔

出版发行 人民文学出版社
社 址 北京市朝内大街 166 号
邮政编码 100705
网 址 http://rw-cn.com

印 制 上海利丰雅高印刷有限公司
经 销 全国新华书店等

字 数 435 千字
开 本 890 毫米×1240 毫米 1/32
印 张 17.625
版 次 2016 年 6 月北京第一版
印 次 2016 年 6 月第一次印刷

书 号 978-7-02-011648-5
定 价 59.90 元

如有印装质量问题，请与本社图书销售中心调换。电话：01065233595

我在摇滚压仓货乐队[①]里担任节奏吉他手时，沃伦·泽方[②]也曾和我们同台演出。沃伦爱穿灰色T恤，爱看《蜘蛛王国》这类电影。演出后返场时，他坚持让我领唱他的经典名曲《伦敦狼人》。我说我担不起这个重任。他硬说我可以。沃伦对我说："用G大调，像真的一样死命号叫。顶顶重要的是，你要像基思那样去弹吉他。"

我的吉他绝对不可能弹得像基思·理查兹[③]那么棒，但我总是尽我所能；再加上沃伦在旁边，一个音符一个音符地配合我，笑得前俯后仰，我也总能玩到尽兴。

沃伦，这一嗓子是为你吼的，不管你在哪儿，好兄弟，我想念你。

---

① 摇滚压仓货乐队（Rock Bottom Remainders），美国畅销书作家摇滚乐队，每年会有一次巡回演出，斯蒂芬·金是常任节奏吉他手。

② 沃伦·泽方（Warren Zevon，1947—2003），美国著名摇滚明星。《伦敦狼人》是他一九七八年发表的名曲。

③ 基思·理查兹（Keith Richards，1943— ），著名英国摇滚明星，滚石乐队创始人之一，在《滚石杂志》的百位吉他手中名列第四。

我们站在转折点。折中妥协对我们没好处。

——《匿名戒酒互助会大书》

如果我们要活下去，必须免受愤怒的操控。这种靠不住的奢侈品是给普通人享用的。

——《匿名戒酒互助会大书》

目　录

序

恐惧的意思：全都给我去他妈的，然后逃跑。

——戒酒互助会的老谚语

密码箱

1

佐治亚州的花生农场主在白宫里做生意的那年[①]十二月二日，科罗拉多州最著名的度假酒店之一被大火夷为平地。据称，全景饭店损毁殆尽。吉卡里拉郡的消防局局长在严密调查后判定，起火原因是一座锅炉出了故障。事故发生时，宾馆正值冬季歇业关闭期，只有四人在场。三人幸存。因减压阀失灵，锅炉的蒸汽压力高至爆表，宾馆的冬季管理人约翰·托伦斯徒劳（但很英勇）地试图手工减压却因此丧命。

管理人的妻子和年幼的儿子侥幸生还。第三位幸存者是全景饭店的厨师理查德·哈洛兰，他已在佛罗里达开始季节性主厨工作，但因自称凭借“强烈的直觉”感到托伦斯一家有了麻烦，特意回来看望他们。两位幸存的成年人都在爆炸中身受重伤。只有孩子没有受伤。

至少，身体没有受伤。

2

温迪·托伦斯和幼子领受了全景饭店所属公司发放的抚恤金。温迪因有背伤而无法工作，抚恤金的金额不算很大，但足以让母子俩在那三年里衣食无忧。她咨询了律师，律师说，只要她态度强硬，决不松口，或许还能争取到一大笔钱，因为那家公司

① 指的是卡特总统执政的那段时间。

很怕闹上法庭。但她和那家公司一样，只想把可怕的科罗拉多之冬抛在脑后。她说，伤会痊愈，也确实康复了，但背伤的后遗症会折磨她到死。粉碎的椎骨、断裂的肋骨就算愈合了，隐痛也永远不会消止。

托伦斯家的温尼弗蕾德和丹尼尔[①]在中南部住了一阵子，然后南下佛罗里达州的坦帕市。有时候，迪克·哈洛兰（拥有强烈直觉的人）会从基韦斯特北上来看望他们，尤其是小丹尼。他们之间有一种特殊的纽带。

一九八一年三月的一天清晨，温迪打电话给迪克，问他能不能过来一趟。她说，丹尼在半夜叫醒她，叫她不要进洗手间。

之后，他就什么都不肯说了。

3

他醒来，想尿尿。窗外，强风呼号。天挺暖和的——佛罗里达终年温暖——但他不喜欢那种声响，大概永远也不会喜欢。那风声会让他想起全景饭店，那里很危险，出故障的锅炉只能算是小问题。

他和妈妈住在很狭窄的二楼租赁公寓里，丹尼的小房间紧挨着妈妈的卧室。他走出门，穿过走廊。风好大，这栋楼旁边有棵半死不活的棕榈树，此时的树叶被吹得啪啦啪啦响，听起来像是骷髅在抖动。没人上厕所或洗澡的时候，他们总会把洗手间的门打开，因为门锁坏了。今夜，门是关着的，但不是因为他妈妈在里面。在全景饭店，她的颜面也受了伤，所以现在会打鼾——轻轻的嘘哨声——他听得到鼾声从她房间里传

---

① 温迪是温尼弗蕾德的昵称，丹尼是丹尼尔的昵称。主人公都以昵称相称，又如：迪克是理查德的昵称，杰克是约翰的昵称。

出来。

她只是不小心把门关上了，不过如此。

甚至在那时候，他就已经心知肚明了：不是这样的（他自己也有强烈的直觉和预感）。只不过，有时候你必须要弄清楚。有时候，你必须要亲眼看到才肯罢休。这是他在全景饭店二楼的那间客房里发现的事实。

他抬起胳膊——似乎太长、太有弹性、太柔若无骨的胳膊——转动了门把手，门开了。

217 客房里的女人，恰如他早就知道的那样。她一丝不挂、两腿分开地坐在马桶上，苍白的大腿是浮肿的。双乳泛青，像瘪了气的气球那样垂下来。小腹下面的那片毛发是灰色的。她的眼睛也是灰色的，仿佛不锈钢镜面。她看到了他，嘴角上扬，牵扯出一丝冷笑。

闭上眼睛。很久以前，迪克·哈洛兰曾对他讲过，如果看到了什么脏东西，你就闭上眼睛，告诉自己，那玩意儿不是真的，等你再睁开眼睛，它就不见啦。

但是，在 217 客房里，在他五岁那年，这招儿不管用，现在也没用。他知道。他可以清清楚楚地闻到她。她在腐烂。

那女人——他知道她叫什么，梅西夫人——用发紫的双脚笨拙地站起来，朝他伸出双手。她双臂下的烂肉垂荡下来，简直像要滴下来了。她的笑，像是人们见到老朋友时的笑。或许，也像是见到了什么好吃的东西。

丹尼的表情或许会被误解为冷静，他轻轻地关上门，往后退了一步，然后眼睁睁地看着门把手向右……向左……再向右……不动了。

他今年八岁了，哪怕心里恐惧，他也能进行一点起码的理性思考。原因之一是：在意识深处，他一直在等待这一刻、这一幕了。尽管他一直以为最终会现身的是贺拉斯·德文特。或是吧台里的侍应生，他爸爸管他叫劳埃德。不过，他觉得，甚至在这一幕终于发生之前自己就该想到会是梅西夫人。因为，全景饭店的那些没死透的东西里面，她是最恶劣的。

理智告诉他，她只是一场没被记住的噩梦在意识里的残余，跟着他溜出了梦境，跟着他穿过走廊来到了洗手间。那部分的理智坚持认为，如果他再把门打开，洗手间里就会空空如也。显然不会有什么的，因为他已经醒了。但他的意识里还有另一部分，闪灵的部分，明白得更透彻。全景饭店和他的瓜葛还没完。至少，有一个报仇心切的鬼灵一路跟着他，跟到了佛罗里达。他撞见过这女人懒散地躺靠在浴缸里。她爬出浴缸，想用那双滑腻腥臭（但惊人有力）的双手掐死他。如果现在他打开洗手间的门，她肯定会继续上一次的动作，不掐死他不作罢。

他选择了折中的办法，把耳朵凑到门上。一开始，什么也没听到。接着，他听到了轻微的动静。

死气沉沉的手指甲刮擦木门。

丹尼走进厨房，两条腿仿佛不听使唤。他站到一把椅子上，尿在了水槽里。接着，他叫醒了妈妈，叫她不要进洗手间，因为里面有坏东西。说完这些，他就回到自己的小床上，钻进被子里。他想永远躲在被窝里，要起来也只是为了在水槽里尿尿。既然已经警告过妈妈，他也不想再和她谈什么了。

他妈妈明白他不讲话是怎么回事。在全景饭店，在丹尼偷偷进入 217 客房后，这事儿就发生过一次了。

“你愿意和迪克谈谈吗？”

躺在床上、仰望着她的丹尼点了点头。他妈妈打了电话，哪怕那是凌晨四点。

第二天下午，迪克到了。他带了点东西。一份小礼物。

4

温迪故意让丹尼听到自己给迪克打了电话。电话一打完，丹尼就睡着了。虽然他已八岁，都上三年级了，可还是吮着大拇指睡觉。看到他这样，她很心痛。她走到洗手间门外，停住脚步，只是盯着门看。她很怕——丹尼让她害怕了——但她必须要去，也不想像他那样把厨房水槽当小便器用。一想到自己撅着屁股、两脚颤颤巍巍地蹲在瓷砖台面上，她就忍不住皱起鼻头（哪怕没人会看到这一幕）。

她手提榔头——那是从她的寡妇工具箱里找出来的。当她扭动门把手，把洗手间的门推开时也举起了手里的榔头。洗手间里空无一人，当然如此，但马桶圈是放下的。她决不会在睡前把马桶圈那样放，因为她知道，如果睡眼惺忪的丹尼进来尿尿，他肯定会忘了把马桶圈抬起来，然后尿在上面。此外，还有一股味道。难闻的腐臭。好像有只老鼠死在墙壁里了。

她向前走一步，再蹭一步。她看到光影一旋，榔头高高举起来，不管有谁躲在门背后

（不管是什么东西）

她都会砸下去的。但那是她自己的影子。人们会嗤笑她被自己的影子吓到，但谁有资格嘲笑温迪·托伦斯？她看到也经历过了那么多，她比任何人都清楚：影子也会是危险的。影子也会咬人。

洗手间里没有人，但马桶上有一点模糊的污渍，浴帘上也有一处。她首先想到的是排泄物，但粪便不会是泛黄的紫色。她凑近了一点去看，看到了零星血肉和腐烂的皮肤。脚垫上的污迹更多，看起来像足迹。她觉得那脚印太小了——太秀气——不太像是成年男人的脚。

“哦，天哪。”她喃喃自语。

到头来，她还是去用厨房里的水槽了。

5

中午，温迪连哄带劝才让儿子起了床，再使出浑身解数让儿子喝下了一点汤，吃了半块花生酱三明治，但他一吃完又回床上窝着了。他依然不肯讲话。下午五点刚过，哈洛兰到了，开着他那辆已是古董的红色凯迪拉克（保养得极好，漆面光可鉴人）。温迪一直站在窗前张望，等啊等啊，就像以前等她丈夫回家，期盼杰克归家时能有好心情。并且没有喝醉。

她冲下楼梯，刚好在迪克即将摁下“托伦斯 2A”的门铃前打开了门。他伸出双臂，她立刻投入他的怀抱，只愿能有一小时甚至两小时能让她躲在拥抱里。

他松开臂膀，扶着她的双肩，隔着一臂之远打量她。“你看起来挺好啊，温迪。小伙子怎么样？说话了吗？”

“没有，但他会和你谈的。就算他一开始不想讲出来，你们也可以——”她没有把话说完，而是用手指比出手枪的样子，指尖点中他的前额。

“那可不一定。”迪克说着，露出笑容，也露出了一对闪亮的新假牙。全景饭店的锅炉爆炸的那一夜，他的上一副假牙全毁了。杰克挥起槌球棒打烂了迪克的假牙，又打得温迪无法从容不迫地走路，但他们都明白，真正下手的不是杰克，而是全景饭店。“他非常强大，温迪。如果他想把我挡在外面，他是办得到的。我有过这种经验，我明白。更何况，我们开口交谈的话会更好。对他更好。现在，你要把发生的每一件事都告诉我。”

温迪全都说了，然后带他走进洗手间。她没有抹去那些污迹，让他自己去看，就像警队人员保护犯罪现场，留给法医组来鉴定。那里也确实有过罪行。一宗针对她儿子的罪行。

迪克看了很久，但没有去触碰，而后点点头说："我们去看看丹尼起来没有。"

他没有，但他睁开眼，看到坐在床边、摇晃他肩膀的人，忍不住面露喜色，温迪的心情也随之亮堂起来。

（嘿！丹尼，我给你带了礼物）

（今天不是我生日呀）

温迪看着他们，知道他们已经开始交谈了，但不知道谈的是什么。

迪克说："宝贝，快起来。我们去海滩散个步。"

（迪克她回来了 217 客房里的梅西夫人回来了）

迪克又摇了摇他的肩膀："丹尼，大声地说出来。你把你妈妈吓坏了。"

丹尼说："我的礼物是什么？"

迪克笑了："这就对了。我喜欢听到你的声音，温迪也喜欢。"

"是的。"她只敢说这么多。要不然，他们会听到她忍不住声音打颤而担心的。她不想那样。

"我们去散步的时候，你大概想清扫一下洗手间吧。"迪克对她说，"你有做家务用的手套吗？"

她点点头。

"好。记得戴上。"

6

海滩在两英里之外。停车场周围尽是诸如漏斗蛋糕售卖车、热狗摊、纪念品商店之类花里胡哨的海滨设施，但旺季已近尾声，没有哪家店生意兴隆。整个海滩仿佛是他们两人的，包场享用。从家里开车过来的路上，丹尼一直把刚刚得到的礼物搁在膝头，那是一个长方形的盒子，挺重的，用银色的包装纸包起来了。

“等会儿再拆吧，我们先聊一会儿。”迪克说。

他们贴着海浪走，那里的海沙很结实，闪闪发亮。丹尼走得很慢，因为迪克上了年纪。总有一天他会死的。或许很快就会了。

“我挺好，还能蹦跶好几年呢。”迪克说，“你不用担心。来，跟我说说昨晚的事。别落下什么细节。”

讲述用不了多久。最难的恐怕是找到恰当的字眼去形容他眼下的恐惧感，以及混杂在恐惧中的、令他透不上气来的确凿感——她已经找到他了，她不会善罢甘休，不会消失。幸好，讲述的对象是迪克，他确实讲了一些，但也不需要更多词汇了。

“她会回来。我知道她会的。她会回来、再回来、直到她捉住我。”

“你还记得我们第一次见面的时候吗？”

丹尼点点头，尽管他对于话题的改变有点吃惊。在他跟着父母抵达全景饭店的第一天，正是哈洛兰带领他们熟悉了饭店环境。现在想来，那仿佛是很久、很久以前的事了。

“那你还记得我第一次在你的脑瓜里讲话的情形吗？”

“我当然记得。”

“我说了什么？”

“你问我想不想跟你去佛罗里达。”

“答对了。那让你有何感想呢？知道自己不再孤单，知道不止是你会那样？”

“好极了。”丹尼说，“感觉太好了。”

“是的。”哈洛兰说，“是啊，那感觉可棒了。”

他们在沉默中走了一小段路。海鸟在海浪里跳进跳出，丹尼的妈妈喜欢把它们叫做“啾啾鸟”。

“当你需要我的时候，我就出现了，那有没有让你惊喜呢?”他低头看看丹尼，笑了，“不。你没有那种感觉。怎么会有呢?那时候你还是个小孩，但现在长大一点了。从某种角度说，长大了不少呢。听我说，丹尼，这个世界有一套办法能让万事万物保持平衡。我相信这一点。俗话说得好：学生准备好了，老师就会出现。那时候，我就是你的老师。”

“远远不止是老师。”丹尼说着，拉起迪克的手，“你是我的朋友。你救了我们的命。”

迪克好像没有听到……或是假装没有：“我外婆也有闪灵——你记得吗，我跟你说过的?”

“记得。你说过，你和她可以交谈很久都不用开口。”

“没错。她教会了我。而教会她的人是她的曾外祖母，早在奴隶时代。丹尼，有朝一日，你也会变成老师的。学生会来到你面前。”

“只要梅西夫人别把我弄死。”丹尼愁眉苦脸地答道。

他们走向一张长凳。迪克坐了下来。“我不敢再往前走啦，要不然就没力气走回去了。在我身边坐会儿吧。我想讲个故事给你听。”

“我不想听故事。”丹尼说，“她会回来的，你不明白吗?她会回来、回来、再回来!”

“闭上嘴巴，竖起耳朵。好好听讲。”说完，迪克咧嘴一笑，闪亮的新假牙一览无余，“我认为你会听懂的。小宝贝，你可是个机灵鬼。”

7

迪克的外婆住在佛罗里达州的克里尔沃特。她是有闪灵的

“白外婆”——并不是因为她是白人，她当然不是啦！而是因为她是好人。迪克的爷爷住在密西西比州的登布里乡间，距离牛津镇不远。迪克出世前很久，奶奶就过世了。在那时候、那个地区，作为一个黑人，他爷爷可以算是非常富有，拥有一家殡仪馆。每一年，迪克会跟着父母去拜访爷爷四次，但小迪克恨透了去爷爷家。他很怕安迪·哈洛兰，把他叫做“黑爷爷”——当然是在心里默默地叫，要是喊出声，脸蛋少不了挨一巴掌。

“你知道恋童癖吗？”迪克问丹尼，“喜欢在小孩身上找性快感的那种人？”

“知道一点。”丹尼答得很谨慎。他当然知道，不能和陌生人说话，更不能和陌生人坐进一辆车，因为他们会对你动手动脚。

“那就这么说吧，老安迪不只是个恋童癖，还是个该死的虐待狂。”

“虐待狂是什么？”

“喜欢让别人痛苦的那种人。”

丹尼立刻点起头来，表示理解：“就像我们学校里的弗兰克·李斯特龙。他喜欢拧人家的胳膊、抓别人的头皮。要是他不能让你哭出来，他就罢手。但你要是哭出来了，他就永远不会停手。”

“是够坏的，但我说的这个更恶劣。”

迪克陷入了沉默，旁人大概会觉得那只是默不作声，但故事以一连串的画面、连缀的词组的方式继续讲述着。丹尼看到了黑爷爷，高高的个子，一身黑西装和他的皮肤一样黑，戴着一顶样式怪异的帽子。

（软呢帽）

他看到黑爷爷的嘴角总有一些唾沫星子，眼睛总是红通通的，好像累坏了，又好像刚刚哭过。他也看到了他会怎样把迪克抱在膝上——小迪克比丹尼现在还要小，大概和他在全景饭店的那个冬天一样的岁数。要是旁边还有人，他可能只是挠挠小迪克。要是没人，他就会把手插到迪克的双腿间捏他的蛋蛋，捏到迪克觉得自己会痛昏过去才肯罢手。

“你喜欢吗?”安迪爷爷会凑到他耳边，喘着粗气问他。他闻起来是烟草和白马威士忌的味道。“你当然喜欢啦，每个小男孩都喜欢的。但就算你不喜欢，你也不会说出来。说出来，我就给你点颜色看看，让你痛得要死要活。”

“天呀，”丹尼说，“太恶心了。”

“还有好多事儿呢，”迪克说，“但我只挑一样告诉你。奶奶死后，爷爷雇了个女人帮忙管家。她要打扫房间、煮饭。吃饭的时候，她会一下子端出所有东西，从沙拉到甜点一字排开，因为黑爷爷喜欢这样。甜点总是蛋糕，要不就是布丁，罩在一个小碟子或小盘子里，紧挨着你的餐盘。所以，埋头干掉一盘猪食般的主食时，你总是看得到它，想吃它。爷爷定下的死规矩是：你可以盯着甜点看，但你必须先把煎肉饼、水煮蔬菜和土豆泥都吃得干干净净，然后才能吃甜点。就连肉汁都要吃光，哪怕汤汁会有结块，而且没什么滋味。只要盘子里还有残渣，黑爷爷就会递给我一块面包，说：‘把汤汁儿擦干净，迪迪小鸟儿，盘子要像狗舔过那样干净。’他就是那么叫我的：迪迪小鸟儿。

“有时候，我无论如何也吃不完，那就吃不到蛋糕或布丁。他会拿走，自己吃掉。有时候我能把晚餐全部吃光，却会发现他把香烟屁股插进我的蛋糕或香草布丁里。他能够那样做，因为他总是坐在我旁边。他会假装开玩笑说：‘哎呀呀，还以为是烟灰缸呢。’我爸妈从没干涉过，其实他们肯定明白，即便这是开玩笑，也不适合对小孩这样做。他们也假装那是开玩笑。”

“真的太坏了。”丹尼说，“家里人应该挺你才对。我妈妈就会。我爸爸也会的。”

“他们怕他。他们也确实应该怕他。安迪·哈洛兰坏到骨子里了。他会说：‘吃呀，迪克，吃香烟屁股边儿上的，又不会毒死你。’假如我吃了一口，他就会让娜妮——那个女管家——给我上一盘新甜点。假如我不肯吃，插着烟屁股的甜点就会一直搁在那儿。那样一来，我就永远不可能吃完那顿饭，因为胃口都没了。”

“你应该把蛋糕或布丁挪到餐盘的另一边去。”丹尼说。

“我试过，那还用说，我又不是天生白痴。但他会把它挪回原位，说甜点就该在右边。”迪克停下来，眺望海面，天空和墨西哥湾的分界线上，一艘长长的白船正慢慢地行驶着。“有时候他看到周围没人就会咬我。有一次，我说，如果他不放过我，我就去告诉爸爸，他就把烟头摁在我的光脚上。他说，‘把这个也告诉他吧，看看会有什么好果子吃。你爸爸早就领教过我这一套了，他连屁都不会放一个，因为他没那个胆儿，也因为他想在我死后得到银行里的钱，我的钱！可我还不打算那么早死呢。’”

丹尼听得目瞪口呆。他一直以为蓝胡子的故事是史上最吓人的，但这个故事竟然更让他害怕。因为这是真事。

“他经常说他认识一个名叫查理·曼克斯的恶人，要是我不听他的话，他就会把查理·曼克斯从很远很远的地方召唤来，开着他那漂亮的小汽车，把我带去一个专门收坏小孩的地方。说完这个，爷爷就会把手插到我的双腿间，开始捏。‘所以，你什么都不会说的，迪迪小鸟儿。只要你说出一个字，老查理就会来，把你和他偷来的小孩们关在一起，关到死。等你死了就会下地狱，你的身子就会永远被火烧。因为你泄密了。不管有没有人相信你，无所谓，泄密就是泄密。’

“那个老浑蛋的话，我信了很久。我甚至没有告诉白外婆，有闪灵的外婆，因为我担心她会认为那是我的错。要是我年龄再大一点就不会上当了，但当时我只是个孩子。”他停顿了一下，“而且，还有别的问题。丹尼，你知道是什么事吗？”

丹尼凝视迪克的脸孔，看了许久，想看透他额头后面的思绪和画面。终于，他开口了："你希望你爸爸得到那笔钱。但他没有。"

"没有。黑爷爷把钱全部捐给了亚拉巴马州的一个黑人孤儿院，我还敢说，我知道为什么。但那是题外话，不重要。"

"你的好外婆一直不知道吗？她从没猜过？"

"她知道一定有什么事，但被我阻挡了，在这件事上她没有刨根问底。她只是告诉我，等我准备好要说了，她随时可以听我讲。丹尼，安迪·哈洛兰死于中风的时候，我成了世上最快乐的男孩。妈妈说我可以不去参加葬礼，如果我想，可以和萝丝外婆——我的白外婆——待在一起，但我想去。我太想去了。我要确认黑爷爷真的死了。

"那天下雨。所有人都撑着黑伞，围着墓地站成一个圈。我看着他的棺材沉下了地面，毫无疑问，那是他店里最庞大、最精美的一口棺材。我想起他每一次捏我、每一个插进我蛋糕的烟头和掐灭在我脚上的那根烟，想起他曾经像莎士比亚戏剧里的发疯的老国王那样统治着餐桌。但我想得最多的还是查理·曼克斯，那无疑是爷爷凭空捏造的人物。我想，黑爷爷再也不可能把查理·曼克斯从很远很远的地方召唤来了，在夜里把我带上漂亮的小汽车，把我和他偷走的男孩女孩们关在一起。

"我往坟墓里瞅。我妈想把我拽回去，可我爸说：'让他看吧。'我盯着棺材沉入了那个湿漉漉的地洞，心想：'下去吧，黑爷爷，你和地狱又近了六英尺，很快你就会一路向下，我只愿魔鬼用火烧火燎的手迎你一千遍。'"

迪克从裤兜里摸出万宝路香烟和压在玻璃纸下面的火柴。他抽出烟叼在嘴上，烟却要跟着火柴跑才能点燃，因为他的手颤抖得厉害，连嘴唇都在抖。丹尼惊异地看到迪克的双眼噙满了泪水。

丹尼当下就明白了这个故事的结局，于是问道："他是什么时候回来的?”

迪克深吸了一口，带着微笑吐出了烟雾：“你不需要钻到我脑袋里看就知道了，是不是?”

“不需要。”

“六个月后。那天我放学回家，他赤身裸体地躺在我床上，烂得半透的命根子朝天竖着。他说：‘你过来，迪迪小鸟儿，坐到这上面来。你让魔鬼迎我一千遍，我就加倍奉还你。’我尖叫起来，但没有人听到。爸爸妈妈都在上班，我妈在小饭店里打工，我爸在印刷厂。我跑出去，甩上门。我听得到黑爷爷爬起来了……咚……然后穿过房间……咚－咚－咚……然后我听到的是……”

“指甲尖儿，”丹尼的声音异常虚弱，“刮在门板上。”

“答对了。我没再进那个房间，一直到晚上，等我爸妈都回家了。他不见了，但……留下了痕迹。”

“肯定的，就像我们家浴室里也有，因为他在腐烂。”

“没错。我自己换了床单，因为妈妈两年前就教我怎么做了，我可以。她说我不小了，不再需要保姆照顾我了。白人家的小男孩小女孩才需要保姆，就像她以前照料的那些孩子们，后来她才在博金牛排馆找到了女招待的活儿。大约过了一星期，我又在公园里看到了老不死的黑爷爷，坐在秋千上。这次他穿了西装，但灰蒙蒙的——我猜想是在地下的棺材里慢慢长满了霉。”

“嗯。”丹尼应了一声，仿佛虚弱的叹息。现在他只能发出这样的声音了。

“不过，他的门襟开着，那东西伸在外面。我很抱歉跟你讲这些，丹尼，你还太小，不适合听这些事，但你需要了解。”

“后来你去找白外婆了吗?”

“不得不去。因为我那时和你现在一样，知道他会不停地回来。不像……丹尼，你见过死人吗?我的意思是：正常的死人。”他忍不住笑起来，因为这听上去太滑稽了。丹尼也这样觉得。“鬼。”

“见过几次。一次是在铁路交叉口，有三个鬼。两个男孩和一个女孩。十几岁的样子。我觉得……他们大概是在那里被撞死的。”

迪克点点头：“大多数时候，他们会徘徊在生死交界的地方，直到终于接受了死亡才真正地往生。你在全景看到的一些鬼灵就是这样的。”

“我知道。”可以和别人——真正能理解的人——谈论这些事实在让人释怀，难以言喻地轻松。“还有一次，在餐馆里看到过一个女人。你知道吗，就是那种桌椅放在户外的餐馆？”

迪克点点头。

“我不能看穿她，但没人看到她，服务生把她坐的椅子往里推，那个女鬼就消失了。你经常看到这种鬼灵吗？”

“好多年没看到了，但你的闪灵比我强。年纪大了，闪灵就会衰退——”

“好极了。”丹尼激动地插了一句。

“——但就算你长大了，还会有很多闪灵保持下来，因为你的起点太高了。你在 217 客房看到的、在洗手间里又看到的那个女鬼不是正常的，普通幽灵不是那样的，对不？”

“对的，”丹尼说，“梅西夫人是真实的。她会留下她的痕迹，碎片，你看到了。妈妈也看到了……她并没有闪灵。”

“我们往回走吧，”迪克说，“你该看看我带给你的礼物啦。”

8

回停车场的一路，他们走得更慢了，因为迪克气喘得厉害。“香烟哪，”他说，“丹尼，你可千万别抽。”

“妈妈抽的。她以为我不知道，但我知道的。迪克，你的白外婆是怎么做的？她肯定有办法，因为黑爷爷没有抓走你。”

“她给了我一份礼物，和我要给你的一样。学生准备好了，老师就该这么做。学习本身就是一份礼物。不管对谁来说都是最好的礼物，不管你是施还是受。

“她不肯叫安迪爷爷的名字，就管他叫做——变态，”说到这里，迪克咧嘴笑了笑，“我和你说得一样，说他不是幽灵，说他是真实存在的。她说是，这么说没错，因为是我让他变得真实了。用闪灵。她说，有些灵魂——大多数是愤怒的怨灵——不肯离开这个世界，因为他们知道在另一边等待自己的事更可怕。大多数怨灵都吃不饱，饿到最后就不见了，有一些却找到了食粮。‘闪灵对他们来说就是食粮。’这是她告诉我的，‘食粮。你在喂养那个变态。你不是成心的，但你就是喂了。他就像只蚊子，围着你转啊转，然后落下来再吸一两口血。也不是拿他没办法。你可以做到的是：利用他想要的东西，打垮他。”

他们终于走回到凯迪拉克车旁。迪克开了门，哧溜到驾驶座上，长舒一口气。“很久以前，我可以步行十英里再跑他个五英里。现如今哪，在沙滩上走一小段，我的背就疼得要命，像被马踹了一样。来吧，丹尼，打开你的礼包。”

丹尼扯开银色的包装纸，看到了里面的绿漆金属盒。盒子的正面，插销的下面，有一个很小的键盘。

“哇，漂亮！”

“是吗？你喜欢？好极了。我在西部汽车行买的。纯正美式不锈钢。白外婆萝丝给我的那个是配挂锁的，我把小钥匙挂在脖子上，但那是很久以前啦。这已经是摩登的二十世纪八十年代。瞧见那个数字键盘了？只要你输入你保证不会忘记的五个数字，再按下设置键，就好了，以后你输入密码就能随时打开盒子。”

丹尼很高兴：“谢谢，迪克！我会把自己的宝贝放在里面的！”宝贝，说的是他收藏的最好看的棒球球星卡、幼童军罗盘徽章、幸运绿晶石，还有一张他和爸爸的合影——在博尔德的公寓楼前的草坪上照的，在去全景饭店之前。在所有事情变糟之前。

“那样很好，丹尼，我希望你把宝贝都搁进去，但我还想让你做点别的事。”

“什么？”

“我希望你认得这只盒子，从里到外。不要只是看它，还要去触摸，从里到外地感受它。然后，把你的鼻子凑进去，闻一闻有什么味道。它要成为你最亲密的朋友，至少要当一阵子的好朋友。”

“为什么？”

“因为你要在你的脑袋里也放一只盒子，和这只一模一样，甚至更特别一点。等梅西那个婊子再出现，你就准备好对付她了。我会教你怎么做，就像白外婆萝丝教我的那样。”

回公寓的路上，丹尼没怎么讲话。他有很多事情要思考。他把自己得到的礼物抱在膝头——用坚固的金属打造的密码箱。

9

一星期后，梅西夫人回来了。她又出现在洗手间里，这一次，她躺在浴缸里。丹尼不是太惊讶。毕竟，当初她就是死在浴缸里的。这一次，他没有逃跑。这一次，他走进洗手间，关上门。她笑盈盈的，招呼他走过去。丹尼走过去了，也是笑盈盈的。他听得到隔壁房间里的电视机响。他妈妈在看连续剧《三人行》。

“你好，梅西夫人，”丹尼说，“我给你带了点东西。”

到了最后关头，她领悟了，开始尖叫。

10

过了一会儿，他妈妈来敲洗手间的门：“丹尼？你还好吧？”

“我没事，妈妈。”浴缸里空空如也。留下了一点黏液，但丹尼认为自己就可以清理干净。放一点水，就能把那些残渣冲走。“你着急用厕所吗？我马上就好了。”

“不着急。我只是……我以为刚才听到你在喊。”

丹尼抓起他的牙刷，打开门。“我好得不得了呢，你看？”他给了她灿烂的笑容。这倒不难，因为梅西夫人已经不见了。

她担忧的神色渐渐消失：“真乖。记得要把里面的大牙齿也刷到哦。食物最爱藏在那里呢。”

“我知道，妈妈。”

在他的头脑里，在很深很深的深处，和装宝贝的锁箱一模一样的翻版锁箱被搁在了特殊的架子上，他可以听到遥远而含糊的尖叫声。他不介意。他相信叫声很快就会停止的，在这一点上，他想得没错。

11

两年后，感恩节长假前一天，阿拉菲亚小学里一段空荡荡的楼梯上，贺拉斯·德文特出现在丹尼·托伦斯面前。他的西装肩头有几片彩色纸屑，腐败的手上挂着一只黑色面具。他散发出坟墓里的恶臭。“派对棒极了，是不是？”他问。

丹尼扭头就走，走得非常、非常快。

放学后，他给在基韦斯特的餐厅里工作的迪克打了个长途电话。“全景饭店里又有人找到我了。迪克，我可以有多少只盒子？我是说，在我脑子里。”

迪克笑出了声：“你需要多少就能有多少，宝贝儿。那正是闪灵的奇妙之处啊。你以为只有黑爷爷被我关进去了吗？”

“他们会死在里面吗？”

迪克没有再笑。这一次，迪克的声音里有一种丹尼从没听到过的冷冰冰的况味："你在乎吗？"

丹尼不在乎。

元旦刚过几天，全景饭店昔日的老板再次现身——这一次是在丹尼卧室的壁橱里——丹尼准备好了。他走进壁橱，关上了门。没过多久，第二只金属密码箱被搁上高高的金属架，就在装着梅西夫人的那只盒子旁边。猛烈的撞击声从盒子里传出来，还有些别致的咒骂，丹尼决定留作日后自用。很快，声音消停了。德文特盒子和梅西盒子里都沉寂无声。不管他们是否还活着（以其特有的不死风格），那已经不重要了。

重要的是：他们再也出不来了。他安全了。

那是他当时的想法。当然，那时的他也以为自己决不可能喝酒——在目睹有酒瘾的父亲的所作所为之后，他怎么可能还酗酒呢。

但我们想归想，做归做，这种事儿经常有。

响尾蛇

1

她叫安德莉亚·斯坦纳，喜欢看电影，但不喜欢男人。也难怪，她第一次被亲生父亲强暴时才八岁。之后的八年里，他持续地强暴她，直到她亲手了结了此事：先用她母亲织毛衣的棒针猛刺他的睾丸，一个接一个地刺，再用同一根已被染红、鲜血滴淋的棒针刺进强奸她的畜生，也就是她的父亲的左眼窝。刺睾丸还算容易，因为他那时在熟睡，但剧痛还是惊醒了他，哪怕她施展了自己的特殊才能。好在她身强力壮，他却是醉了。她用自己的身体压住他，死命地压牢，直到她完成亲手执行的死刑。

现在，已是第四个八年了，她在美国大地上四处漂泊，白宫里的花生农场主也换成了息影的男演员。新总统拥有演员才有的、真假莫辨的黑发，也有演员特有的迷人但不可信任的微笑。安蒂[①]在电视上看过一部他主演的电影。电影里，这个后来当上总统的男人饰演的角色被火车碾过，失去了双腿。她挺喜欢这个设定的：没有双腿的男人；那种男人不可能追着你不放再强暴你。

电影，好东西。电影能把你的魂儿勾走。抱着爆米花，你就等得到大团圆的结局。你找个男人陪你去电影院，像模像样的约会，让他买单。这场电影真不赖，有打斗，有亲吻，还有热闹的音乐。片名是《夺宝奇兵》。这天，她的约会对象把手探进她的裙底，一路往上，搁在她赤裸的大腿上，那倒也没什么；手而

---

① 安德莉亚的昵称。

已，又不是那话儿。她是在酒吧里认识他的。她约的大多数男人都是在酒吧里勾搭的。他给她买了一杯酒，但免费喝一杯并不算约会，只不过是勾搭。

这是什么？那天，他的指尖滑向她的左上臂，问道。她穿了一件无袖上衣，露出了文身。她出去寻找约会对象的时候，很喜欢把这个文身露出来。她希望男人们看到它。他们会觉得它有点怪。那是她杀父那年在圣地亚哥文的。

一条蛇，她这样回答，响尾蛇。你没看到毒牙吗？

他当然看得到。两颗大大的毒牙，大得和蛇头不成比例。还有一滴毒液滴悬在毒牙下面。

他穿了一身昂贵的西服，像个商人，茂密的头发往后梳，与总统发型相似。这个下午他没去工作，不用在一堆文件里忙活。白发比黑发多，他看似六十岁上下。差不多是她年龄的两倍。但男人才不管年龄差距呢。就算她不是三十二，而是十六岁，他也不会在意的。八岁，也不会。她想起父亲以前讲过的话：管她几岁，对我来说，只要她们能小便就够大了。

当然看到了，现在坐在她身边的男人回答，莫非有什么含义？

也许你会找到答案的，安蒂回答，她用舌头舔了舔了上唇，我还有个文身呢，在别的地方。

我可以瞧瞧吗？

也许。你喜欢看电影吗？

他皱了皱眉，你的意思是？

你想和我约会吗，嗯？

他明白了她的意思——或者说，明白了通常意义上的话外音。这地方还有几个女孩，她们提到约会时，总是暗指一件事。但安蒂暗示的并不是那件事。

当然，你这么漂亮。

那就带我去约会吧。地地道道的约会。丽都戏院正在放映

《夺宝奇兵》呢。

宝贝儿，我倒是想去两条街外的小酒店，带阳台和小酒吧的客房，怎么样？

她的嘴唇贴近他的耳朵，任凭胸脯紧紧贴在他的胳膊上。晚一点吧。先带我去看电影。给我买张票，再给我买爆米花。黑漆漆的地方会让我发情的。

所以他们到这儿了，哈里森·福特占满了大荧幕，像摩天大楼那么高，挥动马鞭，扬起沙漠里的尘土。梳着总统头的老男人已经把手伸到了她的裙底，但她稳稳地抱着搁在膝头的一桶爆米花，确保他尽可能逼近三垒但终究到不了本垒。他很想再往上摸，这就有点烦人了，因为她想看到结尾，看到失落的约柜里到底有什么宝贝。所以……

2

工作日下午两点，影院里没几个观众，但在安蒂·斯坦纳和她的约会对象后面两排的座位上有三个人。两个男人，一个很老，另一个看起来刚到中年（但外貌可能有欺骗性），他们一左一右，当中的女人美得惊人。她的颧骨很高，灰眼睛，肤如凝脂。厚重的黑发向后抓成马尾，用宽丝绒带束起来。通常，她会戴帽子——又破又旧的大礼帽——但那天她把帽子留在旅宿车里了。你不能在影院里戴着高高的大礼帽。她的名字是罗思·奥哈拉，但在随她而行的浪人族群里，人们都叫她“高帽罗思”。

刚有中年相的男人名叫巴瑞·史密斯。虽然他是百分百的白种人，但在这个浪人族群里，人们都叫他“中国佬巴瑞”，只因为他的眼角有点上扬。

“就现在，瞧好了，”他说，“挺有意思的。”

“这电影还有点意思。”老男人——弗里克爷爷——嘟哝了一声。他一贯喜欢唱反调。其实，他也目不转睛地观望着前两排的那对男女。

“最好搞出点意思来。”罗思说，“因为这女人不太给力，是有点，但——”

“她动手了，开始了！”看到安蒂侧转身子，嘴巴凑近身边男人的耳朵，巴瑞咧着嘴笑起来，手里的一盒橡皮小熊糖也被忘了精光。他说：“我看她干过三次，但还是乐此不疲。”

3

商人先生的耳朵眼里有一蓬细密的白毛，还有板结的蜡黄色耳屎，但安蒂没有让这些杂碎影响自己；她想尽快离开这个小镇，顺便改善自己岌岌可危的财政状况。“你累了吗？”她对着那只令人作呕的耳朵轻声说道，“你不想睡一会儿吗？”

商人的脑袋立刻跌落下去，下巴贴着前胸，轻轻打起鼾来。安蒂从裙底把他那只已经无知无觉的手抓出来，搁在座椅的扶手上。然后，她的手伸进了商人先生貌似昂贵的西服摸索起来。他的钱包在左侧内袋里。很好。这样，她就不用吃力地抬起他的肥屁股了。只要他们入睡了，移动他们的身体就会很费事。

她打开钱包，把几张信用卡扔在地板上，然后看了看照片——商人先生和一群体重超标的商人先生在高尔夫球场上；商人先生和他的太太；年轻时代的商人先生和儿子、两个女儿站在圣诞树前面。两个女儿都戴着圣诞老人的红帽子，穿着配套的红裙子。他应该没有侵犯过她们，但也不是不可能。只要能逃脱惩罚，男人就会去强暴，这是她早已知道的事。确切地说，坐在父亲膝头的时候她就知道了。

纸币夹层里共有两百多美元。她原来以为会有更多的——她遇到他的那间酒吧里，妓女的货色比机场附近的流莺强多了——

但这是星期四下午，也算不错了，总有男人想带漂亮姑娘去电影院，在黑漆漆的地方稍稍大胆地摸几把，权当开胃小菜。反正，他们会有这样的期盼。

4

“好吧。”罗思轻声说着，准备起身，“我信了。我们动手吧。”

可是巴瑞拦住她的胳膊，不让她动：“别，再等等。你瞧，最精彩的好戏刚开始。”

5

安蒂再次凑近那只恶心的耳朵，悄悄念道：“睡得再死一点吧。能多死就多死。你感到的疼痛不过是一场梦。”她打开自己的手袋，掏出一把珠贝嵌柄的小刀。刀很小，但刀刃非常锋利。“疼了会怎样？”

“不过是一场梦。”商人先生的回答从领带结里闷声闷气地传出来。

“回答正确，宝贝。”她用一条胳膊揽住他，在他的右脸颊上迅速划下两道V字形的口子。那胖乎乎的脸蛋很快就会肿起来了。在放映机泼洒出的波动不定、梦幻般的彩色光束里，她定睛欣赏了一会儿自己的杰作。鲜血流淌成河。他醒来的时候会觉得脸上着了火，昂贵西服的右侧袖筒浸在鲜血里，他最好快点去急诊室。

你该怎么向你老婆解释这档子事儿呢？你会编出一套说辞的，我肯定。但除非借助整容手术，否则，你每次照镜子都会看到我留下的印记。而你每次想去酒吧勾搭个陌生的小女人，都会记起自己被响尾蛇咬过一口。穿无袖衬衣和蓝裙子的响尾蛇。

她把两张五十元、五张二十元折起来，塞进自己的手袋，扣紧，正想起身，却感到一只手按在她肩头，还有个女人凑在她耳边低语："你好啊，亲爱的。电影的结局，你下次再看吧。现在你得跟我们走。"

安蒂想转身，却被一双手抓住了她的头。恐怖之处在于：那些手在她的脑袋里面。

那之后就是一片黑暗。醒来时，她发现自己已经在罗思的陆巡舰上，它停靠在这座中西部小城郊外荒废的露营地上。

6

她醒来时，罗思给了她一杯茶，和她谈了许久。每句话，安蒂都听清楚了，但她大部分的注意力都被这个劫持者吸走了。她的气场惊人，这么说还算保守的。高帽罗思身高六英尺，白色阔腿裤里的长腿傲人，印着UNICEF（联合国儿童基金会）图标的T恤里胸脯高耸，胸前还印着一句警言：拯救孩子，不惜任何代价。她有一张镇定自若的女王面孔，沉静且无忧。长发已经披下来了，垂到后背的中央。破旧的大礼帽歪歪地扣在她头上，看起来很扎眼，但除此之外，她是安蒂·斯坦纳这辈子见过的最美貌的女人，确定无疑。

"你明白我刚和你说的吗？我是在给你一个机会，安蒂，你不该轻率地应付我。已经有二十多年了，我们没有给过别人这样的机会，但现在，这机会给你了。"

"如果我拒绝呢？那又怎样？你会杀了我吗？然后夺走……"她管它叫什么来着？"这种魂气？"

罗思笑了。珊瑚红色的嘴唇很丰满。安蒂一直觉得自己是无欲的人，此刻却很想尝尝那种唇膏的滋味。

"你没有足够的魂气让我们去做那种事，亲爱的，而你有的魂气也不见得会美味，顶多就像俗人嚼的老牛肉干。"

“什么人？”

“别管那个了，好好听着。我们不会杀了你。如果你拒绝，我们会把这次闲聊的记忆抹除干净。你会发现自己身在某个鸟不拉屎的小镇外的公路边——托皮卡城或是法戈市——没有钱，没有身份证，也不记得自己怎么会到了那里。你记得的最后一件事是跟着那个男人进了电影院，然后你把他劫了，再破了他的相。”

“他活该被破相！”安蒂恶狠狠地说道。

罗思踮起脚尖伸了个懒腰，手指尖蹭到了旅宿车的车顶。“那是你的事，小宝贝儿，我可不是你的心理医生。”她没有戴胸罩；安蒂看得到她的乳头晃动时在T恤下面蹭出的凸点。“不过有些事值得你斟酌一下：我们可以夺走你的超能力，你的钱，以及毫无疑问的假身份。下一次，你在黑漆漆的电影院里暗示某个男人沉睡时，他就会转脸问你他妈的在胡说些什么。”

安蒂感到恐惧而起的一阵寒战：“你们夺不走的。”但她分明记得那双可怕的、强劲的双手探进了她的大脑，她非常确定，这个女人是做得到的。她或许需要朋友们的帮忙，那些人都在外头那些旅宿车、露营车里，它们像一群小猪仔围着奶头一样凑拢这辆旅宿车，但她可以，哦，一定做得到那种事。

罗思没搭理她，反而问道：“亲爱的，你多大了？”

“二十八。”年过三十之后，她就一直隐瞒自己的真实年龄。

罗思笑着看她，什么也没说。安蒂和那双美丽的灰眼睛对视了五秒钟，不得不放低自己的视线。可是这样一来，视线又正对着那双柔媚的双乳，没有外物支撑，却丝毫没有下垂的迹象。当她再次抬高视线时，就盯准她的双唇。珊瑚红色的嘴唇。

“你三十二岁，”罗思说，“哦，你的外表略微暴露了一点年龄，毕竟你熬了一段苦日子。奔波不定的岁月。但你仍然很漂亮。跟我们在一起吧，和我们一起生活，再过十年，你就真的是二十八岁了。”

“不可能。”

罗思笑了：“再过一百年，你的外貌和感受会像是三十五岁。但在你得到魂气的时候，你又会变成二十八，只不过，你会觉得自己仿佛瞬间年轻了十岁。你会经常获取魂气，长命百岁，青春永驻，吃得也好。我提供给你的就是这些，听起来怎么样？”

“好是好，但不会是真的。”安蒂说，“就像那些保险公司的广告：花个十美元就能得到终生保障。”

她的话不尽然是错的。罗思没有说谎（至少目前还没有），但还有些事她没有讲。比如，魂气时常会供不应求；再比如，不是所有人都能熬过变身的过程而幸存下来。根据罗思的揣测，这个女人大概能撑住，虽然蹩脚的真结族医生沃纳特也谨慎而勉强地予以苟同，但这种事，谁也保不准。

“你和你的朋友们自称为——？”

“他们不是我的朋友，而是我的亲人。我们是真结族。”罗思十指相交，放在安蒂的正前方，“所缔结的，永远无法被解除。你需要理解这一点。”

安蒂很能理解，就像她很早以前就明白了：被强暴的女孩永远无法抹杀被强暴的经历。

“说真的，我还有别的选择吗？”

罗思耸耸肩：“只有糟糕的选择了，亲爱的。但你最好真心这么做，那会让你更轻松地变身。”

“会痛吗？这个……变身？”

罗思笑了，第一个彻头彻尾的谎言终于脱口而出：“绝对不会！”

7

中西部小城郊外的夏夜。

有人在某处观看哈里森·福特挥动马鞭；演员总统肯定在某处展现不可信任的笑容；但在这里，在这片露营地上，安蒂·斯坦纳躺在折扣店售出的折叠式草坪躺椅上，被笼罩在罗思的陆巡舰和另一辆温尼贝戈露营车的前灯光线里。罗思跟她说过，真结族拥有好几片露营地，但这块地不属于他们。不过，时运不景气，这种场所濒临破产，他们的先遣人员就可以包下这整块地。美国经济一落千丈，但真结族没有这种困扰，钱不是问题。

“先遣人员是谁？”安蒂问过。

“哦，他是个百战百胜的家伙。”罗思这样回答了她，微笑着，“树上的小鸟都会被他迷得掉下来。你很快就会见到他的。”

“他是你的那一位？”

听了这话，罗思哈哈大笑，捧住了安蒂的脸蛋。她的手指仿佛在安蒂的肚子里勾起一丝酥痒的感觉。疯了，但确实如此。“你的心思活络了，是不是？我认为你会成功的。”

也许吧，但是安蒂现在半躺在椅子里，已经没那么兴奋了，只是害怕。吓人的新闻一篇篇浮现出来：有的尸体是在沟渠里发现的，有的是在林中空地上，有的是在枯井底。女人和女孩。被发现的几乎总是女人和女孩的尸体。让她害怕的不是罗思——不完全是——这儿还有些女人，但也有男人。

罗思跪坐在她身边。前灯的强光本该把她的脸孔照成黑白反差强烈的丑陋轮廓，但阴影反而把她衬托得更美艳了。她再一次捧住安蒂的双颊，“别怕，”她说，“不用怕。”

她朝另一个女人点了点头。那个面无血色的美女被罗思称作安静的萨丽。萨丽也点头示意，走进了罗思那辆庞然大物般的旅宿车。这时候，别的女人们聚拢过来，以躺椅为中心围成了一个圈。安蒂不喜欢那阵势。有某种献祭的味道。

“别怕。很快，你就成为我们中的一员了，安蒂。我们的人。”

除非你回路断绝，罗思心想，那样的话，我们只需把你的衣服在公共洗漱站后面的焚化炉里烧掉，明天开拔就行了。没有风险，就没有收获。

但她希望结局不是这样的。她喜欢这个女人，况且，让人瞬间沉睡的超能力很实用。

萨丽回来了，带来一个保温杯式的不锈钢罐。她把它递给罗思。罗思拧开了红色的盖子，露出里面的喷嘴和阀门。在安蒂看来，这个罐子很像是杀虫剂，只不过没贴商标。她想，自己可以从折叠躺椅上一跃而起，夺路狂奔，但又想起了戏院里的那一幕。那双从脑袋里面抓牢她的手，让她不得动弹。

“弗里克爷爷？”罗思问，“你愿意当领头人吗？”

“非常乐意。”应答的正是戏院里的老男人。今晚，他穿着肥大的粉红色百慕大短裤和绑带式凉拖，白色短袜拉得很高，从骨瘦如柴的足踝一直拉近膝头。安蒂觉得，他像是在集中营中待了两年后的沃尔顿爷爷[①]。他高举双手，其余的人也随之举起双手。在笔直交叉的车灯光束映照下，他们动作一致，只见剪影，酷似一群诡异的纸人串在一起。

“我们是真结族。”他说。话音发自他低瘪的胸腔，但已不再发颤；这声音低沉又洪亮，俨然是更年轻、更强壮的男子的嗓音。

“我们是真结族，”众人响应，“所缔结的，永远无法被解除。”

“这位女子，”弗里克爷爷说道，“她是否愿意加入我们？她是否愿意将她的生命与我们的生命缔结，成为我们的一员？”

“说愿意。”罗思说。

---

① 美国著名电视连续剧《沃尔顿家族》（*The Waltons*）的主人公，由美国演员威尔·吉尔（Will Geer）扮演。这部戏一九七一年首播于CBS电视台，系列影视剧一直延续到二十世纪九十年代。

“呃……愿意。”安蒂支吾着讲出来。她的心简直都不跳了，而是在震颤，恍如一根绷紧的弦被乱拨一气。

罗思按下罐口的气阀。只听一声叹息般的轻响，银色的喷雾泄出来。轻柔的夜风没有吹散那团喷气，相反，它悬停在罐口上方。罗思倾身向前，嘟起那双美妙无比的珊瑚红唇，轻轻吹出一口气。那团雾气——看似漫画书里常见的对话气泡，只是里面没有写对白——飘向安蒂，停在她目瞪口呆、扬起的脸孔之上。

“我们是真结族，我们忍受永生。”弗里克爷爷继续念诵宣言。

“Sabbatha hanti。”众人应声说道。

银色雾气开始下沉，非常缓慢。

“我们是天择之选。”

“Lodsam hanti。”众人齐声念道。

“深呼吸，”罗思说着，轻吻安蒂的脸颊，“我会在另一边等你的。”

也许等得到。

“我们是幸运者。”

“Cahanna risone hanti。”

接着，所有人齐声念道：“我们是真结族，我们……”

可是安蒂听不到后面的言语声了。银雾笼罩住她的脸面，凉丝丝的，很冷。她吸气的时候，它就仿佛活了，变成阴森晦暗的活物，溜进她的身体里尖叫起来。由雾气而生的孩子——她不知道是男孩还是女孩——正在竭力挣扎，想要逃脱，但有人在砍杀。*罗思在砍*，别人都在她身边站成圆圈（在结圈里），十几束手电筒的光照过来，照亮一场慢动作的谋杀。

安蒂试图从躺椅里站起来，但她没有躯体可供站立。她的肉体消失了。肉体所在之处，此刻只剩下人形的痛楚。孩子濒死时的痛楚，以及，她自身的痛楚。

拥抱它。这念头就像冰凉的布匹覆上火烧火燎的伤处，她的整具身躯已成一道伤。只有这一条路。

我做不到，我耗尽一生气力只为了逃脱这种痛。

大概是吧，但你已经无处可逃了。拥抱它。吞下它。要么得到魂气，要么就死。

8

真结族的众人高举双手，反复念诵古咒：sabbatha hanti，lodsam hanti，cahanna risone hanti。他们在观望安蒂·斯坦纳，看着她的胸脯撑起的上衣变得扁扁平平，看着她的裙子像闭合的嘴唇一样渐渐合拢，气息鼓出之后只剩一条缝。他们看着她的脸变成毛玻璃似的乳白色。她的眼睛还在，但像渺小的气球飘浮不定，岌岌可危地维系在细弱的神经末端。

眼睛也会消失的，沃纳特心想，她还不够强大。我原以为她大概够强，但我错了。她或许能回来一两次，但回路终将断绝。除了她的衣裙，什么都不会留下来。他想回忆自己的变身过程，但只能记起那天是满月，光亮不是来自车灯，而是一团篝火。篝火，马匹的嘶叫……还有痛苦。你真的可以记住痛苦吗？他觉得不能。你知道痛楚存在过，也知道自己苦苦熬过，但那和记忆是两码事。

安蒂的颜面回溯复现，恍如鬼魂在灵媒桌子上方露脸。上衣起了波纹，裙子鼓胀出来，臀部和大腿又回到了这世上。她痛苦地叫喊起来。

“我们是真结族，我们忍受永生，”众人在几辆旅宿车灯交错的强光中念咒，“Sabbatha hanti。我们是天择之选，Lodsam hanti。我们是幸运者，cahanna risone hanti。”他们会一直念下去，直到尘埃落定。不管结局如何，都不需要太久。

安蒂又开始消失了。血肉变成半透明的，真结族的众人都能看透她的骨骼和头颅，五官露出鬼笑的样貌，笑容里还残留着些许银色的补牙填料微微闪光。脱离肉身的双眼在眼眶里疯狂地打转，其实眼眶也已是徒有虚名。她仍在喊叫，但声音已变得细弱，仿佛回声，像是从很远很深的地堡里传来的。

9

罗思以为她放弃了。痛苦太强烈时，有些人就会放弃，但这是一个强悍的甜心宝贝。她挣扎着再次显形，一路嘶喊。她的双手又回到世间时，死命抓住罗思的手，按住不放，力气大得吓人。罗思弯下腰，几乎没有注意到手上的疼痛。

“我知道你想要什么，宝贝儿。回来，你就能得到。”她低下身，嘴唇凑近安蒂，舌尖轻舔安蒂的上唇，直到那也幻化成雾。但眼睛没有消失，定定地盯着罗思。

“Sabbatha hanti，”咒语继续念诵，“Lodsam hanti。Cahanna risone hanti。”

安蒂回来了，围绕着那双晶亮有神、充满痛楚的双眼，脸庞渐渐恢复完整。身躯也紧跟而来。罗思还能见到她胳膊里的骨头，手指尖的骨头扣着自己的手，但眨眼之间，骨头就被血肉之躯裹覆了。

罗思又吻了她一次。甚至在那样的剧痛中，安蒂也回吻了她，罗思便将自己的魂魄之气吹进这个年轻女人的胸中。

我要这个人。我想要的，都能得到。

安蒂又开始淡隐了，但罗思感觉得到，她正在抗争。压制它。尖叫不已的生命力已被她吸入口中，深抵肺腑，她不再驱赶它，而是吸取它进入自身。

第一次吸取魂气。

10

那天晚上，真结族的新成员在罗思·奥哈拉的床上过了夜，生平第一次发现性事并不只会带来恐惧和痛楚，还有别的。经过了躺椅上的那番遭遇，她的嗓子都喊哑了，但她忍不住再次喊叫，因为这崭新的感受——感官的愉悦和变身的剧痛是同等的强烈——绵延周身，仿佛要再次逼迫肉身变得透明。

"尽情喊吧，"罗思说着，从她的两腿间抬起头，"他们听得太多了。喜悦的也有，悲痛的也有。"

"别人的性事都像这样吗？"如果是，她的损失未免太大了！那个浑蛋父亲从她这里偷走了何等的快乐？别人还说她是贼？

"当我们吸取了魂气，我们的性事都是这样。"罗思说，"你只需要知道这一点。"

她低下头，又开始了。

11

邻近午夜时，幸运符查理和俄罗斯巴巴坐在查理的房车"莽汉号"外的踏板阶梯上，分享一支大麻卷烟，一边仰头望着月亮。从罗思的陆巡舰里传出不绝于耳的叫声。

查理和巴巴面面相觑，咧嘴笑了。

"有人挺享受呢。"巴巴说。

"有什么理由不享受呢？"查理说。

12

安蒂在第一缕晨光中醒来，头枕在罗思的胸上。她觉得自己焕然一新了，又觉得一切如故。她抬起头，看到罗思正用那双迷人的灰眼睛打量着她。

“你救了我。”安蒂说，“你把我带回来了。”

“我不可能独自办到这件事。你也想。”不只是想回来，还想要别的，宝贝儿。

“后来我们做的……不可能再来一次了，是不是？”

罗思摇摇头，笑着说：“是。但也没关系，有些至高的体验是无法被超越的。而且，我的男人今天就要回来了。”

“他叫什么？”

“你叫他亨利·罗斯曼，他也会答应，但只有俗人才那么叫他。他在真结族里的名号是乌鸦老爹。”

“你爱他吗？你是爱的，是不是？”

罗思笑着，把安蒂拉近些，吻了她。但她没有回答。

“罗思？”

“嗯？”

“我是……我还是人吗？”

对于这个问题，罗思给出的答案和迪克·哈洛兰给小丹尼·托伦斯的回答一模一样，连那种冷冰冰的语气也一样：“你在乎吗？”

安蒂确定自己是不会在乎的。她确定自己找到了归宿。

妈 妈

1

噩梦连连——有人在永无尽头的走廊里挥舞大榔头追着他跑；电梯自行其是；修剪成动物形态的篱笆活了，步步逼近，把他围困在里面——最终，只有一个念头是清醒的：*真希望我已经死了。*

丹·托伦斯睁开眼睛。阳光穿透眼帘，射入他疼痛不已的脑袋，好像非让他的大脑着火不可。终结以往宿醉的一次宿醉。他的脸孔在抽搐。鼻子塞住了，不透气，只有左侧鼻孔里尚有一丝缝隙可供空气流通。左侧？不，那是右侧。他可以用嘴巴呼吸，但口气太臭了，混杂着隔夜威士忌和香烟的酸腐味。胃袋里塞满了一切不该吃下去的垃圾，像灌了铅一样沉沉的。*宿醉后的垃圾肚*，有些老酒鬼就这样形容那种凄惨的感受。

身边传来响亮的鼾声。丹转过头去，这一转可惨了，脖子发出抗议般的抽痛，又是一阵尖锐的疼痛直冲太阳穴。他再次睁开眼，这次只睁开一条缝。拜托！别再有那样刺眼的阳光了。再等等。他是躺在一块光秃秃的床垫上，床垫搁在光秃秃的地板上。还有一个光溜溜的女人四仰八叉地平躺在他身边。丹低头一瞅，果然，他也是赤身裸体。

她叫……德洛莉丝？不对。黛比？有点像了，但还不——

蒂尼。她叫蒂尼。他是在银河酒吧遇到她的，一开始挺欢腾的，后来……

他想不起来了，又瞧了瞧自己的手——两只手都肿了，右手指关节都磨破了，结痂了——这让他更加肯定：自己不想去回忆。有什么好细想的？还不是老一套。他喝醉了，某某人说错了话，然后一片混乱，酒吧里人仰马翻。他的脑袋里有一条凶险的恶犬。清醒的时候，他可以拴住他，掌控那条狗链。醉了的时候，狗链就消失了。或早或晚，我会把谁杀了的。昨天晚上，他能想到的这些桥段全都上演了。

嘿，蒂尼，攥紧我的小维尼。[①]

他真的讲过这种话吗？他很怕，怕自己真的讲过。现在，有些片段慢慢浮现出来了，即便只是一些闪回，那也足够了，太多了。他们在打争黑八。他想打出个转球，把黑八蹭进洞，谁知道那只狗娘养的沾满滑粉的死八球弹得老高，一路向着点唱机飞滚而去，点唱机里在播放乡村音乐——难道还会有别的音乐？他依稀记得有乔·狄菲[②]的歌声。他怎么会那么用力地去撞球呢？因为他酩酊大醉了，也因为蒂尼站在他身后，蒂尼刚刚还在揉捏他的小维尼，手就搁在撞球桌沿下面，他还想在她面前卖弄一下球技呢。都挺好玩的。可是，偏偏那个时候，戴凯斯棒球帽、身穿花哨的丝绸牛仔衬衫的家伙放声大笑了，那就是他的不对了。

一片混乱，人仰马翻。

丹摸了摸嘴巴，原本有嘴唇的地方已经肿成香肠了。昨天下午，也就是嘴唇还是正常形状的时候，他离开兑现支票的小店时把五百多块钱的现金塞到了裤子的前兜里。

还好，牙齿一颗也没——

他的胃里突然一阵翻涌，打出一个嗝，呕出一口带有威士忌味道的酸臭黏液，又把它咽了下去。吞下肚的时候只觉得火烧火燎。他侧身滚下床垫，膝盖着地，跌跌撞撞地站起来，身子摇摇

---

① Teenie Weenie 原指著名品牌“小熊维尼”，因为女孩叫 Teenie，主人公借用谐音，用 Weenie 指代自己的生殖器。

② 乔·狄菲（Joe Diffie，1958—　），美国著名乡村爵士乐歌星。

摆摆，好像整个房间开始跳慢拍子的探戈舞了。余醉未醒，头痛欲裂，肠胃里尽是昨晚他下酒时塞进嘴的廉价垃圾食品……可那时他已经醉了。

他用手指头把自己的内裤从地板上勾起来，抓在手里，就这样走出了卧室。不能算是一瘸一拐，但主要是靠左腿在走。他模模糊糊地记得戴棒球帽的牛仔扔来一把椅子——但愿这场景永远不要清晰复现。他和“攥紧小维尼的蒂尼”就是那时候跑掉的，不能说是逃跑，但两个人狂笑得像白痴一样。

不舒服的肠胃又拧巴起来了。这次随之而来的是绞痛，好像有一只戴着滑溜溜橡皮手套的手攥紧了肠胃，挤出了所有催吐的因素：泡在大玻璃罐里的煮过头的鸡蛋发出的醋味，烧烤味的猪皮，薯条浸在一摊鼻血般的番茄酱里。全都是昨晚他在数杯烈酒间塞下肚的垃圾食品。他快要吐出来了，但脑海中的场景不依不饶地循环回放，好像那些恐怖的综艺节目中摇奖用的大转盘。

*下一位参赛者会得到什么奖品呢，乔尼？鲍勃，你瞧，他得到了一大盘***油浸沙丁鱼**！

卫生间就在客厅对面，隔着一小段走廊。门开着，马桶盖掀起来了。丹朝前一扑，跪坐在地，对着马桶里漂浮着的屎渣，喷出一大摊棕黄色的半流质液体。他扭过头，伸手摸索冲水阀，摸到了就摁下去。水箱里的水冲下来了，但没有听到下水道抽水的声音。他回头一看，吓了一跳：那些屎渣——很可能是他拉的——正在漫漫浮起，浮在一堆尚未完全消化的酒吧小吃的残渣汇成的汪洋里，逼近溅满尿渍的马桶座边沿。就在马桶里的污物溢出来、完满这个平庸而恐怖的宿醉清晨之前，下水道突然咕咚一声，通了，废物顺势而下。丹又吐了一通，然后背靠卫生间的墙壁，屁股搁在脚后跟上，抽痛的脑袋低垂下去，坐等水箱注满，让他可以冲第二次水。

够了。我发誓。不能再喝酒了，不能再去酒吧了，不能再打

架了。他对自己做下保证，哪怕同样的誓言已说过一百次了。搞不好上千次了。

有一点非常确定：他必须离开这个小镇，否则，肯定会摊上事儿的。搞不好，会是大麻烦。

*乔尼，我们今天的大奖是什么呢？鲍勃，大奖是***两年份的恶意攻击和群殴罪牢饭！**

话音刚落……现场观众都快疯了。

嘈杂的注水声停止了，水箱满了。他伸手去摁水阀，想把宿醉之晨的第二轮残渣也冲干净，但这时候他又愣住了，检点自己短命的记忆里的黑洞。他知道自己的名字吗？知道！丹尼尔·安东尼·托伦斯。他知道隔壁房间里躺在床垫上打呼噜的妞儿是谁吗？知道！蒂尼。他想不起她姓什么了，但很可能是因为她根本没告诉他。他知道现任总统是谁吗？

让丹恐惧的是，他不知道了。一开始没想起来。那家伙留着时髦的猫王发型，还会吹萨克斯风——吹得够逊的。但他叫什么来着……？

你知道自己在哪儿吗？

克利夫兰？查尔斯顿？二选一就对了。

就在他冲马桶的时候，总统的名字突然清晰无比地闪现出来。而且，丹既不在克利夫兰，也不在查尔斯顿。他是在北卡罗来纳州的威明顿市。他在圣玛丽恩典医院当护工。也可能已经不干了。是该翻篇儿的时候了。如果他去别的地方，好一点的地方，他或许就能戒酒，重新做人。

他站起来，对镜自视。本来他还担心伤势过重，现在看来倒还好。鼻子肿了，但鼻梁没有折——至少他自己觉得没有。上唇肿胀，上方的凝血已经结硬了。右颧骨上有一处淤青（戴棒球帽的牛仔肯定是个左撇子），正中央还有一枚戒指留下的印记。还有一处淤青范围更大，笼罩在他的左肩胛骨上。他隐约记得，这是撞球杆打出来的。

他朝医药柜里瞅了瞅。瓶瓶罐罐的化妆品和非处方药胡乱地堆在一起，他发现有三瓶处方药间杂其中。第一瓶是大扶康，通常用于真菌感染。他不禁庆幸自己割过包皮了。第二瓶是达尔丰止痛片。他打开瓶盖，看到里面还有六七颗胶囊，就倒出三颗，打算放进口袋以备后用。还有一瓶是菲奥瑞塞特止痛片，谢天谢地，药瓶几乎是满的。他就着冷水吞下三片。俯在水池前的时候，他的头痛又加剧了，但他觉得自己很快就会恢复的。菲奥瑞塞特适用于偏头痛、紧张性头痛，对付宿醉一级棒，药到痛消。好吧……基本上能消。

他打算关上柜门，但又决定再看个究竟。他把瓶瓶罐罐拨开。没有避孕环。大概在她手袋里。他希望是这样，因为他昨晚没有戴套。如果他干了她——记不清楚，但有可能——那就等于毫无防范。

他穿上内裤，掉头回卧室。他在走廊里站了片刻，望着昨晚把他带回家的女人。手脚摊开，一切毕露无遗。昨晚，她穿着高及大腿根的超短皮裙、露脐上衣和松糕底凉鞋，戴着大圆环耳环，看起来就像西部女神。可是这个早上，他看到的是微凸的啤酒肚像松松垮垮的白面团垂下来，还出现了双下巴。

他看到了更糟的事实：她根本算不上成年人。也许不是故意诱人和未成年少女发生关系（感谢上帝，千万别是那样的祸水妞儿），但她顶多二十岁，搞不好还没成年。一面墙上贴着“亲吻”乐队的海报，基恩·西蒙斯喷着火，感觉幼稚到极点，简直让他不寒而栗。另一面墙上也贴着海报，小猫咪趴在树枝上，瞪大了眼睛，配图的警语是：**宝贝儿，坚持到底哦！**

他必须离开这里。

他们的衣裤缠成一团，堆在床垫一角边。他把自己的T恤和她的内裤扯开后，一把套上脑袋，再把腿伸进牛仔裤里。裤子拉链才拉到一半，他的动作就凝固了，他猛然意识到，裤子左边的口袋空空瘪瘪的，比前一天下午离开兑现支票的小店时瘪了很多。

糟了。不会吧。

心跳加速，他的头又开始抽搐，因为更多的细节回魂复现了。他把手塞进口袋，却只掏出来一张十元纸币和两根牙签，有一根牙签还插进了他的食指，刺中指甲盖下的皮肉。可他几乎没感到痛。

我们没有把五百元都喝掉。不可能。喝掉五百元的酒，我们早就死了。

他的钱包还在屁股口袋里，老地方。他把它揪出来，心里抱着一丝希望，但终究没有惊喜。他肯定在某个时刻把通常塞在钱包里的十元纸币挪到了前裤兜里。撅起屁股坐在酒吧里一杯接一杯喝，前兜总比后兜安全，可现在看来，这说法简直就是天大的笑话。

他看了看床垫上四仰八叉、打着呼噜的年轻姑娘，很想抓住她，把她摇醒，问问她到底把他的钱弄到他妈的哪儿去了。掐住她的脖子，让她呛醒吧，如果非得那么做的话。可是，如果是她偷走的，为什么还要带他回家呢？会不会还有别的事？他们离开银河酒吧后，是不是又冒险去做了别的事？既然他的脑袋清醒了，他记起来了——隐隐约约，但应该可信——他们搭出租车去了火车站。

我知道有个人一直在那儿混，宝贝。

她真的讲过这样的话吗？还是，不过是他的想象？

她讲过，没错。我在威明顿，总统是比尔·克林顿，我们去了火车站。那儿真的有个人。喜欢在男厕所里交易的那种人，尤其是主顾的脸孔有点轻微变形的情况下。他问，是谁喝多了才把我打成那样，我对他说——

“我对他说，你少管闲事。”丹喃喃自语。

他俩走进去的时候，丹只想买一克，哄这个姑娘高兴就好，仅此而已，只希望别掺一半甘露醇。可卡因或许是蒂尼的菜，但不是他的。他听到有人把那玩意儿称作“有钱人的止头痛药”，但他又不是有钱人，从头到脚都不是。可就在那时候，有人从隔间厕所里走出来了。商人模样的男人提着公文包，膝盖总是撞到包，就在这个生意人走向水池去洗手时，丹看到他的脸上爬满了苍蝇。

死亡苍蝇。那商人已经快死了，但他浑然不知。

所以，他不想只买一克了，他很确定，自己要来一份够劲儿的。也许他在最后关头改主意了。有可能，反正他也记不太清楚了。

但我记得那些苍蝇。

是的，他记得。酒精浇熄了闪灵，酒醉之下，连闪灵也会无知无觉，但他真的不能确定，那些苍蝇是不是也是闪灵的功劳呢？闪灵想来就来，不管他是清醒的还是酒醉的。

那个念头又跳出来了：*我必须离开这里。*

那个念头又跳出来了：*真希望我已经死了。*

2

蒂尼鼾声低柔，翻身躲开无情的晨光。除了地板上的床垫，这间屋子里就没几件像样的家具了，连二手店淘来的衣柜都没有。壁橱敞着门，丹可以看到蒂尼大部分寒酸的衣物堆在两个塑料洗衣篮里。挂在衣架上的那几件都像是泡酒吧穿的。他看到一件红色T恤的胸前印着“性感女孩”字样，字母上缀满亮片，还有一条牛仔裙，边缘是刻意磨损过的时髦样式。有两双运动鞋，两双浅口平底鞋，一双细带高跟鞋——鞋跟高得能杀人。

但没有松糕底凉鞋。这么说来，他也没看到自己那双快磨破的锐步。

丹不记得他们进门时曾经踢掉鞋子，但如果是，鞋子就会在起居室，这一点，他还是记得的——模模糊糊地。她的手袋也会在起居室。他可能把剩下来的存款给了她。不太可能，但也不是完全不可能。

他顶着抽搐不已的脑瓜走过短短的走廊，走进另一个房间。他估摸着，这套房子里也就这么两个正经房间了。这个房间的另一端是简易厨房，台面上只有一个简装电炉，台面下塞进一只小冰箱。权作起居室的空间里有一只破破烂烂的沙发，里面的填充物都冒出来了，沙发一角是用几块砖块垫稳的。沙发正对面是一台很大的电视机，但是屏幕中央有一道很大的裂缝纵贯而下。裂缝是用一条封箱胶带黏合在一起的，但胶带的一角也已翻卷起来。有黏性的胶带上粘住了两只苍蝇，有一只还在勉强挣扎。丹带着病态的痴迷凝视着苍蝇，（再一次）想到，宿醉后的眼睛拥有诡异的才能，无论在哪里，总能找到惯常景象里最丑陋的物事。

沙发前摆着一张咖啡桌。上面有只塞满了烟屁股的烟灰缸和一只装满白色粉末的袋子。还有一份《人物》周刊，纸面上散落着一些粉末。旁边是一张一美元的纸钞，还保持着卷筒的模样，这个桌面上的场景因此而完整了。他不知道他们吸了多少，但根据剩下的粉末量来推测，他应该可以放心地和自己的五百美元说拜拜了。

操。我根本不喜欢可卡因。而且，我是怎么能吸进去呢？我连呼吸都很困难。

他没有。是她用鼻子吸进去了。他把它们搓在牙龈上了。记忆全都开始复苏了。他本该避免去回想的，但已经太迟了。

卫生间里的死亡苍蝇从商人先生的嘴巴里爬出来又爬进去，

也爬满了他湿乎乎的眼球表面。毒品卖家问丹在看什么。丹说，没什么，没关系，先来看看你有什么货色吧。结果，那家伙的货色真不少。他们通常都是备货充足的。然后，再打一辆出租车，回到她家，蒂尼在车里就开始吸，倒在手背上吸，那样子好贪婪，或者说是急不可耐。两个人一起哼哼唧唧地唱起了《机器人先生》。

他瞥见她的凉鞋和他的锐步都在门口，珍贵的回忆又汹涌而来。她不用踢掉凉鞋，只需要让鞋子从她脚上滑下去，因为那时候，他的手抓紧了她的屁股，她张开双腿，绕住了他的腰。她的脖子闻起来有香水味，她的呼吸闻起来像烧烤味的脆猪皮。挪到撞球台之前，他俩都在用手抓着吃。

丹穿好锐步，穿过起居室去厨房，心想单门橱柜里大概会有速溶咖啡。他没有找到咖啡，但因此发现了她的手袋，就在地板上。他隐约记得，她把它扔向沙发，结果不太准，落在半路，她就大笑起来。手袋里的七零八碎都甩出来了，包括一只红色仿皮钱包。他把那些东西都扫回手袋里，带去了小厨房。虽然他已经明白，自己的现钞已经躺在毒品卖家那条设计师款的牛仔裤兜里了，但他还没死心，心想着：总该剩点吧。那实在是因为他太渴望有些零头能剩下来了。十美元够买三杯酒或是两组六罐装，但显然不够今天享用的。

他把她的钱包摸出来，打开。里面有几张照片——两三张是蒂尼和一个男人的合影，两人相貌非常相似，不可能没有亲缘关系；还有两三张是蒂尼抱着宝宝的照片；还有一张是穿着舞会礼服的蒂尼，身边的龅牙男生穿着一件丑得可怕的蓝色礼服。放纸币的夹层鼓鼓的。这让他有了希望，结果打开一看，发现揉成一团的救济食品券。倒也有点现金：两张二十元，三张十元。

那是我的钱。不管怎么说，就剩下这些了。

其实他心里很明白，他绝不可能把一星期的工钱——要存起来的现钞——交给刚刚勾搭上且烂醉如泥的女伴。这是她的钱。

是，可是，买可卡因不是她的主意吗？让他在这个清晨酩酊未醒、倾家荡产的罪魁祸首不就是她吗？

不。你酩酊未醒是因为你是个酒鬼。你倾家荡产是因为你看到了死亡苍蝇。

这或许是实情，但如果不是她硬要去火车站买点白粉，他绝不可能看到那些死亡苍蝇。

她也许需要这七十块钱买日用品。

没错。一罐花生酱和一罐草莓酱。再来一条面包，用来涂抹果酱。她可以用食品券去换购别的。

也可能是房钱。她也许留着这笔钱交房租。

如果她需要交房租，可以把电视机贱卖了。也许她的毒品交易人可以买下来，连着裂缝一起买。无论如何，七十块钱也抵不了几天房租。他推算了一下，哪怕是这么破烂的房子，月租金也不会这么少。

那不是你的，道克[①]。那是他母亲的声音，醉得不成人形、巴不得再喝一杯的时候，这是他最不想听到的声音。

“去你妈的，妈。”他骂得很轻，但很真切。他取出那些钱，塞进自己的裤兜里，把钱包放回手袋里，这才转过身去。

有个孩子站在那里。

他看起来也就十八个月大，穿着亚特兰大勇士队的T恤。T恤都垂到他的膝盖了，但底下的尿片还是露了出来，因为尿片里鼓鼓的，都快坠到他的脚脖子了。丹的心在胸腔里猛跳一记，脑袋里轰然一响，仿佛雷神挥起榔头给了他一下。片刻间，他觉得自己肯定要中风昏倒或是心脏病爆发，也可能双管齐下。

---

① 丹尼尔儿时的昵称。原文 Doc，是 doctor 的略称，英文中有医生和博士的双重含义。前传《闪灵》中译为博士，本书中更多场合为医生之意。综合考虑，故取音译。

接着，他深吸一口气，徐徐呼出："你是从哪儿冒出来的，小英雄？"

"妈妈。"孩子说。

从某种角度说，这回答千真万确——丹也一样，是从妈妈肚子里冒出来的——但于事无补。头痛欲裂之际，有一个恶劣的结论自动形成，但他不想把自己卷进去。

他看到你拿钱了。

也许是，但这还不是最终的结论。就算这个小娃娃看到他拿了钱又怎样？他还不到两岁。不管大人做什么，这么小的娃娃都会全盘接受。就算他看到他妈妈在天花板上走路，手指尖喷出火来，他也会信的。

"你叫什么，小家伙？"他的嗓音跟着依然剧烈的心跳而颤动。

"妈妈。"

当真？等你上了高中，别的孩子会因此取笑你的。

"你是从隔壁房间进来的，还是走廊那头？"

拜托，说是的。因为最终的结论是：如果这孩子是蒂尼的，那就是说，她去酒吧买醉的时候把他关在这个狗窝一样的公寓里。独自一人。

"妈妈！"

接着，孩子瞅见了咖啡桌上的白色粉末，跌跌撞撞地走过去，湿漉漉的尿布在他两腿间摇来晃去。

"糖糖！"

"不，那不是糖果。"丹是这么说的，但事实上那就是糖果：鼻子享用的糖果。

孩子根本没理他说了什么，一伸手，就碰到了那些粉末。就是这时候，丹看到他的上臂有淤青。被人掐过留下的那种青印。

他拦腰抱起孩子，另一只手抄在两腿间。就在他把孩子抱离咖啡桌的时候（湿透的尿片里挤出了尿液，顺着他的指缝滴落在地板上），丹的脑海里充满了一个画面，虽然只是一瞬间，却鲜明得让人无法忍受：钱包里的照片上那个酷肖蒂尼的人把这孩子揪起来，死命地摇晃他，留下了他的手印。

（嘿！汤米！你到底懂不懂滚出去的意思？）

（兰迪，别！他只是个宝宝）

画面消失了。可是，第二个声音很虚弱，带着责备的口气，一听就知道是蒂尼的。他明白了，兰迪是她的哥哥。这就说得通了。施暴者不一定都是男朋友。有时候也会是兄长。有时候会是叔伯。有时候

（出来呀出来没用的小畜生快来吃你的药）

甚至会是亲爱的老爸。

他抱着孩子——汤米，他叫汤米——走进了卧室。孩子看到母亲，身子立刻扭动起来："妈妈！妈妈！妈妈！"

丹把他放下来，汤米一路小跑地奔向床垫，爬到她身边。蒂尼还在睡，但此刻伸出手臂，把他往自己怀里拉。勇士队的T恤被拉起来了，丹看到孩子的腿上有更多乌青。

她哥哥叫兰迪。我可以找到他。

这个念头像一月的冰湖般冰冷又清晰。只要他从她的钱包里取出照片，集中精神，不去管砰砰作痛的大脑，他或许可以找到这位大哥。他以前干过几次类似的事情。

我可以亲自制造一些淤青，留给他。告诉他，下一次我就会杀了他。

只不过，不会有下一次了。在威明顿的日子已经完了。他再也不会看到蒂尼和这间让人绝望的小公寓了。他再也不会去想昨晚和今天清晨发生的事。

这一次出现的声音是迪克·哈洛兰的。不，宝贝。你可以把从全景饭店里跑出来的那些家伙收进密码箱里，但你收不了回

忆。从来都不行。回忆是真正的阴魂不散的幽灵。

他站在门口，望着蒂尼和淤青遍身的男孩。孩子又睡过去了，在清晨的光芒里，母子二人简直像天使一样。

她不是天使。也许那些淤青不能怪她，但她确实出去泡酒吧，还把他独自关在家里。他醒来、走进起居室的时候，要不是你在那里……

糖糖，孩子说着，就会去摸剩下的粉末。那可不行。必须做点什么。

是，但不用我来做。如果我顶着这张脸去健康公益机构投诉孩童照管不良的现象，效果会好吗？散发着酒气和呕吐物的嘴脸。不过是想尽一个好人的公民义务。

你可以把她的钱放回去，温迪说，你起码可以做到这一点。

他差一点就这么做了。真的。他从兜里掏出钱，就在手心里攥着。他甚至慢悠悠地走回她钱包所在的位置，这段路肯定对他有好处，因为他又有了一个点子。

非要拿走什么的话，你就把可卡因拿走吧。你可以把它们卖掉，剩下的这些多少能卖一百块钱。要不是糟蹋了这么多，搞不好能卖出两百块呢。

只不过，万一他的潜在客户碰巧是个缉毒便衣——全看他的运气了——他就会锒铛入狱。一旦进了监狱，他还可能因为在银河酒吧里犯下的什么蠢事而罪加一等，脱身不得。拿现金就安全多了。统共七十美元。

我要把钱分了，他暗下决心，四十块留给她，三十块我拿走。

只不过，三十块钱对他没什么用处。况且，她还有食品券呢——那么厚一沓，噎死一匹马都够了。她可以用那些券喂养她的孩子。

他拿起装可卡因的小袋子和沾染粉尘的《人物》周刊，放在了厨台上，以免孩子够到。水池里有一块百洁布，他用它把咖啡桌上残余的粉末都抹掉了。他在心里对自己说，如果她在这个节骨眼上半醉半醒地走进来，他就会把该死的钱全部还给她。他对自己说，如果她继续打呼噜，那就算她活该这个下场。

蒂尼没有进来。她继续打呼噜。

丹清扫完了，把百洁布扔回水池，又想，要不要留张字条呢？可是他该怎么写呢？照顾好你的宝宝，顺便说一句，我拿了你的钱？

好吧，不留了。

他把钱放在左侧前兜里，走出去的时候尽量轻声关门。他对自己说，这是体贴的做法。

3

中午前后，宿醉后的头痛总算过去了——多亏了蒂尼的两种止痛片：菲奥瑞塞特和达尔丰。他去了格尔顿平价烈酒和进口啤酒店。这家店在老城区的砖墙老屋里，那里的人行道上空荡荡的，当铺倒挺多（每一家的橱窗里都展示着令人咋舌的各式剃刀）。他本想买一大瓶非常便宜的威士忌，但看到店门口的物事后，他改主意了。那是某个流浪汉的家当，千奇百怪的玩意儿堆在一辆购物推车里。流浪汉本人在店里，正冲着店员高谈阔论。推车最上面有一条毯子，卷起来之后用麻绳捆紧了。丹看到毯子上有几处污渍，但总体来说还不赖。他取下这捆毯子，夹在胳膊底下，一溜儿烟地走了。从一个有虐待儿童嫌疑的单身母亲那里偷了七十块钱之后，偷走流浪汉的魔毯简直就像小菜一碟。他大概因此觉得自己更渺小了吧。

我是不可思议的缩水人，他心想着，带着新猎物，快速拐过了街角。再偷几样东西，我就能彻底隐形了，谁也看不到。

他做好了准备，预计会听到狂怒的流浪汉的咆哮声——流浪汉越疯，叫得就越响，但事实上并没有人冲他喊叫。再拐一个弯，他就可以恭祝自己安然逃脱了。

丹拐了那个弯。

4

当夜，他出现在恐怖角纪念大桥下的斜坡，独坐在大口径的暴雨下水道口。他有地方住，但滞纳的租金已是债台高筑，他本来信誓旦旦地说昨天下午五点前会付清的。也不仅仅是房租的问题。如果他现在回住处，很有可能得到正式邀请，前往贝斯大街的那幢堡垒式样的官办机构，回答一些关于某次酒吧群殴的询问。所以，综合来看，不回去更好，有多远躲多远。

闹市区有一个美其名曰“希望之家”的收容所（当然，酒鬼们都称其为“没希望之家”），但丹一点儿也不想去。你可以免费睡一觉，但如果你手里有酒瓶，他们就会把它夺走。威明顿到处都有凑合过夜的地方，廉价旅店也比比皆是，没人会管你喝什么、吸食什么或注射什么，但在气温适宜也没下雨的时候，为什么要把好好的酒钱浪费在一张床和屋顶上呢？等他往北走的时候再担心住宿的事吧。更何况，他先要想办法在不惊动房东太太的前提下把博内街公寓里那几件私人物品取出来。

大河之上，月亮升起。毯子已在他身后铺好。很快，他就会躺下来，用这毯子把自己包成一个茧，然后就睡。他喝到刚好开心的程度，就好比经过了艰险的起飞和攀升过程，低空的乱流已经不再困扰他了。他当然知道，自己这日子算不上正直的美国人所标榜的典范生活，但就目前而言，一切都挺好。他有一瓶太阳牌威士忌（在距离格尔顿的售酒店很远的一个酒铺里买的），还有半只霸王三明治留作明天的早餐呢。未来阴晴未卜，但今晚的月光甚是明亮。该怎样，就怎样。

（糖糖）

突然，那孩子和他在一起了。汤米。就在这里，在他身边。伸出小手，想去拿白粉。他的手臂上有淤青。蓝眼睛。

（糖糖）

他看得见，这一幕清晰无比，让人难以忍耐，而且和闪灵没有关系。不止如此。蒂尼平躺着，打着呼噜。红色仿皮钱包。揉成一团的食品券，上面印着美国农业部的标志。纸币。七十美元。他拿走的钱。

想着月亮。想着从河面上升起的月亮是多么宁静。

他全神贯注地想了一会儿月亮，但后来，又看到蒂尼平躺着，红色仿皮钱包，揉成一团的食品券，可怜巴巴又皱巴巴的纸币（现在已经花去大半了）。最清晰的还是那孩子，伸手去够白粉，胖乎乎的小手像一枚海星。蓝眼睛。有淤青的手臂。

糖糖，他说。

妈妈，他说。

丹早就学会了循序渐进的喝法；按照分量慢慢喝，狂饮更能持久进行，飘飘然的快感也更丰富，第二天，头也不至于太痛，一切都更好掌控。不过，有时候，渐进也会出问题。烂事常常有。银河酒吧里那次就是。不过，那次多多少少算是意外，今晚只用四大口喝光这瓶威士忌，却是他故意的。你的意识是黑板。烈酒就是黑板擦。

他躺下来，用偷来的毯子把自己裹紧。他等着意识涣散的时刻到来。是来了，但汤米也来了，他抢先一步。勇士队 T 恤。沉坠的尿片。蓝眼睛。淤青的胳膊。海星小手。

糖糖。妈妈。

他对自己说：我永远不会讲出去，对谁也不说。

月亮升得更高了，悬在北卡罗来纳州威明顿市的上空，丹·托伦斯渐渐沉入无知觉的世界。有梦，梦到了全景饭店，但他醒来后是不会记得的。他记住的将是蓝眼睛，淤青的胳膊，伸出的小手。

他好歹想出了法子，取出了私人物品，往北方去了，先到纽约州北部，后来又去了马萨诸塞州。两年过去了。他经常帮助别人，尤其是老人。这事儿，他有独门绝招。太多个烂醉之夜，那孩子都将是他脑海中的最后一幕，也是宿醉后的清晨第一个浮现出来的画面。每当他对自己说真的要戒酒了，他都会想起那孩子。也许等到下周；下个月绝对戒了。孩子。眼睛。胳膊。海星一样伸出去的小手。

糖糖。

妈妈。

第一部　艾布拉

第一章
欢迎来到迷你小镇

1

离开威明顿之后，每天都喝的习惯停止了。

他会一星期，甚至两星期滴酒不沾，健怡可乐就算最烈的饮料了。他醒来时不会有宿醉，挺好的。他醒来时会很渴，感觉很悲惨——其实是想喝，这倒不太好。但是，之后肯定会有那么一晚。或是周末。有时，一支百威啤酒的电视广告就会让他爆发，广告里的年轻人面目清新又有活力，谁也没有啤酒肚，在一场痛快的排球赛后来几瓶冰爽佳酿。有时，诱因会是看到三两作伴的美女在下班后相约可爱的小咖啡店里喝点东西，那些店名通常都用法文单词，店里通常都有大量藤蔓绿植，饮品通常都插着小纸伞。有时候，仅仅是电台里播放的一首歌。有一次是冥河乐队的《机器人先生》。他不喝，就是滴酒不沾。他喝，就喝到不省人事。如果醒来时身边有女人，他就会想起蒂尼和穿勇士队 T 恤的小孩。他想起那七十块钱。他甚至会想起那条偷来的毯子，他把它留在下水道口了。大概还在那儿吧，如果是，现在肯定长霉了。

喝醉了，就常会误工。他们会宽容他一阵子——他干起活儿来是把好手——但宽容总会到头的。等那一天到来，他就会说非常感谢你们，然后跳上巴士。从威明顿到阿尔巴尼。从阿尔巴尼到尤蒂卡。从尤蒂卡到新帕尔茨。从新帕尔茨到斯特布里奇，他在那儿的露天音乐会上喝醉了，第二天在牢房里醒来时，发现一只手的腕关节断了。下一站是韦斯顿，之后到了玛莎葡萄园的养老院。哦老天呀，那次可没维持很久。第三天，护士长就闻出他嘴里的酒气，没戏咯，拜拜吧。有一次，他横穿过真结族的地盘，但没觉得有异样。没有很明确的意识，不过，在意识的最深处——闪灵所在的那个层次——他确实有些许感受。一种气味，淡淡的，不讨人喜欢，有如收费高速公路的某一段飘散着橡胶烧焦的味道，不久前的惨烈车祸留下的踪迹。

离开玛莎葡萄园之后，他搭乘大众长途班车去了纽伯里波特。他在那儿的“老兵之家”里找到活儿干，那个鬼地方有够离谱，老人家常被遗留在空无一人的诊疗室外面的轮椅里，直到尿袋满了、尿液溢流到地板上才会被发现。对病人来说，那地方太糟糕了；但对他这种三不五时闯点祸的家伙来说，反倒挺好。当然，丹和少数几个护工对老兵是很用心的，尽其可能地照料好他们。他甚至帮过两三个老人渡过弥留之际。那份工作坚持了蛮久，久到吹萨克斯风的总统把白宫的钥匙转交给牛仔总统。

丹在纽伯里波特只放纵了几个晚上，而且第二天都是假日，所以也不碍事。有一次纵酒后醒来时他想到，*至少我把食品券留下了*。就这么一个念头，又召唤来了神经病人似的那对综艺节目主持人。

抱歉，蒂尼，你输了，但没有人会空手离去。乔尼，我们为她准备了什么？

*鲍勃，蒂尼没有赢到钱，但她得到了我们独家奉送的家庭新游戏：一小包可卡因，还有一大坨***食品券！**

丹也有奖品：一整个月滴酒不沾。他猜想，自己能做到这一点是出于一种古怪的赎罪意图。他不止一次想过，假如他有蒂尼的地址，他早就把那团皱巴巴的七十美元给她寄回去了。如果寄回双倍的现钞就能终止穿着勇士队 T 恤的小孩伸出海星似的小手去够白粉的记忆，他也非常愿意。但他没有地址，无计可施，所以他保持清醒。就以禁酒为鞭挞，惩戒自己。

一天晚上，他路过一家名叫“渔夫码头”的酒馆，透过玻璃窗，发现有个面容姣好的金发女郎独坐在酒吧里。她穿了一条苏格兰短裙，裙摆在大腿的中部，看起来很孤寂。他就走进去，结果发现她刚刚离婚。哇哦，太可惜了，也许她想有人陪陪。于是，三天后，他醒来时又坠入了回忆中的那个黑洞，老样子。他回到老兵之家，也就是他一直拖地板、换灯泡的工作场所，满心希望人家能网开一面，但不行了。离谱和没谱还是有差别的；很接近，但不一样。带上衣物箱里的几样东西，他走了，想起鲍勃·高思维特[①]的台词：“我的活儿还在，但别人在干了。”他又踏上巴士，这一辆是开往新罕布什尔的。上车前，他买了玻璃瓶装的醉人玉液。

整整一路，他都坐在后面的醉汉专座上，也就是厕所门边的位子。经验告诉他，如果你打算在巴士上一路喝到嗨，这就是最佳专座。他把手伸进棕色纸袋，拧开醉人玉液的瓶盖，闻了闻那褐色的香味。那香味会说话，哪怕只有一句话要说：你好啊，老朋友。

他想着糖糖。

他想着妈妈。

他想到汤米现在都该上学了。大前提是兰迪舅舅还没把他弄死。

他想着，能刹住车的人只有你自己。

这念头，他以前就想过很多次了，但现在又引申出一个新想法：你不想这么过日子的话，就不用非得这么过。你可以，当然……但你不用非得这么活。

---

① 鲍勃·高思维特（Bobcat Goldthwait，1962—　），美国著名戏剧男演员、导演、作家。

那个声音很陌生，不像任何在脑子里和他对话的声音。一开始，他以为那肯定是不小心从别人那里捡来的——他可以听到别人的想法——但这种不请自来的声音早就被他屏蔽在外了。他学会了如何关闭那种通道。不管怎样，他抬起头，往走道里看，他想，十有八九会看到有人盯着他。但没有。乘客们在睡觉、交谈或凝视车窗外新英格兰灰扑扑的天气。

你不用非得这么活，如果你不想。

话是没错。不管别的了，他把瓶盖拧紧，把纸袋搁在旁边的空座上。一共拿起来两次。第一次他又把它放下去了。第二次他伸进纸袋，拧开瓶盖，就在这时候，巴士开过州界，停靠进了新罕布什尔州的迎宾区。丹和别的乘客一起排着队走进了汉堡王，但他没有久留，只够把纸袋扔进垃圾桶。高高的绿漆铁桶上有钢印字样：**不再需要的物品，请留在这里**。

岂不是很美妙，丹听着纸袋里的玻璃瓶着地的声响，心想，*老天啊，岂不是很美妙*。

2

一个半小时后，巴士驶过了一块指示牌：**欢迎来到弗雷泽，一年四季都有得玩！**底下还有一行字：**迷你小镇的故乡！**

巴士停靠在弗雷泽社区中心门口等待乘客上车。就在丹旁边的空座、前半程用来放酒瓶的位置上，东尼开口了。那是丹熟悉的声音，尽管东尼已经很多年没有这样清楚地说话了。

（就是这地方）

和别的地儿一样好，丹在心里说。

他从行李架上拽下自己的帆布大包，跳下车去。他站在人行道上看着巴士远去。往西边看，怀特山在地平线上延展出高低起伏的山脊线。漂泊至今，他一直避开山区，尤其是纵贯美国、怪兽般的嶙峋群山。但现在他想到，我终于还是回到了高山里。内心里，我可能一直都知道自己会回来的。不过，与至今仍会让他噩梦连连的那片高山相比，这片山更为平缓，他觉得自己尚可容忍，至少短期内没问题。但愿他可以不再想起穿勇士队T恤的小孩。但愿他可以不再依赖酒精。到了某个时点，你就会明白：不停的漂泊是没有意义的。不管你走到哪里，你都要带上你自己。

空中飘着雪，急急切切，细美得像是婚纱上的蕾丝。他看得出来，沿着宽阔大街的各色店铺主要服务于十二月来滑雪、六月来度暑假的游客。九月和十月间或许也有人来赏枫，但在新英格兰北部，这是堪比春季的时段，整整八星期又冷又湿，到处都像镀了铬似的灰蒙蒙的，很不好过。很显然，弗雷泽尚未发掘出适宜本季的游玩项目，因为主干道——克莱默大道——简直没什么人气。

帆布大包搭在肩头，丹慢悠悠地往北走。在一扇锻铁栅栏外，他停下来，望着里面那栋格局凌乱的维多利亚式屋宅，两侧都有新建的砖墙屋，带天顶的走道将它们和维多利亚式的主楼连接起来。主楼的左上方有一个角楼，右上方却没有，给这栋老屋平添了几分古怪的失衡感，丹倒是挺喜欢的。仿佛一个老姑娘在说：好呀，我有一半儿不见了。该死的。这种事早晚也会落在你头上。他笑起来，但笑容转瞬即逝。

东尼出现在角楼的玻璃窗里，目光向下，看着他。他看到丹仰起头，还挥了挥手。丹记得，和小时候一样，那挥手的姿态很郑重；那时候，东尼时常出现。丹闭起眼睛，再睁开。东尼不见了。他本来就不在那儿，怎么会突然冒出来呢？那扇窗已经用木板封死了。

草坪上竖着标牌，金字刻在和老宅立面一样的绿色背景上：**海伦·利文顿安养院**。

他们家有只猫，他心想，名叫奥黛丽的灰猫。

后来他才知道，自己的随想半对半错。是有只猫，也是灰色的，但是只阉了的公猫，不叫奥黛丽。

丹在标牌前凝视许久，久到云散日见，投下一束神圣的光，这时他才起步离去。虽然现在阳光明朗，足以让斜停在奥林匹克运动俱乐部和清新水疗馆外的几辆灰蒙蒙的车子微微泛光，但雪花还在飞旋。这让丹想起母亲很久前讲过的话，那时候他们还住在佛蒙特，虽是春天，却也是这样的下雪天。她说：魔鬼在打老婆。

3

安养院前头的一两个街口，丹又停下来了。弗雷泽镇政厅的对面有一块占地一两英亩的草坪，草地刚有绿意。草坪上有带天蓬的露天舞台，垒球场，铺有耐磨地坪的篮球场只有正规场地的一半大小，还有野餐桌，甚至还有个迷你果岭。一切都好，但让他有兴趣的却是一块牌子，上面写着

参观迷你小镇
弗雷泽给你“小惊喜”
坐坐迷你小镇的小火车！

不是天才也看得出来：迷你小镇就是克莱默大道区域的微缩版本。可以看到他刚刚走过的卫理公会教堂，尖塔高耸足有七英尺。还有音乐盒影院、金币冰激凌店、群山书店、衬衫服饰店、弗雷泽画廊和专业图文店。也有独角楼的海伦·利文顿安养院，精致的袖珍版有半人高，不过，两翼延伸出去的砖墙房被省略了。丹想，也许是因为它们造得太丑陋了，尤其是在主楼的反

衬下。

迷你火车就在迷你小镇的后面，车厢上写着**迷你镇小火车**，座位也很迷你，简直是给刚会走路的小娃娃坐的。鲜红色的火车头喷出白色烟雾，火车头本身只有本田金翼摩托车那么大。他能听到柴油发动机在转响。小火车的招牌旁边，还印着一排复古字体、贴金箔的字样：**海伦·利文顿号**。丹心想，她肯定是资助小镇发展的女富翁。弗雷泽镇的某个地方肯定也会有一条街道是以她的名字命名的。

他在街对面站了一会儿，虽然太阳又被云遮住了，天色又阴冷下来，他都能看到自己呼出的白汽了。小时候，他特别想要一套电动小火车玩具，但没人给他。而在迷你小镇的那头，却有这么一辆男女老少都会喜欢的迷你火车。

他把帆布大包挪到另一个肩膀，横穿大街。听到东尼的话语——并且看到他——让他很不安，但眼下的他是快活的，很高兴自己决定在此停留。也许这真的是他一直在寻觅的地方，走过千山万水而来，这里可以把他岌岌可危的生活扭向正轨。

不管你走到哪里，你都要带上你自己。

他把这个念头塞进脑海中的密室里，这是他的拿手绝活。在那个意识的密室里，藏着各式各样的宝贝。

4

引擎罩罩住了火车头的两边，遮住了视线，但他发现了一只脚凳搁在迷你小镇火车站低矮的屋檐下，便把它拎过来，踩上去。驾驶室里有两个包着羊皮的斗式座椅。在丹眼里，它们很像是从某辆底特律产的大功率高速中型老车里挖出来的。驾驶室和操作系统也像是底特律产的部件再加工而成的，唯独那地板上凸起的老式 Z 型转换杆不像是汽车厂的存货。没有变速挡位；原本在变速杆顶端的圆球被换成了一只骷髅头，还扎着印花头巾，因为经年累月地被人攥在手里，原本的鲜红色已褪成了淡粉色。方向盘的上半部被切除了，这样一来，余下的部分看起来就有点像是轻型飞机的转向杆。写在仪表盘上的字迹原本是黑色的，现在也褪色了，但还分明可见：**最高时速 40 切勿超速**。

“喜欢？”这声音是从他背后传来的。

丹一扭身，差点儿从脚凳上掉下来。一只饱经风霜的大手抓住了他的前臂，稳住了他。那是个貌似五十多岁、顶多六十出头的男人，穿着棉衬牛仔夹克，戴着红格子猎人帽，护耳的部分也拉下来了。另一只手里提着工具箱，箱子顶端封着**弗雷泽行政部门财产**字样的胶带。

“嘿，抱歉，”丹说着，跳下脚凳，“我没打算——”

“没关系。总有人停下来瞧个究竟，通常都是火车模型爱好者。对他们来说，这就像是美梦成真啦。只有在夏天我们才不让他们靠近，因为旺季嘛，这地儿人多事杂。可这个时节，没有我们，只有我。我可不在乎。”他爽快地伸出手，“比利·弗里曼。本镇维修所的工作人员。小利是我的宝贝。”

丹接住伸向自己的手：“丹·托伦斯。”

比利·弗里曼瞅了一眼帆布大包：“刚下巴士？还是一路搭车来的？”

“巴士，”丹回答，“这里面是什么发动机？”

“哎呀呀，那说起来就有意思啦。大概，你从没听说过雪佛兰的维拉尼奥吧？”

他没有听说过，但他还是知道了。因为*弗里曼*知道。丹觉得这些年来，他不曾有过如此清晰的闪灵。这近乎喜悦但久违的感觉把他一下子带回到懵懂的童年，那时候，他还没发现闪灵会有多危险。

“巴西巨无霸，是不是？涡轮柴油机。”

弗里曼浓密的眉毛高高地挑起来，咧嘴笑了：“还真他妈的说对了！凯西·金斯利，他是这儿的老板，他去年在拍卖会上把它买回来的。这玩意儿真棒。拉力强劲，太牛了。操纵板面也是从一辆巨无霸里搞到的。两个座位是我亲自安进去的。”

现在，闪灵渐渐减弱，但丹抓紧时机，得到了最后一个有用的讯息。“从一辆庞蒂亚克肌肉车上。”

弗里曼面露喜色：“太对了！那是在斯纳皮那儿的废车场里淘到的。变速杆是一九六一年款迈克货车里搞到的尖货。九挡变速。不错吧，嗯？你是来找工作的还是碰巧路过？”

话锋突然一转，丹眨巴眨巴眼睛。他是在找工作吗？他觉得是。悠然踱步在克莱默大道时经过的安养院显然可以作为第一个落脚点，但他当时有一个闪念——不确定是闪灵还是普普通通的直觉——就算他们要雇人，他却不一定想在那儿工作。看到东尼在角楼的窗前露脸让他心神不宁。

丹尼，在你走进去要一张职务申请表之前，最好再禁几天酒。哪怕他们只有夜班护工的空缺。

迪克·哈洛兰的声音。天啊！丹已经很久没有想起过迪克了。大概到威明顿之后就没再想过。

夏季的弗雷泽显然有大把理由吸引游客前来，各种各样的活儿都需要雇人来做。但如果让他在当地商场里的墨西哥快餐店和迷你小镇之间做选择，他会毫不犹豫地选择后者。他刚想开口询问弗里曼，哈洛兰却再一次抢在他前头说起来。

你都快三十了，哦，宝贝儿。过了这个村就没这个店了。

与此同时，比利·弗里曼带着不加掩饰的好奇心看着他。

“是的。”他说，“我是想找份工。”

“在迷你小镇工作不会很久，你要知道。夏季一到，学校放假，金斯利先生就会雇用当地人，主要是十八岁到二十二岁的学生。行政委员会希望这样。更何况，付给学生们的薪水也低。”

他大大咧咧地笑起来，嘴里少了一两颗牙齿也看得清清楚楚，“不过呢，别的地方挣钱更辛苦。像今天这种天气，在户外干活就不太妙，但这么冷的天不会持续太久了。”

是的，不会太久。防水布盖住了很多小镇设施，但很快就会被揭掉。你会看到，夏季度假小镇所需之物一应俱全：热狗摊，冰激凌亭，还有个圆形设施，在丹看来只可能是旋转木马。当然，还有小火车，配有迷你可爱的车厢和大大的涡轮柴油发动机。只要他尽量少惹事，证明自己是值得信赖的，弗里曼，或者老板——金斯利先生——说不定会允许他开一两次火车呢。他会喜欢的。就算行政部门决定雇用刚出校门的本地孩子，他还可以去安养院找活儿干。

如果他决定在此逗留，就该这么定。

你最好在一个地方定下来，哈洛兰说道——看起来，丹今天会听到、看到很多无形音容。*你最好快点定下来，要不然，你在任何地方都留不住了。*

他很惊讶自己竟然笑出来了：“我觉得挺好的，弗里曼先生。听上去很不错。”

5

“干过地面维护的工作吗？”比利·弗里曼问道。他俩正慢悠悠地沿着小火车车厢散步。车顶只到丹的胸脯的高度，这让他觉得自己变成了巨人。

“我会除草，种花草，刷油漆。我知道如何使用吹草机和链锯。也会修修引擎，小毛病都没问题。还会开修草坪机，肯定不会撞到小孩。至于火车么……我就不清楚了。”

“这事儿，你要和金斯利先生好好沟通。还有保险之类的那通狗屁。还有一件事，你有推荐信吗？金斯利先生不会雇没有工作经验的人。”

“有几封。大多数是房屋管理员、医院护工之类的工作。弗里曼先生——”

“叫我比利吧。”

“比利，你的火车看起来是坐不下乘客的。那他们坐在哪儿呢？”

比利笑了：“在这儿等着。看看你会不会和我一样觉得好玩。我从来都玩不腻！”

弗里曼走回火车头那里，探下半个身子进去。发动机本来一直在空转，现在开始加速，有节奏地喷散出几缕黑烟。原来，海伦·利文顿号的整个车厢部分都配有液压系统。乘客车厢和黄色末节车厢——总共九节——的屋顶突然抬升起来了。在丹看来，这就像九辆一模一样的敞篷车同时盖起车篷。他猫下腰往车窗里看，看到每节车厢的中央都有一排硬塑料椅。乘客车厢里多出来六张座椅，末节车厢里多了两张。总共五十个位子。

比利走回来的时候，丹忍不住笑着说：“你的小火车坐满乘客的时候，看起来肯定极其怪异。”

“哦，没错！他们捧腹大笑，拍好多照片。瞧这个！”

每节车厢的末端都有一级包钢踏板。比利借助踏板，走上过道，在一张座椅里坐了下来。离奇的视差顿时产生，他看起来好像突然大得失真。他一本正经地朝丹挥挥手，而丹则在想象：五十个巨人国来的游客乘坐本次列车，火车却像矮人国里的道具，一本正经地开出迷你小镇车站。

比利·弗里曼站起来，原路返回，下了车。这时候，丹鼓起掌来：“我敢打赌，光是阵亡将士纪念日到劳动节期间，你就能卖出一百万张明信片。”

“谁赌谁赢。”比利从夹克口袋里掏出一盒压扁的公爵牌香烟——丹很了解，全美国的公车站和便利店里都出售这个廉价品牌。比利给了他一支，丹接下，比利给两个人点上烟。

“趁我还能抽，赶紧享受一下。”比利盯着自己的烟头，说道，“用不了很多年，这儿就要施行禁烟政策了。弗雷泽妇女俱乐部已经在商讨这件事了。要我说，就是一群叽叽喳喳的老女人，但你知道，常言说得好：摇晃该死的摇篮的手就能统治这该死的世界。”烟从他的鼻孔里喷出来，“说起来，从尼克松上台后，她们当中就没几个人还在摇晃摇篮了。也不需要卫生棉条了。”

“未必是坏事。”丹说，“大人怎么做，小孩就跟着学。”他想到了自己的父亲。他母亲在去世前不久还曾说过，比喝一杯更让杰克·托伦斯高兴的事只能是喝一打。当然，温迪爱抽烟，结果，抽烟害死了她。很久以前，丹曾经向自己保证：他决不会沾染这种恶习。现在，他开始慢慢相信了，人生就是一系列让人哭笑不得的埋伏拼凑而成的。

比利·弗里曼看着他，几乎眯起了一只眼睛：“有时候我对别人会有感觉，对你也有。”他讲话带新英格兰口音，“甚至在你转过身，我看到你脸面之前就有这种感觉了。我觉得你应该是合适的人选，从现在开始到五月底，我要找个帮手完成春季清扫的工作。我是这么感觉 ，我也相信自己的直觉。兴许是有点不正常吧。”

丹一点儿不觉得他不正常，而且，他明白了为什么自己能够那么清晰地听取比利·弗里曼的思想，简直毫不费力。他想起迪克·哈洛兰曾经对他说过——迪克，他这辈子的第一个大人朋友——*许多人都有一点我称之为闪灵的能力，但大部分人只能感到一点灵光：电台 DJ 下一首会播放什么歌，电话铃马上就要响了，诸如此类的事情。*

比利·弗里曼就能感受到。灵光一闪。

“我看，我得去和凯利·金斯利谈谈，嗯？”

“凯西，不是凯利。不过没错，要和他谈。他负责本镇的行政事务已有二十五年了。”

“什么时间去比较好？”

“要我说，现在就很好。”比利伸手一指，“那边，对街那排砖墙那儿就是弗雷泽行政楼和镇政厅。金斯利先生的办公室在地下室，走廊到底就是。听到从楼上传来的迪斯科音乐，你就会知道自己找对地方了。每周二和四，楼上的体育馆里都开设女士有氧健身班。”

“好的。”丹说，“我这就去。”

“带着推荐信了？”

“带了。”丹拍了拍帆布大包，刚才，他把它靠在迷你小镇火车站台上了。

“不是你自个儿写的吧？还是压根儿没有？”

丹尼笑了：“不是，都是货真价实的。”

“那就去吧，小伙子。”

“好咧。”

“还有一件事，”比利看着丹走远，又说道，“他最不喜欢喝酒的人。要是你爱喝，他问起来的时候，我的建议是……撒谎。”

丹点点头，扬了扬手，表示他心里有数了。那种谎话，他以前可没少说。

6

光看那只充血的鼻头就能猜到几分，凯西·金斯利不可能一直讨厌喝酒。他是个大块头，在这间又小又挤的办公室里显得很别扭。此刻，他正靠在办公桌后面的椅背上，翻看丹的工作经历和评价——它们被整整齐齐地收在一个蓝色文件夹里。金斯利身后的墙上挂着一只朴素的木质十字架，他的脑袋差点儿就要撞上竖着的木条了。十字架旁边还挂着一个相框，里面是张全家福。照片里的金斯利更年轻、更苗条，身边是他的太太和三个穿着泳衣的孩子，不知道在哪里的沙滩照的。天花板上面传来乡人乐队演唱的《YMCA》，隔音效果很不好，听得很真切，伴随音乐的还有很多双脚兴奋地跺地板的声响。丹幻想出一条刚光顾过本地发廊的巨型蜈蚣，此刻正穿着一条九码长的鲜红色紧身连体裤。

"嗯哼，"金斯利说，"嗯哼……对……好，好，好的……"

办公桌一角放着一只装满硬糖的玻璃罐。他的目光没有离开丹那薄薄几页工作简历，头也不抬，伸手取下盖子，摸出一颗糖来塞进嘴里。"想吃自己拿。"他说。

"不用，谢谢。"丹答。

一个古怪的念头突然冒出来。很久以前，他的父亲或许也坐在类似的房间里，应聘全景饭店冬季管理员的职位。父亲当时在想什么？他真的迫切需要那份工作吗？是他最后的机会？也许吧。只是也许。但杰克·托伦斯拖家带口，显然有负担。丹没有。如果这份工作不适合，他可以凑合一阵子，想走的时候再走。或者，去安养院碰碰运气。不过……他喜欢这个小镇的公共娱乐区。他喜欢那辆让正常的成年人突然变成哥利亚般的巨人的小火车。他喜欢迷你小镇，虽然荒唐，但让人开心；虽然有点妄自尊大——明明是个小镇，却很把自己当回事儿——但也显出了几分美国式的勇气。而且，他很喜欢比利·弗里曼，他有闪灵的潜质，但未必自知。

在他们头顶上，《YMCA》已换成了《我会好好过下去》。那仿佛是金斯利一直在等的号令，新歌上场，他也变了动作，把丹的简历放回了文件夹，递给办公桌对面的丹。

他是不打算要我了。

这一天，他有了好几次精准的直觉，这次却错了。"材料看起来不错，让我惊讶的是，凭这些资历，你完全可以在新罕布什尔中央医院，或是我们镇上的临终关怀安养院里找到工作，那要比这个活儿强多了。说不定，家庭护理员的活儿你也能担当——我看到你有医护、急救方面的资历。根据这些介绍信，你知道如何使用除颤器。听说过家庭护理员机构吗？”

“知道。我确实考虑过临终关怀安养院。但后来我看到了镇上的公共娱乐区、迷你小镇，还有小火车。”

金斯利咕哝了一句：“免不了想操控一下，是不是？”

丹不假思索地撒谎了：“不，先生，我不是想要开火车。”若要承认他希望坐进改装后的肌肉车驾驶室、操控半截方向盘，那就免不了谈及他的驾照，势必也会谈到他的驾照是如何被吊销的。一路谈下去，结果肯定是凯西·金斯利先生请他离开这间办公室。“我是那种更喜欢开开除草机、用用草耙子的人。”

“喜欢干短期工，从这些材料上看。”

“我就快安定下来了。跑了太多地方，我觉得旅行癖也差不多耗光了。”他不知道金斯利会不会像他自己一样觉得这纯粹是胡说八道。

“我只能提供你短期的工作。”金斯利说，“一旦到了夏天，学校放假了……”

“比利跟我说过了。如果到夏季，我还打算留在此地，就会去安养院找活儿干。事实上，我可以提前申请，只要你不介意。”

“提不提前的，我都不介意。”金斯利看着他，露出好奇的表情，“快死的人，不会让你不舒服吗？”

你的母亲就是在那里过世的，丹尼在心里说。果然，闪灵还在，而且几乎不加掩饰了。*她咽气的时候，你握着她的手。她叫艾伦。*

“不会。”他答完，又毫无理由地跟上一句，“我们都在慢慢死亡。这个世界就是一所空气新鲜的安养院。”

“挺哲学家的呀。好吧，托伦斯先生，我这就正式聘用你了。

我信任比利的判断力——他看人很准，几乎从来不会看错。至于上班，你只要别迟到，别喝酒，别红着眼睛浑身大麻味儿就行。就这三条戒律，只要犯一条，你就得走人，因为利文顿安养院也不愿意和这样的人有半点瓜葛——我可以很肯定地这么说。清楚了？”

丹感到一阵怨气冲上来

（爱打官腔的浑蛋）

但压下来了。这是金斯利的主场，也是金斯利发球。“非常清楚。”

“如果可以，你明天就能开工。镇上有好多客房。我可以帮你打一两个电话，如果你需要的话。第一张工资支票下来之前，你可以承担每周九十块钱的房租吗？”

“可以。谢谢你，金斯利先生。”

金斯利摆摆手：“另外，我还可以推荐红屋顶旅店。那是我前妻的兄弟经营的，他会给你个折扣。怎么样？”

“行啊。”事情进展的速度很惊人，仿佛是一千块拼图进行到最后，仅剩的几块碎片迅速到位。丹告诫自己不要轻信这种感觉。

金斯利站起来。他是个大块头，起身的动作很迟缓。丹也站起来，当金斯利把火腿般的厚手掌抬升到杂乱的办公桌上方时，丹赶忙和他握了手。现在，从头顶上传来了 KC 和阳光乐队的成名曲，欢快地告诉全世界他们就喜欢这样，噢呼！嗯哼！

“我讨厌那种扭来摆去的摇滚乐。”金斯利说。

不，丹尼在心里说，你不讨厌。那会让你想起你的女儿，那个最近不太出现的女儿。因为她还没有原谅你。

“你还好吧？”金斯利问道，“你的脸色有点苍白。”

“只是累了。坐了太久的巴士。”

闪灵又出现了，而且很强烈。问题是：为什么是现在？

7

上了三天班，丹已把露天舞台重新油漆了一遍，用吹草机清除了大草坪上的落叶。金斯利沿着克莱默大道慢慢走来，告诉丹，如果他需要，艾略特街有个空房间可以租给他。包括独用的洗手间，有浴缸和淋浴。每星期八十五美元。丹要了。

“午休的时候过去看看吧，去找罗伯逊太太。”金斯利说着，指了指方向，手指上已有关节炎的迹象，“小伙子，别给我搞砸啦，因为她是我的老朋友。记住，我只凭几张薄薄的简介和比利·弗里曼的直觉就给你担保了。”

丹说他不会惹是生非的，也尽量让语气显得更诚恳，但在他自己听来实在很虚假。他又想起了父亲，丢掉佛蒙特的教职之后不得不低声下气地央求阔气的老朋友帮忙介绍活儿干。同情一个差点杀死自己的人，这感觉是有点奇怪，但确实感同身受。别人是不是也觉得有必要叮嘱他的父亲别惹事、别搞砸？也许吧。反正杰克·托伦斯把一切都搞砸了。该惹的不该惹的都惹了，搞出了有声有色的大场面。五星级。酗酒无疑是原因之一，但你落难的时候，总会有人急不可耐地落井下石，而非先拉你一把。烂人烂事，但人性大抵如此。当然，你和档次低的人混在一起，基本上也只能看到丑陋的一面。

“再问问比利能不能找到一些你能穿的靴子。他在装备库房里存了十几双，不过上一次我去看的时候，大概只有一半是成双的。”

这天很晴朗，也挺温暖的。此刻穿着牛仔裤和尤蒂卡蓝袜队T恤的丹仰头望了望万里无云的蓝天，又不解地看着凯西·金斯利。

“没错，我知道天色怎样，但这里是山区，朋友。美国海洋和大气局预报说会有东北风，降雪量会有一英尺。应该不会下很久——新罕布什尔人把四月雪称作‘穷人的肥料’——但风会超大。预报是这么说的。我希望你不但会用吹草机，还能正确使用除雪机。”他停顿了一下，“我还希望，你的背没问题，因为你和比利明天要捡好多断木。可能还要从倒下的树木上砍一些枝干。你会用链锯吧？”

“会，先生。”丹答。

“很好。”

8

丹和罗伯逊太太达成了友好协议，她甚至还从共用厨房里给他端来咖啡和鸡蛋沙拉三明治。他接受了她这份好意，也准备好回答那些惯常的问题：他为什么会来弗雷泽镇？以前都在哪里待过？但她没有，一个问题都没有，这让丹倍感轻松。相反，她问他是否有时间帮她把楼下窗户上的百叶窗都关紧，以防“顶天风”（她的原话）真的会刮过来。丹答应了。他这个人不讲究太多啰嗦的原则，但有一条：最好一直和房东太太搞好关系；说不定哪一天，你就得央求她放宽交租期限。

回到公共娱乐区，比利已经在等他了，还带来一堆事。前一天，他俩把儿童木马上的防水布都拆下来了。这天下午，他们又得把它们再罩好，还要关闭各式各样的售货亭、小卖部的门窗。当天的最后一项工作是把小利搬回它的专用仓库。干完后，他俩坐在迷你小镇火车站旁的折叠椅上，抽起烟来。

“老实告诉你吧，丹诺，”比利说，“我是个累坏了的雇工。”

“不止你一个。”说是这么说，可丹不算太累。筋骨活络了，但肌肉没有酸痛。他都快忘了户外劳动会带来畅快的感觉，尤其是无需应付宿醉的时候。

积云遮住了天空。比利仰头看看，叹了口气：“我求老天爷帮帮忙，别像电台里说的那样又下雪又刮风，但说不定还是会。我帮你找到了靴子。不太像原配，但至少一只是左脚一只是右脚。”

丹走路回新住址的一路上就提着那双靴子。已经起风了，天色变得阴沉。那天早上还感到弗雷泽镇快入夏了呢，谁知傍晚就有了大雪前的预兆，湿冷的寒风吹得人脸刺痛。大街小巷全没人影，家家户户都锁门关窗。

丹从莫汉德街拐进艾略特街时，停下了脚步。去年的秋叶像散碎的骷髅在风中翻滚，随其一路沿着人行道飞滚的还有一顶破破烂烂的高礼帽，像是魔术师戴的那种。*大概是很久以前哪出音乐喜剧里的演员戴的*，他心想。看到这顶帽子，让他感觉冰冷彻骨，因为它并不在那里。不是真的在街上。

他闭起眼睛，慢慢地从一数到五，任凭强劲的大风把他的牛仔裤脚管吹得扑拉扑拉响，数完了才睁开眼。树叶还在，但帽子不见了。那只是闪灵作祟，投射出栩栩如生、令人不安且通常毫无意义的影像。以前，只要他一段时间不喝酒，闪灵就会变得强烈，但从没有这么强烈过——自从他来到弗雷泽镇之后。这里的空气似乎和别处的不同，似乎更有传导性，能把异度空间中的东西离奇地传送过来。很特别。

就像全景饭店那么特别。

“不。”他说，“不会的。我不信。”

喝几杯，它就会消失了，丹尼。你信这个吗？

很不幸，这个他信。

9

罗伯逊太太的公寓是栋凌乱的旧殖民时代老楼，丹的房间在三楼，能望见西面的山景。他宁可没有这样的景观房。这些年来，有关全景饭店的回忆渐渐模糊了，但当他收拾仅有的几样行李的时候，一个画面浮现出来……那是货真价实的浮现，犹如恶心的有机无生命体（比如说：小动物的腐尸）漂浮在深不可测的湖面上。

雪真正降临的时候是黄昏。我们站在那座空荡荡的大饭店的门廊里，我爸爸在中间，妈妈在他身边，我在另一边。他的手搭在我们的肩头。那时候还没问题。那时候他没有喝酒。一开始，雪是笔直地落下来的，但后来起风了，雪就飘进了走道，顺着门廊两边飘飞，落在了——

他努力地阻挡这回忆继续，但没有用，画面继续延展。

——那些动物形状的树篱。它们常常趁你没在看的时候四处移动。

他从窗前走开，胳膊上已起了鸡皮疙瘩。他在红苹果杂货店里买好了三明治，本来打算看约翰·桑福德[①]的平装小说时吃的，小说也是在红苹果买的。咬了几口，他又把三明治包起来，搁在窗台上，因为那儿比较冷。他可以晚点吃，虽然他觉得今晚不会很晚睡，九点过后撑不了多久；能读上一百页就很不错了。

窗外，风继续增强。时不时的，大风会在屋檐下盘旋，发出让人不寒而栗的尖啸声，那会迫使他的目光从书本上抬起来。八点半左右开始下雪了。雪很大，也很湿，眨眼间就蒙住了窗户，让他看不见远处的山峦。从某种角度想，这反而更糟。大雪也曾蒙住全景饭店的窗户。一开始只是从底楼看不到外面……然后是二楼……最后从三楼也看不见了。

然后，他们就和活死人一起被封死在楼里了。

我爸爸还以为他们会让他当经理呢。他要做的仅仅是效忠。

---

① 约翰·桑福德（John Sanford，1944— ），美国侦探小说名家。

用献出亲生儿子的办法。

“他唯一的儿子。”丹喃喃自语，又扭头环顾，好像说话的是别人……确实，他感到自己不是独自一人。不能说是独自一人。狂风再一次尖啸，擦过老楼的外墙，他发抖了。

现在去红苹果还不算太晚。随便抓瓶酒，平息所有这些让人不愉快的念头。

不行。他打算看书。卢卡斯·达文波特[①]开始行动了，他也要继续看小说。

九点一刻，他把书合上，爬上新公寓的床。我睡不着的，他心想，风吼成这种鬼样，肯定睡不着。

但他睡着了。

10

他坐在下水道口，俯瞰恐怖角河边杂草丛生的斜坡和横跨在河面上的大桥。夜空澄净，满月悬空。没有风，没有雪。全景饭店消失了。就算它不曾在花生农场主总统在任期间被大火夷为平地，也至少和此地相隔上千英里。所以，他为什么要如此恐慌呢？

因为他不是独自一人，这就是理由。有人跟着他后面。

“想听一点儿建议吗，亲爱的小熊？”

这声音仿佛在水里漂摇着。丹只觉后背从上而下起了寒战。双腿更冷，鸡皮疙瘩一粒一粒很分明。他看得到皮肤上那些白色的凸起，因为他穿着短裤。当然，他穿的是短裤。他的头脑或许是成年人的，但眼下，头脑正安放在五岁男孩的身体上。

---

① 卢卡斯·达文波特（Lucas Davenport）是约翰·桑福德系列侦探小说中的主人公。

亲爱的小熊。你——？

但他知道。他告诉过蒂尼自己的名字，但她没有那样叫他，而是只叫他“亲爱的小熊”。

你不记得了，而且，这只是个梦。

当然是梦。他明明是在弗雷泽镇，新罕布什尔州，春季暴风雪呼号在罗伯逊太太家外面，他正睡得酣。但还是聪明一点吧，别转过头，这样更安全。

“不想听什么建议，”他说着，眺望河水和满月，“我领受过专家的指教。酒吧和理发店里都是这方面的专家。”

“亲爱的小熊，一定要远离戴帽子的女人。”

*什么帽子？*他可以追问，但，说真的，干吗费那个事呢？他知道她说的是哪顶帽子，因为他已经亲眼看到了。它在人行道上被风吹着跑，帽子外面是邪恶的黑色，里面有白绸裹边。

“她是地狱古堡里的贱人女王。要是你和她捣乱，她会把你生吞活剥。”

他实在忍不住，转过头去。蒂尼就坐在他身后，在防范暴雨和洪水的出水口，流浪汉的毛毯裹住了赤身裸体的她。她的头发粘在了脸颊上。她的脸肿着，滴着血。她的眼睛含糊不清。她死了，大概已经在坟墓里死了很多年了。

*你不是真的，*丹想这么说，但说不出话来。他又回到了五岁。丹尼五岁，全景饭店灰飞烟灭，但这里有个死去的女人，他偷过她的钱。

“没关系。”她说，肿胀的嗓子眼里冒出的声音咕咕哝哝的，“我把可卡因卖了。还掺了点糖粉，卖了两百块。”她咧嘴笑了，齿缝间溢出水来，“我喜欢你，亲爱的小熊，所以我才来警告你：*远离戴帽子的女人*。”

“假的，”丹说……但声音是小丹尼的，尖细、虚弱、喃喃的娃娃音，“假的脸孔，不在这里，不是真的。”

他紧闭双眼，当年他在全景饭店里看到可怕的东西时也常常这样闭眼睛。女人开始尖叫，但他就是不肯睁开眼睛。尖叫声不停歇，忽高又忽低，他突然醒悟了，那是风的尖啸。他不在科罗拉多，也不在北卡罗来纳。他是在新罕布什尔。他刚刚做了个噩梦，而且，梦已经完了。

11

计时器显示是半夜两点。屋子里很冷，但他的双臂和胸前都被汗水濡湿了。

想听一点建议吗，亲爱的小熊?

“不要。”他说，“不想听你的。”

她是死的。

他不可能知道这一点，但他确实知道。蒂尼——穿着真皮超短裙和松糕底凉鞋，活像西部女神——已经死了。他甚至知道她是怎么把自己弄死的。嗑了药，盘起头发，爬进注满热水的浴缸，睡着了，滑下去，溺毙。

狂风的骇人呼号似曾相识，带着空洞的威胁。哪里都会刮大风，但只有在地势高耸的山区里才会有这样的风声。恍如某位暴怒的天神挥动气锤狠狠地猛砸这个世界。

以前，我把他的酒叫做“坏东西”，丹心想，其实，有时候酒真的是好东西。深更半夜从噩梦中惊醒，你还知道那梦境大半归功于闪灵的时候，酒就是超级好的东西。

只需一杯酒，就能让他重归安眠。三杯，就能保证睡着，而且一觉无梦。睡眠是大自然赐予的医生，此刻的丹·托伦斯觉得自己很不舒服，亟需一剂猛药。

不会有店面还开着。算你运气好。

那好吧。也算是运气。

他翻了个身，侧身躺着，但背部好像顶住了什么东西。不。不是东西。是什么人。有人偷偷溜上了他的床。蒂尼溜上了他的床。但感觉那人的体型很小，不可能是蒂尼。更像是——

他连滚带爬地翻下床，踉跄地跌坐在地板上，再扭头回望。那是蒂尼的小男孩，汤米。他右边的脑壳都碎塌了。尖锐的碎骨从血污的金发丛中扎出来。灰色鳞块状的污物——脑浆——在半边脸颊上板结了。受到这样毁灭性的创伤，他不可能还活着，但他确实是活生生的。他伸出一只海星状的小胖手，朝向丹。

“糖糖。”他说。

又传来一声尖叫，但这次不是蒂尼，也不是风。

这一次，是他在尖叫。

12

第二次醒来时——真正地清醒过来——他压根儿没有喊叫，只是从胸腔深处发出一声低吼。他坐起身，大口喘气，被单乱糟糟地绕在他腰间。床上没有别人，但梦尚未彻底消散，光用眼睛看是不够的。他掀转被单，还是没看到异样。他又用两只手在床垫上摸索，想去感受些许余温，或是小孩的屁股留下的凹陷。什么也没有。当然不会有。于是，他翻身朝床底下看，入目的只是那双借来的靴子。

风势有所减弱。暴风雪还没过去，但风已经小多了。

他走进洗手间，又突然回转身体往后看，好像要吓唬谁。只有床，原本在床上的被单已被拱到床脚，耷拉到地板上了。他拧亮水池上方的灯，往脸上泼冷水，然后一屁股坐在翻下来的马桶盖上，一口又一口地深呼吸。他想过，不妨站起来，摸支烟来抽，但香烟盒和小说都搁在房间里的小桌子上，腿脚却绵软乏力，他不确定自己能不能靠这双腿走到那里。反正不着急，还不到时候，所以他就坐着。他看得到床，床上空无一人。整个屋子也空无一人。没有异样。

只不过……目睹和感受却不同。感觉上还不是空荡荡的。等他感觉对头了，说不定还会上床去躺。但不能再睡了。这个晚上的觉已经睡完了。

13

七年前，丹在塔尔萨安养院里当护工的时候曾和一位上了年纪的精神病专家交上了朋友。埃米尔·坎默当时已是肝癌晚期，有一天，他又絮叨起（不是相当严谨地）自己经手的几个有趣的病例，丹也诚恳地说起自己从小就备受双重梦境的折磨，还问坎默是否了解这种现象，以及有没有专门的术语或名称。

坎默，壮年时身材魁梧，搁在他床头的老黑白婚照就能很好地证明这一点。然而，癌症是终极的减肥方法，在这段谈话发生的当天，他的体重差不多和岁数一个数值：九十一磅。眼下，丹坐在马桶盖上，聆听窗外将息的风声，神智却很清晰，不禁想起老人当时会心一笑。

“通常来讲，”他讲话时带有浓重的德国口音，“要我诊断得付钱，丹尼尔。”

丹被逗乐了：“那我就不走运了。”

“也不一定。”坎默审视着丹。他的眼睛很蓝很亮。丹忍不住去幻想：这双眼睛在纳粹党卫军头盔下会是什么模样，尽管他明白这么做极不厚道。“这所死人之家里有一个传言，说你这个孩子有一种天赋，可以帮助别人安然死去。是真的吗？”

“有时候。”丹回答得很谨慎，“也不总能成功。”事实上，几乎屡试不爽。

“轮到我的时候，你愿意帮我吗？”

“当然，只要我办得到。”

“很好。”坎默站起来，这么简单的动作却要痛苦地使出浑身的力气，丹想去搀扶，坎默却摆摆手，“你所说的双重梦境，精神病学家都很了解，荣格学派的专家尤其感兴趣，他们把它称之为‘假醒’。第一个梦通常被称为‘清明梦’，顾名思义，做梦的人知道自己是在做梦——”

“是的！”丹喊出声来，“但第二个梦——”

“做梦的人相信自己是醒着的。”坎默说，“荣格充分阐释了这一点，甚至认为这类梦有预言的能力……不过，我们不会轻信的，丹，是不是？”

“当然。”丹表示赞同。

“其实早在卡尔·荣格诞生之前，诗人埃德加·爱伦·坡就描写过假醒现象了。他写道：‘我们所见或所现，无非只是梦中之梦。’我这样说，算是回答你的问题了吗？”

“我认为是的，谢谢你。”

“别客气。现在我觉得有必要喝点果汁了。苹果汁，谢谢。”

14

预言的能力……不过，我们不会轻信的。

多年来，他都把闪灵的秘密完全深藏于内心；就算他没有这么做，也不至于当面抵牾一个垂死的老人……尤其是有这样一双仿佛能无情看透你的蓝眼睛的人。事实上，他的双重梦境常常带有预言性质，不只是第一个梦，有时第二个梦也是。预言通常是以他半知半解，甚至完全不明白的方式演绎出来的。但当他坐在马桶盖上，只穿着内裤而浑身发抖时（不止是因为房间里很冷），他明白了很多事，超乎他所希望的。

汤米死了。很可能是被有虐待习惯的亲舅舅弄死了。孩子死后不久，当妈的也自杀了。至于梦境的其他内容……乃至他回家前看到的幻影：在人行道上随风翻滚的大礼帽……

远离戴帽子的女人。她是地狱古堡里的贱人女王。

“我不在乎。”丹说。

要是你和她捣乱，她会把你生吞活剥。

他根本无意去找她、见她，遑论和她捣乱呢。也不用在乎蒂尼，他犯不着为她火爆脾性的兄弟负责，管不到她忽视孩子的安危。他甚至不用再为了那该死的七十块钱而愧疚，甚而念念不忘了。她把可卡因卖了——他有百分百的把握，那段梦讲述的是实情，因此，他俩已经扯平了。说真的，不止是扯平。

现在他念念不忘的是来一杯；说得再准确些，他是要一醉方休。嗨起来，倒下去，醉得屁滚尿流。温暖的清晨阳光是很好，干完重活后的肌肉感觉也很好，不带宿醉的醒过来当然好，但代价太高了——要承受所有这些疯狂的梦境和幻影，更别提那些陌生路人杂七杂八的念头也会时不时渗透他的防线，钻进他的脑瓜里去。

得不偿失。

15

他坐在房间里唯一一把椅子里，就着房间里唯一一盏灯光，继续读约翰·桑福德的小说，直到镇上的两座教堂都在清晨七点敲响钟声。他套上新靴子（反正对他来说是新的），穿上粗呢厚外套，毫不迟疑地走出去。外面的世界已经改头换面，到处都没有尖锐的边缘，仿佛一切都变得柔软了。雪还在下，但现在只是轻柔地飘落。

我应该离开这里，回佛罗里达去。去他妈的新罕布什尔，搞不好奇数年份的七月四日都会下雪呢！

回答他的是哈洛兰的声音，和他小时候记得的声音一模一样，但此刻透着钢铁般严峻的语气。你最好快点定下来，要不然，你在任何地方都留不住了。

“去你的，老家伙。”他嘟哝了一句。

他又去了红苹果，因为专卖烈酒的小店起码还要一小时才开张。他在红酒冷柜和啤酒冷柜之间慢慢地走来走去，拿不定主意，好不容易下定决心：既然来买醉，不如搞大一点，场面越难看人越过瘾。他抓起两瓶雷鸟（十八度，暂时弄不到威士忌的时候，这个酒精度还能凑合），转向过道，打算去收银台，却迈不出脚步。

再熬一天。再给你自己一次机会。

他觉得自己熬得住，但为什么呢？就为了醒来时发现自己和汤米躺在一起？半个脑壳都塌了的汤米？下一次或许是蒂尼？大楼管理员实在厌倦了敲门没人应，就用自己的门卡开了门，这才发现她躺在浴缸里已有两天。他不可能知晓这一切，如果埃米尔·坎默在这里，必会断然肯定这一点，但他确实知晓。他什么都知道了。所以，干吗还要熬？

这种超知觉或许会消失的。有可能，这只是一个阶段，好比震颤谵妄症的超能力版本。也许你再等等……

但是时间会变形。这，只有醉鬼和吸毒者才会明白。在你无法入眠，因为害怕可能看到的景象而不敢往四周看的时候，时间会拉长，长出利齿来。

“要帮忙吗？”店员问道，丹知道

（该死的闪灵该死的玩意儿）

自己的举动吓到店员了。人家怎么会不紧张呢？蓬头垢面，一双黑眼圈，忽动忽停，举止奇怪。他这副尊荣酷似吸毒成瘾的疯子，正在琢磨要不要掏出最值得信赖的小手枪，把收银机里的东西扫荡一空。

“不用。”丹回答，“刚想起来，我的钱包落家里了。”

他把绿色的酒瓶放回冷柜。关门的时候，它们像老朋友一样轻轻对他说：丹尼，回头见。

16

比利·弗里曼在等他，从头裹到脚。他递来一顶老款式的滑雪帽，前面还绣着**安妮斯顿旋风**六个大字。

“安妮斯顿旋风是什么鬼东西？”丹问。

“从这儿往北二十英里就是安妮斯顿市。但凡有足球赛、篮球赛和棒球赛，他们就是我们的劲敌。要是有人瞅见你戴这顶帽子，说不定会冲你脑门砸个雪球，可惜我只有这么一顶帽子给你用了。”

丹把帽子戴上，往下拽拽：“那就这么着吧，旋风。”

“没错，去他妈的不管那么多。”比利把他从上到下打量一番，“你还好吗，丹诺？”

“昨晚没睡好。”

“我也是。该死的大风鬼哭狼嚎。以前，我撺掇前妻周一晚上乐一乐，说那对我们有好处，她也会这样冲我吼。准备好开工了吗？”

“一如既往，随时应战。”

“好。我们开挖吧。今天会很忙。”

17

当真是很忙的一天，但中午出太阳了，气温立刻回升到华氏五十多度。迷你小镇上传出上百个迷你瀑布的声响，那是雪在融化的声音。丹的精气神也随气温上扬，在公共娱乐区旁边的小商铺门前推着吹雪机前行时，他甚至不知不觉哼起了歌（“年轻人！我也曾有你的遭遇！”[①]）。头顶上，写着**迷你小镇商铺春季大特卖**的横幅被微风轻轻吹拂。

没有幻影。

下班后，他请比利去恰克饭店吃牛排大餐。比利说啤酒他来请。丹摇摇头：“谢绝酒精。理由嘛，一旦我开喝就常常刹不住车。”

“你可以和金斯利聊聊这话，”比利说，“大约十五年前，他因为酗酒而离婚。现在他已经好了，但他女儿还是不肯和他说话。”

他们点了咖啡配牛排。很多杯咖啡。

丹回到艾略特街的三楼出租屋，累得一屁股坐下来，满肚子热乎乎的美食。他很高兴自己是清醒的。房间里没有电视，但桑福德的小说还剩最后几个章节，他一口气读了一两个钟头。其间，他也侧耳留意外面的风声，但风势没有增大。他觉得，昨晚的暴风雪应该是这年冬天的最后一次寒流。他觉得这挺好的。他十点就上床，倒头就睡着了。此时再回想一大早就去红苹果的事恍如一梦，好像是他发着高烧、谵妄不清的时候去的，而现在，高热已经过去了。

18

下半夜，他醒过来，不是因为风声再起，而是尿急难忍。他爬起来，拖着脚步走向洗手间，打开门内的灯。

高帽子在浴缸里，而且盛满了血。

“不，”他说，“我准是在做梦。”

---

① 乡人乐队的名曲《YMCA》的歌词。

也可能是双重梦境。甚或三重。四重。重重叠叠。有些事，他没有告诉埃米尔·坎默：他很害怕自己最终迷失在夜晚的重重幻影迷宫里，再也找不到出路。

我们所见或所现，无非只是梦中之梦。

但是，这次是真实的。帽子也是真的。虽然没有第二个人看到，也不能改变这一事实。帽子是当真存在的。他知道，它就在这世界的某处。

眼角的余光还瞥到了什么，写在水池上方的镜子上的什么字。用口红写的字。

我决不能去看。

太晚了。他的头在转动，他甚至能听到脖子上的肌腱像老朽的门铰链在嘎吱嘎吱地转动。有何关系？他知道那是什么词。梅西夫人不在了，贺拉斯·德文特不在了，他们都被死死封锁在他脑海深处的箱子里了，但全景饭店还是不肯放过他。写在镜子上的字，不是用口红而是用鲜血写的，只是一个词：

REDRUM

下面的水池里，放着一件鲜血淋淋的勇士队 T 恤。

没完没了，丹尼心想，全景饭店烧光了，大部分可怕的活死人都被关进了密码箱，但我没办法把闪灵锁起来，因为它不只是藏在我体内，而是，它就是我。酒精至少能让它消停一会儿，但没了酒，这些幻景就会没完没了地出现，直到把我逼疯。

他看到自己的脸孔映照在镜子里，REDRUM 浮现在最上层，如同烙印在他的前额。这不是梦。确实有一件被杀害的孩童的 T 恤在他的洗手台里，还有一帽子鲜血在他的浴缸里。疯狂就要降临了。在自己暴突的眼球里，他几乎看到了疯狂已经迫近。

这时，恍如黑暗中亮起一束手电光，哈洛兰的声音响起：孩子，你可能看见什么，但它们好比是书里的插画。在全景饭店的时候，你还是小孩子，却也不是孤立无援的，现在也不是。绝对不是无助的。闭上你的眼睛，睁开时，这些狗屁玩意儿都会消失的。

他闭起眼睛，等待。他想读秒，但刚数到十四就数不下去了，数字迷失在他头脑中咆哮的万念纠缠之中。他似乎在等待一双手——也许正是拥有这顶帽子的人——慢慢扼住他的脖颈。他定定地站在原地。真的无处可逃。

丹鼓起所有的勇气，睁开眼睛。浴缸里空无一物。洗手台里空无一物。镜子上一个字也没有。

但幻景会重来。下一次，或许是她的鞋——那双松糕底凉鞋。或许，我会看到她躺在浴缸里。为什么不呢？我就是在浴缸里看到梅西夫人的，她们死于同一种方式。只不过，我没有偷过梅西夫人的钱，也没有从她身边溜走。

“我熬过了一天，”他对空荡荡的房间说，“我都做到了这个地步。”

是的，虽然是忙碌的一天，但也是美妙的一天，他会乐于率先承认这一点。白天不是问题。但夜晚……

意识是黑板。酒精是黑板擦。

19

丹没有再睡，躺在床上熬到了六点，然后起身穿衣，再次走去红苹果。这一次他没有犹豫，唯一不同的是，他从冷柜里拿出了三瓶雷鸟，而不是两瓶。老话怎么说来着？要玩就玩大的。店员把酒瓶装进纸袋，没有发表意见；他早就习惯早起买酒的客人了。丹慢慢走去公共娱乐区，在迷你小镇外的长椅上坐下来，从纸袋里掏出一瓶酒，像哈姆雷特面对尤里克的头颅那样低头凝视。透过绿色的玻璃酒瓶去看，里面装的好像不是酒，更像是耗子药。

“说得好像这是坏东西。”丹说着，拧开瓶盖。

这一次说话的是他母亲。温迪·托伦斯，抽烟抽到命都没了。如果自杀是唯一的选择，你至少能选择自己喜欢的凶器。

就这么结束了吗，丹尼？付出这一切，就为了这个结局吗？

逆时针旋转瓶盖。又拧紧。又逆向旋转。这一次，他把瓶盖拧开了。红酒发酸，闻起来就像自动点唱机、低俗酒吧、毫无意义的争执继而在停车场里挥拳的味道。到最后，生命就变得和任何一场酒斗一样愚蠢。世界不再是空气清新的安养院；世界变成了全景饭店，那里的舞会永不散场，那里的死人永远活着。他把酒瓶抬起来，凑近嘴唇。

*我们千辛万苦离开那个该死的饭店就为了这个吗，丹尼？我们为什么要为自己努力打造新生活？*她的话语不带责备的口吻，只有悲伤。

丹尼又把瓶盖拧上了。又旋开。拧紧。旋开。

他在想：*如果我喝了，全景就赢了。即便锅炉爆炸把它夷为平地，它还是赢了。如果我不喝，我就疯了。*

他在想：*我们所见或所现，无非只是梦中之梦。*

比利·弗里曼发现丹的时候，他还在攥着瓶盖一会儿拧紧，一会儿旋开。比利醒得早，是因为他感受到了一种说不清道不明的焦虑感，好像有什么事不对劲儿。

“丹，你是打算喝了它，还是对着它打手枪？”

“喝吧，我想是的。我不知道还能怎么办。”

于是，比利跟他说了。

20

那天早上，凯西·金斯利八点一刻来上班，看到新雇员坐在他办公室外面时倒也不太惊讶。看到托伦斯握着一瓶酒，先把瓶盖旋开，再把瓶盖拧紧，如此反复不停，他也没有惊讶。托伦斯一开始就有卡皮打折酒专卖店熟客们才有的特殊表情，仿佛凝视千里之外，茫茫的。

比利·弗里曼的闪灵不如丹的那么强大，根本没得比，但也不只是一闪而过。头一天，丹前脚过街往行政大楼走去，他后脚就在放设备的库房里给金斯利打了电话。有个年轻人来找工作，比利说。他的介绍信不算多，但比利认为他是今年纪念日前最合适的帮工人选。金斯利知道比利的直觉很准，他有经验——好的经验——因此二话不说就答应了。我知道我们总得找个人的，他说。

比利的回答很特别，不过，比利本人就很特别。两年前，一个孩子从秋千上掉下来，摔破了脑袋，比利竟在事发之前五分钟打电话叫来了救护车。

比利的回答是：他需要我们，胜过我们需要他。

果然，他来了，弓着背坐在那里，好像已经坐上了下一班巴士，或是下一个酒吧凳子。隔着十二码长的走廊，金斯利就能闻到红酒的味道。他有美食家的鼻子，尤其对酒味最敏感，一闻就知道是哪种酒。这是一瓶雷鸟，老酒吧里有民谣唱道：要什么？要雷鸟！……一瓶多少？两张五十！可是，当年轻人抬头看着他时，金斯利发现那双眼睛里万念俱灰，只剩下绝望。

“比利叫我来的。”

金斯利什么也没说。他看得出来，这孩子是在勉强支撑，在和那种绝望抗争。绝望就在他的眼底；在他下扯的嘴角里；而在他抓紧那瓶酒的手势里，绝望的分量最重，他恨它也爱它又需要它。

最后，丹艰难地讲出了他此生一直在逃避的那句话。

“我需要帮助。”

他抬起手臂遮住了眼睛。这时，金斯利弯下腰，抓过那瓶红酒。这孩子坚持了一会儿……终于放手了。

“你又难受又厌倦，”金斯利说，“我看得出来。可是，你难道不难受、不厌倦自己这么难受又厌倦吗？”

丹抬头看着他，喉头一上一下的。他挣扎了片刻才说：“你不知道我有多累。”

“说不定我知道呢。”金斯利从他的肥裤兜里掏出一把大钥匙，插进门锁里。这扇门的毛玻璃上贴着**弗雷泽镇政服务**的标牌。“进来吧。我们谈谈。”

第二章
不祥的数字

1

正宗美国姓、典型意大利名字的老诗人把曾外孙女抱在膝头，观看她的外孙女婿三周前在产房里拍摄的录影带。片子的开头亮出一张卡片：**艾布拉进入这个世界！**镜头不太稳，要么急动要么急停，戴维尽量不把那些吓人的医疗工具纳入镜头（感谢上帝），孔切塔·雷诺兹看到了汗湿的乱发粘在露西娅的额前，听到了护士敦促她用力时她大喊“我已经用力了！”，也看到蓝色被单上的点点血迹——不是很多，但足以让切塔[①]自己的奶奶称之为“好戏”了。当然，她是不会用英语讲的。

婴儿终于出现时，画面摇晃起来，露西突然惊叫“她没有脸！”的时候，切塔忍不住浑身冒出了鸡皮疙瘩。

此刻坐在露西身边的戴维笑出声来。因为，艾布拉当然是有脸孔的，而且面容甜美。切塔低头看看她的小脸蛋，好像要再次确认一下。等她再抬起头的时候，画面中的新生儿已经移交到母亲的怀抱里。三十秒或四十秒的颤抖画面过去，又亮出一张卡片字幕：**生日快乐！艾布拉·蕊法艾拉·斯通！**

戴维用遥控器摁了停止键。

“你们可以看，但从今往后不能有更多人看这段录影。”露西斩钉截铁地说，“太难为情了。”

---

① 切塔：孔切塔的昵称。下文中，露西是露西娅的昵称，艾比是艾布拉的昵称。

“很棒啊。不过，还有一个人肯定可以看，那就是艾布拉本人。”戴维看着和他并排坐在沙发里的妻子，“等她长大。当然，还要在她想看的前提下。”他拍拍露西的大腿，然后对切塔笑了笑，他很尊敬妻子的外婆，但也没有更深的感情。“给艾布拉看之前，这盒录影带会和保险单、房产证，还有我卖毒品得来的几百万黑钱一起藏在保险箱里。”

孔切塔微微一笑，表明她大致知道他是在说笑话，但也不觉得有什么好笑的。艾布拉在她膝头熟睡。她想，从某种角度说，所有婴孩都带着胎膜出生，小小的脸蛋蒙着神秘的面纱，仿佛蕴藏着无数的可能性。也许这值得一写。也许不。

孔切塔十二岁就来到美国，能说一口地道的英语——毕竟，她毕业于瓦萨学院，并留校担任教授（现已退休），教的就是英语课——但在她的内心始终保留着各式各样的迷信故事和老妇人讲的传说。这些老故事时常对她发号施令，而且总是用意大利语。切塔相信，大部分从事艺术的人都是高功能精神分裂症患者，她也一样。她知道迷信那套都是胡扯，但若看到乌鸦或黑猫横穿过去，她也会交叉手指吐唾沫。

至于她本人的分裂症状，那就必须感谢慈悲修女会。她们信仰上帝；她们信仰基督的神性；她们也相信镜子有迷惑力，小孩子盯着镜子看太久就会长疣。她们是她在七岁到十二岁之间对她影响最大的人。她们的腰带里揣着直尺——不是为了丈量，而是用来打小孩的手心，她们看到孩子走过就忍不住去拧他们的耳朵。

露西要来抱宝宝。切塔把她递了过去，多少有点不舍得。这孩子是个甜蜜的负担。

2

艾布拉躺在孔切塔·雷诺兹怀里的时候，东南方向二十英里之外，丹·托伦斯正在戒酒互助会上听一位少妇唠唠叨叨地讲述她和前任的性事。凯西·金斯利让他在九十天里连续参加九十次聚会，在弗雷泽卫理公会教堂的地下室里举行的这次午间聚会是第八次。他坐在第一排，也是因为凯西——在戒酒小组里人称“凯西老大”——命令他这么做。

“想要康复的病人坐在前头，丹尼。我们把互助会的最后一排称作‘否决走道’。”

凯西给了他一册小本子，封面是一张海浪冲上海岬的照片，上面印了一句警言：**了不起的事，没有一蹴而成的**。丹明白那意思，但不是很喜欢这句话。

“每一次参加聚会，你都要在这本子上记下来。不管何时何地，我要看，你就得把它从屁股兜里拽出来，让我看到你的满勤记录。”

“一个病假日都没有吗？”

凯西乐了：“你每天都有病啊，我的朋友——你是酗酒病患者。想知道我的督助人跟我说过什么吗？”

“你不是都说了吗？腌黄瓜变不回鲜黄瓜，是不是？”

“别给我耍小聪明，好好听着。”

丹叹了口气：“听着呢。”

“‘你要挪动屁股去参加聚会，’他说，‘就算你的屁股掉了，也要装进袋子里，带到聚会上去。’”

“漂亮。那么，如果我只是忘了呢？”

凯西耸耸肩：“那你就得另请高明了，再去找个相信健忘之说的督助人。我不信。”

丹不想换督助人，也不想有任何变动，因为他已经像是高架子上的易碎品，滑到了边缘，几乎就要掉下去了。他还撑得住，但很脆弱。非常脆弱，几乎毫无防护。来到弗雷泽后缠住他不放、让他身心俱疲的幻景不再出现，即便他还是常常想起蒂尼和她的小男孩，那些念头也不至于让他太痛苦了。几乎每次互助会结束时都会有人来念诵《誓言》。其中有一句：我们不会抱憾过往，也不指望闭锁往昔。丹觉得，自己永远都会为过往之事感到遗憾，但他早就放弃闭锁往昔了。何必徒劳？封住过去的门总会再次开启的，那该死的装置连门闩都没有，更别提上锁了。

此刻，他开始在凯西给的小本子上写一个词。就在这一页，他写得很大，很仔细。他不知道自己为什么在写这个词，也不知道此举有何意义。这个词是：ABRA（艾布拉）。

这时候，发言人的倾诉快完了，她痛哭流涕地坦承，虽然她的前任是个烂人，她却依然爱着他，她很高兴现在的自己能清醒地一吐为快。丹跟着午间聚会的其他成员一起鼓掌，然后开始用钢笔给那三个字涂颜色，描粗，让它们仿似凸显在纸面上。

我认识叫这个名字的人吗？应该认识。

下一位发言人开始讲了。他走到咖啡台盛一杯新煮好的咖啡，就在这时，他想起来了。艾布拉是约翰·斯坦贝克的一部小说里的主人公，书名是《伊甸园之东》。他读过……但不记得在哪里读的。漫漫长途的某个落脚点。什么地方。不重要。

另一个念头

（你保存了吗）

冒出来，像个泡泡升起又破灭。

保存什么？

弗兰克·P.，主持午餐聚会的老帮主问道，谁愿意来发奖章。没有人举手，弗兰克就点名了："溜到后面咖啡台的那位，你愿意吗？"

丹知道自己被点名了，就走向前方，希望自己还记得发奖章的顺序。刚开始的人只能拿到白色奖章，他有一枚。当他端着盛有奖章、外表却是坑坑巴巴的旧饼干桶时，那个念头 又冒出来了。

你保存了吗？

3

那天是真结族开拔的日子。他们在亚利桑那州的一个露营地过了冬，现在收拾家当，回头朝东，继续流浪。他们沿着77号公路往肖洛城而去，十四辆车按照老规矩排成一列，有的是拖车，有的在车尾绑上折叠椅或脚踏车。露营车的型号也不一而足：南风、温尼贝戈、摩纳哥和莽汉。领头的是罗思的陆巡舰——进口轧钢打造，价值七十万美元，市面上能买到的最棒的全功能旅宿车。但它们开得很慢，时速不超过五十五英里。

他们不着急。有的是时间。几个月之后才有大餐。

4

“你保存了吗？”露西解开胸襟，让艾布拉凑近乳房的时候，孔切塔问道。艾比睡意蒙眬地眨眨眼，吮吸了几口，很快就没兴趣了。切塔在心里说，等乳头感到酸痛了，你就不会这么着急喂她了，你会等到她要，而且撕心裂肺、连哭带喊地要。

“保存什么？”戴维问。

露西明白：“她们把她送到我怀里，我立刻就昏过去了。戴维说我差点儿把她摔了。婆婆，根本没时间。”

“噢，你是说她脸上那层黏糊糊的东西。”戴维鄙夷地说，“她们把它扯下来，扔掉了。要我说，干得漂亮。”他是在笑，眼神却在挑衅她：你心里明白，最好别再提这事儿了。你心知肚明，所以别提了。

她当然明白……但她不肯善罢甘休。她年轻的时候是不是这样表里不一？她不记得了，但她似乎能记住神圣奇迹教堂里的每一堂宣讲、慈悲修女会里那些一身黑袍的恶人带来的地狱般的无尽痛苦。少女的眼睛被打瞎，只因她偷瞥在浴缸里赤身洗浴的兄长；男人被打死，只因他讲了有辱教皇圣名、大逆不道的闲话；全都是这样的故事。

在他们尚且年轻的时候，把他们给我们，不管他们上过多少堂优等生课，写过多少本诗集，甚至哪怕某一本诗作赢得了所有大奖。在他们尚且年轻的时候，把他们给我们……他们就永远是我们的了。

“你应该把胎膜[①]留下来的。那是福气。”

她是对着外孙女讲话的，索性把戴维晾在一边。对露西娅来说，他是个好丈夫、好男人，但既然他用那样鄙夷的语气说话，那就让他见鬼去吧。更不用说他那种挑衅的眼神了，两只眼睛都见鬼去吧。

“我是想留的，外婆，可是我没机会啊。戴维又不懂。”她又扣上了胸衣。

切塔俯下身子，用指尖蹭了蹭艾布拉粉粉的脸颊，苍老的肌肤滑过娇嫩的肌肤。“带着胎膜出生的人应该是有预知能力的。”

“你不是真的相信那一套吧？”戴维问，“胎膜只是包裹婴儿的胎衣，仅此而已……”

他还想说更多，但孔切塔置若罔闻。艾布拉睁开眼睛了。那双眼睛里有一个诗意的宇宙，诗句太美，因而无法复写。甚而无法记住。

“没关系。”孔切塔说着，抱起婴孩，亲吻光滑的头颅上跳动的囟门，下面，极其贴近的地方就隐藏着奇幻的神智。“覆水难收。”

---

① 原文为意大利语，意为胎膜。

5

关于艾布拉的胎膜的谈话——不能说是争执——过去五个月后，露西梦到她的女儿在哭泣，哭得撕心裂肺。这个梦里，艾比不在里奇兰庭园路的这栋宅子的主卧室里，而是在某条长长走廊的深处。露西循着哭泣声往那里跑。一开始，走廊两边都是门，而后是椅子。蓝色的高靠背椅。她是在一架飞机上，或是美铁公司的某辆列车上。仿佛跑了几英里，她跑到了一扇洗手间的门外。她的宝宝就在门里头哭个不停。不是饥饿引起的哭泣，而是因为害怕。也许

（噢上帝，哦圣母玛利亚）

是因为疼痛。

露西很怕门上锁了，那样，她就不得不破门而入——岂不是噩梦中经常有的场面？——可是门把手转得动，她打开了门。但门开了之后，新的恐惧攫住了她：万一艾布拉掉进马桶里怎么办？你在报纸上看到过这类新闻。婴儿落入马桶，婴儿落入垃圾桶。万一她在某个丑陋不堪、公共场所司空见惯的不锈钢马桶里溺水了怎么办？蓝色消毒水浸没了她的嘴巴和鼻子？

可是，艾布拉躺在地板上。她是赤裸的，双眼噙满了泪水，紧紧盯着她妈妈。似乎用鲜血写在她胸前的是数字 11。

6

戴维·斯通梦到的是：他循着女儿的哭声跑上了一条没有尽头的电动扶梯，扶梯在走——很慢但无情地往错误的方向走。更糟的是，电梯是在商场里，商场着火了。照理说，在他跑到最顶上之前，他早该被呛得喘不过气来了，但这场火没有烟，只有熊

熊火焰。也没有任何声音，哪怕他看到有人着火了，像浸过煤油的火炬一样在炽燃，但他只听得到艾布拉的哭声。等他终于跑上来了，他看到艾比躺在地板上，就像别人抛下的废物。男男女女在她身边跑来跑去，却没有人注意到她，虽然大火在燃烧，虽然电梯是下行的，却也没有人试图用这台电梯。他们只是漫无目的地、往四面八方全速奔跑，活像蚂蚁窝被农夫的耙子捣开后蚂蚁四散而逃。一个穿细高跟鞋的女人几乎踩在他女儿身上，那凶器般的鞋跟简直能在瞬间让她丧命。

艾布拉是赤裸的。写在她胸前的是数字 175。

7

斯通夫妇同时醒来，一开始，都以为哭声是他们刚刚梦到的噩梦的余响。但是不，哭声就在他们这间卧室里。艾比躺在婴儿床里，在史瑞克风动玩具下面，眼睛瞪得大大的，脸颊通红，小拳头用力地捶着，摇头晃脑地使劲哭号。

换尿布、喂奶都无法让她安静下来，在过道里边走边拍她的背也没用，哪怕走了快有几英里，哼了起码上千遍“小巴士跑啊跑”还是没用。艾比是露西的第一个孩子，此时的露西惊恐极了，撑到最后，不知所措的她只能给住在波士顿的孔切塔打了电话。虽然已是半夜两点，但电话铃只响了两声就被外婆接起来了。她八十五岁了，睡眠很浅，像干枯的皮肤那样轻薄。她听露西喋喋不休地说他们试了每一种安抚的办法，但都无法让宝宝平静下来；她更仔细地去聆听曾外孙女的哭号，然后问了些相关的事情：“她有没有发烧？拉扯自己的耳朵？好像用力拉屎那样狠狠地踢腿？”

“没有。”露西回答，“都没有。她哭得有点热，但我不觉得是发烧。外婆，我该怎么做？”

此时的切塔已经坐在书桌边了，她没有片刻的犹豫："再给她十五分钟。要是她还不肯安静，也不肯吃奶，你就要带她去医院。"

"什么？布列根妇产医院？"露西心神不宁，这下更糊涂了。她就是在那家医院生孩子的。"那有一百五十英里远呢！"

"不，不是布列根。布里奇顿，跨过缅因州界就是。比新罕布什尔中部医院近一点。"

"你确定？"

"我可是盯着电脑在查看呀。"

艾布拉没有停止哭号。那哭声很单调，但很凶猛，让人发疯似的，十分吓人。他们抵达布里奇顿医院的时候是四点一刻，艾布拉依然在声嘶力竭地哭叫。通常，她只要坐上本田讴歌车就会睡，比吃安眠药还灵，但在这个凌晨，连讴歌也失效了。戴维想到了脑动脉瘤，又对自己说：你真是疯了。婴儿不会中风……是吗？

"戴维？"他们把车停靠在**仅限急诊病人下车**的指示牌旁边，露西压低了声音问道，"婴儿不会中风或心脏病暴发吧……会不会？"

"不会的，我肯定。"

但那时候，戴维又有了一个新猜想。假设，宝宝不知怎么搞的吞下了一枚闭合的别针，而别针跑到她胃里又不知怎么搞的弹开了，露出了针尖？这念头太蠢了，我们用的是纸尿裤，她的身边甚至都没出现过别针。

但是，还有别的可能性。露西的发夹。落进摇篮里的大头针。甚至——老天保佑——可能是吊在床上的风动玩具的塑料碎片，来自史瑞克、贫嘴驴或菲奥娜公主。

"戴维？你在想什么？"

"没什么。"

玩具是好的。他可以肯定。

几乎可以肯定。

艾布拉继续哭号。

8

戴维希望值班医生给他女儿一点镇静剂，但对于尚未诊断的婴儿来说，这是违反规程的。而且，艾布拉·蕊法艾拉·斯通好像也没有哪里异常。她没有发烧，没有发疹子，超声波测试也排除了幽门狭窄的可能性。X光显示她的喉咙、胃和肠里都没有异物。要说异样，仅仅是她不肯收声。星期二早上的那个钟点里，急诊室里的病人只有斯通一家人，三个当班的护士轮流出手尝试安抚她，都没用。

“你们不该给她一点吃的吗？”医生回来复查时，露西问道。*林格氏液*，她的脑海里冒出这个单词。少女时代迷过乔治·克鲁尼，看过他演的医生，长大后她只看过一部医护电视剧，听到过这个术语。但她只知道林格氏液可以做足部乳霜、抗凝血剂或治疗胃溃疡的药物。“她不肯吃母乳，也不肯叼奶瓶。”

“她饿到一定程度就会吃了。”医生这样回答，但露西和戴维都没放下心来。一来是因为这医生太年轻，比他们两个都小。二来是因为，他的语气本身就没太大把握（这比什么都糟）。“你们给儿科医生打电话了吗？”他看了看资料，“道尔顿医生？”

“给他的电话留言了。”戴维说，“早中午之前可能不会有他的回复，但到那时候，这事儿应该已经解决了。”

解决了或是完蛋了，非此即彼，他心想着，脑海中——因为睡眠太少、焦虑太多，头脑仿佛已经失控了——又浮现出一个清晰无比，也恐怖无比的画面：送葬者围绕在小小的坟墓边。里面，有一口更小的棺材。

9

七点半，切塔·雷诺兹赶到了检查室，斯通夫妇和他们哭喊不停的女儿一直待在那里。老诗人据说曾入选总统自由勋章最终候选人，此刻却穿着直筒牛仔裤和一件波士顿大学圆领长袖运动衫，手肘的地方还有一个破洞。这身打扮将她这三四年消瘦得厉害的体型反衬得越发触目惊心。*没得癌，如果你往那方面想的话*，如果有人对她T台模特般的极瘦身材有所评论的话，她就会这样顶回去。事实上，平日里她总会穿有膨胀感或束带的长裙加以掩饰。*我只是在受训罢了，为了跑完人生的最后一程。*

她的头发时常编成辫子，或是盘成复杂的扭花发髻，足以炫耀她那些老古董发夹，但在这个凌晨却是乱发冲天，酷似爱因斯坦的爆炸头。孔切塔未施粉黛，让自顾不暇的露西大吃一惊：外婆看起来竟是如此苍老。当然，她是很老了，八十五岁绝对算得上高龄，但在这个凌晨之前，她看起来顶多年逾花甲。“我得找个人来家里照看贝蒂，否则我还能早一个小时到。”贝蒂是她那条年老体弱的拳师犬。

戴维怨责地瞥了她一眼，她看到了。

“贝蒂*快死了*，戴维。根据你们在电话里向我描述的情况，我倒不是那么担心艾布拉。”

“现在你该担心了吧？”戴维呛了一句。

露西瞪了他一眼，仿佛无声的警告，但切塔似乎很乐意接受这次蓄意的责难。“是的。”她伸出双臂，“把她给我，露西。婆婆抱抱，我们看看她会不会安静下来。”

但是，无论曾外祖母怎么摇摆，怎么哄，艾布拉就是不肯停止哭号。轻轻哼唱的摇篮曲旋律起伏（在戴维听来，那不过是意大利语版的《小巴士跑啊跑》），格外动听，但也不见成效。边走边哄的办法他们也都尝试过了，先抱着她在小检查室里绕圈走，再是沿着过道走，最后绕回检查室。声嘶力竭的号哭不休不止。后来，外面也呼应起来，传来混乱的声响——戴维心想，真的有人被送进医院了，坐在轮椅上，带着看得见的外伤——但四号检查室里的这家人无心去关注外面的动态。

八点五十五分，检查室的门被推开，斯通家的儿科医生走了进来。丹·托伦斯会认出这位约翰·道尔顿医生，但未必叫得出他的姓氏。对丹来说，他就是约翰医生——在星期四晚上的北康威大书夜读会上做咖啡的那一位。

“感谢上帝！”露西说着，把号啕不止的女儿猛一下塞进儿科医生的臂弯里，“我们待在这儿都几个钟头了，没人管我们！”

“我收到留言的时候已经在路上了。”道尔顿手臂一抬，让艾布拉的头搁在他肩膀上，“先到附近出诊，又去了城堡岩。出大事了，你们听说了吧？”

“什么事？”戴维问。现在，门开着，他第一次留意到外面的喧嚣。人们大声交谈，有些人在哭。那个允许斯通家的人自由走动的护士已是满脸通红，泪湿的脸颊上狼藉一片。她甚至看都不看一眼这个尖声哭泣的女婴。

“一架客机撞上了世贸中心。”道尔顿说，“而且，大家都觉得那不是意外事故。”

他说的是美国航空 11 号航班。十七分钟后，联合航空 175 号航班也撞上了世贸中心大楼南塔，时间是上午九点零三分。就是在九点零三分，艾布拉突然不哭了。到了九点零四分，她已经沉睡了。

开车回安妮斯顿的路上，戴维和露西一直在听广播，艾布拉在他们后面的婴儿座椅里香甜地睡着。播放的新闻让人忍无可忍，但把它关掉更让人无法想象……他们等到新闻播音员宣布了航空公司的名字和航班号：两架在纽约撞毁，一架在华盛顿附近坠毁，另一架在宾夕法尼亚郊区坠毁。听完这段，戴维终于忍不住关掉了广播，让灾情暂时归于安静。

“露西，我必须要告诉你一件事。我梦到了——”

“我知道。”她用刚刚遭受震惊打击的人才有的呆滞语气说道，“我也梦到了。”

等他们开回新罕布什尔境内，戴维开始相信了那些关于胎膜的说法兴许是真的。

10

在哈德逊河西岸、新泽西州的一个小镇上，有一座公园是以该镇最有名的人命名的。晴好的日子里，从这个公园可以清楚地远眺曼哈顿下城区。真结族于九月八日抵达霍博肯市，车队停在一个私人停车场里。这个场地将被他们包租十天，全封闭。谈定这桩事的乌鸦老爹英俊又擅交际，看起来顶多四十岁，最喜欢的T恤上写着**我最有人缘！**这倒不是说他代表真结族去谈判时也会穿着T恤，那种场合他必定穿戴上严谨的西装领带。俗人就吃那一套。他的本名叫亨利·罗斯曼。他是毕业于哈佛大学的正牌律师（一九三八届），始终携带现金。真结族在遍及各国的诸多账户里拥有价值十亿美金的财富——包括金条、钻石、珍本古籍、限量邮票和名画——但他们从不以支票或信用卡付款。每个人，甚至看似孩童的豌豆和豆荚也会随身携带几捆卷成筒的十元或二十元现钞。

正如计算器吉米曾说的：“我们是现付自运组织。我们付现，俗人运货。”吉米是真结族的会计。身为俗人的年月里，他跟从一队人马走南闯北，也就是后来（他们打的那场仗过去很久以后）世人所称的“匡特里尔游骑兵”[①]。那时候，他还只是个穿着

① 即美国内战，一九五八年的电影《匡特里尔游骑兵》讲述了这支队伍的故事。

牛皮夹克、背着夏普斯步枪的野孩子，但经过了如许多年，他变得老成多了。这些日子里，他的房车里挂着罗纳德·里根亲手签名、裱在相框里的肖像照。

九月十一日清晨，真结族众人在停车场里目睹了双子塔被撞的全过程，四副望远镜在他们手中轮流传递。如果去辛纳特拉公园，看起来更清楚，但无需罗思赘言，他们都明白，一大早就聚集在公共场所免不了会引发旁人的猜测……就是从这一年的这个月开始，美国将成为草木皆兵的多疑之国：如果你观察到什么异样，你就得上报。

那天早上十点左右——人们都聚在河岸边观望，此时已很安全——他们开始分头走进公园。小双胞胎——豌豆和豆荚——推着轮椅，轮椅里的弗里克爷爷戴着他那顶写着**我是老兵**的帽子，又细又长的白发像乳草一样在帽檐下轻轻飘扬。最早，他对别人说自己是从西班牙战场回来的美国老兵。后来，他说是第一次世界大战。现在，他说是二战。再过二十来年，他就该换成越战的版本了。可信度不是问题，他从来都不会穿帮，因为爷爷是个军事历史迷。

辛纳特拉公园里人头攒动。大部分人都静默不语，也有些人在哭泣。在这件事上，围裙安妮、黑眼睛苏西也贡献了微薄之力，但凡有需要，她俩就能哭出泪来。其余的人都保持悲伤、庄严兼顾讶异的神色，毋宁说，最般配此时此地的表情。

一句话，真结族混迹于人群，毫无破绽。这就是他们一贯的行事方式。

观望灾情的人来来去去，但真结族人待了足有一整天。这天十分明媚，万里无云（除了曼哈顿下城升腾而起的浓浓黑烟和建筑粉尘）。他们站在铁栏杆旁边，没有相互交谈，只是定定地望着远方。他们都在缓慢而深深地呼吸，俨如来自中西部的观光客第一次登上缅因州佩马基德角灯塔或郭德岬，不由地深深呼吸清新的海风。罗思摘下高帽子，捧在身旁，以表哀悼。

下午四点，他们三两结伴，走回了停车场里的封闭式营地，各个都显得精神百倍。次日，他们还会去公园，第三天、第四天也都会去。在魂魄之气被吸光之前，他们都会去。吸光之后，他们又将起程。

到那时，弗里克爷爷的白发就将变回铁灰色，也不再需要坐轮椅了。

第三章
勺　子

1

从弗雷泽开车到北康威有二十英里路，但是，丹·托伦斯每周四晚上都会去，因为他办得到了。现在，他在海伦·利文顿安养院里工作，领一份像模像样的工资，还重新启用了他的驾驶执照。为了这件事买的车并不金贵，不过是三年车龄的二手雪佛兰科帕奇，花沟纹轮胎，收音机接触不良，但引擎是好的。每次发动，他都觉得自己是新罕布什尔州最幸运的人。他觉得，只要别再坐巴士，自己就能死而无憾了。那是二〇〇四年一月。闪灵安宁了一阵子，偶尔跳出来一些画面和念头，仅此而已。当然，还要算上他间或在安养院里干的分外事儿。不管怎样，他都愿意去做，但自从参加了戒酒小组，他就把这件事也视为改过自新之举——从酒害中康复的人大抵都有同感：和远离第一杯酒相比，赎罪几乎同等重要。只要他让瓶塞在酒樽里再待三个月，他就能庆祝自己戒酒满三年了。

凯西·金斯利执意让他坚持每日感恩默念（因为他以老资格督助人的口吻说过：心怀感恩的酒鬼就不会再喝醉），重新开车这件事显然是他最常感恩的对象。不过，丹继续周四晚聚会的主要原因在于大书[①]夜读会能抚慰人心。很私密，因而很宽心。这

---

① The Big Book，全称为《戒酒互助会：数千男女戒酒康复事实录》，首发于一九三九年，由 AA（戒酒互助会）的创始人之一比尔·威尔森编著。坊间简称“大书”，因其首版书非常厚重，有五百多页。

个地区有些开放式讨论会规模太大，让人很不自在，但北康威的周四夜读会却从不会那样。互助会里有句老谚语：何事不让酒鬼知，贴进大书最牢靠。北康威的夜读会似乎就应验了这种说法。甚至在旅游旺季，也就是七月四日到劳动节之间，在木槌落下、标志聚会开始后，在退伍军人协会大厅里参加夜读会的人也不会超过十二三人。因此，丹才得以听到一些故事——在他想来，绝不可能有谁在五十个，甚至七十个意欲戒酒的醉汉酒徒聚会上当众而大声地讲述这些事。那种大型聚会上，发言者通常都会在陈词滥调（数以百计的现成版本）里寻求安全感，因而极力避免个人化的表达。你会听到诸如心静必有后福、你愿抵偿我的罪过就能得到我的一切这样冠冕堂皇的话，但绝不会听到我把亲兄弟的老婆操了，只因我俩那晚都喝醉了。

周四晚上“我们探讨持重守戒”的聚会上，围成一圈的与会者会把比尔·威尔森那部蓝封面的大部头戒酒手册从头读到尾，每次聚会都从上一次聚会读完的地方开始读。整本书都读完的话，他们就会翻回《医生的陈述》那一章节，从头读起。大部分聚会都能读完十页左右，通常需要半小时。剩下的半小时里，参与者要讨论刚刚读过的内容。有时候他们确实就书说书。不过，讨论也常常会偏离既定路线，恰如难以操控的指标在少男少女神经兮兮的手指尖下在占卜板上乱跑乱转。

丹记得他在戒酒八个月的时候参加过一次周四夜读会，当夜朗读的章节是《致妻子们》，文中充斥了一些过时的观点，几乎每次都能激起小组中年轻女性们的热议。她们想知道，为什么在大书首印之后的六十五年里始终没人尝试添加一个名为《致丈夫们》的篇章。

那天晚上，杰玛——三十多岁，似乎只有两种情感模式：愤怒和极其生气——举起手的时候，丹以为又会听到一番女权主义的慷慨陈词。然而，她用比往常安静得多的口吻说道：“我要分享一件事。自打我十七岁以后就对此无法释怀，但如果我不肯放手，就永远不能远离毒品和酒精。”

大家静待她讲下去。

“那天我在派对上喝醉了，开车回家时撞了一个人。”杰玛说，“那是在萨莫维尔市。我就任他躺在路边。我不知道他是死是活。至今仍不知道。我等警察来抓我，逮捕我，但警察一直没有来。我溜了。”

她笑起来，人们听了特别幽默的笑话后也会那样笑。然后，她把头放低，放在桌面上，闷头啜泣起来，哭得那么深切，震颤了那瘦削的身板。那是丹第一次领受到“我们凡事都要诚实”有多可怕：教条归教条，真正做起来却可能如此骇人。他想到——仍会时不时想起——自己如何把蒂尼钱包里的现金洗劫一空，小男孩如何伸手去够咖啡桌上的可卡因。他对杰玛有点肃然起敬了，因为他做不到那样生猛的诚实。如果让他选择：当众倾诉那件事，或是喝一杯酒……

我会选酒。毫无疑问。

2

今晚夜读的故事题为《低级的逞能》，收录于大书中名为《他们几乎失去了一切》的一卷，卷名倒是挺欢快的。丹已经熟悉这个故事所套用的模式了：体面人家，每逢周日都去教堂，喝了第一杯，醉了第一场，很快，酒精就让成功的事业泡汤了，谎话越扯越离谱，第一次被捕，说要痛改前非却做不到，再用系统性的戒酒疗法，最后是大团圆结尾。大书里的故事全都是大团圆结尾。此书魅力难挡，这也算部分缘由。

晚上挺冷，但屋子里太热了，就在丹快要打瞌睡的时候，约翰医生——简称DJ——举起手，说道：“我一直在对太太说谎，都不知道该怎么收场。”

这句话让丹惊醒过来。他很喜欢DJ。

原来，约翰的太太送了他一块表作为圣诞礼物，很昂贵的名表，但几天前她问起他怎么不戴了，约翰说表在他办公室里。

“但表不在那儿。我到处找，就是找不到。我在医院里常常要查房，如果必须更衣洗手去做手术，我会用医生休息室里的锁柜。有组合锁，但我几乎从来不用，因为我不带很多现金，也没啥值钱的让人偷。除了那块表，我想是吧。我记不起来自己什么时候摘下表、放进锁柜——不管是在新罕布什尔中部医院还是在布里奇顿——但我觉得肯定有这么一码事。我不在乎表有多贵。但这件事唤起了很多回忆，那时候我像个傻瓜一样每天晚上都喝，第二天清早又要超速运转赶去上班。”

听到这里，很多人频频点头，也说了几个类似的故事：心有负疚感，就必定欺瞒他人。但没有人提建议；那种场面叫做“串话”，照理说是不允许的。他们只是倾诉自己的经历。约翰低下头，十指交叉，手搁在膝头，安静地听大家七嘴八舌。篮子递出去了（“因由奉献，我们才能自我扶持”），代表发言时间结束了，约翰感谢各位献策献力。丹看他的表情就知道，大家并没有帮到他。

念完主祷文之后，丹把剩下的饼干收好，把翻得卷角的十几本大书摞起来，放进标有**互助会专用**的橱柜里。还有几个人在外面的大烟灰缸旁边聊天——所谓的“会后会”——但厨房里只有他和约翰两个人。小组讨论的时候，丹没有发言，他是在心里忙着和自己辩论。

闪灵静寂，但并不意味着它消失了。他在做志工的时候发现，闪灵实际上比童年时代更强劲，只不过，现在他似乎能更好地驾驭它了。这让闪灵显得不那么可怕，相反，倒是更有用了。利文顿安养院里的同事们知道他有点特别，但大多数人只是说他和别人有“共鸣”，不予深究。既然生活已然稳定了，何必引人瞩目，以为他是故弄玄虚的通灵人？那是他最不想要的结果。最好还是把绝活怪招自留待用，别让别人知道。

不过，约翰医生是好人，而且正在苦恼。

DJ 把咖啡罐倒立在洗碗池里沥水，再掀起挂在炉架把手上的毛巾一角擦干双手，这才转向丹，露出酷似“咖啡伴侣”广告标牌上的笑容，丹刚刚把那罐伴侣收在饼干和糖罐旁边。“好啦，我完工了。我们下周见吧。”

到最后，决定是自然而然萌发的；丹只是不能让这个好人愁眉苦脸地离开。他摊开双臂：“一言为定。”

传说中的戒酒互助拥抱。丹看别人做过很多次，但自己从没主动拥抱过谁。约翰迟疑了一下，继而向前一步。丹一把抱住他，心想：*说不定不会有什么结果。*

但真的有。他感应到的结果飞速冒出来，快得就像他小时候经常帮爸爸妈妈找东西时那样。

“听我说，医生，”他说着，松开了怀抱，“那时候你在为古切病的孩子担心。”

约翰往后退：“你在说什么？”

“我知道，我的发音应该不太准。古切？格鲁切？骨头里的病。”

约翰的下巴都快掉了：“你是说诺曼·劳埃德？”

“你最清楚。”

“诺曼得的是高雪氏症。糖脂异常。遗传性的，非常罕见。导致脾脏肿大、神经系统病变，通常也会导致痛苦的夭折。可怜的孩子简直带了一身玻璃骨骼，大概活不到十岁。可是，你到底是怎么知道这事儿的？听他父母说的吗？劳埃德夫妇住得很远，在最南边的纳舒厄。”

“和他交谈让你很担忧——晚期患者总让你抓狂。所以，你进了跳跳虎洗手间洗手，尽管你的手很干净，没必要洗。你摘下手表，放在搁板上，搁板上还有个泵装塑料瓶，他们把深红色的消毒水之类的东西灌进去。我不知道那玩意儿叫什么。”

约翰医生瞪着他，好像他疯了似的。

“这个孩子住哪家医院？”丹问道。

“埃利奥特。时间上说得过去，而且我确实在儿科护理室旁边的洗手间里洗了手。”他停下来，皱着眉头，“没错，洗手间墙上是有一个迪士尼动画片里的形象。但是，如果我摘下了手表，会记……”他的声音低下去了。

“你是记得，”丹说着笑起来，“现在你记起来了，是不是？”

约翰说：“我去埃利奥特医院的失物招领处打听过。也去布里奇顿和新罕布什尔中部医院问过这事儿。都说没有。”

“好吧，也许碰巧有人进来，看到了，就顺手牵羊了。要是这样，你就太不走运了……但你至少可以把实情告诉你太太。以及，为什么会发生这种事。你满心都在挂念那个孩子，为他担心，所以忘了把表戴上，就出去了。就是这么简单。嘿，说不定表还在搁板上呢。那块板挺高的，也不太有人会用那些塑料瓶子里的液体，因为水池旁边就有个洗手液盒。”

“搁板上的是碘伏消毒水。”约翰说，“放在高处是为了不让孩子们够到。我从没注意过。可是……丹，你是不是去过埃利奥特医院？”

这个问题，他不想回答。“去那块搁板上看看吧，医生。也许你够走运。”

3

下一个“我们探讨持重守戒”周四夜读会，丹到得特别早。要是约翰医生一意孤行，因为弄丢了一块价值七百美元的手表而毁了婚姻，乃至事业（酒徒们常会为了更少的钱就抛家离工），那就得另有人负责泡咖啡了。不过，约翰在。表也在。

这一次，是约翰主动要求拥抱，发自肺腑地真心拥抱。在DJ松开双臂前，丹还以为自己的脸颊上会留下一左一右的法式热吻呢。

“就在你说的地方。十天了，还在那儿。简直是个奇迹。”

“还好啦。”丹说，“大多数人不会特意抬头看，这是被证实的习惯。”

“你是怎么知道的？”

丹摇摇头：“我无法解释。有时候，我就是能知道。”

“我该怎么感谢你？”

这个问题，丹期盼已久：“实践第十二步[①]，天知地知。”

约翰医生扬了扬眉。

“你知我知。一句话：把嘴闭上。”

约翰露出会意的神色，咧嘴一笑：“这我做得到。”

“很好。现在去泡咖啡吧。我来摆书。”

4

在大部分新英格兰地区的戒酒互助活动中，戒酒满周年就要“庆生”，有蛋糕，有聚会后的庆祝派对。依据这种风俗，丹马上就要迎来自己的戒酒三周年庆了。就在这时候，戴维·斯通和艾布拉的曾外祖母来找约翰·道尔顿——当然，在另外一个圈子里，他只是DJ罢了——邀请他参加另一个三周年派对：斯通夫妇为艾布拉举办的生日会。

“非常感谢你们的邀请，”约翰说，“只要时间允许，我非常乐意参加。只是，为什么我觉得不止是生日派对那么简单呢？”

---

① 大书中流传最广的就是“戒酒十二步骤”，提示了戒酒者该如何循序渐进。这里提到的是最后一点：精神上觉醒，将感悟传递给更多人，并在自己的生活各个层面加以贯彻。

“因为确实没那么简单。”切塔说，“好在，我们这位牛脾气先生终于决定开诚布公了。”

“是不是艾布拉有状况？如果是，请务必告诉我。根据上一次的检查结果，她的情况很好，好得不得了。社交技能一流，口头表达超一流，阅读能力超级棒。上一次她来这儿，给我背了一篇《鳄鱼到处走》。也许是死记硬背的，但对一个三岁不到的孩子来说还是相当惊人的。露西知道你们来吗？”

“就是露西和切塔联手把我哄过来的。”戴维说，“露西在家陪艾布拉，为生日派对准备蛋糕。我走的时候，厨房里就像被龙卷风扫荡过一样。”

“那么，我们到底在谈什么？你们希望我带着专业观察的眼光参加她的派对？”

“说对了。”切塔说，“我们谁也说不准会发生什么事情，但她兴奋的时候，可能性就会增加，而且她对于自己的生日会非常兴奋。幼儿园里的小朋友们都会来，还有魔术师会来变戏法。”

约翰拉开书桌下的一只抽屉，取出一本黄色信笺簿：“你们预料之中的事情是什么？”

戴维犹豫起来，不知该怎么讲才好：“那个嘛……很难说。”

切塔扭过身，正脸看着他：“说吧，*亲爱的*[1]。现在退缩已经晚了。”她的语气很轻柔，好像是开心的，但约翰·道尔顿认为她其实忧心忡忡。他觉得他俩的表情差不多。“就从她哭个不停的那晚上说起吧。”

5

戴维·斯通给本科生教授美国历史和二十世纪欧洲历史已有

---

① 原文为意大利语。

十年了，他知道如何编排一个故事，把来龙去脉讲清楚。他从那天晚上讲起，并着重指出一点：他们的女婴马拉松式的号哭几乎就在第二架客机撞上世贸中心的同时停止了。接着，他才回溯当晚的梦，他的妻子在梦中的艾布拉的胸前看到了美国航空客机的航班号，而他看到的是联合航空客机的航班号。

“在露西的梦里，她在飞机盥洗室里找到了艾布拉。在我的梦里，我在着火的商场里发现了她。关于这部分，你可以得出自己的结论。也许不能。反正，对我而言，那两个航班号码是确定无疑的。但能确定什么，我不知道。”他不带笑意地哈哈一声，抬起手，又任其落下，“也许是我害怕知道吧。”

九月十一日清晨的事——以及，艾布拉一刻不停地哭——约翰·道尔顿都记得，记忆犹新。“让我直截了当地说吧。你相信你的女儿——那时候只有五个月大——有未卜先知的能力，预见到了两次客机撞毁大楼的事件，并且用传心术给你们捎了话。”

“是的。”切塔说，“简洁明了，你说得太棒了。”

“我知道这听起来很荒谬，”戴维说，“所以我和露西才一直不跟别人说。除了切塔，别人都不知道。那天晚上露西就告诉她了。露西对她的外婆无话不说。”他轻叹一声。孔切塔冷峻地看了他一眼。

“你没有做类似的梦吗？”约翰问她。

她摇摇头：“我住在波士顿。超出她的……我不知道怎么说……传送范围？”

“9·11事件过去已经三年了，”约翰说，“我猜想，后来又发生了别的事吧。”

别的事，那就太多了。既然已经开了头（讲出了第一件，也是最不可思议的怪事），戴维发现自己可以轻松地谈论其他事件了。

“钢琴。接下去就是钢琴的事。你知道露西会弹琴吗？”

约翰摇摇头。

“嗯，她会弹。她初中时就会了。她不是什么高手，但也弹得很好。我们家有一架沃格尔钢琴，是我父母送给她的结婚礼物。钢琴放在起居室里，艾布拉小时候的游戏栏也放在那个房间里。二〇〇一年，我送给露西的圣诞礼物里面有一本披头士乐队金曲钢琴谱。艾布拉常常躺在她的游戏栏里，摆弄玩具，听她弹琴。看她微笑、踢脚的样子，你就能知道她喜欢音乐。”

约翰没有发出质疑。大多数婴孩都喜欢音乐，而且他们有办法让你知道他们喜欢听。

“琴谱里包含了所有名曲——《嘿，裘德》《麦当娜夫人》《顺其自然》——但艾布拉最喜欢的是一支不那么有名的歌，B 面的小曲子，叫做《别再有下次》。你知道吗？”

“一下子想不起来。”约翰说，“听到也许知道。”

“挺轻快的，但和披头士的大部分快节奏歌曲不一样，以一段钢琴乐句为主旋律，而不是通常采用的吉他和弦。也不是布吉乌吉摇摆乐，但有点像。艾布拉爱死这曲子了。露西弹起这曲子时，她不止是踢脚，而是手舞足蹈——两条小腿真的像在踩脚踏车。”戴维笑了，想起艾布拉躺在亮紫色的垫子上，还不能走路，却在摇篮里像个迪斯科舞后一样摇摇摆摆。“乐器间奏几乎全用钢琴，简单极了。左手只需要弹下那几个键就行了。总共只有二十九个音符——我数过。小孩子都能弹。我们的孩子就可以。”

约翰扬起眉，眉毛都快挤上发际线了。

“事情是从二〇〇二年春天开始的。露西和我都在床上看书。电视里在播天气预报，大概是在十一点半的夜间新闻里插播的。艾布拉在她的房间里熟睡。露西要我关掉电视，因为她想睡了。我摁下了遥控器，就是那时候，我们听到了。《别再有下次》的钢琴间奏，那二十九个音符。弹得非常好，没有漏掉一个音。声音是从楼下传来的。

“医生，我们都快吓死了。我们以为家里进了贼，只是，什么样的贼会停下来弹一段披头士的老歌，再去偷银器？我没有枪，高尔夫球具放在车库里了，所以我顺手拿起手边最厚重的一本书，下楼去看究竟是什么人。我知道，够蠢的。我对露西说，把电话抓在手里，如果我喊起来，她就拨通 911。可是，楼下没有人，所有的门都锁得好好的。而且，钢琴键盖也没翻起来。

“我回到楼上，告诉露西我没发现什么异样，也没看到有人。我们顺着走廊去查看宝宝。谁也没有说话，我们只是走过去。我想，我们都知道是艾布拉干的，但我们都不想说出来。她醒了，躺在摇篮里，看着我们。你知道小孩子都有那种聪明又闪亮的眼睛吗？”

约翰知道。如果孩子们可以讲话，他们大概可以把全宇宙的秘密都告诉你。好多次，他想过这种可能性，只有上帝才能如此安排，等孩子们不再咿咿呀呀，他们就把那些秘密忘光了，就像我们醒来后几小时就把此生最逼真的梦境忘了个干干净净。

“她看到我们就笑了，闭上眼睛，又睡着了。第二天晚上，又来了一遍。同样的时间点。二十九个音符从起居室里传来……然后是寂静……然后我们去艾布拉的房间，发现她醒着。她不吵不闹，甚至也没有吸奶嘴，只是透过摇篮的木栏缝隙朝我们看。然后就睡着了。”

“这是真的。”约翰说。并不像是发问，只想一针见血地把话讲清楚。“你不是在开我的玩笑。”

戴维没有笑：“一丁点儿玩笑的边儿都不沾。”

约翰转向切塔：“你也亲耳听到过吗？”

“没有。让戴维说完。”

“我们也有几个晚上是太平的，后来……你知道那种讲法吗？父母教养有方的秘诀就在于制定计划。”

“当然。”这正是约翰·道尔顿培训新生婴孩父母的首要课题。你们该如何安排夜间喂奶？订一个计划，保证有一个人在值班，那就不至于让两个人都筋疲力尽。为了让孩子作息规律，你们该如何安排洗澡、喂奶、穿衣和游戏的时间？排一个日程表。制定计划。你们知道如何应对突发事件吗？或许是摇篮塌了、宝宝摔了，或许是呛了？只要你有计划，十有八九都能化险为夷。

“我们就订了个计划。接下去的三天里，我就睡在正对着钢琴的沙发里过夜。第三夜，我刚刚钻进铺盖准备睡觉，音乐声就响起了。沃格尔钢琴的翻盖纹丝未动，所以我赶忙冲过去，翻开琴盖。下面的琴键没有动。我倒不是很吃惊，因为我敢说，乐声根本就不是从钢琴里发出来的。”

“你说什么？”

“是从钢琴上方传来的。从空气里无中生有而来。那时候，露西已经在艾布拉的房间里了。前几次，我们什么都没说，因为我们呆若木鸡，但这次她有所准备。她对艾布拉说，再弹一次。间隔了一会儿……她就真的弹了一遍。我紧贴着钢琴站在那里，简直都能从稀薄的空气里捏出那些音符来。”

约翰·道尔顿的办公室里一片寂静。他已不在信笺簿上做笔记了。切塔郁郁地看着他。最后，他终于开口了：“这种现象还在持续吗？”

“没有了。露西把艾布拉抱在膝头，告诉她，夜里不要再弹琴了，因为我们会睡不着觉。事情就到此为止了。”他停下来，想了想，“可以说是到此为止。其实还有一次，大约三个星期后，我们又听到音乐声了，但很轻很轻，这次是从楼上传来的。从她房间里。”

“她是弹给自个儿听呢，”孔切塔说，“她醒了……不能马上睡着……于是，她给自己弹了一段摇篮曲。”

6

双子塔倒塌一年左右，艾布拉已会走路了，整天咿咿呀呀不停，时不时也会冒出几个像样的单词。某个周一下午，她摇摇摆摆地走向前门，扑通一声跌倒了，腿上还搁着她最心爱的玩偶。

“宝贝儿，你这是干吗呢?”露西问道。她正坐在钢琴边，弹奏一曲斯科特・乔普林的散拍乐。

“爸爸!”艾布拉喊出声来。

“宝贝儿，爸爸要到晚饭时候才回家呢。”露西说，但十五分钟后，讴歌就驶进了车道，戴维拎着公文包下了车。他每周一、三、五上课的那栋教学楼的总水管爆了，当天课程都取消了。

“露西告诉我了。”孔切塔说，“当然，我已经知道9・11那天的号哭和幻影钢琴的事了。一两个星期后，我特意去了一次。我事先交代露西，不要告诉艾布拉我要去。可是艾布拉知道。我抵达前十分钟，她已乖乖坐到门口。露西问她，谁要来呀，艾布拉说是‘婆婆’。”

“她经常做这种事。”戴维说，“虽然不是每个人来她都能预知，但如果是她认识的、喜欢的人……她几乎每次都猜得到。”

二〇〇三年晚春，露西发现女儿在他们的卧室里，拉开了露西梳妆台下的第二个抽屉。

“千!”她对她妈妈说，“千,千!”

“宝贝儿，我不懂你的意思。”露西说，“不过你想看就看吧。里面只有些旧内衣和用剩下的化妆品。”

但艾布拉对抽屉本身不感兴趣，甚至当露西把它拉出来，让她随意看里面的物什的时候，她连看都不看一眼。

“藏!千!”说完，她还深吸了一口气，“妈妈!千千，藏藏!”

父母总是不擅长婴孩的语言——没时间统统学会——但大多数人可以顺着婴孩的意思，猜个八九不离十。到最后，露西总算搞懂了：女儿关注的不是抽屉里的东西，而是藏在抽屉后面的东西。

她好奇地把抽屉整个儿抽出来。艾布拉立刻往里钻。露西担心里面会不会积了太多灰，甚至有虫子或老鼠，于是她想抓住宝宝的后背，谁知艾布拉已经钻进去了，没抓到。等她把抽屉柜拖出来，足够让她自己探身进去看时，艾布拉已经举起了一张二十美元的钞票，它肯定是从台面和镜子后面的夹缝滑下去的。"看！"她兴高采烈地说道，"千！我千！"

"不可以哦，"露西从那只小拳头里抽出钞票，"小宝宝不拿钱，因为小宝宝用不到钱。不过，你刚刚为自己挣到了一只蛋筒冰激凌。"

"冰凌！"艾布拉兴奋地喊起来，"我冰凌！"

"现在，你可以跟约翰医生讲讲贾金斯太太的事儿了。"戴维说道，"你在场。"

"我确实在现场。"孔切塔说，"那是国庆节的周末。"

到了二〇〇三年夏天，艾布拉能够讲出完整的句子了——且不管长短。孔切塔从波士顿过来，和斯通家欢度独立日长假。周日那天刚好是七月六号，戴维去超市买蓝犀牛煤气罐了，那是为后院烧烤准备的。艾布拉在起居室里玩积木。露西和切塔在厨房里，隔几分钟就有一个人去望望艾布拉，确保她没有一时兴起去拔电视机的插头，再放嘴里嚼一嚼，或是去爬山一样高的大沙发。但艾布拉好像对这些事都没兴趣，她全神贯注地在搭积木，似乎要用她那些学步儿童的塑料积木垒出史前巨石阵。

艾布拉开始尖叫时，露西和切塔正要把洗碗机里的干净碗碟取出来。

"听上去她简直就要死了，"切塔说，"你知道那有多吓人，嗯？"

约翰点点头。他懂。

“在我这样的岁数，跑步不是正常反应，但那天我像威尔玛·鲁道夫[①]一样跑出了厨房。到起居室的时候，竟然比露西还快了几步呢。大概有一两秒钟，我觉得那孩子一定是受伤了，因为我切切实实看到了血。但她没事。不管怎样，她的身体是好好的。她朝我跑过来，一把抱住我的腿。我把她抱起来。那时候，露西已经在我们身边了，我俩一起哄，稍微安抚了她一点。‘旺妮！’她说，‘帮帮旺妮，婆婆！旺妮跌倒了！’我不知道旺妮是谁，但露西知道那是住在街对面的旺达·贾金斯。”

“所有邻居里面，艾布拉最喜欢她。”戴维插了一句，“因为她喜欢做曲奇饼干，常常送给我们，总有一块饼干上写着艾布拉的名字。有时候是用葡萄干拼出来的，有时候是用糖霜。她是个寡妇，一个人住。”

“所以我们赶到对街。”切塔接着说，“我冲在前头，露西抱着艾布拉。我敲门。没人应。‘旺妮在餐室！’艾布拉说，‘帮帮旺妮，婆婆！帮帮旺妮，婆婆！她伤了，流血了！’

“门没有锁。我们一进门，我就闻到了曲奇烤焦的味道。贾金斯太太躺在餐室的地板上，旁边就是四角活梯。擦拭蛋糕模具用的抹布攥在她手里。还有血，这么说吧——她的头顶有一小摊血，好像圣徒的光环。我以为她已经没命了——看不到她有呼吸——但露西摸到她还有脉搏。跌下来的时候，她的颅骨碎了，有一点脑出血，但她第二天就苏醒了。她会来参加艾布拉的生日派对。你要是来，可以当面和她打招呼。”她毫不躲闪地盯着艾布拉·斯通的儿科医生，“急诊室的医生说，如果她倒在那里的时间再长一点，要么是死，要么就会陷入漫长的植物人状态……

---

① 威尔玛·鲁道夫（Wilma Ruddph，1940—1994），美国著名短跑运动员，曾在一九六〇年罗马奥运会上独得三枚金牌。

以我的拙见来看，那比死还糟。不管怎样，那孩子救了她一命。”

约翰把钢笔扔在信笺簿上：“我不知道该说什么。”

“还有很多事。”戴维又说起来，“但别的事都不太好说。也许，只是因为我和露西已经习惯了。就好像，我随便举个例子好了，你会习惯和先天失明的孩子生活在一起。只不过我们的情况恰恰相反。甚至在 9·11 事件之前我们就知道了。几乎就在我们把她带出医院，第一次回家时，我们就知道有什么不寻常的事了。那就好像……”

他重重地吐出一口气，抬头看着天花板，好像在那里寻找灵感。孔切塔捏了捏他的胳膊：“接着说。至少，他还没有叫精神病院的人来捉你。”

“好吧。那就好像总有一阵风在屋子里飘荡，但你无法切实感受到它的存在，也看不到风的动向。我总以为窗帘就要飞起来了，墙上的照片也会被吹下来，但这种事从来没有发生过。不过，别的事会出现。断路器会跳闸，每星期两到三次——有时候是一天两到三次！有四次，我们请过两个电工来检查。他们检查了电路，告诉我们一切都很好，没问题！有些日子，我们早上起床下楼，会看到沙发垫子、座椅垫子都在地板上。我们嘱咐艾布拉上床睡觉前要把她的玩具归拢好，除非她累了或是脾气不好，通常她都能收拾好。但有时候，到了第二天早上，玩具盒是敞开的，有些玩具又出现在地板上了。通常是积木。她最喜欢积木。”

他停下片刻，注视房间另一头墙上的视力表。约翰心想，恐怕孔切塔又要催促他阐述详情了，但这次她也闭口不言。

“好吧，这确实非常离奇，但我向你保证，我说的事情都发生过。有天晚上，我们打开电视，每个频道都在播《辛普森一家》。艾布拉哈哈大笑，好像那是全天下最好笑的玩笑。露西都快崩溃了。她说：‘艾布拉·蕊法艾拉·斯通，这要是你干的，你就立马给我停止！’露西几乎不会对她说狠话的，但一旦如此，艾布拉就会听话。那天晚上就是这样。我把电视关掉，再打开，一切回归正常。我可以跟你说六七件这样的……事件……异象……但大多数都是鸡毛蒜皮的小事，你几乎不会去留意。”他耸耸肩，“我刚才说了，慢慢你就习惯了。”

约翰回答：“我会去派对的。听完这些，我怎么能拒绝呢？”

“也许，什么怪事都不会发生。”戴维说，“你知道那个老笑话吗？怎样搞定漏水的龙头？找水管工。”

孔切塔不屑一顾地哼了一声：“年轻人，如果你觉得不会出什么事，那我担保你会有惊喜的。”接着，她又对道尔顿说道，“光是把他拽过来就费了老劲了。”

“婆婆，你就饶了我吧。”戴维的脸色开始泛红了。

约翰轻叹一声。他早就感觉到了，这两人互不买账。他不清楚个中原委——也许是因为他们潜意识里在彼此竞争，都想赢得露西的欢心——但他不想在这个时候挑明这一点。离奇的使命迫使他们形成暂时的同盟，他也希望这种关系继续下去。

“别互相挤对了。”他的语气很硬，果然，他们不约而同移开视线，不再互相怒视，而是吃了一惊似的转头看他。“我相信你们。在此之前，我从来没听过类似的事……”

也许有过？他一愣神，想起自己那块一度下落不明的手表。

“医生？”戴维问道。

“抱歉。走神了。”

听到这话，他们都笑起来。又成同盟了，很好。

“不管怎样，没有人会叫来穿白大褂的人抓你们。我承认你们都是神志清醒的，没有歇斯底里或幻觉的倾向。如果只是一个人，单独讲述这些……这些灵异事件……我说不定要联想到孟乔森综合征可能导致一些古怪的症状，但事情并非如此。你们三个人都能作证。这也引出一个问题：你们希望我做什么？”

戴维似乎有些不知所措，但他妻子的外祖母却截然相反：

“观察她，就像你观察任何一个有病的孩子——”

戴维·斯通泛红的脸色刚刚褪去，此刻又汹涌返回了。面孔涨红的他恨恨地插嘴道：“艾布拉没有病。”

她看向他：“我知道！*老天爷啊！*[①] 你还让不让我说完？”

戴维露出忍无可忍但继续忍耐的表情，抬起双手：“抱歉，抱歉，很抱歉！”

“别老是指责我，戴维。”

约翰在一旁说：“要是你们吵个不停，孩子们，我就不得不送你们去强制安静病房啦。”

孔切塔叹了一口气：“这事儿让人压力很大，对我们每个人都是。对不起，戴维，我用词不当。”

“没问题，*亲爱的*。[②] 我们是一条船上的。”

她匆促地露出一丝微笑：“是的，是的，我们风雨共济。请你观察她，像观察那些尚未确诊的孩子那样，道尔顿医生。我们只能请求你做到这一点，我认为，就目前而言，这就够了。你或许会有更多想法的。我希望如此。你看……”

她带着无助的表情再次看向戴维·斯通，约翰心想，在她那张坚毅凛冽的脸孔上，这种表情可算是稀罕之物了。

“我们很害怕。”戴维开口了，“我，露西，切塔——都怕得要死。不是怕她，而是替她害怕。因为她是那么小，你明白吗？万一她拥有的这种超能力……真不知道还有什么别的词能形容……万一还没到极限呢？如果超能力会继续强大下去呢？那时候我们该如何是好？她可能……我不知道……”

“他明白了。”切塔接下话头，“她可能失去控制，伤及自己乃至他人。我不清楚会不会到那样的地步，但只是想一想那种事可能发生……”她握了握约翰的手，“太可怕了。”

---

①② 原文为意大利语。

7

从看到老朋友东尼从窗口向他挥手的那一刻起，丹·托伦斯就知道自己会住进海伦·利文顿安养院的角楼小屋。后来他发现，那扇窗被木板钉死，无法打开。在安养院干了六个月左右的护工、护理员……以及编外住院医生（当然，是和他的忠实伙伴艾奇一起值勤）之后，他特意询问安养院总监，克劳森夫人。

“那个房间里的废物从这头堆到那头。”克劳森夫人是这么说的。她已年过花甲，却有一头惊人的茂密红发。她是典型的刀子嘴豆腐心，一张口就是冷嘲热讽，时不时冒几句脏话，但作为管理者她很机智，而且极富同情心。从安养院董事会的立场看，她的表现更优秀，因为她极其善于筹集捐款。丹不确定自己是否喜欢她，但越来越尊重她了。

“我会拾掇干净的。利用我的休息时间。我最好住在院内，你觉得呢？随叫随到？”

“丹尼，跟我说说实话。你怎么会如此擅长那份工作？”

“其实，我也不知道。”这话至少说对了一半，甚至七成。他这辈子都带着闪灵生活，却依然无法理解它。

“且不说那些垃圾，角楼里夏天热死人，冬天更厉害——能把猴子铜像的蛋蛋都冻掉呢。”

“我可以想办法改进一下。”丹这么回答。

“鸡零狗碎的破事儿别跟我说。”克劳森夫人犀利的视线越过半框眼镜的上缘盯住他，“要是董事会发现我让你干的事，他们说不定会把我送到本州最南边的纳舒厄护理院，在粉红色墙壁、曼陀凡尼钢琴曲的中央背景音乐声中编小篮子。”她哼了一声，“说真的呢，长眠医生。”

“我不是医生。”丹不温不火地应答。他知道自己马上就能得偿所愿。“艾奇才是医生，我只是他的助手。”

“艾奇是只该死的猫，”她说，“脏兮兮的流浪猫，从街上晃荡进来，被以前那些住客收养了，现如今他们也全死了，飞到天知道哪一国去了。艾奇只在乎每天两顿喜悦猫粮。”

丹没有应对这番话。没必要，因为他俩都知道那不是事实。

“我还以为你在艾略特街上有一个好得不得了的住处呢。宝琳·罗伯逊觉得你好极了，屁眼里都能散射金色阳光。我知道，因为我和她都在教堂合唱团里唱圣歌。”

“你最喜欢的赞美曲是哪一首？”丹问，“《耶稣啊你是我们该死的损友》？”

丽贝卡·克劳森露出她特有的笑容：“噢，好极了。把角楼收拾干净，搬进去，接上有线电视网，安上四声道音响，弄个小酒吧。我他妈的管那么多干吗，我不过是你的老板。”

“非常感谢，克劳森夫人。”

“噢！别忘了弄台取暖器，好吗？去哪家后院特卖会看看，找一台线路磨损的老玩意儿。找个冻死人的二月之夜，把这该死的地方烧光。让他们竖一块奇形怪状的水泥块，匹配我们左右不等的畸形怪屋。”

丹站起身，手背抵前额，行了一个英国佬的军礼：“您说什么就是什么，老板。”

她朝他摆摆手：“趁我没改主意，赶紧滚出去吧，医生。”

8

他真的弄了一台取暖器，线路没有磨损，而且是那种一倾倒就会自动断电的款式。三楼的角楼房间永远不会安装空调系统，但是，在窗边安了两三台沃尔玛超市买来的电风扇，空气倒是很流通。夏季，窗户敞开，风能进来，热气也能，不过丹白天几乎不会待在角楼房间里，而新罕布什尔的夏夜通常来说还挺凉爽的。

大部分东西扔了也不可惜，但他发现有块大黑板靠在墙上，小学课堂里会用的那种，就把它留下了。它被藏弃在这儿大概有五十年了，甚至更久，掩在几把破旧不堪的轮椅和五金配件后面。黑板很有用。他把安养院里的临终病人和相应的房间号码写在上面，谁去世了，他就擦去谁的名字，写上新入院的病友姓名。在二○○四年春天，黑板上共有三十二个名字。利文顿一号楼有十人，二号楼有十二人——就是依附在老宅两侧的那两栋丑陋的砖墙楼。维多利亚式的老宅才是赫赫有名的海伦·利文顿居住，并以珍妮特·蒙特帕斯为笔名撰写吓人的浪漫小说的地方。其余的病人都住在主宅的两层楼面里，就在丹勉强蜗居但也挺方便的角楼公寓下面。

*除了写蹩脚小说，利文顿夫人还干过什么有名的事？*丹在安养院工作后不久，曾这样问过克劳德特·艾伯森。当时他们都在吸烟点，继续他们那种恶心的习惯。克劳德特是个欢快的非裔美国籍注册护士，双肩魁梧如美国橄榄球队的左内边锋球员。她听他问后，仰头大笑。

“当然有！她给这个小镇留下一大笔钱，宝贝！当然，还包括捐出这栋老宅。她认为，应该有一个地方给老年人，让他们带着尊严死去。”

在利文顿安养院，确实有大部分老人是有尊严地辞世的。现在，丹——还有艾奇协助——已经参与其中了。他相信他已经找到了自己的天赋使命。现在，安养院让他有了家的感觉。

9

艾布拉生日派对的那天清晨，丹一起床就看到黑板上所有的名字都被擦除了。原先写名字的地方，现在只有一个词，用很大的字母七扭八斜地写成的：

hEll ☺

（☺ 你好呀）

丹穿着内衣裤在床边呆坐良久，只是看着黑板。然后，他站起来，把一只手盖在那个词上面，稍稍抹糊了字迹。他在等待闪灵的结果，哪怕只是灵光一闪也好。最后，他移开了手，把粉笔屑抹在光溜溜的大腿上。

“你也好呀，”他说……然后再说，“你会不会，碰巧，叫艾布拉？”

没有回应。他披上晨袍，拿了肥皂和毛巾，下楼去二楼的员工冲淋室。回来时，他拾起黑板擦——和黑板一起找到的——要把那个词擦去。刚擦到一半，一个念头

（爸爸说我们会有很多气球）

一闪而过，他停下动作，等待下文。但没有下文了，于是，他把黑板擦干净，照着周一值勤备忘录，把名字和房间号码重新写好。午休时，他回到自己的房间，有点期盼黑板被再次擦净，带着笑脸的“你好呀”取代名字和房号，但黑板上的内容和他离开时并无二致。

10

艾布拉的生日派对在斯通家的后院举行，那儿有一片怡人的草坪，苹果树和山茱萸恰好都有鲜花绽放。院落边界用链环栏围起，小门上安着电子锁。这道栅栏显然不太美观，但戴维和露西都不在意美感问题，因为栅栏后头就是汩汩的萨科河，蜿蜒流向

东南，穿过弗雷泽小镇，直奔北康威，最终流过州界驶进缅因州。在斯通夫妇看来，河流和孩子们无法兼容，尤其在春天，卷挟融雪的河水更加湍急。本地周报每年都会报道至少一起溺水事故。

这天，草坪上的那些玩意儿就足够吸引孩子们了。他们能玩起来的集体游戏只有“有样学样”，但他们不小了，已经能在草地上追着跑了（一跑起来就会连滚带爬，一个摔倒就连带所有人滚成一团），还能像小猴子那样在艾布拉的玩具架上爬上爬下，再钻进戴维和另外几位爸爸合力搭建的“小隧道”，要不然就把气球拍来打去，弄得到处都是。气球都是黄色的（艾布拉最喜欢的颜色），约翰·道尔顿看到的就不止六七十只。先前，也是他帮露西和她外婆把气球吹起来的。对一个年逾八十的老妇人来说，切塔的肺活量够惊人的。

算上艾布拉，共有九个孩子，每个孩子至少要有一位家长作陪，所以，派对上不乏大人的耳目。草坪椅摆放在后廊道里，派对渐入佳境后，约翰坐进了孔切塔旁边的椅子里。今天，她特意装扮了一番，牛仔裤是名牌，套头衫胸前一排醒目的字：**全世界最佳曾外婆**。她正在大快朵颐一块生日蛋糕。约翰在刚刚过去的冬季里胖了好几磅，只想慢慢品味一小勺草莓冰激凌。

“真不知道你吃的东西都去哪儿了，”他朝她手中纸盘里被迅速消灭的蛋糕一点头，“你都快瘦成一道闪电了。”

“也许吧，*亲爱的*，但我天生胃口大。”她望着喧闹欢腾的孩子们，长叹一声，“但愿我女儿能活到现在，亲眼看到这场面。我这辈子没什么憾事，这算一件。”

约翰决定不要鲁莽地继续这个话题。露西的母亲死于车祸，当时的露西比现在的艾布拉还小一点。斯通夫妇填写的家族史里面提到过这件事，所以他知道。

不管他怎样，切塔已把话题转移到自己身上了：“你知道，这个年龄的小孩身上，我最喜欢哪一点？”

“不知道。”不管哪个年龄的孩子，约翰都喜欢……未满十四岁就好。一旦过了十四岁，荷尔蒙就会光速推进，大部分孩子都会在其后五年里一门心思当讨债鬼。

“瞧瞧他们呀，约翰，就像是孩童版的爱德华·希克斯的名画《宁静的王国》。有六个白皮肤的——当然，这儿是新罕布什尔嘛——但也有两个黑皮肤的，还有一个漂亮的韩裔美国小孩，她完全可以当模特，给汉娜·安德森童装拍广告画册。你知道吗？他们的主日校歌是这么唱的：‘在上帝眼里，红黄黑白棕，都一样珍贵。’所以我们才能看到这样的场景。两个小时了，没有人抡起拳头或是愤恨地推推搡搡。”

身为儿科医生的约翰看过太多小屁孩拳打脚踢，甚至咬人，此刻露出讥讽和感伤参半的笑容：“我没指望有不同的场景。他们都是‘小伙伴幼稚园’的学生。那是本地区数一数二的日间托儿所，学费也是数一数二的。也就是说，这些孩子的父母都是富裕阶层，大学毕业，也都信奉‘与世无争，随遇而安’的社会信条。这些孩子就是从小被驯化的社会动物。”

本可以就此一吐为快，但约翰不再说下去了，因为孔切塔已经冲他皱起了眉头。本来，他还可以说：七岁左右被称为理性时期，大多数孩子在七岁前就像情感的回音室，重复他们周遭的情感模式。如果他们在融洽友好的人群里长大，他们也会友善待人，不吵不闹。但如果养育陪护他们的人们穷凶极恶……那么……

他最初选择儿科医学为毕生专业时拥有各种浪漫的想法，那些赤诚的初衷并没有被二十多年的治疗经验（更不用说他自己也有两个孩子，如今都送进了“与世无争，随遇而安”的贵族小学里）泯灭，而是得到了淬炼。也许，如同华兹华斯信誓旦旦宣称的那样，孩子们真的是在荣光祥云中降临世界的，但他们在有所长进之前也会在裤子里拉屎拉尿。

11

下午，响起了一阵银铃声，仿佛来了一辆冰激凌车。孩子们都转头去张望。

只见一个年轻人骑着尺寸夸张的红色三轮车从斯通家的车道驶上草坪，那景象着实喜人。他戴着白手套，阻特装[①]的肩部垫得特别宽大，很搞笑。插在一侧翻领上的襟花足有温室兰花那么大。他的裤子（也是超大尺寸）卷到膝盖上，以便踩脚踏车。车龙头上吊着铃铛，他只用一根手指去打铃。三轮车一路摇摇摆摆，左右晃荡，但就是不倒。新出场的这位嘉宾头戴大大的棕色礼帽，压住一头夸张的蓝色假发。戴维·斯通走在他后面，一手提着大箱子，一手提着折叠桌。他好像有点不知所措。

“嘿，孩子们！孩子们！你们好呀！”三轮车上的男子大声说道，“快过来，围过来，因为好戏就要上演啦！”不用他喊第二次，孩子们已经凑过来了，围在三轮车边又笑又叫。

露西来到约翰和切塔这里，也坐了下来，像动画片里的人物那样鼓起下唇，呼一声，把飘在眼前的几缕发丝吹开。她的下巴上沾了点巧克力糖衣。“瞧这个变戏法的！他是弗雷泽和北康威的夏天街头表演者。戴维在报纸的免费广告里发现他，就约来面试，然后雇了他。他叫雷吉·佩尔蒂埃，还给自己编了个头衔，叫‘精彩神秘人’。他们都已经细细打量过那辆花里胡哨的三轮车了，让我们看看他还能吸引他们多久？照我想，顶多三分钟。”

---

① 流行于美国二十世纪四十年代的爵士乐服装。特点为上衣过膝，宽肩；裤腿肥大，裤口狭窄。

约翰觉得她猜错了。这个年轻人的亮相、进场是经过完美设计的，能够满足小家伙们的想象力。他的假发很滑稽，虽然夸张，但不至于吓人。他的脸上洋溢着喜悦，没用油彩化小丑状，这一点也非常好。在约翰看来，小丑是被高估的喜剧角色。小丑常常把六岁以下的孩子吓得尿裤子，而六岁以上的孩子又会觉得小丑很无聊。

哎呀，今天你的脾气够臭的。

或许是因为他今天特意前来，做好了观察某种灵异事件的心理准备，但什么事都没发生。在他看来，艾布拉就像个普通至极的小孩。或许比别的孩子更活跃，但这家人都挺欢快的，大概只有切塔和戴维话不投机的时候才有冷场。

"不要低估那家伙的吸引力，"他倾身向前，越过坐在当中的切塔，用自己的纸巾抹去露西下巴上的巧克力糖衣，"如果他准备了正经的表演，最起码能让他们十五分钟全神贯注。兴许二十分钟。"

"*如果*……他有所谓表演的话。"露西深表怀疑。

事实证明，雷吉·佩尔蒂埃——别号"精彩神秘人"——确实会表演，而且很精彩。就在他那位忠实的助手——"不那么精彩的戴维"——支好桌子，打开手提箱的时候，神秘人邀请小寿星和她的小伙伴们欣赏他的花。小朋友们凑近一看，那支花竟喷出水来，水珠都喷洒到他们的小脸蛋上了：先是红色，再是绿色，最后变成蓝色。孩子们异常欢欣地尖叫起来。

"好啦好啦，男孩们，女孩们……*哦！啊！哎呀呀！*好痒啊！"

他摘下帽子，从里往外拽出一只小白兔。孩子们欢叫不已。神秘人把小兔子递给艾布拉，她温柔地抚摸它，也无需大人交待，再递给别的小朋友，一个一个传下去。不管谁摸谁抱，那只兔子倒无所谓。约翰心想，大概兔子在表演前被硬塞了几颗掺有安定药粉的饲料吧。最后一个孩子把怀中的兔子还给神秘人，他把它扔进帽子里，用另一只手盖住，再给他们看帽子里面。除了美国国旗图案的衬里，帽子里空空如也。

“兔兔去哪儿啦？”小苏西·宋–巴特列特问道。

“去你梦里啦，亲爱的，”神秘人回答，“今晚就会在你梦里蹦蹦跳跳。现在，谁想要一条魔法丝巾？”

“我要”的喊声此起彼伏，男孩女孩都想要。神秘人就从拳头里抽出了一条条丝巾，分给大家。紧接着，又来一阵连珠炮似的小戏法。道尔顿在一旁观望着，孩子们围着神秘人站成半圆形，看了足有二十五分钟。小观众群里刚刚冒出一点厌倦的态势，神秘人就决定见好就收。他从手提箱（打开箱子的时候，他让孩子们看到箱子里面和刚才的帽子一样空空如也）里变出五个小碟子，抛到半空再一一接住，玩起了杂耍，一边高歌“祝你生日快乐”。孩子们都跟着唱起来，艾布拉高兴极了，乐得都快飘起来了。

碟子收进了箱子。他再让他们看，箱子里又是空的了，继而用同样的把戏变出了五六把勺子。他把勺子一一悬挂在脸上，最后一把吊在鼻尖下面。小寿星喜欢这招，她坐在草地上，开心地笑。

“艾比可以。”她说道（现在她喜欢用第三人称称呼自己，戴维称其为“瑞基·亨德森阶段[①]”），“艾比可以玩勺子。”

“宝贝儿，那你可太棒了。”神秘人只是顺口一说，约翰不能为此责怪他。他刚刚为一群孩子独自表演了一台大戏，脸涨得通红，虽有凉风从河面上习习吹来，他还是一头大汗。更何况，他还要完美地谢幕退场：蹬着夸张的三轮车上坡而去。

---

① 瑞基·亨德森（Rickey Henderson，1958—　），美国职业棒球选手，他的特点之一就是用第三人称称呼自己。

神秘人弯下腰，用戴着白手套的手拍拍她的头：“生日快乐，感谢你和小伙伴们观赏我的表——”

厨房里传来一阵丁零咣当的嘈杂声响，与哥斯拉怪兽三轮车龙头上的铃声并无多少不同。孩子们只是往屋子的方向看了一眼，就扭头去看神秘人蹬着三轮车离去了，但露西站起来，想进屋看看厨房里有什么东西掉下来了。

两分钟后，她回到院子里。“约翰，”她叫他，“你最好来看看。我认为这就是你此行的目的。”

12

约翰、露西和孔切塔站在厨房里，仰头看着天花板，全都无语了。戴维进屋时，他们也都没有转身；他们都看呆了。“怎么——”戴维刚想问，就看到了那一幕，“我的天呀！”

对于这句评语，依然没人应答。戴维又呆呆地看了一会儿，想要弄明白个中含义，然后转身离去。一两分钟后，他牵着女儿回来了。艾布拉手里拉着一只气球，腰间系着神秘人送给她的魔法丝巾，宛如一条漂亮的腰带。

约翰·道尔顿单膝跪下，在她身边问道：“小宝贝，这是你做的吗？”虽有发问，他却很清楚答案是什么，但他想知道她怎么回答。他想知道她在多大程度上对此有所感知。

艾布拉先是低头看着地板，银器抽屉已掉落在地板上了。抽屉被拉出来的时候，有些刀叉弹了出来，但都落在了地板上。唯独没有勺子。所有的勺子都悬垂在天花板下面，仿佛受到某种离奇的磁力吸引，浮升向上。有几把勺子懒洋洋地挂在天花板的灯具下面。最大的那把公用汤匙摇摇欲坠地悬在炉子上方的通风罩下面。

每个孩子都有一套自我安慰的法宝。拥有多年儿科经验的约翰知道，大部分小孩会吮吸大拇指以得到安全感。艾布拉的方法与众不同。她会用右手捂住口鼻，用手掌心抚摩嘴唇。因此，她的回答显得含糊不清。约翰把那只手挪开，动作很轻柔："你说什么，小宝贝？"

她轻轻地说："我是不是闯祸了？我……我……"小胸脯也开始上下起伏。她想重新捂住脸，但约翰拉出了那只自我安慰的手。"我想和神秘人一样。"她的眼泪滴下来了。约翰松开她的手，她立刻捂住了嘴巴，剧烈地抚摩起来。

戴维把她抱起来，亲吻她的脸蛋。露西将他俩环抱在一起，亲吻了女儿的前额："没有，宝贝，没有闯祸。你很乖的。"

艾布拉把小脑袋埋进妈妈的颈窝里。就在这时，所有勺子都掉落下来。清脆的响声把他们吓得全都一哆嗦。

13

两个月后，新罕布什尔州的怀特山区刚刚进入夏季，戴维和露西坐进了约翰·道尔顿的办公室里。那间屋子的四面墙上贴满了孩子们欢笑的照片，都是他多年来治疗过的小病人，如今很多孩子现在都有自己的孩子了。

约翰说道："我雇用了我的侄子——他是个电脑通——但别担心，他的酬劳很低。我让他上网查查有没有类似你们女儿的情况，如果有文档记录，就深入调查一下。他把搜索限定在最近三十年内，找到了九百个案例。"

戴维吹了一声口哨："那么多！"

约翰摇摇头："其实不算多。假如说这是一种疾病——我们无需再为此辩论，因为这显然不是病——它的发病概率就像象皮病那样罕见。或是斑纹症，就是让人的皮肤长出斑马纹路的病，斑纹症的发病率在七百万分之一左右。艾布拉的情况，罕见程度也差不多。"

“露西的情况到底算什么？”露西一直紧紧抓着丈夫的手，“心灵感应？超自然遥感？还是别的什么特异功能？”

“那些功能显然算其中的一部分。她有没有心灵感应？鉴于她能提前预知有人来访，还能当场知道贾金斯太太受伤了，答案显而易见，当然有。那她有没有遥感呢？根据我们在生日派对那天的厨房里亲眼目睹的情景，答案是毋庸置疑的，肯定有。她是不是有特异功能？如果说得更夸张点，是不是先知？虽然9·11事件、抽屉后面的二十美元都很有说服力，但我们也无法肯定。不过，你们家电视机所有频道都播放《辛普森一家》又算怎么回事呢？该如何命名？还有那无形弹奏的披头士钢琴曲？如果琴键在动，弹出了音乐，那还能算遥感……但你们说琴键根本没动弹。”

“那，接下去怎么办？”露西问道，“我们该有怎样的心理准备？”

“我不知道。没有前车之鉴。特异功能的问题就在于它根本算不上一个专业领域。有太多故弄玄虚的骗子，还有太多人仅仅是精神错乱。”

“所以，你也不能告诉我们该怎么办，”露西说，“说到底还是这样。”

约翰笑了：“我当然可以告诉你们该怎么办：继续爱她。如果我侄子的结论是对的——你也必须记住：第一，他才十七岁；第二，他是基于不可靠的网络资讯得出这个结论的——你们可能还要遭遇一些离奇事件，直到她进入青春期。有些，可能会非常稀奇古怪。在十三四岁的时候，这种现象可能会平息下来，然后渐渐消失。等她到了二十多岁，眼下这些五花八门的特异现象也许会缩减成微不足道的小事了。”他笑了，“不过，她这辈子都会是个厉害的玩牌高手。”

“如果她开始看到幽灵，像那部电影里的小男孩一样，那该怎么办？”露西接着问，“我们该做什么呢？”

“那么，我认为你们就得到了人死灵不死的最佳证据。还要记得一件事：不要惹麻烦。不要声张，对不对？”

“哦！这点你放心。”露西说着，挤出一丝笑容，但她紧张的时候会咬掉大部分唇彩，笑容也显得不那么自信了，“我们最不想看到自己的女儿出现在《内幕》杂志的封面上。”

“感谢上帝，别家的父母没有看到那些勺子。”戴维说。

“有一点，我想问问，”约翰说，“你们认为，她知道自己有多特别吗？”

斯通夫妇面面相觑。

“我……不这样想。”露西总算憋出了一句话，“虽然在勺子那事儿之后……我们有点严阵以待的意味……”

“你是严阵以待了，”约翰说，“但也许她不觉得是大事。她哭了一会儿，然后就眉开眼笑了。没有人喊叫、责骂、打她屁股或是让她丢脸。我的建议是：就目前而言，顺其自然。等她再大一点，你们可以提醒她，别在学校里玩这种非凡的把戏。要像对待正常孩子那样对待她，因为她总的来说就是个普通小孩。对吗？”

“对。”戴维说，“而且这也不像是胎记、肿大或第三只眼。”

“哦，她有第三只眼。”露西想起了那层胎膜，“你看不到，但确实存在。”

“如果你们想要，我可以把侄子的搜索结果列印出来，全部寄给你们。”

“我要。”戴维说，“很想看看。我觉得，我们家亲爱的老外婆也会要看的。”说完，他故意皱了皱鼻子。露西看到了，皱了皱眉头。

“无论如何，请享受你们的女儿带来的欢乐，”约翰对他们说，“根据我所见的一切，她是个非常招人喜欢的孩子。你们会熬过这一段的。”

从短期来看，他说的似乎都没错。

第四章
呼叫长眠医生

1

二〇〇七年一月，利文顿安养院的角楼小屋里，丹的取暖器开到了最大挡，但屋子里还是很冷。山上吹下来的东北风以每小时五十英里的速度呼啸而过，让沉睡中的弗雷泽小镇每小时积起五英寸厚的雪。起风后的次日下午，暴风雪才会停歇，克莱默大道北向和东向的建筑物旁的积雪大概会有十二英尺深。

寒冷不会困扰到丹，他窝在两层鸭绒被下面，暖和极了。但是，狂风会有办法渗透到他的脑子里，恰如钻进这栋他已称之为家的维多利亚老楼的门缝和窗框缝隙里。在梦里，他却会听到盘旋在孩提时代那年冬天困居其中的大饭店外的呜咽风声。

他在全景饭店的二楼。妈妈在睡觉，爸爸在地下室看那些旧报纸。他是在调研。为了他即将要写的新书做调研。丹尼不应该出现在楼上的，也不应该偷拿万用钥匙，紧紧攥在手心里，但他没办法抽身而去。此时此刻，他盯着固定在墙上的消防水带。一圈一圈绕起来的水带，看起来像一条有着黄铜脑袋的蛇。沉眠中的蛇。它当然不是蛇——他盯着的是帆布，不是鳞鳞的蛇身——但它确实很像一条蛇。

有时候，它就是蛇。

“来呀，”在这场梦里，他对它轻声说道。因为恐惧，他浑身颤抖，但不知被什么力量驱使着。为什么呢？他是在给自己做调研，就因为这个。“来呀，来咬我！你咬不到，是不是？因为你

不过是条愚蠢透顶的消防水带！”

愚蠢透顶的水带的喷嘴抖动起来，突然，本是用余光看着它的丹尼突然死死盯住它的孔洞，或许该说，是它的嘴巴。黑洞洞的喷嘴口下面出现了一滴什么，慢慢地黏坠下来，越来越长。他可以看到自己瞪大的眼睛反照在其中，瞪着自己。

一滴水，或是一滴毒液？

它是一条蛇，还是一卷消防水带？

谁能说得清，我亲爱的Redrum，Redrum①我亲爱的？谁能告诉我？

它朝他发出嗡嗡的低鸣，他的心脏恐惧地狂跳起来，都快蹦出嗓子眼了。像眼镜蛇那样，嗡嗡嗞嗞。

这时，毒蛇水带的喷嘴从栖身的那堆帆布带上滚下来了，伴着一声闷响落在地毯上。它又开始嗡嗡低鸣。他知道，自己应该赶在它冲上来、咬上来之前赶紧后退，但他动弹不得，全身僵硬，它还在嗡嗡嗞嗞——

“醒醒，丹尼！”东尼不知道在哪儿喊他，“醒醒！快醒过来！”

但他醒不过来，也动不了，这里是全景饭店，他们被大雪困在里面，现在一切都变样了。水带变成了蛇，死掉的女人睁开了眼睛，而他爸爸……哦！上帝啊，**我们必须离开这里，因为我父亲快要疯了**。

眼镜蛇嗡嗡低鸣。嗞嗞嗞嗞。它

2

丹听到了风的怒吼，但不是全景饭店外面的风声。不，是利

① 在《闪灵》中，幼年的丹尼在镜中看到的Redrum其实反过来拼写就成了“谋杀”（Murder）。

文顿安养院角楼外面的。他听到雪轻轻打在北窗上，听起来像是沙子。他也听到了对讲机的低鸣声。

他掀开鸭绒被，摆腿下地，温暖的脚趾头碰到冰凉的地板，不由得抽搐一下。他走到房间那头，几乎是踮着脚尖跳过去的。打开桌灯后，他呵了一口气。看不到白色雾汽，但即便取暖器里的线圈都成了暗红色，今晚房间里的温度却只有四五度。

嗡嗡。

他摁下对讲机上的通话键，说道："我在。是谁？"

"克劳德特。医生，你有一个病人了。"

"温尼克太太吗？"他有九成把握是她，这也意味着他要披上大衣，因为薇拉·温尼克住在二号楼，从主楼到那边去要过一段走廊，那儿会比女巫的皮带扣、掘墓人的奶头还要冷。随便什么瞎扯的谚语都没错。薇拉已在弥留之际，不省人事，断断续续的潮式呼吸，而且，虚弱不堪的病人常常熬不过这样的夜晚。通常是在凌晨四点。他看了看表，只是三点二十分，但也很接近了。

然而克劳德特·艾伯森的回答让他大吃一惊："不，是海耶斯先生，就在我们楼的底楼。"

"你肯定吗？"就在这天下午，丹还和查理·海耶斯玩了一场国际象棋，对于一个重度髓细胞性白血病患者来说，他简直能算是生龙活虎的。

"不能，但艾奇在那儿。你知道自己是怎么说的。"

他说过，艾奇绝不会犯错，他是根据将近六年的实际经验得出这个结论的。艾奇总在组成利文顿安养院的三栋楼里随意走动，下午的大半时间都蜷缩在康乐室的沙发上睡大觉，也常会横趴在几个牌桌上——桌面上还可能有拼到一半的拼图——活像被人乱扔一气的大披肩。住在这里的人似乎都很喜欢它（假如真有人投诉安养院里有猫，那些话也从没传到丹的耳朵里），艾奇也回报以同样的爱。有时候，它会跳上某些行将就木的老人膝头……但落下来的时候都很轻柔，绝不会伤到他们，考虑到它的体型，做到这一点还当真不易。艾奇的体重是十二磅。

除了睡下午觉，艾奇很少在一个地方久留。它总有地方去，总有人要看，总有事情做。（“那只猫是个浪荡公子”，克劳德特曾这样对丹尼说。）你会看到它光临水疗馆，一边舔着猫爪垫，一边蹭点儿温暖。也会发现它在健身馆里停止不动的走步机上歇息。或是端坐在没人用的轮床上，直愣愣地凝视半空，看着那些只有猫才看得见的物事。有时候，它会警觉地在后花园草坪上踱步，耳朵贴着脑袋，摆出典型的猫科动物捕猎时的姿态，要是有所斩获，它就会把小鸟或花栗鼠叼到隔壁人家的院子里，或者径直跑到对街的小镇公共娱乐区把猎物大卸八块。

康乐室是日夜开放的，但若电视机关掉了，病友都走了，艾奇就很少进去。夜色降临，等到利文顿安养院的节奏变得缓慢而安静，艾奇就不安分了，像守卫敌占区边境的巡逻兵那样在走廊里来回走动。熄灯后，你甚至不一定看得到它，除非你们短兵相接、正面对峙。它那身灰毛和老鼠一个颜色，不算好看，却能和阴影浑然一体。

它从不会闯进住客的房间，除非有人快死了。

（如果门没有插上）它会溜进去，或是尾巴卷绕着四足，端端正正坐在门外，低沉有礼地叫几声，仿佛要求人们允许它进门。进了门，它就会跳上住客的床（他们永远被称为利文顿的住客，而非病人），安顿下来，发出呼噜呼噜的声音。如果被选中的住客刚巧醒着，他或她或许会爱抚它。据丹所知，从来没有人要艾奇离开自己的房间。他们似乎都明白，它是作为朋友来陪伴自己的。

“他的医生是哪位？”丹问。

“你。”克劳德特毫不犹豫地回答。

“你明白我的意思。真正的医生。”

“爱默生，但我刚刚给他的诊所打电话，有个女人告诉我别傻了。从博林到曼彻斯特都被大雪封锁了。她还说，除了高速公路上的那几辆，铲雪车都要等天亮了再开工。”

“那好吧。”丹回答，“我这就去。”

3

在安养院工作了没多久，丹就意识到，即便这是垂死人之家，也有阶级之分。相比于一号楼和二号楼，主楼住户的房间更宽敞也更贵。海伦·利文顿摘下帽子，坐下来写爱情小说的维多利亚老宅里，每一间住房都叫“套间”，并以新罕布什尔州的名流命名。查理·海耶斯住在阿兰·谢泼德套间[①]里。从角楼下去，丹必定要经过楼梯下的小吃吧，那儿有自动贩卖零食机和几把硬塑料椅。此时，弗雷德·卡林窝在一把椅子里，大口嚼着花生酱饼干，看着一本过期的《大众机械》。半夜到早上八点的夜班护工共有三位，卡林是其中之一。另外两位每个月会有两次翻班，但卡林从来不值白班。他自称是夜猫子，体格彪悍，袖筒下面的手臂上有乱糟糟的刺青，暗示了他曾混过机车帮。其实，这个人骨子里是个恃强凌弱的懦夫。

“瞧瞧谁来了，”他说，“这不是丹尼男孩吗？今晚又要你秘密出动了吗？”

丹还在半梦半醒间，没心思开玩笑：“关于海耶斯先生，你知道些什么？”

“没什么，只知道猫在那儿，那通常就是说，有些人要翘辫子喽。”

---

① 阿兰·谢泼德（Alan Shepard，1923—1998），美国海军飞行员、宇航员。

“没有出血？”

彪悍的男人耸耸肩：“噢，是有一点，他流鼻血了。我把那几条该死的毛巾扔进瘟疫袋了，绝对符合规程。毛巾都在一号污洗间，如果你想检查的话。”

丹想问他，要用几条毛巾去擦干净，怎能说是“有一点”流血？但终究是没问。卡林是个没心没肺的浑蛋，丹根本想不通他是怎么得到这份工作的——哪怕是夜班，大多数住客都在睡觉，或尽可能保持安静，以免干扰到别人。他怀疑是有人牵线，开后门。世界就是这样运转的。他自己的父亲不也是托人介绍才得到了人生中最后一份工作，去全景饭店当看守吗？这或许能证明靠熟人介绍弄到的工作大抵很糟糕。

“祝您今晚愉快，长眠——医生。”卡林在他身后喊了一句，根本没打算放低音量。

克劳德特在护士间里登记药品，珍尼斯·贝克看着一台小电视，音量调得很低。电视里播放的是那些无休无止的结肠清洗用品广告之一，但珍尼斯眼睛瞪得大大的，嘴巴半张地在看。丹用指尖在桌面上弹了弹，她惊醒过来，他才意识到她不是看广告看得入迷，而是睁着眼睛睡着了。

“谁能跟我说说，查理的实际状况如何？卡林什么都不知道。”

克劳德特瞥了一眼走廊，确认弗雷德·卡林不在，但仍然压低了声音说：“那家伙一无是处，就跟公牛的乳房一样没用。我一直盼着他早点被炒掉。”

丹深有同感，却没有出声。他已经发现了：只要不喝酒，神志清醒，谨慎就堪大勇。

“十五分钟前我去查看过他，”珍尼斯说，“猫咪先生来访之后，我们查看了他好多次。”

“艾奇在那儿待了多久了？”

“我们半夜查房时看到它在门口喵呜喵呜地叫，”克劳德特说，“我就帮它开门。它一下子就跳上床了。你知道它的样子。我差点儿立刻呼叫你，但查理很清醒，也有反应。我说嗨，他也说嗨，开始抚摸艾奇。所以我决定等一会儿。差不多一小时后，他流了鼻血。弗雷德帮他清理干净。我还得叮嘱他把那些毛巾扔进瘟疫袋里。”

这里的员工都把装有沾染体液或生理组织的衣物、床单和毛巾的可降解塑料袋昵称为“瘟疫袋”。根据新罕布什尔州的规程，要尽量减少血液传播病菌的扩散。

“四十或五十分钟前我去看他的时候，”珍尼斯说，“他睡着了。我摇摇他，他睁开眼，眼睛里全是血丝。”

“就是那时候我给爱默生诊所打电话的，”克劳德特说，“值班护士让我们死心后，我呼叫了你。你现在就下楼去吗？”

“是的。”

“祝你好运，”珍尼斯说，“有需要就呼叫我们。”

“我会的。珍妮，你为什么要看这种结肠清洗的广告片呢？还是说，我不该问这种难言之隐？”

她打了个哈欠：“在这个钟点，除此之外只有一个频道还在放女士塑形内衣的广告。我已经有一套啦。”

4

阿兰·谢泼德套间的房门半掩着，但丹还是敲了敲门。没听到回应，他才把门完全推开。有人（应该是两位护士中的一位，几乎可以肯定不会是弗雷德·卡林）已经把床摇高一点了。被单拉到查理·海耶斯的胸上。他九十一岁了，瘦得让人心疼，苍白得都快看不到人形了。丹呆呆站立了足有三十秒钟，才能百分百确认老人的睡衣胸部有起有伏。艾奇蜷缩在瘦削老人那勉强可见的腰窝旁。丹走进来的时候，猫用那双谜一样的眼睛端详他。

“海耶斯先生？查理？”

查理没有睁眼。他的眼皮是蓝紫色的，下眼睑的颜色更深，紫得发黑。丹走到床边时，又看到了另一种颜色：鼻孔下面板结着血滴，紧闭的嘴角也有血迹。

丹走进盥洗室，取了一条洗脸巾，浸上热水，挤掉多余的水分。等他走回查理的床边时，艾奇站起来了，刻意迈到沉睡中的老人的另一侧，腾出地方让丹坐在床边。床单上还有艾奇留下的体温。丹很轻柔地抹去查理口鼻间的血迹。擦嘴巴的时候，查理睁开了眼睛：“丹，是你吗？我看东西有点模糊。”

模糊是因为眼里充血。

“查理，你感觉怎样？痛吗？要是有痛感，我可以让克劳德特给你拿片药来。”

“不痛。”查理说着，目光转向艾奇，又看了看丹，“我知道它为什么在这里。我也知道你为什么在这里。”

“我在这里，是因为暴风雪把我吵醒了。艾奇大概只是想找个人陪它吧。猫是夜间活动的动物，你知道的。”

丹把查理的睡衣袖子拉起来，想搭搭脉搏，却见四道紫色的淤青排列在老人瘦骨嶙峋的前臂上。白血病晚期患者很容易有淤青，哪怕你的喘息重了都可能让他们有乌青块，但这排淤痕是手指留下的，丹非常清楚那是谁的手。戒酒后，他控制情绪的能力比以前强多了，但脾气仍是有的，同样，也有偶尔想喝一杯的冲动。

卡林，你个浑蛋。难道嫌他动作太慢吗？还是说，因为你想边吃黄色垃圾食品边看杂志的时候，却不得不来给老人家擦鼻血，所以你生气了？

他极力克制不要表现出内心的想法，但艾奇似乎感知到了，不安地、短促地叫了一声。要是在别的情况下，丹或许会问一些问题，但现在他要处理更紧迫的事情。这一次，艾奇又是对的。他只需要触碰一下老人，就能确信无疑了。

“我很怕。”查理说，气若悬丝。窗外低沉的风声都仿佛更大声了。“我还以为我不怕死呢，但我怕了。”

“没什么好怕的。”

他没有搭脉——真的没那个必要了——而是把老人的手放在自己掌心里。他看到查理的双胞胎儿子，四岁，在荡秋千。查理的太太放下卧室里的百叶窗，周身上下只有一条薄如蝉翼的比利时蕾丝睡衣，那是他送给她的结婚一周年礼物。她转头含情脉脉地看着他时，马尾辫垂荡在肩头，满脸散发着幸福和应允的光芒。他还看到，一辆全农拖拉机的座位上支起条纹伞。他闻到了培根的香味，听到了散放工具的工作台上的摩托罗拉收音机在嘶嘶啦啦的干扰音里播放弗兰克·辛纳特拉的《来伴我飞》。他还看到，雨水中的轮毂罩映照出一座红色谷仓。他尝到了蓝莓和鹿肉的滋味，还在某座遥远的湖泊边钓鱼，秋雨淅淅沥沥地落在平静的湖面上，泛起轻微的涟漪。他六十岁，在美国军人协会大厅里拥着太太翩翩起舞。三十岁，他在劈柴。五岁，穿着短裤的他拖着一辆鲜红色的玩具小推车。接着，画面含糊成一片，好像行家飞快洗牌时的扑克牌。此刻，山间的大风席卷而来，暴雪也随之翻飞，这里却只有寂静和艾奇凝视的肃穆眼神。每逢这样的时刻，丹都意识到自己的使命所在。此时此刻，他不会为了痛苦、哀伤、愤怒和恐惧而感到遗憾，因为，正是这些情感把他引到这里，在外面狂风呼号的时候坐在这间屋子里。查理·海耶斯已在生死之界。

“我不害怕地狱。我一辈子光明磊落，而且，也不觉得那种地方真的存在。我害怕的是，什么都没有。”他在艰难地呼吸，右眼角滚出一滴鲜血，“世人皆知，诞生之前一无所有，这是否也能代表，死后仍是一无所有？”

“有的。”丹用湿毛巾轻轻擦拭查理的脸庞，“人不会就此灭亡，查理。我不知道来龙去脉或是有何意义，我知道是有另一个世界的。”

“你能帮我去另一边吗？他们说你可以帮到别人。”

“是的，我可以帮你。”他把查理的另一只手也握住，“就跟睡觉一样。等你醒来——你肯定会醒来的——一切都会变得更好。”

“天堂吗？你是说天堂？”

“我不知道，查理。”

今晚的能力特别强大。他能感觉到那股力量像电流似的在他们相交的手掌间流淌，他甚至要提醒自己加以控制，轻缓一点。他已有部分灵魂进入了那具渐渐熄灭如风中残烛的老朽肉体、渐渐将息的

（请快一点）

孱弱意识。他身在一个清醒明晰、一如往常的

（到时候了，请快一点）

头脑里，并意识到自己分享到了最后出现的思绪……至少，是在查理·海耶斯的头脑里的最后一个念头。

充满血丝的双眼合上了，但随即又睁开。非常缓慢地睁开。

“一切都好，”丹说，“你只需要睡一觉。长眠会让你升华的。”

“这就是你的说法吗？”

“是的。我说这是一场长眠，总是高枕无忧的。”

“别走。”

“不会。我会陪着你。”他会陪他到最后的。这是他独自享受的、可怕的特权。

查理的眼睛又闭上了。丹也闭起自己的眼睛，看见黑暗中有一缕缓慢跳动的蓝色。一次……两次……停止了。一次……两

次……停止了。外面，风继续吹。

“睡吧，查理。你做得很好，但你累了，需要长长的安眠。”

“我看见我太太了。”微渺的低语。

“是吗？”

“她说……”

没有更多声息了，只剩下丹眼中最后一次蓝色脉动，床上的老人咽气了。丹睁开眼睛，听着风声，等待最后一件事。要隔几秒钟，会有一团暗红色的迷雾，从查理的鼻子、嘴巴和双眼里升腾而出。坦帕市的一位老护士称之为“最后一口气”，她和比尔·弗里曼一样能捕捉到一点灵光。她说她见过很多次。

丹每一次都会见到。

气息萦绕在老人的遗体上方。接着，慢慢消隐。

丹卷起查理睡衣的右袖管，摸索脉象。这不过是例行公事。

5

通常，艾奇不会等到事情完全结束，它会先走一步，但今晚没有。它站在查理臂边的床单上，凝视房门的方向。丹转身去看，本以为会看到克劳德特或珍妮，但根本没有人。

其实，是有。

“有人吗？”

没回应。

“是不是经常在我黑板上写字的小姑娘？”

没有回答。但确实有人在那里，没错。

“你叫艾布拉吗？”

极其微弱的几个钢琴声，因为窗外有大风呼号，那微妙的声响几乎是听不到的。要不是艾奇在场，耳朵抖了两下，牢牢盯着空无一人的门口，丹恐怕也会以为那不过是自己的幻觉（他不总能区分幻觉和闪灵）。有人在那里，观望着。

“你是艾布拉吗？”

又响起一小段钢琴声，继而万籁俱寂。这次是真的空无一人。不管她叫什么名字，她已经走了。艾奇伸了个懒腰，跳下床，头也不回地走了。

丹在床边又坐了一会儿，听着风声，而后把床摇下去，把床单盖上查理的脸孔。他走回护士间告诉她们，今晚的安养院里有一位逝者。

6

处理好所需的文书后，丹下楼去小吃吧。要是搁在从前，他早就攥紧拳头冲下去了，但那段岁月已然过去了。现在他是不疾不徐地走下楼，控制自己的呼吸缓慢而悠长，为了让心神保持冷静。戒酒小组里有句老话叫“酒下肚前先过脑”，但凯西·金斯利在每周一次的一对一督助谈话时对他说：任何事都要三思而后行。*丹尼，你戒酒不是为了当蠢货。下一次你的脑瓜里又有那些狗屁倒灶的小心思的时候，你要记住这句话。*

可是，那些手指留下的淤青太让人火大了。

卡林背靠椅子，翘起椅腿摇得正欢，还嚼着薄荷糖。《大众机械》杂志已经换成了一本摄影杂志，封面上是当红电视情景喜剧片里演坏小子的男明星。

“海耶斯先生去世了。”丹不温不火地说道。

“很抱歉听到这消息，”他甚至没有放下杂志或抬起头，“但他们来这儿不就是为了这个吗，难道不——”

丹飞起一脚，勾住卡林那把椅子翘起来的前腿，猛地一拽。椅子翻转，卡林跌落在地，薄荷糖的小盒子从他手里飞出来。他瞪着丹，一脸难以置信。

“这下你该注意到我了吧。”

“你他妈的——”卡林打算站起来。丹抬起一只脚，蹬上他的胸脯，把他踹到墙边。

“现在你上心了，很好。现在你不用站起来，这样更好。给我乖乖坐着，好好听我说。”丹弯下腰，双手抓住卡林的膝头。死死抓住，因为这双手现在真正想做的是挥拳。出拳。再出拳。他的太阳穴跳得很快。悠着点，他在心里告诫自己，别让愤怒操控了你。

但这实在很艰难。

“下一次，我再看到你的指印留在哪位病人身上，我就拍照存证，去找克劳森夫人，保证让你立马滚蛋，不管你有谁撑腰。而且，只要你不再是这个机构的一分子了，我就会找到你，把你打到半死不活。”

卡林倚着墙慢慢站起来，同时紧张地看着丹有没有进一步的动作。他比丹高，至少比丹重一百磅。他握紧了拳头：“我倒想看看你有啥本事。现在就较量一下？”

“当然可以，但不能在院里。”丹回答，“大家伙儿都想好好睡觉，走廊尽头还有个死人，身上带着你留下的印记。”

“我什么也没干，只想给他搭搭脉。你知道白血病患者很容易碰出乌青块。”

“我知道，”丹赞同这一点，“但你是故意伤他的。我不知道为什么，但我知道你没安好心。”

卡林浑浊的眼睛里闪过一丝光。不是羞愧——丹认为这个男人根本没有这种感受力——而是恼羞成怒，因为被人看穿了，所以才不爽。“大人物。长眠医生。你以为自己拉屎不臭啊？”

“来呀，弗雷德，我们去外面解决。我乐意奉陪到底。”这是实话。骨子里面还有另一个丹。他不再浮于表相，但依然存在，也依然丑恶、冲动，还是以前那副操性。丹用眼角的余光瞥到克劳德特和珍妮站在走廊当中，互相搂着肩背，看得目瞪口呆。

卡林琢磨了一下。没错，他更壮，手脚更长，但他也有更多赘肉——吞下太多墨西哥卷饼和啤酒了，相比于二十岁时，现在更容易胸闷气短——而且，这个瘦巴巴的家伙脸上有种让人忧惧的表情。他以前当暴走族的年月里见过这样的表情。有些人脑瓜里的保险丝比较烂，很容易崩盘，一旦短路，铁定彻底爆发，否则停不下来。他一直认为托伦斯是那种胆小如鼠的呆瓜，牙齿被打落也往自个儿肚子里咽，但他发现自己看错了。他的秘密身份不是"长眠医生"，而是"疯狂医生"。

经过一番慎重权衡，弗雷德说："我才不想浪费自己的时间呢。"

丹点点头："很好。省得我俩被冻伤。但要记得我的话。如果你不想被送进医院，从现在开始就管好自己的手。"

"谁死了，轮到你主事了？"

"不知道，"丹说，"我才不管那么多呢。"

7

丹回到自己的房间，上了床却睡不着。他在利文顿安养院工作期间，大概已有五十次前往临终住客的床榻。通常，事后他会很平静，但今晚不是。因为怒火中烧，他始终浑身颤抖。头脑中理智的那部分痛恨如红色风暴般的狂怒，但在内心阴暗的深处，他又是喜欢那样的。也许，怒气不过是回溯到了古老的基因里；先天遗传战胜了后天修养。他戒酒的时间越长，清醒的时间越久，昔日的回忆就越清晰。而回忆之中最清晰的部分就是他父亲的暴怒。刚才，他倒是希望卡林能唤起那部分情绪，让他变得像父亲那样。走出去，在暴风雪中，丹·托伦斯，杰克之子，就能让那个浑蛋好好吞下一把药。

上帝知道他不想成为父亲那样的人——克制饮酒时同样让人神经紧张。互助会本该在愤怒控制方面也有所助益，大部分情况下是这样，但总会有今晚这样的状况，让丹意识到互助会的屏障是多么不堪一击。无数次，当他感觉自己一无是处时，似乎只配灌下酒精。这种时候，他会觉得和父亲无比接近。

他想着：妈妈。

他想着：糖糖。

他想着：没用的小狗崽子就该吃药。你知道哪里有药卖，不是吗？他妈的到处都买得到。

风雪呼号而来，聚成一股狂暴的大风，吹得角楼呜咽呻吟。狂风过后，黑板女孩到了。他几乎能听到她的呼吸声。

他把一只手从被子里抽出来。那只手在冰冷的空气里空悬了片刻，接着，他感到她的手——小小的，暖暖的——塞进了他的掌心。“艾布拉”，他说，“你叫艾布拉，但大家经常叫你艾比。我说对了吗？”

没有回答，但他也不需要真的得到确认。他需要的只是感触手心里的那份暖意。只有短暂的几秒钟，但也足以安抚他了。他闭上眼睛，睡着了。

8

二十英里之外的安妮斯顿小镇上，艾布拉·斯通清醒地躺在床上。刚才，有只手把她的手包在掌心里，仅仅一秒或两秒，接着便化为轻雾不见了。但它确定存在过。他存在。她是在一场梦里遇到他的，可当她醒来，她发现梦是真实的。她站在一间屋子的门口。她在那里看到的景象又可怕，又美好。有人死了，死亡很吓人，但也有人在扶助。那个扶助死者的人没办法看到她，只有猫看到了。那只猫的名字和她自己的有点相似，但不完全一样。

他没有看到我，但感知到了。刚才，我们还在一起。我觉得我帮到他了，就像他帮到了那个死去的老人。

这个想法挺美好的。就这样想着（就像刚才她伸出无形的手），艾布拉翻了个身，把长毛兔子抱在怀里，睡着了。

第五章　真结族

1

真结族不是联合股份企业，如果是，缅因州、佛罗里达州、科罗拉多州和新墨西哥州公路沿线的某些社区都将成为“公司名下的小镇”。这些地方的很多大型商业机构、大片土地的所有权都能追溯到真结族，当然，要厘清层叠又纠缠的多个控股公司的关系才能发现这一点。真结族的镇子就是真结族人的避风港，镇名五花八门，没有相似之处：硬弯、撒冷镇、林边、赛威……但他们很少在那些地方久留；归根结底，他们是游民。行驶在美国收费高速公路和主要公路上时，你或许就曾见过他们。也许，是在狄龙市和桑提市之间的南卡罗来纳州 I-95 公路上。也许，是在内华达州德蕾珀市以西的 I-80 山区公路上。或者，是在佐治亚州提夫顿市郊——要是你识时务，就开慢点——那所臭名远扬的 41 号公路超速监测站附近。

多少次了？你发现自己困在一辆慢吞吞的露营车后头，闻着废气，等超车的机会等到不耐烦？交通法则明明规定可以开到时速六十五，甚至七十，它却非要死守时速四十的龟爬速度？好不容易等到一个空子，你可以并线到快车道了，上帝啊！你才看到那辆破车前面还有一长溜儿！全都以低于限速十英里的慢速行驶，驾驶座里的都是戴眼镜的老家伙，弓着后背，死死地握着方向盘，好像那玩意儿会飞了似的。

要不然，你就会在高速公路的服务区里碰到他们。你下车伸伸腿脚，说不定还会往自动贩卖机里投几枚硬币，买点零食。驶入服务区的车道通常都会一分为二，是不是？小汽车在小汽车的停车场，大卡车和露营车的停车场要稍远一点。你大概见过真结族车队停在那种停车场里，他们的车就是轮子上的家，他们的车也总是成群结队。你大概也见过这些房车的拥有者走进服务区——走得很慢，因为大多数人看起来都很老，有一些还很痴肥——总是成群结队，彼此不离半步，不与陌生人交际。

有时候，他们会在某个挤满加油站、汽车旅馆和快餐店的公路出口。如果你看到那些旅宿车停在麦当劳或汉堡王门口就肯定不会停车，因为你知道他们会排成长龙，男人都戴着垮垮的高尔夫或大帽檐的钓鱼帽，女人都穿弹力裤（通常都是粉蓝色），上衣上大都印着**来问候我的孙儿！**或是**耶稣是王**或**快乐的流浪汉**之类的字样。你宁可再开半英里，去松饼屋或肖尼连锁快餐店吃饭，不是吗？因为你很清楚，他们点单耗时良久，盯着菜单磨蹭半天，然后要求牛肉芝士汉堡包里不加腌黄瓜片，或是巨无霸里不加沙司，总是这样麻烦。还会顺便问问附近有没有观光景点，尽管每个人都看得出来，这不过是又一个乏善可陈、十字路口顶多三个的郊区小镇，这里的孩子从本地高中毕业后就巴不得远走高飞。

你几乎看不到他们，是吧？为什么要去留意他们呢？他们不过是旅宿族，退休老人和几个年轻一点的同伴在高速公路和蓝色公路上过着居无定所的生活。在露营地里过夜，坐在他们随车携带、购自沃尔玛超市的折叠椅上，在烤肉架上凑合一餐，聊聊投资、钓鱼比赛、火锅菜谱……都是些天知道的话题。但凡有跳蚤市场、后院旧货售卖会，他们必定停车逛逛，恐龙一样的大车脑袋停在路肩上，车屁股伸在路当中，你就得小心驾驶，慢慢地从旁边蹭过去。同样的收费高速公路和蓝色公路上，你也会看到一帮帮的机车党，但这两类人截然不同，前者炫酷彪悍，后者有如温柔天使。

他们在休息区集体下车如厕时更是烦死人，占据所有茅坑。

但当那些长途久坐、倔头倔脑的老肠胃总算卸完货，轮到你轻松一下了，你就立刻把他们抛到九霄云外了，不是吗？比起蹲在电话线上的一群鸟，或是在公路边的草场里吃草的牛群，他们不见得更显眼。哦，你或许会纳闷，他们怎么能负担得起那些耗油量很大的庞然大车呢（他们肯定有固定收入吧，否则怎么能终年四处漫游）？你或许也想不通，为什么有人愿意把夕阳岁月抛掷在胡特和赫勒之间那些无止境的美国公路上？但你也就是想一下，不会浪费脑筋去深究他们的真相。

假如，你的孩子不幸走失——街道尽头的空地上只剩一辆自行车，或者，附近小溪边的灌木丛里只能找到一顶小帽子——你大概绝对不会想到这事和他们有关。怎么会呢？不会的，肯定是某些无业流民。要不然（想起来就觉得更糟，但极可能是令人恐怖的真相）就是你家所在的乏味小镇上，甚或就在你家所在的那条街上有些变态杀人狂，擅长伪装成普通人，还将继续伪善下去，除非有人在他家地下室里发现某些碎人骨，或是在后院里挖出了尸体。你绝不会想到旅宿族，那些年过半百、领取抚恤金、戴着高尔夫帽的老人家，车里的防晒板上还有花朵贴纸。

大多数情况下，你想得没错。以旅宿车为家的游人成千上万，但到二〇一一年的时候，全美国只剩下唯一一个旅宿车队：真结族。他们喜欢不断移动，那很好，因为他们不得不如此。在某处久留的话，他们早晚都会引起别人的注意，因为他们不会像凡夫俗子那样老去。围裙安妮、脏货菲儿（俗名分别是安妮·拉蒙特、菲儿·卡普托）可能在一夜之间老去二十岁。小双胞胎（豌豆和豆荚）可能从二十二岁突然回复到十二岁左右，也就是他们变身时的年龄，不过那是很久很久以前的事了。要说真实年龄，真结族里唯一的年轻人只有安德莉亚·斯坦纳，现在的名字是“毒牙安蒂”……即便如此，她也不像看上去那么年轻。

步履蹒跚的臭脾气八旬老太会突然变回六十岁。一身老皮肉的七旬老翁可以抛掉拐杖，胳膊上、脸上的皮肤肿瘤会全部消失。

黑眼睛苏西，跛行的腿脚好了。

柴油机道格，白内障导致的半盲状况会突然痊愈，恢复清晰的视力，秃斑也神奇地消失了。眨眼之间，看啊！变了！他又变回四十五岁了。

蒸汽头史蒂文，罗锅背挺直了。红发阿芭，他的太太，丢掉了那些别扭的安全加厚内裤，蹬上了她那双镶水钻的牛仔靴，声称她想出去跳舞。

若有时间见证这些转变，人们肯定会纳闷，也会有风言风语。最后，小报记者闻风而动，让真结族人避之唯恐不及。就像吸血鬼想躲开阳光，他们也会想方设法避免出风头。

他们不在某处久居（哪怕在自家小镇上落脚，过一长段休整期，他们也只和自己人来往），但他们在很多环境里都没有违和感。怎么会格格不入呢？他们和别的旅宿族浪人穿同样的服装，戴同样廉价的墨镜，买同一类型的纪念 T 恤，参考同一份美国汽车协会出版的公路地图。他们的车上贴着同样的贴纸，炫耀任何他们去过的特别的地方（**修剪世上最大的圣诞树，我尽了一份力！**），结果，你被迫跟在后头慢速行驶、伺机超车时就会发现，他们后保险杠上的贴纸都大同小异（**老而弥坚，帮省医保，我是保守党人而且我投票！！**）。他们吃上校炸鸡块，在那些出售啤酒、鱼饵、子弹、《汽车潮流》杂志和千百种棒棒糖的便利商店里偶尔买几张刮刮乐彩票。如果落脚的小镇上有宾果游戏厅，总会有一群人结伴去玩，占张桌，一直玩到通盘游戏都结束。有一次，贪心姐吉吉（俗名：格蕾塔・摩尔）赢了五百块。她一连几个月都在炫耀，逢人就讲，尽管真结族人不缺钱，但这还是让几位女士又妒又气。幸运符查理也不太爽。他说，吉吉赢钱时，他一直在等 B7 凑满五连贯。

“贪心姐，你真是个走运的婊子。”他说。

“你是个倒霉的浑蛋。”她答，“倒霉的黑鬼浑蛋。”说完，得意地大笑。

如果有人不小心超速了，或是犯了违章停车之类的小差错——很少有，但也会有——警察也找不到什么特别的东西。驾照、保险卡等证照一应齐全，都在有效期内。警察站在车边，手持罚单本的时候，不会有人大声申辩，哪怕那是显而易见的误判。不会争辩罚单有误，总是当场付清罚金。如果把美国比喻成活生生的人体，公路就是动脉，顺其巡游的真结族就像是沉默的病毒。

但是，没有狗。

普通的旅宿族喜欢带各式各样的犬类伙伴，通常是一身白毛，戴着招摇的项圈，脾气很坏的那种狗屎制造机器。你懂的，它们叫起来穷凶极恶，震耳欲聋，目光里充满了让人不安的讯息。你会看到它们在公路休息站指定宠物区的草地里边嗅边行，主人跟在后面，手中的铲屎勺随时待命。除了司空见惯的小贴纸和保险杠贴纸之外，普通旅宿车族的车身上时常可见钻石形状的黄色标志：**车载可爱博美犬！**或是**我❤我的卷毛狗**。

真结族的车上不会有。他们不喜欢狗，狗也不喜欢他们。或许该说：狗可以看穿他们。看穿打折太阳镜后头那些明亮又警觉的双眼；看穿购自沃尔玛超市的涤纶长裤里强壮有力的猎人般结实的腿；看穿假牙，看到下面还藏着利齿，等待出击。

他们不喜欢狗，但他们喜欢某些孩子。

噢，是的，他们非常喜欢某些孩子。

2

二○一一年五月，艾布拉·斯通庆祝十岁生日，丹·托伦斯庆祝戒酒十周年后不久，乌鸦老爹敲响了高帽罗思的陆巡舰的车门。当下，真结族驻扎在肯塔基州列克星敦城外的考兹露营区。他们此行要去科罗拉多，在他们的某个小镇上度夏——正是丹有时在梦里重返的那个地方。通常，他们去哪儿都不用着急，但这年夏天有点急事。他们都知道，但没有人谈起过。

罗思会处理的。她总能搞定一切。

“进来。”她的话音刚落，乌鸦老爹就进来了。

去谈公事的时候，他总会穿起上好的西服，昂贵的鞋子光可鉴人。如果他想扮老成，甚至还会配一根手杖。但这天上午，他穿着宽松吊带裤，条纹 T 恤上印着一条鱼（下面写着**亲亲我的鲈鱼**），头戴工人帽，进来关门时把它摘了下来。有时他是她的情人，始终是她的副手，但他从不疏于礼节。这也是罗思喜欢他的众多原因之一。她毫不怀疑，如果她死了，真结族可以在他的领导下继续前行。至少，可以前行一段路。但要说再领导一百年？那就不好说了。很可能不行。他巧舌如簧，和俗人打交道时干净利索，但要说谋略，乌鸦只能说是菜鸟，没有高瞻远瞩的本事。

这天早上，他看起来忧心忡忡。

罗思坐在沙发上，只穿着紧身长裤和纯白胸衣，抽着香烟，看着挂壁式的大电视。《今日》节目已放到了第三个时段，也就是所谓的软文时段，采访名厨或是为新电影打宣传的演员。她的高帽子扣在后脑勺上。乌鸦老爹认识她这么多年了——比有些俗人的一辈子还长——但他仍然搞不懂那顶帽子有什么魔法，怎么能保持那种角度，反重力地待在她头上而不掉下来呢？

她拿起遥控器，调成静音。“啊呀，这不是亨利·罗斯曼吗，真没想到。看起来还格外美味，当然，我怀疑你来不是为了让我品尝的。不会在上午十点一刻，也不会带着那种表情。谁死了？”

她本想开玩笑的，但他一蹙眉，前额抽搐了一下，让她明白玩笑成真了。她关掉电视，用力掐灭烟头，不想让他看出她心里的沮丧。真结族最壮大的时候一度拥有两百人。昨天，他们共有四十一人。如果她没有猜错他蹙眉的含义，那今天又将少一位了。

“卡车汤米。”他说，“睡觉时走的。回路一次就断绝了，没了。一点儿没受苦。这倒是极其罕见，你知道的 。”

“核桃去看过他吗？”还看得到他的时候，她想加一句，但终究没有。核桃沃纳特，驾照和各式信用卡上用的俗名字是皮特·沃利斯，来自阿肯色州的小岩石镇，他是真结族人的御用医生。

“太快了，没来得及。当时只有超重玛丽和他在一起。她是被辗转反侧的汤米吵醒的。她以为他在做噩梦，便用胳膊肘撞了他一下……这才发现，只剩下他的睡衣可以撞了。有可能是心脏病发作。之前，汤米得了重感冒，核桃认为那也可能是促因。而且，你也知道的，那个浑蛋就是个烟囱，烟抽不停。”

“我们是不会得心脏病的。”之后，她又不情愿地说，“当然，我们通常也不会感冒。最后那几天，他是真的气喘吁吁，不是吗？可怜的老卡车汤米。”

“是啊，可怜的老卡车。核桃说，没有尸检的话就不可能确定死因。”

尸检是不可能的，因为根本没有可供解剖的尸体。

“玛丽怎么样？”

“你觉得呢？伤心欲绝。‘卡车汤米’还是‘马车汤米’的时候他们就在一起了。都快九十年了。他变身以后，一直是她在照顾他。变身第二天醒来时，也是她给他吸了第一次魂气。现在她说，她想要自行了断。”

几乎没什么会惊到罗思，但这次她颇觉愕然。从来没有哪个真结族人是自杀的。不妨杜撰一则箴言：生命就是他们存活下去的唯一理由。

“也许只是说说罢了。”乌鸦老爹说，“只是……”

“只是什么？”

“你说得没错，我们通常不感冒，但最近感冒的人其实不少。大多数人流几天鼻涕就好了。核桃说，可能是营养不良。当然，他这是猜测。”

罗思沉思起来，指尖在袒露的腹部轻轻敲击，凝视着电视机黑漆漆的矩形屏幕。终于开口时，她说道：“好吧，我同意这说法，最近的养分是有点少。可就在一个月前，我们还在特拉华州吸过魂气啊！那时候汤米好好的，一下子就精神百倍了。”

“是，可是，罗思——特拉华州的那孩子分量不够。魂气不足，顶多有点儿灵气。”

她不曾从这个角度想过，但这是事实。而且，照他驾照上所写，他已经十九岁了。不管他青春期时有多么惊人的潜能，都已是昨日黄花。再过十年，他就会完全退化成俗人，甚至就在五年之内。重点在于，他实在不算一顿大餐。但你也不可能顿顿牛排。有时候，你只能满足于豆芽和豆腐。再不济，它们也能让你灵肉合一，撑到宰杀下一头牛为止。

只不过，灵异豆腐和豆芽不能让卡车汤米的灵肉合一，对吗？

“以前，魂气更多。”乌鸦说。

“别傻了。这话就像俗人们讲的——五十年前的人更友善。那是神话，我不希望你把这种话到处传。大伙儿已经够紧张了。”

“你比我更清楚。而且，亲爱的，我不认为那是神话。如果你仔细想想，就会发现此言不差。五十年前，每一样东西都比现在多——石油、野生动物、耕地、洁净的空气。甚至还有几个诚实的政客。”

“是啊!”罗思叫起来,“理查德·尼克松,还记得他吗?俗人中的君王?”

他却不想被打岔。乌鸦或许缺乏远见,但很专注,不慌不乱,因而才能成为她的二把手。更赞的是,他也能说到点子上。谁敢说为真结族人提供养分的人类总量没有缩减呢,就像太平洋里的金枪鱼群渐渐减少?

“你最好开一个罐子,罗思。”罗思一听就虎目圆睁,他看到了,并抬手阻止她讲话,“没人公开挑明,但所有人都在想这件事。”

罗思无法驳斥,况且,汤米真的可能死于营养不良引发的综合征,可信度之高让人恐慌。魂气获取不足时,生活就会变得艰难,没了滋味。他们不是汉莫电影公司出品的老电影里的那种吸血鬼,但他们依然需要饮食。

“第七波过后,已有多久了?”乌鸦又问。

他知道答案,她当然也心知肚明。真结族人的预知能力有限,但若有一场大灾难逼近俗世——第七波——他们都能感应到。虽然在二〇〇一年夏末他们还无法洞悉世贸大楼袭击事件的所有细节,但早在几个月前他们就意识到纽约市将要出大事了。她至今都记得,大家是多么欢乐,翘首以盼。她想,这就好比是俗人饿极时闻到厨房里飘来的香味。

那一天,以及随后的好多天,每个人都吸饱了。死于双子塔倒塌的人类里面或许只有几个地道的、魂气充足的脑瓜,但只要灾情够重,规模够大,痛苦而惨烈的死亡也会刺激出类似的养分。所以,真结族才会被这样的灾区吸引,恰如昆虫会受到亮光招引。相比之下,锁定某一个俗人的魂气脑瓜就难得多,而在他们目前的大家族里,只有三个人的脑袋里有这种感应的雷达:弗里克爷爷、中国佬巴瑞和罗思。

她站起来,从衣柜里抓了一件叠好的船形领上衣,套上身。

一如往常，她总带点超凡脱俗的仙气（高高的颧骨、微微吊梢的眉眼），又十分性感。她把帽子戴正，拍了一下以求好运：“乌鸦，你认为我们还剩几罐是满的？”

他耸耸肩：“一打？十五罐？”

“差不多吧。”她嘴上赞同，心里想的却是：最好没有别人知道确切余数，就连二把手都不能知道。否则，眼下的不安情绪就会升级为纯粹的惊惶，那是她最不想看到的场面。一旦惊慌失措，人们就会四散奔逃，那样一来，真结族就会瓦解。

这时候，乌鸦用心地审视她。在他尚未看出端倪之前，她抢先说道：“你可以包下今晚的场地吗？”

“开什么玩笑？汽油和柴油的价钱都到这地步了，这个露营地的老板都亏死了，就连周末露营的人也凑不满半个场地。要是我们肯包场，他准保乐翻了。”

“那就包吧。我们吸取罐装魂气。你去通知大家。”

“你放心吧。”他吻了她，顺手还掐了一把她的胸脯，“这是我最喜欢的上衣。”

她笑起来，推开他：“里面有奶子的上衣都是你喜欢的。去吧。”

但他没有马上走，嘴角牵扯出一丝坏笑：“美人儿，响尾蛇姑娘还会在你家门前流连吗？”

她探下身，干脆地捏住他皮带下面的部分：“噢，我的天呀。我摸到的是你的嫉妒根吗？”

“就算是吧。”

对此，她半信半疑，但还是很得意：“她现在和萨丽在一起了，两个人情投意合，快活得很呢。说到安蒂，她倒是可以帮到我们。怎么帮，你明白。通知大家之前，先和她谈谈。”

他离去后，她锁上陆巡舰的车门，进入驾驶室，跪坐下来。她用手指插到驾驶座和操作板之间的地毯下面。一长条地毯翘了起来，露出下面的内嵌金属密码板，数字按键呈正方形排布。罗思摁下密码，保险箱门弹起，露出一两英寸的空隙。她把门彻底拉开，往里看。

还剩一打，或十五罐。这是乌鸦的猜测。她可以看透俗人的心事，但未必能看透真结族成员的想法。尽管如此，她还是可以肯定，他是为了哄她高兴而故意往多里说的。

*但愿他知道真相。*她心想。

保险箱里垫着泡沫塑料，以免在交通事故中让密封罐损伤。箱内共有四十个格子。在肯塔基州这个美丽的五月清晨，三十七个格子里都是空罐头。

罗思取出剩下的一个满罐，很轻，要是在你手里，你大概会以为里面空无一物。她取下盖子，检查了喷气阀，确保封口安然无恙，然后关上保险箱，小心地——几乎是恭敬地——把这个罐子放在刚才放着叠好的上衣的柜子上。

过了今晚，就只剩下两罐了。

他们必须找到充沛的魂气，至少能装满几个空罐子，而且要快，事不宜迟。真结族还不至于走投无路，没那么惨，但也是岌岌可危了。

3

考兹露营地的老板夫妇有自己的拖车房屋，搭靠在涂鸦水泥墙旁，实际上已不是用来开的了。四月雨水旺，五月的花草就开得旺盛。安德莉亚·斯坦纳停住脚步，欣赏了一会儿郁金香和三色堇，这才迈上庞大的雷德曼拖车的三级台阶，敲响了房门。

过了好半天，考兹先生终于开门了。他个头很小，藏在鲜红色背心里的肚腩却很大。他一手拿着蓝带啤酒，另一只手攥着白面包卷，里面有一段蘸了芥末酱的香肠。因为他老婆此刻在另一个房间里，他才能慢条斯理地把面前的漂亮女人打量一番，从马尾辫看到平底球鞋。“有事？”

真结族里有些成员也有催眠力，但远远比不上安蒂。她变身成功后，已证明了自己可以对真结族有巨大贡献。直到现在，她还会用特异功能让那些迷上她的俗人老色鬼乖乖地把钱包里的现金掏出来。罗思认为那太冒险、太幼稚了，但多年经验告诉她，假以时日，安蒂自称的“老问题”总是会消退的。而对真结族来说，唯一的问题就是要生存下去。

“只有个小问题。”安蒂说。

“要是关于厕所的，宝贝儿，通马桶的家伙要周四才能来。”

“不是那事儿。”

“那是啥事儿？”

“你不累吗？你不想睡一会儿吗？”

考兹先生立刻闭起眼睛，手里的啤酒和香肠面包卷掉落下去，地毯上登时一片狼藉。*没问题，安蒂心想，乌鸦给了这家伙一千两百块钱，考兹先生买得起一罐地毯清洁剂。两罐都没问题。*

安蒂拽着他的胳膊，把他带进起居室。房间里有两把印花扶手椅，前面摆放着电视托盘。

“坐。”她说。

考兹先生坐下去，眼睛闭着。

“你喜欢和小姑娘乱搞么？”安蒂问，“要是有机会，你肯定会，是不是？只要你跑得够快，能追上她们。”她双手叉腰，仔细观察着他，“你真恶心。你可以这样说一遍吗？”

“我很恶心。”考兹先生应声说完，立刻打起了呼噜。

考兹太太走进了厨房。她正在啃一块冰激凌三明治。“嘿，你是谁？你对他说什么了？你要干什么？”

“要你也睡。”安蒂对她说。

考兹太太立刻扔掉了冰激凌。她双膝一软，就地坐下。

“该死的，”安蒂说，“我没说在那儿睡。给我起来。”

考兹太太站起来，压扁的冰激凌三明治还黏在她的裙子后面。毒牙安蒂揽着这女人几乎感受不到的水桶腰，指引她走向另一把椅子，停了一会儿，等融化的冰激凌三明治从她裙摆滑落。然后，这对夫妻并排坐在椅子里，双双闭着眼。

“你们会睡一整晚。”安蒂向他们发布指令，“先生可以在梦里泡妞儿。女士么，你可以梦见他死于心脏病发作，留给你价值一百万美元的保险金。听起来如何？不错吧？”

她把电视机打开，调高音量。刚刚完成拼字游戏的超级大胸女人正熊抱着帕特·萨加克[①]，拼出来的那句话是：**荣耀面前决不止步**。波涛汹涌的大胸叹为观止，安蒂独自欣赏了一会儿，再转身面对考兹夫妇。

“十一点夜间新闻结束后，你们要关掉电视，上床睡觉。明天醒来，你们不会记得我来过这里。有问题吗？”

他们没有。安蒂把他们留在屋里，赶紧回到房车聚集的大本营。她很饿，饿了好几个星期了，可今晚大家都能饕餮一番了。至于明天……那就留给罗思去担心吧。据毒牙安蒂所知，她乐于承担这个大问题。

4

八点，天黑透了。九点，真结族团聚在考兹露营地的野餐区。高帽罗思是最后一个到场的，带着密封罐。看到那罐子，人群中响起一阵贪婪的低吟。罗思感同身受。她自己也很饿。

她踏上斑痕累累的野餐桌，一一打量他们：“我们是真

---

① 帕特·萨加克（Pat Sajak，1946— ），美国著名电视节目主持人。

结族。”

“我们是真结族。”他们应声附和，无不神色庄严，眼神透露着纯粹的饥渴和贪慕，“所缔结的，永远无法被解除。”

“我们是真结族，我们忍受永生。”

“我们忍受永生。”

“我们是天择之选。我们是幸运者。”

“我们是被选中的幸运者。”

“他们是生成者；我们是接受者。”

“我们接受他们生成的。”

“接受并善用。”

“我们会善用。”

曾几何时，二十世纪九十年代初，俄克拉荷马州伊尼德市有个小男孩，名叫理查德·盖勒斯沃斯。他母亲经常说：我发誓那孩子有读心术，知道我心里想什么。人们听到，一笑而过，但她不是在开玩笑。或许，也不止是她的心思被看透了。哪怕没有学过的课程，理查德也能拿到高分。在管道供应公司上班的父亲回家时是好心情，还是被工作中的事气得冒烟，他都能预先知道。有一次，小男孩央求母亲去买六合彩，因为他发誓自己已经知道了中奖号码。盖勒斯沃斯太太拒绝了——他们是虔诚的浸礼会信徒——但后来后悔了。写在冰箱备忘贴上的六个数字没有全中，但对了五个。她的宗教信仰害他们家错失七万美元的奖金。她要儿子千万别把这事告诉父亲，理查德保证自己不会说。他是个很乖很可爱的小男孩。

错失六合彩的两个月后，盖勒斯沃斯太太在厨房里中弹身亡，很乖很可爱的小男孩也不见了。很久以后，人们在一座野草丛生、早已废弃的农场后头的荒田里找到了他早已腐烂的尸体。然而，当高帽罗思打开银色密封罐的阀门时，他的精华、他的气息——魂气——变成一团晶莹闪亮的银雾跳脱出来，升腾到罐口之上三英尺左右的高度，渐而呈水平状扩散开来。真结族人都仰起充满期待的脸庞。大多数人都激动得发抖，还有些人已然流下热泪。

“接受养分，继而忍受永生。”罗思说完，举起双手，直到指尖无限迫近那层雾气。她点头示意。雾气立刻开始呈伞状下沉，向等候中的人们扩散而去。当雾气笼罩在头部，他们就开始深呼吸。这样的状况持续了五分钟，有些人吸得太猛，不禁昏厥倒地。

罗思感到自己的身体充实了，心神也更敏锐了。春夜里的每一丝芳香都变得清晰无比。她知道自己眼角、唇边的细纹正在消失。藏在头发里面的白色发根再次变得乌黑。这个深夜，乌鸦会敲响她的房门，在她的床上翻云覆雨，激情将被炽热点燃。

他们吸食理查德·盖勒斯沃斯，直到他被吸光——真正地死去，彻底地消失。白雾越来越淡，最终消隐无形。那些昏倒的人坐了起来，环顾四周，面带微笑。弗里克爷爷抓住中国佬佩蒂——巴瑞的老婆——飞快地跳了几个舞步。

“放开我，你个死老头！”说得厉声厉色，其实她在笑。

毒牙安蒂和安静的萨丽仍在深吻，安蒂的两只手深深插进萨丽深灰色的头发里。

罗思从野餐桌上跳下来，转身去看乌鸦。他用食指和拇指比出一个圆圈，露出一脸坏笑。

棒极了，那个坏笑代表了这个意思。确实如此，眼下确实如此。然而，尽管罗思还沉浸在狂喜的满足中，她还是想起了保险箱里的那些密封罐。现在，空罐子不是三十七个，而是三十八个。他们离弹尽粮绝又近了一步。

5

次日，天光初现，真结族就开拔上路了。取道 12 号公路转到 I-64 公路，十四辆旅宿车首尾相连，排成一列。跨越州界时，他们会分散行动，以免这浩浩荡荡的车队招惹不必要的瞩目。他们用无线电保持联络，以免有人遇到意料不到的麻烦。

也可能会有天赐良机。

厄尼和莫琳，也就是索考维兹夫妇，在一整晚安眠之后精神抖擞，双双赞同一点：那些旅宿族几乎是他们露营地有史以来最好的客户。他们不但付清现款，有章法地收拾营地，车子停得整整齐齐，还有人在他们的拖车台阶上留了一个苹果面包布丁，上面盖着一张喜人的感谢卡。索考维兹夫妇享用着这份出乎意料的早餐甜品，彼此鼓励：要是运气好，他们明年还会来呢。

“你猜怎么着？”莫琳说道，“我梦到了人寿保险广告里的那个女人——弗洛，她卖给你一份巨额保险单。这个梦是不是够疯癫？”

厄尼哼哼一声，往自己那份布丁上浇上更多发泡鲜奶油。

“亲爱的，你做梦了吗？”

“没。”

但他这么回答时，故意移开视线，不去看她。

6

七月，爱荷华州，真结族在一个炎热的日子里转运了。罗思开在车队的最前头，一如往常，刚到阿戴尔市的西边，她脑袋里的雷达就感应到了什么。虽然没有高度警示音，但也相当惊人。她立刻开启无线电，调到中国佬巴瑞的波段。说是中国佬，他和汤姆·克鲁兹一样和中国没半点关系。

“巴瑞，你感应到了吗？回话。”

“嗯。”巴瑞不是那种饶舌的人。

“弗里克爷爷今天搭谁的车？”

没等巴瑞回答，围裙安妮就抢先占用了她的波段：“他和我，还有长腿保罗在一起。宝贝儿，是不是……有好货色？”安妮的语气很急切，罗思能理解。理查德·盖勒斯沃斯是数一数二的好货色，但毕竟隔了六星期了，他的魔力正在消退。

“安妮，老家伙还清醒吧？”

没等安妮回答，刺耳的嗓音就响起了：“我好着呢，臭女人。”对于一个时常忘记自己名字的老家伙来说，现在的弗里克爷爷听上去还挺不赖。有点暴躁，没错，但暴躁比糊涂强多了。

脑海中的雷达又叫了一下，这一次反而没第一次强烈。没必要强调的事，弗里克爷爷倒要特别强调一下：“我们他妈的走错方向了。”

罗思懒得回复他，直接呼叫另一个波段：“乌鸦？回话，亲爱的。”

“我在。”一如往常，随叫随到。

“下一个服务区全体停车。除了我、巴瑞和弗里克。我们要折返，从下一个匝道口下。”

“你们要带人手吗？”

“我们要再靠近些才能确定，不过……我认为不需要。”

“好吧。”停了一下，乌鸦又说，“妈的。”

罗思放好对讲机，向外望去，四条车道两边都是一望无际的玉米田。乌鸦很失望，不出意外。他们都会失望。魂气足的头脑会带来麻烦，因为暗示或催眠对他们根本无效。换句话说，必须用武力才能征服他们。亲朋好友也会想方设法来阻挠。他们有时候会被催眠，但不会一直沉睡。只要魂气够足，一个小孩就能抵抗催眠力，哪怕毒牙安蒂这样的高手倾尽全力也无济于事。所以，有时候不得不杀人。是不太好，但有额外奖赏，值得一搏：生命和力量被封存进一只不锈钢密封罐，以备不时之需。在很多情况下，甚至还会有衍生的福利可求。魂气是有遗传性的，和他们沾亲带故的人也经常会有料。

7

就在真结族的大部分成员在康瑟尔布拉夫斯市以东四十英里的高速公路服务区阴凉宜人的休息区等待时，三位追寻魂气者的旅宿车调头折返，从阿戴尔市出口下了高速公路，向北而行。驶过 I-80 公路后进入支路，他们分头行动，各行其道，开始在纵横交错、路况良好的碎石农场小路上做地毯式搜寻爱荷华州的这一整片区域。根据不同方位得到的感应，判断行驶的方向。三角定位。

感应强烈了……强烈了一点……随后趋于平稳。是好货色，但不是强大的魂气。唉，好吧。乞丐没得挑。

8

那天，布拉德利·特雷弗不用像往常那样在农场里帮忙干活。他去参加当地小联盟全明星队的训练了。如果他爸爸不让他去，教练说不定会让球队由着性子乱玩一场，因为布拉德利是队里最好的击球员。凭外表，你是看不出来的——他瘦得像根草耙子，才十一岁——但他打得特别准，哪怕面对本赛区最好的投手，一垒二垒安打都不在话下。至于那些软绵绵的投球，他几乎总能打得又高又远。这当然和农场男孩的蛮力有关，但绝不是唯一的理由。布拉德利好像可以猜到下一个球的落点。其他球队的教练曾暗中怀疑他知道投球手是如何给击球手发暗号的，但事实并非如此，他就是*知道*。同样，他也能知道新的畜用井安设在哪里最好，偶尔走失的牛只跑去了哪里，或是妈妈的婚戒丢在了哪里。*看看雪佛兰萨博本车垫下面有没有*，他是这样讲的，果然有。

那天的训练特别好，但布拉德利在训练后的总结会上好像心不在焉，神思恍惚，连苏打水都不想喝——训练后，他们可以畅饮加冰块的大桶饮料。他说，他最好还是回家去，帮她妈妈收衣服。

“要下雨了？”教练麦卡·强森问他。他们都已经很信赖他的这种预感。

“不知道。”布拉德利无精打采地回答。

“孩子，你没事儿吧？你看起来不太好。”

事实上，布拉德利确实不舒服，早上起床时就头痛，还有点发烧。但这不是他想回家的原因。他只是有种强烈的直觉，有人不希望他继续留在棒球场。他的思绪似乎……不由自主。他甚至分不清自己真的在棒球场，还是梦到自己在这里——这未免有点疯狂？他无意识地抓着胳膊上的一个红斑。“明天老时间，对吗？”

强森教练说没错，布拉德利就单手拖着棒球手套独自离场了。平日里，他总是一路小跑——队员们都这样——但今天他不想跑。头还在痛，现在连双腿都疼起来了。他钻进看台后头的玉米田，不见了，显然是想抄近道回两英里之外的农场。当他出现在小镇D号城道上时，正用一只手慢悠悠、梦游似的拂开头发上的玉米须，而在那条碎石路边停着一辆中等大小的漫游王旅宿车。站在车边的人一脸微笑，正是中国佬巴瑞。

“啊，你来了。”巴瑞说。

“你是谁？”

“一个朋友。上车吧，我带你回家。”

“好呀。”布拉德利说。反正浑身不舒服，搭车回家倒正好。他抓着胳膊上的小红斑。“你叫巴瑞·史密斯。你是朋友。我会上车，你要送我回家。”

他踏上了旅宿车。车门关闭。漫游王开走了。

第二天，全镇出动，为了找到阿戴尔市小联盟全明星队的中外野手、最佳击球手。州警局发言人要求附近居民看到任何陌生汽车或厢式货车时都要上报。提供线索的人很多，但都查不出什么结果。尽管三位寻魂气者驾驶的旅宿车都比厢式货车大（尤其是高帽罗思的那辆巨龙般的车），但没有人说看到过它们。毕竟，他们是集体活动的旅宿族。布拉德利……就这么人间蒸发了。

和其他几千名不幸的孩童一样，他已经被吸光了，仿佛只需轻轻一口，他就荡然无存了。

9

他们带他往北走，去了一个已荒废的乙醇加工厂，距离最近的农舍还有几英里远。乌鸦把男孩从罗思的陆巡舰上抱下来，轻轻地放在地面上。布拉德利的手脚都被强力胶布缚住了，他哭了。当真结族人聚拢到他的身边时（仿佛送葬人群围在墓穴周围），他说："求求你们让我回家吧。我决不会告诉别人。"

罗思屈下单膝，在他身边叹了口气："但愿我可以，孩子，但我不能那么做。"

他的视线环顾四周，落在巴瑞身上："你说过你们是好人的！我听到的！你说过的！"

"对不起，伙计，"巴瑞却没有半点抱歉的神色，他看起来只是很饿，"这不是针对你的。"

布拉德利抬起视线，又看向罗思："你会伤害我吗？请你们不要伤我。"

他们当然要伤害他。是很遗憾，但痛苦会让魂气更精纯，真结族人也必须有所吸食。龙虾被扔进滚滚的沸水中时也会感到痛苦，但俗人不会因此停止烹饪。食物就是食物，生存就是生存。

罗思把双手摆到背后。贪心姐把刀柄塞到她的手里。刀很短，但非常锋利。罗思低头朝男孩笑着说道：“尽量让你少痛一点。”

男孩弥留了很久。他尖叫不已，直到嗓子都喊破了，哭喊声变成嘶哑的狂叫。其间，罗思停下来，看看周围。她的双手——纤长而强壮——好像戴着血红色的手套。

“有情况？”乌鸦问道。

“回头再说。”罗思说着，继续她要做的事。乙醇加工厂后面的那片空地在十几束手电筒光的照射下，恍如一个临时拼凑的舞台。

布拉德利·特雷弗轻声说道：“请杀了我。”

高帽罗思给了他一丝聊以慰藉的微笑：“快了。”

但，不会很快。

嘶哑的狂叫又开始了，最终化成了魂气。

破晓时分，他们把男孩的尸体埋好，继续上路。

第六章　灵异电台

1

这种情形，至少有三年没出现过了，但有些事你是不会忘却的。比如，你的孩子大半夜地开始尖叫。露西一个人在家，戴维去波士顿参加为期两天的会议了，但她知道，如果他在家，肯定会紧跟她身后，用冲刺的速度跑到走廊那头的艾布拉的房间。他也没有忘记。

他们的女儿坐在床上，脸色惨白，睡乱的头发张牙舞爪地支棱着，两只眼睛呆呆瞪着，眼神茫茫失焦。被单——天气暖和的时候，她只盖一条薄薄的被单——被扯到一边，团成一团，她裹在其中仿佛困在一只疯狂的茧里。

露西在她身边坐下，伸手揽住她的双肩，感觉像是在拥抱石像。在她苏醒过来之前，这种感觉是最糟糕的。因为女儿半夜的尖叫而无法入眠，在旁作陪，已经够吓人的了，但女儿毫无反应僵坐梦中，这就更恐怖了。在五岁到七岁之间，深夜里常有这样的骇人场面，露西为此非常忧惧，生怕爱女的心智经不起这种压力而崩溃。她会保持呼吸，但双眼僵滞不动，不管凝视着哪个世界，她都无法挪开视线，连眼皮都动弹不得。

不会崩溃的，戴维曾这样让她放心。约翰·道尔顿则用他的语言再次宽慰了她：孩子的复原力很强。只要她事后没有显露出任何后遗症状——躲避、孤立、类强迫症行为、遗尿——你们就不用担心。

但孩子在夜里惊醒、颤抖，怎么能不担心呢？之后，楼下突然传来狂乱的钢琴声，或是走廊尽头浴室里的水龙头突然自动旋开，又或是她和戴维摁下了开关，艾布拉床顶的吊灯却自动熄灭，她怎么可能认为一切安好呢？

后来，她的幻影伙伴出现了，噩梦的间隔变长，不那么密集了。最后就算彻底消失了。但今晚，这骇人的场面再现了。只不过，已经不算深夜了，露西能看到东方的地平线上显出了第一道微弱的曙光，不禁在心里为此感谢上帝。

“艾比？妈妈在。和我说话。”

五秒，十秒，没有任何反应。之后，露西怀中的石像终于放松下来，恢复成了一个小女孩。艾布拉浑身发抖地深吸一口气。

“我又做那种噩梦了，和以前一样。”

“我猜到了，宝贝儿。”

艾布拉似乎只能记住一点点梦见的场景。有时是人们互相喊叫，用拳头狠狠地互打。*他追着她跑，一拳把桌子打翻了*，她会这样描述。还有一次，她梦见一只独眼碎布娃娃躺在高速公路上。艾布拉才四岁那年，她还告诉他们，她看到一群鬼灵坐在海伦·利文顿小火车上，也就是弗雷泽小镇的观光名胜。小火车从迷你小镇开到云间小道，再绕回车站。*我看得到他们，因为有月光*，那一次，艾布拉是这样对父母说的。露西和戴维坐在她的左右两边，双双把她抱在怀里。露西至今仍记得艾布拉的上半身睡衣都被汗水浸透了，她记得那种触感。*我知道他们是鬼灵，因为他们的脸都像熟透的苹果，月光照得透。*

隔天下午，艾布拉又和小朋友们在一起玩耍，跑啊，笑啊，但露西永远忘不了那个场景：一群死人坐着小火车穿行在树林里，月光下，他们的脸像透明的苹果。她问过孔切塔，她们单独外出游玩时，有没有带艾布拉坐过那辆小火车？切塔说没有。她们去过迷你小镇，但小火车那天刚好在检修，她们没坐成，就改坐旋转木马了。

现在，艾布拉抬起头，看着妈妈说："爸爸什么时候回来？"

"后天。他说午饭前会到家。"

"那恐怕来不及。"艾布拉说。一滴眼泪流了下来，顺着脸颊滴落到她的睡衣上。

"什么事情来不及？艾芭嘟嘟，你记得什么？"

"他们在伤害那个小男孩。"

露西不想细问，但又觉得必须问清楚。事实已然证明，艾布拉以前的很多梦境都和切实发生的事件有关联。是戴维发现《北康威周报》上登着独眼娃娃的照片，上面的文章标题是：**奥西皮车祸，三人身亡**。是露西在艾布拉做了"他们互相喊叫、殴打"那个梦之后的几天里，搜索了因家庭暴力被捕的警方记录。就连约翰·道尔顿也赞同，艾布拉的"脑袋里好像有一个灵异电台"，可以接收到别人传递出来的讯息。

所以，露西不得不问："哪个男孩？他住在附近吗？你认识他？"

艾布拉摇摇头："很远。我记不得了。"说完，她的脸色一亮。她竟可以这样迅速地从神游状态中跳脱出来，这和神游本身一样让露西觉得诡谲极了。"但我已经跟东尼说了。他大概会告诉他的爸爸呢。"

东尼，正是她那位看不见的朋友。艾布拉有好几年没说起他了，露西心想，但愿这不是某种退化。十岁还有幻影小伙伴，这好像有点晚熟。

"东尼的爸爸大概可以阻止那件事。"说完，艾布拉的脸色又阴沉下来，"不过，我还是认为太晚了。"

"东尼有一阵子没来了，是不是？"露西站起来，把乱成一团的床单抖开。床单飞鼓起来，飘到艾布拉的脸上，她咯咯地笑起来。对露西来说，这就是世间最动听的声音。神智正常的声音。屋子里渐渐明亮起来。很快，她们就会听到第一声鸟鸣了。

“妈妈，好痒呀！”

“妈妈就喜欢咯吱小孩。妈妈们都有这种魔力。好啦，来说说东尼好吗？”

“他说，只要我需要他，他随时都能来。”艾布拉说着，在整理好的床单下躺好。她拍拍床，露西也躺下了，两人合用一只枕头。“刚刚做的是噩梦，我需要他。我觉得他来了，但真的记不清了。他的爸爸在辣药院工作。”

这是露西没听说过的新情况。“辣椒酱工厂那样的地方？”

“不是啦，笨笨，那是快死的人待的地方。”好像在教导一无所知的孩子，艾布拉的语气有点洋洋得意，露西的背上却打了一阵寒战。

“东尼说，有些人病得太厉害，好不了了，就会去辣药院，他的爸爸会努力让他们好受些。东尼的爸爸有只猫，名字和我的有点像。我叫艾比，猫叫艾奇。真有趣，多巧呀！”

“是。挺巧的，但挺有趣的。”

两个名字只有一字之差，约翰和戴维肯定都会说，那是聪明绝顶的十岁小女孩虚构出来的情节。他们嘴上那么说，心里却半信半疑；露西不一样，她几乎能肯定艾比没有瞎编。有多少十岁的小孩知道临终安养院是派什么用的，甚至在念都念不准的前提下？

“跟我说说梦里的男孩。”既然艾布拉已经安稳下来，谈这个话题似乎就安全一点了，“艾芭嘟嘟，告诉我，谁在伤害他？”

“我只记得……他本来以为巴内是他的朋友。也许是巴瑞。妈妈，我可以抱霍比睡觉吗？”

她的兔宝宝玩偶早被束之高阁了——长耳朵耷拉着，瘫坐在她房间里最高的搁板上。艾布拉起码有两年没抱着它睡觉了。露西把兔宝宝霍比拿下来，放进女儿的臂弯。艾布拉紧紧抱住它，好像立刻就睡着了。运气好的话，她会安睡一小时，甚至两小时。露西坐在她身边，低头看着她。

让这种事在几年之内彻底结束吧，就像约翰曾说的那样。最好是今天，这个清晨，到此为止。求求你了，别再有这种事了。别再让我们翻遍报纸杂志，找寻有没有小男孩被继父杀死，或是被嗑嗨的、喝醉的浑蛋群殴致死的案件。到此为止吧。

“上帝啊，”她轻声念道，“如果你在，能否为我做一件小事？你能不能让我女儿脑袋里的收音机坏掉？”

2

真结族的车队重新沿着I-80公路向西而行，直奔科罗拉多州高地山区、他们用以度暑假的小镇（也总以为他们能在附近集取一些高能量的魂气，不是没有，只是良机未到）。乌鸦老爹坐在罗思的陆巡舰的副驾驶座上。乌鸦的那辆乡村巴士公司出产的艾菲尼迪露营车则暂时由计算器吉米——杰出的真结族会计——驾驶。罗思把车内广播调到叛道乡村音乐频道，此刻，播送的是小汉克·威廉姆斯的《干了威士忌就下地狱》。这歌不错，乌鸦等它播完才关掉广播。

“你说我们回头再聊。回头就是现在。当时有什么情况？”

“有人在观望我们。”罗思回答。

“当真？”乌鸦挑了挑眉毛。他和所有成员一样，尽情享用了特雷弗的魂气，但他没有显得更年轻。他吸食后几乎没有外貌上的改变。反过来说也一样，在两次饱餐之间，他也不太会显老，除非两餐间隔很长时间。罗思觉得这挺好的，得失相当。大概因为他的基因里有什么元素。当然，前提是他们还有基因。核桃认为他们应该是有的。“你是说，魂气脑袋？”

她点点头。在他们眼前，I-80公路在点缀着几朵白云的淡蓝色天空下笔直延伸。

“高魂气？”

“噢，绝对是。极高。”

“多远？”

“东海岸，我觉得是。”

“你的意思是——有人隔着一万五千英里观望我们的行动？”

“甚至可能更远一点。很可能索性在加拿大境内。”

“男孩还是女孩？”

“大概是女孩，但只是一闪而过。顶多逗留了三秒钟。是男是女有差别吗？”

没有。“魂气这么凶猛的小孩，你可以灌满几个罐子？”

“很难说。至少三罐。”这次，是罗思虚报数字了。她私心里猜测，这个不知名的观望者应该能灌满十罐，甚至十二罐。虽是转瞬即逝的到场，力量却相当强劲。观望者看到了他们在做什么，她（假设是女孩）的恐惧之强大，迫使罗思的双手无法动弹，感受到些许嫌恶。当然，那不是她本人的感受——把俗人开肠剖肚就跟划开一头野鹿的肚子一样，没什么可嫌恶的——而是像灵异弹球，纯粹是从观望者身上弹射出来的。

“也许我们应该调头，”乌鸦说道，“趁着信号强，赶紧把她拿下。”

“不。我认为这个孩子还在成长，还会更强大的。可以等果子再熟一点。”

“你有把握？还是只凭直觉？”

罗思摆摆手，手指波动。

“难道你的直觉那么灵验，足以让我们去冒险？——万一她被车撞死，或被恋童癖抓去呢？”乌鸦的话里没有讽刺的味道，“万一得了白血病或别的什么癌症？你知道他们很容易得这类绝症。”

“如果你问计算器吉米，他会说，胜算在我们手里。”罗思笑着，宠溺地拍拍他的大腿，“老爹，你想得太多啦，别那么操心。我们按照计划先去赛威镇，再过一两个月就南下佛罗里达。巴瑞和弗里克觉得今年会有一场大飓风。”

乌鸦扮了个鬼脸：“好像垃圾站的清仓处理。”

“是挺像的。不过，那些垃圾站会留下些美味佳肴呢。养分多多。上次，我们错过了乔普林龙卷风，我到现在还在后悔呢。但也不能怪谁，对这种突如其来的风暴，我们得不到更多预示。”

“这个孩子。她看到我们了。”

“是的。”

“看到我们在做什么了。”

“你想说什么，乌鸦？”

“她会不会去告发我们？”

“宝贝儿，如果她超过十一岁，我就把我的帽子吞下去。”罗思用手指弹了弹高帽子，加以强调，“无论她是什么样的人，能做什么样的事，她的父母都可能浑然不知。就算他们知道，大概也不会当真，宁可大事化小，小事化了，那样他们就不用为此想太多了。”

“他们也可能带她去看精神科医生，配一大把药让她吃。”乌鸦说，“那些药会让她踪迹模糊，那就很难找到她了。”

罗思笑了：“如果我想得没错——我有十足的把握——给这个孩子吃帕罗西汀[①]根本不会造成影响，就像在探照灯前蒙一张保鲜膜。时候到了，我们就能找到她。别担心。”

“听你的。你是老板。”

“没错，我最亲爱的。”这次，她不是拍他大腿了，而是在他胯下拧了一把，“今晚住奥马哈吗？”

“拉昆塔酒店。我把底楼后半边的房间都包下了。”

---

① 一种抗抑郁药物。

“很好。我要骑在你身上，上上下下像坐云霄飞车。”

“走着瞧，还不知道谁骑谁呢。”感谢特雷弗，乌鸦感觉飘飘欲仙。罗思也是。他们都是。他又把广播打开了。加拿大十字豚草乐队的歌声跳出来，唱的是俄克拉荷马州的小伙们卷的大麻烟都不地道。

真结族向西而行。

3

戒酒小组里有宽容的督助人，也有苛刻的督助人，还有一些像凯西·金斯利，对他们所督助的对象毫不留情面。他们刚刚缔结督助关系时，凯西强令丹连续参加九十次戒酒小组活动，并且每天早上七点钟给他打电话。丹做到了。九十次互助会完成之后，凯西说，清早七点可以不用给他电话报到了。那之后，他俩每周三次在日斑咖啡店碰面。

二〇一一年七月的某个下午，丹走进咖啡馆时，凯西已经坐在火车座里了。虽然凯西还没退休，但在丹眼里，自己多年不变的戒酒督助人（也是他在新罕布什尔州的第一位老板）看起来已很苍老。头发都快掉光了，走起路来也明显一瘸一拐。他需要做一次人工髋关节置换，但老是推延手术时间。

丹和他打过招呼，坐下来，两手交叉，准备开始凯西所说的“教义问答”环节。

“丹尼，今天清醒吗？”

“是的。”

“怎么会有如此神奇的自制力？”

他按部就班地背诵起来：“感谢戒酒者互助会，感谢我所理解的上帝。我的督助人也有小小的功劳。”

“马屁拍得不错，可惜没把我捧上天，我也不会吹捧你。”

帕蒂·诺伊斯端着咖啡壶走过来，问也不问就给丹倒了一杯。“帅哥，好吗？”

丹朝她笑笑：“很好。”

她捋了捋头发，又走回柜台里面，步履间多了一点摇摆的风情。像所有正常男人一样，他俩的视线随着她的屁股美妙地摇摆，然后，凯西转而凝视丹。

“对于你所理解的上帝，有什么新领悟？”

“没太多进展。”丹说，“我有种感觉，那可能要花一辈子去探索。”

“但你早上会请求上帝赐予你力量，一杯酒都不碰？”

“是的。”

“跪下来请愿？”

“是的。”

“晚上也会感恩？”

“是的，也是跪着的。”

“为什么？”

“因为我得牢记，是嗜酒害我走到那种地步的。”丹说的是彻头彻尾的实话。

凯西点点头：“那是前三个步骤。给我简单说说。”

“我不行。上帝可以，我想该让他来说。”他又补充了一句，“我所理解的那位上帝。”

“也是你不能完全领悟的那位。”

“是的。”

“那告诉我，以前你为什么喝酒？”

“因为我是个酒鬼。”

“不是因为欠缺母爱？”

“不是。”温迪有很多缺点，但她对他的爱——以及他对她的爱——从未动摇过。

“因为欠缺父爱？”

“不是。”尽管他曾经折断我的手臂，最后还差点儿杀死我。

“因为有遗传？”

“不是。”丹喝了口咖啡，“但确实有遗传。你知道的，对吗？”

“当然。我还知道这种遗传并不重要。我们以前嗜酒，只因为我们是酒鬼。我们永远不会好转。只不过，根据每天的精神状况，我们可以得到缓刑一天的待遇，仅此而已。”

“是的，老板。这个环节算过了吗？”

“差不多了。你今天想过喝一杯吗？”

“没有。你呢？”

“没有。”凯西咧嘴一笑，笑容让脸色骤然一亮，瞬间年轻了几岁，“奇迹啊。丹尼，你会不会说这是奇迹？”

“是的，深有同感。”

帕蒂又来了，把一大盘香草布丁——顶上不止有一颗樱桃，而是两颗——直接塞到丹的面前：“吃掉。店里招待的。你太瘦了。”

“那我呢，亲爱的？”凯西问道。

帕蒂哼了一声：“你已经壮如牛了。如果你要，我可以给你一份松枝冰露——一根牙签插在冰水里。”话音刚落，她就大摇大摆地走了。

“你还惦记着？”看丹吃起了布丁，凯西问道。

“迷人，”丹说，“非常微妙，新世纪风味。”

“谢谢你的废话。你还惦记着她吗？”

“我们是好过，大概四个月，但那是三年前的事了，凯西。帕蒂已经和格拉夫顿的好小伙订婚了。”

“格拉夫顿，”凯西用轻蔑的口吻说道，“风景不错，镇子够破。你来咖啡馆的时候，她的举止可不像订婚的女士。”

“凯西——”

“别，别误解我的意思。我从没有怂恿哪个督助对象到他人的感情关系里插一脚——或是插老二——那种鸟事，最可能是买醉收场。不过……你有没有和谁在约会？”

“这是你要管的事吗？”

“刚好就是。”

“眼下没有。之前，和利文顿安养院里的一个护士好过一阵子，我和你提起过她……”

“莎拉……什么的。”

“奥森。我们谈过同居的事，可后来她就找到一个很不错的工作，去了马萨诸塞州综合医院。我们有时还通通电邮。”

“第一年不要谈恋爱，这是经验之谈。”凯西说，“只有极少数的戒酒者会严肃对待。你做到了。可是，丹尼……现在是时候了，你也该找个稳当的伴儿了。”

“老天呀，我的督助人刚刚变为心理医生了。”丹说。

“你的日子好起来没有？比你脚步不稳、双眼充血地下公车到这个小镇时强多了吧？”

“你都知道的。以前的我做梦都想不到能过上现在的好日子。”

“那就好好想想吧，找个人共度好日子。我要说的就是这个。”

“我会做笔记的。现在我们可以谈点别的了吗？红袜队，怎样？”

“我得先保持督助人的身份，再问你一件事。之后我们可以再当哥儿们，喝杯咖啡。”

“行……”丹谨慎地看着他。

“我们从没谈过你在临终安养院里的工作。你是怎样帮助别人的。”

“没谈过。”丹说，“我宁愿以后也不谈。你知道人们每次聚会结束时都说什么？‘在这里的所见所闻都将在此保留，出了这扇门就不能再提。’我也这样对待聚会之外的生活。”

“你的生活有多少部分受到嗜酒的影响？”

丹叹气了：“你这不是白问嘛。你都明白。方方面面都受了牵连。”

“所以呢？”凯西没等到丹回答，又接着说，“利文顿的员工把你叫做‘长眠医生’。丹尼，没有不透风的墙。”

丹沉默不语。布丁剩了一些，他要是不吃完，帕蒂会骂他，但他已经没有胃口了。他早就知道自己逃不开这个话题，也知道自己保持十年滴酒未沾（最近他也成为一两个戒酒伙伴的督助人了），凯西很尊重他的隐私，但他还是不想谈。

“你帮别人死。不是说用枕头压住他们的脸或别的手法，没人那样想，而是用……我说不上来。好像也没人懂。”

“我陪他们坐一会儿，就这样。如果他们想说说话，就陪他们聊几句。”

“你有没有照着十二步骤做，丹尼？”

如果丹相信这句话开启了新话题，肯定会乐此不疲地回答。但他很清楚，话题并没有变。“你知道我做到了。你是我的督助人。”

“是啊，你早上请求帮助，晚上表达感恩。双膝跪地。前三步就是这样。第四步纯粹是道德准则那套狗屁。第五步呢？”

一共有十二个步骤。丹参加过的每一次互助会开始时，大家都会把这十二条戒律大声念诵一遍，他早已烂熟于心。“向上帝、自己和另一个人坦承我们犯下的过错的本质。”

“没错。”凯西端起咖啡杯，喝了一口，目光越过杯沿盯住丹，“这一条，你做到了吗？”

“基本上做到了。”丹发现自己坐立难安，巴不得身在别处。

随便什么地方都行。而且——好久都没有这种感觉了——他发现自己想喝一杯酒。

“我来猜猜。你把以往的过错都向你自个儿坦承了，也向你并不了悟的上帝坦承了，还把大部分的罪过跟另一个人说过——那就是我。我说得对吗？”

丹一言不发。

“我是这么想的，”凯西继续说，“要是我说错了，你可以纠正我。第八步、第九步都是关于清点余孽，把我们日日夜夜枯坐醉酒的时候犯下的罪过一一检点。我认为，你在安养院里的部分职责——最重要的那部分——就是弥补过错。我还认为，有一个罪过你放不下，因为你觉得太他妈羞愧了，难以启齿。如果我说对了，相信我，你不是第一个羞于启齿的人。”

丹心想：妈妈。

丹心想：糖糖。

他又看到了红色钱夹、揉成一团的食品券。他也看到了那些可怜巴巴的小钱。七十块钱，够买四天的醉。如果精打细算，把酒量控制好，食量维持在最低限度，应该能撑到五天。他看到那笔钱先是在自己掌心里，然后滑进了他的裤袋。他看到了小男孩，穿着勇士队T恤，湿嗒嗒的尿片直往下坠。

他心想：孩子的名字是汤米。

不是头一回也不是最后一次，他在心里想：我决不会说出这件事。

“丹尼？你有什么事要告诉我吗？我觉得有。我不知道你背负这该死的心事有多久了，但你可以放心地告诉我，把负担卸给我，然后轻轻松松地离开这里。坦承的用意就是这样。”

他想起那孩子跌跌撞撞地奔向妈妈

（蒂尼，她的名字是蒂尼）

哪怕醉得像摊烂泥，她还是一把揽住他，把孩子紧紧地抱在怀里。晨光透过肮脏的卧室玻璃窗照进来，他们面对面地依偎在清晨的阳光下。

“没什么要说的。”他答。

“要释怀，丹。我是作为你的朋友以及你的督助人才说这些的。”

丹默默凝视对面的男子，一言不发。

凯西叹了一声：“互助会里有句话，你深藏不露的秘密越多，你就病得越重。讲过这话的互助会，你参加过多少次了？一百次？也许一千次？哪怕是戒酒互助会里的铁杆老成员，顶多也就去过上千次吧。”

丹还是不吭声。

“我们都有低谷。”凯西说道，“迟早有一天，你要把藏得最深的心事讲给某人听。你不讲，你就会堕入谷底，发现自己身在酒吧，手里握着酒杯。”

“你的意思我懂了。”丹说道，“现在，我们能聊聊红袜队了吗？”

凯西瞄了瞄手表：“下次吧。我得回家去了。”

没错，丹心想，回到你的狗和金鱼身边。

“好吧。”他抢在凯西前面抓过账单，“下次吧。”

4

丹回到角楼的卧室，盯着黑板看了许久，这才慢慢地把上面的粉笔字擦去：

他们在杀害棒球男孩！

黑板被擦净了，他问：“棒球男孩是怎么回事儿？”

没有回答。

“艾布拉？你还在吗？”

不在了。但她来过。刚才和凯西在咖啡馆的聊天让他很不自在，只要早十分钟结束，他回家时大概就能亲眼看到凭空出现的艾布拉的身影。不过，她是冲他来的吗？丹觉得不是。他觉得她应该是来找东尼的。当然，这想法疯狂得不容置疑。很久以前，东尼是他的隐形伙伴，时不时带来幻景的小伙伴，时不时给他警告的小伙伴。事实上，那也是另一个他，更深层、更智慧的他自己。

昔日的全景饭店里，对于拼尽全力活下去、惊恐万分的小男孩来说，东尼像个大哥哥般保护着他。讽刺的是，现在却反过来了，戒酒成功的丹尼尔·安东尼·托伦斯成了体面、有担当的男子汉，东尼却依然是个孩子。大概这就是新世纪流派的大师们言必称的“内在孩童”。丹却坚信无疑：“内在孩童”那套说法之所以有市场，是因为人们要给过盛的利己心、破坏性的任性举止（凯西说的“‘我偏要’综合征”）找个漂亮的借口。不过，他也相信成熟的男女都会在大脑深处保存成长的每一个阶段——不只有内在的孩童，还有内在的婴孩、内在的少年、内在的青年。如果神秘的艾布拉来他这里，找寻和她同样年纪的人，岂不是很自然吗？

玩伴？

甚或是保护者？

如果是，那就是东尼担当过的角色。可她需要保护吗？她留下的讯息

（他们在杀害棒球男孩）

显然流露出痛苦，但痛苦总是随闪灵而来的，丹很早以前就明白了。只是孩子不一定能明白，未必看得透这一点。他可以把她从人海中找出来，或许还能发现更多隐情，可他该怎么对艾布

拉的父母说呢？嗨，你们不认得我，但我认得你们的女儿，她有时会来我的房间，我们已经成了好朋友啦？

丹知道，他们不至于呼叫警察来追捕自己，但若事情真的到那个地步，他也不能怪人家。考虑到以前五花八门的前科记录，他不想自找麻烦。如果东尼已经成为她的远距离小伙伴了，那最好维持现状。没错，东尼无影无形，但至少和艾布拉年纪相当。

等一下，他会把属于这块黑板的人名和房间号重新写上去。眼下，他拿起笔架上的一截粉笔头写道：**艾布拉，东尼和我祝你有个愉快的夏日！你的另一位朋友，丹**。

他盯着这条留言看了一会儿，点点头，这才走到窗前。夏末午后非常美好，而且，这是他的公休日。他决定出去散个步，尽量忘掉和凯西的恼人对谈。是的，他认为蒂尼在威明顿市的公寓就是他的谷底所在，但缄口避谈那里发生过的事并没有阻挠他成功戒酒十年，也不会影响他此后再有十年的清醒。甚至，二十年。话说回来，干吗去琢磨多少年呢，互助会的至理名言不就是“一日只戒一日酒”吗？

威明顿已是陈年往事。上半辈子。他的那段生活已然告终。

离开时，他和平日里一样把门锁好，但只要神秘的艾布拉想来，这把锁根本挡不住她。他回来的时候，黑板上或许会有她写的新留言。

说不定我们能成为笔友。

是啊，说不定，维多利亚秘密内衣品牌名模组成的秘密集团还能解开氢聚变之谜呢。

丹的嘴边挂着笑容，出门了。

5

安妮斯顿公共图书馆正在举办一年一度的夏季图书大卖会，

艾布拉说她想去，露西当即放下本该下午完成的家务事，兴高采烈地陪女儿出门，沿着主街走下去。草坪上的小桌上摆着各式各样的捐赠图书。露西流连在平装本的桌边（**一本一美元，六本五美元，随你挑**），找寻她还没读过的朱迪·皮考特[①]的畅销小说。艾布拉则在标志着**青少年**书籍的桌边翻翻拣拣。她还小，连最年轻的成年人都算不上，但她读起书来却是如饥似渴（也颇有早熟的品位），尤其钟爱科幻小说。她最喜欢的T恤上就印着一台复杂、巨大的机器，下面印着**蒸汽朋克才是王道**。

就在露西决定买一本迪恩·孔茨[②]的老书和相对来说的新星作家丽萨·加德纳[③]的作品时，艾布拉一阵风似的跑到她身边，眉开眼笑地说："妈妈！妈咪！他叫丹！"

"宝贝儿，谁是丹？"

"东尼的爸爸！他祝我有个愉快的夏日！"

露西环顾四周，满心以为会看到一个陌生男人，牵着一个和艾布拉差不多大的小男孩。很多陌生人——毕竟是夏季啊——但没有这样的父子组合。

艾布拉看到她在找，咯咯笑起来："噢，他不在这儿。"

"那他在哪儿？"

"我也不是很清楚，但很近。"

"好吧……宝贝儿，我觉得那也挺好的。"

露西只来得及撩乱艾布拉的头发，她就连蹦带跳地跑回去翻找关于火箭、时空穿梭和巫师的好书了。露西站立原地望着她，完全忘记了自己手里还握着刚刚选好的小说。戴维从波士顿打电

---

① 朱迪·皮考特（Jodi Picoult，1966— ）美国畅销书作家，代表作有《姐姐的守护者》《第十层地狱》等。

② 迪恩·孔茨（Dean Koontz，1945— ），美国惊悚悬疑小说家，代表作为《无所畏惧》《惊悚时分》等。

③ 丽萨·加德纳（Lisa Gardner），美国犯罪小说家，曾以艾丽西娅·斯科特（Alicia Scott）为笔名。代表作品有《完美先生》《幸存者俱乐部》等。

话回来的时候，要不要跟他提这事儿？她想了想，还是别说了。

灵异电台，不过如此。

最好还是让它去吧。

6

丹打定主意，先去爪哇咖啡店买两杯咖啡，一杯是给在迷你小镇上班的比利·弗里曼带的。虽然弗雷泽镇政部门雇用丹的时间非常短暂，他和比利却在这十年间成了好朋友。他们都熟识凯西——他是比利的老板，也是丹的督助人，这当然是他们交好的部分原因；但更重要的是他们都很喜欢对方。比利不喜欢瞎扯淡，丹很中意这一点。

他也喜欢驾驶海伦·利文顿号。大概，这又是内在孩童显形的时候。他敢打包票，心理医生肯定会这么说。通常，比利都很乐意把驾驶权让给他，尤其是夏天的旅游旺季，比利巴不得他能接手，自己才能歇口气。从国庆日到劳动节，小利每天要行驶十趟十英里的旅程：从迷你火车站到云间小道再折返，但青春不会折返，比利只会越来越老。

穿过大草坪，走上克莱默大道时，丹发现弗雷德·卡林坐在利文顿安养院主楼和二号楼之间一条背阴的长凳上。就是这个护工把可怜的老查理·海耶斯的胳膊捏出了淤青，但他仍在这里值夜班，和过去一样懒惰，脾气一样坏，但他至少学乖了：千万别招惹长眠医生。这一点，丹很受用。

马上就要值班去的卡林正在大嚼巨无霸汉堡，带着油渍的麦当劳纸袋搁在他的膝盖上。两人都盯了对方一会儿，谁也没打招呼。丹觉得弗雷德·卡林是个有虐待倾向的懒鬼、浑蛋；卡林觉得丹是个假仁假义、多管闲事的臭屁。所以，他们也算扯平了。只要井水不犯河水，他们就能相安无事，万事大吉。

丹买好了咖啡（比利的那杯加了四包糖），然后横穿笼罩在金色夕阳下的热闹公园。有人在玩飞盘。爸爸妈妈推着秋千上的小娃娃，要是荡得太高，他们就会稳稳地抓住小娃娃。垒球场上，一场比赛在进行中，弗雷泽基督教青年会主场迎战身穿橙色衬衣的安妮斯顿康乐队。他一眼就瞧见了火车站里的比利。后者正站在凳子上，把小利的镀铬车身擦得锃亮。一切看起来都那么美好。有家的感觉。

就算不是，丹心想，也是我这辈子感受到的最接近家庭氛围的场景了。现在我只需要一个叫莎莉的老婆，叫皮特的小孩，还有一条叫洛夫的狗。

他走上迷你小镇里微缩版本的克莱默大道，拐进迷你小镇火车站投下的阴影里。“嘿，比利，我带了一杯你喜欢的咖啡口味的糖水。”

听到这话，弗雷泽小镇上第一个对丹好言好语的人转过身来：“哎呀，敦亲睦邻啊。我刚才还在想，要是有杯饮料该——哦！该死，完蛋了。”

丹手中的硬纸板杯托掉下去了。热咖啡洒在他的网球鞋上的时候，他感觉到了热度，但那似乎很遥远，根本不重要。

有苍蝇在比利·弗里曼的脸上爬。

7

第二天早上，比利死活不肯去见凯西·金斯利，也不想请假，更不想看什么医生。他不停地告诉丹，他感觉很好，精神倍儿好，身体倍儿棒。以往每逢六月七月他都会有热伤风，今年甚至都没事儿。

倒是丹一夜难眠，也不愿接受比利的拒绝。如果一切都太晚了，他或许还能勉强接受，但他认定现在还来得及。他以前见过死亡苍蝇，也渐渐学会了判断这种异象的含义。如果是一大群——好像一层恶心的面纱，拥挤蠕动的苍蝇足以遮蔽五官——那是真的没有生机了。如果有几十只，这个人说不定还有救。要是只有几只，说明时间还算充裕。比利的脸上，只有三四只。

在安养院的绝症病友们的脸上，他一只都没看到过。

丹想起自己在母亲去世前九个月时去探望她，那天，她也口口声声说自己感觉很好，精力旺盛。*丹尼，你在看什么？*温迪·托伦斯曾这样问道。*我脸上有脏东西吗？*她滑稽地蹭蹭鼻尖，手指刚好穿过上百只死亡苍蝇。从她的发际线到下巴，它们密密麻麻地蒙住了脸孔，像一层胎膜。

8

凯西早已习惯了居中调停的工作。他喜欢带着自嘲的口吻对别人说，那正是他坐享六位数高薪的原因。

他先听丹说。然后听比利的反驳，说他绝对不能离岗，绝不能在旺季的最高峰——游客们早早就来排队，等着乘坐八点发车的*小利*。更何况，在没有预约的情况下也没法临时找到医生。对医院来说，现在也是旺季。

“你上次体检是什么时候？”比利的话音刚落，凯西就发问了。丹和比利双双站在他的办公桌前。凯西把办公椅往后翘，十指交叉搁在肚子上，脑袋刚好搁在老位置：挂在墙上的十字架下。

比利带着戒备的神情：“大概是在二〇〇六年吧。但查下来很好，凯西，医生说我的血压比他自己的都低十个点。”

凯西的视线转移到丹身上。那是保有猜测和好奇的眼神，但没有不信服的感觉。和复杂而陌生的外部世界交流时，戒酒互助会成员通常都会缄口寡言，但在自己人的圈子里，他们常常畅所欲言，也免不了八卦。因此，凯西知道丹·托伦斯有特殊的天赋，帮助临终病人安详辞世只是其中之一罢了。坊间已有传言：丹有非同一般的洞察力，不止一次帮到别人。都是那种无法解释的事。

“你和约翰·道尔顿挺熟的，是吗？”现在，他问的是丹，“那个儿科医生？”

“是的。基本上每周四晚上都会见到他，在北康威。”

“有他的电话号码？”

“我确实有。”就在凯西给他的小记事本末页，丹有一份互助会所有成员的联络表，他依然随身携带着。

“给他打电话。告诉他这事很重要，这个粗人必须马上就诊。你知道他需要看哪一科的医生吗？他这把年纪，显然不能看儿科了。”

“凯西——”比利忍不住了。

“安静，”凯西说完，转头继续对丹说，“我认为你应该想得到，上帝作证。是不是他的肺？瞧他抽烟的样子，最有可能是肺出毛病了。”

丹明白，迈出这一步，已没办法回头了。他叹了口气：“不，我认为是肠道。”

“只不过有点消化不良，我的肠子——”

“我说了，安静。”再转向丹，“那就找个看肠子的医生。告诉约翰这事十万火急。”他停了停，又问，“他会相信你吗？”

这是丹乐于听到的问题。他在新罕布什尔的这些年里帮助过许多互助会成员，尽管他请求他们不要到处声张，但也很清楚有些人忍不住讲出去了，至今仍有风言风语。不管怎样，约翰·道尔顿医生保守了秘密，这一点让丹很欣慰。

“我认为他会的。”

“好的。”凯西指了指比利，“你今天不用上班了。带薪，病假。”

“可是小利——”

“这个镇子上有十几号人能驾驶利文顿号。我打几个电话就行，前两班车由我亲自开。”

“你的坐骨都不行了——”

“坐骨不行，胆子够肥。行行好吧，你快点离开这间办公室。”

“可是凯西，我觉得——”

“我才不管你感觉好不好呢，哪怕你能参加赛跑，一路跑到温尼伯索基湖，我也不在乎。你得去看医生，就这样。”

比利忿忿不平地瞪着丹：“瞧你给我惹的麻烦！我早上的咖啡都还没喝呢。”

这天早上，他脸上的苍蝇不见了——其实还在，丹知道，只要他集中精神；只要他想，就能再次看到……然而，看在基督的分上，谁会想看到那种场面呢？

“我知道。”丹说，“没了重心，日子就难熬了。凯西，我能用下电话吗？”

“随你用。”凯西站了起来，“看来我得一瘸一拐地走到火车站剪几张票啦。比利，你有我能戴的机师帽吗？”

“没有。”

“我的你能戴。”丹说。

9

像戒酒者互助会这样的团体没有广而告之，没有商品出售，只靠主动扔进篮子或棒球帽里的皱巴巴的捐助维持开销，大部分聚会是在租借的会议厅或教堂地下室这样的地方举办的。但在默默无闻的表象之下，其影响力十分深远。在丹想来，那可不是什么老男孩社团，而是老酒鬼的人际圈。

他给约翰·道尔顿打了电话，约翰又给一位名叫格雷格·菲勒顿的内科专家打了电话。菲勒顿不是互助会成员，但他欠约翰一个人情。丹不知道详情，也不在乎。他只关心一件事。那天晚些时候，比利·弗里曼就躺在了菲勒顿位于刘易斯顿的诊所的检查台上。从弗雷泽开车过去足有七十英里，比利骂了一路。

“你确定只是肠胃问题吗？”他们在菲勒顿诊所外的松木街小停车场里泊车时，丹问道。

“是啊，”比利应了一声，又不情愿地加了一句，“是比过去糟，但还不至于让我晚上睡不着。”

撒谎，丹在心里回了一句，但没说出口。反正，最艰难的一步已经完成了——他总算把这个牛脾气老浑蛋拽到这儿来了。

丹坐在等候室里，翻看一本《OK！》八卦杂志，封面人物是威廉王子和他的新婚妻子，她挺美，但太瘦了。就是这时候，他听见走廊那头有人痛得大叫一声。十分钟后，菲勒顿出来了，在丹身边坐下。他瞥了一眼杂志封面，说：“这小子或许能继承英国王位，但他四十岁之前就会秃得和九号球一样光溜溜的。”

“你说得应该没错。”

“当然不会错。在人类事务的范畴里，能称王称霸的只有基因。我要把你的朋友送去缅因州中心总医院做一个 CT 检查。扫描出来的结果，我大致有把握。如果我的判断没错，就会安排弗里曼先生明天一大早做一次血管小手术，也就是切开再合上。”

“他哪里有问题？”

比利扣着裤腰的皮带，从走廊那头走过来了。晒黑的脸膛现在灰灰黄黄的，沁出了汗珠。“他说我的主动脉里有个凸起物。好比是汽车轮胎里的气泡。只不过，你戳下去的时候轮胎不会喊疼。”

“动脉瘤。”菲勒顿说道，“噢，有可能是肿瘤，但我觉得不像。无论如何，抓紧时间是头等大事。该死的东西已有乒乓球大小了。你带他来检查真是做得太对了。要是动脉瘤破裂，附近又没有医疗单位……”菲勒顿摇了摇头。

10

CT 扫描结果证实了菲勒顿的诊断，确实是动脉瘤。当晚六点，比利就入院了，躺在病床上的他好像缩了一圈。丹坐在他床边。

“好想抽根烟啊。”比利凄惨地说道。

“这事我帮不上忙。”

比利长叹一声：“反正也该戒了。利文顿安养院的人不会惦记你吗？”

“工休。”

“好好的假期搁这儿太浪费啦。跟你说个事儿，他们明天一早动刀叉，只要没把我弄死，我这条命就归你了。我不知道你是怎么知道的，但从今往后，不管什么事，只要你开口，我赴汤蹈火也在所不辞。”

丹想起十年前的自己如何一步步踏下州际巴士的台阶，迈入纯白蕾丝般的漫天飞雪里。他想起第一眼看到拖着海伦·利文顿号的红色火车头时的欣喜之情。这个男人问他是不是喜欢小火车，没有呵斥他滚一边儿去，别瞎摸瞎碰。只是那么微不足道的小善意，竟然开启了一扇门，让他拥有了如今拥有的一切。

“比利，老伙计，是我欠你，怎么还都不嫌多。”

11

这些年滴酒不沾，让他注意到一个古怪的现象。当他的生活不尽如人意的时候——譬如二〇〇八年的那个清晨，他发现有人用石块砸烂了他汽车的后窗玻璃——他几乎不会想要喝酒。然而，一切风调雨顺的时候，喝酒的欲望反而会追着他不放。那天晚上，他和比利道别后，从刘易斯顿开车回家，一路上平安无事，却发现沿街有家名叫“牛仔靴”的小旅店附带酒吧。他突然很想进去，那渴望几近难以遏制。买一品脱啤酒，往自动唱机里扔一大把角币，就能轻而易举耗上一个小时。坐在吧台边，听听詹尼斯、杰克逊和哈格德乐队的老歌，不和任何人说话，不惹麻烦，只是默默地独自喝到爽。感受清醒带来的重负——有时就像拖着一双灌了铅的靴子走路——渐渐消失。等到角币只剩最后五枚了，他会连播六次《干了威士忌就下地狱》。

他驶过旅店，拐进后面沃尔玛超市门口的超大停车场。他找出凯西的电话号码，但就是摁不下去，又想起了咖啡馆里那场不甚愉快的谈话。凯西大概会老调重弹，尤其是丹无论如何都不想坦言的那些往事。那可不行。

像那些有过灵魂出窍体验的人，身不由己的他又折回旅店门口，把车停在煤渣停车场的最里头。这样做，他感觉挺好。他还觉得自己像拿起上膛的枪、对准太阳穴的那种人。车窗开着，他听得到现场乐队在演奏一首出轨乐队的老歌，《情人的谎言》。他们弹得不赖，要是他肚子里有些酒，听起来可能更美妙。那里会有几个想跳舞的女人。卷发的女人，带珍珠首饰的女人，穿裙子的女人，穿牛仔衬衫的女人。那里总有这些女人。他开始琢磨他们有哪种威士忌，而且，上帝啊，神啊，天啊，他太想喝一口了。他打开车门，一只脚踏上地面，又垂下头，就那样枯坐着。

十年了。十年神清气爽的好日子，可能在接下去的十分钟里功亏一篑。易如反掌。就像蜜蜂逃不出蜂蜜的诱惑。

我们都有低谷。迟早有一天，你不得不把藏得最深的心事讲给某人听。你不讲，你就会堕入谷底，发现自己身在酒吧，手里握着酒杯。

都怪你，凯西。他冷酷地想到，就是我们在日斑咖啡馆的时候，你把这个念头灌输到我脑子里的。

酒吧门上有一只闪光的红箭头，指着标牌：**晚九点前米勒淡啤一大杯两美元！欢迎光临**。

丹关上车门，再次打开手机，拨通了约翰·道尔顿的号码。

“你那哥们还好吗？”约翰问。

“乖乖上床了，准备明早七点钟的手术。约翰，我想喝。”

“噢，别！”约翰用颤抖的假音喊了一声，“千万别喝酒！”

就这么一下子，那种冲动平息了。丹笑出了声：“好吧，我就盼着你说这句呢。但若你胆敢再用迈克·杰克逊的声音说话，我真的会去喝的。”

“你真该听我唱唱他的《比利珍》。我可是麦霸啊。能问你个事儿吗？”

“当然。”搁着挡风玻璃，丹可以看到牛仔靴旅店的顾客进进出出，应该不会有人聊米开朗琪罗。

“不管你有什么……超能力，喝酒真的可以……我不知道怎么说……关掉那种功能？”

“是消减。好比你用一只枕头压在它脸上，不让它呼吸。”

“现在呢？”

“简直是超人，我用超能力伸张正义，维护真理，捍卫美国精神。”

“也就是说，你不想谈。”

“是，”丹说，“不想多谈。现在好点儿了。比我以前预想的要好。十几岁的时候……”言语声低隐了。他十几岁的时候，每一天都在挣扎，迫使自己保持理智。脑子里的声音让人抓狂，骤现的画面更会逼人发疯。他向母亲和自己保证过，决不会像父亲那样酗酒，但等他刚入高中，喝到了第一口酒后就欲罢不能了。

前所未有的轻松感又让他后悔——起初确实是后悔——真该早点开始喝酒。宿醉醒来，总比整夜噩梦要好上一千倍。一切终究归结到一个问题上：他和父亲有多像？在多大程度上？在多少方面上？

“你十几岁的时候……怎么了？”约翰问。

“没什么，无关紧要。听着，我最好还是离开这里。我正干坐在酒吧前的停车场里呢。”

“当真？”约翰似乎提起兴趣了，“哪个酒吧？”

“叫牛仔靴的地方。九点前供应两块钱一大杯的啤酒。”

“丹。”

“是，约翰。”

“我老早以前就知道那地方了。就算你打算把一辈子冲进马桶，也别选那里。那里的女人都是满嘴脏话的烂货，男用洗手间闻起来像发霉的裤裆。只有你跌到谷底时，牛仔靴才算是个匹配的去处。”

谷底。这个词又冒出来了。

“我们都有谷底。”丹说，“可不是吗？”

“丹，快点离开那里。”现在，约翰的语气变得十分严肃，“说走就走，别耽误，也别他妈的绕圈子。不要挂断电话，直到你的后视镜里看不到屋顶上牛仔靴形状的霓虹灯。”

丹发动了汽车，驶出停车场，回到了 11 号公路上。

“在后头，”他说，“灯越来越远……越来越……看不到了。”这时的他如释重负，难以言喻，也感受到苦涩的悔恨——九点前，他可以干掉多少杯两块钱的啤酒呀？

“你不会回到弗雷泽又去买六罐装或是一整瓶红酒吧？”

“不会。我好了。”

“那我们周四晚上见。早点来，我负责做咖啡。用我私藏的福杰士咖啡豆。”

“我会去的。”

12

回到角楼上的房间，他一开灯就看到黑板上的新留言。

我今天过得很愉快！
你的朋友，
艾布拉

“很好，亲爱的，”丹自言自语，“真替你高兴。”

嗡嗡。内部对讲机在叫。他走过去按下通话键。

“嗨，长眠医生，”洛蕾塔·埃姆斯说道，“我好像看到你进来了。理论上你还在休假，我知道，但你愿不愿意来看个病人？”

“是谁？卡麦隆先生还是穆瑞先生？”

“卡麦隆。晚饭后，艾奇就在那儿陪着他了。”

本·卡麦隆住在利文顿一号楼。二楼。罹患郁血性心脏衰竭，八十三岁的退休会计师。良善之人。拼字游戏高手，巴棋戏里的杀手级高手，步步为营，封杀全线，总让对手无路可走。

“我马上过去。”说完就要出门，半途又停了一下，回看一眼黑板，说道，“晚安，亲爱的。”

之后两年，他没有再得到艾布拉·斯通的消息。

那两年里，有一样东西在真结族的血脉沉睡了。那是布拉德利·特雷弗——棒球男孩——留给他们的告别礼物。

第二部　空无的恶魔

第七章
“你见过我吗？”

1

二〇一三年八月的一个清晨，孔切塔·雷诺兹在她波士顿的公寓里，醒得很早。一如往常，她首先留意到没有狗蜷缩在梳妆台旁的角落里了。贝蒂死了好些年了，但切塔依然很想它。她披上晨袍，走向厨房，打算给自己做一杯早咖啡。这段路，她已经走了几千趟了，压根儿没理由认为这一趟会不一样。显然她无论如何都想不到，这几步路将走向一连串致命的危机。那天晚些时候，她会对外孙女露西坦承：她没有被绊倒，也没有撞上什么东西。她只是听到右侧下身传来一记不太引人注意的嘎巴声响，紧接着她就倒在地板上了，炙热的剧痛贯穿了右腿。

她在那里躺了足有三分钟，凝视着锃亮的硬木地板上自己的暗淡倒影，期望疼痛能渐渐退去。与此同时她还在对自己讲话：愚蠢的老女人，死活不肯找个伴儿。前五年里，戴维一直说你年纪大了，不适合一个人住，现在可好，他再也不会停止唠叨了。

但如果要找个陪护，就要牺牲她给露西和艾布拉预留的房间了。切塔每天都盼着她们来看她。以前还不至于这样，但贝蒂走了，所有的诗文也似乎都离她而去。纵是九十七岁高龄，她的生活起居仍没问题，感觉也不赖。这个家族里的女性拥有优异的基因。她的妈妈不就是葬了四任丈夫、七个孩子，自个儿活到了一百零二岁吗？

不过，老实说（只能是对她自己说），今年夏天她的感觉不太好。这个夏天一直都很……艰难。

等疼痛终于消退了——只是那么一点儿——她开始在短短的过道里朝着厨房爬，晨光已把那里照亮。她发现，在地板的高度上很难去领略玫瑰色的朝阳。每当疼痛加剧时，她只能停下来，脑袋垂靠在瘦骨嶙峋的胳膊上，重重地喘粗气。如此歇息时，她就去回忆"人生七段落"之说，想起人们会用完美（且愚蠢之极）的循环来形容人生。这岂不是她很久以前的移动方式吗？早在第一次世界大战末期。可笑的是，当时的人们将其称之为"终结一切战争的世界大战"。那时她叫孔切塔·阿布鲁奇，在她父母意大利达沃利的农场前院里爬啊爬，企图抓到那些轻而易举超过她的小鸡仔。那就是她尘土飞扬的起跑线。之后她继续前行，赢得了硕果累累、精彩非凡的一生。她出版了二十部诗集，和格雷厄姆·格林[①]共进下午茶，和两位总统共进晚餐，但最了不起的是——她得到了一个可爱聪慧、禀赋奇异的曾外孙女。所有这些美好的事物又会将她指向何方呢？

继续爬，这就是答案。爬回起点。上帝保佑。

她爬到了厨房，又斜穿过一片矩形的阳光投影，爬向她平时吃饭用的小餐桌。她的手机在桌上。切塔抓牢一条桌腿，摇晃起来，直到手机滑到桌边并掉落在地。谢天谢地，没有摔坏。她摁下了几个数字，大家都会告诉你，这种破事儿发生时你就该打这个电话。接通后，她要等待，因为冒出来的录音话语简直综合了二十一世纪的各种荒诞不经：您的通话将被录音。

好不容易，万福玛利亚，真人的声音出现了。

"这里是 911 热线，您有何紧急情况？"

曾在意大利南部追着鸡仔爬、此刻趴在地板上的老妇忍着剧

---

① 格雷厄姆·格林（Graham Greene，1904—1991），英国小说家，被誉为二十世纪最伟大的作家之一。代表作有《恋情的终结》《问题的核心》等。

痛，做出了清晰、连贯的回答："我的名字是孔切塔·雷诺兹，我住在马尔伯勒街219号三楼公寓里。我的髋骨可能骨折了。您能否派辆救护车来？"

"雷诺兹夫人，是否有人陪护您？"

"没有人，算我自作自受。你正在和一个愚蠢的老女人通话，她坚持认为独自生活没问题。顺便交代一下，我不是夫人已经很多年了，请叫我*女士*。"

2

孔切塔被送去手术室前，露西才接到外婆的电话。"我把屁股摔断了，但他们能把骨头接好。"她对露西说，"我认为他们会敲几个钢钉之类的玩意儿进去。"

"外婆，你跌倒了吗？"露西首先想到的却是艾布拉，她去参加夏令营了，还要过一周才回家。

"噢，是的，但导致我摔倒的骨折却是完全自发性的。在我这样的年纪，这种情况显然很普遍，而且像我这种年纪的人也比以前多得多了，医生更加见怪不怪。你不用立马赶来，但我认为不用多久，你会想要尽快到场的。看起来，我们需要谈谈很多事该如何安排了。"

露西打了个冷战："什么样的安排？"

反正他们已经给她打足了安定或吗啡之类的东西，孔切塔感到相当平静。"股骨断裂似乎是最不值一提的事了。"她细说起来，但也不用很久，她就说起了结语，"别告诉艾布拉，亲爱的。我收到她发来的几十封电邮了，甚至还有一封货真价实的信。看起来，夏令营让她非常快乐。还有时间，让她晚点发现老婆婆来日无多吧。"

露西心想，难道你真觉得我必须通知她才行吗——

“我不用特异功能就能猜到你在想什么，亲爱的，但也许这次的坏消息是漏网之鱼。”

“也许。”露西说。

她刚放下电话，铃声又响了。“妈？妈咪？”是艾布拉打来的，她在哭，“我想回家。婆婆得癌症了，我想回家。”

3

艾布拉提早离开了缅因州塔温戈湖区露营地回到家，之后就明白了在离婚父母之间来回跑的孩子要过怎样的生活。八月份的最后两个星期和九月份的第一个星期，她和母亲都是在马尔伯勒街的切塔家度过的。髋骨手术很成功，婆婆恢复得不错，但医生发现了胰腺癌，她拒绝接受相关治疗，决意不肯在医院久留。

“不要吃药，不要化疗。活到九十七岁已经够了。至于你，露西娅，我坚决不允许你把之后的六个月都花在为我送饭送药、端屎端尿上。你有家，而我呢，也雇得起住家护工。”

“你这辈子的最后时光不可以在陌生人中间度过。”露西用的是毋庸置疑的口吻。艾布拉和父亲早就学乖了，这种时候，谁也不能违逆母亲，只能服从。即便是孔切塔也不例外。

艾布拉的日程安排无需商讨。九月九日，她会按计划到安妮斯顿中学开始八年级课程。戴维·斯通这一年公休在家，埋头写一本比较“咆哮的二十年代”和“活力的六十年代”的专著。因此，艾布拉要在父母两家来回跑——夏令营里的很多女孩都得这样做。到了周末，她南下去波士顿陪妈妈和婆婆。她以为，不外乎就这样了，局面不会更糟……但生活总有办法变得更糟，而且经常如此。

4

现在，戴维·斯通在家工作，却从不肯费事走到车道尽头取邮件。在他看来，美国邮政是一个自生不灭的官僚体系，哪怕全世界进入新世纪，它依然停在旧时代，与世无争亦无关。时不时会有几个邮包，有时是他订购的写作参考书籍，但更多是露西邮购的商品，除此之外，戴维都称之为垃圾。

露西在家时，会从门边的信箱里取出邮件，喝早中午的咖啡时一一浏览。确实，大部分是垃圾邮件，直接扔进戴维的字纸篓就可以。但在那个九月初的日子里，露西不在家，所以是艾布拉跳下校车后负责查看信箱。她成了名副其实的当家女子。她负责洗碗，每周两次帮父亲和自己洗衣服，如果她记得，还要设置好自动吸尘器。做这些家务事，她一点抱怨都没有，因为她知道母亲正一心一意照料婆婆，父亲要写的书也很重要。他说过，这本将是**畅销书**，而不是**学术书**。如果一炮而红，他或许就能辞去教职，专职在家写作，至少能写一段日子了。

这天是九月十七日，信箱里有一份沃尔玛超市的广告册、镇上新开的牙医诊所宣传单（广告语：**自信的笑容有我们担保!**），还有两张本地房产中介发来的铜版纸促销单，推荐桑德山滑雪度假村的分时短租房。

还有一大摞本地邮寄刊物，名为《安妮斯顿购物导报》。前两页登载时事报道，然后是几页在本地采写的报道（明显偏重于地区性体育赛事）。剩下的全是广告和抵用券。如果露西在家，她会攒下一些用得到的抵用券，然后把整份导报扔进环保垃圾箱。她的女儿永远也不会看到。但这天，露西远在波士顿，艾布拉终于看到了。

她走上车道时就翻看了几眼，然后翻到末页。末页整版都是照片，足有四五十张比邮票大不了多少的小照片，大部分是彩色的，极少数是黑白的。照片之上的标题是：

你见过我吗?

《安妮斯顿购物导报》每周为您服务

乍看之下，艾布拉以为那是类似“大家来找茬儿”的有奖游戏。再一看，她就明白了，这些都是失踪孩童。刹那间她只觉得揪心揪肺，好像有只手掏进她的胃囊，像拧毛巾一样拧了她一下。午餐时，她在学校食堂里买了三片装的奥利奥饼干，留作回家校车上吃的点心。现在，她似乎能感觉到它们都被那只紧攥不放的手拧出来了，直冲喉头。

难受就不要看，她告诫自己。那是她生气或困惑时常会自动流露出的严厉口吻，仿佛在教训自己（她自己从没意识到，那就是曾外祖母的语气）。*连着别的垃圾邮件一起扔到车库的垃圾桶里*。说归说，她却无法不去看。

先是辛西娅·阿伯拉德，二〇〇五年六月九日（DOB）。艾布拉想了一会儿才明白，DOB的意思是出生日（Day Of Birth）。所以，如果辛西娅现在还活着，应该八岁了。二〇〇九年之后她一直下落不明。*怎么会有人把四岁大的孩子弄丢呢?* 艾布拉心想。她的父母肯定很不负责。但是，她的父母可能根本没有*弄丢*她。可能是有些变态的坏人一直在她家附近徘徊，逮到机会就把她劫走了。

再是莫顿·艾斯丘，一九九八年十二月四日（DOB）。失踪于二〇一〇年。

再跳到版面中央的位置，有一个漂亮的拉丁裔女孩，名叫安杰拉·巴贝拉，住在堪萨斯市，七岁失踪，至今已有九年。艾布拉很想知道，她的父母真的以为这种指甲盖儿般的小照片会有用吗？能帮他们找到她？假设真的找到了，他们还能认出她来吗？

反之，她还会认得亲生父母吗？

快把垃圾扔掉。又是婆婆的腔调，你要操心的事已经够多了，何必再看这么多失踪儿童——

目光刚巧落在最底下的那一排照片，她发出轻微的声响。也许是呻吟。一开始，她甚至没搞明白，虽然多少有点概念。好像写作文时想用到一个词，就在嘴边，你却怎么也讲不出来。

这张照片上是一个白人短发男孩，爽朗地咧嘴大笑。看起来，他的脸颊上有雀斑。照片太小，看不确切，但

（你知道那些小点就是雀斑）

艾布拉非常确定。是的，就是雀斑，他的几个哥哥常拿这事儿取笑他，可妈妈告诉他，长大了就会消失了。

“她告诉他雀斑代表好运气。”艾布拉喃喃自语。

布拉德利·特雷弗，二〇〇〇年三月二日（DOB）。二〇一一年七月十二日失踪。人种：白种人。地点：爱荷华州班克顿市。现年十三岁。和大部分孩子一样，他笑得很开心；和所有孩子一样，他的照片下面也有一行字：若你认为曾见过布拉德利·特雷弗，请联络美国失踪与受虐儿童援助中心。

只不过，谁也不会联络他们并谈起布拉德利，因为谁也不会见到他。他今年也不是十三岁。布拉德利·特雷弗永远停留在了十一岁。像块失修的手表，终日指向一个时间点。艾布拉蓦然发现自己在思忖，雀斑在地下会不会消退？

“棒球男孩。”她轻声念道。

车道两边种着鲜花。艾布拉俯下身子，双手搭在膝头，书包的重量一下子压到背上，仿佛是因为太重了。刚刚吃下去的奥利奥，连同还没消化完的午餐都被压出来，吐在了母亲种下的紫菀花丛里。确定自己不会再吐了，她才起身走进车库，把邮件塞进了垃圾桶。所有邮件。

父亲说得对，那都是垃圾。

5

父亲用作书房的小房间门开着，艾布拉在厨房水槽边接了一杯水漱口，把嘴里发酸的奥利奥巧克力味道涮干净。这时候，她听得到父亲在电脑键盘上卖力地敲击。很好。打字的声音慢下来，甚或彻底停止的话，他的脾气就会变坏，还会更加关注她。今天，她不想被他关注。

“艾芭嘟嘟，是你吗？”她父亲简直是在唱小曲。

平日里，她肯定会央求他别再用婴儿时期的昵称叫她，但今天她没有表示异议。“没错，是我。”

“学校里怎样？”

持续的打字声停止了。*求求你，千万别过来*，艾布拉默默祈祷，*别出来，别看我，然后问我为什么脸色苍白之类的*。

“挺好的。你的书怎样？”

“今天进展神速。”他回答，“写到了查尔斯顿舞和黑人扭摆舞。哇嘟嘀哦嘟——”管它是什么意思呢。重要的是，咔嗒—咔嗒—咔嗒的打字声又响起来了。感谢上帝。

“太棒了。”她说着，把玻璃杯洗干净，放到了滴水盘里，“我上楼去做功课了。”

“真是我的乖女儿。要记住：二〇一八年考哈佛！”

“好咧，老爸。”也许她会去想考大学的事。只要不去想二〇一一年爱荷华州班克顿市，怎样都好。

6

然而，她忍不住。

因为。

因为什么呢？因为？因为……好吧……

因为有些事，我做得到。

她和杰西卡通了几条短讯，但没聊多久，杰西卡就去北康威购物中心了，她要和父母在熊猫花园吃晚餐。艾布拉只能翻开社会学课本。她本想复习第四章，“我们的政府是如何运作的”，整整二十页乏味的解说。结果，她把书一翻开就看到第五章：“你身为公民的责任”。

天啊，偏偏是她这个下午最不想看到的词：*责任*。她进了洗手间，又接了一杯水，嘴里的余味还是很难受。她发现自己不经意间凝视镜中自己脸上的雀斑。刚好三颗，一颗在左脸颊，两颗在鼻尖。还行。她很幸运，没有被划入雀斑族。她也不像贝瑟尼·史蒂文森那样有胎记，也不像诺曼·麦金利那样有一只斜眼，也不像吉尼·惠特罗那样口吃，更没有潘斯·艾弗夏姆那样糟糕的名字——可怜的潘斯，总是被人起绰号。艾布拉的名字也有点与众不同，没错，但大家都认为那挺有趣的，而不是古怪——比如潘斯，男生们私下里叫她“阴茎潘斯”[①]（不过女生们总能发现这类小秘密）。

更重要的是，我没有被疯子肢解，哪怕我尖叫、大声央求他们住手，他们也根本不理会我。我不用在死前眼睁睁看着疯子把手里滴淌的我的鲜血舔干净。艾芭嘟嘟是个幸运的小傻瓜。

不过，也许终究不是那么幸运的。真正幸运的傻瓜不会知道他们不需要知道的事。

她把马桶盖翻下来，坐在上面，双手捂住脸孔轻声啜泣了一会儿。再次被迫想起了布拉德利·特雷弗是怎么惨死的，这已经够糟了，但还不止是他。还有那么多孩子要她去想，那么多照片挤在购物导报的封底，活像地狱里的花名册。那些笑容，大都伴

---

① 这个不雅的绰号只是因为潘斯（Pence）和阴茎（penis）两个词相似。

随着还没长齐的门齿；那些眼睛，看到过的世界还不如艾布拉看到的多。可她究竟知道什么？连“我们的政府是如何运作的”都一无所知。

这些失踪儿童的父母是怎么想的？他们如何继续自己的生活？他们每天早上想到的第一件事和晚上想到的最后一件事是否都是关于辛西娅、莫顿或安杰拉的？是否把他们的房间维持原样，随时等待他们回家？还是把他们的衣物和玩具都捐给慈善二手店？艾布拉听说，伦尼·奥米拉的父母就是这样做的，伦尼是从树上跌落，脑袋摔到石头上而死的。伦尼才上五年级，而后就……停止了。但是，伦尼的父母显然知道他死了，他们可以去墓地，献上鲜花，也许这就是不同之处。也许不是，但艾布拉认为是。因为，如果你不知道这一点，你势必会有疑惑，不是吗？就好像你明明是在吃早餐，却会去想自己失踪的孩子

（辛西娅、莫顿或安杰拉）

是否也在某个地方吃早餐，或是在放风筝，或是和一大群外国移民一起摘橘子，或是别的什么事。尽管在内心深处，你几乎很肯定孩子已经死了，大部分失踪儿童的结局都是这样（你只需看看六点的电视新闻就知道了），但你无法百分百确认。

辛西娅、莫顿或安杰拉出了什么事，她无从知晓，也帮不到他们无从确认的父母，但布拉德利·特雷弗的情况就不同了。

她都快把他忘了，但这份愚蠢的导报冷不丁冒出来……那些让人不安的照片……回忆追溯而来，尽是些她压根儿没意识到自己知道的事情，仿佛那些照片是从她的潜意识中跳出来的。

那些事，她可以办到。那些事，她从没让父母知道，因为那会让他们担惊受怕。她猜想，如果他们知道有一天放学后她和鲍比·弗拉纳根约会了——只是出去逛逛，没有亲脸蛋之类的恶心事儿——他们也会担忧的。那是他们不想知道的事。艾布拉总觉得，她在父母心中还停留在八岁，大概要等到她胸部发育了——

现在还没有，反正你还看不出来——他们才会改变这种想法（关于这点，她倒是没完全猜错，即使她没有动用超能力）。

至今为止，他们还没有和她谈过**那种事**。朱莉·范多佛说过，几乎总是由你妈妈来揭示内幕，但艾布拉最近只知晓了一则要事：周四清晨，她必须赶在校车到达之前把垃圾清出去，此事相当重要。“我们不要求你做很多家务，”露西说过，“但今年秋天我们要一起分担重担，这很重要。”

婆婆至少打过擦边球。春季里有一天，她把艾布拉拉到一边：“你知道男孩女孩到了你这个年纪时，男孩想从女孩这里得到什么？”

“我想是性吧。”艾布拉这样回答……尽管手忙脚乱但为人谦卑的潘斯·艾弗夏姆似乎只想要一块她的饼干，或是借一角钱去自动售货机上买零食，或是跟她说自己看了多少遍《复仇者联盟》。

婆婆点点头：“你不能归咎于人的本性，天生就那样，但不要给他们。句号。谈话到此结束。如果你愿意，十九岁时可以再想一遍。”

有点尴尬，但至少那次谈话直截了当。她头脑里的动静却不是直截了当的。那才是她的胎记，看不见，但真实存在。她的父母已不再谈论她那些疯狂的童年插曲。也许，他们认为导致那些事发生的东西已经消退了。当然，她还是可以预见婆婆病了，但这和疯狂的空中钢琴曲、洗手间的自动出水、生日派对上悬在天花板下面的勺子（她几乎都不记得了）不可相提并论。她刚刚学会控制。还不至于完全掌握，但大部分情况下她可以控制了。

情况在改变。如今，她很少在事发前有所预见，也很少让物体悬空移动。当她只有六七岁的时候，很可能聚精会神于一摞课本，让它们悬空上升，直到贴到天花板。那不算什么。用婆婆的口头禅来说：那和编条猫裤子一样容易。如今，即便只是一本书，即便她全神贯注地用力，脑子都快炸了，顶多只能让那本书从书桌上升起几英寸。那还是在状态好的日子里。大部分时候，她连翻动书页都做不到。

但别的事，某些事，她做得到，而且从很多方面来说比她小时候做得更好。比方说探入别人的头脑。虽然不是对每个人都行得通——有些人的头脑是完全封闭的，还有些人时不时有闪念——但对大多数人来说，他们的头脑就好比拉开窗帘的玻璃窗，让她一览无遗。只要她想看，随时都能看。大部分情况是她不想去看，因为她会发现一些悲伤，甚至常常令人震惊的私事。发现她最喜欢的六年级导师莫兰夫人有**外遇**，大概是迄今为止让她最难承受的结果了。

最近，她基本上把脑子里的窥探功能关闭了。起初，学会关闭也很难，就像学习怎样溜冰倒滑或是用左手写印刷体，但她学会了。操练并不能保证效果完美（至少现在还不算完美），但显然大有帮助。现在她依然会去窥视，但总是试探性的，一旦发现有异样或看到了恶心的事情，她能随时撤出。而且，她从没有窥探父母的头脑，婆婆的也没有。那是不对的。也许，窥探别人也是不对的，但是，恰如婆婆自己说过的，你不能归咎于人类的本性，而好奇心则最具人性特色。

有时候，她可以指挥别人。不是所有人，也许半数都不到，但很多人都很顺从。（也许，就是这些人心甘情愿地相信，他们在电视导购节目里买到的东西真的能消除皱纹或让秃发再生。）艾布拉明白，这种天赋就像肌肉，只要你加以锻炼，它就能生长。但她没有去练。那让她害怕。

还有一些她都不知该如何命名，但眼下她想到的那件事已经有了名字。她称之为遥望。如同其他能力，这种特殊的天赋也是时隐时现，但如果她真的想用到它——如果她有一样物事可供聚神——它总是能被唤醒的。

我现在可以用它。

“闭嘴，艾芭。”她的声音又低沉又紧绷，“别说了，艾芭嘟嘟。”

她翻开《初级代数》，一下子就翻到今天的回家作业那一页。用作书签的是一张纸，上面写着博伊德、史蒂文、卡姆和皮特的名字，每个名字都起码写了二十遍。他们四个加起来就是“在这儿”，她最喜欢的男孩乐队。太迷人了，尤其是卡姆。她的闺蜜爱玛·迪恩也有同感。那双蓝色的眼睛啊，还有那随意又洒脱的金色乱发。

也许我该帮忙。他的父母会伤心，但至少可以知道真相了。

“闭嘴，艾芭嘟嘟。闭嘴，艾芭嘟嘟大笨蛋。”

假设 $5x-4=26$，求解 x。

“六千亿万！”她说，“管它呢！”

她的眼神落在男孩乐队的那些名字上，用她和爱玛都喜欢的扁扁的花体字写的（“这样写显得更浪漫。”爱玛如是说），但突然间，它们看起来都极其愚蠢，孩子气，而且错得离谱。他们把他肢解了，舔他的血，之后还对他做了更恶毒的事。世上有这样的事，再去为一个男孩乐队神魂颠倒，岂不是错上加错。

艾布拉愤然把书合上，下楼（咔嗒—咔嗒—咔嗒的打字声仍然稳健地从父亲的书房里传出来），进了车库。她把购物导报从垃圾箱里拣出来，带回自己的房间，在书桌上把纸页摊平。

仍是那些脸庞，但现在的她只在乎其中之一。

7

心跳很重，怦—怦—怦。以前，她有目的地遥望或读心时也会害怕，但从未像这次这样紧张。根本没法比。

如果你找到了，你要怎么办？

这个待会儿再说吧，因为她说不定根本做不到。她的内心深处有一丝潜隐的胆怯，暗暗地希望她不要成功。

艾布拉将左手的拇指和食指放在布拉德利·特雷弗的照片上，因为她的左手比右手看得好。她更想把五根手指都放上去（如果是物体，她会整个握住），但照片实在太小了。手指都放上去，她压根儿看不到照片。但也不要紧，她其实看得到。看得非常清楚。

蓝眼睛，和“在这儿”乐队里的卡姆·诺勒斯一样。看照片是看不出来的，但他们的眼睛真的蓝得不分上下。她知道。

右撇子，和我一样。但左手更好用，也和我一样。他的左手知道下一个球落在哪里，是快球还是曲球——

艾布拉喘了口气。棒球男孩有*预知力*。

棒球男孩真的和她很像。

是的，没错。所以他们才去抓他。

她闭上双眼，看到他的脸庞。布拉德利·特雷弗。朋友们都叫他布拉德。棒球男孩。有时候会把棒球帽舌转到后边去，因为那样会带来好运。他父亲是个农夫。他母亲在家里做馅饼，再拿到当地餐馆或自家的农场货栈里卖。大哥去读大学时，布拉德接手了他收藏的所有 AC/DC 乐队的唱片。他和好朋友，艾尔，最喜欢那首《盛大舞会》。他俩会躺在布拉德的床上合唱这首歌，一边唱一边笑。

他走过玉米地，那儿有个男人在等他。布拉德以为他是个好人，因为那个男人——

“巴瑞。”艾布拉轻轻喊出一个名字。在她紧闭的眼皮下面，眼珠快速转动，活像那些在做梦的沉睡者。“他叫大块头巴瑞。他骗了你，布拉德。是不是？”

而且不止是巴瑞。如果只有他一个人，布拉德或许能知道真相。肯定是那些举着手电筒的人齐心合力，传送出一个意念：因为大块头巴瑞是好人，坐上他的卡车——或是露营车——是安全的。好人中的好人。朋友。

就这样，他们抓到了他……

艾布拉继续挖掘。她不去留意布拉德看到了什么，因为他只见到一块灰扑扑的地毯。他被巴瑞用胶带绑起来，脸朝下，趴在车厢地板上。但这无关紧要。既然已经看到这一步了，她的视角就会比布拉德的更宽泛。她看得到——

他的手套。威尔森牌棒球手套。还有大块头巴瑞——

接着，这一幕跳过去了。也许会回溯重现，也许不会。

那是夜里。她闻得到肥料的味道。有个工厂。类似

（破产关门了的）

工厂。一整排车辆开到那里了。有些车小，大多数都是大车，有一两辆大得吓人。车前灯都熄了，以免外人看到，但天空中挂着一轮上弦月。光线足够了，看得见。他们沿着一条坑坑洼洼的柏油路驶过一座水塔和一间屋顶都破了的小屋，再穿过一道生了锈但敞开的大门，又经过了一块牌子。速度太快，她看不见牌子上写了什么。然后就到了工厂。荒废的工厂里竖着颓败的大烟囱、破损的玻璃窗。那里还有块牌子，多亏有月光，这一次她能看清：**未经坎通郡治安部批准，严禁擅入**。

他们绕到后面去了，就在那里，他们将要把棒球男孩布拉德折磨至死。艾布拉不想看到那一幕，于是她把景物一一往后转。那是有难度的，就像拧开一只特别紧的罐盖，但她可以办到。她把景象退回到她想看的部分，然后再顺时重看。

大块头巴瑞喜欢那只手套，因为它们让他想起童年。所以他才想戴。戴上手套，闻到了布拉德为了防止手套干硬而抹的护皮油，再用另一只拳头朝手套的掌心连击几拳——

可是现在又是顺时进行了，她又忘记了布拉德的棒球手套。

水塔。破烂屋顶的小棚屋。生锈的大门。第一块指示牌。上面写了什么？

没看清。还是太快了，即便有月光，还是看不清。她又一次反转时序（现在，她的前额上冒出了汗珠）。水塔。破烂屋顶的小棚屋。准备好，要来了。生锈的大门。第一块指示牌。这一次，她能看到字迹了，但还是不确定她有没有看懂。

艾布拉抓过手边那张用花体字写满乐队成员名字、从笔记本里撕下的纸，把它翻到背面，趁着自己还记得，潦草地记下她刚刚看到的每一个字：**有机产业，乙醇工厂 #4，弗里曼，爱荷华，关闭，何时启用有待日后通知**。

好了，现在她都知道了：他们在哪里杀害了他，在哪里——她很有把握——埋了他、他的棒球手套和其他的一切。接下去怎么办？如果她给失踪与受虐儿童救援机构打电话，他们会听到一个小女孩的声音，没理由加以重视……或许，还可能把她的电话号码交给警察，警察会来逮捕她，罪名是恶作剧般骚扰那些已经伤心欲绝的可怜人。她想到了母亲，但婆婆重病在身，命已不久，怎么可能再提这事儿？妈妈要操心的事已经够多了。

艾布拉站起来，走到窗边，凝望她家所在的这条小街，望着街角的超快便利店（大孩子们把这家店叫作“超爽便利店”，因为瘾君子们都聚在这家店后头的大型垃圾堆放点抽大麻）。她也望向远处的怀特山在清澈的晚夏蓝天里勾出醒目的山脊线。她开始揉搓嘴唇了，父母一直想帮她改掉这个表示焦虑的习惯动作，但他们现在都不在身边，实在是好。好到不能再好。

爸爸就在楼下。

她也不想告诉他。不是因为他在赶书稿，而是因为他根本不想卷入这类事情，哪怕他相信她的说法。艾布拉不用读心术也能明白这一点。

那么，还有谁？

她还没想到合情合理的人选，窗外的世界却旋转起来，仿佛整个世界被安放在一台巨大的转盘上。她没忍住，轻轻喊了一声，同时抓紧了窗框，捏住了窗帘。这种情况以前也发生过，总是突如其来，每次都让她恐慌，因为那感觉活像中风。魂魄出窍，她不在自己身体里了，现在岂止是遥望，而是整个人移动到了远处。可是，万一她回不来怎么办？

转动减速，停止了。此刻她已不在自己的卧室，而是在超市里。她知道那是超市，因为迎面就是鲜肉柜台。卖家的承诺就写在柜台后面（明亮的荧光灯照耀下，这块牌子上的字倒是很好认）：**山姆超市肉铺，牛仔手起刀落，一流品质保证！**那几秒钟里，鲜肉柜台变得越来越近，她仿佛在转盘上滑入了某个正在走路的人身体里。边走边购物。大块头巴瑞？不，不是他，虽然巴瑞就在附近；巴瑞正是她身处此地的原因。但是，有一个更强大的人把她从巴瑞身边拉走了。艾布拉在视野下方能看到一辆装满了日常杂货的购物车。接着，前进的动态停止了，出现了这种知觉，有人

（乱翻乱看）

钻进她头脑里的疯狂感觉。艾布拉顿时明白了：转盘上，从来都不止她一个人。她正面向超市过道尽头的肉铺，另一个人则在她卧室的窗边，望着外面的里奇兰庭园路和怀特山脉。

她心中的惊惶激升到极点，仿佛火上浇油。她没有喊出声，嘴唇紧紧地抿成一条缝，但在头脑里，她发出了震耳欲聋的吼叫，她甚至从未想过自己能够这样厉声怒斥：

（不行！滚出我的脑袋！）

8

戴维感到房子在晃动，看到固定在书房天花板上的吊灯在来回摇摆时，他的第一个反应是

（艾布拉）

他的女儿刚刚爆发了一次超能力，虽然已有好几年没发生过

类似的遥感事件了，而且也从未有过这么大的动静。恢复到正常状态后，他有了第二个念头——在他想来，这种推断更说得通——他刚刚经历了人生中第一次新罕布什尔州的地震。他知道这里偶有地震，可是……哇哦！

他在书桌前站起来（没忘了先按下“保存”键），快步走进门厅，在楼梯脚下喊了一声：“艾布拉！你感觉到了没？”

她从卧室里走出来，脸色有点苍白，好像受了惊吓：“是，好像是。我……我觉得我……”

“地震啦！”戴维面露惊喜地对她说道，“你人生中的第一次地震！是不是挺酷的？”

“是的。”艾布拉应了一声，听上去却不太激动，“挺酷的。”

透过起居室的玻璃窗，他看到人们都站在门廊和草坪上。他的好朋友马特·伦弗鲁也在其中。“我要到街对面和马特聊两句，宝贝儿，你想跟我一起去吗？”

“我还是做我的数学作业吧。”

戴维朝前门走去，走了两步又转身，抬头看了看她：“你没害怕吧？不用怕，已经震完了。”

艾布拉心想，但愿真的完了。

9

高帽罗思要买两人份的杂货，因为弗里克爷爷又病恹恹的了。她看到真结族的好几个伙伴都在山姆肉铺那儿，就朝他们点头示意。她在罐头食品货架区站了一会儿，和中国佬巴瑞聊了几句，他的手里捏着老婆写的购物单。巴瑞有点担心弗里克。

“他会好转的，”罗思说，“你知道爷爷是什么样的人。”

巴瑞笑笑：“比煮熟的猫头鹰还难啃。”

罗思点点头，推动了购物车：“说得太对了。”

不过是平凡的一天，还没到周末，他们去超市采买。就在离开巴瑞的那时候，她甚至把当时的感觉归咎于某种世俗的小事，也许是低血糖。她的血糖很不稳定，通常都会在手袋里放一块糖果。但她很快明白了，那是因为有人钻进了她的头脑。有人在窥视。

罗思从不优柔寡断，这也是她成为真结族首领的原因之一。她停下脚步，购物车头还指着鲜肉柜台（她本想下一步就去买肉），眨眼间就坠入了一条通道——那个很有杀伤力，并且正在多管闲事的人创建的意识通道。不是真结族的成员，如果是他们，她会立刻分辨出来的；也不是那些庸常的俗人。

不，来者不善，绝非凡俗之辈。

超市的景象在高速旋转中消失，突然，她的眼前出现了山景。不是她能一眼认出的落基山。相比之下，这群山脉不算大。卡茨基尔山？阿迪朗达克山？都可能，也可能是别的。至于观望者……罗思认定那是个孩子。几乎可以肯定是个女孩，以前遇到过的那个女孩，

我必须看清她的长相，那样一来，我就能随时随地找到她。我必须让她去看看镜——

就在这时，一个念头爆响出来，仿佛有人在密室里开了一枪

（不行！滚出我的脑袋！）

将她的想法轰了个一干二净，并把她的真身冲撞在蔬菜和汤罐头的货架上。她脚步不稳，罐头也接二连三地滚落到地板上，滚得到处都是。有那么几秒钟，罗思觉得自己也会像那些罐头一样，像爱情小说中那些柔若无骨的女主人公那样瘫软倒地。接着，她回过神来。女孩关闭了通道，几乎是用一种叹为观止的方式切断了她俩之间的关联。

是不是在流鼻血？她用手指抹了抹。没有。谢天谢地。

年轻的店员跑上来询问：“女士，你没事儿吧？”

“我还好，只是刚才有点晕。大概是昨天拔牙引起的。现在

已经没事了。瞧我，把这儿弄得乱七八糟的！真抱歉。幸好都是些罐头，不是玻璃瓶。”

“不要紧的。你要不要到门口的候车椅上坐一会儿？”

“不用了。”罗思回答。确实没必要，但她今天的购物就算到此为止了。她把购物车推到两排货架之外，就让它留在那儿了。

10

她从真结族名下的赛威镇以西的森林露营地开出来的是她那辆丰田塔库玛（虽是老车，但十分可靠），一上车就从手袋里摸出手机，用快捷键拨号。铃声只响一下，对方就接起来了。

“什么事，罗思姑娘？”是乌鸦老爹。

“我们有麻烦了。”

当然，这也是千载难逢的好机会。有能耐制造出那种程度的冲击波的孩子——不只是窥探罗思，还能让她头晕腿软——绝不只有魂气，而可堪是本世纪最大的发现。她觉得自己就像亚哈船长[①]，第一次亲眼见到他朝思暮想的白鲸。

“跟我说说。”改成了谈公事的语气。

“两年多以前，爱荷华州的那孩子。记得他吗？”

“当然。”

“你是不是还记得，我跟你说过，当时有人在观望？”

“记得。东海岸。你认为那可能是个小女孩。”

“是个女孩，没错。她刚刚又找到我了。我在山姆超市里，忙着自个儿的事，她冷不丁就冒出来了。”

“为什么？隔了这么久。”

“我不知道，我也无所谓。但我们必须得到她，乌鸦。我们

---

① 亚哈船长，赫尔曼·梅尔维尔的小说《白鲸》中的主人公。

必须逮住她。”

“她知道你是谁吗？知道我们在哪儿吗？”

从超市走回车的一路上，罗思想过这个问题。闯入她脑海的人并没有看到她的脸，这一点，她很有把握。那孩子是在她脑袋里朝外看的。至于她看到了什么，无非是超市里的一条过道。美国有多少条这样的过道？上百万都不止吧。

“我认为她不知道，但那不是重点。”

“那什么是重点？”

“还记得我跟你说过吗，她的魂气很惊人？惊人得高？现在看来，那种形容还算是低估她了。我想转进她脑袋里时，她竟然把我赶出来了，好像我是乳草的花瓣，她只需吹一下。我从没碰到过这种情况。以前，我肯定会说那是不可能的。”

“她是真结族的未来成员，还是未来的食物？”

“我不知道。”其实她很清楚。他们不太缺成员，但非常需要魂气——可供储备的魂气。更何况，罗思根本不希望真结族里有这样能量强大的成员。

“好吧，我们怎么才能找到她？有想法吗？”

罗思回忆了一下她透过女孩的眼睛看到的景象——才看了那么几眼，她就被无礼地踢回赛威镇的山姆超市里了。真的没看到多少，但有间小店……

“孩子们管它叫‘超爽便利店’。”她说。

“嗯？”

“没什么，你不用管。我得想想。但是我们要得到她，乌鸦。我们必须把她弄到手。”

乌鸦停顿了一下。再开口时，他显得很谨慎：“听你这么说，她肯定能注满十几罐。如果真这样，你确实不想让她变身。”

罗思假装哈哈一笑：“如果我没猜错，要装这孩子的魂气，我们的罐子都不够用。用山来比喻的话，她就是珠穆朗玛峰。”

他没有回话。罗思不需要看到他或钻进他的脑袋就知道，乌鸦老爹已然瞠目结舌了。“也许，未必要在这两种做法中选择。”

“我没听懂。”

他当然不懂。深谋远虑从来都不是乌鸦的专长。“也许，我们不用非得让她变身，也不用杀死她。想想那些奶牛。”

“牛。”

“你可以宰一头牛，一连几个月吃牛排和汉堡。但是，如果你养着它，照料它，它可以提供六年的牛奶。甚至八年。”

沉默。很久。她任由乌鸦的沉默延长。当他终于回话时，他的语气显然是相当慎重的：“我从没听说过这种做法。他们有魂气，我们就杀了他们，得到魂气。要不然就是他们有别的，我们也用得上，那就招募进来，只要他们熬得过变身。八十年代我们就这样招进了安蒂。弗里克爷爷也许和我说得不一样，如果你相信他记得那么遥远的事，他敢说自己记得亨利八世杀了几个老婆，但我认为，真结族不曾纠缠于一个有魂气的俗人。如果她真像你说得那么厉害，这么做也会很危险。”

说点我不知道的新鲜事儿吧。要是你体验过我刚才亲历的感受，你会说我疯了才会有这种想法。也许我是疯了。但是……

但是她厌倦了，为了四处搜刮养料，耗费自己——乃至整个家族的这么多时间。他们明明可以像万物之王、之后那样养尊处优，却像十世纪的吉卜赛人一样四处游荡。他们本来就是人上人。

“等爷爷好点了，去和他谈谈。还有超重玛丽，她混迹于世的日子不比弗里克短。毒牙安蒂，她是新人，但她的头脑好用。你觉得谁会提供有价值的想法，就去找谁聊。”

“天呀，罗思。我不知——”

“我也不知道，还不清楚。我还在晕呢。眼下我只要求你做些准备工作。说到底，你是先遣人员。”

“好吧……”

“噢，你还要和核桃谈谈。问他有什么药可以让俗人小孩在很长一段时间里乖乖听话。”

“在我听来，这个女孩根本不是俗人。”

“噢，她是的。一头又大又肥的俗人老奶牛。”

并不完全属实。确切地说，她是一头巨大的白鲸。

罗思没问乌鸦老爹还有什么话要说就挂了电话。她是老板，在她看来，讨论已经结束了。

她是白鲸。我想要她。

但是亚哈船长想要他的白鲸并不仅仅因为白鲸可以给他几吨鲸脂和几乎取之不尽的鲸油，罗思想要这个女孩也不仅仅因为她可能——在几款良药和无数次强大的超能催眠的协助下——带来几乎取之不尽的魂气。真正的动机带有私人情绪。招募她？让她变身，成为真结族的一员？决不。那孩子不费吹灰之力就把高帽罗思踢了出去，好像她不过是那些挨家挨户敲门、递上末日论小册子的讨人厌的传教士。在此之前，罗思从没受过这种待遇。不管这孩子有多大能耐，总归有人教训她一顿。

这活儿非我莫属。

高帽罗思发动了丰田车，驶出了超市停车场，直奔真结族家族名下的蓝铃营地。那儿的风景真是美妙绝伦，难怪全世界最棒的度假酒店之一就曾矗立其中。

当然，全景饭店在很久以前就被一场大火夷为平地了。

11

伦弗鲁夫妇——马特和凯茜——是这个街区有名的派对动物，他们决定抓紧时机，因地制宜地举办一场“地震烤肉派对”。他们邀请了里奇兰庭园路上的每一家人，差不多所有人都来了。马特搬来一箱苏打水、几瓶便宜的红酒，又去街角的超快便利店搞了一桶扎啤。很好玩，戴维·斯通尤其乐在其中。在他看来，艾布拉也玩得挺开心。她和两个好朋友——朱莉和爱玛——凑在一起，吃了一个汉堡包和一些沙拉，这一点他可以确定。露西叮嘱过他，务必要关注女儿的饮食习惯，因为她已经到了女孩们留意体重和相貌的年龄——厌食或暴食都会导致过瘦。

但他没有注意到（如果露西在，她应该会发现）那两个姑娘一直嘻嘻哈哈，但艾布拉没有笑。而且，吃完一碗（很小的一碗）冰激凌后，她就问父亲能否过街回家做作业。

“好啊，”戴维说，“但要先谢谢伦弗鲁先生和太太。”

无需别人提醒，艾布拉就会做好这种事，但她没有顶嘴，只是照做。

“艾比，别客气。”伦弗鲁太太说着，喝完三杯白葡萄酒。她的眼睛明亮极了，简直有点不正常。“挺酷的吧？真该多来几次地震！不过我刚和维姬·凡东说来着——你知道的吧，住在庞德街的凡东家——我们只隔一条街，她却说她丝毫没有感觉到地震。是不是很奇怪呀？”

“是很奇怪。”艾布拉嘴上附和着，心里想：要说怪事，伦弗鲁太太简直一无所知啊。

12

她做完作业，下楼和爸爸一起看电视的时候，妈妈打电话来了。艾布拉和她聊了一会儿，再把电话给爸爸。露西说了什么，戴维还没有扭头看她，她已经猜到了。“是，她挺好的，就是做完作业有点累。现在的学校给孩子布置的功课太多了。她跟你说了吗，我们这儿有一次小地震？”

“爸，我上楼去啦。”听到艾布拉这么说，戴维心不在焉地朝她摆摆手。

她到自己的书桌边坐下，打开电脑，又关掉。她不想玩水果忍者游戏，也不想和任何人用实时短讯聊天。她必须思考一下该怎么办，因为她必须有所作为。

她把课本装进背包，抬起头，却看到超市里的女人正透过玻璃窗盯着她看。那是不可能的，因为她的房间在二楼，但那女人确实在。她的皮肤雪白无瑕，颧骨高高的，一双黑瞳分得有点开，眼角略微上扬。艾布拉心想，这大概是她见过的最美丽的女人了。同样，她也当即意识到，这个女人无疑是疯狂的。茂密的黑发衬托出她完美而近乎傲慢的脸庞，顺畅地垂下她的肩头。就在这一头丰盛华美的秀发之上，以一种疯癫般的角度倾斜地盖着的，是一顶充满嘲讽意味、四周磨毛了的天鹅绒高帽。

她不是在窗外，也不是在我脑子里。我不知道自己怎么会看到她，但我就是真真切切地看到了，我想她不知——

黑漆漆的玻璃窗里的疯女人咧开嘴，就在她启唇狞笑的那一瞬间，艾布拉看到她的嘴里只有一颗牙，大得吓人、颜色污秽的一颗獠牙。她明白了，这是布拉德利·特雷弗生前看到的最后一幕，于是她尖叫起来，能叫多响就有多响……但只是在灵魂深处，因为她的嗓子眼仿佛被锁住了，声带也被冻结了。

艾布拉紧闭双眼。再次睁开时，面孔惨白、狞笑着的女人不见了。

不在这里了。但她可以来。她知道我在这里，她可能会来。

就在那时，她意识到自己在看到废弃工厂的时候就该想到一件事。确实有一个人，她可以呼叫他。只有那个人可以帮她。她再次紧闭双眼，这一次不是为了躲开从玻璃窗外凝视她的骇人幻象，而是召唤那个可以帮助她的人。

（东尼，我要找你爸爸！求你了，东尼，求你了！）

依然闭着眼睛——此刻的她还能感觉到热泪在睫毛间涌起又流淌到脸颊上——她轻声叨念起来："帮帮我，东尼。我好怕。"

第八章
艾布拉的相对论

1

海伦·利文顿号每天的最后一圈被称作“夕阳之旅”，丹不在安养院当班的大多数黄昏，这一程都由他来驾驶。身为小镇公职雇员的比利·弗里曼在这些年里大概驾驶了两万五千次，他很乐意让丹接手。

“你永远不会厌倦此事的，是不是?”有一次他这么问丹。

“就怪童年不完满。”

并非如此，童年并没有缺失，但在抚恤金用完之后，他跟着母亲四处辗转，她不得不打很多工。因为没有大学文凭，她能做的大部分工作都是低薪的。她确保母子俩有吃有住，但仅此而已，从来没有富裕的闲钱。

念高中的那会儿，他们住在离坦帕不远的布拉登顿，他问过她一次，为什么她从不和别人约会。那时候他已经够大了，知道母亲依然是个漂亮的女人。温迪·托伦斯歪着嘴笑笑，回答他说：“给我一个男人就足够了，丹尼。更何况，现在我有你。”

“关于你喝酒的事，她知道多少?”凯西·金斯利曾在日斑咖啡馆的会面中问过他，“你开喝的时候挺年轻的，是不是?”

丹要好好回忆一下才能回答这个问题，“当时我以为她不太清楚，现在想来她应该都知道。但我们从没谈过这事儿。我想，她是害怕挑起这个话题。况且，我没捅娄子——那时候还不至于触犯法律——高中毕业时还是优秀毕业生。”他端着咖啡杯，面对凯西冷冷一笑，“当然，我也没动手打她。我觉得那是至关重要的一点。”

也没有火车玩具。但是，互助会成员的基本准则就是：不喝酒，事情就会有好转。果不其然。现在，他得到了小男孩们梦寐以求、最大号的迷你火车，比利说得对，玩火车永远不嫌老。他猜想，这浓厚的兴趣起码还能维持十年，甚至二十年。即便到那时，丹恐怕还是乐于驾驶当天最后一圈——在夕阳中驾驶小利，拐上云间小道。沿途景致引人入胜，尤其是萨科河水平缓时（春季的急流消退后，通常都是平缓的）。你可以一连两次欣赏到美妙的天色，一次是在坡上，一次是在坡下。小利之旅的尽头天地静谧，仿佛上帝也在屏息欣赏。

哥伦布纪念日过后是冬季，小利停止运营。在劳动节和纪念日之间的旅程则是一年中最棒的。游客们已经离去，只有少量的本地人来坐小火车，现在，丹已能叫出大部分人的名字。今天不是周末，和平时一样，付钱游览的乘客只有十来位。他觉得这样很好。

等他把小利开回来，稳稳地停在迷你火车站时，天都黑了。他靠在第一节乘客车厢上，帽子（帽檐上方用红线绣着“火车司机 丹”的字样）往后歪，向那寥寥几位乘客道晚安。比利坐在长凳上，烟头的红光每隔几秒就亮一点，照亮他的脸庞。他都快七十岁了，但气色很好，虽然两年前做了一次腹部手术，现在已然完全康复，还口口声声说他不想退休。

“退休了我要去干吗呢？”只有一次，当丹提起这茬儿时，他反问道，“转到你工作的半死人饲养场里待着？等你的宠物猫拜访我？谢谢你全家，我看还是免了。”

最后两三位乘客笃悠悠地走出去了，多半是去找餐馆。比利掐灭了烟头，走到他身旁：“我去把它放回仓库吧。除非你想干这活儿。”

“别客气，您请便。你坐的时间够长啦，该挪挪屁股了。比利，你打算什么时候戒烟？你知道医生怎么说的，肠胃小毛病也有抽烟的功劳。”

“我已经抽得很少了。”比利嘴巴硬，但眼神躲闪起来，有点心虚。丹当然可以探明比利说的“很少”究竟是多少——甚至无需触碰他就能知道——但丹无意去刺探。这年夏天，他看到一个孩子穿的T恤上印着一块八角形的路标图案，但路标上写的不是“停”，而是“TMI”。丹尼问他，那是什么意思？孩子微笑着回答：“资讯泛滥。[①]”那微笑半带同情半带鄙夷，大概是专门留给四十多岁假正经、最爱循循善诱的大叔们的。丹谢过他，心想：小伙子，那可是我的人生写照啊。

每个人都有秘密。这一点，他很小很小的时候就懂了。正派人有权保有隐私，天经地义，而比利·弗里曼就是正派人中的正派人。

“丹诺，想不想喝杯咖啡？你有时间吗？等我十几分钟，让我先把这个小婊子送上床。”

丹充满爱意地抚摸引擎的边缘：“当然可以，但你别乱说话。这可不是小婊子，而是女——”

就在这时，他感觉脑瓜爆了。

2

清醒过来后，他发现自己摊手摊脚地躺在长凳上，也就是比利刚刚抽烟的位置。比利坐在他身旁，神色忧虑。唉，直说吧，那模样就是吓得半死。比利的手里捏着电话，指尖还悬在键盘上。

---

① TMI是Too much information的缩写。

“收起来。”丹说。只有三个字，声音竟会那么沙哑又苍老。他清了清嗓子，又说道，“我很好。”

“你确定？老天爷呀，我以为你中风了呢。简直太像了。”

感觉确实像中风。

这么多年来，丹第一次想到了迪克·哈洛兰——全景饭店当年的主厨。第一次见面，迪克就知道杰克·托伦斯的儿子和自己一样有异能。丹突然很想知道，迪克还活着吗？没可能了吧，这几乎可以肯定；当年他就快六十了。

“东尼是谁？”比利问。

“嗯？”

“你刚才说，‘求你了，东尼，求你了。’东尼是谁？”

“以前酗酒的时候认识的人。”临时编的托词倒也不算离谱，但他的脑袋还晕乎乎的，这是他唯一能想到的说法，“好朋友。”

比利盯着发光的手机矩形屏幕，又看了几秒，然后慢慢地把手机折叠起来，收好。“你知道的，我才不相信你说的呢。我认为，刚才又来了一次灵光乍现。就像那天你发现我有……”他拍了拍自己的肚子。

“这个……”

比利扬起手：“别说了。只要你没事儿，那就好。只要不是关于我的坏消息，那就更好。因为如果真是关于我的，我希望你不要瞒我。别人大概不这样想，但我坚持要知道。”

“不是关于你的。”丹站起身，发现自己站得很稳，甚感欣慰，“不过我们的咖啡要改天再喝了，希望你别介意。”

“怎么会介意呢。你需要快点回去，躺下来休息。你的脸色还没缓过来。不管那是什么玩意儿，反正把你撞得不轻。”比利瞥了一眼小利，“幸好不是你坐在驾驶室、以四十英里的时速行进的时候发作。”

“真被你说对了。”

3

丹穿过克莱默大道，走向利文顿安养院的方向，本来是想听从比利的建议回家躺下，但走着走着就改主意了。他没有拐进大门，没有径直走上维多利亚式老宅前的鲜花小道，而是决定再闲逛一会儿。现在，他完全缓过神来，感受到了夜晚香甜的空气。他还要反复思索一下，刚刚到底是什么情况？

不管那是什么玩意儿，反正把你撞得不轻。

这让他再次想起迪克·哈洛兰，以及所有从没向凯西·金斯利吐露过的往事。以后也不会说的。他伤害了蒂尼——以及她的儿子——虽然所谓的伤害只因他无所作为。这件事在他心里被压藏得很深，像一颗嵌在牙床里的智齿，只能永远留在那里。但是，五岁时的丹尼却是被伤害的人——以及他的母亲——虽然罪魁祸首不止是他父亲一人。那时候，迪克有所作为。要不是他出手相帮，丹和母亲肯定葬身于全景饭店。那些久远的往事，依然会让他一想到就痛苦不堪，依然带着孩子气的恐惧所特有的鲜明色彩。他宁可永远不再记起那些事，现在却不得不去想。因为……唉……

因为凡事都有因有果。也许是运，也许是命，但不管是命是运，因果怎么去，就会怎么来。迪克给我带来密码箱的那天不是说过吗？学生准备好了，老师就会出现。倒不是说我现在道行深了，足以指点别人，但那句话也许说得对：只要你不喝，就不会醉。

他走到这条街的尽头了，现在转身往回走。整条人行道上只有他一个人。夏季一过，弗雷泽小镇仿佛一夜之间就变得空荡荡的，仔细想来也够诡异的，又让他想到全景饭店也曾这样变得空荡荡的。眨眼间，就只剩下托伦斯一家三口了。

当然，还有鬼魂。他们从未离去。

4

哈洛兰曾告诉丹尼，他要去丹佛，然后南下飞往佛罗里达。他问丹尼是否愿意帮他把行李搬到楼下的全景停车场，丹尼就把一个包搬到主厨租来的小车里。只是一样小东西，大概比手提箱大不了多少，但那时的他需要双手抱着才能走。等包袋妥当地装进了后车厢，他俩坐在车里时，哈洛兰把一个词灌输到丹尼的小脑瓜里——丹尼的父母半信半疑的那件事，就在那时有了一个名称。

你有一种特异功能。我呢，我一直称其为闪灵。我祖母也这么说。你觉得挺孤单的？你以为只有你一个人会那样？

是的，他一直很孤单；是的，他以为只有他一个人会那样。哈洛兰一语中的，纠正了他之前的想法。之后的那些年里，丹遇到过很多同类，用主厨的话来说，"有点灵光的人"。比利就是其中之一。

然而，没有人像今晚在他脑袋里尖叫的女孩那样。那是什么样的感受啊！那声尖叫简直能把他从里到外地撕开。

他有没有那么强大？他想，以前有过，或者说，差不多就有那么强大。在全景饭店停业的那天，哈洛兰曾对坐在身边、不知所措的小男孩说过……他是怎么说的？

他说，可以给他来一下子。

丹已经走到了利文顿安养院，又在门外呆立了片刻。第一波秋叶已经飘落，夜风凉飕飕地在他脚边打旋儿。

我问他，我该想什么呢？他说，随便什么都行，"只是要用力地想"。我就把心思集中到他身上，但在最后的时刻，我减轻了力道，反正没有用尽全力。如果我真的使出浑身解数，大概就

会让他当场死亡。他往后缩了一下——不，应该说他砰的一声被撞向椅背——牙齿咬破了嘴唇。我记得，他流血了。他说我简直像把枪。后来，他问起东尼的事。我那看不见的小伙伴。我就是这样对他说的。

东尼似乎回来了，但已不再是丹的小伙伴。现在，东尼成了名叫艾布拉的小女孩的好朋友。她就像当年的丹尼那样遇到了麻烦，但成年男子打探未成年女孩的消息肯定会招来异样的眼光和怀疑。他在弗雷泽的日子过得好好的，经过那么多年的挣扎，他认为自己总算熬出头了，也该享受人生了。

但是……

但是当他需要迪克的时候——在全景饭店，还有后来，梅西夫人再次出现在佛罗里达的时候——迪克总能挺身而出。互助会成员把这种事称之为“第十二步使命”。因为学生准备好了，老师就该出现。

有过好几次，丹跟凯西·金斯利和戒酒小组里的其他成员去关照那些沉湎于酒精或毒品的瘾君子。有时候是他们的朋友或老板请求他们来帮助自己；更多时候是沾亲带故的熟人，在用尽了各种手段依然无济于事之后，请求他们出手。这些年来，他们确实成功地挽救过几个人，但大多数的拜访只落得被扫地出门的下场，要不然就请他们把那些道貌岸然、神神叨叨的废话塞回自己的屁眼里。还有一个老兵——从乔治·布什一手打造的伊拉克历险记退伍归来后嗑安非他命磕得脑筋都坏了——当真举起一把手枪，冲着他们来回比画。老兵的老婆整日担惊受怕，和他蜗居在乔克拉的贫民窟里。那天回来时，丹说：“真是浪费时间。”

但凯西说：“如果这么做是为了他们，也许算是浪费。但这不是为了他们，而是为了我们自己才这么做的。丹尼，你喜欢现在的生活吗？”这不是他第一次，也非最后一次这么问。

“喜欢。”在这一点上，丹毫不犹豫。哪怕他当不上通用汽车公司的总裁，也不能和凯特·温丝莱特演全裸床戏，他也已经拥有了一切。

“你以为是你亲手赚来的?”

“不是，”丹笑着说，“倒也不能这么说。这种事赚不来的。”

“那到底是什么，让你能够回到一个清晨醒来神清气爽的境地？是好运，还是恩典?”

他坚信凯西指望他说是恩典，但在不酗酒的这些年里，他已经习惯保持诚实，哪怕有时候那会让人不爽：“我不知道。”

“没关系，因为等你没有退路的时候，好运或恩典都一样。”

5

“艾布拉，艾布拉，艾布拉。”他走在利文顿安养院门前的鲜花小道上时喊着她的名字，“姑娘，你给自己惹了什么麻烦？你把我也拉下水了，那我又摊上什么事了?”

他在考虑用闪灵联系她，但这种办法不可能百分百有效，但他踏入自己的角楼房间时就看到了黑板上的留言。所以，不用他联系了。

cadabra@nhmlx.com

他盯着她的用户名看了几秒钟才明白，忍不住大笑：“好名字，孩子，这名字真棒。”[①]

他立刻打开自己的笔记本电脑。很快，页面上呈现出一封空白的新邮件。他把她的电邮地址打上去，然后只是坐着，盯着闪

① cadabra 取自英文中著名的咒语 Abracadabra，既含有艾布拉（Abra）的名字，也暗示了摧毁的魔咒。

动的光标。她多大了？根据他们之前寥寥几次的联系，他估算她可能是早慧的十二岁，也可能是晚熟的十六岁。前者的可能性更大。至于他呢，是不刮胡子就能看到银白须根的中年男子。就是这么个大叔，正打算和她开始用电邮网聊。谁要报名参加《抓色魔》真人秀[①]吗？

也许没什么大事儿。有可能，毕竟她还是个孩子。

没错，是孩子，但她可以在你脑瓜里发出冲击波一般的尖叫。况且，他对她十分好奇已不是一天两天的事了。他猜想，当年的哈洛兰也是这样对小丹尼充满好奇的。

现在，我可以用一点恩典了。还要所有的好运气。

丹在新邮件的主题一栏写下：你好，艾布拉。他把光标移到下面的正文处，深吸一口气，打了一句话：有什么麻烦就告诉我。

6

那个星期的周六下午，丹坐在安妮斯顿公共图书馆外洒满明媚阳光的长椅上，正对那栋覆满常春藤的石面建筑。他在身前放了一本《工会领袖》，但根本看不进杂志上的词句。他太紧张了。

刚到两点，一个穿女仔裤、骑着单车的女孩出现了。她把单车停靠在草坪边的车架上。她朝他挥挥手，露出灿烂的笑容。

终于。艾布拉。魔咒中的艾布拉。

她比同龄女孩高，因为她有修长的双腿。厚厚的金色鬈发向后拢，梳成粗粗的马尾辫，发梢张扬着叛逆不羁的个性，向各个方向发散出去。这天有点凉，她穿了一件轻薄的外套，背后有

---

① 抓色魔（To Catch a Predator）是美国 MSNBC 频道在二〇〇四至二〇〇七年制作播出的真人侦缉电视节目，用隐蔽的摄像机追捕嫌疑犯，大部分都是利用网络勾引未成年少女的男性性犯罪者。

“安妮斯顿旋风”的网眼印刷字样。单车后座用宽皮筋捆了几本书，她把书取下来，向他跑来，一路上都带着灿烂的笑容。她很漂亮，但不算美貌。但那双疏朗的蓝眼睛是绝对美丽的。

“丹叔叔！天哪，见到你真是太好啦！”话音刚落，她就在他脸颊上重重地亲了一下。脚本里没有这个动作。她如此信赖他，反而让勉强应对的他有点害怕。

“我也很高兴见到你，艾布拉。坐下吧。”

他叮嘱过她，他们必须非常小心，艾布拉是新生代，一下子就领会了言外之意。于是他们达成协议：最好在户外碰面，而在安妮斯顿，最宽敞的户外公共绿地就属图书馆前的这片草坪了，距离小小的闹市区中心地带也很近。

她看着他的时候毫不掩饰强烈的兴趣，与其说好奇，不如说是渴望。他感受得到，脑子里有一些小动静，好像一些细小的手指在拨弄，偷偷地翻看。

（东尼在哪儿？）

丹用手指点了点太阳穴。

艾布拉笑了，笑容让她更美丽，再过四五年，这样漂亮的姑娘就该让男生领受恋而不得的心碎了。

（嗨，东尼！）

招呼打得太热情，足以让他畏缩一下，于是再次想起迪克·哈洛兰在租车的方向盘后面退缩了一下，眼睛里瞬间空茫一片。

（我们得讲话）

（好的，我明白）

“我是你父亲的表亲，这样设定好吗？不是真正的叔叔，但你可以叫我叔叔。”

“好的，好的，你是丹叔叔。只要我妈的闺蜜不过来，我们就很安全。她叫格雷琴·西佛雷克。我认为，她完全背得出我们家的家谱，反正也没几个人。”

噢，好极了。丹在心里说，长舌闺蜜。

“没关系的。”艾布拉说，“她的大儿子在足球队，旋风队的每场比赛她都看，一次也没拉下过。几乎所有人都去看比赛，所以你不用担心有人会认为你是——”

她的话没有讲完，而是用一幅映现在头脑中的漫画作结尾。画面突如其来，又清晰又粗糙：一个小女孩在黑漆漆的巷子里，披着长风衣的粗壮男人正在逼近她。小女孩吓得浑身颤抖，膝盖抵撞在一起。就在这画面渐渐隐去的时候，丹看到一个对话气泡从她头上冒出来：哎呀，变态！

“其实这种事不好笑的。”

他也如法炮制，把一张意念中的图发给她：丹·托伦斯穿着一身条纹囚服，两个魁梧的警察押着他走。他从没尝试过这种对话方式，效果也不像她做得那么好，但当他发现自己也做得到时倒很开心。接着，还没等他明白过来，她直接盗用他的画面，二话不说加以涂改：丹从腰间抽出一把枪，指向一个警察，扣动了扳机。枪管里射出一块白色手帕，上面飘着“砰”这个字。

丹目瞪口呆地看着她。

艾布拉用小拳头挡住嘴巴，咯咯直笑：“对不起。实在忍不住。我们可以一整个下午都这么聊，是吗？那会很好玩的。”

他想，那不只是好玩，还会是一种纾解。这些年来，她就好比抱着一只璀璨无比的球，却没人陪她玩。当然，他也是如此。从童年到现在——从哈洛兰到现在，这也是他第一次同时收发意念。

“你说得对，是可以，但现在不行。你要把整件事从头到尾再讲一遍。你发给我的电邮只讲了些重点。”

“该从何说起呢？”

“要不，就从你姓什么开始？既然我名义上是你叔叔，理应知道这种小事。”

她被逗乐了。丹想保持严肃的表情，但真的做不到。老天有眼，他已经喜欢上她了。

“我叫艾布拉·蕊法艾拉·斯通。”她说完，欢笑却突然不见了，“我只希望戴帽子的女人永远别发现这个名字。”

7

他们在图书馆外的长椅上坐了四十五分钟，秋日的阳光暖洋洋地照在脸上。生平第一次，艾布拉沉浸在始终让她困惑，也经常让她恐慌的超能力中，并感受到百分百的快乐——甚至，该说喜悦。多亏了这个男人，她甚至得到了一个新名词：闪灵。这个说法很好，让她觉得心安理得，因为她以前总把它想象成阴暗的事情。

要谈的事情太多了，几本书都写不完。他们刚刚切入正题，一个穿着花呢裙、五十岁上下的矮胖女人就走过来打招呼了。她用好奇的眼神看了看丹，不过没有恶意。

“嗨，杰勒德夫人。这是我叔叔丹。去年我上过杰勒德夫人的语言艺术课。”

“很高兴见到您，杰勒德夫人。我是丹·托伦斯。”

看到丹伸出手，杰勒德夫人就和他握了手，煞有介事地捏了一下。艾布拉可以感觉到，丹——丹叔叔——放松了。挺好的。

“你住附近吗，托伦斯先生？”

“沿这条路下去就是，在弗雷泽。我在那儿的安养院上班。你听说过海伦·利文顿安养院吗？”

“啊，我知道。你的工作很好。艾布拉，你读完《修配工》了吗？我推荐过的马拉默德的小说。”

艾布拉脸色一沉：“我下了电子书——我得到一张生日礼券

呢——但还没开始读。看起来挺难的。”

“再难也难不倒你。”杰勒德夫人说，“你绝对没问题。很快就要上高中了，比你想象得还要快，然后就是大学。我建议你今天就开始读。托伦斯先生，很高兴认识你。你有一个聪明绝顶的侄女。不过，艾布拉——脑子越聪明，责任就越大。”她敲了敲艾布拉的太阳穴，用以强调这则要点，然后迈上台阶，进了图书馆。

她转向丹：“还不算太糟，是不是？”

“到目前为止还算平安无事。”丹表示赞同，“当然，如果她和你父母说起……”

“她不会的。妈妈在波士顿照顾婆婆。她得了癌症。”

“太遗憾了。婆婆是你的”

（外婆）

（曾外婆）

“而且，”艾布拉紧接着说道，“说你是我叔叔，也不完全是在撒谎。去年的科学课上，斯坦利先生对我们说过，所有人类的基因组都是一样的。他说，让我们有所不同的都是非常微小的东西。你知道吗，我们的基因组和狗的基因组有 90% 是一样的？”

“不知道。”丹回答，“不过这能解释我老觉得爱宝狗粮应该很好吃。”

她哈哈大笑：“所以，你有可能是我的叔叔或表亲或别的远房亲戚。我就是这个意思。”

“这算是艾布拉的相对论[①]吧？”

“算是啦。难道非要有同样颜色的眼睛或发际线才算有亲缘关系吗？而我们拥有的共同点是别人没有的，这让我们成为特殊

---

① 相对论（Theory of relativity），作者一语双关的玩笑，通常来说这个词组是“相对论”的意思，但也可以理解为“关于亲属的理论”。

的亲人。你认为那算一种基因吗？就像蓝眼睛、红头发那样的基因标志？说到这个，你知道吗，苏格兰人中的红发比例是全世界最高的？”

“我不知道。”丹回答，“你知道得可真多。”

她的笑容淡了一点：“这是坏事吗？”

“当然不是。闪灵有可能是一种基因，但我真的不那么想。我认为，那是不可能测算出来的。”

“你的意思是，没法求证？就像上帝、天堂之类的东西？”

“是的。”他意识到自己想起查理·海耶斯，以及他身为长眠医生时目睹的每一个辞世老人。辞世[①]这个词也有“继续前进”的意思。丹喜欢这种绝妙的双重意义。眼睁睁看着男男女女离开这个世界，那会改变你的思考方式；恰如迷你小镇上的乘客会把云间小道之旅说成“离开现实世界”。对那些终有一死的凡人来说，继续前进的是这个世界；在那些生死弥留的时刻，他感觉得到——哪怕看不到——有一种巨大的无限存在。他们沉眠，他们醒来，他们去了别处。他们继续。甚至还在孩提时代，他已经有理由相信这一点了。

“你在想什么？”艾布拉问道，“我看得见，但不太懂。我想弄明白。”

“我不知道该如何解释。”他说。

“和那些鬼灵人有关，是不是？我见过一次，在弗雷泽的小火车上。那是一个梦，但我认为是真的。”

他瞪大了眼睛：“真的？”

“真的。我觉得他们不想伤害我——他们只是看着我——但是有点吓人。我想他们大概是以前坐过这火车的人。你见过鬼灵人吗？你见过，是不是？”

---

① “辞世”一词原文中用的是 pass on。

“是的，但已经很久没看到了。”还有一些，不仅仅是鬼。普通的鬼魂不会在马桶上、浴帘上留下身体的残留物。“艾布拉，关于你的闪灵，你父母知道多少？”

“我爸爸认为那差不多都消失了，只剩下一点点——比如说，我会从夏令营里打电话回家，因为我预感到婆婆病了——他为此高兴。我妈妈知道我还有，因为有时候她会请我帮她找东西——上个月是她的车钥匙，她把它们落在车库里爸爸用的工作台上了——但她不知道我的闪灵有多厉害。他们已经不再谈论这件事了。”她停顿一下，又说，“婆婆知道。她不像爸爸妈妈那么害怕，但她告诉我要低调，要特别当心。因为，如果有人发现——”她翻了翻白眼，吐了吐舌头，“哎呀，变态。你懂的？”

（懂）

她感激地笑了笑：“你当然会懂。”

“没有别人知道？”

“嗯……婆婆说我应该和约翰医生谈谈，因为他多少知道一点。他见过我小时候干的事。我把很多勺子悬在天花板下面了。”

“难不成，你说的约翰医生碰巧是约翰·道尔顿？”

她的脸色一亮：“你认识他？”

“事实上，我确实认识。有一次，我帮他找过东西。他找不到的一样小东西。”

（一块表！）

（没错！）

“我没把所有的事都告诉他。”艾布拉说着，露出不安的神色，“当然，我没有跟他讲过棒球男孩的事，也绝对不会告诉他戴帽子的女人。因为他会跟我家里人说的，他们已经够担心的了。更何况，他们能怎么办呢？”

“我们暂时不说这个。说说棒球男孩，他是谁？”

“布拉德利·特雷弗。有时候他会反戴帽子，还说那代表好运。你知道那种戴法吗？”

丹点点头。

“他死了。他们把他杀死了。但杀之前先残害他。他们把他折磨得好惨。”她的下唇颤抖起来，就那么一下子，她好像从十三岁退回到九岁了。

（别哭啊，艾布拉，我们不能引人注目）

（我知道，我知道）

她垂下头，深呼吸了几次，然后再次抬头看着他。她的眼睛格外明亮，但嘴唇已经不再颤抖了：“我没事。真的。我只是很高兴不用独自一人在我脑子里想这件事了。”

8

她开始回忆两年前第一次在意念中看到布拉德利·特雷弗，他听得很仔细。她记得的并不多。让她印象最深刻的画面是许多手电筒的光束交织在一起，照亮了躺在地上的男孩。他在哭叫。这些她都记得。

“他们必须把他照亮，因为他们好像在做手术。”艾布拉说，“反正，他们是那么说的，但其实他们只是在折磨他。”

她再跟他讲述自己如何在《安妮斯顿购物导报》的末页发现了布拉德利以及那些失踪儿童的照片。她如何触碰他的小照片，试探着，想发现他的更多信息。

“你可以吗？”她问道，“触摸物件，脑子里就会出现画面？找东西？”

“有时候可以，但不是每次都行得通。这办法，我小时候用得更多——也更有用。”

“你觉得，等我长大了，这能力就会减弱吗？我不会在乎的。”她停下来想了想，“不过也可能会。很难说。”

“我明白你的意思。那是我们的本领，不是吗？我们能做到的事。”

艾布拉笑了。

“你敢肯定吗？你知道他们在哪里杀死了他？”

“是的，他们还把他埋在那里了。他们甚至把他的棒球手套也埋起来了。”艾布拉递给他一张从笔记本里撕下的纸。那是她后来打印的，不是当时速写用的那张纸。如果有人看到她抄写了男孩乐队成员的名字——不是一遍，而是一遍又一遍——她会尴尬死的。现在想来，那种写法也傻透了，每一个字母都是肥肥大大的，好像要表达的不是喜爱，而是真爱。

“别为那个担心。”丹仿佛不经意地说道，眼睛还看着她打印在纸上的字句，“我和你一样大的时候，迷史迪薇·尼克斯[①]迷得要死。还有心灵乐队的安·威尔森。你大概都没听说过她，她可是老派明星，但我曾经做过白日梦——邀请她参加格兰伍德中学周五晚上的舞会。是不是傻到家了？”

她瞪着他，张口结舌。

“很傻，但很正常。这是世上最正常的事情，所以，放松点，别担心。而且我也没有偷看，艾布拉。就在那儿，不看都不行。简直就像蹦到我眼前似的。”

“哦，天啊。”艾布拉的脸已经涨得通红，“习惯这事儿得花点时间，是不是？”

“对我俩而言都是，孩子。”他低头去看那张纸。

未经坎通郡治安部批准，严禁擅入。

---

① 史迪薇·尼克斯（Stevie Nicks，1948—　）是加州知名乐队佛利伍麦克（Fleetwood Mac）的灵魂人物，活跃于二十世纪六十年代的欧美乐坛。

有机产业

乙醇工厂 #4，

弗里曼，爱荷华

关闭，何时启用有待日后通知。

“你是怎么……得到这个的？一遍又一遍地看？像放电影一样重放再重放？”

“‘严禁擅入’那块牌子还好，一眼就看到了。但关于有机产业、乙醇工厂的那块牌子，是的，回放了几遍。你做不到吗？”

“我从没试过。也许有过一次，但肯定没再试过。”

“我在电脑上找到了爱荷华州的弗里曼镇。”她说，“用谷歌地图的时候，我还能看到那家工厂。那些地方都是真实存在的。”

丹的思绪跳回到约翰·道尔顿身上。戒酒小组里别的成员都曾谈起丹在寻找失物方面的特长，但约翰只字未提。说真的，也不奇怪。医生都要发誓遵守医患保密协议，和互助会中的保密协定差不多，不是吗？对约翰来说，他严守了双重秘密。

艾布拉在说话：“你可以给布拉德利·特雷弗的父母打电话吗？或是打给坎通郡的治安部门？他们不会相信我的，但成年人的话，他们会信。”

“我想我可以。”但是，毫无疑问，知道埋尸地点的成年人也会自动升级为头号嫌疑犯，所以，如果他打电话，必须十万分谨慎，要想好怎么说，不能贸然从事。

艾布拉，你让我卷进了什么样的麻烦事啊。

“对不起。”她轻声说。

他把手搭在她的手背上，轻轻握了一下：“不用道歉。那是不该让你听到的一句话。”

她坐直了身体：“噢，上帝，伊冯·斯特劳德过来了。她是我们班的。”

丹赶忙把手抽回来。他看到了：一个和艾布拉年纪相仿的棕发胖女孩走在人行道上。她背着书包，抱着活页笔记本，抵在胸前的边边角角都起卷儿了。她有一双明亮又好奇的眼睛。

“她会想知道你的一切的一切，”艾布拉说，“我是说，所有细节。而且她会到处说。”

哦——不。

丹看着迎面走来的女孩。

（我们很无趣）

“帮我，艾布拉。”他说着，感觉到她加入了。他俩的意念一旦合并，这个念头就立刻变得强大而深远。

（我们一点都不有趣）

“很好。”艾布拉说，“再加点力。和我一起来。像合唱一样。”

（你根本看不到我们。我们一点都不有趣，而且，还有更要紧的事等着你去忙活呢）

伊冯·斯特劳德匆匆忙忙地走过来，只是朝艾布拉摆了一下手，权当打了招呼，但丝毫没有放慢脚步。她快步跑上台阶，消失在图书馆里了。

“我即将成为一个淘气鬼的叔叔。”丹说。

她一本正经地看着他：“根据艾布拉的相对论，你的侄女真的可能是只猴子①。非常相似的——”她传送了一个画面：晒衣绳上的裤子被风吹得翻飞舞动。

（牛仔裤②）

这回，他俩都忍不住笑出了声。

---

① 双关语的玩笑话，monkey 一词本意是猴子，也有淘气鬼、捣蛋鬼的意思。

② 又是双关语的玩笑话，基因（gene）和牛仔裤（jeans）发音几乎一样，艾布拉其实在说，他俩有同样的超能力基因，但给出了牛仔裤的画面。

9

为了确定自己没有误解，丹让她把视角对调的事连讲了三遍。

“你也没经历过这种事吗？”艾布拉问，“像遥望那样的？”

“星状投射？没有。你常有吗？”

“只有一两次。”她说，“也许三次。一次是我进入了一个女孩，当时她在河里游泳，我在自家后院远远地看她。那时我九岁，或是十岁。我不知道为什么会发生那种状况，她没有遭遇什么险情，好端端地和朋友们在游水。那次持续的时间最长，至少有三分钟。你称之为星状投射吗？怎么有点外太空的感觉？”

“这个词儿有年头了，是一百多年前的灵媒们发明并使用的术语，现在看来未必是个恰当的说法。说白了，它的意思就是灵魂出窍，在自己身体外的体验。”仁者见仁智者见智，无非是取个名，给自己一个说法，“不过——我想再三确认一下，看我是不是真的搞懂了——游泳的女孩没有进入你？”

艾布拉坚决地摇头否定，马尾辫被甩得来回晃动：“她甚至不知道我在她身体里。只有一次是双向的，就是和那个女人。戴帽子的女人。只不过，当时我没有看到帽子，因为我在她脑子里。”

丹伸出手指，在半空中画了一个圈：“你进入了她，她也进入了你。”

“是的。”艾布拉打了个寒战，“就是她用刀把布拉德利·特雷弗活活折磨到死的。她笑起来的时候，嘴里只有一颗又大又长的獠牙。”

不知怎么的，这句话搅起沉淀的记忆，让他想到了威明顿的蒂尼。因为蒂尼戴帽子？她没有，至少在他的印象里没戴过；当时的他烂醉如泥。大概没什么特别的意义——大脑也会搭错神经，尤其是当你承受巨大压力的时候。可以确定的是（其实根本不情愿去确定）蒂尼始终徘徊在他的脑海里。她经常突如其来地冒出来，譬如他在商店橱窗里看到一双松糕底凉鞋就会想起她。

“蒂尼是谁？”艾布拉问道，接着连眨几下眼睛，往后退缩一点，好像丹突然在她面前扬起了手，“哎呀！不该朝那儿看的，是我不好。抱歉。”

“没事儿。我们接着说你那位戴帽子的女人。你后来又见到她——在你房间的玻璃窗上——也是那种情况吗？”

“不。我甚至不能确定那是闪灵。我觉得那是记忆，因为我看到了她残害棒球男孩。”

“所以，她还是没有看到你。她从未见过你的真面目。”如果这个女人果真像艾布拉担忧的那样危险，这一点就至关重要。

“没有，我确定她没见过，但她想看到。”她怔怔地看着他，嘴唇又开始颤抖了，“转盘对调的时候，她就想到了镜子。她想让我自己跑去看镜子，用我的眼睛看到我。”

“她从你的眼睛里看到了什么？能借此找到你吗？”

艾布拉仔细地回想一遍，最后说道：“事情发生的时候，我正在朝窗外看。只能看到街道。当然，还有山。但在美国有很多山，对吗？”

“没错。”戴帽子的女人会不会到电脑上搜索风景照，比对艾布拉视野里的山景？那可好比大海捞针，但互联网上的事都说不定。

“丹，他们为什么要杀害他？为什么一定要把棒球男孩弄死？”

他知道答案，但他愿意竭尽全力对她隐瞒。可是，经过这次短暂的会面，丹已能肯定：他和艾布拉·蕊法艾拉·斯通之间不可能有遮遮掩掩的事。互助会曾要求他“不管大事小事都要万分坦诚”，但他终究还是有保留。然而，面对艾布拉，他没有选择。

（食物）

她惊骇万状地瞪着他：“他们把他的闪灵吃了？”

（我认为是这样的）

（他们是**吸血鬼**吗？）

之后，她索性喊出了声：“像《暮光之城》里的那些？”

“不是那样的。”丹说，“艾布拉，看在上帝的分上，那只是我的猜测。”图书馆的大门打开了。丹四下看看，唯恐好奇心爆棚的伊冯·斯特劳德又出现。还好只是一对热恋中的少男少女，只顾着凝视对方。他转回身，对艾布拉说：“我们得快点了。”

“我知道。”她抬起手，揉搓嘴唇，但发现自己这么做时，又立刻把手放在了膝盖上，“可我还有好多问题呢。好多事情想弄明白呢。说几个小时都不够。”

“我们恰恰没有那么多时间。你肯定吗，那是在山姆？”

“什么？”

“她在山姆超市里？”

“哦！是的。”

“我知道那家连锁店。去买过一两次，但不在这附近。”

她笑了：“当然不是，丹叔叔，这附近一家都没有。都在西部。我也用谷歌地图查过啦。”笑容减弱，“从内布拉斯加到加利福尼亚共有好几百家店呢。”

“我需要好好想想，你也是。如果事情紧急，你可以用电邮联系我，但如果我们只是用——”他指了指脑门儿，“可能更好，没别人会知道。你明白吗？”

“明白。”她笑了，“这事儿只有一点好处：我有了一个知道如何保密，也知道我感受的朋友。”

“你可以用黑板，对吗？”

“当然。小菜一碟。”

“你得记住一件事，最重要的一件事：戴帽子的女人或许不知道怎样找到你，但她知道你的存在。”

她现在一动不动。他去探查她脑子里的动静，但艾布拉加以阻拦。

“你可以在脑子里设定一个警铃吗？如果她在附近——不管是接近你的意念，还是她的真身在你附近——警铃一响，你就能知道？”

“你认为她会来找我的，是不是？”

“她会尝试这么做。有两个原因。第一：仅仅因为你知道她存在。”

“还有她的朋友们。”艾布拉轻轻说道，“她有好多朋友。”

（拿手电筒的那些人）

“还有什么原因？”还没等他回答，她索性抢着说道，“因为我是好食材。就像棒球男孩，吃起来不错。对吗？”

没必要否认，对艾布拉来说，他的思绪一览无遗。“你能设定吗？迫近警铃？就是——”

“我知道什么是迫近警铃。我不知道行不行，但可以试试。”

用不着读心，他就知道她接下去要说什么。无论如何，她还是个孩子。当她再次抓住他的手时，他没有闪躲。“答应我，别让她抓到我，丹，你要保证。”

他作出了承诺，因为她是需要抚慰的孩子。但是，只有一个办法能让他说到做到——先下手为强，让威胁她的人消失。

他又一次在心里说道：艾布拉，瞧你给我惹的麻烦。

她再一次抱歉，但没有说出口：

（对不起）

“不是你的错，孩子。不是你

（犯的错）

“我们都是无奈地被卷进去的。带着你的书本进去吧。我得回弗雷泽了，今晚我值班。”

“好的。但我们是朋友了，对吗？”

“绝对的。”

“我很高兴。”

“而且我打赌，你会喜欢《修配工》的。我相信你读得懂。因为你也在生活中修好了不少东西，不是吗？”

她嘴边的酒窝在笑容中越发明显了：“原来你都知道。”

“哦，相信我。”丹说。

他目送她走上台阶，但她又停下脚步，回来了：“我不知道戴帽子的女人是谁，但她有个朋友，我知道他的名字：大块头巴里，或是类似的发音。我敢说，她在哪儿，巴里就在附近。我可以找到他，只要我有棒球男孩的手套。”她看着他，美丽的蓝眼睛里投射出坚定的信念，“我肯定做得到，因为*大块头巴里曾经戴过那手套*，虽然只戴了一小会儿。”

10

回弗雷泽镇的路上，丹一直在思索艾布拉说的戴帽子的女人。开了半途，他突然想起了什么。记忆仿佛电流，让他打了个激灵，方向盘一偏，差点儿驶过双黄线，在16号公路上西行的卡车朝他气冲冲地按喇叭。

那已是十二年前的事了，他刚刚戒酒，弗雷泽镇还很陌生，清醒的感觉脆弱之极。那时，他正步行回罗伯逊太太家，他刚刚租下她的公寓。那天，风暴即将到来，比利·弗里曼给了他一双靴子，他提着靴子回租屋。*看起来不太像原配，但至少一只是左脚一只是右脚*。就在他从莫汉德街拐进艾略特街时，他看到——

前方正好出现一个停车休息点。丹把车开进去，下车，朝哗哗的水声走去。那无疑是萨科河，从北康威到克劳福德山口，像细绳穿过串珠似的流经二三十个新罕布什尔州的小镇。

我看到一顶帽子从排水沟里冒出来。破破烂烂的高礼帽，像是魔术师戴的，或是很久以前哪出音乐喜剧里的演员戴的。但是它并不在那里，因为我闭起眼睛，数到五，它就不见了。

“好吧，那次是闪灵。”他对奔腾的河水说道，“但也不一定就是艾布拉看到的那顶帽子。”

说是这么说，但他不信，因为那天晚上他梦到了蒂尼。她已经死了，脸皮软塌塌地耷拉在骷髅头上，活像甩在棍子尖的面团。死了，披着丹从流浪汉的购物车里顺来的毯子。亲爱的小熊，远离戴帽子的女人。她说了这么一句。还有……什么来着？

她是地狱古堡里的贱女王。

“你不记得了。”他对着汤汤河水说道，“没人会记得十二年前的梦。”

但他记起来了。死去的威明顿少妇讲的话，他全记起来了：要是你和她捣乱，她会把你生吞活剥。

11

他总算在六点刚过的时候回到角楼上的房间，还从食堂里带来一盘晚餐。他先朝黑板看去，不由得露出笑容。黑板上写着：

谢谢你相信我。

亲爱的艾布拉，好像我有选择似的。

他把她的留言擦去，然后坐到书桌边开始吃晚餐。离开停车休息点，他的思绪又转回到了迪克·哈洛兰。他觉得这也很自然；终于有人求教于你的时候，你会想从自己的导师那里获知该如何指导他人。丹酗酒的那些年里，和迪克失去了联系（主要是因为羞愧），但他觉得要了解老家伙这些年的动向也不难。甚至还能联络上他——只要他还健在。嘿，别以为这想法很过分，只要照顾得当，很多人都能活到九十多岁。艾布拉的曾外婆就是现成的例子，她肯定保养有方。

我有很多问题，迪克，在这世上我只能呼唤你，因为只有你能解答一部分。所以，帮帮我，朋友，但愿你还活着。

他把电脑打开，启动浏览器。他知道迪克每逢冬季就去佛罗里达的诸多度假酒店里当厨师，但他不记得酒店的名字，甚至不记得在哪一段海岸。也许每一段海岸他都待过——今年在那不勒斯，明年去棕榈滩，后年去萨拉索塔或基韦斯特。像迪克这样能用美食激活味蕾的人永远找得到活儿干，更何况，他比任何人都懂得如何满足富人的食欲。丹想，最有效的办法莫过于用迪克的姓氏去搜索——哈洛兰的拼写比较独特，末尾有两个 n。他在搜索框里键入“理查德·哈洛兰”和“佛罗里达”，摁下回车键。搜索引擎立刻给出数千条链接，但他非常肯定，第三条才是他要找的。与此同时，他也失望地叹了一口气。他点击那个链接，跳出《迈阿密先驱导报》的一篇文章。不会有错。当名字和岁数同时出现在标题里，你就可以确定自己在看讣告了。

南部海岸名厨理查德·哈洛兰，昵称迪克，享年八十一岁。

附有照片。很小，但丹不管在哪里都认得出那张睿智而快乐的脸庞。他辞世的时候是孤单一人吗？丹有所怀疑。迪克太爱交际了……也太爱女人了。应该会有很多人围绕在他临终的床榻边，但他那天冬天在科罗拉多山区里救下的两个人却不在。温迪·托伦斯的缺席是情有可原的：她比他走得早。但是，她的儿子……

迪克去世的时候，他是不是正灌着威士忌，让点唱机播放卡车司机们爱听的乡村金曲？还是因为喝醉了闹事而被关进监狱？

死因是心脏病发作。他滚动鼠标，翻到页面顶端查看日期：一九九九年一月十九日。救了他和母亲性命的这个男人，已经死了快十五年了。没有人再能帮他了。

他听到身后的黑板上有动静，粉笔划过的吱吱声。他保持不动的姿势，面前摊着冷掉的食物和笔记本电脑，过了一会儿，才慢慢地转身。

粉笔仍在黑板下的笔槽里，但黑板上的图画正在慢慢完成。画得很粗糙，但认得出来。那是一只棒球手套。画完后，她用粉笔——谁也看不见，但依然传来粉笔划过黑板的声音——在手套的掌心部位画了一个问号。

“我得考虑一下。”但他没时间考虑，就在这时，内部对讲机嗡嗡地叫起来，呼叫长眠医生。

第九章
我们死去的朋友们的声音

1

埃莉诺·韦莱以一百零二岁高龄成为利文顿安养院二〇一三年秋天最高寿的住客。她太老了，甚至不能用新美国人的读法念她的姓氏——如果你念成韦莱，她才不答应呢；她只回应更优雅的法式发音：欧蕾。丹时常叫她“欧拉拉小姐”，她一听就笑。安养院里现在有四位全职医生负责白天查房，罗恩·斯廷森是其中之一。有一次他对丹说：生命比死亡更强悍，埃莉诺就是活生生的证据。“她的肝功能为零，抽了八十年的烟，那双肺简直千疮百孔。她还有结肠癌——恶化得非常慢，但绝对致命。此外，她的心脏室壁和猫须一样稀薄。但她的生命仍在继续。”

如果艾奇没弄错（根据丹的经验，这只猫从没犯过错），埃莉诺持有的漫长生命租约就快到期了，但她看起来根本不像处在生死线的女人。丹走进屋的时候，她正挺身坐在床上，抚摸着艾奇。她的头发打理得很漂亮——理发师前一天刚来过。粉红色睡裙一如往常地洁净，上身的反光还为她毫无血色的脸庞增添了一丝红润；下身搭在嶙峋的腿上，像舞会礼服一样四散开来。

丹把手伸到脸面旁边，十指分开并抖动：“欧—拉—拉！多漂亮的美人啊！我爱上你了！”[①]

她翻了个白眼，又低下头，朝他微笑：“你又不是莫里

---

① 原文为法语。

斯·舍瓦利耶[1]，不过我喜欢你，亲爱的。你总是乐呵呵的，这很重要；你也挺不要脸的，这更重要；而且，你有一个漂亮的屁股，这是最重要的。男人的屁股就是驱动这个世界的活塞，你的就不赖。搁在以前，我肯定要捏上一把，再把你整个儿吞下去。最好是在蒙特卡罗的子午线大酒店的泳池边，不管我朝前还是朝后，都有观众鼓掌叫好。”

她的嗓音非常沙哑，但语调很有节奏，没有让这番言语描绘的画面流于低俗，听起来反倒迷人。对丹而言，埃莉诺的烟嗓子就是卡巴莱夜总会歌手的声音——早在德国军队一九四〇年春天踏上香榭丽舍大道之前就见过大世面的女人。也许已被时间涤荡，但绝对尚未淘汰。虽然她颇有心机地挑选了睡裙，让淡淡的红晕泛上苍白的脸色，但事实上，她从二〇〇九年搬入利文顿一号楼 15 号房间后就像死亡天使了。只有艾奇的到访意味着今晚会有不同。

“我肯定你会艳压群芳。”他说。

“亲爱的，你在和哪位女士约会吗？”

“眼下没有。”只有一个例外，但约会的对象还太小，无关风月。

“可惜。因为再过几年，这个——”她抬起一根瘦骨般的食指，弯下了第一个关节，“就会变成这样了。你等着瞧吧。”

他笑着坐到她床边。这样的动作，他做过好多好多次了。“埃莉诺，你感觉如何？”

“不错。”她看着艾奇跳下床，溜出了门，它的夜班工作已经完成了，“很多人来看我了。他们让你的猫很紧张，但它忍住了，一直撑到你进来。”

---

① 莫里斯·舍瓦利耶（Maurice Chevalier，1888—1972），法国演员、歌手，偶像明星。

“它不是我的猫，埃莉诺。它属于整个安养院。”

“才怪。”她说，好像对这个话题已经失去兴趣了，“它就是你的。”

丹觉得埃莉诺并没有访客——除了艾奇。今晚没有，这星期、这个月，乃至去年都没有一个人来看过她。她在这世上孤零零的。曾有一个会计师多年来替她掌管财务——他本人也老得像文物，几个月来一次，总是拖着笨重的脚步和一个堪比萨博车后车厢的大手提箱——就连他也没了，一了百了地不干了。欧拉拉小姐说她在蒙特利尔还有些亲戚：“但我没剩下多少钱，不值得他们来一趟，我亲爱的。”

“好吧，都有谁？”他以为她会说吉娜·威姆斯或安德莉亚·波特斯坦，她俩三点到十一点在利文顿一号楼值晚班。也可能是护工坡·拉森，他手脚慢，但人很正直，丹觉得他和弗雷德·卡林是截然不同的两种人，他也可能路过这里，和埃莉诺闲聊几句。

“我说过啦，很多人呢。甚至现在都人来人往呢。他们没完没了地走来走去。他们微笑，他们鞠躬，还有个孩子像小狗摇尾巴一样不停地吐舌头。有些人在讲话。你知道希腊诗人乔治·赛菲利斯吗？”

“不，夫人，我一无所知。”还有别人在这里吗？他有理由认为那是可能的，但又没感知到有异客在场。平时他是可以感知到的。

“赛菲利斯先生在问，‘这是我们死去的朋友们的声音，还是留声机在转？’孩子最让人悲伤。这儿有个孩子是落井而亡的。”

“真的吗？”

“真的，还有个女人用床垫弹簧自杀了。”

他一丁点感觉都没有。难道，和艾布拉·斯通的会面让他折损了元气？有可能，但无论如何，闪灵如潮汐，时强时弱，他始终做不到呼之即来挥之即去。反正，他觉得和闪灵无关。他认为埃莉诺有可能进入了痴呆状态。要不然，就是她在逗他。不是不可能的。埃莉诺·欧拉拉最喜欢恶作剧了。还有人在临终前说的玩笑话流芳千古呢——是不是奥斯卡·王尔德？——“墙纸或我，总有一个要消失。”

“你要等待。”埃莉诺说。现在，她的语调里没有一丝幽默感，“灯光会昭示下一个人物登场。也可能有别的骚动。门会开。然后，你的访客就会来到。”

丹用怀疑的眼神看了看门口，门是敞开的。他总是留着门，以便艾奇想走就能走。通常，丹一出场，艾奇肯定会主动离场。

“埃莉诺，你想喝点果汁吗？”

“想也没时——”她的话还没说完，生命就像水从盆底的洞眼里流光那样从她脸上消逝殆尽。她的眼神凝固在他头顶上方，嘴巴张大，脸颊瞬间瘪塌下去，下巴完全掉下去，都快落到骨瘦如柴的胸前了。原本固定在上牙膛的假牙也掉下来了，滑落到她的下唇上，像一个令人不安的诡笑悬挂在半空。

妈的，怎么这么快。

他小心翼翼地用一根手指把那副假牙钩出来。她的嘴唇被轻轻掀起，在取出假牙的时候发出“噗”一声轻响。丹把假牙放在床头柜上，慢慢起身，往后站。他在等待坦帕市的老护士所说的“最后一口气”，暗红色的雾气……就好像那不是呼出来的，而是吸进去的。然而它并没有出现。

你要等待。

好吧，他可以等，反正等一会儿也不碍事。他寻找一番，确定艾布拉的意念不在场。应该是好事。她可能正在艰难地守卫自己的意念世界。也可能是他自己的超能力——*超敏感的感知力*——眼下缺席了。倘若如此，倒也无妨。它会回来的。无论如何，它总是会回来的。

他很想知道（以前就想过很多次），为什么他从未在利文顿安养院的病人脸上看到苍蝇？也许是因为他不需要。反正，他有艾奇。那么，艾奇那双睿智的绿眼睛看到了什么？也许不是苍蝇，但肯定有什么吧？它肯定看得到。

这是我们死去的朋友们的声音，还是留声机在转？

今夜，这个楼层好安静啊，而且还这么早！走廊尽头的康乐室里没有传出聊天的声响。没有电视机或收音机的动静。他听不到坡的平底鞋在光滑地板上走路时发出的吱吱轻响，也没听到吉娜和安德莉亚在护士站里发出任何声响。没有电话铃声。甚至他的手表——

丹抬起手。怪不得他听不到滴答滴答的走时声。表停了。

头顶的日光灯灭了，只有埃莉诺床头柜上的台灯还亮着。日光灯又亮了，台灯却灭了。如此反复一次后，日光灯和台灯同时熄灭了。亮……暗……亮。

“谁在这里？”

床头柜上的水罐摇晃起来，咔嗒咔嗒地响了一会儿，然后静止了。他刚刚取下的那副假牙突然噼啪一响，让人神经紧张。埃莉诺的床单下面起了一层诡异的波动，仿佛下面有什么东西被惊醒了。一股温暖的气息凑近了，在丹的脸颊上落下，恍如一个飞快的吻，又消失了。

“是谁？”他的心没有怦怦乱跳，但他感觉得到颈部和手腕上的脉搏跳得很重。后脖颈的发梢好像变得又硬又厚。他突然明白了，埃莉诺在弥留之际看到的是一群

（鬼灵人）

行进的死人，穿过一堵墙而来，穿过另一堵墙而去。离去？不，是继续前行。他不知道塞菲利斯，但记得奥登的诗句：*死亡带走挥金如土、爆笑恶搞和那些备受宠爱的人*。她都见到了，他们此刻就在——

但他们不在了。他知道他们走了。埃莉诺看到的鬼魂仪仗队已经走远，她也加入其中了。他被告知要等待，所以他等。

通向走廊的门慢慢地掩上了。接着，厕所的门开了。

从埃莉诺·韦莱死透了的嘴里传出一个声音："丹尼"。

2

进入赛威镇时，你会经过一块牌子，上面写着：**欢迎来到美国之巅！**严格来说那里不算，但也差不多。还有二十英里，东坡就将变成西坡，就在那儿，有一条不起眼的土路从公路边斜伸出去，迂回向北。这条支路上有一块拱形的指示牌，灼刻在木头上的字迹是：**欢迎来到蓝铃露营地！朋友，住上一阵子吧！**

看上去挺好客的，还是老派的西部风格，但当地人都知道，这条路基本上是封闭的，大门紧闭期间还会挂出小牌子：**何时开放，有待通知**。赛威镇上的居民都不知道这个营地怎么能赚钱。其实，他们挺希望蓝铃露营地在没下雪、没封路的时候每天都开放。镇上的居民都挺怀念当年的全景饭店带来的商机，因而对这个露营地抱着一点希望——多少可以补偿一点吧——不过他们也清楚，来露营的人绝不可能像全景饭店的住客那样腰缠万贯，因而也不可能为当地经济注入强有力的刺激。蓝铃不是那种热门营地。镇民们便达成共识：这个营地很可能是某个巨资财团的逃税天堂，它的任务就是亏钱。

就算是天堂吧，栖身其间、避人耳目的财团就是真结族。他们入住营地时，停在偌大的停车场里的旅宿车全都是真结族成员的座驾，最高大的那一辆就是高帽罗思的陆巡舰。

九月的这天夜里，真结族的九名干将聚在全景小屋里——那是一栋挑高屋顶、舒适宜居的乡村小屋。露营地对外开放时，全景小屋就充当餐馆，每天提供早餐和晚餐。负责烹饪的是小矮子埃迪和胖莫莫（俗世姓名为：埃德·希金森，莫琳·希金森）。两人的厨艺都没法和迪克·哈洛兰比——世上也没几个人能和他媲美！——但考虑到露营的人就爱吃那几样：烤肉饼配奶酪通心粉，烤肉饼配屋仔糖浆淋煎饼，烤肉饼配鸡汤，烤肉饼配鲔鱼酱，烤肉饼配蘑菇酱……备餐又能有多难？晚餐后，收拾桌面，餐桌就能用来玩宾果或纸牌游戏。周末还可以跳舞。只有在营地对公众开放的时候才有这些节目。这天晚上——向东跨越三个时区，丹·托伦斯正坐在刚刚咽气的老妇人床边，等候他的访客时——全景小屋里进行的绝不是娱乐活动。

餐厅里铺着锃亮的鸟眼纹枫木地板，屋子中央只放了一条长桌，计算器吉米坐在首位。他的苹果笔记本开着，桌面上是他家乡的风光照——远在欧洲中部的喀尔巴阡山深处。（吉米曾经开玩笑说，他爷爷曾伺候过名叫乔纳森·哈克[①]的伦敦律师）。

簇拥在他身边、低头看着电脑屏幕的是罗思、乌鸦老爹、中国佬巴瑞、毒牙安蒂、幸运符查理、裙安妮、柴油机道格和弗里克爷爷。谁也不想站在爷爷旁边，他太臭了，好像裤裆里一塌糊涂，又忘了洗干净（这些日子以来，这种情况越来越频繁了），但事情要紧，他们还是忍了。

计算器吉米为人谦逊，不摆架子，发际线后退得很厉害，有一点像猴子的长相挺讨喜的。他看似五十岁左右，但乘以三倍才是他的真实年龄。“我用谷歌搜索了‘超爽’，但没查到什么有用的信息，不出我的意料。如果你们感兴趣，我可以说说我的理解。基本上都是青少年用这个词，像是一种俚语，意思是不用急匆匆地做事，不如很慢很……”

“我们不感兴趣。”柴油机道格插嘴说道，“我说啊，爷爷，

① 乔纳森·哈克（Jonathan Harker），布莱姆·斯托克（Bram Stoker，1847—1912）的著名小说《吸血鬼》（*Dracula*）里的人物，故事就是以哈克的日记形式讲述的，出版于一八九七年。

你实在是臭不可闻。冒昧问一句，你最后一次擦屁股是啥时候的事了？”

弗里克爷爷咧嘴一笑，冲道格露出残缺不齐的满口黄牙，丑是丑，不过都是原装的。“机机兄弟，就今儿早上，你老婆帮我擦的。还是用她的脸蛋儿擦的。有点恶心，但她好像特别享受——”

“你们两个都闭嘴。”罗思一声令下，虽然没用威逼呵斥的语调，道格和爷爷却都立刻躲开她，带着一副被训斥的学童的表情。“吉米，继续，但别跑题。我想订出一个坚不可摧的计划，而且要快。”

“不管这计划是多么坚不可摧，别人都会有点不情愿。”乌鸦说道，“他们会说，这一年的魂气收成不错。电影院事故，小岩城教堂，还有奥斯汀的恐怖事件。华瑞兹城的事就更不用说了。当时我对南下墨西哥还有存疑，但结果很好。”

岂止是好。平均每年有超过两千五百件杀人案，华瑞兹城已成为名副其实的全球谋杀之都。其中有很多是先折磨再杀害的。那种氛围格外浓郁。不是纯粹的魂气，会让你的胃有点不舒服，但效果一流。

“那些该死的东西害得我拉肚子，”幸运符查理说，“但我必须承认，成果丰硕。”

“确实是好年份。”罗思表示赞同，“但我们没法在墨西哥久留——我们太显眼了。在那里，我们是有钱的美国佬。而在这里，我们完全隐没在森林里，压根儿没人注意。而且，难道你们还没厌倦吃完这顿找下顿的日子——总在游荡，数着罐子过日子？这次不一样，简直是挖到了矿藏的主脉。”

没人吭气。她是首领，到头来，不管她说什么，他们都会去做。他们对这女孩一无所知，那倒没关系，等他们和她交手了，自然就会明白。等他们囚禁她，让她按照他们的需求制造魂气，他们就会心甘情愿地拜倒在罗思的脚下。说不定，她甚至会允许他们亲吻她的脚。

“继续，吉米，要说到点子上。”

“我敢肯定，你截到的那个词说的就是‘超快’，是大孩子们用反语起的绰号。那是一家新英格兰的连锁便利店。从罗德岛州的普罗维登斯市到缅因州的普雷斯克艾尔市，统共开了七十三家分店。拿着苹果平板电脑的初中生大概只需要两分钟就能找到所有分店地址。根据门店的地址，我用飞旋360系统得到了即时照片，找到了六家店的背景里有山。两家在佛蒙特州，两家在新罕布什尔州，还有两家在缅因州。”

他的电脑包在椅子下面。他一把抓起来，从盖袋里取出一只文件夹递给罗思：“这些不是店面的照片，而是从那六家店所在地可以看到的各种各样的山景。我用的还是飞旋360，比谷歌地图好用多了，上帝保佑这家小公司。看看你能不能想起什么。就算没有匹配的，也可以先做做排除法。”

罗思打开文件夹，一张张地看。首先，她毫不犹豫地把佛蒙特州的格林山脉甩到一边去。缅因州的一张山景图也是明显不对，照片上只有一座山，但她看到的是一整排山脉。还有三张，她看了很久。最后，她把它们递给计算器吉米。

“在这三张里。”

他一一检查地址：“缅因州的弗赖堡……新罕布什尔州的麦迪逊……新罕布什尔州的安妮斯顿。你觉得哪一个比较像？”

罗思再次接过照片，挑出从弗赖堡和安妮斯顿都看得到的怀特山景：“我认为是这两张照片中的山，我要再次确认一下。”

“你怎么确认？”乌鸦问。

“我打算去拜访她。”

“如果你说的都是真的，那样做会很危险。”

“我会趁她睡觉的时候去。年轻的姑娘睡得沉，她永远都不会知道我去过。”

“你确定有必要这么做吗？这三个地方离得很近。我们可以一路查过去。”

“没错！”罗思提高了嗓门，“我们大大方方地开着车队过去，逢人就问，‘我们要找一个住在这儿的女孩，但我们没法像平常那样探明她的具体住址，所以啦，帮帮我们。你有没有注意到——这儿有个初中女生有预知力或读心术？’”

乌鸦老爹叹了一口气，把一双大手塞进裤兜，无言地看着她。

“抱歉，”罗思说，“我有点神经质了，是不是？我想搞定她，把这事儿办成。你不用那么担心我，我可以照顾好自己。”

3

丹坐在原地，看着已故的埃莉诺·韦莱。睁开的眼睛渐渐凝固，开始像玻璃了。小巧的双手掌心向上摊放着。最显眼的莫过于洞开的嘴。无以计量的死寂都在那个黑洞里面。

“你是谁？”但他心想：好像我不知道似的。这不就是他期待的答案吗？

“你长成优秀的大人了。”嘴唇纹丝未动，话音里也似乎没有感情。莫非死亡已夺走了他老朋友的人情？那该是多么凄楚的事啊。也许是别人，伪装成迪克？别的东西。

“如果你是迪克，请拿出证据。告诉我一些只有我和他才知道的事。”

沉默。但对方仍在，他感觉得到。

“你问过我，为什么勃兰特太太想要停车管理员的裤子。”

一开始，丹不知道对方在说什么，后来才恍然大悟。因为这段记忆已随着全景饭店里所有恐怖的往事被他束之高阁，放在他头脑中最高的架子上。当然，那些密码箱也在上头。勃兰特太太是在丹和父母抵达的那天退房的客人，全景饭店的男服务生帮她把行李搬上车的时候，他无意间捕捉到她的思绪：我好想钻到他裤子里去。

“那时候，你只是个小男孩，脑子里有一台巨大无比的收音机。我为你感到难过，也替你感到害怕。我有理由怕，是不是？”

现在能感觉到一点了，老朋友一贯的慈祥和幽默还依稀留存。没错，他是迪克。丹看着死去的老妇，一时间愣住了。房间里的灯又明灭了一次，水罐也轻轻磕碰了一下桌面。

“孩子，我不能久留。待在这里太痛苦了。”

“迪克，有个小女孩——”

“艾布拉。”听来几乎像是一声叹息，“她和你一样。又得来一遍。”

“她认为有个女人在找她。戴帽子的。老式的大礼帽。有时候她只有一颗上牙。她饿的时候。反正，这都是她跟我说的。”

“孩子，说出你的问题。我不能久留。对我来说，这个世界已是梦中梦。”

“还有别人。高帽子女人的伙伴。艾布拉看到他们拿着手电筒。他们是谁？”

又是一段沉默。但迪克还在。有所变化，但在场。丹的神经末梢能感觉到他，就像你看得到湿润的眼皮下面跳动的小粒子。

“他们是空无的魔鬼。他们病了，却还不自知。”

“我不明白。”

“你不会明白的。是好事。要是你见过他们——要是他们闻到一丝你的气息——你早就死透了，就像一只空纸箱被掏空再被抛弃。艾布拉说的棒球男孩就遭遇了这种事。还有很多受害者。

有闪灵的孩子就是他们的猎物，你已经猜到这些了，不是吗？空无的魔鬼流散在大地上，就像癌细胞游走在皮肤下面。他们曾经骑着骆驼行走沙漠，也曾经坐着大篷车穿越东欧大陆。他们吞食惨叫，啜饮痛楚。你在全景饭店领略过恐怖，丹尼，但至少没碰到过这些坏家伙。既然那个怪女人和她的手下已经盯上了那个女孩，得不到她，他们决不会善罢甘休。他们可能杀死她。也可能让她变身，成为他们的人。也可能让她活着，把她耗尽为止，那才是最惨烈的结局。”

“我不明白。”

“把她挖空。让她变得和他们一样空无。”一声凄冷的叹息从死人的嘴巴里飘出来。

“迪克，那我到底该怎么办呢？”

“女孩要的，就给她。”

“他们在哪里，那些空无的魔鬼？”

“你童年里的每一个恶魔都从那里来。我不能再多说了。”

“我怎么才能制止他们？”

“唯一的办法就是杀死他们，让他们自食苦果。做到了，他们就会消失。”

“戴帽子的怪女人，她叫什么？你知道吗？”

走廊尽头传来拖把桶拧水的哗哗声，坡·拉森吹起了口哨。房间里的空气发生了变化。刚才那种精心维护的平衡开始晃动，渐渐失效。

“去找你的朋友们。那些知道你有何能耐的朋友。在我看来，孩子，你成长得很好，但你还欠了一笔债。”停顿。接着，这既像又不像迪克·哈洛兰的声音用干巴巴的命令口吻说出了最后一句话，“要还”。

红雾从埃莉诺的眼睛、鼻孔和洞开的嘴巴里弥漫而起，大约在她头顶悬浮了五秒钟，然后消散无踪。灯光恢复稳定。水罐也稳稳的。迪克走了。在这里陪伴丹的，只是一具尸体。

空无的魔鬼。

他好像从没听说过这样恐怖的名称。但说得通……如果你见过全景饭店的真相，你就会信。那地方满是恶魔，但至少他们是死了的魔鬼。他想，戴帽子的女人及其同伙可不是死人。

你还欠了一笔账没还。要还。

是的。他把裹着湿透了的尿片、穿着勇士队T恤的小男孩留在那里自生自灭。但这次，他不会这样对待这个女孩了。

4

丹在护士站等到乔迪父子租车公司派出的灵车到达，目送盖着白布的轮床被推出了利文顿一号楼的后门。之后，他才回到自己的房间，坐着俯瞰此刻空无一人的克莱默大道。一阵夜风袭来，最早变色的橡树叶纷纷离枝，在风中飞舞，落到街面上时还在打着旋儿。远处，公共娱乐区的那一头，几盏橙色的高亮保安灯的照耀下，迷你小镇里也一样空寂无人。

去找你的朋友们。那些知道你有何能耐的朋友。

比利·弗里曼几乎从一开始就知道，因为丹有的本领，比利也有一点点。如果说丹欠了别人，那比利也是，因为丹用更强大、更明智的闪灵救过比利的命。

并不是因为要他感恩我才那么做的。

他并不是非那么做不可。

再有，就是丢了一块表的约翰·道尔顿，恰好是艾布拉的儿科医生。迪克透过埃莉诺·欧拉拉的死者之口说了什么？又得来一遍。

至于艾布拉要的，那就简单多了。得到它……大概会有点麻烦。

5

周六清早，艾布拉一起床就看到信箱里有一封发自 dtor36@nhmlx.com 的新电邮：

艾布拉：我和一位朋友谈过了，他的超能和我们一样，我可以确定，你有性命之忧。我想把你的处境告知另一个朋友，我们共同认识的人：约翰·道尔顿。当然，在得到你允许之前，我不会擅自找他。我相信，我和约翰可以得到你在黑板上画的东西。

你设定迫近警铃了吗？某些人可能正在寻找你，别让他们找到你，这非常、非常重要。你必须很小心。祝你一切都好，注意安全。把这封信删除吧。

丹叔叔

相比于信里的内容，电邮本身更能让她相信自己真的有危险，因为她知道，他不喜欢这种交流方式。他害怕她的父母会偷偷查阅她的电邮，担心她在和变态性犯罪者网聊。

但愿他们知道她真正害怕的是哪些变态人物。

她很害怕，但也很兴奋——毕竟是光天化日，窗玻璃上也没有戴高帽子的美艳疯子偷偷看着她。好像进入了那些畅销的超能力小说，有爱更有恐怖（学校图书馆里的罗宾森夫人会不屑一顾地称之为“青少年色情小说”）。那些小说里的女主人公们都和狼人、吸血鬼，甚至僵尸谈情说爱，但她们不太可能变成那些玩意儿。

还有个男子汉做她的后盾，这感觉也很好，况且他又那么帅气，虽然有点不拘小节，但还是让她想到了《混乱之子》中的贾克斯·泰勒——她和爱玛在电脑上偷偷看过这部电视剧。

她没有把丹叔叔的来信扔进垃圾箱，而是直接按下“永久删除”(爱玛曾说那是“奇葩前任”的终极去处，艾布拉在心里嘲笑她，*爱玛呀爱玛，说得好像你有很多男友似的*)。删完了，关机，合上电脑。她没有给他回复的电邮。她不用费那个劲儿。她只需闭上眼睛。

保密通道。

消息已发送，艾布拉就去冲澡了。

6

丹带着清早的第一杯咖啡进屋，黑板上已有了一条新指令。

你可以告诉约翰医生，但我爸妈不能知道。

不会的。不会告诉她父母，至少眼下还不会。但是丹敢说，他们肯定会发现女儿有异样，不用很久，说不定很快。到了那一步，他会说的。不成功则成仁。眼下，他有很多事要办，首先要打一个电话。

接电话的是个孩子，他说他找丽贝卡，电话咣当一声被搁下，又传来渐行渐远的一声呼喊：“奶奶！找你的！”几秒钟后，丽贝卡·克劳森接起了电话。

“嘿，贝卡，我是丹·托伦斯。”

“是关于韦莱夫人的吧？今早我收到电邮……”

“不是那事儿。我想请几天假。”

“长眠医生要请假？太阳从西边出来啦。去年春天我亲自把你踢出去度假，你倒好，每天还会回来一两次。家务事？”

想起了艾布拉的相对论，丹说是的。

第十章
玻璃饰品

1

厨房里的电话铃响时，艾布拉的父亲正披着浴袍在厨台边打鸡蛋液。楼上，冲淋声哗哗正响。艾布拉的周日惯例就是先冲澡，冲到热水用完才算完。

他看了一眼来电显示。区号617，但后面不是他熟悉的、太太的外婆在波士顿的公寓号码。“喂？”

“哦，戴维，听到你的声音实在太好了。”是露西，一听就知道她精疲力竭。

“你在哪儿？为什么不用你的手机打电话？”

“在马萨诸塞州综合医院，付费公共电话。这里不允许用手机，到处都是禁止标志。”

“婆婆还好吗？你呢？”

“我还行。但婆婆她……现在稳定下来了……但之前有一会儿，真是太糟了。”干咽一声，“现在还是不太好。”终于，露西崩溃了。那不仅仅是哭泣，而是伤心欲绝的痛哭。

戴维耐心地等。他开始庆幸艾布拉正在冲澡，也希望热水不要很快用完。这通电话让人很难受。

露西终于能讲话了：“这次，她摔断了手臂。”

“天啊。好吧。只是骨折？”

“不，什么叫‘只是’？”她几乎是在朝他吼叫，用他最厌恶的“男人怎么都是白痴”的口吻。他觉得那是她的意大利血统里自带的，根本没想过他有可能、偶尔、当真是个白痴。

他深吸一口气，稳住自己的情绪：“跟我说说，宝贝。”

她说了，而且两度落泪抽噎，戴维只能等她哭完再说。她累惨了，但这根本不是问题所在。他听明白了——虽然理智早在几周前就告诉她，婆婆不行了，但她的情感拒绝接受，直到现在，她终于肯承认一个事实：婆婆快死了，而且不一定能够平静安详地离去。

昨天半夜，只能浅睡的孔切塔醒来，想去上厕所。她不想吵醒露西把尿盆端来，于是试图自己起身去洗手间。她成功地把双腿从床上挪下地，坐直，但晕眩突如其来，害得她一头栽下床，整个身子压在自己的左臂上。臂骨没有断，而是粉碎了。露西呢，虽然没有经过专业训练却一连几星期勉强干着夜间护理的工作，是被曾外婆的惨叫声惊醒的。还好，孔切塔现在入睡了，但依然睡不踏实。

“她不是为了求救而喊叫，”露西说，“也不是痛得大喊大叫。她是在尖叫，好像狐狸被捕猎器夹断了一条腿那样凄厉地叫。”

“宝贝，那太可怕了。”

站在一楼凹室里的零食售卖机旁，身边好几台与时代违和的投币电话，此时的露西浑身酸痛，出过的几身汗都干透了（她闻得到自己的气味，显然不是D&G海蓝香氛的美味），已有四年没发作的偏头痛让她头痛欲裂。露西娅·斯通心里明白，自己决不会告诉他事情到底有多可怕。最可怕的是不可告人的心中隐情。你以为自己懂得那些最基本的事实——女人会变老，变弱，会死——但终有一天，你会明白不止是这么简单。当你发现写过无数首名诗、堪称她那一代人中的桂冠诗人的外婆无助地躺在自己的尿液里，冲着自己的外孙女凄厉尖叫，只因她想让痛苦消失，迫使痛苦终止。基督的圣母啊！让它停止！当你亲眼看到原本光滑挺拔的手臂眨眼间像个水袋一样扭来扭去，再听到昔日的诗人用最恶毒粗俗的字眼咒骂它，最后祈愿自己早点快点死掉，那样痛苦才会消停。在这种时候，你才会发现真相。

你能告诉丈夫你在半梦半醒之间被恐惧惊到手足无措——无论你怎么做都是错？你能告诉他当你费劲地搬动她时，她挠破了你的脸，像街上被飞车撞倒的疯狗一样号叫吗？你能跟他解释自己跑去打 911 电话的时候只能任由挚爱的外婆瘫倒在地板上，然后坐在地板上陪她等救护车赶来，顺便强迫她用吸管喝下融了止痛药的水，那是一种什么感受吗？你能解释清楚当救护车迟迟不来时，你何以想起戈登·莱特福特的歌曲《埃德蒙德·菲茨杰拉德号的沉没》？歌中唱道：大浪袭来时，分分秒秒都如同漫长时日，是否有人知道，那时候，上帝的爱去向何方？痛苦的大浪对准婆婆袭来，她已颓然倒下，浪头却不依不饶地继续汹涌。

她又开始尖叫时，露西把双手插到她身体下，笨拙地把她抬举到床上，但露西知道，肩膀和后腰会因此疼上好多天，但愿不用几星期。露西捂起耳朵，不去听婆婆的喊叫，*放我下来，你要疼死我啊*。接着，露西背靠着墙坐在床上，喘着粗气，头发一绺一绺地黏在汗湿的脸颊上。与此同时，婆婆泪流不断，把变了形而可怕的手臂揽在胸前，质问露西娅为什么会这样伤害她，为什么她要挨这种苦。

救护车终于来了。有个男人——露西不知道他叫什么，但在语无伦次的祈祷声中祝福了他——给婆婆注射了一针，让她昏睡过去。你能告诉丈夫你真希望那一针能让她彻底睡过去吗？

“是很可怕。”她只说了这么一句，“我很庆幸艾布拉这周末不想过来。”

“她想的，但作业太多了，她昨天还说非得去次图书馆呢。作业肯定很难搞，因为，你知道她以前老缠着我要去踢足球。”喋喋不休。白痴。还能怎样？“露西，我真的非常、非常抱歉，你只能一个人熬。”

“只是……你听到她的惨叫声，你才能明白。我再也不想听到任何人那样喊叫了。她一直是那么镇定自若……不管旁人如何惊慌失措，她都能保持冷静地去面对……”

“我明白……”

“然后就跌落到另一个极端了，变成昨晚那个样子。她能记得的词只有婊子、屎、尿、妈的、操——”

“宝贝，别老想着这些。”楼上洗手间里没有了冲水声。最多几分钟，艾布拉就会擦干身体，下楼享受周日特餐。眨眼间她就会出现，衣襟飘飘，散着平底鞋的鞋带。

但露西还没倾诉完，还不能释怀：“我记得她以前写过的一首诗。我不能一字不差地背下来。开头是这样的：‘上帝最会鉴赏脆弱物事，用最美的玻璃饰品装点他云雾缭绕的容颜。’我以前还觉得，在孔切塔·雷诺兹的诗作里，这种漂亮的辞藻显得很老土，甚至有点矫情。”

他的艾芭嘟嘟——他们的艾芭嘟嘟——来了，皮肤上还带着冲热水后的红润颜色。“爸爸，一切都好吗？”

戴维抬起一只手，意思是：等一下。

“现在我知道她真正想要表达的意思了，可我再也无法读那首诗了。”

“艾比来了，宝贝。”他故意用一种欢快的语气说道。

“好。我需要和她谈谈。我不会再哭了，所以别担心，但我们不能不让她知道。”

“也许，可以省去最糟糕的部分？”他轻声问道。艾布拉站在桌边，湿漉漉的头发扎成两条小辫子，很显小，她好像退回到了十岁的模样。她一脸肃穆。

“也许吧。”露西同意了，“但我撑不下去了，戴维。就算有日间护理员帮忙也不行。我以为我可以，但真的不行。弗雷泽镇上有个老人安养院，从我们那儿的路笔直下去就到了。住院护士跟我说的。我认为，针对这种病情，专业安养院肯定有一整套的应对措施。那地方叫海伦·利文顿安养院。我给你打电话之前，刚刚给他们打了一通。他们说，今天刚好有了个空床位。我猜，昨天晚上，上帝又从他的壁炉架上推落了一个玻璃饰品。”

“切塔醒着吗？你有没有和她讨论过——”

“她几小时前醒过一次，但神志还不清。过去的事、现在的事都搅成一锅粥了。”

就在我呼呼大睡的时候，戴维愧疚地想道，还做着梦，毫无疑问，梦到我的大作。

“等她清醒了——我估计她很快就会回过神来的——我会尽可能温柔地跟她说，这事不能再由她做主了。是时候交给专业机构照料了。”

“好吧。”只要露西心意已决，你最好别挡道，让她一往无前。

“爸？妈妈好吗？婆婆呢？”

艾布拉知道妈妈还好，但曾外婆不好。就在她冲淋的时候，已经知晓了大部分露西对丈夫说的话。她站在冲淋房里，任凭香波和眼泪一起在脸上流淌。但她已经习惯了假扮笑脸，直到别人正式告知坏消息，才能换上悲伤的表情。她想，名叫丹的新朋友是不是从小就明白笑容面具的重要性？她敢说，他一定会懂。

“亲爱的，艾比想和你通话。”

露西叹了一口气，说：“让她听电话。”

戴维便把电话交给了女儿。

2

那个周日下午两点，高帽罗思在她的超大房车的门上贴上写有“除非十万火急，否则别来吵我”的牌子。她已谨慎地规划好了之后的数小时。今天她不能吃东西，要喝也只能喝水。晌午的咖啡不喝了，换成催吐剂。等时候到了，她潜入那个女孩的神志时就会像空玻璃杯一样透明、清澈。

只要物理性的身体机制无法干扰到她，罗思就能发现她想知道的一切信息：女孩的姓名，确切的位置，她知道多少，以及至关重要的——她可能会讲给什么人听。从下午四点到晚上十点，罗思要平躺在陆巡舰的双人大床上，看着天花板，冥想。等她的神志和肉身一样清澈了，她还会从暗箱里取一罐魂气——吸一口就足够了——再次让世界颠倒翻转，直到她进入她，她也进入她。东部时间凌晨一点，她要挖掘的母脉肯定在沉睡中，罗思可以尽情地检索女孩神志中的所有内容。甚至可能植入一种暗示：*有人会来找你。帮你。跟他们走。*

可惜，正如老派农夫诗人彭斯在两百年前点出的那样：计划再周全也免不了枝节横生。她还没念完安神咒语的第一段，第一根枝节就冒出来了。门被敲响了。

“走开！”她怒喊一声，“没看到牌子吗？”

“罗思，核桃和我在一起，”乌鸦高声回话，“我认为他搞到了你要的东西，但他需要你批准。时机不巧，可这件事等不得。”

她在床上躺了一会儿，喷出一口怒气再起身，随手抓了一件赛威镇的广告 T 恤（**在世界之巅亲吻我！**）套进脑袋。T 恤的下缘落在她的大腿根。她打开门：“最好是好消息。”

“我们可以回头再来。”沃纳特赶紧应答。他是个小矮个儿，地中海式的秃头，只有耳朵上方还有些灰色的乱发，活像擦餐具的钢丝球。他拿着一张纸。

“不用了，快点就行。”

他们进了兼具客厅和厨房功能的隔间，在桌边坐下。罗思抓过沃纳特手里的纸，好奇地瞥了一眼。上面尽是些化学方程式和六边形的分子结构图，这对她毫无意义。“这是什么？”

“一种强效镇静剂，”沃纳特回答，“是新药，没有副作用。这份数据是吉米从我们在国家安全局的内线那儿得到的。可以让她昏迷，但不会有过量反应。”

“可能是我们需要的，没错。”罗思知道自己的语气很不爽，“但这事儿不能等到明天吗？”

“对不起，对不起。”核桃一副逆来顺受的样子。

“我觉得不用道歉。”乌鸦说道，“如果你想快点动手，干净利落地拿下这个女孩，我就必须确保我们可以得到这种药物。不仅如此，还要安排运输，尽快送达我们的邮寄点。”

真结族在全美境内有数百个邮寄点，大部分都安插在邮政系统和联合包裹服务分部。动用这套机制，需要提前好多天安排，因为他们基本上只能靠大型房车运输。真结族的成员宁可自刎都不肯搭乘公共交通。私人飞机是可行的，但很不舒服，真结族人到了高空会有剧烈反应。沃纳特认为那是因为真结族人的神经系统迥异于俗人。罗思担心的则是另外一套由纳税人供养的“神经系统”。极其敏感的系统。9·11 事件后，国安局监听了所有航班，连私人航线也不例外，而真结族的头条求生准则就是：绝不引人注意。

幸好美国的州际公路四通八达，旅宿车总能满足他们的需求，这一次也理应胜任。只需一支突击小分队——每六小时更换一个司机——就能在三十小时之内从赛威镇到新英格兰北部。

“好吧。”她的口气软了下来，“我们在纽约州北部或马萨诸塞州北部的 I-90 公路上有什么联络点？”

乌鸦没有支吾，没有延迟，更没有回复说他要回去查查再汇报：“马萨诸塞州斯特布里奇市易捷邮局。”

看不懂的化学数据表还在核桃手里捏着，她用指甲弹了弹纸页的边缘：“把这玩意儿送到那儿去。至少用三套迂回路线，万一出了差错，我们可以彻底脱开干系。搞它几个来回。”

“我们还有那个时间吗？”乌鸦问。

“为什么会没时间呢？”罗思回答——以后她会常常想起这句话的——“先往南，再到西北，然后再进入新英格兰。只需要赶在周四之前到斯特布里奇就行了。用特快专递，别用联邦快运或是联合包裹。”

“这个我可以办到。”乌鸦毫不迟疑地应声说道。

罗思把注意力转向真结族的医生：“沃纳特，但愿你说得没错。要是你过量了，而非仅仅让她沉睡，我担保你将成为小大角战役之后第一个被流放的真结族人。”

沃纳特吓得脸都白了。很好。她无意放逐任何人，但还是很讨厌自己的计划被打断。

“我们会把药送到斯特布里奇，核桃知道怎么用。”乌鸦说，“没问题的。”

“没有更简单的办法吗？我们在附近弄不到这类药物吗？”

核桃解释说：“如果你要百分百的把握，只有这个药才行。否则，她有可能成了迈克尔·杰克逊那样的废人栽到我们手里。这玩意儿很安全，而且见效快。如果她像你以为得那么厉害，快一点就会很重——”

“好了，好了，我知道了。这事儿说完了吗？”

“还有一件事，”沃纳特说，“也许可以等等再说，不过……”

她朝窗外看看，计算器吉米也来了，这可倒好！吉米也攥着一张纸，匆匆忙忙地走过全景小屋旁的停车场，朝这边来了。她何必在门把手上挂着“请勿打扰”的牌子呢？干吗不换上“来呀来呀都来吧”？

罗思把坏脾气收起来，打个包，扔到脑袋深处，索性摆出了笑脸：“什么事儿？”

“弗里克爷爷。”乌鸦接茬说道，“不能控制排泄了。”

“这二十年来他一直无法控制啊，”罗思说道，“他不肯用尿片，我也不能逼他用。没人能强迫他。”

“这次不同。”核桃说道，“他几乎下不了床了。巴巴和黑眼睛苏西尽全力在照顾他，但他那辆露营车实在太臭了，臭得——”

“他会好起来的。我们给他喂点魂气。”但她不喜欢核桃的那种神情。卡车汤米两年前死了，用真结族的时间法则来算，那不过就是两周前罢了。现在，弗里克爷爷？

“他神志不清了，”乌鸦直言不讳，“而且……”他看了看沃纳特。

“今天早上是佩蒂照看他，她说，她觉得她看到他变身了。”

“觉得。”罗思不想去相信，“还有人亲眼看到了吗？巴巴？苏西？”

“没有。”

她耸耸肩，好像在说，你瞧瞧。吉米敲门的时候，他们还没往下深谈，但她很庆幸这一次被打断了。

“进来！”

吉米探头问道：“确定现在可以吗？”

“可以！你们干吗不顺路把加州大学行进乐队和密苏里火箭舞团也捎来呢？该死的，我不过是想花几小时吐个翻江倒海再入定。”

乌鸦略带责备地看了她一眼，也许是她活该——她不该发火，这些人不过是按照她的吩咐在为真结族效力——但是，假如有一天乌鸦会登上这个宝座，他就能感同身受。除非你用“违令者死”去喝令他们，否则一刻都不消停，你想独自享受一秒钟都不可能。很多时候，就算你真的让他们死都没用。

“我有一点新收获，你会想看看的。”吉米说道，“反正乌鸦和核桃已经来了，我琢磨着——”

“我知道你琢磨什么。什么收获？”

“根据你提到的那两个地方——弗赖堡和安妮斯顿，我在网上搜罗了一下当地的新闻。在《工会领袖》的网站发现了这个。上周四的报纸。也许不说明什么问题。”

她接过那张纸。占据大篇幅的报道是关于一些无名小镇上的学校因为预算削减而不得不停止足球课。下面的小文章被吉米圈起来了。

安妮斯顿居民遭遇“微型地震”

小型地震会有多小？非常小！里奇兰庭园路的居民有理由这么认为。这条短短的小路通到萨科河边。周二下午，这条小路上的部分居民反映有震感，玻璃窗颤动，地板摇晃，搁架上的玻璃器皿被震落。住在街尾的退休人士丹恩·波兰德向记者指出，他家刚刚铺好的沥青车道上出现了一条横向的裂缝。他说：“你想要证据，这就是。”

马萨诸塞州伦瑟姆市地质局没有监测到周二下午在新英格兰地区有地震，但这不影响马特·伦弗鲁和太太凯茜乘兴举办了一场“地震派对”，小街上的大部分居民都到场了。

地质监测中心的安德鲁·希坦菲表示，里奇兰庭园路的居民感受到的地震很可能是由污水管道里的水流引起的，也可能是因为某架军用飞机正好超音速飞行经过此地。伦弗鲁先生得知这些猜测后只是哈哈一笑。“我们的感受我们自己最清楚，”他说，“那就是地震。也真的没害处。损害微乎其微，而且，嘿！我们为此办了场超棒的派对。”

记者：安德鲁·古尔德

罗思连读两遍，抬起头时眼睛都亮了：“干得漂亮，吉米。”

他咧嘴一笑：“谢谢。那你们忙，我不打扰各位了。”

“带核桃一起走吧，他得去看看爷爷。乌鸦，你等一下。”

等他们走了，乌鸦把门关上：“你认为那个女孩导致了新罕布什尔州的地震？”

“我确实这么想。不是百分百确定，但至少有八成的把握。而且，有了具体的位置——不是一个镇，而是一条街——我今晚找她的时候就会轻松多了。”

“罗思，如果你可以在她脑袋里埋下一条顺服的指令，我们甚至没必要下药让她昏迷。”

她笑了，再次确定乌鸦根本不明白这次的猎物有多么特别。要再过一阵子，她才会明白：*我也没明白，我只是以为自己有所觉悟罢了。*“满怀希望又不犯法。不过，我们一旦抓到她，就需要比迷魂药更凶一点的手段，哪怕是高科技的玩意儿。我们需要她乖乖听话，唯命是从，直到她发自内心地认为和我们合作才是对她最有益处的。”

“我们去抓她的时候，你会跟我们一起去吗？”

本来，罗思觉得这是天经地义的事，但现在犹豫起来，她想到了弗里克爷爷。“我说不准。”

让她欣慰的是，他没有多问，而是径直走向门口：“我帮你看着，保证不会再有人打扰你。”

“好。你还要确保沃纳特给爷爷做一次全面检查——从屁股到胃口一样都不漏。如果他真的在变身，我希望明天再告诉我，等我神游结束。”她掀开地板下的暗格门，取出一只罐子，“里面剩下的都给他吧。”

乌鸦吃了一惊：“全部？罗思，如果他开始变了，这样做毫无意义。”

“给他。正如很多人前不久向我重申的那样，我们今年收成不错。奢侈一把没问题。更何况，真结族只有一个爷爷。他记得的欧洲人还在崇拜古树，而非分时租赁公寓。只要我们能帮他一把，说不定就不会失去他。我们不是野蛮人。”

“俗人可能不会苟同这个观点。”

“所以他们是俗人。好了，出去吧。”

3

劳动节过后，迷你小镇每周日下午三点就停止营业了。这天下午，五点三刻，好像有三个巨人坐在紧挨着迷你版克莱默大道的长椅上，相形之下，迷你小镇上的药店、音乐盒影院（旅游旺季里，你可以从窗外往里看到，迷你银幕上放着迷你影片）显得更矮小了。约翰·道尔顿来的时候戴了一顶红袜队棒球帽，现在把帽子扣在了迷你庭园广场上的海伦·利文顿雕像的头上，还说：“我敢说她肯定是球迷。这一带每个人都是红袜队球迷。除了我这样的浪子，谁也不会对扬基队有一点好感。丹，有什么事要我效劳吗？我牺牲了一顿家庭晚餐呢。我老婆善解人意，但耐心只有一丁点儿。”

“那么，如果你陪我去爱荷华州待几天，她会有何感想？”丹问道，“全程开销都由我来，你懂的。我不得不去执行‘第十二步使命’，拜访一位用酒精和可卡因慢性自杀的世伯。家里人求我去，但我不能独自去。”

互助会没有明文条款，但有很多传统（其实就相当于规矩）。铁律之一就是：你不可以单独去见有酒瘾的人，完成第十二步使命，除非此人已被医院、戒瘾诊所或当地精神病院安全收容并监控。如果你一个人去，很容易受其蛊惑或传染，推心置腹又推杯换盏。凯西·金斯利总把一句话挂在嘴边：上瘾，就是不停地给。

丹看了看比利·弗里曼，笑了：“有话要说？你先请，别拘束。”

“我认为你压根儿没有世伯。你有没有家人，我都说不准。”

“是吗？只是说不准？”

“唔……你从没谈过家里人。”

“很多人都不谈论家人。但是你知道我是真的孑然一身，比利，不是吗？”

比利没有回答，但看起来有点不自在。

“丹尼，我没法去爱荷华，”约翰说道，“我的日程到周末都排满了。”

丹的注意力还在比利身上。现在，他探进口袋，抓住什么东西，再把握紧的拳头伸出来：“我手里有什么？”

比利更加不自在了。他瞥了一眼约翰，貌似他也帮不到自己，只能扭头看着丹。

“约翰知道我的事。”丹说，“我帮过他一次，他也知道我帮过互助会里的其他人。放心，都是自己人。”

比利思忖片刻，终于说道：“也许是枚硬币，但我觉得更像是你们互助会的奖章。坚持一年不喝酒就会得到的那种小玩意儿。”

“这枚是奖励多少年的？”

比利迟疑了一下，盯着丹紧握的拳头。

“我来帮你吧，”约翰说，“他从二〇〇一年春天开始戒酒，所以说，如果他随身带着一枚奖章，很可能是十二年的那枚。”

“推理正确，但可惜不是。”比利铆足了劲儿，眉间出现两条深刻的皱纹，“我觉得好像是……七年的？”

丹摊开掌心。奖章上赫然标着“VI”。

“该死的，”比利说，“我一向猜得很准。”

“差一点儿而已。”丹说，“而且，这不是猜，而是闪灵。”

比利摸出香烟，瞅了一眼坐在身边的医生，又把烟收起来了：“你说是就是喽。”

“比利，请让我说说你的情况。小时候，你猜得很准。你知道妈妈什么时候心情好，所以可以多问她要一两块钱。你知道爸爸什么时候心情不好，所以躲得远远的。”

“我还知道，晚上只能吃剩下的烤猪排时不能瞎抱怨。”比利说。

“你赌博吗？”

“在萨勒姆赌过马，赚了一大笔钱。后来，二十五岁那会儿，猜中赢家的本领渐渐不灵光了。有一次，我连房租都交不出，不得不央求房东宽限我几天，从那时起我就不赌马了。”

“是的，人长大，这种天赋就会减弱，但你仍然有闪灵的本事。”

“你的更强。”比利说道，现在他没有迟疑了。

“真有其事，是不是？”约翰问道。其实这不算是提问，倒像是一种评论。

“接下去的一周里，只有一个病人是你觉得不可以错过，也不能取消预约。”丹说，“得胃癌的小姑娘，名叫费莉西迪——”

“费德丽卡，”约翰说，“费德丽卡·毕梅尔。她是梅里玛卡医院的病人。我要和她的肿瘤医师和父母进行会诊。”

“周六上午。”

“对。周六上午。”他惊诧地看了丹一眼，“天哪。基督耶稣。你的……我都不知道你有这么大能耐。”

“我会在周四前把你从爱荷华送回来的。最晚周五。”

*除非我们被捕，他在心里说，那就免不了多逗留一会儿了。*他看看比利，想知道他有没有获取这个不太乐观的想法，但没有迹象表明比利接收到了。

“爱荷华到底有什么事？”

“关于你的另一个病人。艾布拉·斯通。她和比利、和我一样，约翰，但我想你早就知道了。只不过，她比我们都要强大，更厉害。和比利相比，我的闪灵已经够强了，但和她相比，我不过像是乡村市集练摊儿的算命先生。”

“噢！上帝啊！那些勺子。”

丹愣了一下，继而想起来了：“她把它们悬在天花板下面了。”

约翰直愣愣地看着他，眼睛都瞪圆了：“你可以从我脑子里看到那一幕？”

“恐怕这回没那么玄乎。是她亲口告诉我的。”

“什么时候？哪天？”

“我们会说到的，但你先别急。首先，我们来试试地地道道的读心术。”丹抓起约翰的手。果然，直接接触总是很有用的。“她还很小的时候，她的父母来找你。还有她的阿姨或是曾祖母。早在她用银餐具装点厨房之前，他们已经为此担心了，因为他们家里发生过各种各样的灵异现象。比如钢琴……比利，来帮我。”

比利抓住约翰的另一只手。丹抓住比利的手，构成了坚固的三角形。迷你小镇上的迷你降神会。

“披头士乐队的曲子。”比利说，“钢琴上发出来的，不是吉他。那个……我不知道。有一阵子，他们都快被逼疯了。”

约翰目瞪口呆地望着比利。

“听我说，”丹说，“你可以讲，因为她允许你讲。她希望你加入。约翰，这件事，请你务必相信我。”

约翰·道尔顿想了整整一分钟。接着，他从头到尾讲了一遍，除了一件事——

电视机上每个频道都在放《辛普森一家》，这未免太诡异了。

4

讲完后，约翰终于问了那个显而易见的问题：丹是怎么认识艾布拉·斯通的？

丹从后裤袋里抽出陈旧的小本子。封面是波涛冲向海岬的照片，还印有一句至理名言：**了不起的事，没有一蹴而成的**。

“以前你随身带的本子，是不是？”约翰问道。

“是的。你知道我的督助人是凯西·金斯利，对吗？”

约翰翻了个白眼：“忘了谁也忘不了他呀，你每次在聚会上发言，开场白一定是‘我的督助人凯西·金斯利经常说……’”

“约翰，太聪明的家伙没人爱。”

“我老婆爱，”他说，“因为我是很性感的聪明人。”

丹叹了一声：“看看这本子。”

约翰翻了一遍：“记的都是与会记录。从二〇〇一年开始。”

“凯西让我必须一连参加九十九次互助会，每次都要记录。你看看第八天的。”

约翰找到了那一页。弗雷泽卫理公会教堂。他知道那里有戒酒小组，但他自己很少去。在时间地点的笔记下面，用精美的大写字母拼出了艾布拉。

约翰带着不可思议的神情抬头看着丹：“她两个月大的时候就和你接触过了？”

“看下面，紧接着就记着下一次的聚会。”丹说，“所以，我不可能把她的名字补写在这里，只为了让你大吃一惊。除非我伪造整本本子，而且，那个小组里的很多人都会记得我带着这本本子。”

“包括我。”约翰说。

“没错，包括你。那段日子里，我去聚会时总是一手握着本子，一手拿着咖啡杯。它们让我觉得有安全感。那时候我还不知道她是谁，也不在意。只不过是偶尔对接到的陌生的闪灵之一。有点像是摇篮里的婴孩手舞足蹈，手指刚好擦过你的鼻尖。

“后来，过了两三年，她在我房间里的日程表黑板上写了一个词：你好。从那以后，她一直会联系我，也不是很频繁，仅仅是保持联系。我甚至不能确定她是有意识还是无意识地那么做。但我总是在场的。当她需要帮助的时候，她知道，我是可以求助、而且找得到的那个人。”

“她需要怎样的帮助？她有什么麻烦吗？”约翰转向比利，“你知道吗？”

比利摇摇头：“我听都没听过她的名字，也几乎没去过安妮斯顿。”

“谁说过艾布拉住在安妮斯顿？”

比利用大拇指指了指丹：“他说过。没有吗？”

约翰回过来对丹说：“好吧。你让我信服了。我们把这件事的来龙去脉讲讲清楚吧。”

丹讲述了艾布拉看到棒球男孩的噩梦。手持手电筒绕成一圈的人影。持刀的女人把掌心里男孩的鲜血舔干净。他也讲述了过后很久，艾布拉如何偶然看到导报上的男孩照片。

“她怎么能梦到呢？因为他们杀死的男孩也是有闪灵的？”

“我相信，一开始的联系就是因由闪灵而建立的。他被那些人折磨的时候，肯定发散了神志——毫无疑问，艾布拉接收到了，所以才能知道那些人干了什么——他们就连通起来了。”

“这种连通，甚至在男孩——布拉德·特雷弗——死后还会继续连通吗？”

“我认为，她后来连通的是特雷弗那孩子的遗物——棒球手套。她可以由此连通到杀手，因为有一个杀手曾经戴过那只手套。她不知道自己是怎么完成这些连通的，我也不明白。我只知道：她的力量极其强大。”

“你的能耐就够大了。”

“重点在这里，”丹继续说道，“这些人——如果他们还是人的话——都听命于那个行凶的女人。那天，艾布拉在本地报纸的失踪孩童版面上看到特雷弗的照片时，她进入了这个女人的意识。反过来，她也进入了艾布拉的脑子。在那几秒钟里，她们都从对方的眼睛里看到了对方所在的世界。”他抬起双手，握拳，来回转动，“转入转出，对调位置。艾布拉认为他们会来找她，我觉得也是。因为对他们来说，艾布拉就是隐患。”

“事情没这么简单，是不是？”比利问道。

丹看着他，等待。

“有闪灵能力的人肯定有些与众不同的东西，对不对？只有杀死闪灵人，他们才能得到的东西。”

“是的。”

约翰问：“这个女人知道艾布拉在哪里吗？”

“艾布拉认为她不知道，但你必须明白，她才十三岁。她的看法可能是错的。”

“艾布拉知道这个女人在哪里吗？”

“她只知道，那次连通发生时——双向的进入后——这个女人身在一家山姆超市里。也就是说，在西部，但山姆超市的分店至少遍布九个州。”

“包括爱荷华州？”

丹摇摇头。

“那我就不明白了，我们去爱荷华州能干什么呢？”

“我们可以找到棒球手套。”丹说，“艾布拉认为，只要她得到那只手套，她就可以连通那个戴过手套的男人。她把他叫做‘大块头巴里’。”

约翰低下头，开始沉思。丹不想打断他。

“好吧。”终于，约翰开口了，“这太疯狂了，但我愿意搏一次。既然我了解艾布拉从小到大的情况，我也了解你多年来的事情，不信也难。可是，如果这个女人不知道艾布拉在哪里，何不保持现状呢？为什么要把沉睡的恶狗踢醒呢？”

“我相信，恶狗没有沉睡。”丹回答，“出于同样的原因，这些

（空无的魔鬼）

变态要得到艾布拉，就像他们渴望得到特雷弗。比利刚才说的我完全同意。而且，他们已经知道艾布拉会让他们很危险。用互助会的话来说，她有本事打破他们的匿名状态。他们还会有哪些资源，我们只能靠猜测。你愿意让一个病人活在恐惧中吗？日复一日，甚至年复一年，始终在等曼森家族般的变态杀人狂出现，把她当街掳走？”

“当然不想。”

“这些浑蛋是靠她这样的孩子活下去的。像小时的我这样的孩子。有闪灵的孩子。”他严峻地凝视约翰·道尔顿的面孔，“如果这是事实，必须有人阻止他们。”

比利说道：“如果我不去爱荷华，那我该干什么？”

“这么说吧，”丹说，“你要在下周之内把安妮斯顿摸个门清儿。事实上，只要凯西肯给你休假，你就要在那里的旅店里住几天。”

5

罗思终于进入了她企求的冥游境界。最难搁下的是她对弗里克爷爷的担忧，但最终还是熬过去了。上升，凌驾在所有人、所有物事之上。现在，她是在自我之海中遨游，重复念诵古老的咒语——sabbtha hanti，lodsam hanti，cahanna risone hanti——一遍又一遍，但她的嘴唇几乎没有动作。现在去找那个惹麻烦的姑娘还太早，但是，既然她已独处，无论是内部世界还是外部世界都沉浸在安宁之中，她也不用着急。没有目的的冥想是很美妙的。罗思有条不紊地做好预备，聚合神思，缓慢而谨慎地进行这件重

要的任务。

sabbtha hanti，lodsam hanti，cahanna risone hanti。这些古老的咒语早在真结族在欧洲大陆游荡、坐在马车里游贩泥炭和不值钱的小玩意儿时就存在了。甚至可能在巴比伦古国兴盛时就存在了。那个女孩很强大，但真结族人法力无边，罗思觉得这事不会有差池的。女孩睡着，罗思就会悄然潜入，翻检有用的信息，植入暗示性的思绪，就像埋下微量的炸药或是蠕虫病毒。要埋就埋下一整窝。那个女孩可能会发现一些并予以消灭。

还有一些，她根本不可能发现。

6

那天晚上，艾布拉做完作业后和妈妈讲了四十五分钟的电话。这段谈话表里不一。表面上，她们聊了聊艾布拉当天的情况，学校里后几天有什么事，还有即将到来的万圣节舞会上她要装扮成什么。她们还谈到了要把婆婆送到北部的弗雷泽临终关怀安养院（艾布拉至今仍不明白临终关怀是什么意思，还以为是“林林总总”的简称），各种手续和准备工作都在进行中。露西把婆婆的最新病情讲给艾布拉听，说“总体来看，状况还算好”。

但在另一个层面，艾布拉听着露西喋喋不休，知道妈妈在担心自己终究会让婆婆失望，而婆婆的真实状态是：恐惧、神志不清、疼痛不已。艾布拉尝试用意念抚慰母亲：*妈妈，没事的；妈妈，我们爱你；你已经尽力而为了。*她希望这些念头能传送过去，但又不相信真的会成功。她有很多本领——既美妙又吓人的那种超能力——但不包括改变别人的情绪。

丹可以吗？她觉得他大概可以。她想到，他可以用这种闪灵帮助林林总总安养院里的病人。如果他真的可以，等婆婆送到那里，他大概也能帮到婆婆吧。那就太好了。

她下楼的时候还穿着婆婆去年圣诞节送她的粉色法兰绒睡衣。她爸爸对着电视在看红袜队的比赛，拿着一杯啤酒。她在他鼻头上重重地吻一下（他老说不喜欢，但她知道他其实很喜欢），告诉他自己准备去睡了。

“作业做完了，小姐？[①]”

“是的，爸爸，不过‘作业’的法语是 devoirs。”

“谢谢你告诉我，太好了。你妈妈怎么样？我这么问，是因为你抢走电话之前我和她只聊了区区九十秒。”

“她挺好的。”艾布拉心想，这是事实，但也清楚，“好”是相对而言的。她朝门厅走了几步，又折回来，“她说婆婆就像玻璃饰品。”其实妈妈没有说出来，只是这样想过。“她说，我们都是。”

戴维把电视调成静音：“嗯，我觉得这话没错，但有些人是用坚固的玻璃做成的，坚固得让人惊讶。记住，你婆婆的玻璃饰品一直放在高高的隔板上，许多、许多年来一直很安全。艾芭嘟嘟，来给爸爸一个拥抱吧。我不知道你是不是需要，但我需要。”

7

二十分钟后，她躺在床上，从童年用到现在的小熊维尼夜灯在梳妆台上亮着。她用意念去找丹，发现他在一间活动室里：有拼图、杂志、乒乓台，墙上还有一台大电视。他正和几个林林总总安养院里的病人玩儿纸牌。

（你和约翰医生谈过了吗？）

（是的，我们后天启程去爱荷华州）

伴随这个念头出现的是一架老式双翼飞机的草图，机舱里的两个男人都戴着老式的飞行员头盔、头巾和护目镜。艾布拉笑了。

---

① 原文是法语。

（如果我们带回来）

棒球手套的画面。并不是棒球男孩的那只，但艾布拉明白丹的意思。

（会把你吓坏吗）

（不会的）

她最好不要怕。亲手拿着死去男孩的手套该有多吓人啊，但她不得不那么做。

8

利文顿安养院一号楼的公共休息室里，布拉多克先生瞪着丹，只有年迈而昏聩的老人才会有那种死气沉沉又稍稍有点恼怒的眼神。“你到底要不要跟，丹尼？还是打算干坐在那儿，眼巴巴瞪着角落，直到冰激凌都化掉？”

（晚安，艾布拉）

（晚安，丹，代我跟东尼也说声晚安）

“丹尼？”布拉多克先生用凸起的指关节敲了敲桌面，“丹尼·托伦斯，回话。丹尼·托伦斯，听到没？”

（别忘了设定警铃）

“啊呀呀，丹尼呀。”科拉·威林汉说道。

丹看看他们：“我跟过了吗？还是轮到我出牌啦？”

布拉多克先生朝科拉翻了翻白眼，科拉也朝他翻了个白眼，说道：“我那几个女儿竟然以为是我糊涂呢。”

9

艾布拉在苹果平板电脑上设定了闹钟，不仅仅因为明天要上学，还因为明天是她负责做早餐的日子——原定计划是炒鸡蛋里加蘑菇、胡椒和奶酪。但这不是丹说的警铃。她闭紧眼睛，集中精神，眉头都皱起来了。被单下的一只手溜出来，揉起嘴唇。她在做的事很狡猾，但也许很值得。

有预警是不错，但如果戴帽子的女人来找她，也许，预留个陷阱更管用。

大约过了五分钟，她前额的皱纹渐渐舒展开，揉搓嘴唇的手也放下来了。她翻身侧躺，把被子拉到下巴。她幻想自己骑着一匹白色骏马，周身穿戴骁勇战士的装束，就这么睡着了。小熊维尼在梳妆台上，它从她四岁起就一直这么守望她，把柔和的暖光洒在她的左脸颊上。暗夜中，只看得到那半边脸颊和头发。

在梦里，她策马驰骋在漫长的战场上，头顶四十亿颗明亮的星星。

10

罗思一直冥思到周一半夜一点半。真结族的其他人（除了照料弗里克爷爷的围裙安妮和胖莫莫）都已入睡，她这才决定动手。一手握着从她电脑里打印出来的安妮斯顿市的照片——新罕布什尔州乏善可陈的闹市区，另一只手握着一个魂气罐。这罐几乎空了，只剩下微乎其微的一丝气息，但她确定那就足够了。她的手指摁在气阀上，随时准备释放魂气。

我们是真结族，我们忍受永生：Sabbatha hanti。

我们是天择之选：Lodsam hanti。

我们是幸运者：Cahanna risone hanti。

“享受吧，善用吧，罗思姑娘。”她念念自语。摁下阀门的时候，一股短促的银色雾气散开。她深深吸入，向后倒在枕头上，任由空罐子落到地毯上，闷响一声。她把安妮斯顿主街的照片举起来，正对双眼。她的胳膊和手渐渐离开原位，照片也好像飘浮起来。距离那条主街不远的地方，有个小女孩住在一条小巷子里，那儿很可能叫做里奇兰庭园路。她很快就会入睡，但高帽罗思仍会在意识深处的某个地方。她猜想，小女孩不知道高帽罗思的容貌（就像罗思也不知道小女孩长什么样……至少现在还不知道），但她肯定知道高帽罗思是一种什么样的感觉。她还知道罗思昨天在山姆超市看到了什么。那就是她的标记，进入她的途径。

罗思的眼神凝滞不动，仿佛做梦般盯着安妮斯顿的画面，但她真正寻觅的是山姆超市里的肉铺柜台，打着**牛仔手起刀落，一流品质保证**的招牌。她是在寻找她自己。只需短暂但令人满足的搜寻，她就找到了自己。一开始是循着声音的轨迹：超市里的背景音乐。接着是购物推车。除此之外，一切都隐没在黑暗中。没关系，余下的世界会浮出来的。罗思紧随那乐曲声，遥远，回声荡漾。

黑暗，只有黑暗，黑暗，接着，有了一星光亮，越来越亮。超市货架间的过道出现了，继而又扩展成宽宽的走廊。她知道自己就快进入了。心脏的律动加快了。

她平躺在床上，闭着眼睛，这样一来，如果那孩子觉察到了眼下正在发生的状况——不太可能，但也未必——她就什么也看不到。罗思花了几秒钟梳理此行的目的：姓名，确切方位，她知获多少，她可能告诉了谁。

（*世界，转动*）

她聚集气力去推动。这一次，旋转的感觉不那么让人惊讶了，因为那正是她计划并企求的，更是她可以完全操控的。一时间，她仍在过道里——两个人的意识连通之处——但眨眼之间，她就身在一个很大的房间，里面有个扎马尾的小女孩骑着单车，哼着轻快的歌谣。罗思看到的是小女孩的梦境。但她还有更精彩的事情要做呢。这个房间的墙壁并非真正的墙壁，而是文件柜。

既然她已经来了，岂不是就能随心所欲地打开柜子看个够？小女孩正在罗思的头脑里无忧无虑地做梦，梦见她五岁时第一次骑上自己的单车。那总是特别美好的回忆。*梦吧，小公主。*

孩子从她身边骑了过去，啦啦啦地唱着，什么也没看到。她的单车上安了辅助轮，但那两个小轮子时而着地，时而翘起。罗思猜想，小公主梦到的这一天，她刚刚学会不依靠辅助轮骑车。孩子的回忆里，那总是特别快乐的一天。

享受你的单车吧，亲爱的，等我把你的一切都摸清楚。

带着充沛的自信，罗思拉开了一只抽屉。

她探进抽屉的那一瞬间，刺耳的警铃大作，圈住整个房间的刺眼的白色探照灯也亮起来了，惨白的强光带着强烈的热度一起落在她身上。在如许漫长的年月里，来自北爱尔兰安特里姆郡，曾叫罗思·奥哈拉的高帽罗思生平第一次被逮了个正着，毫无防范。她还来不及把手从抽屉里抽出来，抽屉就猛然关上了。她痛得要命，惨叫一声，惊得后退，但手还是被紧紧地夹住了。

她的身影照在墙上，蹿得很高，但不止有她的影子。她扭头一看，看到小女孩向自己冲来。只不过，那不是小孩了。现在是个年轻女子，穿着皮背心，饱满的胸前印着一条龙，蓝丝带拢住了头发。单车变成了白色骏马。马的眼睛闪亮如炬，恰如马背上女战士的双眸。

女战士手持长矛。

（你回来了丹说过你会来的你果然来了）

然后就是快乐——不可思议！在一个俗人——哪怕天生拥有强大的魂气——身上，此时竟有这样的情绪。

（太棒了）

这孩子不再是躺在床上做梦等她的小女孩了。她布置了一个陷阱，明摆着是要罗思的命……考虑到罗思此时此刻万念俱灰，精神脆弱到极点，她可能真的能置罗思于死地。

罗思攒起所有的力气，拼了。她才不会用漫画书里的那种长矛，而是以她自古至今乃至未来惯用的意念为锤。

（**放开我！滚蛋！你以为你是谁？你不过是个臭丫头！**）

女孩长大后的女子——她的化身——继续冲来，但是，罗思的意念迎面冲来时，她还是退缩了一下，长矛没有按照预想扎进罗思的身体，而是擦身而过，猛烈地插入罗思左侧的文件柜墙上。

女孩（*归根结底就是个孩子，罗思不断地对自己这么说*）调转马头，罗思也转身去扳扣死她手腕的抽屉。她用另一只手撑住柜面，使出全身的劲道硬生生地把手往外拔，全然不顾疼痛。一开始，抽屉纹丝不动。然后，被撬动了一点点。她总算把手腕抽出来了，皮刮掉了，血流不止。

还有什么事在发生。她觉得头脑里好像有只鸟在轻盈盘旋，羽毛扇腾。这又是怎么回事？

该死的长矛随时可能插入她的后背。情急之下，罗思用尽剩下的力气把手拔出来。手可以从缝隙中滑出来了，她不敢耽搁，当即曲起手指，握成拳头。但凡她有刹那的迟疑，抽屉就会在合上的同时割断手指。指尖胀痛得抽搐，她知道，如果有机会瞧一瞧，会发现每根手指都是淤血的紫红色。

她转过身来。女孩不见了。房间空了。但羽毛扇腾的感觉还在——要说有什么不同，只是比先前更激烈了。突然间，从手腕到指尖的剧痛占据了罗思的神志。推动转盘的不只是她，哪怕她依然闭着眼睛躺在真实世界里的双人床上——那也不重要了。

该死的小浑蛋在另一间堆满文件柜的屋子里。

她的屋子。她的头脑。

本想趁夜偷盗的罗思，却反被洗劫一空。

（**出去出去出去出去**）

扇腾没有停止，反而加快了速度。罗思遏制住惊惶，强迫自己镇定下来，聚精会神，抓住反击的机会。只够把转盘推动一寸，它已经变得异常沉重了。

（世界，转动）

世界到底还是被扭转了。她感觉得到，脑海中羽翼翻飞般的感觉减少了，继而彻底消停了，因为小女孩已及时抽身而退，退回她本来的世界了。

但这太离谱了，你还怎能尽情地自欺欺人？是你去找她的。自投罗网。为什么？尽管你有所觉悟，但还是太轻敌了。

罗思睁开眼睛，坐起身，抬腿下地。一只脚撞到空罐子，她索性把它踢得远远的。躺下去前套在身上的赛威镇T恤已经湿透了，汗味很重。那是一种令人生厌的浓烈气味。她带着难以置信的眼神看着自己的手，皮蹭掉了，有淤血，肿胀起来。指尖渐从紫红色变成黑淤色，她猜想，起码有两片指甲就此废了。

“可我真的不知道啊，”她说，“我根本没法预料。”声音里带着哭腔，这让她痛恨不已。那是一个坏脾气老女人的声音。“根本不可能。”

她必须走出这辆该死的车。这大概是全世界最宽敞、最豪华的房车，现在却像是只有棺材那么大。她蹭到门口，还要抓住什么东西以保持平衡。在昏睡之前，她看过一眼仪表盘上的时钟。现在是两点十分。这一切的发生仅在二十分钟内。难以置信。

我把她赶走之前，她到底发现了多少秘密？她现在知道多少？

说不清，没法估量，但只要她知获一丁点儿就能酿成大祸。真该好好教训她一顿，死孩子，你等着，快了。

罗思走进凌晨的苍白月光里，缓慢而稳定地深吸了十几口新鲜空气。她感觉好一点了，神志也清醒一点了，但依然摆脱不了那种羽毛扑腾不停的幻觉。有人——居然还是个俗人——在她脑袋里翻检她的隐私的感觉。手还是很疼，但自己竟会中那样的圈套，那感觉更糟，而最糟糕的莫过于耻辱地感知到自己被侵犯了。她被盗了。

你会为此付出代价的，小公主。你招惹了不该惹的女人。

有人影快速向她走来。罗思本来坐在车台阶的第一层上，但现在站起来了，浑身紧张。不管是什么事，她已有所准备。人影越来越近，直到她看清楚了那是乌鸦。他只穿了睡裤和拖鞋。

“罗思，我觉得你最好——”他停住了脚步，“你的手怎么了?”

“别管我那操蛋的手，”她打断他的话，“半夜两点钟，你在这里干什么？你明明知道我在忙活。”

“是弗里克爷爷，”乌鸦回答，“围裙安妮说，他快死了。”

第十一章
托梅 25

1

这天凌晨，弗里克爷爷的车里闻起来没有松柏味香氛和阿尔卡扎雪茄的气味，而是屎尿、疾病和死亡。还有拥挤的味道。起码有十二三个真结族人聚在这里，有些人簇拥在老人的床边，更多人在起居室里或坐或站，喝着咖啡。剩下的人都在外面站着。每个人看上去都是震惊不安，不知所措。真结族人不习惯同类死亡的场面。

“都给我出去。”罗思下令，“乌鸦和核桃，你俩留下。”

“看看他呀，”中国佬佩蒂的声音都颤抖了，“那些个斑点！罗思，他在疯狂变身！噢，太吓人了！”

“走吧。”罗思轻轻地说道，安慰性地按了按佩蒂的肩膀，其实她更想踢一脚肥屁股，让她尽快滚出门去。她是个懒惰的长舌妇，除了给巴瑞暖被窝就一无是处了，搞不好连床都暖不好。罗思心想，佩蒂的特殊才能大概就是唠叨——没吓破胆的时候。

“来吧，伙计们。”乌鸦说道，“如果他真的要死了，也不想要那么多人围观。”

“他会撑下来的。”风琴手山姆说道，“弗里克爷爷比煮熟的猫头鹰还要难啃。”但他揽住绝望得快崩溃的俄罗斯巴巴，紧紧地抱了她一会儿。

人们鱼贯而出，有些人走下台阶前还扭头望了最后一眼，这才走进围在车外的人群中。终于只剩下他们三个人了，罗思才靠近床边。

弗里克爷爷瞪着她，但没有看见她。他的嘴唇不见了，牙龈都龇了出来。好几把柔软的白头发散落在他的枕巾上，这让他看起来就像一条病狗。两只眼睛巨大而湿润，痛楚万分。他几乎是裸露的，浑身上下只有一条平角短裤，骨瘦如柴的身体上有点点红斑，看起来像是丘疹或虫咬的伤痕。

她转向核桃问道："那到底是什么鬼东西？"

"口腔麻疹黏膜斑，"他回答，"反正，在我看来就是。不过，这种黏膜斑通常只会发在口腔内。"

"说人话。"

核桃挠了挠稀薄的头发："我认为他得了麻疹。"

罗思吃了一惊，继而爆发出一阵大笑。她不想站在这里听鬼扯的废话；她想为自己的手吞几片阿司匹林，疼痛随着心跳一下又一下地袭来。她不断地去想，卡通片里的那些人被棒球棒砸到手的时候该是什么模样。"我们不会得俗人的病！"

"唔……我们以前是没有。"

她怒不可遏地瞪着他。她想要她的帽子，没有帽子，她觉得自己简直就是一丝不挂的，但帽子在陆巡舰上。

核桃又说："我只能告诉你我看到的事实，红麻疹，又称风疹。"

名叫风疹的俗人病。真他妈的太棒了。

"这纯粹是……胡说八道！"

他畏缩了，怎么可能不怕呢？连她自己听来都是震耳欲聋的。可是……啊，耶稣上帝啊，风疹？真结族最老的成员即将死于一种儿童疾病？甚至连现在的孩子都不再得了！

"爱荷华那个玩棒球的小子就有几个斑点，可我万万没想到……因为，对啊，就像你说的，我们不会得他们的病。"

"他是很多年前的事了！"

“我知道。我只能想到一种可能：病菌在魂气里，而且是潜伏状态。有些疾病就是这样的，你懂的，潜伏期很长，然后突然爆发。”

“也许对俗人是这样的！”她不停地重申这一点。

沃纳特只能摇摇头。

“照你这么说，弗里克爷爷得了，我们为什么都没病？因为那些儿童病——水痘啦，麻疹啦，腮腺炎啦——在俗人小孩堆里传染的速度就像屎穿过笨鹅的内脏。这说不通。”她又转向乌鸦老爹，迅速地自我反驳起来，“你他妈的在想什么？让一大群人进来围着他，尽情呼吸他的空气吗？”

乌鸦只是耸耸肩，他的目光始终没有离开床上那个浑身发抖的老人。乌鸦英俊的瘦长脸上只有哀伤。

“世道变了。”核桃说，“五十年前，甚至一百年前我们可以对俗人的疾病免疫，但这不代表我们现在还可以。就我们所知，这可能是自然演化的一部分。”

“你是说，都那样了还有自然可言？”她指着弗里克爷爷问道。

“单一病例并不代表已有传染迹象，”核桃继续说，“而且，也可能是别的病种。不过，如果再出现一例，我们就必须彻底隔离病人，不管是谁。”

“有用吗？”

他思忖良久，斟词酌句了再说道：“我不知道。也许我们都感染了，每个人都有份。也许就像设定的闹铃响了，或是定时炸药爆了。根据最新的科学观点，人类衰老就是这么一回事。年纪上去、再上去，几乎没什么变化，然后，基因里的什么东西就崩坏了。皱纹滋生，好像一夜之间他们就需要拄着拐杖走路了。”

乌鸦一直注视着爷爷：“又来了。妈的。”

弗里克爷爷的皮肤变成了乳白色，然后渐渐透明。就在皮肤变得完全透明的时候，罗思可以看到他的肝脏、皱缩起来的灰黑色肺囊，还有跳动着的红色心脏。她看得到他的血管，条条动脉如同她车内导航仪显示屏里盘根错节的高速公路。她还可以看到视觉神经颤动着，连接着眼球和大脑，阴森森的像是鬼魂在拨琴弦。

他又恢复了人形。眼球转动，看到了罗思，盯住她的眼睛。他伸出手，抓住她没受伤的那只手。她的第一个反应是抽出手——如果核桃说得没错，他的病是会传染的——但管他呢。如果真如核桃所言，他们所有人都已经感染了。

“罗思。”他的声音如耳语，“别离开我。”

“我不会的。”她挨着他在床沿坐下，用自己的手指圈住他的手指，“乌鸦？”

“我在，罗思。”

“你送到斯特布里奇的包裹——他们会保管好的，是不是？”

“当然。”

“好，我们要确保此事不出差错。但我们不能等那么久。那个小姑娘比我料想得还危险。”她叹了一口气，“为什么麻烦事总是扎堆儿来呢？”

“到底怎么搞的？是她把你的手弄成这样的吗？”

她实在不想正面回答这个问题：“我不能和你们去，因为她现在认得我了。”还因为，她不敢说出来，只能在心里说，*如果沃纳特的判断无误，剩下的人就需要有个主心骨，给他们勇气。*“但我们必须搞到她。这是当务之急的头等大事。”

“因为？”

“如果她得过麻疹，她就像俗人那样有了免疫力，不会再得这病。从任何角度看，她的魂气都很有用。”

“现在的小孩都打疫苗针，不会得那些乱七八糟的传染病。”乌鸦说。

罗思点点头：“那也是有用的。”

弗里克爷爷又开始变身了。实在难以卒睹，但罗思强迫自己目不转睛地看着他。等到脆弱的皮肤不能再透出内脏，她才扭头看着乌鸦，举起自己掉了一层皮、淤血浑浊的手。

“另外……得好好教训她一顿。”

2

周一清晨，丹在角楼房间里醒来时，黑板上的日程表又一次被抹去了，艾布拉写了一条新留言。第一行是笑脸，露着牙齿，一眼便知那是喜悦的表情。

她来了！我有准备，她都受伤了呢！

我真的做到了！

她活该，耶耶耶！

我需要和你谈谈，不是这样的，也不是电邮。

下午三点前老地方见。

丹躺在床上，闭上眼睛，搜索她。找到了。她和三个朋友走在上学的路上。这让他觉得很危险，为艾布拉担心，也为那三个孩子担心。他希望比利已经就位。他还希望比利能谨慎从事，别被某些好奇心过盛的邻居认定是可疑分子。

（我可以去约翰和我明天才出发但要速战速决我们必须十万分小心）

（好咧太好啦）

3

艾布拉出现时，丹还是坐在覆满常春藤的安妮斯顿公共图书馆外的那张长椅上。她还穿着学校里穿的红色套头衫、鲜艳的红色跑鞋，只用单肩背着双肩背包。在丹眼里，从上次见面到现在，她好像已经长高一英寸了。

她招了招手："嗨，丹叔叔！"

"你好，艾布拉。学校里还好吗？"

"好极了！我的生物学报告得了 A！"

"坐一会儿，跟我说说。"

她跨过长椅坐下来，动作优雅，精力充沛，一举一动都像在跳舞。眼睛那么明亮，每一种颜色都那么纯粹：青少年放学后的典型样貌，青春无敌。这让丹很不自在，其实没有理由，但他就是浑身不自在。有一件事还是好的：一辆普普通通的福特车停在半个街区外，有个老头儿坐在方向盘后面啜饮一杯外带咖啡，一边看着杂志。至少，看起来是在看杂志。

（比利？）

没有应答，但原本看杂志的他抬起头来，愣了片刻，那就足够了。

"好吧，"丹压低了声音说道，"我要听你原原本本讲一遍。"

她讲了，自己如何设陷阱，如何见效。丹带着惊诧、赞许……以及越来越不安的感觉听她讲。她对自己超能力的自信让他担忧。那是孩子式的自信，但他们要对付的那群人可不是孩子。

"我只是让你设一个警铃。"等她说完，他说。

"陷阱更好。如果我不扮成《权力的游戏》里面的丹妮莉丝，能不能用那样的方式接近她？我不确定，但觉得不妨一试。因为她杀了棒球男孩和别的许多人。还因为……"她的喜色终于有一点消减了，这一天的第一次。刚才她讲述全情的时候，丹见识到了她十八岁时可能有的模样，可现在，他发现她的样子又退回九岁了。

"因为什么？"

“她不是人类。他们全都不是。也许曾经是，但现在不再是人了。”她挺直肩背，把头发甩到背后，“但我更强。她也知道的。”

（我还以为是她把你推走的）

她有点恼火地朝他皱起眉头，揉搓嘴唇，但很快就发现自己这么做，又把手放回膝头。手一旦放下，另一只手就盖上去，稳住它。这些动作透露出某种他熟稔的味道，可是也没什么奇怪的，不是吗？她以前就有这套小动作。眼下，他还有更重大的事要担心。

（下次我会有所准备的，如果还有下次）

那倒是真的。但倘若真的还有下次，戴帽子的女人也会有所准备。

（我只想让你小心点）

“我会的，当然会咯。”显而易见，所有孩子都擅长在日常生活中用这种话搪塞大人，但终究让丹舒坦了些，好歹安心了一点点。更何况，还有坐在红漆都褪色的福特 F-150 里的比利呢。

她的神色又活络起来，眉飞色舞地说：“我发现了许多秘密！所以我必须约你见面。”

“什么秘密？”

“没发现她目前的位置，我没有找到那么具体的信息，但我确实挖到了……当她在我脑子里的时候，我也在她脑子里。就像对调脑子，你明白吧？很多很多抽屉，好像在世界上最大的图书馆的参考室里。当然，因为她看到的是抽屉，所以我才看得到抽屉。如果她看到我脑子里的电脑屏幕，我说不定也会看到很多电脑屏幕。”

“你翻看了她多少个抽屉？”

“三个，也许四个。他们自称为真结族。大多数人都很老，真的像吸血鬼。他们到处寻找像我这样的孩子。我猜想，你当年也算。只不过他们不是吸血，而是吸那些特殊的孩子死去时散发出的气。”她厌恶地皱了皱眉眼，“在他们死前，被折磨得越狠，那股气就越浓烈。真结族称之为魂气。”

“红色的，对吗？红色或粉红色？”

他觉得自己很有把握，但艾布拉皱了皱眉，摇摇头：“不，白色的。亮晶晶的白色雾气。没有红色。还有呢，你知道吗，他们可以储藏魂气！暂时不用的那些，就储藏在保温杯那样的罐子里。但还是不够用。我看过一个讲鲨鱼的节目，说它们总是游来游去，因为它们总是吃不够。我猜想，真结族也是这样的。”她扮了个鬼脸，“这么说吧，他们很不安分。”

白色的。不是红色而是白色的。那应该就是老护士说的“最后一口气”，但是另一种气。因为那出自年轻健康的亡者，而非因病而亡的老者——因为肉体所能感染的各种病症而死？因为那些都是艾布拉说的“特殊的孩子”？抑或两种原因都成立？

她点点头：“两种都可能。”

“好吧。但最重要的是，他们知道你的存在。她知道。”

“他们有点害怕我会跟别人说，但也不是很怕。”

“因为你只是个孩子，孩子这样说，没人会信。”

“对。”她向上呼口气，把前额的刘海吹散，“婆婆会信的，但她快死了。丹，她要搬去你们林总院了，我是说，安养院。你会帮她的，是吗？只要你不在爱荷华的时候？”

“我会竭尽全力的。艾布拉——他们追来找你了吗？”

“也许吧，但就算他们来，也不是因为我知道了这些事，而是因为我是这样的人。”她无法逃避这一点，眨眼间，快乐已荡然无存。她又开始揉嘴唇，把手放下时，唇间露出了愤怒的笑容。丹心里说，这姑娘脾气不小。他可以找到参照对象：他自己就是。坏脾气没少让他吃苦头。

“不过，她不会来的。那个臭女人。她知道我现在认得她了，只要她靠近我，我就感觉得到，因为我们之间好像有了一种纽带。但是别人会来，不管谁挡道，他们都不会手下留情。”

艾布拉抓过他的双手，使劲握在手里。这让丹很忧虑，但他没有闪躲。现在，她需要触碰她能够信赖的人。

“我们必须阻止他们，否则他们会伤害我爸爸、妈妈，或是我的某个朋友。而且，也不能让他们继续杀害别的孩子了。”

有那么一瞬间，丹接收到她脑海里一个无比清晰的画面——她没有发送，只是任它浮现在最显著的位置。那是照片拼贴出的一幅画面。几十个孩童的面孔，在**你见过我吗**？的标题下面。她是在想，这里面有多少孩子是被真结族劫走的、残杀的，只为了吸取他们临终前的超能力气息？这群非人的东西就用这种下作的方式夺取精妙的生命力，再把孩子们弃尸荒野。

“*你必须找到那只棒球手套*。只要我能摸到，就可以找到大块头巴瑞在哪里。我知道我做得到。他在哪儿，别的人也会在哪儿。如果你不能杀死他们，至少可以报告给警方。帮我搞到那只手套，丹，求你了。”

“如果是在你说的地方，我们就能找到。但是，在这个节骨眼，艾布拉，你必须多留几个心眼。”

“我会的，但我觉得她不敢再偷偷摸摸溜进我脑子里去了。”艾布拉又有了笑意。丹在那莞尔一笑中看到了一个所向披靡的女斗士，那就是她时常想要扮演的角色——丹妮莉丝之类。“如果她还有胆子来，那就对不起喽。”

丹决定到此为止。他本来都不敢和她在这张长椅上坐这么久。真的，已经好久了。“我代表你设定了我自己的安全系统。如果你看进去，我想你肯定能发现那是什么机关，但我不希望你那么做。如果这个真结族里的其他人试图探入你的头脑——不是戴帽子的女人，而是别人——你不知道的事，他们永远也找不到。”

“这样哦。好的。”他看得出来，她在想，但凡还有谁来捣乱，肯定也会铩羽而归，而这反而增添了他的不安。

“不过……如果你被逼入绝境，就用意念大喊**比利**。明白吗？”

（好的就像你以前呼叫你的朋友迪克那样）

他吓了一跳。艾布拉笑了：“我没有偷看，只是——”

“我理解。好了，走之前再跟我说一件事。”

“什么？”

“你的生物课成绩真的是 A？”

4

周一夜里七点四十五分，罗思的步话机响了。是乌鸦在呼叫她。“最好快点过来，”他说，“来真的了。”

真结族人沉默地围拢在爷爷的车外。罗思（现在戴上她的帽子了，一如往常的反地心引力的角度）从人群中穿过，半路停下来拥抱了一下安蒂，然后走上台阶，轻叩一记车门后径直走了进去。核桃站在胖莫莫和围裙安妮的旁边，她俩不情不愿地充当了爷爷的护士。乌鸦本来坐在床尾，看到罗思进来，便站了起来。这一夜，他暴露了自己的沧桑。皱纹一圈圈从唇边扩散出去，黑发间也露出几缕银白色的发丝。

我们要吸一点魂气，罗思心想，等这事结束了，我们都得来一点。

现在，弗里克爷爷的变身已是非常频繁：先是透明的，再成人形，眨眼间又透明了。但变成透明人的时间更长了，消失的部位也越来越多。他知道正在发生什么，罗思看得出来。他的眼睛瞪得大大的，惊恐不已；他的身体随着每次变形带来的穿透性痛楚而颤动痉挛。在意识的最深处，她始终让自己相信一点：真结族人是永生不死的。没错，每隔五十年或一百年，会有人死去——就像二战结束后不久，大蠢个儿的荷兰人“不动手的汉斯”在阿肯色州的暴风天里被吹落的电缆线砸到，触电身亡，还有淹死的补丁凯蒂，还有卡车汤米，但这些都是意外。通常，死亡都是咎由自取，是他们自己不小心，所以她才一直这么坚信。可现在她发现自己和相信圣诞老人、复活节兔子真的存在的那些俗人小孩一样蠢。

回路尚未断绝，他又回复人形，呻吟着，哭泣着，颤抖着：“帮我结束吧，罗思姑娘，把这事儿了结。太疼——”

她还来不及回答——说真的，她又能说什么呢？——他又隐没了，什么都没有了，除了一副骨骼和目不转睛飘浮半空的眼珠子——那才是最触目惊心的。

罗思试图用意念联系他并安慰他，但他已经彻底失落了。曾经的弗里克爷爷——脾气经常火爆，但有时也很体贴——如今只剩下一团破碎的影像，如同暴风雨一样纠结咆哮。罗思只能离开那团崩毁的景象，无法控制自己浑身战栗。她再次去想：这种事不该发生的。

“也许我们应该帮他脱离痛苦。”胖莫莫说道。她的食指尖都掐进安妮的胳膊了，可安妮好像也没感觉到。“给他打一针，或是别的什么法子。核桃，你包里有好使的东西，不是吗？你必须做点什么。”

“那有什么用？”沃纳特用嘶哑的嗓音说，“也许早些时候还管用，但现在发展得太快了。就算用药物，他也没有体内循环可以吸收了。就算我在他胳膊上扎一针，五秒钟以后，你就会看到药剂浸透到床单上。只能顺其自然了。不会拖很久的。”

确实不会。罗思眼睁睁看着四次变身迅速完成。第五次时，就连他的骨骼都消隐了。有那么一会儿，眼球仍在，直愣愣地盯着她，再转动一下，看向乌鸦老爹。它们悬浮在枕头上，而那枕头依然凹陷着，呈现出头颅原本的重量，也依然沾染着怀德路滋润生发油，他好像永远搞得到这玩意儿。她还记得，贪心姐有一次告诉她，他是在 eBay 上买生发油的。开什么狗屁玩笑，eBay！

很慢很慢地，那对眼球也消隐了。当然，和其他部分的唯一区别是它们并没有彻底消失。罗思已能想象出来，她会在从今往后的夜梦里无数次地看到它们。在弗里克爷爷床边目睹他离去的每个人都会这样。只要他们真能睡得踏实。

他们继续等待，谁也无法完全确信这个老人不会像哈姆雷特的父王、雅各布・马利或其他幽灵那样，在他们眼前复现其身。但是，只见消失的头颅的压痕还在，生发油渍犹在，沾染着屎尿的平角短裤也仍在原位，但已经完全瘪塌下去，空空落落了。

莫莫忍不住，哇一声大哭起来，把头埋进围裙安妮庞然耸立的胸前。等在外面的人都听见了，有人（罗思永远不会知道那是谁）开始说话。另一个人也跟着开口，第三、第四个人也开始言语。眨眼间，他们就在星空下齐声念咒，罗思只觉后背起了一片寒战。她伸出手，摸到乌鸦的手，狠狠地攥了一下。

安妮也开始念咒。继而是莫莫，她含泪的咒语模糊不清。核桃。然后是乌鸦。高帽罗思深吸一口气，终于开口，加入了咒语之声。

Lodsam hanti，我们是天择之选。

Cahanna risone hanti，我们是幸运者。

Sabbatha hanti，Sabbatha hanti，Sabbatha hanti

我们是真结族，我们忍受永生。

5

过后，乌鸦跟着她上了陆巡舰：“你真的不去东边，是吗？”

“不去。你领头。”

“我们现在怎么办？”

“哀悼他，那还用说吗。不幸的是，我们只能给他两天的哀悼期。”

传统的哀悼期是七天：不许有性事，不许闲聊玩笑，不许吸取魂气，只能冥想入定。之后会举办一轮告别式，每个人都要上前讲述一段关于乔纳斯·弗里克爷爷的往事，献上一样从他那里得到的物品，或是彼此相处的纪念品（罗思已经选好了：一枚凯尔特风格的戒指，弗里克爷爷把它送给她的时候，美国的这部分还归属于印第安部落，而她还只是“爱尔兰罗思”）。真结族人死去后，历来没有遗体，这些纪念性的物品就是替代品。它们会被包裹在白色亚麻布里，埋进土里。

“那我带的人马何时出发？周三晚上还是周四早上？”

“周三晚上。”罗思无比迫切地想得到那个女孩，“一路开过去，不能耽搁。还有，你能保证他们把迷药安全送到斯特布里奇的邮寄点吗？”

“是的。这件事你就放心吧。”

除非我能亲眼看到那个小婊子躺在我对面的房间里，迷药见了效，她双手被铐，散发出诱人吸取的美味，我才能把心放下。

“你带谁去？报上名来。”

“我，核桃，计算器吉米，如果你可以让他走——”

“我不需要他。还有谁？”

“毒牙安蒂。我们需要谁快速入睡的话，她一个人就能搞定。还有中国佬，他当然要去。既然爷爷已经不在了，他就是最好的定位者。当然，除了你之外。”

“无论如何都要带上他，但你要抓这个女孩并不需要他。”罗思说，“定位不成问题。一辆车就够了。就开蒸汽头史蒂文的那辆温尼贝戈吧。”

“已经跟他说过了。”

她点点头，挺满意：“还有一件事。赛威镇上有个巴掌大的小店铺，叫 X 区。”

乌鸦扬了扬眉：“橱窗里有充气女护士的色情用品店？”

“原来你知道。”罗思带着讽刺的语气往下说，“好好听我说，老爹。”

乌鸦一字不差地听进去了。

6

周二一大早，太阳刚刚升起来，丹和约翰·道尔顿就飞离洛根机场，在孟菲斯市转机，在美国中部夏令时十一点十五分降落在德梅因机场。虽然已是九月下旬，天气却像是七月中。

从波士顿到孟菲斯的前半程飞行中，丹能感觉到种种怀疑乃至出尔反尔的念头像野草一样滋生在约翰的头脑里，他只能装睡，以免不得不应对约翰的质疑。飞到纽约州北部上空的时候，他不再装睡，而是真的睡着了。从孟菲斯到德梅因的后半程飞行中，轮到约翰睡觉了，那倒是不赖。等到他俩真的抵达爱荷华州，在赫兹租车行租了一辆完全不引人注目的福克斯，开车驶向名叫弗里曼的小镇时，丹注意到，约翰已将疑虑抛在了脑后。至少，暂时不纠结了。取而代之的是好奇心和激动不安。

“寻宝少年。”丹说。他在飞机上睡得更久，所以现在负责开车。一片片玉米地从道路两旁快速闪过，杆子高高的，青色正要转变为成熟的黄色。

约翰吃了一惊：“嗯？”

丹笑了笑：“你不是在想这个吗？我们就像去寻宝的少年。”

“丹尼尔，你真妈的太吓人了。”

“大概是吧。反正我已经习惯了。”这倒未必是实话。

“你什么时候发现自己有读心术的？”

“不仅仅是读心。闪灵这种天赋很特别，能表现为各种各样的能力。姑且称之为天赋的超能力吧。有时候——绝大多数时候——感觉更像是一种丑陋的胎记。我敢说，艾布拉也会这么说的。至于我什么时候发现的……我从没发现过。我只是从头到尾都有这本事。原装自带。”

“所以你狂饮滥醉，想把它遮蔽掉。”

一只胖胖的土拨鼠慢悠悠地横穿过150号公路，一副无所畏惧的笃定样子。丹一下急转，闪过它，它依然不慌不忙地钻进玉米田，不见了。这儿的风景不错，一望无际的天空下，没有一丁点儿山峦的影子。新罕布什尔州也很美，丹已经把那里认作家了，但他始终觉得自己在平原地带更舒畅。更安全。

“约翰老兄，你最清楚不过了。酒鬼为什么喝酒？”

“因为他爱喝？”

“对啊！就这么简单。别扯那些神神叨叨的心理学分析，你就能看清赤裸裸的真相。我们喝酒，只是因为我们是酒鬼。”

约翰哈哈大笑：“凯西·金斯利真的把你洗脑了。”

“好吧，还有遗传性。”丹说，“凯西总是把这条因素踢到一边去，但它确实存在。你父亲喝吗？”

“我爸我妈都喝。就他俩，乡村俱乐部十九洞酒吧就会忙得不可开交。我记得那天，我妈脱掉她的网球裙，跟我们几个孩子一起跳进了泳池。男人们都在鼓掌喝彩。但在我爸听来，那就是一声尖叫。我呢，没啥感觉。我才九岁，但直到我读大学了，还有人嘲笑我是脱衣舞娘的儿子。你呢？”

“我妈可以喝，也可以不喝。她经常自称为‘两杯啤酒就够的温迪’。我爸嘛……一杯红酒或一罐百威下肚，他就正式开喝。”丹瞥了一眼里程表，估算出他们还有四十英里要走，“你想听个故事吗？我从来没跟别人讲过的故事？我要警告你，是个古怪又吓人的故事。要是你觉得闪灵来来去去，无非是像读心术那样，那你就太无知了。”他停顿了一下，又说，“还有别的世界。”

“你……唔……见识过别的世界？”丹没注意约翰在想什么，但约翰突然显得有点紧张。他好像以为坐在自己身边的家伙会冷不丁把手插进衬衫里面，宣称他是拿破仑转世。

“没有，只是见到了一些住在那个世界里的人。艾布拉把他们叫做‘鬼灵人’。你想听吗？还是不想？”

“我不确定自己真的想听，但也许最好听一下。”

丹不知道这位新英格兰地区的儿科医生会在多少程度上相信托伦斯一家在全景饭店度过的那年冬天的故事，但他发现自己并不特别在乎。能在这辆毫无特色的租车里，在明爽的中西部天空下，把往事钩沉一遍，其实挺好的。还有一个人肯定会相信这个故事的真实性，但艾布拉，她还太年轻，这故事又是如此骇人。约翰·道尔顿应该会信。但从何说起呢？他想了想，应该是从杰克·托伦斯说起。那个极度不幸福的男人，不管身为老师、作家还是丈夫都不称职。那个棒球术语是怎么说来着的？黄金帽子戏法？单场三振三次？只有一件事，丹的父亲完成得很优异：当最终的抉择时刻到来——从他们踏进全景饭店的第一天开始，这个时刻就在不断逼近他——他毅然拒绝了杀死自己年幼的儿子。若给他写一段墓志铭，真该是……

“丹？”

“我爸尽力了。”他说，“我只能这么说。他一生中最恶毒的念头是随着酒瓶而来的。如果他尝试去互助会，事情就可能有天差地别。但他没有。我猜想，我妈甚至都不知道还有这样一种团体，否则她肯定会劝他去试试的。等我们上了山，进了全景饭店，他在朋友的引荐下当上了冬季看管人的时候，他的照片都能直接标注在字典里‘无酒自醉’[①]的词条旁边了。”

---

① 无法自醉（Dry drunk），出自AA戒酒组织内的俚语，意为：没有喝酒，但表现出酗酒者的某些状况，譬如情绪消极。表面上戒酒，但没有领会AA的精神内涵，就会出现这种无酒仍醉的自毁性表现。

“鬼就在那里吗？”

“是的。我看到他们了。他没有，但他感觉得到。也许他也有点闪灵。真的可能有。毕竟，很多事都有遗传性，不止是酗酒的倾向。那些鬼对他下手了。他以为那些鬼一样的人需要他，但那只是另一种谎言。他们想要的其实是有强大闪灵的小男孩，和真结族的那帮家伙想要艾布拉一模一样。”

他停下来，突然想起迪克的回答——借用埃莉诺·韦莱死后的嘴巴回答的——当丹问道，那些空无的魔鬼在哪里？你童年里的每一个恶魔都从那里来。

“丹？你还好吧？”

“没事儿。”丹回答，“反正，我早知道那家该死的饭店有问题，甚至还没迈进大门就知道了。当我们一家三口在博尔德过着勉强糊口的日子的时候就知道了。但我爸需要一份工作，让他可以完成当时在写的那部剧本……”

7

等他们开到阿戴尔的时候，他刚好说到锅炉怎么爆炸，全景饭店又是如何在漫天暴风雪中被大火夷为平地。阿戴尔这个小城兴许只有两个红绿灯，但起码有一间连锁度假酒店，丹把地址记在心里。

“再过一两个钟头，我们要入住那个酒店。”他对约翰说，“我们不能在光天化日之下挖宝藏。更何况，我困得要死。最近一直没睡好。”

“那些事，当真发生在你身上吗？”约翰用极其克制的口吻问道。

“千真万确。”丹笑了，“你真的信吗？”

“如果我们按照她说的位置找到了那只棒球手套，我就不得不相信很多事了。你为什么要告诉我？”

“因为你心里还有一点不情愿，哪怕你了解艾布拉的情况，还是觉得我们一路赶到这里未免有点疯癫。也因为你理应知道……世上还有别的……力量。我遭遇过了，你还没有。你看到的仅仅是个小女孩可以耍些灵媒客厅里常见的鬼把戏，比如把勺子悬在天花板下面之类的。约翰，这不是少年寻宝游戏。如果真结族发现我们来这里，我们就和艾布拉·斯通一样成了他们的眼中钉。如果你决定退出，我会在你身前画一个十字，愿上帝保佑你。”

“然后独自继续？”

丹歪着脸朝他一笑：“独自也未必……还有比利呢。”

“比利少说也有七十三岁了。”

“他只会往多里说。比利喜欢告诉别人，老了有好处：你不用再担心年纪轻轻就死了。”

约翰伸手指出路标：“弗里曼城，往这儿走。”他拘谨地朝丹一笑，“我真的不能相信自己在做什么。如果乙醇工厂已经没有了，你会怎么办？万一谷歌地图拍摄到废墟照片后，工厂就被推倒了，改成玉米地了呢？”

“还在那儿。”丹说。

8

确实如此：一整排炭灰色的水泥墙，波浪形的金属顶满是锈迹。一根大烟囱依然矗立；另外两根烟囱坍塌了，像摔成几段的死蛇。窗玻璃都碎了，墙上布满了涂鸦，彩色颜料溅得斑斑点点，但肯定会被任何一座大城市的专业涂鸦艺术家耻笑一番。从双车道主路驶进坑坑洼洼的铺路，走到底就是停车坪，随风飘来的玉米种子在这里散乱地生根发芽。艾布拉看到的那座水塔就在不远处，宛如 H.G. 威尔斯笔下的火星战机一样从地平线上拔地而起。**弗里曼，爱荷华**的字样就印在塔身上。也看得到破屋顶的小棚屋，确凿无误。

“满意了？”丹问道。他们的车速已经放到最慢。“工厂，水塔，棚屋，严禁擅入的牌子。完全吻合她的描述。”

约翰指了指辅路尽头生锈的大门：“万一门锁了呢？自打高中后我就没爬过铁网围栏了。”

“凶手们把那个孩子带到这里来的时候，门没有上锁，要不然艾布拉会说的。”

“你肯定？”

有辆农场的卡车迎面驶来。丹略微加速，会车时还摆了摆手。那辆车的司机——绿色的约翰·迪尔棒球帽，墨镜，工装裤——也扬起手，但几乎没朝他们看一眼。还不错。

“我问你——”

“我知道你问什么，”丹说，“如果门锁了，我们就把它弄开，随便用什么法子。现在我们调头，回那个酒店，住下来。我累坏了。”

9

约翰要了两个相邻的房间——付现金，与此同时，丹找到阿戴尔真货五金行。他买了一把铁铲、一把耙子、两根锄头、一把园艺泥刀和两副工作手套，再要了一个防水行李袋，把买下的工具都装起来。他真正需要的只有铁铲，但似乎最好多买点。

“什么风把你吹到阿戴尔来的，我能问问吗？”店员收账时随口一问。

“路过。我妹妹住在德梅因，她的花园可大着呢！这些东西她大概也有，但捎点礼物给她，她会更热情地招待我。”

“我懂，兄弟。这把短柄锄头很好用，她肯定会感激你的。没有更好用的工具了，可惜大多数业余园艺爱好者从没想过买一把这样的锄头。我们接受万事达、维萨信用卡——”

“我不想用那些塑料卡片啦，”丹说着，掏出钱包，“给我一张发票就好，上缴国家用得上。”

“没问题。如果你留下姓名和地址——或是你妹妹的——我们可以邮寄商业目录。”

“我看这回就免了。”丹说着，在柜面上留下几张二十元的钞票。

10

当晚十一点，丹的房门被轻叩一下。他开门，让约翰进屋。艾布拉的儿科医生脸色苍白，但情绪激昂：“你睡了吗？”

“睡了一会儿。”丹问，“你呢？”

“睡一会儿就醒，基本上没睡着。我紧张死了，跟他妈的野猫一样。要是有警察拦下我们，我们要怎么说才好？”

“说我们听说弗里曼有间酒吧带自动点唱机，就决心把它找到。”

“除了玉米，弗里曼啥也没有。我看有九十亿英亩呢！”

“我们又不知道，”丹轻松地说道，“我们只是开车路过。更何况，不会有警察拦下我们的，约翰。根本不会有人注意到我们。但是，如果你想待在这儿——”

“我穿越了半个美国，可不是为了坐在连锁酒店里看杰·雷诺的脱口秀。先让我用一下厕所。我离开自己的房间前尿过一次了，但现在又要去了。天哪，我太紧张了。”

丹感觉驶往弗里曼镇的一路特别漫长，但一旦他们离开阿戴尔，一路上连一辆车都没遇到。农民都是早起早睡，而且农舍一般都远离卡车货运公路。

当他们抵达乙醇工厂的时候，丹关掉租车的车灯，再拐进辅路，慢慢地驶向闭合的铁门。两人都下了车。福特车里的顶灯自动亮起的时候，约翰骂了一句："我们离开酒店的时候，我真该记得把它们关掉。要是找不到开关，索性把灯泡砸了。"

"放松。"丹说，"这儿没别人，就我们俩。"话虽这么说，当他们走向铁门的时候，他的心脏也在胸膛里重重地跳动。如果艾布拉说得对，有个小男孩在被悲惨地折磨后，被杀害，再被弃尸此地。要说有什么地方理应有冤魂不散——

约翰试着推了推铁门，没用，他再试着往回拉："没辙儿。现在怎么办？我猜，得爬过去。我愿意一试，但可能摔断我该死的——"

"等一下。"丹从夹克口袋里摸出小手电筒，对着铁门照了照，先是看清了挂锁已坏，又看到挂锁的上面和下面都用沉重的铁丝扭住了。他走回车里，这次顶灯自动跳亮的时候，轮到他吓一跳了。好吧，妈的。百密一疏。他把崭新的防水袋子拖出来，砰的一声关上后备厢。黑暗重新降临。

"接着，"他把手套递给约翰，"戴上。"

丹把自己的那副也戴好，解开了那团纠结的铁丝，又把它们挂在六角形的铁网围栏空隙里，因为等下还用得着。"好了，走吧。"

"我又得去尿了。"

"哎呀，伙计。憋着。"

11

丹驾驶福特车，以极慢的速度小心翼翼地靠近装卸货的区域。地上有很多坑，有些挺深的，不开前灯的话很难看清深浅。

此时此刻，他最担心的事莫过于福特车一头栽进深坑里，撞毁轮轴。工厂后面的地面上只有光秃秃的泥土地和斑驳的柏油路。五十码以外还有一道铁网围栏，那后头就是看不到尽头的玉米田。装卸货区没有停车坪那么大，但也够宽敞的。

“丹，我们怎么知道去哪里——”

“安静。”丹低下头，眉骨都贴到方向盘上了，再闭起眼睛。

（艾布拉）

没回应。不用说，她在睡觉。现在，安妮斯顿已是周三黎明时分。约翰坐在他身边，咬着嘴唇。

（艾布拉）

有点动静了。可能是他的幻觉。丹希望动静再大一点。

（**艾布拉！**）

那双眼睛在他脑海里猛然睁开。一开始，有点辨不清东南西北，两套视野各归各，过了一会儿，艾布拉才跟着他的眼睛去看。虽然只有星光，但装卸货区、倾颓的烟囱突然间都变得更清晰了。

她的视力比我好太多了。

丹下了车。约翰紧随其后，但丹根本没留意到他。他已把主动权全盘交托给清醒地躺在一千一百英里之外的床上的她。他觉得自己像人形金属探测器。只不过，他——他们——要找的不是金属。

（走到水泥墩子那里）

丹走向装卸台，背对着它站好。

（好了，前前后后找一下）

她停顿了一下，想找到一种满意的表达方式。

（就像在《犯罪现场调查》电视剧里那样）

他以装卸台为基点，向左移动了五十步，再向右，背对装卸台沿着对角线走。约翰从防水袋里拿出了铁铲，站在租车边等着。

（他们的露营车就是停在这里的）

丹又开始向左移动，走得很慢，时不时踢开一块破砖或水泥块。

（很近了）

丹停下脚步。他闻到了某种难闻的气味。一丝腐烂的气息。

（艾布拉？你闻到了吗？）

（是的，哦天啊丹）

（放松宝贝儿）

（你走过了回头慢点）

丹脚后跟一拧，像个士兵懒洋洋地做个向后转。他又朝装卸台走去。

（往左一点你的左边再慢点）

他照做了，现在的步子很小。那种味道又出现了，比先前更浓一点。这片超清晰的灵异夜色突然在他眼里模糊起来，因为艾布拉的眼泪涌了上来。

（棒球男孩就在这里你就站在他上面）

丹深吸一口气，抹了一把脸。他浑身颤抖。浑身发冷的人不是他，而是她。她已经坐起来了，在床上，抓紧枕边胖嘟嘟的兔子绒毛玩具，抖得像是死树枝头的老树叶。

（艾布拉你走吧）

（丹你还）

（是的我还好但你不需要看到这一幕）

猛地一下，清晰的视野不见了。艾布拉切断了两人之间的连通，这样很好。

“丹？”约翰压低了声音喊道，“没事儿吧？”

“没事儿。”因为艾布拉的哭泣，他还有些哽咽，“把铁铲拿来。”

12

他们用了二十分钟。前面十分钟是丹在挖，然后把铁铲递给约翰，真正找到布拉德利·特雷弗的人就是约翰。在挖出的洞口，他别过身去，捂住了口鼻。他的声音因此很含糊，但仍听得清：“有一具尸体，天啊！”

“你之前没闻到吗？”

“埋得这么深，隔了两年？你是说你闻到了？”

丹没有回答，约翰便转身对着洞口，但已没先前那么坚定了。他站了足有几秒钟，弯着背，好像仍然要用铁铲，但终于还是直起身。当丹用小手电筒照进他们刚刚挖出的小洞穴时，他退了一步。“我不行，”他说，“我以为我可以，但真的做不到。有那个……不行。我的胳膊好像变成橡皮的了。”

丹把手电筒递给他。由约翰来负责照明，把光束对准那个把他吓得半死的东西：盖满泥土的跑鞋。丹的动作很慢，不想惊扰艾布拉的棒球男孩留存于世的遗骸。省去所有没必要的动作，他只是把遗体旁边的泥土轻轻拨开。一点一点，轮廓从泥土中显露出来。这让他想起在《国家地理杂志》上看到的石棺上的浮雕刻字。

现在，腐烂的味道非常浓烈。

丹退了一步，深深吸了一口稍微新鲜的空气，憋足了气，再扭头探入那浅浅的坟墓的另一头。特雷弗的两只跑鞋翘出来，组成V字形。他用膝盖走了一两步，估摸到男孩的腰际，又伸手要手电筒。约翰递给他后就闪到一边去了。可以听到，他在抽泣。

丹把手电筒咬在双唇间，又拂去了一些泥土。孩子的T恤露出了一角，紧紧粘在下陷的胸部。然后是双手。手指，现在只是发黄的皮肤下的几根骨头了，但那些手指紧紧扣住了一样东西。丹的胸膛起伏，急需换一口气，但他坚持住，尽可能轻柔地掰开特雷弗的手指。然而，还是有一根手骨折断了，发出一声短促的闷响。

他们埋下他的时候，他把自己的棒球手套抱在胸前。他曾精心上油的漂亮皮套上已满是蠕动的蛆虫。

丹重新吸入空气时，气管里发出嘘的声响，而那空气里灌满了浓重的腐败味道。他翻身向右，跃出小小的坟墓，在他们刚刚挖出的泥土上呕吐起来。他不能让自己吐在布拉德利·特雷弗的遗体上。这可怜的孩子唯一的罪过就是天生拥有一群恶魔想要的东西——就在他死前的尖叫声中，一丝一丝地被掠夺殆尽。

13

他们把遗体重新掩埋起来，这次主要靠约翰动手。他们还搬来几块柏油路的碎块，盖住这个草草而就的墓穴。若有狐狸或野狗顺着余味而来，将有怎样的饕餮场面，他俩都不愿去想象。

忙完了这些事，他们回到车里，一言不发地坐了一会儿。最后是约翰先开口："我们该拿他怎么办，丹尼？我们不能就这样把他抛在这儿。他有父母，祖父母，说不定还有兄弟姐妹。他们都还不知道真相。"

"没办法，只能让他在这里再待一阵子。隔一段时日，就不会有人说：'天呀，那个匿名电话打进来之前，刚好有个陌生人在阿戴尔的五金行买了一把铁铲。'也许不会有人联想到那里去，但我们不能心存侥幸。"

"一阵子是多久？"

"也许个把月吧。"

约翰想了想，叹了口气："也许两个月更好。让他的家里人继续以为他只是跑到别的地方去了。让他们心碎之前，那样多想一阵子也不坏。”他摇摇头，“要是我不得不看到他的脸，恐怕再也睡不着觉了。”

“你会惊讶于人能忍受多少事情，”丹说着，想到了梅西夫人，现在她已被妥善贮存在他脑海深处，她神出鬼没的岁月早已告终。他发动了车子，摇下车窗，又把棒球手套在车门上敲了几下，把土抖掉一点。然后，他戴上了手套，手指滑入那孩子的手指在无数个阳光灿烂的午后逗留的地方。他闭上双眼。大约半分钟后，他才睁开眼睛。

“有收获吗？”

“你是巴瑞。你是好人。”

“什么意思？”

“我不知道，但我能肯定，他就是艾布拉所说的‘大块头巴里’。”

“没别的了？”

“艾布拉可以得到更多信息。”

“你肯定？”

丹想到刚才艾布拉在他脑子里睁开眼睛的一刹那，他的视力变得那么清晰。“肯定。把手电筒对着手套的掌心照一会儿，好吗？那儿有字迹。”

约翰用手电筒一照，果然照出孩子精心描绘的字样：**托梅** 25。

“这是什么意思？”约翰问，“我以为他姓特雷弗。”

“吉姆·托梅是个棒球运动员。他是 25 号。”丹盯着口袋状的掌心看了一会儿，然后把手套轻轻地放在他俩中间的座位上，“托梅是那孩子最喜欢的职业棒球手。他用偶像的名字命名自己的手套。我一定要逮住那群浑蛋。我在万能的上帝面前发誓，我要逮到他们，让他们后悔莫及。”

14

高帽罗思有闪灵的本事——整个真结族都有——但不是丹或比利擅用的那种。在他们告别的时候，罗思也好，乌鸦也好，都没有感觉到有两个陌生男人刚刚找到他们多年前在爱荷华州弄死的孩子，而且，关于真结族，他们已经知道得太多了。如果罗思在深层的入定状态，本可以捕获到艾布拉和丹之间飞速往来的意念沟通，但是，当然喽，那个小姑娘就会立刻发现她的存在。况且，那天晚上在罗思的陆巡舰上进行的是那种特殊的、亲密的告别仪式。

十指交叉垫在头下，她躺在床上看乌鸦穿衣服："你去过那间店，对吗？X区？"

"不是我去的，我得维护自己的好名声。我派计算器吉米去了。"乌鸦扣好皮带，咧嘴一笑，"他只需要十五分钟就能搞到我们需要的东西，但他已经去了两个钟头了。我猜想，吉米给自己找了个新的安乐窝。"

"好吧，那也挺好。我希望你们这些大男孩能好好享受。"她是想用轻松的语调，但在两天哀悼弗里克爷爷之后——大家围成圈作最终告别的时候是最悲恸的——要轻松也很难。

"不管他得到什么享受，都无法和你媲美。"

她扬了扬眉："背过台词了吗，亨利？"

"不需要台词。"他看着她全身赤裸地躺在床上，长发像黑色的扇面似的披散开。她很高挑，就算躺倒，身子也很修长。他一向对高挑的女人情有独钟。"你是我的家庭剧场里的头牌女主角。永远都是。"

言过其实——乌鸦的招牌就是会说，说得天花乱坠——但这到底还是取悦了她。她起身靠向他，头发插进他的头发里："小心点。几个人去就要几个人回。还要带上她。"

“我们会小心的。”

“那你们可要抓紧时间了。”

“放心吧。易捷邮局周五早上开门的时候，我们肯定到斯特布里奇了。中午能到新罕布什尔。那时候，巴瑞肯定已经锁定她的位置了。”

“只要她还没锁定他。”

“这件事，我不担心。”

很好。罗思心想，我会为我俩担心的。在我亲眼看到她腕间锁着手铐、脚踝拷着脚镣之前，我会一直提心吊胆的。

“这件事的美妙之处在于，”乌鸦说，“如果她确实感知到了我们，还试图把我们阻隔在外，巴瑞就很好下手了。”

“如果她太害怕，可能去求助警方。”

一丝冷笑闪过乌鸦的嘴角：“你觉得会吗？警察会说，‘好的，小姑娘，我们相信这些可恶的坏蛋正在追杀你。快告诉我们，他们是来自外太空呢？还是你家普普通通的小花园里的僵尸？你告诉我们，我们才知道要找的是什么怪物呀。’”

“别开玩笑，也别轻视这件事。干净利索地过去，干净利索地回来，必须这样行事。不许外人介入。不许涉及局外人。如果你们需要，可以把她的父母干掉，任何想要干预的人都格杀勿论，但必须低调。”

乌鸦啪一声行了个滑稽的军礼：“遵命，将军。”

“你个白痴，滚出去。但要先吻我一下，最好用到那条训练有素的舌头。”

她想要的，他都给了。罗思紧紧抱住他，抱了很久。

15

丹和约翰在沉默中驾车，开回阿戴尔的酒店的一路上都没怎么言语。铁铲在后备厢里。棒球手套搁在后座，用连锁酒店的毛巾包起来了。开到最后，约翰说：“事到如今，我们已经把艾布拉的家人扯进来了。她要恨死了，露西和戴维也会拒绝相信，但只能如此了。”

丹看着他，面无表情地说道：“你是谁？会读心术吗？”

约翰不会，但艾布拉会，她在丹的脑袋里冷不丁地大吼一声，让他很庆幸当时是约翰在开车。要是丹握着方向盘，他们的车很可能蹿进某户人家的玉米地了。

（**不行！！！！**）

“艾布拉，”他也大声回答，以便约翰至少能听到半场谈话，“艾布拉，听我说。”

（不行，丹！他们认为我好了！他们已经认为我是正常小孩了！）

“宝贝儿，如果这些人为了得到你，必须杀了你爸你妈，你认为他们会发善心手下留情吗？我保证他们不会有半点迟疑！更不用说我们在这里找到了什么。”

关于这一点，她无法反驳。艾布拉没有再强辩……但是，她的悲伤和恐惧眨眼间就弥漫在丹的脑海里。他的眼睛又模糊起来，泪水不管不顾地涌上来，涌出来，流淌到脸颊上。

妈的。

妈的，妈的，妈的。

16

周四清早。

现由毒牙安蒂驾驶的蒸汽头史蒂文的温尼贝戈露营车正沿着内布拉斯加州西部的 I-80 公路向东而行，时速六十五英里，严守法规。地平线上刚刚出现第一缕曙光。安妮斯顿的时间要早两小时。戴维·斯通穿着浴袍做咖啡时，电话响了。是露西从孔切塔在马尔伯勒街的公寓里打来的。听她的语气，已然是智穷才尽了。

“万一情况再恶化——虽然我认为事到如今只会恶化，不会转好了——他们下周头上就会让婆婆出院。昨晚，我和负责她病例的两个医生谈过了。”

“你为什么昨晚不给我电话，亲爱的？”

“太累了，也因为太沮丧了。我想，睡一觉大概会好一点，但也没睡多久。亲爱的，这个地方到处都是她的印记。不只是她的作品，还有她的活力……”

听她说话，有点踌躇不定的样子。戴维等待。他们在一起已超过十五年了，他很清楚露西心烦意乱的时候是什么样子，比起叨唠废话，等待通常会更好。

“我不知道该拿这个公寓怎么办，这所有的东西。光是看看这些书，我就觉得累。书架上有几千本，书房里还堆了一些，管理员说储藏间里还有几千本。

“我们不用今天作出决定。”

“他说还有一个箱子，上面写着亚历山德拉。那是我妈妈的本名，你知道吗，虽然她总是自称为山德拉、山迪。我从来不知道婆婆还收着她的东西。”

“切塔把这一切都写进诗里了，只要她愿意，她可以是世界上最深藏不露的女人。”

露西好像听进了这番劝慰，却又继续用那种殚精竭虑的沉闷语调喋喋不休：“都安排好了，除了救护车。如果他们决定让她周日出院，我就要重新预定私人救护车的时间。他们说可以改时间的。感谢上帝她有份好保险。那还是她在塔夫茨大学任教时买的呢，你知道的吧。她写诗从来没挣到一分钱。在这个该死的国家里，还有谁愿意花钱读诗呢？”

“露西——”

“她在利文顿安养院主楼里有一个很不错的房间了——小套间。我上网看过了。倒不是说她要在那里长住。我和她那层楼的护士长已经混熟了，她说婆婆已经到了生命的——”

“西西，我爱你，亲爱的。”

那是孔切塔对她的昵称，果然让她停下了。

“我不是意大利裔，但也全身心地爱你。”

“我知道，感谢上帝你是爱我的。这段日子太艰难了，但幸好就要结束了。我最晚周一就会回家了。”

“我们都等不及了。”

“你还好吗？艾布拉呢？”

“我们都挺好的。”戴维可以笃定地相信这一点——但顶多还有六十秒。

他听到露西在打哈欠：“我要回床上躺一两个钟头。我觉得现在可以睡着了。”

“快去吧。我得送艾布拉上学了。”

他们道了别，戴维放下厨房墙上的电话分机，一转身就看到艾布拉。她已经起来了，还穿着睡衣。她的头发乱蓬蓬，眼睛通红，面无血色。她甚至还攥着霍比——那只兔子绒毛玩具算是她的老朋友啦。

“艾芭嘟嘟？宝贝儿？你不舒服吗？”

是的。也不是。我说不清。但你听到我要说的话，你肯定会不舒服的。

“我需要和你谈谈，爸爸。今天我不想上学了。明天也不去了。也许要有一阵子。”她犹豫地说，“我有麻烦了。”

他想到的第一种可能性太让人无法接受，所以他立刻阻止自己继续想下去，但来不及了，艾布拉已经捕获了那一瞬即逝的念头。

她苍白的小脸上浮出一丝笑容：“不是啦，我没有怀孕。”

他当即停住了脚步，愣在厨房中央，下巴都快掉了：

“你……是不是刚刚——”

“是的。”她回答，“我刚刚看到你的想法了。虽然任何人都猜得出你在想什么，爸爸——都写在你脸上呢。但我要澄清一下，这不叫读心，而叫闪灵。我小时候干的那些事情把你们吓坏了，其实我现在仍然可以办到。不是所有的，但大部分都可以。”

他几乎一字一句地说道：“我知道，你有时候还是能未卜先知。你妈妈和我都知道。”

“不止预知，还有很多别的事。我有个朋友。他叫丹。他和道尔顿医生去爱荷华——”

“约翰·道尔顿？”

“是的——”

“这个丹是谁？是约翰医生治疗的孩子吗？”

“不，他是大人。”她抓住他的手，带他走到厨房里的餐桌边。他俩都坐下了，艾布拉依然抱着霍比。“但他还是孩子的时候，和我一个样。”

“艾布拉，我不明白。”

“爸爸，有坏人来了。”她知道，决不能告诉他那些人根本不是人类，比坏人还恶劣一百倍，这得等到丹和约翰来帮她讲清楚，“他们可能想要伤害我。”

“为什么有人要伤害你？你没讲清楚啊。至于你以前做的那些事，如果你至今还可以，我们可以——”

有几只锅子吊在墙上，下面的抽屉突然跳开，又关上，再弹开。她不能再把勺子悬起来了，但抽屉足以吸引他的注意力。

“一旦我明白这种事会让你们多么担心——把你们吓得不轻——我就隐匿起来了。但现在不能再躲了，躲不过去了。丹说我必须说出来。”

她把头埋进霍比的怀里——布料早已磨得又光滑又旧薄了——哭了起来。

第十二章
他们称之为魂气

1

周四下午晚些时候，约翰和丹刚从洛根机场的跑道上下来，约翰就迫不及待打开了电话。电话在他手里立刻响起来时，他已知道至少有十几通未接电话了。他瞥了一眼屏幕。

“斯通？”丹问。

“一连串未接电话都是同一个号码打来的，所以我猜肯定是他。”

“别接。等我们上了高速公路往北走了，你再给他打回去，告诉他我们会在——”丹瞅了一眼手表，始终都是东部时间，在爱荷华州的时候也没调过，“六点前顺路拜访他。等我们到了，就把一切和盘托出。”

约翰不情不愿地把手机揣进兜里：“飞回来的这一路上，我一直在祈祷别为了这事儿丢了行医执照。可现在呢，只希望我们停在戴维·斯通的家门口时，警察别来逮捕我们。”

丹在横跨美国的这段回程上已经和艾布拉商量了好几次，此刻摇了摇头：“她已经说服他了，让他等我们来再说，但那家人现在的麻烦就不少了，斯通先生是一位困惑难解的美国人。”

听了这话，约翰干巴巴地笑了一声：“困惑的又不止是他。”

2

丹拐进斯通家的车道时，艾布拉和她爸爸都坐在前门台阶上等着。时间算得刚刚好，只有五点半。

艾布拉腾地站起来，戴维都来不及抓住她，她已经跑到过道里了，头发在身后甩来甩去。丹看到她朝自己跑来，赶紧把毛巾包好的外野手棒球手套塞给约翰。她扑进他怀里了，浑身发抖。

（你找到他了找到他了你真的把手套给我带来了）

“再等等。”丹说着，放开怀抱，“我们得先和你爸爸商量一下。”

“商量什么？”戴维发问了。他把艾布拉从丹的身边拦腰拽回来。“她说的坏人是谁？还有，你到底是谁？”他的目光转向约翰，那眼神一点儿都不友善，“看在上帝的分上，这到底是怎么回事？”

“这位是丹，爸爸。他和我一样。我跟你说过的。”

约翰问道：“露西呢？她知道这事了吗？”

“我没搞清楚这事情之前，什么都不会跟你说的。”

艾布拉回答：“她还在波士顿，陪着婆婆。爸爸想给她打电话来着，但我劝他等你们来了再说。”她的眼睛直勾勾地盯着那只裹在毛巾里的手套。

“丹·托伦斯。”戴维说，“就是你？”

“是的。”

“你在弗雷泽安养院工作？”

“没错。”

“你和我女儿见面有多久了？”他攥紧双手，再松开，“你是在网上和她认识的吗？我打赌一定是。”他又看着约翰说，“要不是因为你从艾布拉出生时起就是她的儿科医生，我在六小时前就报警了，因为你不接电话。”

“我在飞机上。”约翰说，“没法接。”

“斯通先生，”丹说话了，“我认识艾布拉的时间不如约翰那么长久，但也差不多。我第一次遇到她的时候，她还是个婴儿。

而且，是她来找我的。”

戴维不停地摇着头，神情困惑又恼怒，显然，不管丹跟他说什么，他都不能信。

“我们进屋说吧。”约翰说，“我认为我们可以把一切都解释清楚——顶多只有一点点说不清——那样一来，你会非常庆幸我们赶来了，也会乐于知道我们跑去爱荷华干了什么。”

“约翰，但愿如此啊，可我他妈的很怀疑。”

他们进屋了，戴维揽着艾布拉的肩膀——有那么一瞬间，他们更像是狱卒押着囚犯，而非并肩的父女——约翰·道尔顿紧随其后，丹在最后。他望了一眼街对面那辆生了锈、不起眼的红色皮卡。比利迅速地跷了跷大拇指……又比了个“好运”的手势。丹也交叉食指和中指，回复，这才跟着前面的人迈进前门。

3

戴维在里奇兰庭园路的自家起居室里坐下，身边是他那令人费解的女儿，还有更令人费解的访客。与此同时，载着真结族突击队的温尼贝戈已到达托莱多市的东南部。开车的是沃纳特。安蒂·斯坦纳和巴瑞在睡觉——安蒂睡得像个死人，巴瑞晃来晃去，嘴里还念念有词。乌鸦在起居室区域翻看《纽约客》。其实他只喜欢那本杂志里的漫画，还有诸如牦牛毛衣、越南小帽、仿古巴雪茄之类的古怪玩意儿的小广告。

计算器吉米手持笔记本电脑，一屁股坐到他身边：“我一直在网上搜刮资料。必须黑入好几个网站，再赶紧溜出来，不过……我可以给你看点东西吗？”

“你怎么能够在州际公路上上网呢？”

吉米不屑地一笑：“4G 无线网，宝贝儿。这是现代社会。”

“爱咋咋的。”乌鸦把杂志推到一边，“你要我看什么？”

“安妮斯顿中学的校园靓照。”吉米轻敲一下触摸板，屏幕上跳出一张照片。不是粗颗粒的新闻报纸复印件，而是一张泡泡袖红裙少女的高像素报名照。棕栗色的头发编成麻花辫，笑容开朗又自信。

“朱莉安娜·克洛斯。”吉米说完，又敲了一下触摸板，屏幕上出现了另一张红头发女孩的照片，她笑得很顽皮。“爱玛·迪恩。”再敲一下，出现的女孩更漂亮。蓝眼睛，衬托出脸庞轮廓的金发一直到肩膀后面。表情很严肃，但浅浅的酒窝暗示出了笑意。“这位叫艾布拉·斯通。”

“艾布拉？”

“是啊，这年头，当父母的随心所欲地给孩子起名字。还记得以前吗？俗人都喜欢叫简和梅布尔？我听说史泰龙给他儿子起的名字是赛吉·姆恩布拉[①]，月血圣贤？什么乱七八糟的？”

“你认为这三者之一就是罗思要找的女孩？”

“按照她说的，那女孩十几岁，那这三者必居其一。八成是迪恩或斯通，她俩都住在发生微型地震的那条街上，但你也不能把克洛斯完全排除在外。那条街拐出来就是她家。”计算器吉米用手指在触摸板上画了一道弧形，三张照片一字排开，下面出现一行花体字：**我的校园回忆**。

乌鸦沉思了片刻：“你这样子把年轻姑娘的照片从脸书上扒下来，会不会有人举报？因为在俗人的世界里，那等于拉响了所有警报。”

吉米听了这话，露出被大大冒犯的表情：“脸书？狗屁咧！这些照片都是从弗雷泽中学的档案里调出来的，把他们的电脑直接连通我的电脑。”他不耐烦地咂了一声，“还有，你猜得到吗？就算有谁进得了国家安全局的所有电脑，他也不能从这台电脑获

① 原文为 Sage Moonblood。

取我的信息。你说，谁牛逼？”

“你牛逼。”乌鸦说，“行了吧。”

“你觉得是哪个？”

“要我挑的话……”乌鸦指了指艾布拉的照片，“她的眼神里有种特殊的感觉。水汪汪的，有魂气的感觉。”

水汪汪的说法让吉米琢磨了一会儿，越想越下作，竟兀自嗤笑起来：“我找到的东西有用不？”

“挺有用的。你可以把三张照片打印出来吗？保证每个人都有一份。尤其是巴瑞，他是这次行动的头号探测员。”

“我这就去打印。我带了一台富士通扫描仪。便携式的，特别好用！我以前用的是 S1100，但后来就扔掉了，因为我在《电脑世代》杂志上看到——”

“直接去打印，行吗？”

“行。”

乌鸦重新捡起杂志，翻到最后一页的漫画，那是需要读者填字的有奖漫画。本周的谜面是一位老妇人牵着一头拴在铁链上的狗熊走进酒吧，她张着嘴巴，也就是说，读者要填的是她的对白。乌鸦思忖片刻，写道：“好吧，是哪个浑蛋叫我臭婊子的？”

这样写，恐怕得不到奖金。

温尼贝戈在渐沉的夜色中继续前行。驾驶座上的核桃打开了前灯。巴瑞在一张睡铺上翻了个身，在睡梦中挠了挠手腕。那儿出现了一粒红疹。

4

艾布拉上楼拿东西的时候，三个男人沉默地干坐着。戴维想过，该不该上咖啡——他俩看起来累坏了，都需要刮刮胡子——但最终还是心一横，决定在他搞明白来龙去脉之前，什么也不给，谁也不给，哪怕一片干巴巴的咸饼干都不给。他和露西讨论过，在不久的将来，当艾布拉回家宣布有个男生约她出去时，他们身为家长该如何表态。但眼前的是男人，是成年男人，而且他不认识的那个男人似乎已经和他女儿约会了一阵子了。不管怎么说，算是约会……而且，真正的问题在于：是哪一种约会？

谁也不敢贸然开口，因为这场谈话注定会很尴尬，甚至可能吵起来。幸好，传来了艾布拉的跑鞋踩在楼梯上的闷响声。她举着那份《安妮斯顿购物导报》进了屋："看末版。"

戴维把报纸翻到背面，作了个恶心的表情："这摊褐色的污迹是什么？"

"干了的咖啡渣。我把报纸扔进垃圾桶了，但老是想着它，又去把它捡回来了。我不能不去想他。"她指着最底下那排照片里的特雷弗："还有他的爸爸妈妈。说不定还有兄弟姐妹。"她的眼睛噙满了泪水："他长雀斑，爸爸。他讨厌雀斑，但他妈妈说那会带来好运。"

"你不可能知道这些的。"戴维根本拒绝相信。

"她知道的。"约翰说，"你也知道。戴维，你要相信我们。求求你了，事态紧急。"

"我想知道你和我女儿的事。"戴维却转向丹说道，"跟我说说这事儿。"

丹只能从头说起。在互助会上涂鸦般写下艾布拉的名字。第一次用粉笔和黑板沟通，打了招呼。在查理·海耶斯去世的那一夜，他清晰地感知到艾布拉在场。"我问她是不是时不时在我黑板上留言的小女孩。她没有用言语回答我，但我听到了一小段钢琴声。应该是披头士的老歌。"

戴维转向约翰："你竟然把这种事告诉他了！"

约翰摇摇头。

丹继续说道："两年前，我的黑板上出现她的留言，'他们在杀害棒球男孩！’我不知道那是什么意思，也不能确定是艾布拉写的。本来，事情到那时候就结束了，但她后来看到了那个。”他指了指《安妮斯顿购物导报》的末版，邮票大小的照片排满了一整版。

后来的事，由艾布拉自己讲述。

讲完了，戴维说：“所以你们飞到爱荷华，就因为一个十三岁的女孩这么说。”

“非常特殊的十三岁女孩。”约翰说，“拥有某种非常特殊的才能。”

“我们以为那些都过去了。”戴维带着苛责的眼光看着艾布拉，“只有一点点预知力还在，我们以为她长大就好了。”

“我很抱歉，爸爸。”她的声音轻得就像蚊子叫。

“也许她不必道歉。”丹克制着愤懑，希望自己的语调不带情感色彩，“她把超能力隐藏起来，是因为她知道你和你太太希望她没有那种天赋。她隐瞒是因为她爱你们，渴望当一个好女儿。”

“我猜想，这是她跟你说的？”

“我们从没讨论过这件事。”丹说道，“但我也有母亲，我深深地爱她，因而我同样隐瞒了真相。”

艾布拉毫不掩饰地用感激的眼光看了他一眼。当她重新垂下眼帘时，她传送了一个意念给他。那是她羞于启齿的一件事。

“她也不希望她的朋友们知道。她认为她们会不再喜欢她。她们会怕她。这一点，她可能又猜对了。”

“我们不要偏离最主要的议题吧，”约翰打岔了，“我们飞去爱荷华了，没错。我们找到了弗里曼镇上的乙醇工厂，地址完全符合艾布拉说的。我们找到了那个男孩的尸体。还有他的手套。他把自己最喜欢的棒球手的名字写在了手套上，但他自己的名字——布拉德利·特雷弗——写在了皮带上。”

“他是被谋杀的，你们是这么说的。凶手是一群四处流浪的疯子。”

“他们开的是旅宿车和温尼贝戈露营车。”艾布拉说道，轻轻地，宛如在梦里，一边盯着毛巾裹住的棒球手套看。她有点怕它，但又想亲手触碰它。这些自相矛盾的情绪全部被丹接收到了，彻底的感知，以至于他自己都因此有点反胃。“他们有很奇怪的名字，像海盗那样。”

戴维问道——那语调几乎是悲凉的：“你们确定那孩子是被凶杀的？”

“戴帽子的女人把她手心里的血舔掉，那是他的血。”艾布拉回答，她一直坐在楼梯上，现在径直走向她父亲，把头靠到他胸前，“她需要的时候，就会露出一颗特殊的牙齿。他们全都有。”

“那孩子真的和你一样？”

“是的。”艾布拉带着哭腔，但很清楚，“他可以用手去看。”

“什么意思？”

“比如说，他可以知道打过来的是什么球，他打得到球就是因为他的手先看到了球。还有，他妈妈找不到什么东西的时候，他就会把手遮在眼前，透过手心去看，就能发现那东西的去处。我猜就是这样，这部分的情况我不知道，但有时候我是这样用手去找东西的。”

“所以，他们把他杀了？”

“这一点，我可以肯定。”丹说。

“为了什么？他算是某种超能力维生素片吗？你知道这听上去是何等荒谬？”

没人应声。

“他们还知道艾布拉参与了此事？”

“他们知道。”她抬起头，双颊通红，被泪水浸湿了，“他们不知道我叫什么名字、住在哪里，但他们知道有一个我。”

“那我们得报警啊。”戴维说道，“再不然……我觉得应该让联邦调查局介入这种案件。他们一开始可能不相信，但如果那里有一具尸体……”

丹打断了他的话：“我要先看看艾布拉摸到棒球手套后会有什么情况，否则我不会轻率地说你出了个坏点子。但你需要想想清楚，那样做会有怎样的后果。为我，为约翰，为你们夫妇，最主要是为了艾布拉好好斟酌一下。”

“我没看出来你和约翰会有什么样的麻——”

约翰不耐烦地在椅子里换坐姿：“得了吧，戴维。谁找到了尸体？谁把土刨开，拿出一样警方会认定相当重要的证物之后，再把尸体重新埋起来？又是谁，横穿美国大陆，把这件证物带回来，只为了让一个八年级女学生把它当作占卜板用？”

尽管丹不想，但还是加入了这段辩白。他俩联合起来了，换作别的场合，他可能会觉得不对劲，但这次完全同意约翰的意思。“你的家人已经陷入危机了，斯通先生。你太太的外婆生命垂危，你太太悲痛欲绝、筋疲力尽。但这件事会像炸弹一样，让所有报纸和互联网趋之若鹜。行踪不定的集体凶犯追杀一个据说有超能力的女孩！他们会让她上电视，你拒绝，而那只会让他们更贪婪。你家门前的小巷会在一夜之间变成露天直播室，新闻主播南希·格雷丝可能索性搬到你家隔壁，不出一两个星期，各式各样的媒体暴徒就会扯着嗓子对全世界说你们是骗子。还记得‘气球男孩的爸爸’[①]吗？你有可能也得到类似的封号。而在媒体夹击你们的同时，这些家伙依然逍遥法外。”

“既然他们追杀而来，那谁来保护我女儿呢？你们俩？一个医生，一个安养院的护工？你到底是护工还是看门的？”

---

① 二〇〇九年十月十五日，美国科罗拉多州的赫内夫妇放飞了一只飞碟形状的氦气球，并宣称用这种办法把他们六岁大的儿子送到了大气层。该事件被媒体火爆报道，追踪气球的下落，最终真相揭晓：孩子不在气球里，一切不过是这对夫妇精心策划的骗局。

你还不知道有个七十三岁的游乐场管理员在你家外面守望这条街呢。丹在心里说，又不得不摆出微笑："我两样都算吧。听着，斯通先生——"

"我看出来了，你和我女儿是好搭档，你不妨叫我戴维吧。"

"那好，戴维。我猜想，你接下去要做什么取决于你是否愿意赌一把——看执法部门会不会相信她。尤其是当她告诉他们开温尼贝戈的那些人是吸取生命力的吸血鬼之后。"

"天啊。"戴维喊出声来，"我绝对不能把这事告诉露西。她会火冒三丈的。岂止三丈！"

"这么说来，关于要不要报警已经有结论了。"约翰说道。

一时间没人说话。房子里，不知哪个角落，有座钟在走秒。外面，有条狗在叫。

"地震。"戴维突然说道，"那场小地震。是你干的吗，艾比？"

"我可以百分百肯定。"她轻声回答。

戴维一把抱住她，然后站起来，把棒球手套外面的毛巾扯掉了。他托着它，里里外外看了个够："他们把他埋了，他还抱着这个。他们诱拐他，折磨他，杀害他，然后连同他的棒球手套把他埋了。"

"是这样。"丹回答。

戴维转向他女儿："艾布拉，你当真想触摸这东西吗？"

她伸出手："不想。但你还是给我吧。"

5

戴维·斯通迟疑片刻，终究递了过去。艾布拉双手接下，往手套掌心里看，念出声来："吉姆·托梅。"丹愿意赌上所有家产（经过十二年的稳定工作和戒酒生活，他确实存了些钱）担保她这辈子从没见过这个名字，但她念得很准确：托梅。要知道，很多人会错读成汤姆。“他是六百全垒打俱乐部的成员。”

“说得对。”戴维跟着她说，“他——”

“别说话。”丹毫不留情地打断他。

他们都看着她。她把手套抬到面前，闻了闻掌兜。（丹还记得那些虫子蠕动的场景，不禁强忍住退缩的冲动。）她说话了：“不是大块头巴瑞。是中国佬巴瑞。但他不是中国人，他们这么叫他，只是因为他的眼角往上吊。他是他们的……他们的……我不知道怎么说……等一下。”

她把手套揽在胸前，好像抱着一个婴儿。她的呼吸变快了。她的嘴巴张大了，开始呻吟。戴维警觉地伸出手，揽住她的肩膀。艾布拉却把他的手摇开。“不，爸爸！别碰！”她闭起眼睛，抱住那只手套。他们只能等。

最终，她的眼睛睁开一条缝，说道：“他们来抓我了。”

丹跳将起来，跪在她身边，把他的一只手盖在她的双手上。

（多少人几个还是全部）

“只有几个人。巴瑞也在，所以我可以看得到。还有三个人。也许四个。有一个是女的，身上有蛇的文身。他们把我们称作俗人。在他们看来，我们就像乡巴佬一样。”

（是戴帽子的女人吗）

（不是）

“他们什么时候会到这里？”约翰问道，“你知道吗？”

“明天。他们要先停一下，拿到……”她愣住了。她的目光扫过整个房间，但不是在看这个房间。一只手从丹的手掌下溜出来，抬起来，开始揉搓她的嘴唇。另一只手紧紧抓住手套。“他们必须……我不知道……”眼泪慢慢地从眼角渗出来了，她不是因为悲伤而哭，而是因为用力。“是药吗？那是……等一下，等等，丹，放开我，我必须……你必须让我去……”

他把手挪开了。这个动作发出噼啪的声响，带出一丝蓝色的静电。钢琴发出一连串不和谐的杂音。通向走廊的门边小桌上，几个动物形状的陶瓷玩偶咔嗒咔嗒地晃动起来。艾布拉把手套戴上了。她的眼睛突然瞪圆了。

“有一个是乌鸦！还有个医生，挺走运的，因为巴瑞病了！他病倒了！”她用狂乱的眼神瞪着身边某处，然后大笑起来。那笑声让丹的后脖颈汗毛倒立。他觉得，只有精神病人没有及时吃药时才会这样疯癫地笑。他只能强迫自己不去把手套从她身上拽下来。

“他得了风疹！弗里克爷爷传染给他的，他很快要开始变身了！是那个天杀的孩子！他肯定没有打过疫苗！我们必须通知罗思！我们必须——”

丹觉得够了，对他而言，这些已经足够了。他把手套拽下来，一把扔到房间的另一边去。钢琴声终止了。陶瓷玩偶最后颠响一次，站稳了，其中一只小鹿的蹄子都快迈出桌边了。戴维目瞪口呆地看着女儿。约翰已经站起来了，但似乎暂时也无力动弹。

丹抓住艾布拉的肩膀，猛烈地摇晃她：“艾布拉，切断连通。”

她瞪着他，眼睛依然瞪着大大的，瞳孔仿佛悬在了眼白中央。

（回来艾布拉没事儿了）

她的肩膀耸得老高，简直都快碰到耳垂了，终于渐渐松弛下来。她的眼睛又能看到他了。她长吸一口气，向后一倒，正好倒在她父亲准备好的怀抱里。她T恤的衣领都被汗水浸湿了，颜色变深了。

“艾比？”戴维问道，“艾芭嘟嘟？你还好吗？”

“还好，但别那么叫我。”她再吸一口气，徐徐呼出，“上帝啊，太凶猛了。”她看着父亲说道，“骂粗话的人不是我，爸爸，是他们中的一个人。我认为是乌鸦。他是头儿，冲我来的那帮人的头儿。”

丹坐到沙发上，紧挨着艾布拉：“你确定自己没事儿吗？”

“是的，现在还好。但我再也不想碰那只手套了。他们和我们不一样。他们看起来像人，我觉得他们以前也是人，但现在满脑子恶毒的念头。”

“你刚才说，巴瑞得风疹了。记得吗？”

“巴瑞，是的。他们叫他中国佬。一切我都记得。我好渴。”

“我去给你拿水。”约翰说。

“不，要含糖的饮料，谢谢。”

“冰箱里有可乐。”戴维说着，抚摸着艾布拉的长发，再抚摸她的脸庞，再是她的脖颈，仿佛在确认女儿还在身边。

他们等到约翰带着一罐可乐回来。艾布拉抓来就喝，一副急不可耐的样子，还打了个嗝。“对不起。”说着，她咯咯笑起来。

从来没有哪个人打嗝的声音让丹这么开心，这辈子头一回。“约翰。成年人得风疹，比孩子更厉害，是吗？”

“你说得没错。那会导致肺炎，甚至可以因为角膜瘢痕而失明。”

“会死吗？”

“当然，不过很少见。”

“对他们来说不一样。”艾布拉说，“因为我觉得他们平常不生病。只有巴瑞得了风疹。他们打算停车，取一个包裹。肯定是给他的药。那种针剂。”

“你说变身是什么意思？”戴维问。

“我不知道。”

“要是巴瑞病了，他们会因此停止行动吗？”约翰问，“他们会不会调头返回？”

“我觉得不会。巴瑞可能把他们都传染了，他们明白这一点。

他们只会有收获，不会再失去更多了，乌鸦就是这么说的。”她又喝了几口可乐，双手捧着可乐罐，又环顾四周，把三个男人一个一个看过来，目光最后落在她爸爸身上。“他们知道我住这条路。也可能，已经知道我的姓名了。他们甚至可能弄到了我的照片。我不确定。巴瑞的神志已经一团糟了。但他们认为……如果我不会得风疹……”

“那你的灵气就可能治好他们。”丹接着说道，“或是至少能给其他人当预防针用。”

“他们不说灵气，”艾布拉说，“他们称之为魂气。”

戴维干脆地拍了一下掌：“就这样吧。我要给警察局打电话。我们要逮捕这些人。”

“你做不到的。”艾布拉的声音苍老得就像五十岁的女人，言下之意：*你想打就打吧，我只是把实话告诉你。*

他刚把手机从兜里拿出来，但没有打开，只是握在手里：“为什么做不到？”

“他们会把去新罕布什尔的理由说得天衣无缝，还有很多证据证明他们有正当的身份。而且，他们很有钱。非常有钱，和银行、石油公司和沃尔玛超市那样有钱。他们可能暂时离开，但肯定会回来。他们想要什么，不管多远都会来夺取的。谁挡道，他们就杀了谁；谁告密，下场也一样。如果他们惹了麻烦，只要花钱就解决的，他们就不惜重金。他们就是这样办事的。”她把可乐罐放在咖啡桌上，抱住她爸爸，“求求你了，爸爸，别告诉别人，谁都不行。我宁可跟他们走，也不愿意连累你或是妈妈。”

丹说：“不过就眼下而言，他们只有四五个人。”

“是的。”

“其余的人在哪里？你现在知道了吗？”

“在一个名叫蓝鸟露营地的地方。也可能是蓝铃。那地方属于他们。附近有个小镇。那家山姆超市就在镇上。那个镇子应该叫赛威。罗思在那里，真结族也在那里。他们自称为真结族……丹？怎么了？”

丹没有出声。至少，在那个当口，他无法言语。他在回忆迪克·哈洛兰的声音，从刚刚咽气的埃莉诺·韦莱的嘴巴里传出来。他问过迪克，那些空无的魔鬼在哪里，现在想来，就能明白他的回答了。

在你的童年里。

“丹？”约翰也发问了，他的声音听起来很遥远，“你怎么突然没了血色。”

全都讲得通了。他从一开始就知道——甚至在他亲眼看到那一切之前——全景饭店是个邪恶之地。饭店是不在了，夷为平地了，但谁能说邪恶本身也尽毁无余了呢？他显然不会这么说。他还很小的时候，几个从中逃脱的恶魔就已经拜访过他了，那些由死复生的恶魔。

这个露营地是他们名下的——就在昔日饭店的所在地。我知道那地方。迟早有一天，我会重返故地的，不得不那么做，这我也是知道的。也许很快。但在那之前——

“我还好。”他应了一声。

“要喝可乐吗？”艾布拉问他，“我总觉得，糖可以解决很多问题。”

“等会儿再喝。我有主意了。还很粗略，但只要我们四个人齐心协力，也许就能琢磨出一个计划来。”

6

毒牙安蒂把车停进纽约州韦斯特菲尔德附近的高速公路休息站。核桃进服务区商场为巴瑞买果汁，巴瑞已经发高烧了，嗓子痛得要命。等他回来的时候，乌鸦给罗思打了个电话。铃声只响了一下，她就接起来了。他三言两语，尽快汇报了现状，然后等候指示。

“我听到你后面有动静，是什么？”她问。

乌鸦叹了一口气，不知不觉地抬手抚了抚胡子拉碴的下巴：“是计算器吉米。他在哭。”

“让他给我闭嘴。告诉他，棒球比赛里不许哭喊。”

乌鸦转述给吉米，但没有转达罗思刻薄的幽默。此刻，吉米正拿着一块湿布擦拭巴瑞的脸，只能克制自己，不再大声地呜咽、抽泣（连乌鸦都不得不承认那让人很烦）。

“这下好多了。”罗思说。

“你要我们怎么办？”

“等一下。我正在思考。”

乌鸦心想，罗思竟然需要思考，这几乎和已经全面爆发在巴瑞脸部和身体上的红色风疹一样让人心烦意乱，但他决定照着罗思的意思来，只是把苹果手机抵在耳边，一声不吭。他在出汗。发烧了？还是因为这里很热？乌鸦低头看了看自己的双臂，没有看到红疹。还没有。

“你们的时间掌握得如何？”罗思发问了。

“目前来说，很好，完全照着计划来。甚至还有点提前。”

门上响起两记紧凑的敲击声。安蒂往外一看，开了门。

“乌鸦？还在吗？”

“在。是核桃，他刚刚买了些果汁回来给巴瑞。巴瑞嗓子痛。”

“试试这个。”沃纳特拧开瓶盖，对巴瑞说道，“这是苹果汁。从冰柜里拿的，还挺冰的。会让你的嗓子眼舒坦些。”

巴瑞用胳膊肘撑着身体，半坐起身，核桃把小瓶子对准他的嘴巴，他便大口喝起来。这让乌鸦看不下去。他见过小羔羊用这种方式喝奶瓶里的奶，一副弱不禁风、无法自主的惨相。

“他能说话吗，乌鸦？如果可以，让他听电话。”

乌鸦用胳膊肘把吉米捅到一边去，挨着巴瑞坐下来：“是罗思。她想和你说话。”

他试图把手机贴在巴瑞的耳边，但中国佬毫不犹豫地从他手里抢过手机。或许是果汁，或许是核桃刚才强迫他吞下的药片，似乎终于让巴瑞有点力气了。

“罗思。”他的声音嘶哑极了，“亲爱的，我很抱歉。”他一边听，一边点头，“我知道。我明白了。我……”他又听了一长段话，“没，还没有，但是……好的。我可以。我会的。是啊。我也爱你。他在。”他把手机递给乌鸦，然后一头躺靠在堆得很高的枕头上，那股短暂的冲劲已经用完了。

“我在。”乌鸦拿起电话说道。

“他开始变身了吗？”

乌鸦瞥了一眼巴瑞：“没。”

“感谢上帝，总算还有点慈悲。他说他还是可以找到她的。我希望他说的是实话。如果他办不到，你们必须靠自己的力量找到她。我们必须得到那个女孩。”

乌鸦太清楚她迫切地想要得到那孩子——朱莉安娜、爱玛或艾布拉——有她自己的理由，对他而言这动机就足够了。但实际上，还牵扯到更加严峻的问题。也许，真结族能否继续存活下去，也取决于那孩子。他和核桃在露营车尾部轻声商讨过，核桃告诉乌鸦，那个女孩也许从未得过风疹，应该是因为她很小的时候打过疫苗，但她的魂气照样可以保护他们。这不是万全之策，但无论如何总比束手无策要好。

“乌鸦？宝贝儿，回答我。”

“我们会找到她的。”他朝真结族的电脑专家瞪了一眼，“吉米已经把搜索范围缩减到三个对象了，都住在同一个街区。我们还有照片。”

“太棒了！”她停了停，再开口时，语调更轻柔，更温和，或许还有点颤音。乌鸦不愿去想罗思在害怕，但他只能这么想。不是为她自己，而是为整个真结族担忧，保护大家的安危是她的职责。“你明白的吧，要不是因为我认定此事非比寻常，我绝不会让你和生病的巴瑞一起行动的。”

“知道。”

“抓到她。让她不省人事，带她回来。好吗？”

“好的。”

“如果你们当中还有人染病了，如果你觉得有必要包一架飞机送她回来——”

“我们会办到的。”但是乌鸦一想到那种场面就不寒而栗。就算登机的时候他们当中有人没染病，下飞机的时候肯定也会半死不活——平衡感失控，尖利的耳鸣会持续一个多月，浑身麻痹，呕吐不止。更不用说，包租飞机势必会留下一纸凭证，暴露行踪。而他们押送的是被绑架、下了迷药的小女孩，这可不太好。不过，形势所迫的话只好顶风作案。

“你们该继续上路了。”罗思说，“男子汉，你要把我的巴瑞照顾好。还有别的人。”

“你那边的伙计们都好吗？”

“当然。”罗思说完就挂了电话，他都来不及多问一句。那倒也没啥。有时候，你不需要心灵感应就能知道别人在撒谎。就连俗人们都知道。

他把手机扔到桌上，轻快地击一记掌：“好吧，我们加完油就出发。下一站是马萨诸塞州的斯特布里奇。核桃，你照顾巴瑞。我开六小时，然后是吉米，你开。”

“我想回家。”计算器吉米愁眉苦脸地说道。他本想再抱怨几句，但一只热辣辣的手一把抓住他的手腕，让他收了声。

“我们别无选择，只能一往无前。”那是巴瑞，高烧令他双目炯炯，但眼神里透着清醒而警觉的理智。那个瞬间，乌鸦为他感到十分自豪。“根本没得选，计算机神童，所以，有点男子汉的模样吧。真结族在第一位。永远都是。”

乌鸦坐到驾驶座，转动了车钥匙。“吉米，”他说，“过来坐一会儿，我想和你聊聊。”

计算器吉米乖乖地坐到副驾座。

“这三个女孩都多大，你知道吗？”

“岂止是年龄，我还知道很多别的事呢。我搞到她们照片的时候就黑入了她们的学校档案。一不做二不休，不是吗？迪恩和克洛斯都是十四岁。斯通家的姑娘小她俩一岁。她在小学里跳了一级。”

“真有点魂气逼人的感觉。”乌鸦说。

“是啊。”

“她们住在同一个小区。”

“没错。”

“很容易成为死党。”

虽然吉米还是眼泪汪汪的，听了这话却笑起来：“可不是。女孩儿嘛，你懂的。她们三个很可能抹同一种颜色的唇膏，迷恋同一个乐队。你想说什么？”

“没什么。”乌鸦回答，“只想了解一些信息。信息就是力量，人们不都这么说吗？”

两分钟后，蒸汽头史蒂文的温尼贝戈回到大路，驶上 90 号州际公路。时速表上升到六十五后，乌鸦调整到自动驾驶，让车保持在这个速度。

7

丹把他的想法大致说了一遍，等待戴维·斯通的反馈。戴维却只是坐在艾布拉身边，垂着脑袋，双手垂在膝盖间，就那么坐了许久。

“爸爸？”艾布拉说，“求求你说点什么。”

戴维抬起头，问道：“谁想来杯啤酒？”

丹和约翰茫然地对视一眼，谢绝了。

“好吧，那我喝。真想来个双份杰克·丹尼尔啊，但我明白，你们二位绅士肯定会认为今晚不宜畅饮威士忌。”

“爸爸，我去拿。”

艾布拉连蹦带跳地冲进厨房。他们听到啤酒瓶盖被起开了，啤酒蹿上来发出嘶的一声——那声响把丹带回了过去，大部分回忆都那么快活，快活得近乎冒险。她拿着一罐库尔斯和啤酒杯回来了。

“要我倒吗？”

“倒吧。”

丹和约翰沉默地看着艾布拉倾斜啤酒杯，让啤酒顺着杯沿徐徐滑下，让泡沫尽量少点，那种轻松自若的手法真像个地道的酒保。她把玻璃杯递给父亲，再把啤酒罐搁在他手边的杯垫上。戴维喝了一大口，轻叹一声，闭上眼睛，再睁开。

“感觉真好。”他说。

*我最清楚那感觉有多好了。*丹心想，发现艾布拉正在看自己。她的神情通常都是一目了然的，此刻却像谜一样，让他一时无法猜透她在想什么。

戴维说：“你的提议太疯狂了，但也有引人之处。最吸引我的莫过于有机会亲眼看看这些……生物。我想我需要看到，因为——尽管你们对我说了这一通——我还是很难相信他们真的存在，哪怕有手套，有你们找到的尸体。”

艾布拉张嘴想说什么。她的父亲却摆摆手，阻止了她。

“我相信你是相信的，”他继续说道，“你们三个都信以为真。我也相信可能有一群危险又疯狂的人——我说的是可能——在追捕我女儿。我愿意听从你的提议，托伦斯先生，只要别带上艾布拉，我就答应。我不会把自己的孩子当作诱饵。”

“你不用那么做。”丹说着，想起乙醇工厂后面的装卸货区，想起艾布拉是如何身在现场，把他变成了寻找尸体的人形警犬，也想起了艾布拉在他头脑里睁开眼睛时，他的视力骤然清晰百倍。他甚至流下了她的泪，尽管 DNA 测试不一定能验证这一点。

“你这话什么意思？”

“你女儿不用陪着我们，就能和我们在一起。她有她独特的办法。艾布拉，你明天放学后可以去哪个朋友家玩儿吗？甚至留宿一晚？”

“当然可以，爱玛·迪恩。”丹看得出来，她已经明白了他的用意，因此两眼放光。

“这主意不好。”戴维说，“我不能任由她没人保护。”

“艾布拉一直有人保护，我们在爱荷华州的时候就是。”约翰说道。

艾布拉也不禁吓了一跳，眉毛跳起来，嘴巴微微张开。看到她这样，丹挺开心。因为他再清楚不过，她完全有能力随时到他脑子里偷看一番，但她顾及他的请求，真的没有那样做。

丹掏出手机，快速拨号：“比利？你也进屋来参加这场派对吧。”

三分钟后，比利·弗里曼走进了斯通家。他穿着牛仔裤和红色法兰绒衬衫，衬衫下摆都快拖到他膝盖上了。他还戴着“迷你小镇铁道”的帽子，在和戴维和艾布拉握手前，他匆忙地捋下帽子。

“他肚子疼的时候你帮过他。”艾布拉说着，转身看着丹，“我记得那事儿。”

“反正你一直都能钻到我脑袋里偷看。”

她被他说得脸红了："不是故意的啦。从来没有。有时候，一眼就看到了。"

"我怎么会不知道呢。"

"弗里曼先生。"戴维说道，"我无意冒犯，但你这把岁数担当保镖好像有点悬。而且，我们要保护的人是我女儿啊。"

比利掀起衣角，露出陈旧的黑色枪套里的自动手枪。"柯尔特1911型。全自动。二战时期的老古董。它也够老了，但管用。"

"艾布拉？"约翰问道，"你觉得子弹可以让那些鬼东西丧命吗？还是说，只能靠儿童传染病？"

艾布拉打量着那支枪："噢，可以的。子弹有用的。他们不是鬼灵人。他们和我们一样有血有肉。"

约翰看着丹说："我想你应该没带枪？"

丹摇摇头，瞅了瞅比利。"我有一把猎鹿用的步枪，可以借你用。"比利说道。

"那个……大概不够用。"丹说。

比利想了想，又说："好吧，我认识一个人，在麦迪逊那儿。他卖的都是大家伙。有些当真是重武器。"

"哦，老天爷啊。"戴维忍不住说道，"越来越糟了。"但他没有再说什么。

丹说："比利，如果我们明天想在云间小道上来一次日落野餐，可以把小火车提前包下吗？"

"没问题。常有顾客这么做，尤其是在劳动节过后，价钱更便宜。"

艾布拉笑了。丹见过这种笑容。那是她含着愤怒时的冷笑。他不禁想，如果真结族的人知道他们追杀的目标会有这样的笑容，会不会三思而退？

"好极了。"她说，"太好了！"

“艾布拉?”戴维一脸困惑地看着她，还有一点恐惧，“什么事好极了?”

艾布拉没有马上回答他，而是对丹说道：“他们那样对待棒球男孩就活该遭报应。”她用手捂住嘴，好像要抹去那丝冷笑，可她把手挪走时，笑容仍在，薄薄的嘴唇间微微露齿。她把那只手攥成了拳头。

“罪有应得。”

/

第三部　生死之事

第十三章
云间小道

1

易捷邮局位于一个露天商场，夹在星巴克咖啡店和奥瑞里汽车配件店之间。刚过上午十点，乌鸦就走进邮局，出示了他那张亨利·罗斯曼的身份证，签收了一个鞋盒大小的邮包，把邮包夹在胳膊下面走出邮局。虽然空调大开，温尼贝戈露营车里还是充满了巴瑞发病后的臭味，但他们已经习惯，几乎闻不出来了。邮包上的发件人是纽约州法拉盛市的一家管道配件公司。确实有这么一家公司，但根本没有染指这次特殊的货运。乌鸦、毒牙和吉米围在一边，看核桃用自己的瑞士军刀割开胶带，掀开盒盖。他取出了一块充气塑料防碰撞袋，再取出一些棉花团，就在下面的泡沫塑料盒里有一大瓶稻草色的液体，瓶子上没有标签，还有八支注射器、八支针头和一支手枪式注射器。

“我的妈呀，这些足够让她们全班的人都昏倒在中土世界了。”吉米说道。

“罗思很看重这个小可爱，”乌鸦说着，取出泡沫塑料盒子里的镇静药注射枪，翻来覆去地查看一遍，再放回原处，“我们也要小心使用。”

“乌鸦！”巴瑞声音哑哑的，嗓子眼好像已经堵住了，“过来！”

乌鸦把那盒子东西留给沃纳特，走向床上那个热汗淋淋的男人。现在，巴瑞浑身上下足有几百个鲜红色的斑点，眼皮肿得几乎睁不开来，头发被汗水粘在额头。乌鸦一靠近他就能感觉到他散发出高烧的热气，但中国佬终究是比弗里克爷爷强悍多了。他还没有变身的迹象。

“你们几个还好吗？”巴瑞问道，“没发烧？没疹子？”

“我们都好，别担心我们。你需要好好休息，也许睡一会儿会好受一点。”

“我死了会好好睡的，现在还不到时候。”巴瑞血丝通红的眼睛闪动一下，“我逮到她了。”

乌鸦想也不想就抓住他的手，暗地里提醒自己等下要用热水和肥皂好好洗个手，转念一想，那又有什么用呢？他们和他在一辆车里，呼吸一样的空气，轮流照应他去小便。他们早就摸过了他上上下下的皮肤。“你知道是三个女孩中的哪一个了？知道名字了吗？”

“没有。”

“她知道我们来找她了吗？”

“不知道。你别问了，我知道什么都会告诉你的。她正想着罗思，我才得到了空子钻进去，但她想的不是罗思的名字。‘有一颗长獠牙的戴帽子的女人’，她就是这么称呼罗思的。那孩子……”巴瑞倾向一边，朝沾湿的手帕里咳了一通，“那孩子挺怕她的。”

“她当然应该害怕。”乌鸦冷酷地回道，“还有什么？”

“火腿三明治。魔鬼蛋。”

乌鸦等他往下说。

“我没把握，但我觉得……她是在安排野餐。也许是和她父母去。他们会去坐……玩具火车？”巴瑞说着，不禁皱起了眉头。

“什么玩具火车？在哪儿？”

“不知道。等我再靠近一点，我会搞清楚的。我肯定我办得到。”巴瑞突然扭动起来，手在乌鸦的手里拼命往下压，力道之大，差点儿让乌鸦喊疼，“她大概可以救我一命，老爹。只要我再坚持一会儿，你就能抓住她……往死里整，让她吐出一些魂气来……那大概……”

“应该可以的。”乌鸦嘴上这么说，眼睛却往下看——看到了，虽然只有短促的一秒——透过巴瑞紧扣的手指，看到了骨头。

2

周五，艾布拉在学校里格外安静。老师们不觉得奇怪，哪怕她平日里活力四射，有时还会叽叽喳喳讲个不停。那天早上，她爸爸给校内护士打了电话，请求她转告艾布拉的老师今天不要太苛求她。她想去上学，但他们前一天刚刚得知艾布拉的曾外婆情况恶化了。“她还在适应这个坏消息。”戴维这么说。

护士说她非常理解，并保证把话传到。

那天，表面上沉默不语的艾布拉真正在忙的事情是集中心志，让自己在同一时间出现在两个地方。这就好比同时拍脑袋、揉肚子，一开始觉得很难，但掌握了技巧就不难做到了。

首先，她要待在自己的肉身里，偶尔回答课堂上的提问（从一年级开始她就喜欢举手回答问题，堪称老手，但今天她安静地坐着，交叉双臂放在课桌上，头一回觉得被老师点名回答挺烦人的），午餐时和朋友聊几句，还要请求瑞内教练批准她不去运动馆上体育课。“我肚子痛。”她说（在中学女生中间，这就是生理期的另一种说法）。她告诉教练想去图书馆看书。

放学后去了爱玛家，她还是很安静，但问题不大。爱玛的家人都是书呆子，爱玛自己眼下就在读《饥饿游戏》——读第三遍。迪恩先生下班回家后本想和艾布拉聊聊，但看她谈兴不高，只用单音节词汇回答他的提问，再加上迪恩太太给了他一个“不要多嘴”的眼神，他索性埋头看起最新一期的《经济学家》杂志了。

艾布拉隐约意识到爱玛放下了小说，问她想不想去后院玩一会儿，但她的精力基本上都放在了丹身上：透过他的眼睛，感受他的手、脚放在海伦·利文顿迷你火车上操控引擎，品尝他吃下去的火腿三明治和他喝下去的柠檬水。丹和她爸爸讲话的时候，其实是艾布拉在讲。至于约翰医生嘛，他坐在小火车的最后一排，她不需要去考虑他，因为约翰医生根本不在场。车厢里只有他俩：父亲和女儿，在知获婆婆的坏消息后享受温馨的陪伴，彼此安慰。

她的思绪偶尔也会跳到戴帽子的女人身上——把棒球男孩折磨致死后，张开血盆大口，露出尖利獠牙，舔舐他的鲜血的女人。艾布拉摆脱不了这种想法，但不确定这样想要不要紧。如果巴瑞的意念触及她的思绪，她对罗思的恐惧应该不会让他惊讶的，不是吗？

她也想到，要不是巴瑞病倒了，她恐怕不能轻而易举地蒙骗真结族的搜寻者。他不知道她已经知道罗思的名字了。他甚至没去思考一下：要等到二〇一五年才有资格领取驾照的小姑娘怎么可能驾驶迷你小镇的火车穿越弗雷泽小镇西面的森林？如果他想过这个问题，大概认为小火车并不需要真人驾驶吧。

因为他认为那是玩具。

“——拼字游戏？”

“什么？”她茫然四顾，看到爱玛，一时间甚至不知道她们在哪里。接着，她发现自己正抱着一只篮球。明白了，在后院。她们在比赛投篮。

“我问你想不想和我，还有我妈一起玩儿拼字游戏，因为投篮太乏味了。”

“你赢了，不是吗？”

“咳！连赢三场啦！你到底有没有玩？”

“对不起，我只是在担心婆婆。拼字的主意听起来不错。”岂止不错，简直太棒了。爱玛和她妈妈是全宇宙出牌最慢的拼字选手，如果有人提议计时赛，她们就会输得连家门都找不到。那样一来，艾布拉就能游刃有余，把她在这里的存在感减少到最低限度。巴瑞是病了，但还没死，如果他够聪明，发觉艾布拉其实在伪装——好像腹语术的超能力版本，后果不堪设想。他说不定会发现真正的她在哪里。

不用很久了。很快他们都会来的。上帝啊，但愿一切顺利。

爱玛在楼下的休息室里把桌上杂物收拾干净，迪恩夫人摆好游戏盘，这时候，艾布拉借口去洗手间离开了一下。她是要上厕所，但先飞快地溜进客厅，从拱形窗里往外看。比利的皮卡就停在街对面。他看到窗帘被掀起一角，便朝她跷了跷大拇指。艾布拉也回了一个手势。随后，在这里的、小部分的她才走进洗手间，大部分的她依然坐在海伦·利文顿号的驾驶室里。

我们去野餐吧，把垃圾捡起来，看看夕阳，然后我们就回家。

（野餐，捡垃圾，看夕阳，然后）

突然，一个令人不悦的场面不由分说地闯入她的脑海，让她很难立刻回转思路。一个男人和两个女人。男人背上文了老鹰，两个女人的后腰也有几何形状的刺青。艾布拉看得到那些文身，因为他们赤身裸体地在泳池边性交，伴随着愚蠢又老土的迪斯科音乐。两个女人假模假式地高声呻吟着。她怎么会突然撞见这一幕的？

那三个人的所作所为让她震惊，一下子毁掉了她精心设置、平衡分布的思绪，一时间，艾布拉哪儿也不在，就在这里，全部的她都在这里。她小心翼翼地又看了一眼，发现泳池边的那些人模糊不清。不是真人。有点像鬼灵。可是，为什么？因为巴瑞自己已经像半个鬼了，没兴趣观看在泳池边性交的——

那些人不在泳池边，而是在电视机里。

中国佬巴瑞知道她正在看他看的色情秀吗？他和其他人一起看的？艾布拉不能确定，但她觉得不会。他们应该考虑到这种可能性。哦，是的。如果她看到了，他们打算把她吓跑，甚或暴露自己的位置，或许两种目的都有。

“艾布拉？”爱玛在喊，“我们准备好了，可以玩了！”

我们已经在玩了，比拼字游戏厉害得多的大游戏。

她必须立刻恢复平衡的思路，要快。别去管色情秀和那么俗烂的迪斯科。她身在小火车里。她正驾驶小火车。那是给她的特殊待遇。她正玩得开心呢。

我们要去野餐，我们要把垃圾收好，我们要看夕阳，然后回家。我不是怕戴帽子的女人，而是怕得要死，因为我不在家，我在云间小道，和我爸爸在一起。

“艾布拉？你掉下去啦？”

“来啦！”她喊着回答，“只是想洗个手！”

我和爸爸在一起。我和爸爸在一起。就这样。

看着镜中的自己，艾布拉轻轻念道：“记住这种想法。”

3

他们驶入布雷顿森林边的休息站时，是计算器吉米在开车。离那个尽惹麻烦的小女孩所住的安妮斯顿已经很近了。然而，她不在安妮斯顿。根据巴瑞说的，她正在弗雷泽小镇上，往东南方向再走一段就到了。她和爸爸去野餐。享有特殊待遇。这对她有很大的好处。

毒牙把第一张碟塞进了 DVD 放映机。那个小电影名叫《肯尼在泳池边的艳遇》。“要是那孩子看到这个，准保能给她上一课。”她说着，按下播放键。

核桃坐在巴瑞身边，喂他多喝几口果汁……趁他喝得下去的时候。巴瑞真的开始变身了。他对果汁兴趣不大，对泳池边的三人床戏根本没有兴趣。他只是看着屏幕，因为他们让他看。每一次，他回到人形肉身时，痛楚的喊声就更凄厉一分。

“乌鸦，”他说，“到我这儿来，老爹。”

乌鸦立刻挪到他身边，把沃纳特撞到一边去了。

“靠近点儿。”巴瑞轻声说道——难受的时刻刚刚过去——乌鸦立刻照做。

巴瑞刚开口，还没来得及出声，又一次变身袭来了。他的皮肤褪变成乳白色，颜色越来越稀薄，直至透明。乌鸦看得到他紧咬牙关，眼窝里痛苦不堪的眼珠屏住不动，但最糟糕的是，还能模模糊糊地看到他脑部锯齿状的沟回。他等着，握住的那只手暂时不能称得上是手，而是一把骨头。钝重的迪斯科舞曲在很远很远的地方继续响着。乌鸦心想，他们肯定嗑药了，不嗨的话，谁能听着那种音乐做爱。

很慢、很慢地，中国佬巴瑞又显形了。这一次，他进入回路的时候大声惨叫，眉骨上迸出大颗的汗珠。红色斑疹也重现了，现在都如一颗颗鲜红的血珠。

他舔了舔嘴唇：“听我说。”

乌鸦听得很仔细。

4

丹尽可能地清空思绪，以便艾布拉尽可能地进入。从车站到云间小道的这段路，他已不知开过多少回了，闭着眼睛都能开。约翰守在车厢的末尾，带着所有的枪（两把自动手枪，以及比利的猎鹿步枪）。眼不见为净，也不用去想。至少不用费神。即便你睡着了，也不可能完全没有自知力，但艾布拉的在场感是如此强大，不可能不让人惊惶。丹心想，要是她在他脑袋里待上一段时日，不断投放她现有的力量，他大概很快就要去买时髦的凉鞋和匹配的饰品了。不用说，也会为了“在这儿”乐队里的几个帅哥神魂颠倒了。

她坚持——在最后一秒钟——让他带上绒毛兔子霍比，她从小到大的好伙伴。事实证明，霍比是有用的。“它可以给我一个专注点，聚焦神思的点。”她是这么说的，但在场的四个男人都无法完全理解，反倒是那位俗世名唤巴瑞·史密斯，不太算人类的绅士会对这句话心领神会。他从弗里克爷爷那里学到这招的，屡试不爽。

霍比也帮到了戴维·斯通，让他顺畅地讲述家族故事。许多事，艾布拉从来没听说过。不过丹依然认为，若不是负责搜寻的那一位病倒了，他们这个计划未必能奏效。

“别人不能通过定位找到你吗？”他问过她。

“戴帽子的女人可以，甚至隔着大半个美国都可以，但她不插手了。”那种让人战栗的笑容又一次浮上艾布拉的嘴角，露出一点点牙齿，让她看起来比实际年龄大好多，“罗思怕我了。”

艾布拉在丹大脑里的存在不是持续不断的。他感觉得到，她时不时地离开一会儿，反向去触探——哦，千万要小心——那个戴上特雷弗棒球手套的愚蠢透顶的家伙。她说他们在斯塔布里奇停留了一下（丹很确定，她其实说的是斯特布里奇），然后下了高速公路，沿着二级公路朝她脑海中标出的位置（就像雷达上的光点）而来。后来，他们在路边的咖啡馆停了停，吃了午餐，不是很匆忙；最后一程要慢慢来。他们已知道她要去哪里，也很愿意让她去，因为云间小道是个僻静之处，前不着村后不着店。他们以为她这么做会让他们轻松一点，那挺好的，但这活儿很精密，像是某种用意念完成的激光手术。

色情画面闪现——泳池边的群交场面——占据丹的脑海的那一瞬间让人慌乱，但也转瞬即逝。他想自己是不小心偷看到她潜意识里去了，如果你相信弗洛伊德的理论，人类的潜意识里存着各式各样的原始冲动，尽是些被压抑的画面。这种推断事后会让他懊恼，但不至于自责；他已经教会自己别去窥探人们最隐私的想法。

丹一手扶着小利的方向盘，一手按着膝头的绒毛兔子，它摸上去有点油腻腻的。这个时节，茂密的森林已呈现出了斑斓色彩，把他们夹在羊肠小道上。右手边的座位上——俗称售票员专座——戴维滔滔不绝地把家族故事讲给女儿听，至少有一位不见天日的家庭成员被钩沉了出来。

“你妈昨天早上打来电话，说婆婆公寓的地下室里藏了一口大箱子。上面写着亚历山德拉。你知道那是谁吗？”

“山迪外婆。”丹回答。妈的，他的嗓音都变尖利了，也更年轻了。

“回答正确！好了，让我来说点你不一定知道的事儿，不过就算你知道了，也不是听我说的。好吗？”

“决不供出你，爸爸。”丹觉得自己噘起了嘴唇，几英里之外的艾布拉低头笑着，看着她刚刚拿到的拼字游戏用的字母块：SPON DLA。

“你的山迪外婆毕业于纽大——纽约州立大学——奥尔巴尼分校，然后在一所预科学校里实习教书，对吧？在马萨诸塞州或佛蒙特，或是新罕布什尔，我记不清了。结果，八个星期的课才上到一半，她突然不干了。她后来在当地又晃荡了一阵子，大概找些兼职工作糊口吧，当服务生之类，但可以肯定的是，她没少去听演唱会，参加派对。她是个……”

5

（喜欢享乐的姑娘）

这句话让艾布拉想起泳池边那三个疯狂交媾的人，伴着老土的迪斯科音乐又是狂吻又是口交。好恶心。有些人喜欢的享乐方式非常奇特。

“艾布拉？”迪恩夫人在问她，“轮到你啦，亲爱的。”

若是长时间地这样交替神思，她肯定会精神崩溃的。若是在家里，独自一人，那就容易多了。她甚至尝试向她爸爸这样建议，但他不肯听从。就算有弗里曼先生在外面看守也不行。

她拿出 U 字块，拼出 POUND 这个词。

“多谢啦，艾芭嘟宝儿，我正需要这个词儿呢。”爱玛说着，把拼字板转到自己面前，用期终考试时的那种炯炯目光死死盯着板面上的单词，恐怕又得耗上五分钟。甚至十分钟。但最终拼出的词肯定很蹩脚，像 RAP 或 PAD 那样没难度的词。

艾布拉抽身而退，回到小利。她爸爸在讲的事情好像挺有趣的，尽管他以为她一无所知，其实她是知道一点点的。

（艾比？你）

6

“艾比，你在听吗？”

“当然。”丹回答。刚才不过是抽空拼了个单词。“这很有趣。”

“不管怎样，婆婆那时候住在曼哈顿，亚历山德拉那年六月去看她的时候，已经怀孕了。”

“怀了妈妈？”

“没错，艾芭嘟嘟。”

“所以妈妈是非婚生子？”

太惊讶了，也许演得有点过火。丹既是亲身参与这场谈话，又是在偷听别人家的隐私，但现在终于明白了：艾布拉早就知道她母亲是私生子了。这让他觉得艾布拉很懂事，虽有点滑稽，但实际上温馨又感人。露西去年就告诉艾布拉了，她现在所做的表演夸张却发自真心，只想配合一无所知的父亲。

“说得对，宝贝儿。但这不是罪过。有时候，人就是会……我说不好……一时糊涂。家谱树会蔓生出奇特的分支，而你，没理由不让你知道。”

“山迪外婆在妈妈出生后几个月就死了，是吗？是车祸？”

“是的。那天下午是婆婆在照料露西，从那以后就一门心思把她拉扯大，所以她俩才那么亲近。婆婆老了，病了，你妈妈才会那么难受。”

“谁让山迪外婆怀孕的呢？她说过吗？”

“你还别说，”戴维回答，“这个问题挺有意思的。就算亚历山德拉讲过，婆婆也没透露过。”他指向前方，森林间出现一条蜿蜒的小路，“瞧啊，宝贝儿，就快到了！”

他们驶过一块路牌，上面写着：**云间小道野餐区，前方2英里**。

7

为了给温尼贝戈加油，乌鸦带领的小分队在安妮斯顿短暂停留，但离里奇兰庭园路起码还有一英里。他们离开小镇的时候由毒牙开车，DVD播放器里的碟片名叫《摇摆女生会》。巴瑞把吉米叫到床边。

“你们得一步一步来，”巴瑞说道，“他们快到了。是个叫云间小道的地方。我跟你提过没？”

“说过啦。”吉米下意识地拍拍巴瑞的手背，转念才想到自己不该那么做。

“他们很快就要去野餐了。坐下来吃吃喝喝，你们就要趁那个时机逮到他们。”

“我们会搞定的，”吉米信誓旦旦地说，“也会及时把她的魂气挤出来帮你渡过难关的。罗思不会反对的。”

“她是不会反对的。”巴瑞附和道，“但对我来说太晚了。不过，你大概还来得及。”

“嗯？”

“瞧瞧你的胳膊。”

吉米一看，手肘下面细白嫩肉的地方冒出了一颗红疹。第一颗。红色的死兆。就这一眼，让他顿时口干舌燥了。

“噢天啊，我不行了。”巴瑞悲叹一声，衣服瞬间塌陷，因为肉身已不在了。吉米眼睁睁看着他隐没……连喉咙都不见了。

“闪开。”核桃说，“让我来。”

“你来？你能怎么办？他完蛋了。”

吉米起身往前冲，跳进副驾驶座；乌鸦刚离开，位置空出来了。“走弗雷泽 14-A 环镇公路。”他说，“那样比横穿镇中心要快。你可以在萨科河路的岔口——”

毒牙拍了拍 GPS 导航仪：“我都设定好了。你以为我是瞎子还是笨蛋？”

吉米好像压根儿没听到她。他一心想的只有一件事：他不能死。他怎么可以年纪轻轻就死在这里？尤其是在这个电脑方兴未艾的新时代。他也想到变身的过程，每次回复人形都那么痛苦，简直痛不欲生。

不行。不行。绝对不能死。不可能这样死。

傍晚的日光透过温尼贝戈巨大的挡风玻璃斜射进来。迷人的秋日阳光。秋天是吉米最喜欢的季节，他打算继续活下去，在下一个秋天、下下个秋天再跟随真结族的兄弟姐妹四处游荡。幸运的是，他这次跟对了人，这几个高手肯定可以顺利完成任务。乌鸦老爹足智多谋，心思狡黠。以前，真结族也遇到过危机。这次，老爹也将带领他们化险为夷。

“留神看看有没有指向云间小道野餐区域的路标。千万别错过。巴瑞说他们就快到了。”

“吉米，你啰啰唆唆让我的头都大了。”毒牙说，“给我坐好。

我们一小时之内就能到。也许更快。”

“加大马力。”吉米说。

毒牙安蒂坏笑起来，果然加快了车速。

他们刚刚转入萨科河路，中国佬巴瑞就变身了，只留下一摊衣服。残留着高烧的体温，它们依然热烘烘的。

8

（巴瑞死了）

这念头抵达丹的意识时没有夹带恐惧感，也没有丝毫同情心，只有满足感。艾布拉·斯通看起来就是个普通的美国少女，或许比大多数女孩更漂亮、更聪明，但当你透过表象，看到深层——其实也没有深藏不露——就会发现一位年轻勇猛的维京女斗士，带着嗜血的灵魂。丹觉得挺可惜的，她没有兄弟姐妹，否则，她肯定会不惜生命地保护他们的。

小火车从茂密高耸的森林里出来后，丹把小利放到最慢的挡位，慢慢驶进一条两旁有护栏的下坡路。坡道下方就是萨科河，映着夕阳的河水闪着金灿灿的波光。森林也随着陡坡下降，直抵河岸两边，橙、红、黄、紫，各种绚丽的树叶摇曳生姿。一切之上，松软的云朵悠然飘过，仿佛触手可及。

他拉了几下气动刹车，把小火车停在**云间小道车站**的路牌旁边，关闭引擎。一时间，他不知该说什么，但艾布拉借他之口，替他说了：“谢谢你让我驾驶，爸爸。现在我们去掠夺吧！”身在迪恩家休息室的艾布拉刚刚拼好“掠夺”这个词。“我是说，去野餐。”

“你在火车上吃了那么多，我真不敢相信你还有胃口。”戴维打趣她。

“可我就是饿啊。这说明我没有厌食症，你不高兴吗？”

"高兴——事实上，我真的很开心。"

丹用眼角的余光看到了约翰·道尔顿，他正低着头慢慢走过野餐区的平整绿地。厚厚的松针铺洒在地上，踩上去软绵绵的，他的脚步几乎没有声响。他一手拿着手枪，另一只手提着比利·弗里曼的猎枪。高耸的树木下，有一块专为开车的人留出的停车坪。约翰往后看了一眼，消失在树丛间。若是在夏季，这片停车坪必是停满了车，所有野餐桌也都被人占了。但在九月下旬这个工作日的下午，除了他们几个，云间小道空无一人。

戴维看了看丹。丹点头示意。艾布拉的父亲——他自认为不可知论者，也是世俗意义上的天主教徒——在空中画了个十字，跟随约翰走入密林。

"这儿真美啊，爸爸。"丹说道。现在，那位隐形乘客是在和霍比讲话，因为只有霍比被留下来了。丹把这只傻笨、光秃秃、只剩一只眼睛的兔子搁在一张野餐桌上，再回头走向第一节车厢，把柳条野餐篮提出来。他对空无一人的草地说："没关系，爸爸，我来拿。"

9

迪恩家的休息室里，艾布拉把长发甩到背后，站了起来："我又得去洗手间了。我肚子好痛。我想，上完厕所我还是回家吧。"

爱玛翻了翻白眼，但迪恩夫人露出关心的神色："哎呀，宝贝儿，是因为那个吗？"

"是的，这次好惨。"

"你带够东西了吗？"

"背包里有。我没事儿的。抱歉。"

"真坏。"爱玛说，"刚赢就要走。"

"爱玛！"爱玛的妈妈喊了起来。

“没关系的，迪恩夫人。刚刚投篮比赛，她让我输得好惨呢。”艾布拉上楼去，一路都手捂肚子，她只希望别演得太假了。她又朝屋外瞥了一眼，看到了弗里曼先生的皮卡，但这次来不及跷大拇指了。一进洗手间，她就锁上门，坐在马桶盖子上。一人分饰几角，实在太累人了，总算能歇一会儿了。巴瑞死了；爱玛和她妈妈在楼下；现在，只有在这间洗手间的艾布拉和在云间小道的艾布拉。她闭上眼睛。

（丹）

（我在）

（你不需要再扮演我了）

她感受到他如释重负，不禁笑起来。丹叔叔倾尽全力了，但他实在不是演女生的料。

门上响起一声轻轻的、试探性的敲门声。“小妞儿，”爱玛说，“你还好吗？我是个毒舌头，向你道歉。”

“我没事儿，但我要回家去，吃片布洛芬就上床。”

“我还以为你今晚住这儿呢。”

“我回家挺好的。”

“你爸爸不是不在吗？”

“我会把门锁好，等他回来的。”

“那……好吧，要不要陪你走回去？”

“不用啦。”

她想一个人待着，当丹、她爸爸和约翰医生把那些东西干掉的时候，她就可以放声喝彩了。他们也会的。既然巴瑞已经死了，剩下的人和瞎子无异。不会出什么岔子了。

10

没有轻风吹动枝头脆弱的树叶，小利熄火了，云间小道的整个野餐区非常安静。只能依稀听到山坡下的河水潺潺、天空中乌鸦凄厉的尖叫，以及渐渐迫近的汽车马达声。是他们。戴帽子的女人派来的走狗。罗思。丹掀开野餐篮的盖子，从里面掏出比利给他的格洛克点二二——至于他从哪里弄到的，丹不知道也不在乎。他只关心一点：这支枪上膛后可以连射十五发子弹。要是十五发还不够，他就惨了。遥远的回忆如鬼影浮上心头，杰克·托伦斯带着故作甜蜜、实则狰狞的假笑说道，*要是这都不管用，我真不知道该说什么呢*。丹看了看艾布拉的绒毛老友。

“准备好了吗，霍比？希望如此。我希望我们俩都做好准备了。”

11

比利·弗里曼一直缩在方向盘后面，但看到艾布拉走出了迪恩家，他猛地坐直了。她的闺蜜爱玛也站在门口。两个女孩互道晚安，互击两掌：第一下高举手过头顶，第二下放低。艾布拉开始往自己家走，过街、再过四户人家就到了。这不是原定计划，她的眼睛瞄向他的时候，比利摊举双手，无声地问道：*怎么回事儿？*

她笑了笑，飞快地跷起大拇指冲他摇了摇。他明白了：她觉得一切都没问题。但看着她走出来、朝自家去的时候，比利觉得很不安，哪怕那群变态杀人狂还在二十英里以南。她的特异功能是很强大，也许很清楚自己在干什么，但她毕竟只有十三岁。

她一路走到家门口，背着背包，掏裤兜找钥匙。这时候，比利倾身向前，按下仪表板储物盒的开关。他自己的那把格洛克点二二手枪就在里面。这些手枪都是从一个退役的“路圣”机车党人那里租借来的。年轻的时候，比利时常和他们一起去飙车，但没有正式加入新罕布什尔的路圣分部。总的来说他玩得挺开心的，但他明白那种团体间的凝聚力。志同道合的友情。他觉得，丹和约翰在酒瘾这件事上也有同样的纽带。

艾布拉一溜烟进了屋，关了门。储物盒里的格洛克手枪和手机，比利都没去拿。他不知道那是不是丹所说的闪灵，但他有种很糟糕的预感。艾布拉应该和朋友在一起的。

她真应该照着计划行动。

12

他们开的是旅宿车和温尼贝戈露营车，艾布拉曾这么说过。现在，确实有一辆温尼贝戈驶入了停车坪，正对通向云间小道的入口。丹静坐观望，手放在野餐篮里。终于到了交锋时刻，他十分镇定。他把篮子转了个方向，一端正对刚刚抵达的旅宿车，并用大拇指拨开格洛克的保险。温尼贝戈的车门开了，预计来绑架艾布拉的人鱼贯而出，一个接一个。

艾布拉也说过，他们的名字很滑稽——海盗那样的——但在丹看来，他们的相貌无异于普通人。两个中年男子就像大多数开旅宿车和露营车的那一型；那个女人年轻漂亮，是典型的美国式美女，让他联想起那些拉拉队队长——高中毕业十年后，甚至生过一两个孩子后身材也不走样。两个男人之一可能是她的父亲。他有一刹那的怀疑。毕竟，这儿是个旅游景点，现在又是新英格兰赏秋叶的时节。他希望约翰和戴维不要贸然开火，如果他们是无辜的游客，那就太恐——

就在那时，他看到响尾蛇的毒牙露出来了：年轻女子的左臂上有文身，右手拿着注射器。凑在她身边的那个男子也拿着一支注射器。走在最前头的男子腰间别着一把枪——怎么看怎么像是手枪的轮廓。他们走到标示出野餐区的桦木柱前停下了。领头的男人掏出手枪，丹仅有的那点犹疑被一扫而空。但那玩意儿看起来不像是普通的枪。那么细长，不可能是枪。

“那女孩在哪里？”

一只手依旧藏在野餐盒里，丹用另一只手指了指绒毛兔子霍比：“你们只能接近她到这个程度。”

手拿那把滑稽枪的男子很矮小，前额的头发都快掉光了，会计师般的面孔挺和善的，软绵绵的啤酒肚凸起在皮带上。他穿的是斜纹棉裤和T恤，胸前印着一句话：**上帝不会克扣人类钓鱼的那几小时**。

“亲爱的宝贝，我有个问题想问你。”年轻女人说道。

丹挑了挑眉毛：“说吧。”

“你不累吗？不想睡一会儿吗？”

他真的累。仿佛就在眨眼之间，他的眼皮沉重得像沙袋一样，握住枪的手也没了力气。再过两秒钟，他就可能轰然睡倒，脑袋搁在粗糙的野餐桌上就打起呼噜。但艾布拉尖叫起来。

（乌鸦呢？我没看到乌鸦！）

13

丹惊跳起来，确实是将睡未睡时人们会有的那种剧烈抽搐。野餐篮里的那只手猛然抽动一下，格洛克走火了，一团碎小的柳条飞喷出去。子弹不知飞到何方，但从温尼贝戈车上下来的这三个人都跳了起来，留存在丹脑海的睡意也被震得荡然无存。有毒蛇文身的女人和白色爆米花头的男子都退了一步，但手持怪枪的男人反而向前冲来，还喊着“抓住他！抓住他！”

“抓住这个吧，你个抢孩子的浑蛋！”戴维·斯通大喊一声，冲出树林，狂射一通。大部分子弹都是打空的，但有一颗射中了沃纳特的头颈，真结族的御用良医慢慢倒向厚厚软软的松针地毯，注射器从他指间滑落出来。

14

真结族的领导人肩负重任，但也有优待。罗思的巨型陆巡舰就是其一：以天价从澳大利亚进口，运到美国后再改装成左侧驾驶。其二就是可以随时独享蓝铃露营地的女士冲淋房。在路上度过几个月之后，能在铺好瓷砖的宽敞房间里冲个漫长的热水澡堪称莫大的幸福。你可以平伸双臂，要是心情好，甚至可以跳几个舞步，更不用说，热水不会流淌四分钟就用光了。

罗思喜欢关灯洗澡，在黑暗里，她可以更好地思考。所以，在山区时间下午一点接到那个恼人的电话后，她不得不直奔淋浴室。她依然坚信一切都会好起来的，但疑虑已开始露出端倪，就像蒲公英飘落在完美无瑕的草地上迅速生根发芽。如果那个女孩比他们预料的更聪明……或是她找到了帮手……

不。不可能。她脑袋里有魂气，没错，甚至该说是最完美的魂气脑袋，但她还是个孩子。俗人小孩。不管怎样，罗思现在只能心急火燎地干等，看突击队的进展如何。

十五分钟的畅快冲淋后，她走出浴室，擦干身体，用一块蓬松的浴巾把自己裹起来，抱着衣物，向她的陆巡舰走去。小矮子埃迪和胖莫莫在收拾露天烧烤摊，午餐刚刚结束，又是绝佳的一餐。谁都没有胃口，但这不是他俩的错，因为又有两名真结族成员身上出现了那种该死的红点。他俩朝她挥挥手，罗思也回了个手势。就在这时，仿佛有一堆炸药在她脑袋里爆炸了。她跌倒在地，怀里的裤子衣服散落一地。她的浴巾也散开了。

罗思几乎没注意到这些细节。突击队出事了。很糟糕。她开始在皱巴巴的裤子口袋里摸手机，与此同时冷静下来。她这辈子从来没有像现在这样希望乌鸦老爹有远距离心灵感应的本事，但是——她当然是极少数的例外——某些俗人却命中注定拥有这种天赋，譬如新罕布什尔的那个女孩。

埃迪和莫莫正向她跑来。跟在他俩后头的还有长腿保罗、安静的萨丽、幸运符查理和风琴手山姆。罗思摁下快键拨号键。千百英里之外，乌鸦的手机立刻应答了。

“你好，你拨通了亨利·罗斯曼的电话。我现在不方便通话，但如果你留下号码和口信——”

该死的语音信箱。这就是说，他要么关机了，要么进入了无信号区。罗思觉得肯定是因为在山区的缘故。膝盖抵着泥土，脚后跟陷进大腿背部，一手拿着手机，浑身赤裸的罗思用另一只的掌根砸向前额。

乌鸦，你在哪里？你们在干什么？发生了什么事？

15

穿 T 恤和斜纹裤的男人冲着丹扣动了怪枪的扳机。先是一股被压缩的空气，突然间，一支飞镖般的针头穿透了霍比。丹从破烂不堪的野餐篮里扬起格洛克手枪，又开了一枪。斜纹裤男子胸部中弹，向后倒去，嘴里咕哝咕哝的。一团鲜红的血色喷出来，染红了 T 恤的背后。

只有安蒂·斯坦纳还站在那里。她一转身，看到戴维·斯通傻乎乎地呆立原地，一脸晕眩的表情，便把注射器攥在拳头里，像攥一把短刀一样向他冲去。她的马尾辫像钟摆一样甩来甩去。她在尖叫。在丹眼里，万事万物都像突然变成了高清晰的慢镜头画面。他有时间，他看到了针头顶端的塑料保护套还没拆掉，也有时间去想，这些浑蛋到底在扮演什么样的小丑？当然，答案一目了然，他们根本不是丑角。他们是猎手，但压根儿不习惯猎物的抵抗。当然，他们通常猎捕的是天真无邪、毫无防范的孩子们。

戴维木木地看着号叫的女魔鬼朝自己冲来。也许他已经打空了枪里的子弹；也可能，一次疯狂扫射已到他的极限。丹举起自己的手枪，但没有扣动扳机。万一射偏呢？没有打中文身女子，反而把艾布拉的父亲撂倒了，那就太糟糕了。

这时候，约翰冲出密林，从后面扑倒了戴维，正好和冲过来的女人撞了个满怀。她的胸腔里挤出一声（暴怒或沮丧的）的尖叫。三人全都跌倒在地。注射器滚到了一边。就在文身女子趴在地上匆忙摸索的当口，约翰挥起比利的猎枪，对准她的头狠狠地砸下去。那是用尽全力、听从肾上腺素催动的一击。她的下颌骨碎裂时发出脆生生的声响。五官立刻移位，偏向左侧，一只眼珠从眼眶里鼓凸出来，还带着怒视的眼神。她四肢瘫软，翻身倒下，鲜血从嘴角流出来。她的双手挣开又握紧，握紧又挣开。

约翰扔掉猎枪，转向丹时一脸惊慌失措的表情："我不是故意砸得那么狠的！天呀，我吓死了！"

"看鬈发的那位。"丹说着，站起身，双腿僵硬得不听使唤，"约翰，你看他呀。"

约翰扭头去看。沃纳特倒在血泊里，一手紧紧抓着自己被射中的脖子。他正在快速地变身。衣服陷下去，又鼓起来。从指缝里流出的鲜血不见了，又突然出现了。就连手指本身也一样时隐时现。仿佛在疯狂的 X 光照射下一般，这个男人忽闪不停。

约翰捂住嘴，吓得连连倒退。丹也没缓过神来，一切仍保持高清晰的慢动作。他分明看到粘在雷明顿步枪枪托上的文身女子的鲜血和一缕金发也在又隐又现。他不禁想到，她冲向艾布拉的父亲时马尾辫

（丹乌鸦在哪里**乌鸦跑到哪儿去了???**）

还能甩来甩去。她对他们讲过，巴瑞在变身。现在，丹完全理解她的意思了。

"穿钓鱼 T 恤的家伙也这样。"戴维·斯通说道。他的声音

只是微微颤抖，有其父必有其女，丹有点明白艾布拉的胆量是从哪儿来的了。但他现在没时间考虑这个。艾布拉刚刚对他强调了一点：他们还没有把整队人马撂倒。

他用最快的速度跑向温尼贝戈。门还是敞着的。他三步并作两步上了台阶，纵身一跃跳落在铺了地毯的地板上，结果一头撞在餐桌腿上，眼冒金星。电影里可没这种鸟事儿，他心里骂着，翻身到一边，做好了被躲在车上、充当后援的余党枪击或踩踏或注射的准备。艾布拉称之为乌鸦的家伙。看起来，他们还不至于自负到愚蠢的地步。

温尼贝戈车上没有人。

看起来是空无一人。

丹站起身，快步通过狭小的厨房。他又经过了一张折叠床，显然一直有人睡，床单被揉压得乱糟糟的。查找的同时，丹也注意到这部旅宿车里臭不可闻，尽管空调还开着。车里有一个壁橱，但嵌在轨道上的门敞开着，他看到里面只有衣物，不见人影。他弯下腰，贴在地板上看衣服下面有没有脚。没有。他一直走到温尼贝戈的尾部，在洗手间的门口停住脚步。

他心想着尽是电影里那套路数，猛地拉开门，与此同时俯下身子。厕所里也没有人，他倒不是很惊讶。就算有人想在这儿藏身，恐怕也已经死了。光是那味儿就能熏死人。

（也许有人真的死在这里了也许这个叫乌鸦的）

艾布拉立刻作出回复，但她太惊慌了，不加收敛地传播了这次的意念，力道之大，足以把丹自己的思绪震得粉碎。

（不是巴瑞死在这里了**乌鸦在哪里快找到乌鸦**）

丹下了车。冲着艾布拉而来的两个男人都不见了，只有衣服留在原地。那个女人——试图用一句话让他入睡的女人——还在，但也撑不了多久了。她爬到了野餐桌旁，桌面上是被打烂的柳条野餐篮。现在她挣扎着在长椅上靠稳身子，顶着一张刚刚破相的脸，瞪着丹、约翰和戴维。鲜血从她的嘴角、鼻孔里流淌出来，好像长了一道红色的八字胡。她上衣的正面已被染红。丹慢慢靠近的时候，她脸面上的皮肤仿佛消融了，衣服迅速瘪下去，贴紧骨骼。她的肩膀已经挂不住衣服了，胸罩的肩带滑下来，垂荡成两个空落落的圆圈。肉身的部分只有眼球还在，直勾勾地瞪着丹。接着，她的皮肤仿佛重新编织成形，衣服随着丰满起来的身体再次鼓胀。垂下的肩带勒住了上臂，左肩带刚好挡住了左臂的文身，毒蛇被封住了口，没法再咬人了。扶着粉碎下巴的那些细骨也变成了一只真正的人手。

“你们把我们耍了。”毒牙安蒂含含糊糊地骂道，“我真不敢相信，竟然被几个俗人耍了。”

丹指了指戴维：“这个俗人就是你们要抓的女孩的父亲。说明一下，以免你死得不明不白。”

毒牙忍着疼痛狞笑一声，牙齿都被血浸红了：“你以为我在乎吗？在我眼里，他不过就是又一个晃着鸡巴的下流胚。就连罗马教皇也荡着一条鸡巴，你们才不管把它塞到哪里去呢。该死的男人。赢了吗，你觉得？总想赢过——”

“还有一个在哪里？乌鸦在哪里？”

安蒂咳嗽起来，嘴角冒出血色的泡沫。她一度迷失，后来在一家黑漆漆的电影院里被一个黑发如云的女神找到了。现在她就要死了，但若再有一次机会，她也不肯有任何改变。从当过演员的总统到如今的黑人总统，这些年是如此美好，但也比不上和罗思共度的那夜良宵。她面对高个子的英俊男人露出畅快的笑容。笑起来是很痛，但她还是要笑。

“噢，他呀。他在赌城雷诺，操死那些表演唱歌跳舞的俗人贱逼。”

她的肉身又开始消隐。丹听到约翰·道尔顿喃喃自语：“我的天啊，快看！脑出血。我可以用肉眼看到。”

丹等了一会儿，想看看文身女人会不会再显形。她到底还是回来了，咬紧的血色牙关间扯出一声漫长而凄厉的呻吟。变身的痛楚似乎远远大于被枪托砸到脑袋，但丹认为他有补救的办法。他把她捂着下巴的手拉开，伸手扣住那只手。他感觉得到，她的整个头盖骨都在变异，那感觉就像在用几块不起眼的胶带去弥合破碎的花瓶。这一次，文身女人的叫声越发惨绝人寰了。她大声喊着，虚弱无力地用另一只手去抓挠丹，他却根本无动于衷。

“乌鸦在哪里？”

“安妮斯顿！”毒牙凄惨地喊出声，“他在安妮斯顿下车了！爹地，请你不要再伤害我了！别再来了，你想干什么我都答应。”

艾布拉描述过这群魔鬼在爱荷华是如何折磨特雷弗的，天知道还有多少人！想到这里，丹就产生一股不可遏制的冲动，想要扯掉这个杀人不眨眼的臭婊子的下半张脸，把她打到血肉横飞，用她的下颌骨砸烂她的天灵盖，直到下颌骨和天灵盖都碎成渣。

接着——考虑到眼下的情形，这未免荒谬之极——他又想起了穿着勇士队T恤的孩子，伸出肉乎乎的小手去够堆在亮闪闪的杂志上的剩下的白粉。糖糖，他说。这个女人和那个孩子根本不一样，毫无相同之处，他这样告诫自己却已经没有用了。他的暴怒突然平息下来，只觉得自己又恶心又虚弱，全身心都空空荡荡。

别再伤害我了，爹地。

他站起来，两只手在衬衫上蹭了蹭，下意识地朝小利走去。

（艾布拉你在吗）

（在）

现在没那么惊慌了，不错。

（你得让你好朋友的妈妈立刻报警告诉警察你现在有危险乌鸦在安妮斯顿）

把警察扯进特异功能事件，这是丹能想到的最坏的情形，但眼下已经没别的办法了。

（我不）

她还没说完，她的意念就被一声强势的怒喊阻断了。女人的尖叫

（你这个小婊子）

戴帽子的女人又闯入了丹的头脑，这次不是在梦里，而是透过他那双清醒之极的双眼看到的。她的形象令人瞠目结舌：惊艳的人身赤裸着，湿发扭结地垂在肩头，宛如美杜莎再世。眨眼间，她的嘴巴张大，咧得越来越大，美貌瞬间成恐怖。在那个黑洞里，只有一颗黑黑黄黄、向外暴突的利齿。不如说是獠牙。

（你干了什么好事）

丹被震得一个趔趄，赶紧撑住小利的第一节乘客车厢，稳住了脚步。他的脑海开始翻天覆地地颠转。高帽子女人不见了，突然间，出现了很多关切的脸庞，把他围在当中。他们七嘴八舌地问，你还好吗。

他记得艾布拉曾经费力地解释世界是如何颠倒的：在她意外发现导报上的特雷弗照片的那天，艾布拉和戴帽子的女人如何在眨眼间对换了视野，她见她之所见。现在他恍然大悟。又开始天翻地覆了，但这次他跟上了趟儿。

罗思跪坐在地。他看得到她头顶的天空一无遮拦。围在她身边的那些人，毫无疑问就是她率领的专杀孩童的部落。这就是艾布拉所见到的。

问题是，此刻，罗思看见了什么？

16

毒牙的肉身消隐，再复现。苦不堪言。她看着蹲在她面前的男人。

“我可以为你做什么？”约翰问，“我是医生。”

虽然毒牙痛得要死，还是放声大笑。这个医生 ，他的同伙刚刚把真结族的医生打死了，他反而想要帮她摆脱痛苦？要是希波克拉底在这里，他会怎么说？“让我吃颗子弹，蠢货！只有这件事你办得到。”

书呆子气的那一位——也就是疯狂扫射，击毙沃纳特的那个男人——也加入了谈话。“你活该受罪，”戴维说道，“你以为我会让你轻轻松松把我女儿夺走？像对待爱荷华州那个可怜的小男孩那样，折磨她到死？”

他们知道那件事？怎么可能？但现在都无所谓了，至少对安蒂来说无所谓了。“你们也会杀死猪、牛和羊。我们所做的事有什么不同吗？”

“以鄙人的拙见来看，杀人和牲口有很大的不同。”约翰说道，“你可以说我是个多愁善感的傻瓜。”

毒牙的嘴里全是血，还有些奇奇怪怪的东西。大概是牙齿。反正，都无所谓了。到最后，她受的苦总归没有巴瑞受的多。显而易见，她会比他死得更快。但有一件事需要澄清，只是让他们心里明白：“我们才是真正的人类。你们这些……只是俗物。”

戴维笑了，但眼神很坚定：“但是，胸前披散头发、染透鲜血地躺在地上的人是你呀。祝你享受地狱之火。”

毒牙意识到自己又要变身了。要是幸运，这就该是最后一次，但她还要抓紧肉身存在的机会：“你们不知道我经历了什么。以前。也不知道和我们在一起是什么感觉。我们是不可多得的，我们病了，所以要——”

“我知道你们病了，”戴维打断她的话，“该死的风疹。我真希望这场病能让你们可悲的真结族从里到外烂个透。”

毒牙说：“我们和你们一样没法选择出身。换作是你们，也会这么做的。”

约翰慢慢地摇头：“决不会。永远不会。”

毒牙开始消隐了。但在完全消失前，她终究说完了两句话：“男人都该死。”从瞪着他们的那张渐渐消失的脸孔里呼出了最后一口气，“俗人都该死。”

就这样，她死了。

17

丹小心翼翼地慢慢走向约翰和戴维，为了保持平衡，不得不扶着沿途摆开的几张野餐桌。他没有意识到，自己顺路捡起了艾布拉的兔子。他正在理清晕眩的头脑，但其结果只能让人半忧半喜。

“我们必须回安妮斯顿，要快。我的意识联系不上比利。我以前可以的，但现在他不见了。”

“艾布拉呢？”戴维问道，“艾布拉怎样？”

丹不想正视他——戴维已无法掩饰自己的恐慌——但他强迫自己抬起眼睛：“她也不见了。戴帽子的女人也不见了。他们全都混在一块儿消失了。”

“什么意思？”戴维双手抓住丹的前襟，“你在说什么？”

“我不知道。”

这是实话，但他很害怕。

第十四章
乌　鸦

1

到我这儿来，老爹。中国佬巴瑞是这样说的，凑近点儿。

那时候，毒牙刚开始播放第一张色情碟片。乌鸦靠近巴瑞，甚至拉住这个垂死应对下一次变身男人的手。等他肉身复现时……

听我说。她一直在观望，没错。只有那张黄碟跳出来的时候……

很难跟一个没能力定位的人解释定位这件事，尤其是当费劲解说的人已病入膏肓，但乌鸦好歹领会了要点。泳池边乱搞的那几个人把小女孩吓了一跳，正中罗思的下怀，她算得可真准。乱交的场面不仅让她骤然停止了监视，退闪到一边，更重要的是，就在那个微妙的时刻，巴瑞感知到她似乎在两个方位。她依然和父亲在小火车上，驶向他们打算野餐的地点，但因为她受到了惊吓，突然跳出另一个鬼影般的她：在厕所里尿尿。简直让人莫名其妙。

“也许你看到的是记忆？”乌鸦说，“可能吗？”

“有可能。”巴瑞回答，“俗人们的脑瓜里乱七八糟，什么样的狗屁都有。总的来看，这个小插曲不说明什么问题。但在那个瞬间，她好像变成了双胞胎，在两个地方出现，你明白吗？”

老实说，乌鸦不太明白，但他点点头。

“万一不是残存的记忆，她就可能在耍什么把戏。把地图给我。”

计算器吉米的电脑里有所有关于新罕布什尔州的地图。乌鸦把电脑拿来，端在巴瑞面前。

“她在这儿，”巴瑞手指点着屏幕说，“和她爸去云间古道的路上。”

“小道。”乌鸦说，“云间小道。”

“管他妈的古还是小，”巴瑞把手指挪向东北方向，“这儿，那个鬼影就是在这儿冒出来的。”

乌鸦拿回电脑，看着屏幕上那个鲜明无疑的痕迹：发着高烧、浑身大汗的巴瑞留下的湿漉漉的指印。“安妮斯顿？那是她家啊，巴瑞。她的超能力印记可能遍布安妮斯顿，就像蜕下的死皮。”

“没错。记忆。白日梦。各种狗屁玩意儿。我说了。”

“现在不见了。”

“没了，不过……”巴瑞抓住乌鸦的手腕，“要是真像罗思说的那样，她非常厉害，那她就真的可能玩什么花招。比如说，声东击西。”

“你遇到过这种魂气脑袋吗？能玩儿这种花招？”

“没有，但这次遇到的事不都是头一回嘛。我基本上可以肯定，她和她爸爸在一起，但你是拿主意的人，你来决定是不是最好……”

话说到一半，巴瑞又变身了，有意义的谈话到此为止，撇下乌鸦独自举棋不定。是他负责这次任务，而且胸有成竹，但这是罗思的计划——更重要的是——是让罗思咽不下气的仇家。万一砸在他手里，他只能吃不了兜着走。

乌鸦瞄了一眼手表。新罕布什尔时间下午三点，赛威小镇是一点。在蓝铃露营地，大家应该刚刚吃完午餐，罗思不会在忙别的事。想到这里，他拿定了主意，拨通了电话。他满心以为她会狂妄地大笑一通，笑他是个前怕狼后怕虎的怂货，但她没有。

“你知道我们不能百分百地信任巴瑞了，”她说，“但我信任你。你的直觉是怎么说的？”

他压根儿没有直觉，不偏不倚，所以他才给她打电话。他照实说了，等候指令。

“留给你处理吧。”她说，“反正，只能成功，不能失败。”

*多谢你什么忙也没帮上，亲爱的罗思。*他在心里说……又暗中期望别给她偷听到。

他挂了电话，坐在那里思考，身体随着温尼贝戈的行进轻轻摇摆，呼吸着巴瑞的病气，思忖着还要多久他的手上或是腿上或是胸前就会冒出第一波红色斑点。最后，他走到前面去，搭住吉米的肩膀。

“到安妮斯顿的时候，停车。”

“为什么？”

“因为我要下去。”

2

乌鸦老爹目送他们开出加油站，驶入安妮斯顿的主干道南段。他极力克制发送短程意念的渴望（其实他只会这么一种超能力），他想在有效传送范围内对毒牙喊一句：*快回来接我，这只是一场误会。*

只不过，万一不是误会呢？

他们走远了，他只能孤零零地站在加油站旁的洗车行里卖二手旧车的小巷口，最后留恋地看一眼。无论安妮斯顿这个小镇里掩藏着什么样的秘密，他终归要想办法尽快出城。他的钱包鼓鼓囊囊的，不管买什么样的交通工具都绰绰有余，只要能让他抵达他和同伴们约好的会合点：I-87 公路奥尔巴尼市路段。问题在于时间很紧。谈妥一辆车的买卖手续至少要花半小时，也许没那么多富裕的时间。除非他有百分之百的把握认定这是虚惊一场，否则，他就不得不依靠巧舌如簧的老伎俩。屡试不爽的老伎俩。

乌鸦确实还有时间走进加油站，给自己买一顶红袜队的棒球帽。入乡随俗，在波士顿红袜队的领地，打扮成红袜队球迷肯定有百利而无一弊。他想添一副墨镜，把粉丝的行头配齐，但想了想又算了。多亏有那么多电视剧不懈灌输，在一部分老百姓眼里，一个戴墨镜、身材健壮的中年男子怎么看怎么像职业杀手。只有帽子是必需的。

他走上主街，进了图书馆——正是艾布拉和丹相约商讨作战计划的地方。刚刚走进大厅，他就看到了他想找的东西，倒也方便。在大字号的标题**看看我们的小镇**下面就是安妮斯顿的城区地图，每条街、每条巷都被清清楚楚地标明了。看到那女孩所在的街道时，他的精神为之一振。

“昨晚的比赛太棒了，是不是?”有个男人问道，怀里抱着老高的一摞书。

一开始，乌鸦没反应过来对方在说什么，然后想到了自己新买的帽子。“可不是嘛!”他附和了一句，继续端详地图。

他假装逗留了一会儿，直到那位真正的红袜队球迷走出了大厅。帽子是不错，但他才不想聊什么棒球赛呢。他觉得那是一种蠢透了的体育项目。

3

里奇兰庭园路很短，首尾相连形成一个圈，路边点缀着讨人喜欢的新英格兰式的不对称双坡顶小屋和科德角风格的平房小屋。乌鸦在去图书馆的路上随手拿了一份免费的《安妮斯顿购物导报》，现在，他就站在角落里，就近倚着一棵橡树，假装在看报。因有橡树挡着，从街上看不到他，也许这是一种优势，因为就在他和目的地中间停着一辆红色皮卡，驾驶座上有人。车子很老旧，敞开式车厢里有一些手工劳作用的工具，好像还有一台碎土机，看起来，车主可能是个房屋看守人——住在这种庭园路上的人家应该雇得起这种人——但如果他是负责照看房屋的，为什么一直坐在车里呢？

也许，*看守的是个孩子*？

乌鸦突然庆幸起来，幸好他把巴瑞的话当真，并且及时下车了。问题是，接下去该怎么办？他可以给罗思打电话，但他俩最后那通电话实在没意义，他还不如去问八号球呢。

就在他半遮半掩地躲在老橡树后头，琢磨着下一步该如何行动的时候，意料之外的事发生了，堪比天意，证明了老天爷不爱俗人但偏爱真结族。路边一栋房子的门开了，两个女孩走了出来。乌鸦并非浪得虚名，他的确和乌鸦一样有锐利的眼睛。他立刻辨认出来，这就是比利电脑里那三张照片上的两个女孩。穿棕色裙子的是爱玛·迪恩，穿黑裤子的是艾布拉·斯通。

他迅速跳转眼光，瞥了一眼皮卡车。司机和车一样，是个老家伙，本来懒洋洋地缩在方向盘后面，现在却坐直了身体，两眼发亮，精神抖擞，进入警觉状态。如此看来，她确实在耍花招。乌鸦还不能确定她们之中谁是魂气脑袋，但有一点可以确信无疑：温尼贝戈的几个人会扑个空。

乌鸦掏出手机，但只是在手里掂量了一会儿，看着黑裤女孩沿着小路走下去。棕裙女孩目送她一眼，就转身进屋了。黑裤女孩——艾布拉——横穿里奇兰庭园路，就在那时，皮卡车里的老家伙举起双手，仿佛在问*怎么回事*？她跷起大拇指，俨然在说：*别担心，一切尽在掌握之中*。乌鸦胸口一热，仿佛吞了一大口威士忌，胜利在望的感觉太让他激动了。疑虑清空，答案昭然若揭：艾布拉·斯通就是魂气脑袋。确凿无疑。她有人守卫，而守卫者就是这个糟老头，开着一辆完美的老皮卡。乌鸦有十分的把握，这辆皮卡将带着他和另一位年轻靓丽的乘客驶向奥尔巴尼。

他按下毒牙的快拨键，但无法接通。他既不惊讶也不惊慌，云间小道是本地有名的景点，上帝不允许任何愚蠢的信号塔突兀地耸立在游客们的风景美照里。没关系。要是他还搞不定一个老头和一个姑娘，那他索性辞职走人算了。他盯着手机想了片刻，决定关机。接下去的二十几分钟里，他不想和任何人通话，包括罗思。

他的使命。他要负责。

他带了四支灌满药剂的注射器，两支在轻便夹克的左侧口袋里，还有两支在右边。他搬出自己最迷人的亨利·罗斯曼的微笑——正是他为真结族所有成员包下露营地或汽车旅店时用的那副表情——从橡树后走了出来，笃笃悠悠地沿路散步。他的左手中仍然握着那份叠起来的导报，右手藏在夹克口袋里，把针头上的塑料保护套拧松……

4

“对不起，先生，我好像迷路了。我在想，您能否给我指个方向？”

乍现的不祥预感让比利·弗里曼神经紧绷……但那种轻快的语调、让人无端信赖的笑容还是瞬间令他折服，防线全面崩溃。大约只有两秒钟，但也足够了。就在他要打开仪表板储物盒的时候，感到脖子的外侧被叮了一下。

有虫子咬我，他刚有这种想法，身体就不听使唤，慢慢地歪下去，翻出了白眼。

乌鸦打开车门，把这位司机推向旁边的座位。老家伙的脑袋撞到了副驾驶座旁的车窗玻璃上。乌鸦飞快地抬起老家伙已无知觉、笨重的双腿，搬到变速挡的另一边去，毫不犹豫地关上储物盒，腾出一点儿空间，这才挤进驾驶座，关上车门。深呼吸之后，他环顾四周，做好应对各种情况的准备，但其实根本没有动静。里奇兰庭园路沉静在慵懒的午后静谧中，岂不是很美妙？

钥匙就插在点火开关上。乌鸦发动了引擎，收音机里立刻传出托比·吉斯的激昂高歌：上帝保佑美国啊把啤酒杯满上。就在他伸手去关收音机的时候，眼前突然冲过一道可怖的白光，遮蔽了一切所见之物。乌鸦只有一点点传心力，但他和部落里的成员是紧密关联的；换句话说，他们都附着于一个生命体，那道刺目的白光说明有一位同伴刚刚死去。云间小道不仅仅是为了声东击西，原来还是他妈的陷阱，有人埋伏在那里！

他还没打定主意接下去做什么，白光再次冲刷他的视野，刚过没多久，又来了一波。

他们全都死了？

天哪，他们三个？不是不可能……但这是真的吗？

他不由自主地深吸气，再吸气。他强迫自己面对一个事实：是的，可能真的这样惨烈。若是这样，他清楚该归咎于谁。

天杀的魂气女孩。

他看着艾布拉的家。安安静静的。感谢上帝终究帮了点小忙。他本想把这辆皮卡径直开到她家门口，但这时候他已经意识到那是个蠢透了的办法，至少眼下还不能那样唐突行动。他下了车，弯下腰，半个身子探入车内，揪住昏迷的老家伙的衬衫和皮带，又把他拽回到驾驶座。刻不容缓，他只有一点点时间去搜身。没有枪，太糟了。就目前的状况来看，他毫不介意用枪。

他把老家伙的安全带系紧，以防他毫无知觉地前倾，压到车喇叭。然后，他走上小路，不疾不徐地朝女孩的家走去。只要在某扇玻璃窗后看到她的脸——或是窗帘的轻微摆动——他就会不顾一切地跑进去，但什么动静都没有。

他还是可以完成任务的。无奈的是，这个想法只能被压抑在那些白光的恐怖阴影下。他现在最想亲手抓住那个卑鄙的小婊子，狠狠地摇晃，直到她浑身散架——就是她！给他们惹了这么多麻烦！

5

艾布拉梦游般地走进门厅。斯通家的地下室里有一个家庭康乐室，但他们最喜欢待在舒适的厨房，所以她不假思索地朝那儿走去。她双手撑在厨台上，站在她和父母一起吃过千百顿饭的位置，直勾勾地望着厨房水槽上方的玻璃窗，眼睛瞪得那么大，但眼神是空茫的。本质上，她不在这里。真正的她在云间小道，看着恶棍们从温尼贝戈车上冲下来：毒牙和核桃和吉米。因为巴瑞，她才知道他们的昵称。但有问题。有个人不见了。

（丹乌鸦在哪里**乌鸦跑到哪儿去了???**）

没有应答，因为丹、她父亲和约翰医生都忙着呢。他们把那几个恶棍一个一个撂倒。先是沃纳特——那是她父亲的功劳，干得漂亮——然后是吉米，最后是毒牙。在她头脑深处的道德感屡受重创。那种打击就像木槌一下下重重地砸在橡树干上，本身是让人难受的，但也不见得只有不悦的结果。因为……

因为他们罪有应得，谁让他们杀害孩子，而且什么都不能阻止他们。除非——

（丹乌鸦在哪里**乌鸦跑到哪儿去了???**）

这回，丹听到她了。感谢上帝。她看到了温尼贝戈。丹认为乌鸦在车里，大概他猜得对。然而——

她飞快地退回到门厅，透过前门的玻璃窗朝外看。人行道上没有人，但弗里曼先生的皮卡停在原位。她看不清他的脸，因为西照的太阳刚好洒在挡风玻璃上，但她看得到他坐在驾驶座上，也就是说，没出什么乱子。

大概不会有乱子。

（艾布拉你在吗）

丹。听到他的声音真好。她希望他一直陪着她，但在头脑里有他作伴也挺好的。

（在）

她再次看了看空荡荡的人行道和弗里曼先生的皮卡，让自己安心，再确认一次自己进门后锁好门了，这才重新走向厨房。

（你得让你好朋友的妈妈立刻报警告诉警察你现在有危险乌鸦在安妮斯顿）

她停在半路，一只手无意识地抬起来，揉搓嘴唇。丹不知道她已经离开迪恩家了。他怎么会知道呢？他忙得要死。

（我不）

她还没说完，高帽罗思的意念之声就在她脑袋里炸响了，扫荡了一切思绪。

（你这个小婊子你干了什么好事）

从前门到厨房那条无比熟悉的走廊开始倾斜。上一次乾坤颠倒的场面发生时，她是有心理准备的。这次没有。艾布拉想让它停止，但做不到。她家凭空消失了。安妮斯顿被抛远了。她突然躺在了地上，面朝天空。艾布拉明白了，在云间小道上死去的三个人让罗思大受打击，甚至因此倒在地上，她不禁体会到一种野蛮人的快感。当然，她还要想尽办法保护自己。时间很紧迫。

6

罗思的肉身横陈在冲淋间和全景小屋的当中，但她的意念已在新罕布什尔，挤进了女孩的头脑。没有白日梦中的女斗士了——骑着高头大马，手持长矛——噢，这次没有她。这次只有惊讶万分的小姑娘和老罗思，而且，老罗思要报仇。万不得已的时候，她可以杀了这女孩，一了百了泄尽心头痛恨。可是，她死了太可惜了，留下她一条命更有价值。不过，罗思倒可以给她点颜色看看，让她知道以后会是什么滋味。罗思的伙伴们已经尝过的滋味。俗人们的意识里有许许多多不堪一击的柔弱之处，她全都很清——

（恶女人你快点滚蛋别来招惹我否则我杀了你！）

仿佛有人在她眼帘里面投了个闪光弹，罗思浑身抽搐着惨叫一声。本来已经抓到她的胖莫莫也吓得退缩一步。罗思没注意到她，甚至没有看到她。她太低估那女孩的能力了，曾经是，现在还是。她试图在女孩的头脑里站稳脚跟，但那个小婊子二话不说，竟然把她推出去了。难以置信！她惊骇万状，恼羞成怒，但事实就是如此。更恐怖的是，她分明感知到自己的双手伸向脸孔。要不是胖莫莫和小矮子埃迪死命抓住她的手，那个女孩肯定可以操控罗思用双手把自己的眼珠子抠出来。

至少，就眼下而言，她不得不败退，离场。但撤退之前，她在女孩的视野里看到了让自己如释重负的一幕：乌鸦老爹，一手举着针头。

7

艾布拉使出浑身解数，聚集自己的所有超能力量——比她那天追踪特雷弗时还用力，有生以来第一次全力出击，好歹是勉强够用了。就在她开始觉得自己没办法把帽子女人赶出自己的头脑时，世界又开始颠倒轮转了。是她在推动这次旋转，但实在太难了，好比凭借一己之力去推动巨大的石轮。俯仰她的脸孔和天空在翻转中消失了。一时间，只有黑暗，她停滞在

（半途）

虚无之境，接着，她家的门廊才在翻转中渐渐出现。但那里不止是她一个人了，还有个男人站在厨房门口。

不。不是男人。是乌鸦。

“你好呀，艾布拉。”他说着，笑着，向她冲来。刚刚和罗思在意念世界里正面交战，又刚刚回转过来，她的精神踉跄不定，因而没办法用意念推开现实世界中的他。她只能转身，跑。

8

千钧一发之际，丹·托伦斯和乌鸦老爹其实是非常相像的，尽管他俩永远不会知道这一点。乌鸦的视力也陡然变得清晰，也会觉得一切是以绝美的慢动作展开的。他看到艾布拉的手腕上戴着一条粉色橡皮手环，并立刻联想到那意味着关爱乳癌公益行动。他看到女孩向右旋转时，她的背包滑向左肩，并立刻意识到里面全都是书本。他甚至还有时间欣赏一下她的秀发，束成的马尾在她身后飞了起来。

他在门边赶上了她，就在她打算拉开插销的那一瞬间抓住了她。他用左臂环扣住她的脖子，压着她的喉咙把她往后拽。一开始，他感觉得到她在奋力反抗——虚弱而混乱——想用她的意念把他推开。

她顶多一百十五磅重，不能把整管药都推进去，否则她必死无疑。

乌鸦对准她的锁骨下面扎下去，她还在扭动、挣扎。他甚至无需担心动作失控，误把整管药剂打进去，因为她抬起左臂，猛

烈撞向他的右手，不让他继续扎。针管被撞落在地，滚到了一边。但老天不爱俗人，真结族更得天意，过去如此，现在亦然。他已经推进了一点点药剂，足够了。他感觉到被她攫住的意识先是松开了一点，然后宛如彻底放手，她的超能意念骤然消止。她的双手也一样。她只能用异常震惊、茫然失焦的空洞眼神瞪着他。

乌鸦拍了拍她的肩膀："我们开车兜个风吧，艾布拉。你会见到一些兴奋的新朋友。"

不可思议的是，她竟然露出了一丝笑容。对这样一个少女来说——要是把头发塞进棒球帽，你可能误以为她是个小男孩——这倒不如说是骇人的笑："你称为朋友的那些魔鬼都死了。他们……"

最后一个词含含糊糊地消失了，与此同时，她的眼珠翻了上去，膝盖一软。乌鸦本想让她索性摔倒——她就该得到这种待遇——但他终究克制了一下，反而伸出双臂接住了她软软的身体。毕竟，她是他们的重要财产。

属于真结族的无价之宝。

9

他是从后门溜进来的，简易的弹簧锁形同虚设，只需扭动几下亨利·罗斯曼的美国运通白金信用卡就开了，但他无意原路返回。后院的斜坡下只有一道高高的栅栏，后头就是河，无路可走。更何况，他的交通工具也在另一个方向。所以，他抱着艾布拉穿过厨房，走进空荡荡的车库。父母都有工作，也许……除非他们去了云间小道，幸灾乐祸地看着安蒂、吉米和核桃死去。此时此刻，他一点儿不在乎那边发生了什么事，也不管这女孩的帮手是谁。不管是哪些人，他们死定了，或早或晚而已。

他把浑身瘫软的她放到桌下，桌子上堆了些她父亲的工具。然后，他摁下车库门的按钮，走了出来，还不忘先挂上亨利·罗斯曼的招牌笑容。在俗人世界里存活的关键就是和俗人不分你我，看起来总是那么正常并且正直，而没人比乌鸦更能伪饰这一点。他迈着轻快的步伐径直走到皮卡车旁，再一次搬动老家伙，这次是把他搬到驾驶座和副驾驶座当中的位置。当乌鸦调转车头，拐进斯通家的车道时，比利的头都快歪到他肩膀上了。

“挺友好的吧，老家伙？”乌鸦问完，把红色皮卡开进车库，不禁放声大笑。他的小分队成员们都死了，眼下的情形危险到极点，但他已得到了最大程度的补偿。他觉得自己生龙活虎，眼前的世界色彩鲜明，像高压线般嗡嗡作响，这么多年来他第一次有如此振奋的感觉！他逮到她了，谢天谢地！哪怕她有离奇的特异能力，还有作恶多端的鬼把戏，但她的生死已在他手里了。现在，他要把她带回去给罗思。这是爱的祭品。

“中头彩了！”狂喜之极，他忍不住往仪表板上一拍。

他把艾布拉的背包扒下来，就留在工作台下面，再把她抱到皮卡车的副驾驶座上。他帮两位昏睡的旅伴系好各自的安全带。他当然想到过，要不要把老家伙的脖子拗断，把尸体抛在这间车库里？但他想了想，只要那些药没先把他弄死，老家伙可能还有用。乌鸦把手指搭上老家伙的脖子，摸到了缓慢但有力的脉搏。女孩就更不用担心了：她的头靠在玻璃窗，他看得到她的呼气在玻璃上留下的水雾。很好。

乌鸦第二次检查自己的装备。没有枪——真结族从不带武器上路——但他还有两管满满的药剂，足以让人瞬间沉睡。他不清楚这两个针管能让他用多久，但毫无疑问，女孩是第一位的。乌鸦不禁推断，就算老家伙有用，时间也非常有限。那好吧。俗人有来有去，少了一个就补一个呗。

他掏出手机，这次果断地按下罗思的快捷键。铃声响了好几下，他差点儿就准备留言了，她却匆忙接起来。她的声音有点飘忽、沉缓，发音也很含糊。有点像是在和醉鬼讲话。

“罗思？你怎么了？”

“那女孩惹出的麻烦比我预想的多三倍，但我还好。我听不到她的声音了。告诉我，你抓到她了。”

“我抓到了，她正睡得香呢，但她有几个朋友，我不想碰到他们。我会马上出发，向西走，也没时间研究地图。我得走几条二级公路，穿过佛蒙特进入纽约州。”

“我让马屁精斯利姆负责这事儿。”

“你得派人往东走，罗思，马上出发来接应我，还要预备好让魂气小姐安静听话的良药。管它什么药，无论如何要搞到一些，因为我没剩多少了。看看核桃的存货。他肯定有什么——”

“别教训我该做什么，”她打断他的话，“一切都会在今天准备就绪。你知道现在是什么情况吗？”

“知道，亲爱的罗思，野餐区是个陷阱。这个丫头把我们都骗了。万一她的帮手们报警了呢？我开着一辆 F-150 老爷福特车，身边坐着一对活死人。我的脑门儿说不定已经被写上了**绑匪**两个大字。”

但他是笑着这么说的。他不笑才怪呢。电话那头沉默了一会儿。乌鸦还在斯通家的车库里，坐在方向盘后面等着。

罗思终于说道：“要是你看到后头有警车或是前面有路障，立刻掐死她，她死的时候有多少魂气，你就吸多少，全部吸光，然后投降。我们总是会来照顾你的，你懂的。”

这下轮到乌鸦沉默了。最后他说：“亲爱的，你确定这么做合适吗？”

“确定。”她冷冷地回道，“她要为吉米、核桃和毒牙的死负责。我哀悼他们每个人，但对安蒂感觉更揪心，因为是我亲自带领她变身的，而她刚刚尝到一点儿甜头。还有萨丽……”

她不说了，只是长叹一声。乌鸦也没说什么。真的，不用多费口舌。安蒂·斯坦纳刚刚加盟真结族的头几年里，换过很多女伴儿——不稀奇，魂气总是让新人性欲旺盛——但在最近的十年里，她一直和萨拉·卡特厮守为伴，不离不弃。从某种角度说，安蒂与其说是安静的萨丽的爱人，不如说更像萨丽的女儿。

“萨丽悲痛欲绝。”罗思说，“黑眼睛苏西为了核桃也要死要活的。这个臭丫头夺走了我们三条人命，她必须为此付出代价。要么死，要么不死，反正，她的俗人生活就此告终了。还有什么问题？”

乌鸦不需要再问什么了。

10

乌鸦老爹带着两位沉睡的乘客开上新罕布什尔的老公路一路向西，离开安妮斯顿的时候没有人特别关注他们。除了极少数的例外（眼睛贼尖的老太婆和小屁孩是最糟的），美国俗人们大都是有眼无珠的蠢货，哪怕进入黑暗的反恐年代已有十二年，他们依然缺乏观察力。看到什么就汇报什么，口号是这么喊的，但你首先要看得到。

开到佛蒙特的时候，天就快黑了，乌鸦故意开了远光灯，迎面而来的车辆只能看到刺目的灯光，看不到车里的人。马屁精斯利姆已经给他打过三通电话了，汇报路况，给他指路。他走的基本上都是地图上没有标注的小路。马屁精还告诉乌鸦，柴油机道格、脏货菲儿和围裙安妮已经上路了。他们开的是一辆貌不惊人但有四百马力的雪佛兰卡尔普斯。多亏已逝的计算器吉米，他们还有国安局的特许通行证，一路超速也没问题。

双胞胎——豌豆和豆荚——负责用真结族名下的卫星通讯设备监听东北地区的警察内线，但还没发现少女被劫的报警电话。

这算是好消息，但也不出意料。那几个帮手聪明到可以设下陷阱埋伏他们，大概也不会笨到把他们的小宝贝的真相公布于众。

另一支电话响了，静音震动。乌鸦目不转睛地关注前路，但侧身越过两个昏睡的乘客，摸到了储物盒里的手机。不用说，是老家伙的。他把手机拿到眼前。屏幕上没有显示名字，可见打电话的人不在手机通讯录里，但看得到是新罕布什尔的区号。某个在云间小道伏击的人想知道比利和小姑娘是否安全无虞？很有可能。乌鸦想，不如摁下接听键？还是不接为好。不过，他等会儿会看看打电话的人有没有留言。信息就是力量。

就在他把手机放回储物盒的时候，手指碰到了一样金属物。他放好手机，拿出了一把自动手枪。运气真不赖！竟有这样的小奖品。要是老家伙醒得比乌鸦预想的早，而他不知道那里有枪，老家伙就可能先下手为强。乌鸦把格洛克放到自己的座位底下，再把储物盒关好。

武器更是力量。

11

等他们沿着 108 高速公路开进格林山脉时，天已经黑透了，艾布拉开始有苏醒的迹象。乌鸦仍是精神抖擞，非常清醒，见她醒来也没有觉得懊恼。因为他对她十分好奇，这是其一；其二，老皮卡的油箱快空了，总得有人去加油。

但不会有人钻空子。

他的右手伸进衣袋，取下一支注射剂上的塑料套，然后保持药剂不离手的姿势搁在大腿上。等到女孩的眼睛——还是那么绵软无力、迷迷瞪瞪的——睁开，他才说道：“晚上好，小姐。我是亨利·罗斯曼。你明白我的意思吗？”

“你是……”艾布拉清了清嗓子，润了润嘴唇，重新说道，

“你才不是什么亨利呢。你是乌鸦。”

“看来你很明白。很好。我猜想，刚才你晕晕乎乎的，而且会继续晕晕乎乎的，因为那样我才会喜欢你。只要你乖乖听话，这一路上就用不着再下猛药了——你会完全失去意识的。你明白吗？”

“我们要去哪里？”

“霍格沃茨魔法学院，去看国际魁地奇大赛。我会给你买一只魔法热狗，再来一大卷魔法棉花糖。回答我的问题。你会不会乖乖的？”

“会。”

“这么快就达成共识了，真让人高兴！不过，你必须原谅我没法百分百地信任你的承诺。在你贸然尝试一些可能让你后悔不及的蠢事之前，我要告诉你一些非常重要的资讯。你看到我手里的针头吗？”

“看到了。”艾布拉的头还靠在车玻璃上，但她垂下眼帘就能看到那剂药。她略微闭了闭眼睛，再费力地睁开，“我渴。”

“药性所致，肯定的。我手头没什么饮料给你喝，我们走得挺匆忙——”

“我包里有一小盒果汁。”她的声音沙哑，说起话来很低沉，很缓慢。每次眨眼之后，她仿佛都要用尽力气才能撑开眼皮。

“恐怕你的包也落在你家车库里了。我们经过下一个镇子时你可以搞点喝的——如果你是个听话的乖乖女。要是不听话，你这一晚上就只能吞自己的口水。明白？”

“明白……”

“要是你想钻到我脑袋里瞎搅和——是的，我知道你有那个本事——或是在我们停车的时候想招惹别人的注意，我就把这一针扎进这位老先生的身体。加上之前我给他的那一针，他会立刻死翘翘。在这一点上，我们是否也能达成共识？”

“是的，”她又舔了舔嘴唇，然后用手去揉，“别伤害他。”

“这取决于你的表现。”

“你要带我到哪里去？”

“乖乖女？亲爱的？”

“什么？”她看着他，茫然地眨了眨眼。

“你就给我闭上嘴，好好坐着。”

“霍格沃茨，”她说，“棉花……糖。”这次，她闭起眼睛后，眼皮就好像再也抬不起来了。她轻轻地打起鼾来。那规律的呼气声挺让人愉快的。乌鸦觉得她不是装的，但握着针管的手还是搁在老家伙的腿边。不怕一万，就怕万一。就像咕噜谈起佛罗多·巴金斯的时候说过的：我的宝贝，他诡计多端。确实诡计多端。

12

艾布拉睡得不沉，她依然能听到皮卡的引擎声，但仿佛在千里之外。仿佛在她头顶上。那声音让她想起曾在几个炎热的夏日午后和父母去温尼佩绍基河，把头伸到水面下，就能听到汽船的嗡嗡声，仿佛从遥远的地方传来。她清楚自己被劫持了，也知道自己该为此焦虑，但她只觉得平静，飘浮在半梦半醒间的感觉挺美妙的。只是嗓子眼里、嘴巴里觉得很干渴，太不舒服了。她觉得舌头都快干成一条灰扑扑的地毯了。

我必须做点什么。他要带我去帽子女人那里，我必须做点什么。否则，他们会把我杀了，就像杀害棒球男孩那样。甚至比那样还恶劣。

她会想出办法的。但要先找点喝的，然后再睡一会儿……

突突作响的引擎声渐渐退到更遥远的地方，当一束光照进闭合的眼睑时，她只听得到嗡嗡的轻响。声响骤然停止了，乌鸦戳了戳她的腿。动作先是很小心，继而越来越用力。力道大得会让人疼。

“醒醒，乖乖女。你可以等会儿再睡。”

她用力睁开眼睛，明亮的光线又照得她只能眯缝起来。他们的车停在加油站里，头顶上有荧光灯。她移开视线，避免直视亮光。现在，她不仅口渴，还头痛。就像……

“乖乖女，有什么好笑的？”

“嗯？”

“你在笑。”

“我刚刚明白自己是怎么了。我宿醉了吧。”

乌鸦想了想，咧嘴一笑：“我觉得是，但还不至于头顶灯罩到处晃荡。你醒了没有，听得懂我在说什么吗？”

“嗯。”至少她认为自己是清醒的。噢，可是头痛得厉害。一跳一跳的，好难受。

“拿着。”

他把什么东西放到她面前，用的是左手，所以手臂横在他身前。他的右手还握着那支针管，针头贴着弗里曼先生的腿。

她定睛一看，原来是张信用卡。她伸手接下来，却觉得那张卡好重，简直拿不住。她的眼皮又要耷拉下来了，他用手掌拍拍她的脸。她吓得猛然睁开眼睛，瞪得大大的。她长这么大还没被打过呢，反正，没有成年人扇过她巴掌。当然，她也没被劫持过。

“哦！哦！”

“下车。照着油泵上的指示做——你是个聪明孩子，我肯定你一看就懂——把油箱加满。然后把喷嘴放回原位，回到车上，原位坐好。只要乖乖女照我说的做，我们就会把车开到那边的饮料售卖机。”他指了指加油站小卖部的一角，“你可以买一大瓶苏打水。或是纯水，如果你想喝水的话；我用自己的小眼睛探测到，他们还有达沙尼可乐呢。不过，如果你是个坏丫头，我就干掉这位老人家，然后走进小卖部，把柜台里的小朋友也干掉。没问题的。你朋友有一把枪，现在已经属于我了。我会把你拽在身边，你可以亲眼观赏小朋友的脑袋被轰掉。都取决于你，明白吗？”

“明白。”现在好像更清醒了，“我可以买一瓶可乐，再买一瓶水吗？”

他的笑容变得更帅气、更爽朗，嘴角翘得更高了。尽管艾布拉身处这样的境地，尽管他刚刚赏了她一巴掌，她还得承认那种笑容挺迷人的。她猜想很多人都会有同感，尤其是女人们会被他的笑迷倒。“小贪心，不过贪心不总是坏事情。我们来瞧瞧，你是不是个听话的乖乖女？”

她松开安全带——试了三次，好歹有力气摁准了——抓住车门把手。就在下车前，她说道：“别再叫我乖乖女了。你知道我的名字，我也知道你是谁。”

没等他回答，她就关上车门，走向自助加油泵（脚步有点飘）。她有魂气，还有怒气。他几乎有点欣赏她了。不过，想到毒牙、核桃和吉米的下场，他也不会对她有更多感想了。

13

一开始，艾布拉连说明都看不懂，因为那些字都是重影的，而且闪动不已。她努力聚焦视线，那些字才终于清晰起来。乌鸦在看着她。她感觉得到他的视线如芒在背。

（丹？）

没反应，她也不奇怪。要是她连怎样使用这台愚蠢的自助加油机都不知道，还指望用意念呼唤到丹？她这辈子第一次感觉到自己的闪灵失效了。

她总算可以开始加油了，但第一次插入他的信用卡时弄错了方向，不得不再来一次。油泵好像无休止地工作，但幸好喷嘴上有一个橡皮罩，笼住了汽油味，夜晚的清新空气让她稍许清醒了一些。满天星斗。平日里，星辰的磅礴无限、璀璨晶莹会让她深感敬畏，但今晚的星空却只让她感到了恐惧。它们太远了。它们看不到艾布拉·斯通。

油箱加满了，她再次定睛去看自助机的显示屏，然后问乌鸦："你要发票吗？"

"我觉得没发票也没问题，你觉得呢？"说完，他又显摆起那种帅气逼人的微笑，假如那种笑容因你而生，你会感到很幸福。艾布拉很肯定，他有过数不清的女朋友。

不，他只有一个。帽子女人是他的女朋友。罗思。他要还有别人，罗思会杀了她。说不定就是用她的獠牙和利爪杀的。

她摇摇晃晃地走回皮卡车，坐进去。

"你做得非常好。"乌鸦说，"恭喜你赢得了大奖——一瓶可乐加一瓶水。那么……你要对老爹说什么呀？"

"谢谢。"艾布拉冷淡地回道，"但你不是我的老爸。"

"其实我可以哦。我会是个非常好的老爸，只要那个小姑娘听我话、对我好。乖乖女。"他发动汽车，朝饮料贩卖机开去，又给了她一张五美元的纸币，"要是有芬达，给我带一瓶。要是没有，就买可乐。"

"你们和别人一样也喝碳酸饮料？"

他故意摆出受欺负的鬼脸："要是你们刺我们，难道我们不会流血吗？要是你们挠我们，难道我们不会笑吗？"

"莎士比亚，对吗？"她又揉了揉嘴，"《罗密欧与朱丽叶》。"

"笨瓜，是《威尼斯商人》。"乌鸦反驳……但带着笑，"我敢说，后面的句子你都不知道。"

她摇摇头。真不该。刚刚镇定下来的脑袋又一跳一跳地阵痛起来。

“要是你们用毒药谋害我们，我们不是也会死吗？”他用手指点一点抵住弗里曼先生大腿的针头，“买饮料的时候，你要想着这个。”

14

她在自动售卖机上操作时，他目不转睛地盯着她。这个加油站在某个小镇的外围，周围都是树林，她有可能抛下老家伙不管，一头跑进林子里去。他想过用枪，但终究没有去拿。就算她跑，追上她也不难，因为她连走都走不成直线。但她根本没有朝树林那边看一眼。她把五元纸币插进槽口，选中饮料，一瓶接一瓶地拿出来，唯一的停顿只在猛喝几口水的时候。她走回来，把他要的芬达递给他，但没有上车，而是指着加油站另一边的方向。

“我要小便。”

乌鸦一愣，有点慌神。他完全没想到这种事，其实他本该想到的。她被下药了，她的身体需要排毒。“不能忍一会儿吗？”他想，再开出几英里就能找到小岔道，停下车，让她到灌木丛里方便。只要他看得到她的头，就不会出乱子。

但她摇摇头。她当然不肯。

他想了想，说：“好吧，你给我听好了。如果门没锁，你可以用女厕所。要是锁了，你就只能到后头解决。我不会让你进店里问店员要厕所钥匙的。”

“如果我到后头去，我猜想你肯定会盯着我。变态。”

“肯定会有垃圾箱什么的，你可以躲在后面方便。要是不趁机看几眼你的小屁股，我的心都会碎的，不过我会想办法的。好了，上车。”

“可是你说——”

“上车，否则我就再叫你乖乖女。”

她上了车，他把皮卡开到厕所门边，几乎是把门口挡住了。“现在，把手伸出来。”

“为什么？”

“快点。”

她很不情愿地伸出手，被他抓住。然后，她看到了针头，又想把手抽回来。

“别担心，就打一滴。我们不能让你有歪点子，对不对？也不能让你脑洞大开，把意念发射出去。反正逃不了这一出，何不省点事儿？”

她不再挣扎着抽回手了。顺其自然更轻松。针尖在她手背上轻轻点了一下，他就放开她了：“好了，去吧。好好尿，快快回。就像老歌里唱的：沙漏里的沙沙沙快点回家。”

“没听说过这首歌。”

“不奇怪。你连《威尼斯商人》和《罗密欧与朱丽叶》都分不清。”

“你很坏。”

“我可以不坏。”他说。

她下了车，在皮卡车旁站了一会儿，深吸了几口气。

“艾布拉？”

她朝他看。

“别以为把自己锁在里面就没事儿了。你知道谁会为此付出代价，是不是？”他拍拍比利·弗里曼的大腿。

她知道。

她的头脑刚刚清醒了一点，现在又开始迷糊了。可怕的男人——东西——又挂上了那种笑容。这次不止是迷人，还透着点小聪明。什么事他都想到了。万无一失。她试着推推厕所的门，门就开了。至少，她不用在后头的杂草堆里尿尿了，也算不幸中的万幸吧。她走进去，关上门，小便。之后，她只是坐在马桶上，昏沉沉的脑袋垂在胸前。她想起自己不久前还在爱玛家的洗手间里愚蠢地以为万事大吉。她想，那到底是多久前的事呢？

我必须做点什么。

但她太瞌睡了。困死了。

（丹）

她攒起浑身的气力，把这声呼唤发送出去……但到底还是有气无力。乌鸦会容许她磨蹭多久？绝望的感觉令她无法招架，她问自己，心里还留存多少希望可以让她去反抗？她现在只想拉上裤子，走回皮卡车，好好睡一觉。但她还要试一把。

（丹！丹！帮帮我！）

等待奇迹发生。

然而，她等到的却是一声短促的喇叭声。皮卡车里的人传来的信息简洁明了：时间到了。

第十五章
换装游戏

1

你会想起被遗忘的事。

云间小道之役大获全胜后，丹仿佛中邪似的想起这句话，就像那种烦人的、毫无意义的小调突然扎根在你脑袋里，怎么也赶不走，就算半夜醒来摸黑蹭进洗手间里时也会不自觉地哼哼那段没来由的乐句。这句话是很烦人，但并非没有意义。不知为何，他立刻联想到了东尼。

你会想起被遗忘的事。

不用把真结族的温尼贝戈开回弗雷泽小镇公共娱乐区的迷你小镇车站——关于这一点，没有异议。就算他们不担心有人看到他们处理这辆车，或在车里留下证据，也会无需投票就断然否决。那辆车里岂止是病和死的气味？根本就是魔鬼的味道。要说理由，丹还有一条。他不知道真结族的成员会不会像鬼灵人那样重返世间，但他真的不想探究真相。

所以，他们把真结族剩下的衣物、随身携带的药剂针筒都扔进了萨科河，这些东西都不会沉下去，而是顺流而下流向缅因州。然后，他们还是坐海伦·利文顿号原路返回。

戴维·斯通一屁股坐进售票员专座，看到丹还抱着艾布拉的绒毛兔子，就伸手去要。丹欣然从命，同时注意到艾布拉的父亲的另一只手里拿着他的黑莓手机。

“你拿着手机想干什么？”

戴维看着狭窄轨道两旁飞驰而过的森林，过了一会儿才回头看着丹：“只要手机有信号了，我就要给迪恩家打电话。如果没人接听，我就报警。如果有人接听，不管是爱玛还是她妈妈，只要说艾布拉不见了，我就报警。我估计她们是不会报警的。”他目光冷峻，毫无善意，仿佛在严肃地博弈，但他起码可以控制自己为女儿担惊受怕——的情绪，在这一点上，丹敬佩他。况且，和这样的他晓之以理更容易些。

“我容许你在这件事上主导大权，托伦斯先生。这是你想出来的疯狂计划，你要负责。”

这时候再强调他们都同意这个疯狂计划并没有助益。艾布拉始终没有回音，这时候再重申他、约翰和艾布拉的父亲一样紧张得要死也没用。不管怎样，这男人说得没错。

你会想起被遗忘的事。

从全景饭店那会儿遗留下来的回忆？丹觉得是。但为什么是现在？为什么在这里？

“戴维，几乎可以肯定她被劫持了。”答话的是约翰·道尔顿。他已经不用坐在最后面了，现在就在他俩身后。最后一缕西斜的阳光穿过树木，光斑在他脸上跳动不定。“如果真是这样，你报警之后，艾布拉怎么办？你想过吗？”

上帝祝福你，丹心想，要是我来问，他会听进去吗？我深表怀疑。因为，说到底，我是和他女儿暗中密谋的陌生人。不是我把她扯进这摊麻烦事儿的，但他永远不会诚心诚意地相信我。

“我们还能怎么办？”戴维问道，刚才的镇定不堪一击。他的眼泪流下来，把艾布拉的绒毛玩具紧紧抓着，挡住自己的脸。“我该怎么和老婆交代？说我在云间小道向几个怪物扫射的时候，别的妖怪把我们的女儿抢走了？”

“当务之急，”丹觉得互助会里安慰人的警句——诸如*放手，让上帝来*或*放轻松*——现在也不会让艾布拉的父亲放松下来，

“等手机有信号了，你确实应该给迪恩家打电话。我认为他们会接起电话告诉你，他们都没事儿。”

“你凭什么这么肯定？”

“我和艾布拉最后一次连通时，我叫她让好朋友的妈妈报警。”

戴维眨了眨眼睛：“你当真说过？还是你为了推卸责任瞎编一通？”

“我真的说过。艾布拉是回答了，但她只说了‘我不’两个字就没声音了。我认为她是想告诉我，她已经不在迪恩家了。”

“她还活着吗？”戴维揪住丹的胳膊，那只手冷得吓人，“我女儿还活着吗？”

“我没有收到她的消息，但我确信她还活着。”

“你当然这么说啦，”戴维喃喃自语，“掩饰你的过错，是吧？”

丹想反驳，话到嘴边还是忍下去了。他们要是开始唇枪舌剑，救回艾布拉的渺小希望就会递减为零。

“说得通。”约翰说道，虽然他的脸色还很苍白，双手也还有点颤抖，但他已用上了病床边的医生才有的冷静的口吻。“死了，她对剩下的那个人没好处。抓走她的那个人。活着，她就是人质。而且，他们想得到她的……那个……”

“他们想得到她的灵气，”丹接上话，“魂气。”

“还有一点，”约翰又说道，“你要怎么向警察交代我们杀死的那几个人？说他们变身，一会儿看得到一会儿看不到，最后彻底消失了？然后我们还把他们的……遗物处理掉了？”

“我真不敢相信我让你们把我扯进来了。”戴维用力地绞拧着绒毛兔。这个旧玩具眼看着就要被扯破，填充物也会撒得到处都是。丹觉得自己不忍心看到那一幕。

约翰又说：“听着，戴维，为了你女儿的安危，你必须冷静下来。自从她在导报上看到那个男孩的照片，想去找到他的线索的时候，她就已经陷入危机了。艾布拉说的高帽子女人发现她的那一刻起，她就一直在追捕她。我对魂气一无所知，对丹所说的闪灵也不太明白，但我知道我们面对的这类人是不会留下活口的。而爱荷华州那个男孩惨遭毒手的时候，唯一的目击证人就是艾布拉。”

“给迪恩家打电话，但要不动声色。”丹说。

“不动声色？”他好像在念一个拗口的瑞典单词。

“就说你想问问艾布拉，要不要帮她捎点什么？面包啦牛奶啦之类的，可以顺路到便利店买的东西。如果他们说她回家了，那就说好吧，你会往家里打电话。”

“然后呢？”

丹不知道。他只知道自己需要好好思考。他要想想，自己忘了什么。

反倒是约翰知道：“然后你要试着联络比利·弗里曼。”

暮色西沉，天光暗下来了，小利的前灯在悠长的铁轨上投下圆锥形的光束，戴维的手机终于有信号了。他拨出迪恩家的号码，尽管他紧紧抓着已被捏得变形的霍比，大颗的汗珠顺着脸颊淌下来，但丹知道，他在电话里表现得毫无破绽。可以叫艾比过来听电话吗？就想问问她需要他在停车场便利店捎点什么。是吗？那好，打电话回家问她。他又听了一会儿，说他肯定会的，然后挂了电话。他看着丹，脸上好像只剩下一双惊恐的眼睛。

“迪恩夫人让我问问艾布拉还疼不疼。很显然，她说痛经太厉害所以回家了。”他颓丧地低下头，“我甚至都不知道她来月经了。露西没说过。”

“有些事，当爹的不用知道。”约翰说，“现在，给比利打吧。”

“我没有他的号码。”他无奈地干笑一声，哈！“我们这队人马太逊了。”

丹记得，报出了一串数字。前方的树林越来越稀疏了，他已经看得到弗雷泽镇主街边的路灯。

戴维摁下那串数字，听了一会儿。又停了一会儿，然后挂机：“语音信箱。”

小利钻出树林，朝着迷你小镇驶完最后两英里的那段时间里，车上的三个男人默不作声。丹又试着去呼唤艾布拉，用尽他能使出的气力把他的呼叫传播出去，但一无所获。她所说的乌鸦，那个家伙可能让她昏厥了。文身女人带着一管针剂。也许乌鸦也有。

你会想起被遗忘的事。

在他意识的最深处，在他存放全景饭店里的所有恐怖回忆，以及寄生其中的所有鬼魂的密码箱里，慢慢浮现出这句话最初的含义。

“是锅炉。”

坐在副驾驶座的戴维瞥了他一眼：“嗯？”

“没什么。”

全景饭店的供暖系统是老爷货，必须定时放气减压，否则压力上涨到极限，锅炉就会爆炸，把整个饭店炸上天。就在杰克·托伦斯迅速丧失理智的时候，他把锅炉忘了个精光，但有人提醒了他年幼的儿子。通过东尼。

这又是一次提醒吗？还是，仅仅因为压力和愧疚而翻腾复现的回忆？因为他确实有愧疚。约翰说得没错，无论如何，艾布拉都是真结族瞄准的猎物，但情感不受理性的约束，这确实是他设定的计划，现在计划出错了，扛起责任的人就该是他。

你会想起被遗忘的事。

这是老朋友的声音吗？试图提醒他目前的处境？还是仅仅是记忆的回响？

2

戴维坐约翰的车，回斯通家。丹开自己的车跟在后面，很庆幸可以单独思考一会儿。其实也没什么帮助。他知道有什么隐情该被揭露，而且有八九成的把握那是千真万确的，但就是想不出来会是什么事。他甚至召唤了东尼——十几岁之后，他不曾这样做过——但也没音信。

里奇兰庭院路上已经看不到比利的皮卡车了。在丹看来，原因不言自明。真结族的突击队是坐温尼贝戈来的。如果他们让乌鸦在安妮斯顿下车，势必只能步行的他肯定需要一辆车。

车库门开着。约翰还没把车停稳，戴维就跳下车，往里奔去，口中呼喊着艾布拉的名字。然后，约翰的雪佛兰萨博本的前灯仿佛追光灯，照亮了戴维的一举一动，他像舞台上的话剧演员般慢慢拾起一样东西，口中低喃，像呻吟又像哭喊。丹把车停在萨博本旁边后才看到他手中的东西：艾布拉的背包。

就在那个瞬间，想要喝酒的冲动突如其来，甚至比他在牛仔靴酒吧外的停车坪上给约翰打电话的那天晚上更迫切，几乎是他第一次得到戒酒会奖章后至今最难耐的时刻。他只想冲出车道，掉转车头，无视他们的喊叫，直接开回弗雷泽镇上。那儿有一间叫公麋鹿的酒吧，每次路过，他都会用戒了酒的酒鬼的心态去揣测——里面什么样儿？散装的酒是哪种？自动唱片机里有哪些歌？酒柜上搁着什么威士忌？酒桶里又是哪一种？有没有漂亮女人？第一口酒会是什么滋味？会有归宿的味道吗？好像长途跋涉后终于回到家的感觉？这些问题，他起码可以得到一部分的答案，在戴维·斯通报警、警察找到他并质问有关少女失踪案的情况之前。

那个时刻早晚会来，在刚开始戒酒时的那些惊悚不安的日子里，凯西就曾对他说过，心理防线一旦崩溃，你和酒之间只隔一物，那就是属于你的高层能量。

丹对高层能量、神灵之说没有异议，因为他有点儿旁人不知的内部消息。上帝始终是一种无法被证实的假说，但他知道确实还有另一个世界存在。他和艾布拉一样见过鬼灵。如此说来，也可能有神灵。既然他亲眼见识过这个世界之外的那个世界，丹甚至认为那是相当可信的……只不过，什么样的神会眼睁睁地任由这种恶劣的事情发生呢？

好像只有你这么问过似的。丹在心里说。

凯西·金斯利曾让他每天两次跪下来祷告，早上祈求帮助，晚上表达感恩。这就是前三步：我不能，上帝能。我会让他帮我。不要对此想太多。

如果新入会的人不肯照着做，凯西通常都会讲一个电影导演约翰·沃特斯的故事。在他早期的电影《粉红色火烈鸟》中，沃特斯的御用明星——男扮女装的迪韦恩——曾在郊外草坪上吃了一点狗的排泄物。多年后依然有人问起电影史上那个惊世骇俗的时刻，最后惹火了沃特斯，对记者说：“那只是很小的一坨狗屎，却让她成了大明星。”

所以，就算你不喜欢，也要跪下祈求神的帮助，凯西讲完故事总会这样收尾，不过是很小的一坨狗屎。

丹开着车，手握方向盘，不太可能双膝跪下，但他假定自己已经摆出了每天早祈祷、晚感恩的固定姿势——闭着双眼，一只手掌覆住双唇，仿佛在抵抗让他二十多年惶惶不可终日的致命毒药，哪怕一滴都不能入口。

上帝啊，帮我一把，别让我去喝——

他只能想到这里，因为灵光闪现了。

就是他们去云间小道的路上戴维说过的事情。就是艾布拉愤怒时的笑容（丹想知道乌鸦有没有见过那种表情，如果见过，他有何感想)。更重要的是他自己的体肤所感，压着嘴唇，紧贴牙齿。

“哦！我的上帝！”他喃喃自语，下了车，双腿一软，竟然真的跪倒了。但他站起来，冲进车库，那里，两个男人呆呆地站着，盯着被抛下的艾布拉的背包。

他抓住戴维·斯通的肩膀：“给你太太打电话。告诉她你要去看她。”

“她会问是什么事。”戴维回答。毫无疑问，他那颤抖不已的嘴唇、低垂不起的目光已然透露他是多么不情愿在这个时刻讨论这件事。“她住在切塔的公寓里。我要告诉她……天啊，我不知道该怎么说。”

丹又加了一把力，狠狠地攫住他，直到那双低垂的眼睛终于抬起来，并和他的目光相遇：“我们一起去波士顿，但我和约翰去那边还有别的事要办。”

“什么事要办？我不明白。”

丹明白。尽管不是所有，但他已明白了一大半。

3

他们钻进约翰的雪佛兰萨博本。戴维拿着猎枪。丹躺在后排，头倚着扶手，脚搭在地上。

“露西一个劲儿地问我，到底为了什么事。”戴维说，“他说我把她吓得六神无主。当然，她想得到，这是关于艾布拉的，因为她也有一点艾布拉的本领。我一直都知道的。我告诉她，艾比今晚在爱玛家住。你们知道吗？我和老婆结婚这些年来骗过她几次？一只手就数得过来，三次是关于我周四晚上输了多少钱，那是我们系主任召集的牌局。但没有这样骗过她。再有三小时不到，我就要自食其果了！”

当然，丹和约翰都知道他说艾布拉怎么了，露西非常恼火，因为她丈夫死活都要去找她，说有十万火急的事情，又说太复杂了，电话里没法说清楚。戴维打电话的时候，他们三个都在厨房里。但他需要讲。用互助会的概念来说，他需要分享。约翰任由他叨唠，只用嗯嗯啊啊、我知道、我理解聊作回应。

说了半天，戴维终于消停下来，朝后座看了一眼："我的老天爷，你在睡觉吗？"

"没有。"丹回答，眼睛都没睁开，"我在想办法和你女儿连通。"

就这么一句话，戴维的独角戏终于结束了。现在，只有轮胎摩擦路面的沉闷响声，萨博本驰骋在16号公路上，穿过十几个小镇，一路向南。路上车不多，双车道变成四车道后，约翰就把时速定在六十英里了。

丹没有呼唤艾布拉；他觉得那样八成是没用的。于是，他反其道而行，彻底敞开他的意念，把自己变成纯粹的接听站。他从来没试过这样做，结果发现，竟会有那样怪诞的感觉！就好像戴上了全宇宙功能最强大的耳机。他似乎能听到一股持续的、低沉的急流，他觉得那就是人类的思想之声。他让自己保持警惕，因为她的声音会从任何地方传来，从那股声流中浮现出来，但也没有特别期待真的能听到。然而，他还能怎么办呢？

就在他们刚过斯波尔丁高速公路的第一个收费口的时候，也就是距离波士顿只有六十英里的地方，他终于接收到了她的声音。

（丹）

轻微的一声，几乎听不真切。一开始，他以为那是幻觉——因为太想听到，以至于产生幻觉——但他立刻转向那个方位，试图把他的意念聚焦起来，化身为一束探照灯般的光柱去搜索。那声音果然又出现了，这次明显多了。千真万确。是她。

（丹，帮帮我！）

她被下药了，没关系，接下去要做的事他从没试过，从没隔着那么远的距离尝试过……但艾布拉有经验。她得教他怎么做，不管有没有昏厥。

（艾布拉推啊你必须帮我一把）

（帮什么忙怎么帮）

（换装游戏）

（???）

（帮我对调让世界翻转）

4

丹在后座开口的时候，副驾驶座的戴维正在点数杯托里的零钱，为下一次收费站做准备。但确切地说，说话的人并不是丹。

“再给我一点时间，我得换棉条！”

约翰吓得惊跳起来，方向盘一扭，萨博本猛地歪向一边：“搞什么鬼！”

戴维解开安全带，曲起膝盖，扭过身去看躺在后座的人。丹微微睁着眼睛，但戴维喊出艾布拉的名字时，那双眼睛顿时瞪圆了。

“不行，爸爸，现在不行，我必须帮……我得试试……”丹的身体扭动起来。一只手抬起来，捂住了嘴，那揉搓嘴唇的动作戴维见过不下一千次了，过后，手又放下去了。“告诉他我说过不要那样叫我了。告诉他——”

丹的头歪向一边，几乎都要碰到他的肩膀了。他呻吟了一声。他的双手莫名其妙地抽搐起来。

“发生了什么事？”约翰大声问道，“我要怎么办？”

“我不知道。”戴维说着，从两个座位间探出胳膊，抓住一只抽搐着的手，紧紧地握住。

"开车。"丹说，"继续开。"

话音刚落，后座上的那具身体开始剧烈扭动、上下颠动。艾布拉用丹的嗓音尖叫起来。

5

追随她那缓慢流淌的意识流，他找到了连通他俩的通道。他看到了石轮，因为艾布拉在幻视中构建了石轮，但她太虚弱、太混乱了，无力推动它。她努力攒起所剩无几的意念力，只不过勉强开启了通道中属于她的那一端，以便让他进入她的意识，也让她自己进入他的头脑。但他的人还在萨博本的后座，对面开来的车辆打出的灯光透过天窗，明……暗……明……暗。

轮子太沉重了。

不知何处突然传来一记钝响，还有一个人的声音："快出来，艾布拉。没时间了，我们得赶路。"

那让她害怕，但她也发现自己还有一丝力气。轮子在连通他俩的通道里动起来了，把他推送到更深的位置。那是丹这辈子都没有过的离奇感受，哪怕处境危险，哪怕他们都很惊恐，这感受却让人惊喜。

不知何处，他听到艾布拉在很遥远的地方说："再给我一点时间，我得换棉条！"

萨博本的天窗向一边倾斜过去。转过去了。然后是黑暗，身在隧道深处的感觉，他甚至来得及去想：*如果我迷失在这里，那就永远回不去了。我会被送到某个精神病院，被贴上"无望痊愈的紧张症患者"的标签。*

不过，世界又转回来了，从另一边倾斜过来，但地点更换了。萨博本不见了。他在一间臭烘烘的厕所里，地板上铺着脏兮兮的瓷砖，洗手池旁边贴着一张告示：**抱歉，只有冷水**。他正坐在马桶上。

他还来不及想到站起身，门就被强力推开，几块旧瓷砖都被震下来了，一个男人大步闯了进来。他看起来三十五岁的模样，发色极黑，向后梳拢，瘦削的脸孔有棱有角，倒也有种粗犷的帅气。他一手举着手枪。

“换棉条，可不是嘛，”他说道，“乖乖女，你哪儿来的棉条？在裤兜里吗？肯定是，因为你的背包在很远很远的地方呢。”

（告诉他我说过不要那样叫我了）

丹说：“我说过了，别再那样叫我。”

乌鸦没接茬，只是看着坐在马桶上的女孩，上半身左摇右晃的。因为药性上来了，所以摇摇晃晃。显然是。但她的声音怎么了？因为药性发作，所以有那种腔调吗？

“你的嗓子怎么了？听起来不像是你的声音。”

丹想耸耸女孩的肩膀，结果，肩膀只是抖了抖而已。乌鸦抓住艾布拉的胳膊，把丹拽起来。很疼，他喊出了声。

不知何处——距离这里几英里的地方——传来模糊的喊叫声：搞什么鬼！我要怎么办？

“开车，”当乌鸦把他拖出去的时候，他对约翰说道，“继续开。”

“噢，我会开车，没问题。”乌鸦说着，把艾布拉塞进皮卡车里，紧挨着打呼噜的比利·弗里曼。接着，他抓住她的一缕头发，绕在手上，用力一拽。丹用艾布拉的声音惨叫起来，明知道那其实不是她的声音。差不多了，但还不完全是。乌鸦听出了差异，但不明白是怎么回事儿。戴帽子的女人肯定能懂，因为正是她在不知不觉中把这套意识对调的手法教给了艾布拉。

“但在上路之前，我们要达成一项协议：不许再撒谎了，这就是协议。下一次，你胆敢再对老爹撒谎，我身边这个呼噜震天响的老东西就死定了。而且，我不会用针剂。我会把车停在鸟不生蛋的露营区专用车道上，把一颗子弹打进他的肚子。那样子死得慢点儿，你有机会欣赏他的惨叫。你明白了吗？”

“明白。”丹轻轻地回答。

“小姑娘，我他妈的希望你是真明白，因为我讨厌把好话说两遍。”

乌鸦砰一声关上车门，快步走回驾驶座。丹闭上了艾布拉的眼睛。他在琢磨生日派对上的那些勺子。也在想那些自动打开又关上的抽屉。艾布拉的身体瘫软了，根本无法和此刻坐在方向盘后面、发动汽车的男人打斗，但另一部分的她依然很强大。如果他能找到那部分……挪动勺子、打开抽屉、在空中弹出弹琴曲的那个她……在他距离她几英里之遥的他家黑板上留言的那个她……只要他能找到并驾驭……

恰如艾布拉在意念中描绘出骑白马、持长矛的女斗士形象，丹则幻化出一间控制室，墙壁上有一排开关。有些开关掌管她的手和腿，有些能让她的肩膀耸动。不过，还有一些更重要。他应该可以操控它们；毕竟，他自己也有一些类似的装置。

皮卡车动起来了，先是倒车，再拐弯。很快，他们又在路上了。

“这就对了，”乌鸦阴沉沉地说道，“睡吧。你以为你藏在那里能干什么？跳进马桶把自己冲走吗……”

他的话语声渐渐消隐，因为丹找到了那些开关。带红色手闸的特殊开关。他不清楚它们是否真的存在——真的和艾布拉的超能力相连？也可能只是他单方面想象的。无论如何，他可以确定的是：不得不试。

闪灵闪现吧，他心心念着，把它们全部拉下来。

6

乌鸦感到第一波疼痛时，比利·弗里曼的皮卡开出加油站大约六到八英里，正在浓重夜色中走 108 号公路穿越佛蒙特的乡野。似乎有一只银环箍住了他的左眼。很冷，有压迫感。他伸手去摸，但还没摸到，它就滴溜溜地滑向右边，让他的鼻梁骨失去了知觉，好像冷不丁被打了一针麻醉药。接着，它慢慢滑到右边，箍住了他的另一只眼。这下可好，好像戴上了一副金属框的望远镜。

倒不如说，给眼睛上了铐。

现在，他的左耳出现耳鸣，左脸颊突然麻木了。他转过脸，看到小女孩正盯着他看。她那双眼睛一眨不眨，瞪得大大的。根本不像是被下了迷药的人的眼睛。说起来，甚至不像是她的眼睛。看起来更成熟，更睿智，而且很冷酷，就像他的脸孔现在切肤所感的那么冷。

（停车）

之前，乌鸦已把针剂的保护套盖好，收起来了。那把窃为己有的手枪原本搁在他座位底下，但当他觉得她在厕所里待的时间太长了，就掏出来，现在就在手里。他把枪举起来，想对准老头，威胁她住手——不管她在干什么，反正要当即停止——但在那一瞬间，他突然感觉那只手如同插入了冰得刺骨的水。那支枪变重了：五磅，十磅，感觉骤增到二十五磅。起码有二十五磅。就在他吃力地想把它抬高一点的时候，他的右脚莫名其妙地松开了 F-150 油门的脚踏板，左手扭转方向盘，车子猛然冲出道路，在松软的路肩上蹭了一段——慢速地，轮子轻轻地滚动——右侧的两个轮子就快要歪到路边的沟渠里去了。

“你对我干了什么？”

“是你罪有应得。老爹。”

皮卡撞上了一棵根基很低的桦树，树干一折为二，车子也彻底停下来了。女孩和老家伙都绑着安全带，但乌鸦忘了这茬儿。惯性让他一头冲向前，身子扑在方向盘上，压到了喇叭。他低头一看，发现手里那把老家伙的自动手枪正在转向。非常缓慢地，枪口向他转来。这是不应该发生的。药性上来，就会杜绝这种事发生。该死的，迷药明明已经让她无力作为了。但在那间厕所里，某些事情已然改变了。不管是谁躲在那双眼睛后头，那个人显然又冷静又冷酷，该死的。

而且很强大。

罗思！罗思！我需要你！

“我觉得她听不到你的呼救。”那不是艾布拉的声音，但她说道，“婊子养的，你大概有点天分，但我不认为你有远距离传心念的本事。我相信，你想和女朋友讲话的时候只能用电话。”

乌鸦使出全身的力气，硬要把格洛克手枪往回扳转，让枪口瞄准那女孩。可是，手枪好像足有五十磅重。他脖子上的青筋都爆出来了，额头迸出豆大的汗珠。一滴汗刚好流进他的眼睛，一股刺痛，乌鸦忍不住眨眨眼。

“我要……打死……你的朋友。”乌鸦说。

“不会的。”藏在艾布拉身体里的人说道，“我不允许。”

但是乌鸦看得出来，她也在使劲，在和他较劲儿，这反而带给他一丝希望。他无所保留，把全身的力气都压在那只枪管上，扭向樵夫瑞普[①]的腹部。眼看着就要到位了，枪口却再次回转向他。现在，他都能听到那个小婊子在粗声喘气了。妈的，他不也是嘛！听上去，他们活像肩并肩朝终点冲刺的马拉松选手。

有辆车驶过。他俩都没去留意。他们正恶狠狠地对视。

乌鸦把自己的左手拽过来，压在右手上帮忙。果然，用两只手扭转枪口要容易一点。他要战胜她了，上帝助佑！可是，他的眼睛！天啊！

“比利！”艾布拉喊起来，“比利，来帮个忙啊！”

---

① 樵夫瑞普（Rip Van Winkle）是十九世纪美国小说家华盛顿·欧文的短篇小说，篇名即为主人公樵夫的名字，故事有点像中国的南柯一梦，醒来后已过数载。“樵夫瑞普”就成了“上个年代的人”的代称。

比利在打呼噜。他的眼睛睁开了："什——"

那个瞬间，乌鸦走神了。刚刚铆足的劲儿泄了大半，枪口立刻顺畅地向他转来。他的双手感觉好冷，好冰。那些金属环正在加大力道箍紧他的眼球，好像要挤爆它们。

第一声枪响时，枪在他们中间，子弹在仪表板上打出一个洞眼，就在收音机的上沿。比利被惊醒了，手臂胡乱地晃动起来，活脱脱是想把自己拽出噩梦的人。一只手打在艾布拉的太阳穴上，另一只手砸中了乌鸦的前胸。车厢里弥漫着浓重的蓝色烟雾，以及火药燃烧后的气味。

"什么事？那到底是——"

乌鸦咬牙切齿地大骂起来："不，臭婊子！你不可以！"

他把枪口转向艾布拉，但就在那节骨眼上，他感到她的操控力骤然消失了。因为她头上挨了那么一下子。乌鸦看得到她眼里流露出的绝望和恐惧，真过瘾，那才能满足他野蛮的乐趣。

必须杀了她。不能再给她任何机会。但不能爆头，要打肚子，那样我才能好好吸吮魂——

比利侧过肩头，冲撞乌鸦的侧面。枪口猛地跳高，又走火了，这一次子弹打穿了车顶，就在艾布拉的脑袋上方。还没等乌鸦把枪口移下来，一双大手就死死裹住了他的手。那个瞬间他恍然大悟，刚才，他的对手根本没有使出所有的招数。这一枪激起的惊恐释放出余存的潜力，甚至不妨说是未知的潜力，不再保留。这一次，当枪口没有阻碍地转向他自己时，乌鸦的两只手腕脆生生地被折断，好像那不过是一捆小树枝。他在那个瞬间只看到一只黑色的洞眼直勾勾地盯着自己，连最后的念头都不让他念完：

（罗思我爱）

刺眼的白光，然后只有黑暗。四秒钟后，只剩下乌鸦老爹的那身行头，但乌鸦老爹再也不存在了。

7

尖叫声四起时，蒸汽头史蒂文、红发阿芭、弯仔狄克和贪心姐吉吉正在莽汉房车里玩加纳斯塔纸牌。车是贪心姐和脏货菲儿两人住的，牌是不按规则乱打的。四个人本来就很紧张——真结族的每个人都如箭在弦——立刻扔下纸牌，冲出车门。

每个人都从自己的露营车、旅宿车里跑出来，想看看发生了什么事儿，但当他们看到高帽罗思站在围绕全景小屋的一圈耀眼的黄白色安保灯下时，又都停下了脚步。她的眼神是狂野的。她不断拉扯自己的头发，像旧约圣经中那些目睹了狂暴幻象的先知。

“那个天杀的小婊子杀死了我的乌鸦！”她尖叫着，“我要杀了她！我要杀了她再吃掉她的心！”

最后，她浑身瘫软地跪下来，哭泣的脸埋进双手里。

真结族站在她周围，全都呆若木鸡。没人知道该说什么，该做什么。到最后，是安静的萨丽向她走去。罗思暴怒地推开她。萨丽仰面跌倒，又起身，毫不犹豫地再次回到罗思身边。罗思抬起头，看到心甘情愿来抚慰自己的人：同样在这个难以置信的夜晚失去爱人的女人。她一把抱住萨丽，那么用力，在旁边观望的真结族人都听到骨头被压得嘎嘎响。但萨丽没有挣扎，没有闪避，过了一会儿，两个女人相互搀扶着站起来。罗思的目光从安静的萨丽转向胖莫莫，再转向超重玛丽和幸运符查理，好像她从没见过他们一样。

“来，罗思。”莫莫说，“你受刺激了。你需要躺——”

“不！”

她从萨丽身边走开，左右开弓地扇自己巴掌，力道大得把她的高帽子都震落了。她弯腰把它捡起来，当她再次环顾身边的伙伴时，眼神里总算又有了清醒的意识。她在想已经派出去接应老爹和女孩、由柴油机道格带领的小分队。

“我需要联络道格，让他、菲儿和安妮赶紧调头回来。我们要在一起。我们需要吸魂气，大量地吸。等我们准备好了，就去把那个婊子逮回来。”

他们只是看着她，坦白着忧虑和怀疑的表情。看到那些害怕的眼神和愚蠢半张的嘴巴，她不禁怒火中烧。

“你们怀疑我？”安静的萨丽悄悄地走到她身后。罗思粗鲁地推开她，萨丽差点儿又摔倒了。“谁怀疑我，就上前来。”

“没人怀疑你，罗思。”蒸汽头史蒂文说，“不过，也许我们不要理她为好。”他斟字酌句，还不敢直视罗思的眼睛，“如果乌鸦真的没了，那就是说，死了五个人。我们从没在一天之内失去五个人。我们从没——”

罗思迈步向前，史蒂文立刻往后退，耸起肩膀缩起脖子，活像个怕挨打的小孩。“你想躲开一个有魂气脑袋的小女孩？经过这么多年，你竟然怕一个俗人？”

没人回答她，尤其是史蒂文，但罗思猜得到藏在那些眼睛里的答案。他们是怕。他们真的想逃。他们有过很多收成不错的好年头。富裕的年头。轻而易举得到猎物的年头。现在，他们遇到一个千载难逢，而且洞悉他们的真相和所作所为的超能魂气角色。他们不想为乌鸦老爹报仇——那个追随罗思，陪他们度过了这些多好年份、坏年头的人——而只想夹紧尾巴，溜之大吉。那一刻，她想把他们全都干掉。他们也感觉到了，因而纷纷往后退却，离她越远越好。

但是萨丽没有。只有她执着地盯着罗思，好像被催眠了一样，嘴角微微上扬。罗思抓住她瘦骨嶙峋的胳膊。

“别，罗思！”胖莫莫喊起来，“别伤害她！”

“你呢，萨丽？那个小女孩杀死了你最爱的女人，她要为此付出代价。你也想一走了之吗？”

“不。”萨丽回答。她仰视的目光落在罗思的眼里。哪怕现在，每个人都在看着她，她好像也不比影子更真切。

“你想要血债血还吗？”

“要。”萨丽说，“夫仇。”

她的声音非常低沉（几乎是哑的），还有言语上的障碍，但他们都听见了她的话，都明白她的意思。

罗思看向众人：“萨丽要，有谁不要吗？有谁只想逃之夭夭……”

她转身走向胖莫莫，揪住她肉肉的手臂。莫莫又痛又怕又惊，尖叫一声，想抽身逃开。但罗思死死地攫住她，举起她的手臂，让每个人都看得到。上面布满了红色斑疹。“你们能逃得开这个吗？”

他们窃窃私语，又倒退了一两步。

罗思说：“这是在我们身体里的。”

“大多数人还好。”甜心特里·皮克福德喊了一嗓子，“我就没事儿！我身上一个疹子都没有！”她高高举起光滑的手臂，让大家看。

罗思瞪着特里，噙满泪水的眼睛红通通的：“现在而已。你能挺多久？”甜心特里没有回答，扭头不去看她。

罗思揽住萨丽的肩膀，一一打量众人：“核桃说那女孩可能是我们唯一的救星，趁这种病还没把我们干掉之前，我们可以根治这种病。谁还有更好的办法就大声说出来！”

没人出声。

“我们要等道格、安妮和脏货回来，然后一起吸魂气。有史以来第一次，吸到饱。我们要把那些罐子里的气全部吸光。”

听了这话，众人更是交头接耳，纷纷露出惊愕甚至不安的表情。他们认为她疯了吗？随他们怎么想。蚕食真结族人的不止是风疹，还有恐惧——比传染病还有杀伤力。

“等人到齐了，我们要团聚变身。我们要变得更强大。Lodsam hanti，我们是天择之选——你们忘了吗？Sabbatha hanti，我们是真结族，我们忍受永生。跟我念。”她用目光鼓舞他们，“一起念。”

他们念出咒语，手拉起手，团聚成一个圆环。我们是真结族，我们忍受永生。他们的眼神里有了一丝决意，一点信念。毕竟，只有六七个人裸露的肌肤上有风疹，他们还有时间。

罗思和安静的萨丽走向这个圆环。特里和阿芭松开手，给她俩让出地方，但罗思揽着萨丽径直走向圆环的中央。在安保照明灯的照耀下，两个女人投下四射重叠的身影，恍如巨轮的辐条。“等我们强大了——等我们又合体为一——我们要找到她，得到她。我以你们领袖的身份这样说。就算她的魂气不能治好正在我们中间蔓延的疾病，那也将终结——”

就在这时，女孩在她头脑里说话了。罗思看不到艾布拉·斯通愤怒的笑脸，但仍可以感知到。

（别费事来找我了，罗思）

8

约翰·道尔顿的萨博本车的后座上，丹·托伦斯用艾布拉的嗓音清晰地说出一句话。

“我会来找你的。”

9

“比利？比利！”

比利·弗里曼目瞪口呆，看着这个女孩发出并不像她的声音。她的轮廓变成两个，叠合，又成了重影。他用一只手捂住自己的脸。他觉得眼皮像铅块一样重，脑子里像是一团糨糊。他搞不清楚眼前的状况。天光不见了，他们也肯定不在艾布拉家所在的小街上。“谁开枪了？我的嘴里怎么有这种怪味？天呀，谁干的！”

“比利，你必须清醒过来。你得……”

你得开车，丹本想说这个的，但现在的比利·弗里曼没法开车，哪里也去不了。还得过一会儿。他的眼睛迷迷瞪瞪又合上了，左右眼皮一快一慢。丹抬起艾布拉的手肘，撞了撞老比利的腰，这才让他再次缓过来。至少，眼下是醒了。

又有一辆车驶过，头灯照射过来，晃得皮卡车厢里一片明亮。丹稳住艾布拉的呼吸，但这辆车径直飞过，根本没有减速。也许是孤身女人在开车，也许是个着急回家的销售员。不管是谁，都是个冷漠的撒玛利亚人，但对他们来说，冷漠反倒好。也许第三次就没这么幸运了。乡下人大都很热心，爱管闲事。

“别睡着。”他说。

“你到底是谁？”比利努力地聚精会神，想好好看看这个孩子，但她显然不可能是她，“因为听起来，你绝对不是艾布拉。”

“说来话长。现在，你只管好自己不要睡着就好。”

丹下了车，绕过车头，走到皮卡车的驾驶座，这么几步路却走得跌跌撞撞。她的腿——他第一次见到她时还曾感叹那是一双长腿呢——太他妈的短小了。他只盼着这事儿快点过去，别让他有时间适应这个身体。

乌鸦的衣裤摊在座位里。他那双帆布鞋也留在肮脏的地垫上，袜子耷拉在鞋帮上。溅在他衬衫、夹克上的鲜血和脑浆已随着变身而消失无踪了，但留下了一点一点的湿痕。丹把乌鸦的东西全部收拾起来，略微思忖了一下，把那把枪也包起来。他不想扔掉它，但如果有人拦下他们的车……

他把这个小包裹移到皮卡车前，埋到一堆树叶下面。再从F-150皮卡车撞倒的半截桦树上掰下一段树枝，拖到那堆树叶上面。用艾布拉的手臂干这些事太艰难了，但好歹是搞定了。

他发现自己没力气一步迈进车厢，而是必须连抓带爬地才能爬进驾驶座。好不容易坐到方向盘后面了，又发现她的脚几乎够不着踏板。妈的！

比利的呼噜声听来很迟滞，丹又撞了他一下。比利睁开眼睛，茫然四顾。“我们在哪儿？那家伙给我下迷药了吗？”接着又说，“我觉得我得再睡会儿。”

在攥着枪管进行殊死搏斗的时候，乌鸦的那瓶尚未开封的芬达汽水滚到了地上。丹弯下腰，抓到了，用艾布拉的手拧住瓶盖，又迟疑了一下，想到汽水摔过之后再打开就会喷出来。艾布拉的声音不知从哪里冒了出来

（哎呀）

她在笑，但不是愤怒的微笑。丹觉得挺好的。

10

不能让我睡着，这句话是从丹的嘴巴里说出来的。所以，约翰从福克斯朗的出口下高速，把车驶入科尔士百货商场停车场，停在最远的角落里。然后，他和戴维架着丹走来走去，一人一边扛着他的肩膀。他像酩酊的醉汉——脑袋沉甸甸地垂在胸口，时不时又突然挺起一下。两个扶着他的男人轮流发问，这是怎么了？现在又怎样？不管是什么事，到底在*哪里*发生？但艾布拉只是摇摇丹的头：“乌鸦让我去洗手间前在我手上打了一针。别的事都很模糊。现在不要讲话，嘘——我必须集中精力。”

绕着约翰的萨博本走第三圈时，丹突然咧嘴一笑，尽管还是他的脸、他的嘴，但看起来非常像艾布拉。戴维越过他们所扶持

才能蹒跚而行的身体，用质问的眼神看了看约翰。约翰耸耸肩，摇摇头。

“哎呀，”艾布拉说，“汽水。”

11

丹把汽水瓶略微倾斜，拧开瓶盖。高压下的橙色水柱滋得比利满脸都是。他又咳又呛，真的被惊醒了。

“天呀，你个熊孩子！你干吗这么做？”

“管用，不是吗？”丹把汽水瓶递给他，芬达依然滋滋冒泡，“把剩下的都喝了。我很抱歉，但你不能继续睡，不管你有多困都不行。”

比利举起汽水瓶，咕咚咕咚地大口喝起来。丹终于得空了，往后一靠，摸索到了椅背高度调节钮。他一手调整，一手抓着方向盘。座椅被调到了最靠前的位置。这么一颠动，比利手中的汽水瓶也晃了一下，芬达顺着他的下巴流下来（登时嘟囔了一句什么，新罕布什尔的成年人显然不常在年轻女士面前用那种词汇）。所幸，艾布拉的脚总算踩得到油门了，大半个脚掌也算是够着了。丹先倒车，朝路中央慢慢地倒。皮卡车终于回到了沥青路面，丹松了口气。卡在一条人迹罕至的佛蒙特乡间公路边的沟渠里，他们的处境是不会变好的。

“你知道自己在干什么吗？”比利问。

“当然。干了很多年了……虽然当中有过一小段时间，佛罗里达州政府吊销了我的驾照。其实当时我在另一个州，但在我们这个伟大的国家里有一条州际互通条款：禁止醉鬼驱车畅行。”

“你是丹。”

“正是在下。”他说着，伸长了脖子看着车前方。真希望有本书让他垫在屁股下面啊，可惜没有，所以他只能把艾布拉的视线尽量拉高。他换好挡位，车子开始前行。

“你怎么跑到她里面去了？”

“别问了。”

乌鸦提到过（或是想到过，丹不确定他有没有讲出声来）有几条露营区专用道路。他们在 108 公路上朝北开了四英里左右，就见到一条岔道边的松树上钉着木牌：**鲍勃和道特的欢乐谷**。这要不算露营区的车道，还能是什么？丹拐进岔道，艾布拉的胳膊驾轻就熟地控制方向盘，点亮了远光灯。几百米开外，小路被封死了，一条沉重的铁链上挂着第二块指示牌，这块牌子看起来没那么粗制滥造了：**禁止通行**。有铁链挺好的，说明鲍勃和道特没有打算在这个欢乐谷里度个逍遥的周末，距离公路几百米，又能给他们一些隐秘的空间。甚至还有一点额外的惊喜：链条旁边有一条水管伸了出来。

他熄灭车灯，关闭引擎，转身对比利说：“看到水管了吗？去把你脸上的芬达冲洗一下吧。好好洗把脸。你需要尽可能地打起精神来。”

“我醒着呢。”比利说。

“还不够。把你的衬衫拾掇一下，别湿乎乎的。然后再把头发梳一下。等一下你要见陌生人。”

“我们在哪里？”

“佛蒙特。”

“劫持我的那个坏蛋呢？”

“死了。”

“死得好！”比利痛快地说完，又想了一下，“那他的尸体呢？在哪里？”

问得真妙，但丹不想解答。他只想让这件事尽快了结。太磨人了，筋疲力尽，无论从哪个角度想，都想不出个所以然。“没了。你知道这些，真的就足够了。”

“可是——”

“现在没法说。去洗脸，然后在这条小路上走几圈。晃晃胳膊，深呼吸，尽你所能地清醒一下。”

“我头疼得要死。”

丹可不惊讶：“等你回到车里来的时候，这姑娘可能又是姑娘了，也就是说，你必须开车。只要你够清醒，就开到下一个镇子，找一家汽车旅馆住进去。你就说是和孙女一起远行的，明白吗？”

“嗯，”比利说，“我的孙女。艾比·弗里曼。”

“入住了就给我打电话。”

“因为你在……你们那几个人在的地方。”

“是的。”

“哥们，这真够乱的。”

“是的。”丹说，“确实有点离谱。接下去我们得拨乱反正。”

“好。下一个镇子是哪里？”

“不知道。我不希望你出意外，比利。如果你犯困了、糊涂了，坚持不了二三十英里，没法住进旅馆，并保证不让前台起疑、报警，那你和艾布拉今晚就在车里睡吧。不会很舒服，但至少是安全的。”

比利拉开副驾驶座的车门。“给我十分钟。我会清醒的。有得是经验。”他朝方向盘后面的女孩眨了眨眼，“我可是给凯西·金斯利打工的。宿醉判死罪，记得吗？”

丹看着他走向水管，蹲跪在地，就闭起了艾布拉的眼睛。

福克斯朗大型商场的停车场里，艾布拉闭起了丹的眼睛。

（艾布拉）

（我在）

（你醒着吗）

（差不多吧）

（我们又得转动大轮子了你能帮我吗）

这一次，她可以立刻出手。

12

“你们两个可以松手了。”丹的声音又是他自己的了，“我觉得，我还行。”

约翰和戴维放开手，但如果丹又跌跌撞撞的，他们也可以及时抓牢他。他并没有；他正在触摸自己：头发，脸孔，胸脯，双腿。然后点点头，“唔，都在呢。”他朝四周望去，“这是哪里？”

“福克斯朗商场。”约翰回答，“距离波士顿大概六十英里。”

“好，我们继续赶路吧。”

“艾布拉，”戴维抢先问道，“艾布拉怎样？”

“艾布拉很好，回到她该在的地方了。”

“她该在家里。”戴维说着，明显流露出怨怼的口气，“在她的房间里。和她的闺蜜们发发短消息，或是听 iPod 里那些傻了吧唧的‘在这儿’乐队的金曲。”

她是在家里，丹在心里说，人的身体就是人的家，她在自己的肉身里了。

“她和比利在一起，比利会照顾她的。”

“劫持她的那个人呢？乌鸦？”

丹在萨博本的后座车门边停下脚步：“你不需要再顾虑他了。现在，我们必须留神的人是罗思。”

13

王冠旅馆其实已过了州界线，位于纽约州的克朗威尔。名字很堂皇，其实是个破破烂烂的地方，门口的霓虹灯管亮不全，勉强猜得出来：**有空房，有线电视频道多多！**大约可停三十辆车的停车场里只有四辆车。柜台里的男人胖得像座肉山，扎了一根细细的马尾，发梢垂在后背中央。他刷了比利的信用卡，扔给他两把钥匙，眼神却没离开过电视屏幕：两个女人在红丝绒沙发上亲抚纠缠，难解难分。

“两个连着吗？”比利问道，瞅了一眼屏幕上的女人，又补上一句，“我是说，这两个房间。”

“啊，对，连着呢，打开门就行。”

“多谢了。”

他把车开到二十三和二十四号房门口，停好车。艾布拉蜷在座位里，枕着胳膊肘，早就睡过去了。比利用钥匙开了房门，开灯，打开连通两个房间的门。他左右看看，这个住宿地是很简陋，但还过得去。他现在只希望把他俩挪进屋去，好好睡一觉。最好能一口气睡十小时。他平常几乎不觉得自己老，今晚却真觉得岁数不饶人。

他把艾布拉抱上床时，她醒了一下：“我们在哪儿？”

“纽约州，克朗威尔。我们很安全。我就住在隔壁房间。”

“我想爸爸。还有丹。”

“很快就能见到他们了。”他希望自己没说错。

她的眼睛闭上了，又慢慢睁开：“我和那个女人说过话了。那个贱人。”

“真的？”比利浑然不知她在说什么。

“她知道我们干了什么。她感觉到了。*很疼的*。”艾布拉的眼神闪过一道冷酷的光芒，让比利想起二月寒冬的一线阳光，刺穿暗夜前的阴郁天空。“我很高兴。”

“小宝贝，快睡吧。”

她疲惫而苍白的脸上依然闪现着那种冬日冷光似的神色：“她知道我会去找她。”

比利想，要不要把她眼前的散发拨开？又想，万一她咬我呢？也许这么想很傻，但……她毕竟有那种眼神。他的母亲也常有这模样，通常都在她发脾气、揍某个孩子之前。“到早上，你就会感觉好多了。我希望我们今晚就能回家——你爸爸肯定也是这么想的——但我实在开不了车了。能开到这里，而且没开到沟里去，我已经要谢天谢地了。”

“真想和爸爸妈妈说说话。”

比利的爸爸妈妈早就不在人世了，哪怕在表现最好的时候，他们也称不上优秀的父母。现在他只希望能去睡觉。他无比渴望地望向敞开的房门另一边房间里的那张床。快了，但还不能马上睡。他拿出手机，翻开机盖。铃声响了两下，他就和丹说上话了。过了一会儿，他把手机递给艾布拉：“是你爸爸。想说什么就说吧。”

艾布拉一把抓过电话：“爸爸？爸爸？”眼里登时噙满了泪水，“是的，我……别说了，爸爸，我很好。只是困得要死，都不能——”她好像突然想到了什么，眼睛瞪大了，“你还好吗？”

她听着。比利的眼皮耷拉下来，又奋力睁开。这姑娘哭了起来，他反而觉得松了一口气。泪水会淹没她的那种神色。

她把手机还给他：“是丹。他还想和你说几句。”

他接过手机，听了一会儿，又说道：“艾布拉，丹想知道，你觉得还有没有别的坏人？有人会在今晚找到我们吗？”

“没有。我认为乌鸦本来要和什么人会合，但他们还很远。而且，只要乌鸦不说，他们就不可能——”她打了一个哈欠，打断了自己的话，“发现我们在哪里。告诉丹，我们很安全。还要告诉他，保证让我爸爸搞明白。”

比利重复了她的话。他挂断电话的时候，艾布拉膝盖抵着胸口，已经蜷在床上沉沉地睡着了。比利从壁橱里找出毛毯，给她盖好，再走到门口，插好插销。他想了想，又搬来一把椅子，把椅背卡在门把手下面。*不怕一万，就怕万一*，他爸爸以前总这么说。

14

罗思掀开车厢底板上的暗门，取出一只密封罐。她还跪在陆巡舰前座之间，就迫不及待地摁下气阀，把嘴巴凑近嘶嘶作响的喷口。她的下巴猛然下垂，张开，一直垂到胸口，下半张脸孔瞬间变成黑洞，里面只有一颗利齿。她的双眼平时有点吊梢，现在的眼角却压下来，变成深黑色。她的脸面俨然变成了死神的面具，皮肤下的骷髅头向外凸出。

她开始吸魂气。

吸足了之后，她把罐子放回去，坐定在驾驶座里，笔直朝前看。*别费事来找我了，罗思，我会来找你的。*这就是她刚才说的。竟然敢对她——高帽罗思·奥哈拉——这样说话。非但胸有成竹，而且充满复仇的决心和愤怒。

“那就来吧，亲爱的。”她说，“保有愤怒。你的怒气越高，就会越莽撞。来看看你的罗思阿姨吧。”

啪的一声。她低头一看，发现自己折断了陆巡舰方向盘的下半段。魂气威武，能量高涨。她的双手都在流血。罗思把半弧形的塑料杆扔在一边，抬起手掌，贴近脸庞，开始舔舐鲜血。

第十六章
被遗忘的事

1

丹合上电话，戴维说："我们去接露西，然后就去找她。"

丹摇摇头："她说他们没事，我相信她。"

"可她被下了迷药。"约翰说，"眼下的判断力或许要打折扣。"

"她很清醒，足以帮我解决那个叫乌鸦的家伙，"丹说，"我信赖她的判断力。让他们睡一会儿吧，不管那些人给他们下了什么药，睡觉总是有帮助的。我们还有别的事要忙，很重要的事情。请你们再信我一次。戴维，你很快就能见到你女儿了，但眼下请你仔细听我说。我们要去你太太的外婆家。你要把你太太带去医院。"

"我把今天发生的事告诉她的时候，我都不知道她会不会相信我。连我自己都不完全相信，更不知道我的话会有多少说服力。"

"你就跟她说，等我们碰头了再细说详情。我说我们，也包括艾布拉的婆婆。"

"我怀疑他们不一定会让你见她。"戴维瞥了一眼手表，"访客时间早就过了，她的病情又那么重。"

"对于病危的病人，护士不会那么严格地遵照探访规程。"丹说。

戴维看看约翰，约翰一耸肩："他在安养院工作，我认为你在这件事上可以相信他。”

“她甚至可能没有意识。”戴维说。

“别太担心了，眼前的事要紧。”

“说起来，切塔和这件事到底有什么关系？她一无所知！”

丹回答：“我非常肯定，她知道的比你想象的多。”

2

他们把戴维放在马尔伯勒街的公寓楼下，在路边看他上了阶梯，按了门铃。

“他的模样就像知道自己要被大人扒下裤子打屁股的小毛孩，”约翰说，“不管事情结果怎样，对他们的婚姻都是巨大的考验。”

“发生自然灾害的时候，不能归咎于任何人。”

“露西·斯通肯定会想：‘你把女儿独自一人留在家里，结果她被一个疯子掳走了。’从某种角度说，她会永远记着这种想法。”

“艾布拉或许会让她改变想法的。今天我们都尽力了，到目前为止，情况还不算太糟。”

“但还没完。”

“还早着呢。”

戴维又按了一次门铃，目不斜视地盯着小门厅。电梯门开了，露西·斯通一路小跑着出来。她神色惊惶，脸色苍白。她刚把门拉开，戴维就开始说。她也在问。露西把他拖进去了，确切地说，是双手并用地把他拽了进去。

“唉，这家伙，”约翰轻轻地说道，“这让我想起以前我喝到烂醉，凌晨三点连滚带爬地回家的时候。”

“他讲的话，她要么信，要么不信。”丹说，“反正我们得去忙别的了。”

3

十点半刚过，丹·托伦斯和约翰·道尔顿就赶到了马萨诸塞州综合医院。重病特护病房区的那层楼面不是特别忙碌。用鲜艳的色彩写着**祝您早日康复**的氦气球懒洋洋地飘在走廊天花板下面，气不太足，在地面投下一片晃动的阴影。丹走到护士办公区，出示了海伦·利文顿安养院的工作证，说明雷诺兹女士即将转院到他那里，又介绍了约翰·道尔顿，雷诺兹夫人一家的家庭医生（有点言过其实，但也不算很严重的谎言）。

“我们要在转院前对她的状况进行评估，”丹说，“也需要两位家庭成员在场。他们是雷诺兹女士的外孙女夫妇。我很抱歉拖到这么晚才来，但实在没办法。他们很快就会来的。”

“我见过斯通夫妇，”护士长说，“人挺好的。尤其是露西对她外婆无微不至。孔切塔很特别。我最近一直在读她的诗，写得棒极了。但是，如果你们指望她回答什么问题，先生们，恐怕你们要失望了。她已经昏迷了。”

*我们会处理那种状况的。*丹心想。

“还有……”护士有点迟疑地看着约翰，“唔……其实真的不该由我来说这些……”

“但说无妨，”约翰说，“我遇到的护士长都知道该给病人打几分。”

她朝他笑笑，又扭头回来对丹说：“我听说利文顿临终安养院非常好，但要不要把孔切塔转去利文顿，我有点怀疑。就算她能撑到周一，我还是觉得转院是没意义的。或许，让她在这里度过最后的时光反而更好。很抱歉，如果我的话有点出格。”

“千万别这么想，”丹说，“我们会考虑您的坦诚建议。约翰，等下斯通夫妇到了，你可以下楼去大厅把他们带上来吗？我这边暂时不需要你帮忙。”

“你确定——”

“是的。”丹目光坚定地回道，“我确定。”

“她在九号病房。”护士长说，“走廊尽头的单人间。需要我帮忙，就请按她床边的铃。”

4

九号房间的门口标着孔切塔的名字，但医嘱栏里什么都没写，病床上方的生命体征监视器上也没什么有用的资料。丹走入病房，也就迈入了他最熟悉的氛围：空气清新剂、消毒剂和绝症的气息。绝症的气味最浓重，在他头脑里，那就好比是小提琴的一个高音在持续。墙壁上贴满了照片，大部分都是艾布拉从小到大的欢颜。有一张照片上，一群小朋友张口结舌地看着魔术师从帽子里变出了小白兔。丹可以肯定，那一定是在那次著名的生日派对上拍的——艾布拉的银匙日。

就在这些照片的围绕中，一个形销骨立的老妇人正睡着，嘴巴微微张开，指尖绕着一串珍珠念珠。残余不多的头发柔软又纤细，几乎消隐在白色的枕头里。曾经的橄榄色皮肤已变得晦暗发黄，瘦弱的胸脯几乎看不出起伏。只消一眼，丹就知道护士长所言不虚。如果艾奇在这里，肯定已经跳上这张床，蜷坐在老妇人身边。等到长眠医生到来，艾奇才能放心离场，去看空空荡荡的走廊里只有猫才能看见的物事，继续它的深夜巡逻。

丹在床边坐下，注意到她在用的只有一瓶生理盐水。现在只有一种药物可以帮到她，但医院的药房里没有。她的针管插得有点斜。他把它拨正。接着，他握住她的手，凝视那张沉睡的脸。

（孔切塔）

她的呼吸一紧。

（孔切塔回过神来）

薄薄的青紫色眼皮下面，眼球在转动。她有可能听到了，也有可能在做此生最后一场梦。梦里，可能是在意大利。俯身井边，拉起一桶沁凉的清水。在热辣辣的夏日中俯下身去。

（艾布拉需要你回来我也是）

他只能做到这一步，也没把握行得通，但，慢慢地，她的双眼睁开了。一开始眼里空洞无感，但很快就有了意识。丹以前见识过这种情形。奇迹般的回光返照。他不止一次像现在这样思忖：神志究竟从何处回返？消失时又归去何处？死亡也是奇迹，不亚于诞生。

他握住的那只手有了力气。那双眼睛盯牢丹的眼睛，然后，孔切塔笑了。近乎羞怯的微笑，但千真万确地出现在她唇边。

“*Oh mio caro! Sei tu? Sei tu? Come e possibile? Sei morto? Sono morta anch'io? ... Siamo fantasmi?*”

丹不懂意大利语，但也不需要懂。在他的头脑里，她的话语清晰无比。

哦我亲爱的，是你吗？怎么会是你？你死了吗？我死了？

又隔了一会儿：

我们是鬼吗？

丹俯下身子，脸颊贴着她的脸颊。

他在她耳边，轻声低语。

听了之后，她立刻轻声回答。

5

他们的对话简明扼要。孔切塔说的大都是意大利语。最后，她非常吃力地抬起一只手，把他胡子拉碴的脸颊捧在掌心，露出笑容。

“你准备好了吗？”他问。

“是的。好了。”

“没什么要害怕的。”

“是的，我知道。你能来，我太高兴了。先生，请再告诉我一遍你的名字。”

“丹尼尔·托伦斯。”

“是的，丹尼尔·托伦斯。你是上帝的恩赐。”

丹希望这是真的：“你愿意给我吗？”

“当然。你是为了艾布拉才要的。”

“我也会给你的，切塔。我们将共饮一井水。”

她闭上眼睛。

（我知道）

“你会睡去，等你醒来——”

（一切都会更美好）

这股力量甚至比查理·海耶斯过世那夜的更强大。把她的手合在自己掌心里，感触到光润的念珠珠子时，他分明感受得到力量在他俩之间流通。在别的什么地方，有些灯一盏接一盏地熄灭了。没关系。在意大利，有个穿棕色裙子和凉鞋的小女孩正在井边提水。她长得很像艾布拉。狗在叫。*Il cane. Ginata. Il cane si rotolava sull'erba*。吉娜塔一边叫一边在草地上打滚，太好玩了！

孔切塔十六岁陷入情网；三十岁，在皇后区闷热的公寓厨房里趴在桌边写诗，窗下的街道上，孩子们在大叫大笑；六十岁，站在雨中，仰头望着成千上万条银丝般下坠的雨线。她是她的母亲，也是她的曾外孙女，她的伟大历程、重大变更就要在此时发生。吉娜塔在草地上打滚，灯光

（快一点啊求你了）

一盏接一盏地熄灭。一扇门正在打开

（快一点请你时间到了）

他和她都闻到了夜晚所有神秘而芬芳的气息。头顶是他们有生以来见过的所有星云。

他亲吻了她冰凉的额头：“一切都好，亲爱的。你只需长眠。沉睡会让你更好。”

他开始等待她最后的呼吸。

来了。

6

门被用力推开，露西·斯通大步闯进来时，他还坐在那里，掌心包着她的手。她的丈夫和女儿的医生跟在后面，但保持了一点距离，好像怕被裹挟她的害怕、狂怒、无的放矢的愤慨所伤害，那情绪是如此强烈，几乎用肉眼就看得见她身边的空气里噼啪作响。

她抓住丹的肩膀，指甲像爪子一样抠进他衬衣下的皮肤里：“从她身边走开。你又不认识她。你和我外婆没半点关系，更别说我女——”

“轻一点，”丹纹丝不动地说道，“你正在死亡面前。”

让她浑身紧绷的怒气眨眼间全落空了，四肢突然瘫软下来。她扑倒在床边，紧挨着丹，看向已成蜡黄面具的、她外婆的面孔，又扭头看着紧握死者缠着念珠之手的、胡子拉碴的憔悴男人。大颗的泪珠不自觉地流到露西的脸颊上。

“他们跟我说的那些事，我根本无法理解。只知道艾布拉被劫持了，现在又没事儿了——你们是这么说——现在和一个叫比利的男人住在汽车旅馆里，两人都在睡。”

“一切属实。”丹应声说道。

“拜托你不要再用那种腔调了，好像你比谁都圣洁。我会哀悼婆婆的，但要先看到艾布拉，把她抱在怀里。但现在，我想知道……我要……”她的声音渐渐低下去，目光在丹和辞世的外婆之间游移，最后又落在丹身上。她的丈夫站在她身后。约翰已经关好了九号病房的门，背靠在门上。“你叫托伦斯？丹尼尔·托伦斯？”

“是的。”

犹豫的目光又从她外婆死寂的面容转移到这个刚刚宣称她已经去世的男人：“你是谁，托伦斯先生？”

丹松开切塔的双手，转而拉住露西的手：“跟我走。不用很远。就到房间那边去。”

她没有抗拒地站起来，始终凝视他的脸。他牵着她的手走到洗手间的门口，门一直都开着。他打开灯，指着水池上方的镜子，他俩被框在镜面里，仿佛一张相片。看着二人的脸孔，几乎没有什么可怀疑了。事实上，没有任何疑虑。

他说：“我父亲就是你的父亲，露西。我是你同父异母的哥哥。”

7

他们通知了护士长有一位病人刚刚去世，然后一起去了医院里的小教堂——不限什么宗派，谁都可以使用。露西知道可以去那里，她虽然没有笃信哪门宗教，但已经在那里度过了好多安详的时光，静思，回忆。那里有种宽慰人心的感觉，当亲人的生命即将结束，谁都需要这么一个地方。在这个时间点，小教堂里没有别人，只有他们几个。

“第一件事，”丹说，“我必须问你是不是相信我。等我们有时间了，可以去做 DNA 鉴定，不过……你觉得需要吗？”

露西迷茫地摇摇头，目光始终没有离开他的脸。她似乎在用尽心力，想要牢记这张脸：“老天作证。我都快无法呼吸了。”

“我第一次看到你的时候就觉得你挺脸熟的。”戴维对丹说，“现在我知道为什么了！我本来可以早点看出端倪，要是……你知道的，要不是发生了这些事……”

“所以接下来的问题是，”约翰问道，“丹，艾布拉知道吗？”

“当然。”丹笑了，想起艾布拉的相对论。

“她是从你脑袋里获知的？”露西问道，“用她的读心超能什么的？”

“不，因为我本来也不知道。就算是天赋异禀如艾布拉的人也读不到本来就不存在的意念。但在深层次，我们两个都明白。哈，我们甚至正经讨论过这事儿，要是有人问我们在一起干什么，我们就会说，我是她叔叔。原来真的是——只不过要改成舅舅。我真该早点反应过来。”

“怎么会有这么巧的事！”戴维边说边摇头。

“不，这绝对不是巧合。露西，我理解你现在很困惑，也很恼火。我会把我所知的一切都告诉你，但要花点时间。多亏了约翰和你丈夫，还有艾布拉——她的功劳最大——我们确实还有一点时间。”

“路上说。”露西说，“我们去接艾布拉的路上可以说。”

“好的。”丹说，“上路再说。但要先睡三小时。”

还没等他说完，她就毅然地摇头：“不行，现在就出发。我必须尽快见到她。你怎么不明白呢？她是我女儿，她被劫走了，我必须见到她！”

“她是被劫走了，但已经安然脱险了。”丹说。

“你当然会这么说，但说归说，你不知道那里的状况。”

“艾布拉亲口说的。”他回答，“她确实明白状况。听着，斯通夫人——露西——她现在正睡着呢，她需要补眠。”我也是。

还有一段长路等着我，估计会很艰险。非常艰险。

露西凑近了看看他："你没事儿吧？"

"只是累了。"

"我们都累得半死了。"约翰说，"这一天过得……惊心动魄。"他轻笑一声，又赶紧捂住嘴，像个说错话的小孩。

"我甚至不能给她打电话，听听她的声音。"露西一字一句说得很慢，好像在尽力解释一种费解的思路，"因为他们被那个人……你们说他叫乌鸦……下了药，所以在昏睡当中。"

"快了。你很快就能见到她了。"戴维说着，捏住她的手。露西当即想甩开他，但还是和他紧紧相握了。

"我们可以在回你外婆家的路上先说起来，"丹说着，站起身。好费劲啊。"走吧。"

8

路上的时间足以让他讲述一个失落的男人如何搭上一辆朝北开的公车，离开了马萨诸塞州，又如何在刚入新罕布什尔州时把他的最后一瓶酒——事实证明，那也是他这辈子的最后一瓶酒——扔进有钢印**不再需要的物品，请留在这里**的垃圾桶。他告诉他们，当公车慢慢驶进弗雷泽小镇时，自己童年的伙伴东尼在多年沉寂后突然清晰地出声了。他说，就是这地方。

然后，他跳到更久以前的事情——当他还不是丹，而是丹尼（有时候还是道克，你好吗，道克？）的时候，隐形的东尼是多么不可或缺的伙伴。东尼帮他承担的不只是闪灵，还有更要命的事：有酒瘾的父亲，那个惹了太多麻烦，酒后非常危险的男人恰恰是丹尼和他母亲深爱的亲人。他的毛病有多多，大概他们就有多爱他。

"他脾气很坏，你不需要有读心术就能知道他什么时候被坏脾气操控了。一来，他通常是喝醉的时候发飙。他逮到我在他书房里把稿纸弄乱的那个晚上，我知道他喝多了。他把我的胳膊折断了。”

“那时候你多大？”戴维问。他和露西坐在后座。

“大概四岁吧。也许还要小一点。他大发雷霆的时候会习惯性地揉嘴巴。”丹尼演示了一下，“你还知道有谁生气的时候会这样吗？”

“艾布拉。”露西说，“我还以为她是遗传我。”她抬起右手摆到嘴边，又用左手抓住右手，放回膝头。丹在安妮斯顿公共图书馆外的长椅上第一次和艾布拉面对面交谈时，就见她这样做过，一模一样。“我认为，她的脾气也是遗传我的。我会……有时候会非常暴躁。”

“我第一次见她揉嘴唇时就想到了我父亲。”丹说，“但当时在想别的事，一搁下就忘了。”这让他想起沃森——全景饭店的管理员，一开始就是他带领父亲参观饭店下面那座靠不住的老锅炉。你非得看着她不可，沃森说过，因为她老是抖啊抖的。可是到最后，杰克·托伦斯还是忘了。那就是丹能活下来的原因。

“你是在告诉我们，你从这个习惯性的小动作里推敲出了这个家庭的谱系？那你岂不是神算子？况且，你和我长得像，但你和艾布拉不像——她的相貌更像她爸爸。”露西想了想，又说，“不过也对，你们继承了另一种家庭特征——戴维说你们管它叫闪灵。是因为闪灵，你才想到的，对不对？”

丹摇摇头：“我父亲去世的那一年，我交到一个好朋友。他叫迪克·哈洛兰，是全景饭店的主厨。他也有闪灵，是他告诉我很多人都有这种能力。他说得没错。这些年来我也遇到很多人或多或少有点闪灵。比利·弗里曼就有，所以他现在和你女儿在一起。”

约翰把萨博本拐进孔切塔的公寓后面的小停车坪，但谁也没有着急下车。尽管露西很担心女儿，但听丹讲述这段往事——有点像补课——似乎让她着迷了。丹不用回头看她就知道。

“如果不是闪灵，那又是因为什么？”

“我们开着利文顿号去云间小道的时候，戴维提到你在孔切塔公寓的储藏室里找到了一只箱子。”

“是的。我妈妈的。我不知道婆婆留了那么多她的东西。”

“戴维告诉我和约翰，她是个喜欢享乐的姑娘，那时候老是去派对玩。”其实戴维是对艾布拉说的，远距离，透过意念，但丹觉得还是不要让刚找到的妹妹知道那么多细节了，至少眼下没必要说。

露西飞快地瞥了戴维一眼，那是孩子撒谎说放学后干了什么的时候父母都会有的表情，但她没说什么。

“他还说，亚历山德拉从纽大奥尔巴尼分校退学那会儿，曾在佛蒙特或马萨诸塞的一所预科学校里当实习老师。我父亲弄伤一个学生、丢了饭碗之前，就在佛蒙特的史托文顿私立预备中学教英语。根据我母亲所说，他那段时间常去参加派对。我知道艾布拉和比利安然无恙之后，就在脑袋里算起来了。好像时间地点都对得上，但我想，如果有人知道内情，肯定就是亚历山德拉·安德森的母亲了。”

“她知道吗？”露西问。她坐不住了，倾身向前，双手扶着前座之间的扶手台。

“不全知道，而且我们共处的时间也不多，但凭她了解的情况就能确定了。她不记得你母亲在哪所预科学校，但她知道那是在佛蒙特。而且，她和她的督导老师发生了一段短暂的婚外情。她说，那人是个作家，发表过作品。”丹停顿了一下，“我父亲就是。虽然只是些短篇小说，但有些发表在非常著名的刊物上，譬如《大西洋月刊》。孔切塔从没问过她那个男人姓字名谁，亚历山德拉也从没说过，但如果那只箱子里有她大学时代的成绩单，我敢打赌，你会发现她的督导老师叫约翰·爱德华·托伦斯。”他打了一个哈欠，看了看手表，“我只能说到这里了。我们上楼去吧。先睡三个钟头，再去纽约州北部。路上的车不会多，我们应该不会耽误。”

“你敢发誓她现在很安全吗？”露西问。

丹点点头。

“好吧，我等。但只有三小时。至于睡觉……”她笑了，但不是那种好笑的笑。

9

他们进了孔切塔的公寓，露西大步流星地直奔厨房里的微波炉，设定闹钟，让丹看一眼。他点点头，又打了一个哈欠：“凌晨三点半，我们就出发。”

她严肃地端详他：“你知道，就算没有你，我也想去。此时此刻就想走。”

他勉强地笑了笑：“我认为你最好把别的情况了解清楚了再决定。”

她坚决地点点头。

“我现在不走，就因为这个，也因为我女儿被下了迷药，确实需要补眠。趁你还没摔倒，快去躺下吧。”

丹和约翰睡客房。一看墙纸和家具就知道，这间屋子基本上就是给那个特殊的小女孩预留的，但切塔还有别的朋友来来往往，所以房间里有两张床。

关灯躺下后，约翰说：“你小时候住的那个宾馆也在科罗拉多，这也不是巧合吧？”

“不是。”

“这个真结族就在那个小镇上吗？”

“没错。”

“那个宾馆闹鬼？”

鬼灵人，丹心想。“是的。”

约翰又说了些什么，反倒让丹吃了一惊，把他从睡梦边缘拽了回来。戴维说得对，眼皮底下的东西反而最容易错过。“我觉得可以理解……我们身边有超自然生物，并以我们为生——只要接受了这种想法，这就说得通了。邪恶之地会招来邪恶的生灵。他们在那儿很舒坦，好像回到了家。你认为这个真结族还有没有类似的地盘，在别的州？别的……我不知道怎么说……经常闹鬼的地方？”

“我肯定他们有好多。”丹用一条胳膊盖住眼睛。他浑身疼，好像有人在他脑袋里一下又一下地砸，“约翰，我很想和你开个睡前恳谈会，但我实在需要睡一会儿。”

“好，不过……”约翰撑起一只手肘，“要是没有意外，你肯定会从医院出发，和露西期盼的做法一样。因为你也担心艾布拉，在这一点上，你和他们夫妻俩不相上下。你认为她很安全，但你可能错了。”

“我没错。”他希望这是事实，也必须如此希望，因为事实很简单：他现在走不了。如果只是去纽约州，也许可以。但可惜不是，他必须睡一会儿。他的整个身体，里里外外都迫切需要休息。

“丹，你怎么了？我这么问，因为你看起来很吓人。”

“没事儿。就是累。”

他就这么睡着了，沉入黑暗，继而是困顿难逃的噩梦，在没有尽头的长廊里拼命奔跑，却老是摆脱不了身后隐约可见的怪物，左右挥动长棍，捣烂墙纸，掀起阵阵粉尘。*出来吧，小浑蛋！那个影子在喊叫，出来受罚吧！没用的兔崽子！*

然后，艾布拉出现了。他们坐在安妮斯顿公共图书馆前的长椅上，沐浴在夏日暮光里。她拉着他的手。没事的，丹叔叔。一切都好。你爸爸在死之前把附在他身上的怪物赶出来了。你不用——

图书馆的大门开了，一个女人走到阳光下。漆黑的密发如云翻滚在她头上，高帽子神气活现地斜扣在上面。它如有魔法，稳稳地立在那里。

“哎呀呀，瞧瞧，”她说，“这不是丹·托伦斯嘛，趁女人睡得昏天黑地就偷了人家的钱，还把她的孩子扔在那儿，等着被活活打死。”

她冲着艾布拉笑笑，露出一颗獠牙，像刺刀那样又长又尖。

“他会怎样对待你呢，小可爱？他会对你做什么？”

10

三点半，露西准时叫醒了他，但当丹要去叫醒约翰时，她摇了摇头。“让他再睡一会儿。我丈夫也还在沙发上打呼噜呢。”这次，她的微笑是发自内心的，“这让我想起客西马尼园了，你知道的吧，耶稣斥责彼得：‘你们就不能同我儆醒片时么？’好像是这么说的吧。但我不必斥责戴维，没理由去怪他——他也看到了。来吧。我做了点炒鸡蛋。你看起来需要吃一点。你瘦的跟麻秆儿一样。”她顿了顿，又说，“哥哥。”

丹倒不是很饿，但他跟着她走进厨房：“他也看到了什么？”

“我在整理婆婆的文件——让自己忙个不停，时间就好过——听到厨房里咔嗒一响。”

她拉着他的手，引导他走到炉灶和冰箱之间的厨台。那儿摆着一排老式调味罐，装糖的那只罐子翻倒了。倒出的糖堆上有一条手写的留言。

我很好
继续睡
爱你们
☺

哪怕浑身不舒服，丹还是想起了自己房间里的那块黑板，忍不住笑起来。艾布拉的风格，如假包换。

“她肯定是醒了一会儿。”露西说。

“我不这么认为。”丹说。

她正在炉灶盛炒鸡蛋，闻言扭头看他。

“是你把她叫醒的。她收到了你的忧虑。”

“你真的相信这种事？”

“是的。”

“坐下。”她顿了顿，“坐下，丹。我得适应这样称呼你。坐下吃吧。”

丹一点儿不饿，但终究需要补充能量。所以，恭敬不如从命。

11

她坐在他对面，喝着果汁，孔切塔·雷诺兹再也不能收到迪恩德鲁卡礼品店送来的这种玻璃杯了。“酗酒的老男人，追星的年轻姑娘。这就是我想象中的画面。”

“这个画面，我也想过。”丹木木地把炒鸡蛋一勺一勺塞进嘴里，像是吃得津津有味，却根本感觉不到滋味。

“要咖啡吗？托兰……丹？”

“好的。”

她走过那堆糖，到咖啡机边：“他结婚了，但工作给他很多机会参加员工聚会，那些派对上少不了年轻漂亮的姑娘。音乐响起来，时辰越来越晚，力比多高涨，那就不用说了。”

“听上去像是这么回事儿。”丹附和道，“也许我妈妈以前也去那些派对玩，但那时家里有个小孩子要照顾，又没钱雇保姆。”她递给他一杯咖啡。还没等她问要不要加奶或加糖，他就喝了一口。“谢谢。不管怎样，他们好上了。也许是在当地的某个汽车旅馆。肯定不会在他的汽车后座——我们家的车是甲壳虫，就算是激情难耐的杂技演员也没法在那辆车里办事。”

“黑灯瞎火好办事。”约翰说着，走进厨房。他后脑勺的头发全都翘着，保留着睡觉时的形状。“以前的人有这么一说。炒鸡蛋还有吗？”

“还有好多。”露西回答，“艾布拉在厨台上留言了。”

“当真？”约翰跑去看，“是她干的？”

“是的。我到哪儿都认得出她的笔迹。”

“好家伙，这招儿能让威瑞森通信公司破产。”

她没笑。“坐下吃吧，约翰。你们还有十分钟，然后我去叫醒沙发上的睡美人。”她坐下来，“丹，接着说。”

“我不知道她是不是认为我爸会为了她离开我妈，我想，你在那只箱子里也未必找得到答案。除非她留了一本日记。我只知道——根据戴维说的，还有孔切塔后来告诉我的——她闲了一段日子。也许在指望我爸爸，也许只是寻欢作乐，也许两者皆有。但是，等她发现自己怀孕的时候，肯定就放弃了。据我推算，那时候，我们全家应该已经在科罗拉多了。”

“你觉得你妈妈知道这事儿吗？”

“我不知道，但她肯定怀疑过他曾出轨，尤其是他深夜归家、摆着臭脸的时候。我肯定她知道喝醉酒的男人没法收敛恶习，要么赌马，要么听摇滚金曲听到嗨，就往女服务生乳沟里塞五块钱。”

她伸手搭在他肩头："你还好吗？你看起来筋疲力尽。"

"我没事。但想方设法拼凑这件往事的人不止你一人。"

"她死于车祸。"露西说着，目光从丹身上移开，怔怔地望着冰箱上的留言板。正中央是孔切塔和艾布拉的合影，艾布拉大概四岁，祖孙俩手牵着手走在一片雏菊花丛中。"她跟了一个比自己大好多的男人，还是个酒鬼。他们进展得很快。婆婆不想告诉我这些，但到我十八岁左右开始好奇，缠着她讲给我听，起码要有一点点细节。当我问到我妈妈是不是也喝酒的时候，切塔说她不知道。她说，警方不必检测当场死于车祸的死者是否酒驾。"她叹了口气，"无所谓了。我们改天再细说家族史吧。跟我说说我女儿这档子事。"

他如实讲述。讲到一半，他转身看到戴维·斯通站在走廊里，正在把衬衫塞进裤腰里，眼睛却盯着他看。

12

丹从艾布拉最早如何通过东尼联络到他说起，再讲艾布拉如何连通到了真结族，就在她所说的"棒球男孩"惨遭杀害的噩梦之夜。

"我记得那个梦。"露西说，"她的尖叫声把我惊醒了。以前也有过这种事，但有两三年消停过，直到那天又来了。"

戴维皱起眉头："我怎么不知道？"

"你在波士顿开会。"她转向丹，"看看我是不是搞明白了：这些人不是人，那是……什么？某种吸血鬼吗？"

"从某种角度看，有点像。他们白天不睡在棺材里，月光下也不会变成蝙蝠，我估计大蒜头和十字架也不会对他们有用，但他们是寄生虫，肯定不算人类。"

"人类死的时候不会凭空消失。"约翰断然说道。

“你们真的亲眼看到那种事？”

“我们三个都看到了。”

“无论如何，”丹开口了，“真结族对普通孩子没兴趣，只想要有闪灵的孩子。”

“像艾布拉这样的孩子。”露西说。

“是的。把孩子们杀死之前，他们先要折磨他们——用艾布拉的话说，那是为了纯化魂气。这总让我联想到私酿威士忌的画面。”

“他们想……把她吸空，”露西还在试图脑补那种场景，“因为她有闪灵。”

“不只是闪灵，而是强大的闪灵。若我是手电筒，她就是灯塔。而且她了解他们的所作所为。她知道他们是什么玩意儿。”

“还有，”约翰插嘴道，“我们在云间小道上对那些人干的事……不管是谁动手干掉他们的，这个叫罗思的女人都会把账算在艾布拉头上。”

“她还指望什么？”露西愤愤不平地说，“难道他们不懂什么叫自卫吗？为了生存？”

“罗思只懂一件事，”丹回答，“这个小女孩向她发出了挑战。”

“挑战——？”

“艾布拉用意念连通她。她告诉罗思，她要去找她。”

“她说什么？”

“她这个火爆脾气啊，”戴维平静地说道，“我跟她讲了一百遍了，那早晚会让她吃苦头的。”

“她绝不可以靠近那个女人，还有她那些残杀儿童的同伙。”露西说。

丹心想：*不可以……但也行。*他抓住露西的手。她下意识地要抽回去，但终究没有。

“你必须明白一点，非常简单的一点，”他说，“他们决不罢休。”

“可是——”

“没有可是，露西。搁在别的情况下，罗思可能以退为进——她就像一匹狡猾老辣的独狼——但现在还要考虑另一件事。”

“什么事？”

“他们生病了。”约翰回答，“艾布拉说是风疹。他们可能是从那个叫特雷弗的男孩身上感染的。我不知道这算是天惩……或仅仅是天大的讽刺。”

“风疹？”

“我知道，听起来好像没什么，但你要相信我，对他们来说就是生死攸关的大事。在古时候，风疹发作就能让全家孩子都倒下，你知道吗？如果这种事发生在真结族，就可能把他们全干掉。”

“太好了！”露西喊出声来。她脸上浮现出愤怒的笑容，恰是丹再熟悉不过的表情。

“如果他们认定艾布拉的超能魂气可以治愈他们，就太不好了。”戴维说，“你必须领会这一点，亲爱的。这不是小打小闹。对这个贱人来说，这是生死之搏。”他耸耸肩，把后面的话说完，因为这话只能由他来说，“如果罗思逮到机会，会把我们的女儿生吞活剥的。”

13

露西问道：“他们在哪里？这个真结族，在哪里？”

“科罗拉多，”丹回答，“在赛威镇上的蓝铃露营地。”他不想说，露营地所在之处正是他差点丧命的地方——差点儿死在他和她的父亲手里。因为那会牵扯出更多问题，更多不可思议的巧合。丹有十分的把握：这一切绝非碰巧。

“赛威镇上肯定有警察局。”露西说，“我们给他们打电话，让他们派人去。”

“跟他们说什么？”约翰的语调很轻柔，但语气是无法驳斥的。

“唔……就说……”

“如果你真的让警察去了那个露营地，”丹说，“他们也将一无所获，除了一群日暮西山的美国佬，什么都找不到。尽是些看似人畜不伤的房车浪人，总想给你看他们儿孙的照片。他们证照齐全，从狗证到地契一应俱全。就算警察搞到了搜查令，也不会翻出一支枪，因为真结族人不需要用枪，更别说警察没有正当理由去搜查了。他们的武器都在这儿。”丹指了指前额，“而你呢，你会是从新罕布什尔远道而来的疯女人，艾布拉是你那离家出走的疯女儿，我们都是你疯了的朋友。”

露西的掌心捂在太阳穴上：“我真不敢相信这种事发生在我们家里。”

“如果你做一些调查，我认为，你会发现真结族——不管他们以什么团体的名义——对那座科罗拉多小镇非常慷慨。谁都不会在自家地盘里乱搞，谁都想粉饰自己的小窝儿。万一祸事降临，你也会有一呼百应的帮手。”

“这些浑蛋已经混了很长时间，”约翰说，“是不是？因为他们吸魂气的主要目的就是图个长生不死。”

“你说得对，我可以确定。”丹说，“而且，我敢说，他们一直忙于揽金，像地道的美国人一样拼命赚钱。有钱能使鬼推磨，比赛威镇大得多的磨，他们恐怕也推得动。州。联邦。多大的磨都能用钱推。”

“而且，罗思……她不会罢手。”

“绝对不会。”丹的脑海中浮现出他对她的第一印象。歪戴的高帽子。下巴沉坠的嘴脸。一颗獠牙。“她一心一意要夺走你女儿。”

“靠杀小孩才能老不死的女人根本没有心。”戴维说。

“噢，她有的。”丹说，“黑心。”

露西站起来：“别再说了。我现在就想见到她。轮流上厕所去吧，因为我们一旦出发就不会停，要一路开到那个汽车旅馆。”

丹说：“孔切塔有电脑吗？如果有，我想在出发前上网查点东西。”

露西叹了一声：“在她书房里，我估计你猜得出开机密码。但如果你磨蹭个五分钟，我们就不管你了，直接上路。”

14

罗思躺在床上，清醒而僵硬，魂气和暴怒让她颤抖不已。

两点一刻，第一辆车发动引擎，她听到了。那是蒸汽头史蒂文和俄罗斯巴巴。第二辆车发动起来是在三点四十分，她也听到了，那是豌豆和豆荚，小双胞胎。甜心特里跟她们一起走，肯定是紧张地透过后车窗往外瞅，唯恐罗思出现。胖莫莫请求她们捎上她——不如说是央求——但她们拒绝了，因为莫莫的疹子已经发作了。

罗思可以拦下他们，但何必费那个事？让他们自己摸索在美国独立求生是怎么回事儿吧，没有真结族在露营地保护他们，在路上互相照应。*尤其是等我让马屁精斯利姆把他们的信用卡注销、清空他们银行户头的时候，让他们瞧好吧！*

马屁精不像计算器吉米那么神通广大，但这点事还是可以搞定的，只需敲几下键盘。而且他留下来了。马屁精会撑到底。好伙伴们都会……剩下的几乎都是好伙伴。脏货菲儿、围裙安妮和柴油机道格不会回来了，他们投票决定一路向南。柴油机对他们说，不能再信赖罗思了，而且，真结族早就该分家了。

祝你分家有好运，亲爱的小伙子，她心想着，拳头握紧再松开。

真结族分散各处有百害而无一利，这主意糟透了，但精简队伍倒是好事。就让怯弱的人逃跑吧，自生自灭。就让病重的死吧，一了百了。等那个小婊子也死了，他们尽情吞咽她的魂气（罗思已不再幻想把她囚禁起来当作活饲料了）的时候，剩下的二十五个成员就会前所未有地强悍。她哀念死去的乌鸦，知道她再也找不到谁能代替他了，但幸运符查理好歹能帮上一点忙。风琴手山姆……弯仔狄克……肥妞范妮和长腿保罗……贪心姐吉吉，都不是最精干的，但他们忠诚不渝，唯命是从。

更何况，那些人走了之后，她的魂气存货就能用更久，让他们更强大。他们需要再精壮一些。

来找我吧，小婊子，罗思心想，二十多人对付你一个，看看你还能多厉害。看看你有多享受一个人迎战整个真结族。我们会吃光你的魂，舔尽你的血。但作为前菜，我们要畅饮你的救命尖叫。

罗思凝望黑夜，听着不告而别的车辆渐渐远去。那些背信弃义的家伙。

门上传来一下轻轻的、怯怯的声音。罗思沉默地躺了一会儿，心中盘算着，慢慢地把双腿挪下床。

"进来。"

她赤裸着，但当安静的萨丽走进来后，她也不想遮蔽自己。萨丽悄无声息，身形也仿佛消隐在法兰绒睡袍里，灰栗色的刘海遮住了眉毛，几乎盖住了她的双眼。一如往常，萨丽好像是隐形的。

"我很悲伤，罗思。"

"我知道。我也很悲伤。"

她并不是——而是愤恨——但听起来更好。

“我想念安蒂。”

安蒂，是的——俗名安德莉亚·斯坦纳，加盟真结族之前的很多年里，她被亲生父亲蹂躏得失去人性。罗思还记得在电影院里偷窥她的那一天，也记得后来，她是如何在变身过程中仅凭蛮勇和意愿找到了回路。毒牙安蒂也会坚守阵地的。只要罗思开口，毒牙会为了真结族赴汤蹈火。

她敞开怀抱。萨丽一头栽进她怀里，靠在罗思的胸前。

“没有她，我很想死。”

“不，亲爱的，我不这样想。”罗思把这个可怜的小女人拉到床上，紧紧拥抱她。她简直就是一把骨头，裹在薄薄的皮肉下面。“告诉我，你真正想要的是什么？”

投下深重阴影的刘海下面，那双眼睛闪出野蛮的光芒：“夫仇。”

罗思亲吻她的脸颊，亲完一边再亲另一边，然后是又薄又干的嘴唇。她退后一点，说：“是的，你会报仇雪恨的。萨丽，张嘴。”

萨丽温顺地张开。她们的嘴唇贴合在一起。高帽罗思，将刚刚吸足的魂气灌入安静的萨丽的喉咙。

15

孔切塔的书房墙上贴满了备忘录、诗歌的散句以及再也无法回复的信件。丹键入四位数的密码，点击火狐浏览器，搜索蓝铃露营地。营地的官网里没太多有用的信息，也许是因为业主并不想招揽太多游客；这地方只是个幌子。但是网站里有照片，丹仔仔细细地看，像刚刚发现家庭老相册的人那样不肯放过一个细节。

全景饭店不复存在，但他认出了那地方。那年冬天的第一场大雪封山前，他曾和父母并排站在木板前廊上（木座椅和柳条小桌收进仓库后，感觉更宽敞一些），俯瞰饭店前那片平滑、悠长的下坡草坪。斜坡脚下，也就是常有小鹿和羚羊爬上坡来的地方，现在有一栋长条形的乡村建筑，名叫全景小屋。图片下的说明文字提到，游客们可以在小屋里用餐，玩宾果游戏，还能在周五和周六晚上伴着现场乐队跳舞。周日会有礼拜活动，由赛威镇上的男善信女轮流担当神职人员。

大雪来临前，我父亲给这片草地割过草，还修剪灌木，现在灌木都没了。他说，想当年，他也修剪过很多女士的灌木。当时我听不懂这个笑话，但妈妈总会被逗乐。

“玩笑话。”他低沉地自语。

他看到一整排锃亮的旅宿车专用固定座，还有高级的生活设施，液化气和发电机一应俱全。男用女用洗浴房都很宽敞，足以为“佩德罗的国境之南”或“小小美国”之类的大型住宿区的客人提供服务。还有一个专供小朋友们玩乐的游乐场。（丹不由去想，在那里嬉耍过的孩子们有没有看到或感受到让人惶恐的物事，就像丹尼·“道克”·托伦斯在全景饭店的游乐场里体验到的那种）。还有垒球场、沙狐球区、两个网球场，甚至还有一个意大利式室外地滚球场。

倒是没有槌球——没那个。不再有了。

斜坡中间——昔日全景饭店那些动物形状的树篱汇聚之处——有一溜儿洁净的白色卫星接收器。山坡顶上，也就是昔日全景饭店矗立之地，如今只有一个木架平台，要走很长一段台阶才能登上去。这个地盘现在归属于科罗拉多州政府，被誉为“世界之巅”。到蓝铃露营地的游客们可以随意登顶观景，或是到平台后面的山岭小径中徒步健行，免费。山岭小径只推荐给经验丰富的健行客，网站上的说明文字提到，但世界之巅向所有人敞开。巅峰景观叹为观止！

这句话，丹百分百相信。从全景饭店的餐厅、舞厅望出去的景致当然是叹为观止的……至少在绵绵大雪封堵窗户之前是的。向西眺望，可以望见落基山脉的最高峰，像利剑一样直指天穹。向东，视野仿佛一望无际，一直能望见博尔德。说真的，只要空气污染不太严重，望见丹佛、阿瓦达都不在话下。

州政府接管了这块地，丹毫不奇怪。谁还想在这儿起屋建房？这片地烂到根里了，在他想来，你不需要超能力就能感觉到这一点。但真结族尽可能地靠近这个地点，丹认为，那些闲步到此的游客——普通人——大概不会来第二次，也不会把蓝铃推荐给他们的朋友。*邪恶之地会招来邪恶的生灵*，约翰说过这话。如果这么说成立，反过来也成立：邪恶之地会让善类避之不及。

“丹？”戴维喊了一嗓子，“车要开了！”

“马上就来！”

他闭起双眼，用掌根抵住额头。

（*艾布拉*）

他的声音立刻唤醒了她。

第十七章
小贱货

1

王冠旅馆外一片漆黑，还要一个多小时才天亮。二十四号房间的门开了，一个女孩走了出来。浓雾泛起，简直都看不到这个世界了。女孩穿着黑裤子、白衬衫。她把长发梳起来，扎成两条辫子，发际线衬托出一张非常稚气的脸蛋。她深深吸气，清凉而潮湿的空气像魔法一样，眨眼就驱散了持久不消的头痛，但对她沉郁的心并没有什么帮助。婆婆死了。

然而，如果丹是正确的，婆婆就没有真的死去，只是在别处。也许成了鬼灵人；也许不是。无论如何，她现在没时间斟酌那种形态的称谓。也许以后她可以慢慢琢磨。

丹问她，比利是不是睡着了。是的，她回答，睡得很熟。连通两间房的门是敞开的，她看得到弗里曼先生的腿脚从毯子下露出来，也听得到他沉稳的鼾声。他听上去很像一艘慢速行驶的摩托艇。

丹又问，罗思或她的同伙有没有试图触及她的意识。没有，否则她会知道的。她的陷阱设好了，一切就绪。罗思肯定猜得到。她不蠢。

他还问她房间里有没有电话。是的。有一台座机。丹叔叔告诉她，他希望她怎么做。事情很简单，但骇人之处在于，她不得不和科罗拉多州的那个陌生女人说话。不过，她想说。自从她听到了棒球男孩临死前的尖叫，她的心底一直都有这股冲动。

（你明白你必须重复的话是什么意思吗？）

是的，当然。

（因为你必须激怒她你知道什么话可以）

（是的我知道那是什么意思）

让她抓狂。让她恼怒。

艾布拉站在门口，在浓雾中呼吸。他们驶进来的那条小路只剩下依稀的轮廓，两旁的树木完全看不到了。汽车旅馆的办公室也不见了。有时候，她希望她自己也能那样子，心里一片白茫茫，不染尘埃。但也只是偶尔。在内心最深处，她从未遗憾自己有异能。

等她感觉准备好了——尽可能吧——艾布拉回到自己的房间里，关上隔门，以免吵醒弗里曼先生，因为她有可能不得不大声说话。她查看了电话上的指示，打外线要先拨 9，然后直拨查号台，询问科罗拉多州赛威镇蓝铃露营地全景小屋的直线号码。我可以给你总机号码，丹说过，但你可能只会听到答录机的声音。

在游客们吃饭、玩游戏的地方，电话铃会响很久才有人接。丹说那是可能的，她要等到铃声自动结束。毕竟，那儿比这里早两个小时。

终于，有人没好气地接了电话："喂？要打办公室的话，你得打另一个——"

"我不找办公室的人。"艾布拉说。她只希望自己的言语声不要暴露胸膛里打鼓般的心跳声。"我找罗思。高帽罗思。"

对方顿了顿。又问："你是谁？"

"艾布拉·斯通。你听过我的名字，对吗？我就是她在找的女孩。告诉她，我过五分钟再打过来。如果她在，我们就聊聊。如果她不在，告诉她把自己操死吧。我不会再打过去。"

艾布拉挂断电话，低下头，把烫得发烧的脸蛋埋进掌心，狠狠地深吸几口气。

2

罗思的车门被敲响时，她正在陆巡舰的方向盘后喝咖啡，两只脚踩在暗格板上，下面就藏着储存起来的魂气罐子。这么早有人敲门，一定没好事。

“在。”她说，“进来。”

是长腿保罗，穿着一件长睡袍，里面的睡衣印满了赛车，未免太幼稚了。“小屋里的付费电话响个不停。一开始我想，让它去，肯定是打错了，再说了，我正在厨房里煮咖啡呢。可是它一直响，所以我就接了。是那个女孩。她想和你通话。她说，五分钟后会再打来。”

安静的萨丽从床上坐了起来，那双眼眸透过长长的刘海闪出光芒，裹在肩头的床单就像一条披巾。

“走吧。”罗思对她说。

萨丽闻声即动，没有一句废话。罗思透过陆巡舰宽宽的挡风玻璃，看着萨丽光着脚艰难地走回到她和毒牙共享的莽汉露营车里。

那个女孩。

这小贱货没有跑，没有躲，反而打来电话，说起话来恶狠狠又爆粗口。她有何感想？确实有点难以置信，不是吗？

“你那么早起来在厨房里瞎忙活什么？”

“我睡不着。”

她转身看他。不过是个头发稀疏的高个子老男人，鼻梁上架着双焦眼镜。就算俗人每天在街上碰到他，都不会拿正眼瞧他一眼，但他还是有点特殊才能的。保罗没有毒牙那种催眠力，也没有仙逝的弗里克爷爷的定位搜索能力，但他是个地道的说服者。要是他碰巧建议某个俗人打老婆耳光——或是打陌生人，都一样——她的脸蛋就会立刻被扇一巴掌，一秒都不耽误。真结族里的每个成员都有各自的小本领，所以他们才能成为一伙。

“保罗，让我看看你的胳膊。”

他叹了一声，把睡衣和睡袍的袖管捋上来，露出皱巴巴的胳膊肘。那儿果然有红斑。

“什么时候发作的？”

“昨天下午我看到了一两颗。”

“发烧吗？”

“嗯，有一点。”

她凝视他的双眼，看到了坦诚和信赖，很想给他一个拥抱。有些人跑了，但长腿保罗还在这里。大部分人都留下来了。如果那个小婊子愚蠢到在这里露面，这些人足够用来收拾她了。她有可能来。哪个十三岁的女孩不蠢呢？

“你会好起来的。”她说。

他又叹了一声：“但愿如此。就算好不了，这辈子也算值了。”

“不许说这样的话。留下来的每个人都会好起来的。这是我的承诺，我说到做到。好了，去看看我们新罕布什尔的小朋友要说些什么吧。”

3

罗思刚在椅子里坐定，身边是宾果游戏用的塑料摇筒（她的保温咖啡杯搁在旁边），还不到一分钟，小屋里的付费电话就爆发出极富二十世纪特色的震天铃响，把她惊得差点儿蹦起来。她等铃响了两次，才抬起听筒，用尽可能节制的语调说道：“你好，亲爱的。你知道，你其实可以闯进我的脑子，那会帮你省一笔长途电话费。”

这个小贱货才不会冒冒失失地闯进她头脑呢。会设陷阱的又不止是艾布拉·斯通一人。

“我会去找你的。”女孩说道。声音竟是这么稚嫩，这么青春！罗思不禁想到，如此清新可人的声音会带来何等有益的魂气，顿时，贪婪的渴望油然而生。

“你上次就说过了。亲爱的，你确定真的要这么做吗？”

“如果我去，会见到你吗？还是说，只能见到你那群走狗？”

罗思的火气蹿上来了。发怒没啥用，但老实说，她从来都不是早起的人。

“怎么会见不到我呢，亲爱的？”她尽量保持自己语气沉静平稳，还稍稍有点纵容的口气，就像好妈妈（她没当过母亲，这事儿只能靠想象了）对发脾气的小屁孩说话时的腔调。

“因为你是胆小鬼。”

“我很好奇，你凭什么得到这种结论呢？”罗思反问，保持语气——要宽容她，还有点被逗乐的味道——但她的手紧紧攥着电话，越来越使劲，用力地压在耳朵上。“你又没见过我。”

“我当然见过。在我的头脑里，我把你赶跑了，眼见着你夹着尾巴逃跑了！你杀害了那些孩子。只有懦夫才去杀小孩。”

你不需要在一个孩子面前自我辩护，她在心里自言自语，*尤其不能对俗人讲理*。但她听到自己在电话里说道：“你对我们一无所知。我们是什么，我们为了生存必须做什么。”

“你们就是一群懦夫，”小贱货回嘴，“你们以为自己特别强大，有超能天赋，但你们只擅长一件事：老不死，吃啊吃。你们和土狼没两样。你们杀戮弱者，然后就逃跑。胆小鬼。”

字字句句都像刀尖，那轻蔑的口气刺进罗思的耳朵里。“不是那样的！”

“而你呢，你就是头号胆小鬼，最不要脸的懦夫。你不会来追杀我，对吗？不会，当然不会是你。你只会派那些走狗帮你干活。”

“我们的谈话能不能合情合理，或——”

“把孩子们杀死，只为了让你偷走他们脑袋里的东西，这种事合情合理吗？天理何在，人情何在，你这个胆小如鼠的老婊子倒是说说？你让你的朋友们为你卖命，自己却躲在后面，算你聪明，真的好聪明，因为他们现在都死光光了！”

“愚蠢的小贱货，你知道个屁！”罗思暴跳如雷，大腿撞到了桌子，咖啡洒了，顺着宾果摇筒流淌。长腿保罗站在厨房门口，往里瞥了一眼，刚瞄到她的脸就缩回去了。“谁是懦夫？谁才是真正的胆小鬼？你只敢在电话里这么说说，我看你当着我的面还敢不敢这样说！”

“等我过去的时候，你身边必须有几个走狗给你壮胆？”艾布拉极尽嘲讽地问道，“到底要多少才够？不要脸的臭婊子？”

罗思一时语塞。她必须控制好自己的情绪，她明白这很重要，但和这么一个满嘴粗话、带着小流氓腔调的俗人女孩讲话……而且，她知道得太多了。实在是太多了。

“你甚至都不敢独自面对我吧？”小婊子又问道。

“你敢我就敢。”罗思咬牙切齿。

电话那头出现了停顿，小婊子再开口的时候显得深思熟虑：“单挑？不，你不敢的。像你这样的怕死鬼怎么会有种单挑呢。哪怕面对一个孩子，你都不敢。你是个赖皮的骗子，还是个谎话精。有时候你看起来挺漂亮的，但我见过你的真面目。你狗屁不是，只是个没人要的老女人，淫荡的臭婊子。”

“你……你……”她再也说不出别的来。怒火攻心，她觉得简直要爆炸了。一部分是出于震惊，对这么个小女孩来说，交通工具意味着自行车，要关心的头等大事无外乎是前几个礼拜乳房变大了一点点——比蚊子块大不了多少！可是她——高帽罗思——竟然被这个小贱货骂得狗血淋头。

“但我会给你一个机会。”小贱货说道，言语中的自信、傲慢无礼实在让人难以置信，“当然，如果你肯，我就会让你一败涂地。我不用担心别的走狗，因为他们已经死定了。”她真的笑出声来，“被棒球男孩呛得半死不活，他也算没白死。”

“你来，我就杀了你。”罗思说着，一只手摁住自己的喉头，扣紧，有节奏地捏起来。等下会有淤青的。“你跑，我就把你找出来。等我逮到你，你要惨叫半天，我才让你死。”

“我不会跑的。”女孩说道，“让我们看看惨叫的是谁。”

“你会带几个帮手呢？亲爱的？”

“我一个人。”

“我不相信你。”

“读我的意念好了。”女孩说，“不过你大概不敢，对不？”

罗思什么也没说。

“你肯定不敢。你记得上一次自己落得个什么下场。我让你自食其果，但你不喜欢那个滋味，对不？土狼。儿童杀手。胆小鬼！”

“住嘴……不许……那样说我。”

“你们所在的营地，山头上有一个地方。叫‘世界之巅’的观景台。我在网上找到的。周一下午五点在那里碰头。一个人去。如果你不是一个人，如果我们交手的时候，你的土狼群没有乖乖地待在公用大厅，我都会知道的。那我就会走。”

“我会找到你的。”罗思又说了一遍。

“你觉得你办得到吗？”她根本是在讥笑她。

罗思闭起眼睛，看到了那个女孩。她看到她在地上翻滚，蜇人的大黄蜂堵住她的嘴，火辣辣的尖刺从她眼珠子里蛰出来。谁也不许这样对我说话。绝不。

“我估计你大概能找到我。但到那时候，你那个臭烘烘的真结族里还会剩几个人能帮你？十几个？十个？大概顶多三四个人？”

罗思早就想过这个问题了。而这个从没面对面交过手的小屁孩得到了同样的答案，不管怎么说，这是最让她沮丧的事情。

“乌鸦知道莎士比亚，”小贱货说，“在我杀了他之前，他引用了几句话。我也懂一点的，因为我们学校里有莎士比亚课程。我们只读了一出戏，《罗密欧与朱丽叶》，但富兰克林夫人发了一份资料给我们，列举了莎士比亚所有剧本中最经典的台词。像是‘生存或毁灭’、‘我可一无所知’。你知道这些话都是莎士比亚写的吗？我本来不知道。你觉得这是不是很有趣？”

罗思一言不发。

“你根本没有在想莎士比亚，”小贱货说，“你在想，你是有多想干掉我。我不用读你的意念就能知道。”

“如果我是你，我会跑得远远的。”罗思用体贴的口吻说道，“甩开你的小短腿，能跑多快就跑多快。虽然对你没啥好处，只不过能让你多活几天。”

小贱货假装没听到，继续说：“还有一句老话，我记不清原话是怎么说的了，但大意是‘害人作法反自毙’。富兰克林夫人说，原文中的‘作法’指的是在棍子上绑一颗炸弹。我觉得，这句话很能形容你的胆小鬼部落目前的遭遇。你们吸了有毒的魂气，成了一条绳上的蚂蚱，而绳子上的炸弹就要爆了。”她停顿一下，又说，“你还在听吗，罗思？还是已经跑了？”

“亲爱的，来会会我吧。”罗思已经恢复了镇定，“你想约我在观景台见面，那我就去观景台。我们一起观赏风景，好吗？看看谁更厉害。”

说完她就挂断电话，没等那个小贱货再啰唆什么。她保证自己不发火的，但现在失守了，忍不住了，不过总算撑到了最后一句话。

也许没有所谓最后一句话，因为小贱货重复的那个字眼在她脑海里萦绕不去，反反复复，像一张坏掉的唱盘，永远卡在一条坏槽里。

胆小鬼。胆小鬼。胆小鬼。

4

艾布拉战战兢兢地把听筒放回座机。她盯着它看，甚至轻抚了几下它的塑料外壳。被她攥紧的地方热乎乎的，也沾染了她手心里的汗水。接着，她毫无心理准备地哭出声来，呜呜地，大声哭。仿佛从里到外、从上到下被翻腾了一遍，她的胃因为哭泣而痉挛，身体因哭泣而颤抖。她哭着冲向洗手间，跪在马桶前，吐了起来。

走出洗手间的时候，弗里曼先生站在连通两个房间的门口，衬衫衣摆垂在裤腰外面，灰发胡乱支棱着。“出什么事儿了？是他给我们下的药让你恶心吗？”

“不是因为那个。”

他走到窗边，想透过外面的晨雾望出去：“是*他们*？他们追来了吗？”

她一时间无法言语，只能用力摇摇头，把马尾辫甩得左右摇晃。是她在追杀*他们*，那才是让她害怕的。

而且，不仅仅是为她自己感到怕。

5

罗思坐在原地，喘着粗气，想让自己镇定下来。自控力终于恢复正常水准了，她才把长腿保罗叫过来。过了好一会儿，他总算小心翼翼地从厨房的回转门间伸出头来。他的表情让她嘴角上扬，露出一丝鬼气十足的冷笑：“很安全。你可以进来。我不会咬你的。”

他走进来，看到翻洒一桌的咖啡：“我去收拾一下。”

“让它去。我们剩下的人中，谁定位搜索的本领最高？”

“是你，罗思。”毫不迟疑。

罗思不想用意念接近那个小贱货，哪怕只是瞅一眼就走她都不肯。“除了我。”

“这个嘛……弗里克爷爷也不在了……巴瑞也……”他思忖了片刻，“苏西有点定位的本领，贪心姐吉吉也有点。但我认为幸运符查理的能力更强。”

“他病了吗？”

“昨天还没有。”

“让他来见我。我等他的时候会把咖啡擦干净的。因为——保罗，这一点非常重要——谁闯的祸，谁就该收拾烂摊子。”

他走了，罗思在原位又坐了一会儿，十指交叉支着下巴。她又能清晰地思考了，也就是说，可以想出计谋了。看起来，他们今天不用吸魂气了。可以等到周一早上。

最后，她走到厨房的搁板那里，扯了一团纸巾，开始收拾她的烂摊子。

6

“丹！”这次是约翰，“要走了！”

“马上，”他说，“我只想用冷水洗把脸。”

他走向门廊，聆听艾布拉的声音，轻轻点着头，好像她就在身边。

（弗里曼先生想知道我为什么哭为什么吐我该怎么回答他）

（眼下你只需告诉他等我们到那儿了我想借用他的皮卡）

（因为我们要往西部走）

（……嗯……）

有点复杂，但她可以领会。无需付诸于语言，因而他们无需多言。

洗手间水槽边有一个支架，搁着几把包好的牙具。最小的那支——没有包起来——把手上印着艾布拉的名字，字母五颜六色的。墙上挂了一小块牌匾，写着：*没有爱，生命就像无果的树*。他盯着这句话看了几秒钟，想在互助会的谚语里找出一条类似的。他能想到的最接近这个意思的警句是：*如果今天没人让你爱，至少试着别伤害任何人*。好像也不是一个意思。

他打开冷水开关，往脸上连连泼了几把冰凉的水，再抓过毛巾，抬起头。这一次，镜中的他没有露西作伴；镜中只有丹·托伦斯，杰克和温迪之子，大半辈子都以为自己是独子。

他的脸上布满了苍蝇。

第四部　世界之巅

第十八章
西　行

1

关于那个周六，从波士顿到王冠旅馆的那一路没有给丹留下深刻的印象，因为在约翰·道尔顿的越野车里的四个人几乎没怎么说话。沉默并不代表难受或彼此不爽，而是纯粹因为疲乏——需要想很多却又没太多要讨论的人自然会沉默。他记得最牢的是他们抵达此行目的地后的事情。

丹知道她在等，因为这段车程的大部分时间里他都和她保持连通，他们已经习惯用那种方式沟通了——一半言语，一半画面。他们的车驶入旅馆时，她正坐在比利的老皮卡车后的保险杆上。她一看到他们就跳起来，挥起手来。那一时刻，刚刚散开的云雾里恰好漏进一线阳光，照在她身上。好像上帝出手，和她击掌庆贺。

露西喊出了声，但不是惊呼。她把安全带解开，还没等约翰把萨博本停稳就推开车门。五秒钟后，她总算把女儿抱在了怀里，亲吻她的头顶心——艾布拉的脸蛋埋在她胸口，她只能亲吻那个位置。现在，乍现的阳光将她俩都照亮了。

母女团聚，丹在心中说道。微笑的感觉很奇怪，好像不属于他的脸。他都快想不起来上一次欢笑是什么时候的事了。

2

露西和戴维想带艾布拉回新罕布什尔。丹没有意见，但既然他们会合了，六个人就该好好谈谈。还是扎着细马尾的胖男人当班，今天他没有看色情电影，换成笼中格斗赛了。能把二十四号房间重新租给他们，他也挺高兴，也不在乎他们会不会在房间里过夜。比利开车去克朗威尔镇上买几个比萨。他们这就安定下来，丹和艾布拉轮流说，对其他人讲述发生在他们身上的所有事，再讲解之后要发生的状况。当然，如果万事如他们所愿的话。

“不行。”露西断然说道，“这太危险了。对你们两个都是。”

约翰惨淡一笑：“最危险的莫过于放任这些……这些东西。罗思说了，如果艾布拉不去找她，她就会反扑过来抓走艾布拉。”

“她有点，怎么说呢，铆上她了。”比利说着，挑中一块有腊香肠和蘑菇的比萨，“疯子常会这样。只需要看看《菲尔博士》，你就都明白了。”

露西不掩饰责备的眼神，定定地看着女儿：“你还挑衅她。这也太不要命了，但等他们安稳下来……”

没人打断她的话，她的声音却越来越低。丹心想，也许她说到一半，自己都听得出来那是多么一厢情愿的幻想。

“妈妈，他们不会就此罢休的。”艾布拉说，“她不会的。”

“艾布拉会很安全的，”丹说，“有一个轮子。我不知道该怎么解释才好，只能说那是个轮子。如果事态险峻——如果他们不按游戏规则出牌——艾布拉可以用轮子脱身。推动轮子，把她推出现场。她向我保证会那样做。”

“是的。”艾布拉说，“我保证。”

丹用心地看着她的眼睛：“而且说到做到，是吗？”

“是的。”艾布拉坚定地回答，尽管谁都听得出来，她是那么不情愿，“我不会食言。”

“还要考虑到那么多孩子。”约翰说，“我们永远也没法搞清楚真结族这些年来杀害了多少儿童。几百个吧，应该有。”

丹心想，如果他们真像艾布拉所说的那样长生不老，这个数字恐怕要翻几倍，说不定有上千人。“或是这么想：就算他们放过艾布拉，以后又会杀害多少孩子。”

“前提是这场风疹没把他们都干掉。”戴维想往好的地方想。他转向约翰，“你说过，很可能让他们全军覆没。”

“他们想抓到我，就是因为他们认定我可以治愈他们的传染病。”艾布拉说，“切。”

“注意你的谈吐，小姐。”露西有口无心地说道。她抓起最后一块比萨，看了看，又扔回盒子里去。“我不在乎别的孩子。我在乎艾布拉。我知道这种话听起来很无情、很恐怖，但这就是我的心里话。”

“如果你见过导报上的那些照片，你就不会这么想了。”艾布拉说，“我怎么忘也忘不掉。常常做梦都会看到。”

“要是那个疯女人还长着半拉脑子，她就该知道艾布拉不可能独自赴约。”戴维说，“她打算怎么去？飞到丹佛然后租辆车？十三岁的姑娘？”他看了看女儿，有点幽默地加了一句：“切！”

丹说：“因由云间小道上发生的事，她已经知道艾布拉有帮手。但她不知道，不止一个帮手有闪灵。”他朝艾布拉看，想获得她的确证。她点点头。“听我说，露西，戴维。我认为，我和艾布拉联手，可以了断这”——他想找到一个恰当的词汇，但只能想到一个——“这场灾难。但如果我们单打独斗……”他摇了摇头。

“而且，”艾布拉说，“你和爸爸其实不能阻止我。你们可以把我锁在房间里，但锁不住我的脑袋。”

露西用恶狠狠的眼神看着她，那是当妈的专门留给叛逆期女儿的表情。那总是对艾布拉有用，甚至是她火冒三丈的时候，但这时的艾布拉不吃这套。她镇定自若地迎接母亲的目光，眼神里的一丝悲伤又让露西的心一凉。

戴维拉住露西的手："我认为这事只能这么办了。"

房间里只剩下了沉默。到头来，还是艾布拉打破冰层："如果没人要了，我就把最后这块比萨吃了。我都快饿死了。"

3

他们又把计划过了几遍，谈及两三处时，有人嗓门大起来，但总体来说，该讨论的都讨论了。只有一件事没说。他们离开时，比利不肯坐进约翰的萨博本。

"我也去。"他对丹说。

"比利，谢谢你想得到，但这不是好主意。"

"我的车，我做主。再说了，就凭你现在这副模样，还想独自开车在周一下午之前赶到科罗拉多山区？别让人笑掉大牙了。你看起来就像木棍上的一坨屎。"

丹说："最近好多人都说我精气神不好，但就数你说得活灵活现。"

比利没笑："我可以帮你。我老了，但还没挂呢。"

"带上他。"艾布拉说，"他说得对。"

丹凝视她。

（你有什么想法吗艾布拉）

立刻得到回复。

（没有但感觉到了什么）

对丹来说那就足够了。他张开手臂，艾布拉紧紧拥抱他，脸蛋贴在他胸前。丹可以让这个拥抱再长久一点，但他还是及时松手，后退一步。

（快到的时候要让我知道丹舅舅我会来的）

（只能有一点点接触记住了）

她给出一个画面，没有言语：烟雾探测器需要更换电池时发出蜂鸣声。她记得一清二楚。

走向车子的时候，艾布拉对她爸爸说："我们半途要停下来买一张问候卡。朱莉·克劳斯昨天下午踢足球时把手腕撞伤了。"

他冲着他皱起眉头："你怎么会知道？"

"我就是知道。"她说。

他轻轻地拉了一根小辫子："你一直都可以，是不是？我不明白你为什么不告诉我们，艾芭嘟嘟。"

丹——从小到大伴着闪灵长大的男人——完全可以回答这个问题。

有时候，父母也需要被保护。

4

他们分道扬镳。约翰的越野车向东行，比利的皮卡向西行，由比利驾驶。丹说："你开车真的没问题吗，比利？"

"你是说昨晚睡饱之后？宝贝儿，我可以一路开到加州。"

"你知道我们要去哪儿吗？"

"我等比萨出炉的时候，在镇上买了一本公路地图册。"

"所以……你那时候就拿定主意了。你知道我和艾布拉是怎么计划的。"

"唔……差不多吧。"

"要我开的话就直说，别客气。"丹说完没多久就睡着了，头靠在车窗上。不断下坠的梦境里尽是让人难受的画面。先是全景饭店的动物树篱，你不注意看的时候，它们就会动。接着是二一七房间的梅西夫人，现在戴上了一顶斜扣的高帽子。继续下坠，他又目睹了一遍云间小道上的激战。只不过，这一次他冲进温尼贝戈的时候发现艾布拉躺在地板上，喉咙被割开了，站在一旁的罗思手中的刀刃在滴血。罗思看到丹，下半张脸先是露出阴险的笑，下巴越来越低，嘴巴越来越大，露出里面一颗长长的獠牙泛着冷光。我早就跟她说过，这就是结局，但她听不进去，她说，孩子们就是不听话。

等他醒来时，只见云间的一条缝隙横贯天边。他们行驶在州际高速公路上，暮云垂天。

“我睡了多久？”

比利瞥了一眼手表：“蛮久的。感觉好点了？”

“嗯。”是也不是。他的头脑是清醒了，但肚子疼得要死。考虑到他这天清早在镜中看到的景象，他并不惊讶。“我们到哪儿了？”

“差不多再开一百五十英里左右就到辛辛那提了。刚刚去了两个加油站，你都在睡。你还打呼噜。”

丹坐直身子：“我们到俄亥俄州了？天啊！几点了？”

比利又瞥了一眼手表：“六点一刻。没什么大惊小怪的，路上不堵车，也没下雨。我觉得有天使同行保佑我们。”

“好吧，我们去找一间汽车旅馆。你要睡觉，我要撒尿，憋了一天了。”

“可不是嘛。”

看到下一个显示加油、餐饮和住宿的指示牌后，比利驶出匝道，停在一家快餐店外。他去买汉堡包的时候，丹去上厕所。两人回到车里后，丹咬了一口巨无霸，就把汉堡包放回纸袋，又试探性地吸了两口咖啡奶昔，还好，他的胃似乎比较青睐奶昔。

比利面露惊异之色：“嘿，老弟，你得吃饭啊！你这是怎么了？”

“大概早餐不该吃比萨吧。”看到比利不依不饶地盯着他看，丹又说，“奶昔挺好的。我就想喝点奶昔。比利，眼睛要看着路。我们要是被包成木乃伊送进急诊室，那就帮不到艾布拉啦。”

五分钟后，比利把车停在费尔菲尔德旅馆外面的天篷下的空车位里，旅馆大门上跳闪着“有空房”的霓虹灯。他熄了火，但没有下车：“老大，既然我舍命陪君子，你也该对我吐真言。我想知道你为什么这么难受。”

丹差点儿脱口而出：舍命陪君子是比利的主意，不是他主动提出的，但那么说就太不够意思了。他便说了原委。比利目瞪口呆地听着。

“基督耶稣都要吓一跳。”丹说完后，比利胡乱地应了一声。

“我要是记得没错，”丹说，“新约圣经里没有基督吓一跳的剧情。不过我猜他跳得起来，小时候总跳过吧。你想去办入住，还是我去？”

比利又愣愣地坐了一会儿：“艾布拉知道吗？”

丹摇摇头。

“但她瞧一眼就会知道。”

“是可以，但她不会。她知道偷看是不对的，尤其是对那些你在意的人。她不会在父母做爱的时候去偷窥他们的意念。”

“你还是小孩子的时候就知道了？”

“是的。有时候你会看到一点——不知不觉地——但你就会逃开。”

“丹尼，你会好起来吗？”

“暂时没事。”他想了想覆在他嘴唇、脸颊和额头上的那些迟滞的苍蝇，“还有时间。”

“以后呢？”

“以后的事，以后再考虑。一次救一天。我们去拿钥匙吧。明天要起个大早呢。”

“你有艾布拉的消息吗？”

丹笑了：“她很好。”

至少目前是。

5

但她并不算太好。

她坐在书桌边，手里捧着读到一半的《修配工》，尽量不去看卧室的玻璃窗，唯恐看到有人正从外面盯着她看。她感觉到丹有点不对劲，也知道他不想让她知道。虽然这些年来她已经教会自己避开成年人的隐私，但这次真的想偷看一下。最终她好歹忍住了，因为两点：第一，不管她愿不愿意承认，不管是什么问题，她现在都帮不上他；其次，他可能感知得到她潜入他的头脑偷看，这一点更有力地制止了偷看的冲动。因为那样会让他对她失望。

反正，也可能被他上锁了。她心想，他办得到。他很厉害的。

但还是不如她厉害……或是说得形象一点，她的闪灵更明亮。她可以破解他的意念密码箱，飞快地朝里面看一眼，但她觉得，那样做大概对他俩都很危险。这么想，没什么确凿的理由，只是直觉——就像她感觉到弗里曼先生跟丹同行会更好——但她相信那是真的。或许，那终究能助他们一臂之力。她愿意如此期待。*成功一旦在望，就像燕子穿空一样*——又是莎士比亚的名句。

也别去看窗户。你敢！

不。绝对不看。打死也不看。结果她还是看了，看到了罗思在浪荡不羁的斜帽子下面露出狞笑。波浪扭曲的头发，瓷白惨淡的皮肤，疯狂的乌黑眼眸，饱满的红唇，一切只为凸显那颗暴突的利齿。獠牙。

你将在惨叫中死去，小贱货。

艾布拉闭起眼睛，拼命去想

（不在这里不在这里她不在这里）

再睁开眼睛。窗户后面的狞笑嘴脸不见了。但也未必就没有。在那高耸入云的山间——在世界之巅——罗思也在念想着她。在等待。

6

旅馆附送自助式早餐。因为旅伴盯着他，丹勉强吃了些麦片和酸奶。比利好像放下心来了。趁他办理退房手续的时候，丹慢吞吞地走到大堂的男厕所。一进去就反锁房门，跪在地板上，把刚刚塞下肚的东西都吐了出来。尚未消化的麦片和酸奶浮在一层红色的泡沫里。

“没事儿吧？”丹回到大堂后，等在桌边的比利问道。

“没事儿。”丹说，“我们上路。”

7

比利的地图册上显示，从辛辛那提到丹佛大约还有一千两百英里的车程。赛威镇还要往西开七十五英里左右，沿途都是急转弯道的盘山路，两边都有陡降的斜坡。那个周日下午，丹开了一会儿车，但很快就乏了，又把方向盘交给了比利。之后他就睡着了，等他醒来，太阳已在西沉。他们已在爱荷华境内——已故的布拉德利·特雷弗的家乡。

（艾布拉？）

他之前担心距离越来越远，意念连通就会越来越难，或甚而无法连通，但她迅速回复了，和以往一样清晰。如果把她比作广播电台，起码是十万瓦特功率的吧。她在自己的房间里，对着电脑敲键盘，大概是在做作业。他发现她把绒毛兔子霍比搁在膝头，这让他又好笑又悲伤。他们所做的事让人神经紧张，把她变回了年幼时期的艾布拉，至少在情绪方面。

他俩之间的通道敞开了，她感知到了他的闪念。

（别担心我我很好）

（好因为你要打个电话）

（好的没问题你没事吗）

（很好）

她明知他不好，但没多问，因为那才是他希望的。

（你弄到那个了吗）

她给出一个画面。

（还没有今天是周末商店都关门了）

又是一个画面，让他忍俊不禁。看似沃尔玛超市……但前门扯着一条横幅，上面写着：**艾布拉的超市**。

（我们要的东西他们不卖我们要找别的东西代替）

（好吧 那就）

（你知道对她说什么吗）

（知道）

（她会诱导你多说一会儿为了得到更多信息别中她的圈套）

（我不会的）

（打完电话要联系我别让我担心）

当然，否则他会担心死的。

（我会的我爱你丹舅舅）

（也爱你）

他制造了一个吻。艾布拉回了他一个大大的卡通红唇。他几乎感觉得到它们落在自己脸颊上。然后她就消失了。

比利瞪着他："你刚刚在和她说话，是不是？"

"确实如此。比利，眼睛瞅着路。"

"好的，好的。你听上去真像我前妻。"

比利闪了闪灯，转入快车道，超过一辆庞大而缓慢的弗利特伍德箭步旅宿车。丹怔怔地打量那辆车，心想车里会是什么人，他们是否也透过暗色车窗朝外看？

“我们找地方过夜之前，我还想再开一百多英里。”比利说，“那样的话，我估摸着明天会有一小时的富裕时间，你可以忙自己的事，也来得及在你和艾布拉预定的大戏上演前进山。但我们得在天亮前就出发。”

“好的。你了解这场戏该怎么演吧？”

“我了解的是应该怎么演。”比利看了看他，“你最好希望他们别用望远镜，就算有也别想到用。你觉得我们会活着回来吗？跟我说实话。如果答案是不能，今晚停车后，我就要给自己点一道你从没见过的特大号牛排晚餐。信用卡的最后一张账单可以追到我的在世亲属，你猜怎么着？我没有一个活着的亲戚啦。除非你把我前妻算上，不过，就算我在她面前着火了，她也不肯撒一泡尿来救我。”

“我们会回来的。”丹的话听来有气无力。他太难受了，打不起精神。

“是吗？那好吧，反正我还是会点一份大餐。你怎样？”

“我认为我可以来份汤。只要清汤。”一想到吃油腻的——番茄浓汤，奶油蘑菇汤——他的胃就会抽搐。

“好吧。你干吗不再眯一会儿？”

丹知道自己睡不踏实，哪怕那么累，那么难受，他也只能眯了一会儿——在艾布拉应付恐怖老女人的幻象时，他无法睡沉。一路都睡得很浅，足以滋生更多梦境，先是全景饭店（今日特辑：在半夜自动升降的幽灵电梯），然后是他的外甥女。这次，艾布拉被电线绕住了脖颈，她的眼睛凸出来，用控诉的怨念瞪着他，眼神里的话不言自明：*你说过你会帮我的。你说过你要救我的。可是你去哪儿了？*

8

艾布拉拖拖拉拉的，该做的事都没做，结果发现她妈妈很快就要来催促她上床睡觉了。她不打算早上去学校，但不管怎么说，这仍是个大日子。也许，还会夜长梦多。

事情越拖越难办，亲爱的。

这是婆婆的信条之一。艾布拉望向窗口，希望能看到曾外祖母，而非罗思。那该多好啊。

“婆婆，我好害怕。”她说道。但深呼吸两次后，她还是拿起手机，拨通了蓝铃露营地全景小屋的号码。接电话的是个男人，当艾布拉说她找罗思时，他问她是谁。

“你知道我是谁。”她回答。又问道——她希望那种明知故问的腔调足以惹恼对方：“你病了吗，先生？”

电话那头的男人（这次是马屁精斯利姆）没有回答，但她听到他对另一个人轻轻说了什么。过了一会儿，罗思来了，依然搬出那副镇定自若的面孔。

“你好啊，亲爱的。你在哪儿呢？”

“在路上。”艾布拉说。

“真的呀？亲爱的，太好了。那就是说，我回拨来电的话是看不到新罕布什尔区号的喽？”

“当然看得到。”艾布拉说，“我用的是手机。你需要跟上二十一世纪的节奏，老婊子。”

“你想干吗？”现在的语气比较粗暴了。

“想确认一下，你记得我们的游戏规则。”艾布拉说，“我会在明天下午五点到。我会坐一辆红色的老皮卡。”

“谁开车？”

“我家的亲戚，比利。”艾布拉说。

“他也参与了伏击吗?”

“他是和我和乌鸦在一起的人。别问了。你给我闭嘴，好好听着。”

“真粗鲁。”罗思假惺惺地说。

“他会把车停在停车场最里面，就在**科罗拉多职业队赢球，小孩免费吃大餐**的牌子旁边。”

“原来你上我们网站看过了呀。真细心。还是你亲戚去查的?他愿意担任你的司机可真够勇敢的。他是你妈妈那边的，还是你爸爸的?研究俗人家谱是我的业余爱好。我还会做家谱树呢。”

她会诱导你多说一点，丹早料到了，多么明智。

“‘你给我闭嘴，好好听着’这句话里你哪些子听不懂?你到底想不想玩?”

没有回音，只是等待，沉默。让人不寒而栗的沉默。

“从停车场那里，我们可以看到一切：营地，小屋，还有山顶上的世界之巅。我们最好能看到你在上面，最好也不要看到你们真结族的其他人出现在任何地方。我们会面的时候，他们都得在公共大厅里乖乖待着。在大房间里，明白吗?要是他们不在我指定的地方，比利伯伯不会知道，但我可以。如果我发现有人躲在什么地方，我们会掉头就走。”

“你的比利伯伯会待在他的皮卡车里?”

“不。我会待在车里，直到我们确定没问题了，我才会下车。然后，他回车上，我去见你。我不想让他靠近你。”

“那好吧，亲爱的。如你所愿。”

不，不会的。你在骗人。

但艾布拉也没说真话，那就算扯平了。

“亲爱的，我有一个非常重要的问题。”罗思乐呵呵地说道。

艾布拉差点要问是什么事，但又想到舅舅的提醒。真正的亲戚。一个问题，好的。那就会引发第二个问题……第三个……第四个。

“不让你问，自个儿憋死吧。”她说完就挂断。双手这才开始颤抖。接着，双腿、胳膊和肩膀都忍不住抖动起来。

“艾布拉？”是妈妈，在楼梯下喊了一声。她感觉到了。一点点，但她确实感觉到了。这是妈妈的直觉，还是闪灵？“宝贝儿，你还好吗？”

“很好，妈妈！准备上床啦！”

“十分钟，等下我们会上来和你道晚安。穿好睡衣。”

“我会的。”

要是他们知道我刚刚和谁在通话，那就糟了，艾布拉心想。但他们不知道。他们以为自己知道即将发生什么。她在卧室里，这栋房子的每一扇门、每一扇窗都锁上了，他们相信这样一来她就安全无虞了。甚至她爸爸，在亲眼目睹真结族的所作所为后，也是这样相信的。

可是丹一清二楚。她闭上眼睛，联系到他。

9

丹和比利身在另一个旅馆的天篷下。还是没有艾布拉的消息。不妙。

“走吧，老大，”比利说，“我扶你进去吧——”

就在这时她来了。感谢上帝。

“一分钟就好，别讲话。”丹说完，听她讲。两分钟后，他转向比利，比利心想，他总算有笑容了，看起来又像丹·托伦斯了。

“是她吗？”

“是的。”

“什么情况？”

“艾布拉说一切按照计划进行中。我们可以行动了。”

“没问到我？”

“只问了你是哪边家族的亲戚。听着，比利伯伯这步棋不太好，以你的岁数，不管是露西还是戴维的兄弟，都太大了。我们明天停车办事的时候，你得去买一副墨镜。大镜片的。再把棒球帽压到最低，别露出头发。”

“也许我该顺便买点‘男士专用’染发膏。”

“老臭屁，别糊弄我了。”

比利被逗乐了：“我们进去拿钥匙吧，再搞点吃的。你看起来好点了。好像可以吃点像样的食物了。”

“汤。”丹回答，“能活就好，不必勉强吃大餐。”

“汤。好的。”

他吃光了。很慢。他提醒自己，这可能是二十四小时之内的最后一次正餐，也可能是这辈子的最后一餐，所以勉强把食物都塞下去了。他们是在比利的房间里用餐的，总算吃完了之后，丹四肢摊开，躺倒在地毯上，略微减缓了肠胃的疼痛。

“这是唱哪出？”比利问，“瑜伽之类的狗屁么？”

“完全正确。我看瑜伽小熊卡通片的时候学会的。跟着我再做一遍。”

“老大，别担心，我懂了。你现在讲话越来越像凯西·金斯利了。”

“这说法太吓人了了。快跟着我做一遍。”

“艾布拉的意念会在丹佛时不时出没。如果他们有人监听，就会知道她在路上。她已经很近了。我们要早点到赛威镇——别五点了，就四点吧——然后直接走小路到露营地。他们没机会看到皮卡，除非他们在高速公路的下匝道安插了眼线。”

“我觉得他们不会。”丹想起互助会里的一句俗语：*无论对*

人，对处所，对事情，我们都是无能为力的。大多数听来像狗屁的世俗真理都这样，七分真，三分扯。“无论如何，我们不能掌控每一个细节。随机应变吧。”

“顺着那条小路往上一英里左右，有一个野餐区。在那年大雪封山之前，你和你妈妈去过几次。”比利停顿一下，“只有她和你吗？你爸爸从来没去过？”

“他在写作。在写一个剧本。你继续说。”

比利往下说。丹仔细聆听，然后点点头：“好的。你都清楚了。”

“现在你信了吧？那我可以问一个问题吗？”

“当然。”

“明天下午，你还能独自步行一英里吗？”

“我可以。”

但愿撑得下来。

10

幸好提早出发——凌晨四点，还没曙光的影子呢——丹·托伦斯和比利·弗里曼在清晨九点过后目睹了美景：朝阳照亮的云层蔓延在整个地平线上。一小时后，蓝灰色的云墙完全消融在起伏的山峦间，他们也到了科罗拉多州的马腾威尔小镇。那儿，在短小（且几无人气）的主街上，丹没找到他在寻找的东西，反而发现了更棒的选择：一家名叫儿童用品的儿童衣物店。半个街区外还有一间药妆店，左边是灰扑扑的当铺，右边是录影带租售店，橱窗玻璃上刷着**清仓关店！所有存货打折处理！**的广告语。他让比利去马腾威尔药妆杂货店买墨镜，自己走进了儿童用品店。

这地方缺乏生气，弥漫着一种郁郁寡欢的气氛。除了他，没有第二个顾客。大概是因为有斯特林或佛特摩根之类的大型连锁店，这种小店纵有商业头脑也只会日益萧条。快开学了，你只需开一会儿车就能买到更便宜的裤子和裙子，何苦在本地买小店货色？就算那些商品的产地是在墨西哥或哥斯达黎加又有什么大不了的？从柜台后面走出一脸倦色的女人，留着一头大概一百年没换过的发型，朝丹露出无精打采的笑容。她问他有什么要帮忙的吗？丹说有。当他说出自己想要什么时，她的眼睛瞪大了。

“我知道这不太寻常，”丹说，“但这次就通融一下吧。我付现金。”

他买到了他想要的东西。在远离高速公路收费站的那些不起眼的萧条小店里，现金总是很管用。

11

他们快到丹佛的时候，丹呼叫了艾布拉。他闭起眼睛，想象出他俩都已熟悉的那只巨轮。在安妮斯顿镇上，艾布拉也在同步幻想。这次容易多了。当他再睁开眼睛时，发现自己正低头凝视斯通家的后花园，斜坡向下通到萨科河，河水在午后的阳光下波光粼粼。艾布拉睁开她的眼睛，看到了落基山。

“哇哦，比利伯伯，好美啊，是不是？”

比利瞅了瞅坐在身边的男子。双腿交叉的方式显然不是丹的做派，更别说一只脚还在颠啊颠。血色重现在他的双颊，眼睛明亮起来，眼神清澈，那可是他们西行途中从没出现过的模样。

“确实很美，宝贝儿。”他说。

丹笑了笑，闭上眼睛。再睁开，健康的艾布拉带给他的好气色就渐渐消失了。比利眼看着这一幕，心想，*就像玫瑰失去水分*。

“怎么了？”

“哔哔。”丹回答，又笑了笑，但这次的笑容太虚弱了，“就像烟雾探测器需要换电池时的蜂鸣声。”

“你觉得他们听得到吗？”

“我当然是如此希望。”丹说。

12

幸运符查理跑过来的时候，罗思正在陆巡舰外来回踱步。真结族人在清早吸过魂气了，存货只剩了一罐，别的都吸光了，再加上罗思前两天独自吸过的那些，她已是兴奋难耐，根本坐不定。

“什么事？”她问，“跟我说点好消息。”

“我逮到她了，这算好消息吗？”查理也很亢奋，抓着罗思的手臂，把她抱起来转圈，罗思的长发都飞起来了，“我逮到她的迹象了！就几秒钟，但确定无疑是她！”

“你看到她伯伯了吗？”

“没有，她透过挡风玻璃在看大山。她说好美——”

“当然很美。”罗思说着，露出一丝狞笑，“查理，难道你不同意吗？”

“——他说是很美。他们来了。罗思！他们真的来了！”

“她知道你在偷听吗？”

他松开手，攒起眉头：“我不能确定……弗里克爷爷大概可以……”

“就说你的想法好了。”

“大概没发现我。”

“我觉得挺好了。去吧，找个安静的地方，可以让你集中心神，免除干扰。坐下来，好好听。如果——当你再次截获她意念的时候，要立刻让我知道。不管用什么方法，我都要得到她的行踪。如果你需要更多魂气，但说无妨。我还存了一点。”

“不，不用了，我很好。我会使劲听的！”幸运符查理露出几近狂野的笑容，一溜烟地跑了。罗思觉得，他自己都不知道要跑去哪里，但她也无所谓。只要他在听，就好。

13

中午时分，丹和比利到了熨斗山脚下。离得更近去看落基山脉，丹不禁想起自己避之唯恐不及的那些浪荡年月。相应地，他又想起一些诗歌，有一首写的是：哪怕你流离多年，最终都要心神俱伤地面对自己，在一间旅馆房间里，灯泡光秃秃地悬在头顶，桌上搁着左轮手枪。

还有时间，所以，他们下了公路，开进了博尔德。比利饿了。丹不饿……但他好奇。比利把皮卡停在快餐店外的停车场里，但当他问丹要给他买什么时，丹只是摇摇头。

“确定？还有一段长路等着你呢。”

“等事情了结了，我再吃。”

“唔……”

比利走进赛百味，买了水牛城鸡肉潜水艇。丹呼叫艾布拉。推动轮子。

哔哔。

比利出来时，丹看到足有一英尺长的三明治，点点头：“过会儿再吃。等我们进博尔德了，我想去看点东西。”

五分钟后，他们就到了阿拉帕霍街。距离破破烂烂的咖啡酒吧街区还有两条街的时候，他让比利靠边停车：“慢慢啃你的鸡肉三明治吧。我不用太久的。”

丹下了皮卡，站在地面开裂的人行道上，看着一栋快倒塌的三层小楼，挂在窗边的标牌上写着：**小套房，超值学生优惠价**。

草坪上寸草不生，从人行道的裂缝里长出来的野草反倒很旺盛。他曾怀疑这地方早就没了，也曾想象阿拉帕霍街现在变成高级公寓所在地，住户大都是游手好闲的富人，去星巴克喝拿铁，一天查看六七次脸书，发起推特来像疯子一样停不了手。但它就在这里，甚至——根据他的印象——和往昔别无二致。

比利走到他身边，一手握着三明治：“丹尼，我们还有七十五英里要走。最好就此和过去告别。”

“你说得对。”丹嘴上这么说，却还是盯着那栋绿漆斑驳的小楼。曾经有个男孩住在这里，现在啃着一英尺长三明治的比利·弗里曼所立之处的马路牙子他曾坐过。那个小男孩曾经等待去全景饭店面试工作的父亲归家。那个小男孩有过一只木板做的小飞机，但机翼折断了。没关系，爸爸回家后会用胶带和胶水修好的，然后和他一起玩飞机。爸爸很吓人，但小男孩还是那么爱他。

丹说：“我们上山住进全景饭店前，我和爸爸妈妈在这里住过一阵子。挺破的，是不是？”

比利耸耸肩：“我见过更破的。”

在四处云游浪荡的年月里，丹也见过不少。比方说，威明顿的蒂尼的公寓。

他指向左边：“往那边走，有好几间酒吧。有一家叫破鼓。现在看来，城区改建的项目不包括镇子的这部分，所以破鼓可能还在那儿。爸爸和我走路经过时，他总会停下来，朝玻璃窗里看一眼，我可以感受到，他是有多想进去解解渴。他那么想喝，搞得我也想喝。我喝了好多年，就为了遏制那种渴望，但根本没用。甚至在那时候，我爸爸已经明白了。”

“但你爱他。”

“我爱。”目光依然徘徊在那栋破破烂烂、摇摇欲坠的公寓楼。是挺破的，但丹忍不住去想，如果他们一直住在这里，他们的生活该有多么不同。如果他们不曾被全景饭店诱捕，那该多好。“他有时好，有时坏，但我都爱。上帝帮助我，我想我依然是爱他的。”

“你和大多数孩子一样。”比利说，“爱自己的亲人，凡事都往好的方面想。否则你还能怎么办？走吧，丹。我们如果还要行动，就必须马上动身。”

半小时后，博尔德被他们抛在了身后，他们沿着蜿蜒的盘山路，进入落基山区。

第十九章
鬼灵人

1

夕阳迫近天边——至少在新罕布什尔已是黄昏——但艾布拉依然坐在后花园，俯瞰河水。霍比坐在她身边堆肥箱的盖子上。露西和戴维走出来，一左一右坐在她身边。约翰·道尔顿在厨房里望着他们，手握一杯已经凉透的咖啡。他的黑色背包搁在厨台上，但今天晚上，包里的东西他都用不上。

“你该进来吃点东西。”露西说归说，明知道艾布拉在事情结束前是不会——说不定也不能——吃晚饭。但人习惯抓牢眼前的东西。因为一切看似正常，因为危机远在千里之外，这让她感觉轻松一点，虽然对她女儿来说并没有不同。虽然艾布拉的皮肤一向很完美，简直和婴儿时期一样毫无瑕疵，但现在，她的鼻翼出现了一些粉刺，下巴上还有几颗丑陋的青春痘。只是荷尔蒙作怪，标志着青春期正式开始——露西愿意这样想，因为这很正常。压力也会催生粉刺。女儿的面色如此苍白，还有了沉沉的黑眼圈。她看起来就像是得了重病，和她最后一次看到的丹一个样儿：他缓慢地爬进弗里曼的皮卡车里时显得那么痛苦。

“现在不能吃，妈妈。没时间。就算吃，我也不一定吃得下去。”

“还要多久才开始，艾比？”戴维问。

她不去看爸爸，也没有看妈妈。她怔怔地俯视河水，但露西知道她的眼里也没有河流。她远在他方，在一个谁也帮不到她的地方。“快了。你们每个人都该亲我一次，然后进屋去。”

“可是——”露西刚开口，就看到戴维朝她摇了摇头。只是一下，但摇得很坚决。她叹了一口气，抓住艾布拉的一只手（好冷），在她左边的脸蛋上亲了一下。戴维亲了右边。

露西：“记住丹说的。如果情势不——”

“你们该进屋去了，现在就走。事情开始，我就会把霍比拿过来，放在我腿上。只要你们看到了，就不能再干扰我。绝对不行。否则，丹舅舅可能会因此丧命的，或是比利。我可能会摔倒，类似昏厥，但那不是昏厥，所以不要来扶我，也别让约翰医生来检查我。就让我在这里，等事情结束。我相信丹知道一个地方，我们可以在那里会合。”

戴维说：“我不明白这怎么能奏效。那个女人，罗思，会看到根本没有什么小女——”

“你们现在就进屋去吧。”艾布拉说。

他们照她说的做了。露西用恳求的眼神看着约翰，他却只能耸耸肩，摇摇头。他们三人站在厨房窗边，互相揽着，望着外面的小女孩抱着膝盖坐在台阶上。看不到任何危险的迹象，一切都很安详。但当露西看到艾布拉——她的宝贝女儿——抓过霍比搁在腿上时，她还是低吟了一声。约翰用力捏了捏她的肩头。戴维揽在她腰间的手也加了一把力，她紧张又慌张地攥住他的手。

老天保佑我女儿没事。万一有个三长两短……那就让我失散已久的同父异母的哥哥承担吧。别让她出事。

“会好的。”戴维说。

她点点头：“当然。当然要好。”

他们望着台阶上的女孩。露西明白，就算她现在呼唤艾布拉，她也不会回答。艾布拉不在了。

2

山区时间三点四十分，比利和丹到了最后一个岔道，再往前就是真结族位于科罗拉多的基地，他们的时间绰绰有余。沥青道路上方出现一道牧场风格的拱形木牌，刻着**欢迎来到蓝铃露营地！朋友，住上一阵子吧！**的字样。但路边指示牌上的话就没那么好客了：**关闭，何时启用有待日后通知**。

比利没有减速，继续往前开，但他的眼睛忙乎起来："没看到什么人。连草坪上都没人，不过我估计他们可以在迎宾小屋的犄角旮旯里藏个眼线。天啊，丹尼，你看起来太糟了。"

"美国先生选美大赛下半年才举行呢，岂不是我的幸运？"丹说，"往上再开一英里，或是再远一点。会有一块牌子标示：**观景折返及野餐区**。"

"万一他们有人守在那儿呢？"

"没有。"

"你怎能这么肯定？"

"因为艾布拉和她的比利伯伯都不可能知道那里，也从没去过。而且真结族不知道有我。"

"但愿他们不知道。"

"艾布拉说他们都在我们指定的地方待着。她一直在监视他们的动向。比利，安静一会儿。我需要思考。"

他需要思考的是哈洛兰。在全景饭店的噩梦寒冬之后的很多年里，丹·托伦斯和迪克·哈洛兰有过多次交谈。有时候是面对面，大部分是用意念。丹尼爱他妈妈，但有些事她无法——不能——理解。比方说，密码箱。闪灵会招惹来的恐怖物事，你可以尽数锁进箱子，束之高阁。但箱子也有不好使的时候。他试过很多次，想把喝酒这件事锁起来，可那只箱子做得相当蹩脚，完全锁不住（也许是因为他想让那只箱子失灵）。至于梅西夫人……贺拉斯·德文特……

现在，高阁上有了第三只箱子，但不如他孩提时代做的那些箱子好。因为他不如以前强大了？因为里面装的东西不是那些失心疯般不依不饶追着他的还魂尸？两个原因都有吧，他不确定。他只知道那只箱子有点漏洞。打开的时候，里面的东西可能让他一命呜呼。不过——

“你这是什么意思？”比利问。

“嗯？”丹扭头看看，一只手压在肚子上。现在，肚子里面疼得要人命。

“你刚刚说‘别无选择’。你是什么意思？”

“没什么。”他们开到野餐区了，比利把车拐进去。抬头就能看到一些野餐桌椅和烧烤架。在丹看来，这里就像云间小道，只是没有河。“只是……万一情势不对，你要赶紧上车，全速开走。”

“你觉得那有用？”

丹没有回答。他的腹内仿佛有火在烧。炙热炙热。

3

九月下旬那个周一下午，四点钟刚过，罗思和安静的萨丽走上了世界之巅。

罗思穿着格外衬托那双笔直长腿的修身牛仔裤。尽管有点冷，安静的萨丽只穿了一条毫无特色可言的淡蓝色家居裙，裙裾在紧身裤袜裹住的小腿边翻飞。直通山顶观景平台的台阶有三四十级，罗思在这条步梯脚下停下来，看了看钉在花岗岩柱上的牌匾，上面的文字讲述了这儿是历史悠久的全景饭店的原址，全景饭店毁于三十五年前的一场大火。

“这儿的感觉非常强烈，萨丽。”

萨丽点点头。

“你知道温泉吧？直接从地底下冒出来的热水。”

“嗯。”

“这儿感觉就像在温泉。”罗思蹲下身，深嗅芳草野花间的气息。芬芳的香气背后还有陈年鲜血的铁锈味。“强烈的情绪——憎恨，恐惧，歧视，情欲。杀戮的余波。不能说是美食——毕竟太陈旧了——但还是让人振奋。让人陶醉的芬芳。”

萨丽一言不发，只是关切地看着罗思的一举一动。

“还有这个。”罗思摆摆手，示意通向平台的陡峭木阶，“看起来真像绞架，你不觉得吗？就差一扇活门了。”

萨丽没有回应。至少，没有出声。她的想法

（没有绳索）

其实非常清晰。

“没错，我亲爱的，但我们之中必有一人吊在这里。要么是我，要么是那个多管闲事的小贱货。你看到了吗？”罗思指向二十英尺高处的绿色小棚屋。

萨丽一点头。

罗思的腰间挂着一个拉链小包。她把包打开，翻找了一下，取出一把钥匙，递给身边的女人。萨丽走到棚屋前，野草擦过肉色厚裤袜，发出嚓嚓轻响。钥匙插得进门上的挂锁。她把门推开，夕阳立刻照亮比厕所大不了多少的空间。里面有一台割草机、一只塑料桶，桶里插着一把镰刀和耙子。墙边倚着铁锹和铁镐。没别的东西了，工具后面也没遮掩什么。

“进去。”罗思说，“让我瞧瞧你的本事。”*吸了那么多魂气，你今天的表现应该足以让我惊叹。*

和其他真结族人一样，安静的萨丽有自己的绝活儿。

她迈步走进小棚屋，闻了闻，说：“很灰。”

“别管灰土。让我看看你的表现。或者该说，让我看不见你吧。”

那就是萨丽的绝活儿。她不可能真的隐身（谁都不行），但她可以擅用那张毫无特色的脸孔和身段制造一种混沌不清的视觉效果。她转身面向罗思，然后低头看着自己的身影。她动了动——只是移动了半步——影子就融入了割草机的手柄投下的阴影。接着，她一动不动，棚屋里好像没有人了。

罗思闭紧眼睛，再用力睁大，看到了萨丽——她就站在割草机边，双手规规矩矩地叠合在腰间，好像娇羞的姑娘在等待男孩邀请她迈进舞池。罗思扭头看看山景，再回头看棚屋，发现里面空无一人——不过是一间小小的工具屋，并无藏身之地。在强烈的日光下，甚至也看不到人影。只有割草机的手柄投下的长影子。只不过……

“把胳膊肘收进去一点，”罗思说，“我看到了。就一丁点儿。”

安静的萨丽照做了。眨眼间，她仿佛真的凭空消失了，罗思要非常用心地看，才能看到她。当然，她本来就知道萨丽在哪里。时候一到——不用等很久了——那个小贱货肯定看不到。

“好极了，萨丽！”她亲切地喊了一声（尽可能装得亲切一点），“也许我根本不需要你出手。万一真有需要，你可以用那把镰刀。动手的时候要一心想着安蒂。好吗？”

一听到安蒂的名字，萨丽的嘴角就耷拉下去，现出忧愁和愤怒。她盯着塑料桶里的镰刀，点一点头。

罗思走出来，摘下挂锁：“现在我要把你锁起来。小贱货会去探查小屋里的那些人，但不会发现你在这里。这一点我有把握，因为你是最安静的，对吗？”

萨丽又点了点头。她最安静，一向如此。

（*那把*）

罗思笑了：“锁？你无须担心这个。只管保持沉默，不要动。

静止无声。你明白我的意思吗？”

“是。”

“也明白镰刀？”就算真结族有枪，罗思也不会放心地交给萨丽。

“镰哒。是。”

“如果我赢定她——现在我吸足了魂气，那应该不成问题——你就待在这里，等我放你出去。但如果你听到我喊……我想想……听到我喊别逼我惩罚你，那就意味着我需要帮助。我可以保证她是背对你的。到时候你就知道该怎么做了，对吗？”

（我爬上阶梯然后）

但罗思摇摇头：“不，萨丽。你不需要上来。她绝对不会到上面靠近平台的地方。”

忍受了这么多痛苦，到头来，如果失去亲手杀死这个小贱货的机会，她会很遗憾；但若就此失去她的魂气，她会懊恼死的。她绝对不能放松警惕。这个丫头实在太厉害了。

“你要等到什么？萨丽？听到什么？”

“别逼我惩罚你。”

“听到之后你会想到什么？”

掩在刘海下的那双眼眸透出冷峻的光芒：“夫仇。”

“没错。为安蒂报仇雪恨，她就是被小贱货的帮凶杀死的。但不到万不得已，你就按兵不动，因为我想亲手干掉她。”罗思捏紧拳头，指甲深深抠进掌心，而那地方已有好多结了血痂的半圆形伤疤了，“如果我需要你，你要立刻出现。别犹豫，也别为任何事情耽搁。不要停，直到你把镰刀的刀刃插进她的脖子，扎穿她该死的喉咙。”

萨丽的眼睛熠熠闪光：“是。”

“很好。”罗思亲吻了她，关上门，把挂锁扣好。她把钥匙放回拉链腰包，背靠在门上。“听我说，甜心。如果一切顺利，你可以吸到第一口魂气。我保证，那将是你尝过的最鲜美的东西。”

罗思回到观景台，用几次深吸气平缓了呼吸，这才一步一步往上登。

4

丹双手撑在野餐桌上，低着头，闭着眼。

“这样做太危险了。”比利说，“我该陪你去。”

“你陪不了。你有你的鱼要钓。”

“要是你半路昏倒怎么办？就算不至于昏倒，你又怎么能搞定他们那么多人？你现在这副惨样，就连五岁小娃都打不过。”

“我认为，我很快就会感觉周身舒爽了。也更强大。走吧，比利。你记得在哪儿停车吗？”

“停车场最里头，科罗拉多队赢球小孩子免费吃大餐的牌子边上。”

“对。”丹抬起头，看到比利戴着一副超大墨镜，“把你的帽子整个儿压下来，盖到耳朵上边，看起来年轻点。”

“我有个绝招，可以让我看起来更年轻。要是我还能办得到就好了。”

丹几乎没听到这句话：“我还需要一样东西。”

他挺身站直，张开双臂。比利拥抱了他，还想再使一点劲儿——用上全身的力——但他不敢。

“艾布拉的决定是正确的。要是没有你，我没法到这里。现在你要自己小心。”

“你也保重。”比利说，“我还指望你在感恩节那天把小利开上云间小道呢。”

“愿意效劳。”丹说，“哪个小男孩都找不到那么棒的玩具火车。”

比利目送他缓慢而艰难地走远，一边走，一边用手摁着胃部，朝向空地另一端的标示牌。那儿有两个木制的箭头。一块指向西边的波尼观景台。一块指向东北，下山的方向：**蓝铃露营地**。

丹走上了那条路。好一会儿，比利都能看到他的身影在鲜黄色的山杨树叶间穿行，走得很慢，很痛苦，垂着脑袋仿佛在盯着脚下的路。然后他就不见了。

“请多关照我的老弟。”比利说道。他不确定自己是在和上帝还是艾布拉说话，想想，无所谓；上帝也好，艾布拉也好，这个黄昏肯定都很忙，没工夫搭理他。

他回到皮卡车边，从车厢里拖出一个小女孩，天蓝色的大眼睛瞪得大大的，金色鬈发有点硬。没什么重量，她里面大概是空心的。“艾布拉，你好吗？希望你没被颠得七荤八素。”

她穿着科罗拉多落基山的广告 T 恤和蓝色短裤。脚上没穿鞋，干吗费那个事儿？这个小姑娘——其实是在马腾威尔小镇滞销严重的儿童用品小店里买到的人体模特——从来没走过一步路。但她的膝盖可以弯曲，比利不费吹灰之力就能把她放在副驾驶座里。他帮她扣好安全带，准备关车门，又调整了一下她头颈的位置。那也可以转动，不过幅度不大。他往后退几步，看看效果。还不赖。她好像低头在看放在膝盖上的什么东西。也像是在祈祷，为了赢得即将到来的恶战。总之，不赖。

当然，除非他们有望远镜。

他回到车里，等了一会儿，再给丹一点时间，也希望丹别在通向蓝铃露营地的半途昏过去。

五点差一刻，比利发动了皮卡，掉头往回开。

5

丹尽量匀速前行，哪怕肚腹内越来越炽热难忍。简直像有一只该死的老鼠在里面着了火，还不停地啃他的肉。若这不是下坡路，而是上坡，他绝对撑不下去。

五点差十分，他走到了一个弯道，停下脚步。就在前方不远处，山杨树林更替为一片人工修剪的绿色草坪，沿着下行的山坡伸展开，约有两个网球场那么大。他看得到草坪后面就是越野车停车区域，还有一栋长条形的木屋：全景小屋。紧靠其后的山峦再次向上高耸。昔日全景饭店所在地，如今只有一个高高的观景台，如同架空的龙门架，映衬着明晃晃的天空。世界之巅。看着它，他的脑海中也闪现了

（绞架）

高帽罗思曾有的念头。只见孤零零有个人站在栏杆边，面朝南方，正对着日常游客停车场。女人的身影。高帽子斜扣在头顶。

（艾布拉你在吗）

（我在丹）

听声音，她很沉稳。很好，他只想要她沉着镇定。

（他们在监听你的意念吗）

这个问题引来一种棘手的回答：她的笑容。愤怒的笑容。

（这样都听不到他们岂不是聋了）

那就太好了。

（现在你要来我这里但记住只要我让你走你就立刻走）

她没有回答，但不用他讲第二遍，她已经到了。

6

无助的斯通夫妇和约翰·道尔顿眼看着艾布拉慢慢歪向一边，直到脑袋靠在台阶的木板上，双腿伸出去，垂在下面的台阶上。霍比从一只失去知觉而松开的手里滑下来。她看也没看一

眼，好像睡着了，更像是昏厥，俨然是神志尽失或死亡时才有的难堪样貌。露西往前一冲。戴维和约翰把她拉回来。

她挣扎着要出去："让我走！我必须去帮她！"

"你帮不了。"约翰说，"现在只有丹能帮她。他们必须互相协助。"

她用狂野的眼神瞪着他："她还有呼吸吗？你倒是说呀？"

"她在呼吸。"戴维说道，就连他自己也清楚，这话听来毫无信心。

7

有了艾布拉加盟，自波士顿以来的疼痛第一次有所舒缓。但丹没有因此如释重负，因为现在艾布拉也在忍受病痛。他从她的脸色上就能看出来，但也看到了她眼里的惊喜——当她环顾四周，发现自己在这个房间里：有几张双层床，节疤木纹墙纸，还有一张绣着仙人掌和圣人的地毯。地毯上、下铺床上都散落着些廉价玩具。墙角的小书桌上摊着一些书和一份大块图案拼图。另一边的角落里，有一台取暖器叮当作响，散发嘶嘶的热气。

艾布拉走到书桌边，拿起一本书。封面上有个骑在三轮车上的小孩，后面有只小狗在追。书名是《跟着狄克和简快乐阅读》。

丹跟着她走过去，有点不知所措地笑笑："封面的小女孩叫莎莉。狄克是她的哥哥，简是她的姐姐。这条狗叫基普。他们曾一度是我最要好的朋友。恐怕，是我唯一的朋友吧。当然，除了东尼之外。"

她放下书，转向他："这到底是什么地方，丹？"

"记忆。这儿曾有一座宾馆，这就是我的房间。现在就是我们可以会合的地方。你知道当你进入某人的意识时轮子就会转动。"

“呃……嗯。”

“这就是中心点，好比轮轴所在。”

“我真希望我们可以待在这里。感觉很……安全。除了那个。”艾布拉指了指法式的玻璃长窗，“它感觉和别的东西不一样。”她几乎有点责怪他的意思，“本来是没有这扇门的，对吗？在你小的时候。”

“没有。我的房间里没有窗，只有一扇通向看守人套房的门。我把门换掉了。不得不换。你知道为什么吗？”

她用严肃的眼光端详他：“因为以前是以前，现在是现在。因为过去的已经过去了，哪怕过去界定了现在。”

他笑了：“要我自己说，都不可能说得这么漂亮。”

“你不用说出来。你想过了。”

他带着她走向那些从不存在的法式窗门。透过玻璃，他们看得到草坪、网球场、全景小屋，还有世界之巅。

“我看到她了。”艾布拉倒吸一口冷气，“她在那上面，她没有朝这边看，是吗？”

“最好是没有。”丹说，“宝贝儿，疼得厉害吗？”

“很疼。”她说，“但我不在乎，因为——”

她没必要说完这句话。他懂，她就笑了。合而为一，这就是他们现在所拥有的，尽管疼痛随之而来——浑身上下都疼得要命——这依然是美好的。非常好。

“丹？”

“我在，宝贝儿。”

“那里有些鬼灵人。我看不到他们，但感觉到了。你呢？”

“是的。”这么多年来他一直感觉得到。因为现在是从过去而来的。他揽住她的肩膀，她也环住他的腰。

“我们现在怎么办？”

“等比利。但愿他能准时出现。之后，一切就会在眨眼间结束。”

“丹舅舅？”

“什么事，艾布拉？”

“你的心里到底有什么？那不是鬼魂，而是像——”他感觉得到她在战栗，“像恶魔。”

他一言不发。

她挺直身子，从他身边退开：“看！在那儿！”

福特老爷车慢慢驶进了游客停车场。

8

罗思站在观景平台，双手搭在齐腰高的栏杆上，望着皮卡车慢慢驶进停车场。魂气让她的视力犀利无比，但她还是有点后悔没有带上望远镜。库房里就有好多，专为那些想来观鸟的游客准备的，她怎么会没想到呢？

还不是因为你脑子里太多杂事了。传染病……背信弃义的逃兵……乌鸦死在小贱货手里……

都没错——是的，是的，是的——但她还是不应该忘掉的。这让她蓦然去想自己还漏掉了什么。但闪念一过，她就不再多想了。她仍然是占尽优势的一方，魂气充足，又在主场作战。一切尽在掌握之中。很快，那女孩就会登上台阶，走上平台，只因她心中充斥着少男少女才有的愚蠢之极的狂妄自信，以及天赋异禀带给她的傲然自得。

但我占尽了优势，亲爱的，方方面面都是我胜过你。如果我凭一己之力搞不定你，还有整个真结族做我的后盾。他们都聚在大堂里，因为你觉得那是个好主意。但你疏忽了一点：当我们聚在一起时，我们就能彼此连通。我们是合众为一的真结族，那就好比把我们聚成一颗巨能电池。只要我需要，随时都能从他们那里获得能量。

就算别的预备都派不上用场，还有安静的萨丽。她现在肯定已经攥紧镰刀了。她的天赋超能或许不算高，但她是杀人不眨眼的狠角色，无情，残忍。而且，只要她明白自己的任务为何，就能绝对服从命令。而且，她也有自己的复仇心愿，发自内心地希望那个小贱货在观景平台的阶梯脚下倒地身亡。

（查理）

幸运符查理立刻回复了她的呼叫，尽管他发出的意念一向很微弱，但此刻——小屋大堂里的伙伴们让他的能量激增——他的声音又响亮又清晰，兴奋得都快疯了。

（我盯住她了我们都很稳定也很强大她已经离得很近了你肯定感觉得到她）

罗思当然感觉得到，哪怕她仍在努力屏蔽那个小贱货的意识，以免她闯入自己的头脑捣乱。

（先别管她你只需告诉大伙儿做好准备如果我需要帮助大伙儿就一起上）

很多人回复了她，意念的声音彼此覆盖重叠。他们都准备好了。就连那些染上病的人也会尽力协助。此时此刻，她是爱他们的。

罗思目不转睛地盯着皮卡车里的金发女孩。她低着头。是在看什么？还是在给自己打气？也许，是在向俗人们的神明祈祷？无所谓。

来吧，贱货。到罗思阿姨这儿来吧。

但下车的不是那女孩，而是伯伯。正如小贱货之前讲过的那样，他要好好检查一番。他在车前来回走了几圈，步子很慢，不停地朝各个方向看。他靠在副驾驶座的车窗上，对那女孩说了什么，又走开几步。他朝小屋看看，又转向映衬在天际的高高的观景台……然后挥了挥手。那个粗鲁的家伙竟然在朝她挥手！

罗思没有挥手。她眉头紧蹙。伯伯。小贱货的父母为什么不亲自把宝贝女儿送来，反而派个伯伯？说起来，她的父母怎么会允许她大老远地跑这里来？

她说服了他们，只可能是这样。告诉他们，如果她不来，我就会追杀过去。就是这个原因，说得通。

确实说得通，但她还是感觉到自己越来越心神不宁。她让小贱货制定了今天的游戏规则。至少从那个层面看，罗思已受制于人。她之所以允许，不仅仅因为她是在自家主场，而且做足了防范，更是因为她很愤怒，简直怒不可遏。

她死死地盯着停车场里的男人。他又不慌不忙地踱起步来，这儿看看，那儿瞅瞅，想要确认她确实孤身一人。情有可原，换作她也会这样谨慎从事，但她依然觉得他其实是在挨时间，这种直觉不由分说地噬咬着她的耐心，哪怕她想不出他有何理由那样做。

罗思更用心地去看，现在关注的是他的步态。她可以确认，他不像她原以为的那么年轻。事实上，从他的脚步来看，他显然已是老态龙钟，而且似乎不止一处有关节炎。还有，那女孩怎么一直动也不动？

罗思终于警觉起来。

不对劲。

9

“她正盯着弗里曼先生看，”艾布拉说，“我们必须马上走。”

他打开法式窗门，但迟疑了一下，因为她的语气似乎另有所指。“艾布拉，有什么问题？”

“我不知道。也许没什么，但我不喜欢这感觉。她真的很仔细地在看他。我们必须立刻动手。”

“我要先办一件事。你准备好，别害怕。”

丹闭起眼睛，走进藏在意识深处的储藏室。经过这么多年，真实的密码箱肯定早已蒙尘，但他孩提时代搁在这儿的两只箱子却仍是一尘不染，簇新簇新的。怎么会蒙尘呢？它们纯粹是想象的产物。第三只——最新的箱子笼罩在一层微弱的光芒中，他心想：*难怪我这么难受*。

没关系。眼下，那只箱子还要在原位不动。他打开另外两只有年头的，做好了心理准备，但发现……什么也没有。几乎没有动静。在封锁梅西夫人长达三十二年的密码箱里，只有一堆黑灰色的灰烬。但另一只……

他这才意识到，告诉她别害怕是有多愚蠢。

艾布拉放声尖叫。

10

安妮斯顿镇上的斯通家后花园里，歪倒在台阶上的艾布拉开始抽搐。她的双腿快速抖动，脚后跟在台阶上踢出一片莫测高深的图案，手一跳——像是被拖上岸边等死的鱼儿一样激烈翻跳——把旧巴巴的霍比甩飞了。

“她这是怎么了？”露西喊起来。

她冲向门边。戴维呆呆地站着——目睹女儿的痉挛让他寸步难行。然而，约翰的右手还揽在露西的腰际，又用左手环抱住她的前胸。她奋力地想要挣脱他：“让我过去！我必须去她那里！”

“不行！”约翰也提高了嗓门，“不行，露西，你不能去！”

她差一点就挣脱了，但现在戴维也抱住了她。

她屈服了，先是看着约翰说：“如果她死在外面，我就要把你送入监牢。”又把她那充满敌意的目光转向丈夫，“还有你，我永远不会原谅你。”

“她已经安静下来了。”约翰说。

台阶上，艾布拉的浑身震颤渐渐平息，继而彻底停止了。但她的脸颊濡湿了，泪水从她紧闭的眼皮下流出来。消隐的夕阳光芒下，泪水像珍珠般悬在她的睫毛上。

11

丹尼·托伦斯的儿时卧室里——如今只是用记忆构成的房间——艾布拉紧紧抱着丹，把脸埋在他胸口。她开口说话时，声音都模糊了：“魔鬼——走了吗？”

“走了。”丹说。

“你发誓？”

“我发誓。”

她抬起头，先是看他的眼睛，知道他是在讲真话，然后才敢抬头环顾房间。“那种笑。”她打了一个寒战。

“是的。”丹说，“我认为……他回到家还挺高兴的。艾布拉，你没事儿了吧？因为我们现在真的要动手了。没时间了。”

“我还好。可是万一那……它……回来？”

丹想到了密码箱。箱子敞开着，但也可以再关上，易如反掌。更何况，现在还有艾布拉帮他。“我觉得他……那个东西……不想来惹我们。宝贝儿，走吧。你只要记住一点：如果我叫你回新罕布什尔，你就*立刻*回去。”

这一次，她仍然没有应答。也没时间讨论了。时间到了。他迈出了法式玻璃门。他们朝着小路尽头走去。艾布拉走在他身边，可是，刚才在记忆房间里的坚定感不见了，现在她开始闪烁不定。

在这儿，她自己就像是鬼灵人，丹心想。这让他更清楚地意识到，她是冒了多大的风险才来这里的。他实在不愿去想此时此

刻的她和她的肉身的牵连是何其微渺。

他们走得很快，但不能跑，否则会吸引罗思的注意力。首先要不引人注目地走过七十多码，到达全景小屋的后门后，小屋才会把他们挡住，让观景平台上的罗思看不到。丹和身边的鬼灵女孩横穿草坪，走上两个网球场中间的石板步道。

他们到了厨房的后门口。终于，庞大的木屋挡住了从观景高台过来的视线。排气扇隆隆作响，垃圾桶里的腐肉散发出阵阵臭味。他试探性地推推后门，发现门没锁，但他在开门前还是停了几秒。

（他们都）

（是的都在但罗思　　她　　快点丹你必须因为）

艾布拉的眼睛瞪得大大的，像黑白老电影里的小孩那样闪烁起来，充满了沮丧的神情："她发现有什么不对劲了。"

12

罗思把注意力转到那个小贱货身上，她竟然还在副驾驶座里静静地坐着，低垂脑袋，纹丝不动。艾布拉没有去观望她的伯伯——姑且这么称他好了——也完全没有下车的迹象。罗思脑袋里的警铃已从黄色跃升到红色了——黄色代表危险，红色代表警戒。

"嘿！"仿佛从稀薄的空气里浮现出来，有个声音出现了，"嘿，老太婆！你就瞧好吧！"

她立刻调转视线，又盯着停车场里的男人看。当他把双臂举过头顶，来了个侧手翻时，她简直目瞪口呆。她以为他肯定会跌个狗吃屎，但落地的只是他的帽子。帽子一掉，花白的头发就显露无遗，那男人显然有七十多岁，搞不好都八十了。

罗思再去看车里的女孩，她照旧垂着头，不动弹。她对那位小丑伯伯的杂耍毫无兴趣。顿时她恍然大悟：那不过是人形的模特！她本可以一眼看穿这种肆无忌惮胡闹的把戏啊！

但她就在这里！幸运符查理感觉到她了，小屋里的所有人都感觉到了，他们聚在一起，都知道——

都聚在小屋里。所有人都在一个地方。那是罗思的点子吗？不。而是——

罗思急忙冲向阶梯。

13

当比利·弗里曼玩出了四十多年来的第一个侧手翻时（最后一次耍这招时他醉得神志不清），真结族的其他人都簇拥在两扇玻璃窗前，俯瞰斜坡下的停车场。中国佬佩蒂当真笑出了声：“我的老天——”

他们全都背对着后门，因而都没有看到丹借道厨房，走进了大堂，也没有看到紧跟在他旁边的一闪一灭的女孩。丹甚至有时间看了看地板上的两包衣物，这说明源自布拉德利·特雷弗的风疹病毒还很猖獗。接着，他退回自己的意识深处，往最深处走，找到了那第三只箱子——有漏洞的那只。他把盖子掀开。

（丹你在干什么）

他把双手搭在大腿上，弯下腰来，胃囊像是烧红的金属般炙热难忍。他就这样呼出了老诗人的最后一口气，那是她在临终之吻时尽情赐予他的。只见一缕粉色雾气从他口里弥漫出来，渐渐变成深红色。一开始，他无法全神贯注，只觉得肚腹一阵轻松。谢天谢地，孔切塔·雷诺兹留给他的毒终于得以释放。

“婆婆！”艾布拉惊呼。

14

平台上，罗思虎目圆睁。那个小贱货在小屋里。

还有人跟着她。

她不假思索地跳进这个人的意识，开始搜寻。暂且不去管他有没有高能魂气，只需集中精力去阻止他，不管他要干什么都必须立刻制止他。暂且忽视某种可怕的、为时已晚的可能性。

15

听到艾布拉的呼声，真结族的成员都转过身来。有人——那是长腿保罗——问："那是什么鬼东西？"

红雾聚成一个女人的体态。一时间——其实只是眨眼间——丹看进孔切塔那双气雾涡旋的双眼，发现那眼神是年轻的。被这个幻影吸引住的丹依然非常虚弱，没有意识到此刻有人闯入了他的头脑。

"婆婆！"艾布拉再次呼喊。她伸出了双臂。

雾气中的女人大概正望着她，甚至可能露出了微笑。但紧接着，孔切塔·雷诺兹的身形就不见了，红雾滚滚扑向聚在一起的真结族人，好多人被吓得魂飞魄散，揪着身旁的伙伴，一脸恐惧和迷惑。在丹眼里，这团红雾就如鲜血融入了清水。

"是魂气。"丹对他们说，"你们这些浑蛋以此为生。好好吸个够吧，吸死你们。"

自打他盘算出这个计划，丹就非常清楚，必须快点办成这件事，否则他就没命了，也就没法亲眼目睹大功告成。可是，就连他都没想到见效竟是如此迅疾。也许，风疹也有功劳，他们的力量毕竟有所削弱，因而有些人更快倒下，有些人撑得久一点。然而，所谓的久，也不过是几秒钟的事。

他们如垂死挣扎的恶狼在他头脑里咆哮。那声音让丹惊骇万状，但他的同伴却完全不同。

"好极了！"艾布拉喊叫着，冲他们拳打脚踢，"味道如何呀？我婆婆好吃吗？她好不好？想吃多少就吃多少！**你们给我全部吸光！**”

他们开始变身。透过红雾，丹看到有两人彼此抵着前额拥抱在一起，尽管他们丧尽天良——他们全都罪恶滔天——但这一幕还是让丹有点感动。他看到小矮子埃迪的嘴唇嚅动出*我爱你*三个字，也看到胖莫莫想回应，但接着他俩都消失了，衣服空荡荡地落在地板上。就是那么快。

他转向艾布拉，本想告诉她，他们必须一举歼灭真结族，但就在那时，高帽罗思尖叫起来。好一会儿——在艾布拉阻绝她的声音之前——那狂怒、疯癫又悲恸的惨叫声冲荡了他所有意识，包括刚刚释放剧痛后的轻松感。他虔诚地祈愿自己摆脱了癌症。而这一点，只能等到他有机会看看镜中的自己才能得以确证。

16

杀无赦的红雾扑向真结族，艾布拉的婆婆在世间的残余飞快地让他们毙命时，罗思正在观影台最高的步阶上。

她心中剧烈的痛楚如刺目的白光炸亮。凄惨的叫声一声声刺穿她的头脑，如同被霰弹枪击中。那是真结族相继死去时的悲鸣，与此相比，新罕布什尔云间小道上的突击队之死、纽约州的乌鸦之死都显得微不足道了。罗思踉跄着连连后退，仿佛被人迎头一棒击中。她撞上了栏杆，又被反弹回来，跌倒在木栈板上。有个女人——从孱弱发抖的声音来看，是个很老的女人——似乎在很远的地方念叨：*不，不，不，不，不。*

那是我。只能是我，因为只有我还活着。

自信爆棚而落入圈套的人不是那个小贱人，而是罗思自己。她想到

（害人作法反自毙）

小贱货说过的话。那让她在惊惶中怒火攻心。那么多老朋友、那么久的旅伴都死了，被毒死了。除了逃跑的那些胆小鬼，高帽罗思就是最后一个真结族。

还不是，这么说不对。还有萨丽。

在日暮西山的照耀下，趴在观景平台的木栈板上浑身颤抖的罗思开始呼叫她。

（你在）

萨丽立即回复了她，语气困惑之极也恐惧之极。

（在可是　　罗思　　他们　　难道他们）

（别去管他们只要记住我说的萨丽你记得吗）

（“别逼我惩罚你”）

（好萨丽好样的）

如果那女孩不走……如果她犯了大错，决意留下来，在这一天里斩尽杀绝……

她会的。罗思很肯定，她已经在小贱货的同伴的头脑里看到了足够的信息：他们是如何完成这场屠杀的，以及，他俩密切关联，如被利用，她就能借刀杀人。

愤怒是很可怕的。

童年的记忆也有同等强大的力量。

她挣扎着站起来，想也没想就抬起手，调整好高帽子的姿态：斜得恰到好处，得意洋洋。她走向栏杆。皮卡车里下来的老男人正举目望着她，但她几乎没把他放在眼里。他只负责骗人的把戏，任务已经完成。过一会儿再收拾他。现在，她的眼里只有全景小屋。女孩在那里，也在千里之外。在真结族的露营地里，她的存在不过是个幻影。完整存在的——有血有肉的人，俗人——是一个她从没见过的男人。魂气头。他在她脑袋里讲话的声音口齿清晰，但冷漠无情。

（你好　罗思）

附近有一个地方，女孩可以轻易躲进去，闪回肉身。在那里，她是可以被杀死的。让萨丽去对付这个有魂气的男人，但要等到他收拾那个小贱货之后。

（你好　丹尼　你好呀小男孩）

早已吸足魂气的罗思潜入丹的脑海深处，逼他退到巨轮的轴心。她全速跟进，几乎都没听到艾布拉迷惘又惊惧的哭喊声。

当丹如她所愿退到了死角，惊骇得无以名状，一时间还来不及护卫自己，她就已把所有的暴怒倾泻给他。就像灌输魂气，她把怒气灌进了他。

第二十章
巨轮轴心，世界之巅

1

丹·托伦斯睁开眼睛。阳光穿透眼帘，射入他疼痛不已的脑袋，好像非让他的大脑着火不可。终结以往宿醉的一次宿醉。身边传来很响的鼾声，又恶心又烦人，只有酒醉的女人睡得昏天黑地时才会有这种动静。丹扭头一看，有个女人四仰八叉地仰躺在他身边。好像是认识的，有点脸熟。黑头发四散开来，好像给她加冕了一个光环。穿着一件大号的亚特兰大勇士队T恤。

这不是真的。我不在这里。我在科罗拉多，我在世界之巅，我必须终止这一幕。

女人翻了个身，睁开眼睛，瞪着他。“天啊，我的头好痛。”她说，“给我拿些白粉来，爹地。就在起居室里。”

他惊奇地看着她，怒火越烧越旺。这怒火凭空而起，但不是总这样吗？愤怒有愤怒的道理，谜中之谜。“白粉？谁买的？”

她咧嘴一笑，露出的嘴里只有一颗变了颜色的牙。于是，他知道她是谁了。“你买的呀，爹地。去拿来吧。等我的脑袋清醒了，再让你好好操到爽。”

不知怎么的，他又回到了威明顿这间破破烂烂的脏房子里，浑身赤裸，躺在高帽罗思身边。

“你干了什么？我怎么会在这里？”

她把头往后一仰，放声大笑：“怎么，你不喜欢这地方吗？你应该很喜欢呀，我是按照你脑瓜里的记忆摆放家具的。浑蛋，从现在开始，我说什么你就给我做什么。去把那该死的白粉拿来。”

“艾布拉在哪里？你把她怎么了？”

“杀了。”罗思漠不关心地说道，“她太担心你了，以至于放松了警惕，我就把她从喉咙到肚子撕开了。我不能随心所欲地把她的魂气吸光，但也吸了不——”

世界变成了红色。丹用双手掐住她的喉咙，死死不放手。他的意识里闪过一种想法：一文不值的贱人，现在轮到你吃我的药，贱人，现在轮到你吃我的药，贱人，你要全部吃光。

2

这个有魂气的男人是挺强大，但和那女孩没法比。他双腿分开，脑袋低垂，双肩高耸，握紧的拳头举起来了——他那样站着，分明就是每个男人在气得发疯、想要杀人时的模样。男人好怒，所以更容易被摆平。

现在，很难跟进他的想法了，因为都浸在了红通通的血色里。那倒没关系，挺好的，那个女孩就在罗思想要她待着的地方。在震惊后的惶恐中，艾布拉跟着他退回巨轮的轴心。不过，她也惊惶不了多久了；小贱货摇身一变，已成了被掐得半死的女孩。很快就会再升一级，成为死掉的女孩，害人作法反自毙。

（丹舅舅不不住手不是她）

是我，罗思心里念着，用上了浑身解数。獠牙从她嘴里伸出来，刺穿了她的下唇。鲜血哗哗地从下巴流淌到她的前胸。她一点儿没感觉痛，也丝毫没感受到山间清风吹动了她乌云般的密发。就是我。你是我的爹地，我的酒吧甜心爹地。我让你掏空了钱包，买了一堆该死的白粉。现在已是大清早，我要吃我的药。这就是你在醉醺醺的威明顿臭婊子身边醒来后想干的事，要不是因为你没种，还有她那个没用的兔崽子，你早这么干了。你父亲知道怎么对付愚蠢的、不顺从的女人，他的父亲也知道。有时候呀，女人只需要吃点药。她要——

迫近的马达声咆哮而来。和嘴唇的疼痛、唇间的血腥味一样，那是不重要的小事。那个女孩快没气了，抽搐着。接着，一个念头在她头脑中如晴天霹雳般炸裂，受伤的声音在怒吼：

（我爸爸什么都不知道！）

罗思还在尽力抵挡那声怒吼，比利·弗里曼的皮卡就冲向了观景台的基座，震得她一下子跌倒在地。她的帽子飞了出去。

3

不是威明顿的小公寓，而是他很久以前在全景饭店的小卧室——巨轮的轴心。不是蒂尼——在那间公寓醒来时睡在他身边的年轻女人——也不是罗思。

是艾布拉。他的双手紧紧掐住她的脖子，她的眼睛都快凸出来了。

有那么一瞬间，她好像又要变成罗思了，因为罗思又想钻进他脑袋里，用她的暴怒滋养他的暴怒。但接着发生了什么事，她不见了。可是她还会回来。

艾布拉剧烈地咳嗽，瞪着他看。他以为她会大惊失色，但对一个刚刚险些被掐死的女孩来说，她镇定得吓人。

（唉……我们早知道这事儿不简单）

“我不是我爸爸！”丹对着她大喊，“我不是我爸爸！”

“大概这是好事，”艾布拉说着，竟然笑了起来，“你的脾气可真够火爆的，丹舅舅。我想我们真的是一家人。”

“我差一点就把你杀了。”丹说，“够了。你该走了，回新罕布什尔去，马上就走。”

她摇了摇头：“我会的——就一会儿，不会很久的——但眼下你还需要我。”

“艾布拉，这是命令。”

她抱着胳膊站在仙人掌图案的地毯上。

“啊！天呀！”他伸手抓着脑袋，“你可真难缠。”

她抓住他的手：“我们要一起了结这件事。来吧。我们离开这间屋子。反正，我也不喜欢待在这儿。”

他们的十指交叉起来，他儿时住过的这间屋子凭空消失了。

4

丹也有时间遥望一眼，在支撑着世界之巅观景高台的那几根粗壮的立柱那儿，比利的皮卡笔直撞向一根柱子，车盖拱出了几道褶子，撞毁的散热器喷着热气。他看到扮作艾布拉的人偶半挂在副驾驶座的车窗上，一条塑料胳膊神气活现地斜扭到身后。他看到比利正连推带踹地想打开走了形的驾驶座车门。鲜血流淌在这个老男人的半边脸庞。

有什么东西箍紧了他的头脑。强有力的手腕拧转着，一心想要折断他的脖子。接着，艾布拉的手也上来了，把罗思的手硬生生地掰开。她抬起头：“没种的老婊子，你就这么点本事吗？”

罗思站在高台的栏杆边俯瞰着，重新整了整丑陋的高帽子，把它扶到正确的角度：“你喜欢舅舅把你掐得半死吧？现在对他有何感想？”

“是你在掐，不是他。”

罗思狞笑起来，滴血的嘴张开了：“亲爱的，真的不是我。我只是重新利用了一下他脑瓜里的旧货。你应该知道的呀，你俩一个样。”

她是在分散我们的注意力，丹心想，但是为什么？以免我们注意到什么?

有个绿色的小棚屋——也许是室外公厕，也许是个库房。

(你能)

他无需完整讲出自己的想法。艾布拉立刻转向棚屋，用力地看。挂锁咔嚓一响，断了，落在草丛里。门开了。棚屋里只有几件工具和一台老割草机，空无一人。丹觉得自己感觉到那里有微妙的动静，但如此看来，想必是自己神经过敏了。他俩再抬头，发现罗思不见了。她退到栏杆后面去了。

比利总算推开了皮卡车门。他下了车，脚步蹒跚，努力地想要保持平衡。“丹尼？你还好吗？”接着又问，“那是艾布拉吗？天啊，几乎都看不到她了。”

“听我说，比利。你能走到小屋来吗？”

“我觉得行。那儿的人怎么样了？”

“都死了。我觉得你最好马上走。”

比利没有多嘴，当即走下斜坡，像个醉汉一样东倒西歪。丹指着通向高台的步阶，挑高眉毛，无声地提问。艾布拉摇摇头

(那就中了她的圈套了)

再把丹的目光引向世界之巅，罗思的大礼帽露出了顶端的边缘。这让他们暂时忘却了放工具的小棚屋，既然丹亲眼看到里面空无一人，因而也就不再惦记了。

(丹我得回去一次就一下子我必须换换)

他的脑海里出现一个画面：栽满向日葵的花田里，所有的花同时盛放。她得回去照顾一下肉身，换口气，那是好事。非常好。

(去吧)

(我马上回来)

(去吧艾布拉我没事儿)

要是运气好，她回来的时候，这事儿就结束了。

5

安妮斯顿。约翰·道尔顿和斯通夫妇看着艾布拉深深吸了一口气，睁开眼睛。

“艾布拉！”露西喊起来，“完事儿了？”

“快了。”

“你脖子上怎么了？是淤青吗？”

“妈妈，待在屋子里！我必须回去。丹需要我。”

她伸手去摸霍比，但还没抓到老朋友，她的眼睛又闭上了，身子一动不动。

6

越过栏杆，罗思小心翼翼地往下看，看到艾布拉消失了。小贱货只能在这边待这么久，然后不得不回去稍事休息。她在蓝铃露营地现身，和那天在超市里跳现出来本质一样，但这次表现得更强大。为什么？因为那个男人在帮她。援助她。只要他死了，女孩回来的时候——

罗思对着他喊道：“我可以留你一条小命，丹尼，趁早快跑吧。别逼我惩罚你。”

7

安静的萨丽全神贯注于世界之巅上的动静——既用双耳聆听，也用她确实有限的智力去领会——以至于没有在第一时间发现，小棚屋里不只是她一个人了。是气味——一丝腐烂的味道最终让她警醒过来。不是垃圾，没有垃圾。她不敢转身，因为门是敞开的了，外面的人可能会发现她。她纹丝不动地站在原地，手里攥着镰刀。

萨丽听到罗思对那个男人说，趁早快跑，还能留一条性命。就在那个节骨眼，小棚屋的门又甩动起来，没人推没人拉，它自动关上了。

“别逼我惩罚你！”罗思喊道。暗号出现，她就该立刻冲出去，把刀刃插进小贱货的脖子，谁叫她惹来这么多祸！但女孩已经消失了，那就必须杀掉那个男人。可是，她刚想动身，一只冰冷的手就悄然无声地滑上她攥紧镰刀的那只手。滑上来，把她的手抓得死死的。

她转身去看——现在没理由不动弹了，门已经关了——老木板门的缝隙间漏进来几丝昏暗的光线，她看到的物事让她放声尖叫，从一贯沉静的嗓子眼里爆发出来。在她聚精会神的时候，有一具死尸来到了棚屋。他在笑，凶残的脸孔活像一只烂透的鳄梨流淌着绿中泛白的黏液。眼珠子都快从眼眶里掉出来了。那身西服上的陈年霉斑星星点点……但粘在他肩头的彩色纸屑倒是很光亮，一尘不染似的。

“多棒的舞会啊，是不是？”他说着，露出狰狞的微笑，嘴巴裂开了。

她又惊叫一声，把镰刀对准他的左太阳穴挥过去。弧形的刀刃扎得很深，卡在那儿，但不见血流。

“给我们一个吻吧，亲爱的。”贺拉斯·德文特说。从他开裂的唇间扭动出半截白花花的舌头，“我都好久没和女人亲热啦。”

他那泛着烂脓光泽、不成形的嘴唇落在萨丽的嘴上，与此同时，他的双手箍紧了她的喉咙。

8

罗思看到棚屋的门砰然关闭，听到了惨叫，立刻明白自己真的孤立无援了。很快，也许几秒之内，那个女孩就会回来，那就是二对一了。她不能允许那种事发生。

她低头看着那个男人，召聚浑身上下被魂气鼓舞的异能。

（自己掐自己吧就**现在**）

他的双手不由自主地抬起来，朝着脖子而去，但动作很慢。他在抵抗她，而且略有成效，这简直像在她的怒火上浇油。她原本期待和贱女孩鏖战一场，但现在的对手是个成年的俗人。她完全可以把他所剩无几的魂气一举抹除。

反正，她还是赢家。

他的双手抬到胸口了……肩膀了……终于掐到了脖子。两只手在剧烈颤动——她听得到他喘着粗气，使出浑身解数在压制自己的手。她也全力以赴，再用一点劲儿，那双手一紧，扣住了他的气管。

（这就对了你真是个爱管闲事的浑蛋用力捏用力　　**捏爆**）

她被击中了。不是拳头，而是一股风，像是压缩罐里喷出来的一股气。她转身一看，并没有什么异样，只有一星微光，闪了又灭了。不出三秒，但已足以让她分神。她回过身往栏杆下一看，女孩已经回来了。

这次不是一股风，而是一双手了，感觉上又很小又很大。两只手抵在她的腰窝上，用力推。小贱货和她的朋友齐心合力，那正是罗思最不想要的场面。她的胃里翻涌出一丝恐惧的味道。她竭力控制，不让自己靠近栏杆，但她做不到。她用尽力气，却只是勉强抵抗。失去了真结族的援助，她觉得自己没法撑很久。根本抵挡不了。

要不是那阵风……那不是他干的，她也没回来……

一只手离开了她的腰窝，啪地一下，扇掉了她的高帽子。罗思顿觉尊严扫地，愤怒地咆哮起来——没人可以碰她的帽子，谁也不行！一时间，她又生出一些气力，跌跌撞撞地后退几步，离开栏杆，朝观景台的中央退去。这时，那两只手又回到她的腰际，再把她往前推。

她低头去看。男人紧闭双眼，集中念力，脖颈上的青筋暴突，汗流如注。那女孩却不同，双眼圆睁，眼神残忍之极。她无所畏惧地瞪着罗思。而且，她在笑。

罗思用尽力气把自己往后推，但顶在她后面的仿佛是堵石墙，无情地把她往前推的一面墙，直到她的肚子紧紧压在栏杆上。她听到它逐渐开裂的噼啪声。

在那个瞬间，她想到可以和她谈谈条件。告诉那个女孩，她们可以联手合作，创建新的真结族。那样一来，艾布拉·斯通就不会在二〇七〇或二〇八〇年死去，而是活个千年不老。甚至两千年。但那样有用吗？

有哪个青春少女明白永生不朽的真谛？

所以，她放弃了谈判或求饶，索性不管不顾地对坡下的他们破口大骂：“去你妈的！你们都去死吧！”

女孩让那可怖的笑容变得更深了。“哦，不是的，”她说，“去死的是你。”

这次没有开裂的噼啪声了；这次是枪响般的爆裂声，然后，高帽罗思坠落下来。

9

她的头先着地，立刻开始变身，时隐时现。粉碎的颈骨上，脑袋扭成怪异的角度（丹想，和她的帽子一样），简直不像是她的脑袋。丹拉着艾布拉的手——在他手里的那只手也在明灭闪烁，因为她也在后花园的台阶上和世界之巅之间来回变身——他俩一起看着她。

“痛吗？”艾布拉问即将死去的女人，“但愿如此。我真希望你活活痛死。”

罗思的嘴角一扬，露出冷笑。人类的牙齿都不见了，此刻她口中只剩下那颗变了颜色的獠牙。牙齿上方的那双眼睛像蓝宝石一样飘浮着，还有生机。再然后，她就不见了。

艾布拉转向丹。她仍在笑，但已没有愤怒或无情的笑意。

（我担心你我怕她把你）

（她差一点就得逞了但有别人帮忙）

他指向栏杆断裂之处，折断的木头直指天空。艾布拉看了看，又看了看丹，不明白。他只能摇摇头。

现在轮到她指了，但不是向上，而是向下。

（曾经有个魔术师，也有一顶这样的帽子，他叫精彩神秘人）

（结果你把勺子都吊在天花板下了）

她点点头，但没有抬头和他对视。她仍在打量那顶帽子。

（你得把它彻底除掉）

（怎么）

（烧掉弗里曼先生说他戒烟了但他还会偷着抽我都闻得出皮卡车里的烟味他肯定有火柴）

“你必须毁掉它，”她说，“好吗？你保证？”

“好的。”

（我爱你丹舅舅）

（我也爱你）

她抱住他。他也把她环抱起来。就在拥抱中，她的身体变成了雨丝。然后成了雾气。再然后就消失了。

10

新罕布什尔州安妮斯顿小镇斯通家后院的台阶上，在即将暗沉入夜的沉沉暮色中，有个女孩坐了起来，站起身，轻微摇摆了一下，眼看着要昏倒。但她不可能昏倒在地，因为她的父母立刻冲到了她身边。他们合力把她抬进了屋。

“我还好。”艾布拉说，“你们可以把我放下来。”

他们小心翼翼地把她放下来。戴维·斯通紧挨着她，只要她膝盖一弯，他就能及时抱住她，但艾布拉稳稳地站在厨房里。

“丹怎么样？”约翰问。

“他很好。弗里曼先生撞坏了他的车——他只能那么做——还被割伤了，”她用手遮在他的半边脸，比划了一下，“但我认为没大碍。”

“他们呢？真结族呢？”

艾布拉对着空洞的掌心，吹了一下。

“没了。”又说，“有什么吃的吗？我真的好饿。”

11

对丹来说，“还好”这个说法有点言过其实。他走向比利的皮卡，在敞开的驾驶座里坐下，缓了口气。呼吸通畅了，他的神志也回来了。

我们是来度假的。他决定这么说，我想回博尔德看看，因为我小时候在那儿住过。然后我们就开车上山，想在世界之巅看看风景，但露营地里一个人影都没有。我的兴致上来了，和比利打赌说我可以把他的皮卡直接开到坡顶的观景台。我开得太快了，车子失控了，撞上了一根柱子。真的非常抱歉。该死的蠢柱子。

他会被罚很大一笔钱，但往好处想，就算让他测试酒精浓度，他这次也会安然通过。

丹朝仪表板储物盒里看，发现了一罐打火机补充油。没找到打火机——应该是在比利的裤兜里——但确实有两盒用了一半的火柴。他走到帽子边上，把油全洒在上面，浸湿了帽子。他再蹲下身，擦着火柴，把火苗凑近向上翻卷的帽檐。没用多久，帽子就变形了，但他走到上风口，一直等到它烧成灰烬。

味道难闻死了。恶臭。

当他抬起头，就看到比利深一脚浅一脚地朝他走来，不停地用袖子抹去脸上的血。他们一起把火踩灭，确保不留一星火花，以免引发森林大火。他们一边踩，丹一边告诉比利，等科罗拉多州的警察到这里，他们就按照他编好的说辞解释这一切。

“我得花钱把那玩意儿修好，肯定不是个小数目。还好我现在有点儿积蓄。”

比利不屑地哼了一声：“谁会追着你索赔？真结族只剩了一堆衣服，屁都没留下。我看过了。”

“可惜啊，”丹说，“世界之巅是属于伟大的科罗拉多州政府的。”

“噢！”比利说，“那也不公平，你明明是帮科罗拉多州，乃至整个世界除了一害啊。艾布拉呢？”

“回家了。”

“好。那就完事儿了？彻底了结了？”

丹点点头。

比利盯着罗思的高帽子的灰烬看：“烧得真他妈够快的。简直像是电影里的特效。”

“我猜想，那帽子很古老。”很有魔力，他想到但没说出口，*黑魔法之类的*。

丹走回皮卡车，坐进驾驶室，对着后视镜检视自己的脸。

“看到什么不该出现的东西吗？”比利问，“以前我老妈逮到我对镜自揽的时候老这么说。”

“没有。”丹说着，脸上绽出了笑容。纵是疲惫，但发自内心。“什么都没有了。”

“那我们报警吧，跟他们说我们出了车祸。”比利说，“一般来讲，我不喜欢招惹条子，但眼下我不介意多几个伴儿。这鬼地方让我汗毛凛凛的。”他狡黠地看了看丹，“鬼怪横行，是不是？所以他们才选中这个地方。”

原因正是如此，毫无疑问。但你不需要成为埃比尼泽·斯克鲁奇[①]就能知道：鬼灵也分好人、坏人。他俩下了坡，走向全景小屋的时候，丹停下来回望世界之巅。看到一个男人倚在破损的栏杆边时，他并不是太惊奇。那人扬起手，但透过他的手掌，能看到背后的波尼峰。就像丹从小到大都记得的那样，他做了一个飞吻的手势。丹记得很清楚。那是他俩道晚安的方式。

该上床啦，道克。好好睡。要是梦到一条龙，早上再跟我说。

丹知道自己会哭的，但现在不要。还不到时候。他抬起自己的手，贴近嘴唇，回给那人一个飞吻。

他又呆呆看了一会儿父亲的残影。接着跟上比利，继续往下走。等他们回到了停车场，他再回头去望。

世界之巅已空无一人。

---

① 埃比尼泽·斯克鲁奇（Ebenezer Scrooge），狄更斯小说《圣诞颂歌》中的主人公。

/

直到你睡去

恐惧的意思，意为面对一切，恢复正常。

——美国戒酒互助协会

周年庆

1

每周六中午举行的弗雷泽戒酒互助会是整个新罕布什尔州历史最悠久的互助会之一，最早可追溯到一九四六年，由胖子鲍勃创办，他和戒酒互助会的创始人比尔·威尔森有私交。胖子鲍勃罹患肺癌，早已入土为安。那时候，大多数想要戒酒的家伙都像人体烟囱，抽起烟来不要命。照老规矩，新会员只能闭嘴听话，把烟缸倒干净，但参加互助会的人还是络绎不绝。今天是特别会议，因为会议结束后将供应比萨和蛋糕。大多数周年庆活动都有这种福利，而今天要庆祝的是某位成员戒酒十五年。头几年里，他被称作丹，或丹·T.，但他在本地安养院里的功劳渐渐广为人知（互助会的内刊被戏称为《小道消息》不是没道理的），因而，现在大家都叫他医生——念起来就是道克。丹觉得这个绰号挺讽刺的，因为他的父母亲也曾这样叫他……当然，现在这个名号是褒义的。生命如轮，唯一的任务就是滚动，而且总是转回原位。

另一位真正的医生——约翰——应丹之邀，主持本次会议，按照既往流程进行。当兰迪说自己最后一次喝醉那天往警察身上狂吐了一通，有人笑了；但当他说道，一年后，他发现那个警察也出现在互助会上，笑声就更响了。麦姬说起（用互助会的说法则是分享）自己又一次失去共同抚养两个孩子的权利时，哭了起来。大家献上老一套的安慰和鼓励——虽是日复一日地重复，但只要你坚持，就会见效，在奇迹出现前千万别放弃——麦姬终于止住了哭声，开始抽噎。有人的手机响起来时，大家也一如往常地喊道：更高的能量要你关机！有个手抖的姑娘打翻了咖啡；老实说，没有人打翻咖啡的互助会才稀罕呢。

还有十分钟就一点了，约翰把篮子递出去（“因由奉献，我们才能自我扶持”），询问还有何事要说。为本次会议开场的特雷弗·K. 站了起来，一如往常地请求志愿者留下打扫厨房，收拾桌椅。约兰达·V. 颁发奖章：两枚白色的（二十四小时）、一枚紫色的（五个月——通常被叫做“邦尼奖章”）。也是一如往常地，她在发完奖章后说道：“如果你今天没有喝酒，就为你自己和你的更高能量鼓掌吧。”

他们鼓起掌来。

掌声消停后，约翰说：“今天我们要庆祝一位朋友戒酒十五周年。凯西和丹，你们愿意上台来吗？”

丹走向前的时候，大家又热烈鼓掌。为了配合拄着拐杖的凯西的步调，丹走得很慢。约翰递给凯西一枚印有 XV 字样的奖章，凯西把它高高举起给大家看。“我从没想过这家伙能有今天，”他说，“因为他一开始就是个 AA。我的意思是：有脾气的浑蛋[①]。”

虽然是个老梗，大伙儿还是尽责地哄笑起来。丹笑着，但心在狂跳。此刻，他只有一个念头：但愿自己别太怂，千万别因为接下去要做的事而昏倒。上一次他这么害怕，还是举目望着世界之巅观景平台上的高帽罗思那会儿，他使出浑身解数不让自己把自己掐死。

快点儿，凯西。求你了。你再讲下去，我的勇气就没了，明儿的早餐说不定都省了。

凯西大概也多多少少有点闪灵……也可能仅仅因为他看到了

---

① 此处为双关，AA 的原意是匿名嗜酒者（Alcoholics Anonymous），有脾气的浑蛋英文为 an asshole with attitude，也可以缩写为 AA。

丹眼神里的意思。反正他长话短说了："但他让我刮目相看，表现奇佳。每七个走进我们这扇门的酒鬼里就有六个出门后继续喝。那第七个就是我们为此努力的奇迹。站在你们面前的就是奇迹之一，真人出镜，丑到爆的大特写！道克，来拿奖吧，这是你应得的。"

他把奖章递给丹。一时间，丹还以为它会从自己冰凉的指尖滑下去，掉在地板上。但在它滑落之前，凯西帮他把手掌合起，拢住了奖章，又把丹僵硬的胳膊抬起来，主动制造了一个熊抱。他在他耳边轻轻说道："又一年啦，你个兔崽子。恭喜你。"

凯西一瘸一拐地走下过道，回到最后排的位置，那是他和别的老资格成员们的宝座。只剩丹站在前面，紧紧攥着十五年的奖章，手腕上的肌腱都鼓起来了。一群有酒瘾的人认真地瞪着他看，期待他滔滔不绝地讲述多年戒酒的心得：经验，力量，还有希望。

"几年前……"他开口了，又清了清嗓子，"几年前，我和坐在后头的那位跛脚绅士喝咖啡时，他问我是否完成了第五步：'向上帝、自己和另一个人坦承我们犯下的过错的本质。'我回答说，大部分都做到了。对那些没有我们这种特殊问题的人来说，那大概就足够了……所以我们才把他们叫做地球人。"

有人咯咯地笑起来。丹深吸气，告诉自己，如果他都敢面对罗思和她的真结族，他也应该可以面对这一次发言。但这一次确实不同。这次的丹不是救世英雄，而是个人渣。随着年岁渐长，他很明白每个人心里都有一个小人渣，但明白也没用，尤其在你想要清除心头隐恨的时候。

"他对我说，他觉得我有一道坎儿没过去，因为我觉得羞于启齿，因为那是我做的错事。他让我放下负担，让过去的事过去。他用来提醒我的话，几乎每次互助会上你们都听得到——你深藏不露的秘密越多，你就病得越重。他还说，如果我不讲出自己的秘密，到头来，早晚有一天我会发现自己手中握着一杯酒。凯西，大致是这样说的吧？”

凯西在房间的最后排点点头，双手叠放在拐杖头上。

丹感到眼底有些刺痛，那意味着眼泪就要涌上来了，他不禁默念，*上帝帮助我挨过这一遭，千万别让我以痛哭收场。求求你了*。

“那时我没说。好多年来我一直告诫自己，那是我永远不会说出口的事情之一。但现在我觉得他是正确的，如果我又开始喝酒，我一定会死。我不想那样。我现在的生活很有奔头，所以……”

泪水涌上来，该死的眼泪，但他刚开了头，现在决不能怯场。他用没攥着奖章的手抹了抹眼角。

“你们知道《互助会承诺》中是怎么说的吧？我们要学会不再为过去感到遗憾，不再视而不见。可我认为在互助会传颂的诸多真理中，那是一段屁话，请原谅我这么说。让我遗憾的事情很多，现在是时候敞开心扉了，哪怕我依然不想。”

他们在等待。甚至刚才负责把比萨饼切块、盛在纸盘上的两位女士也站到厨房门口，眼巴巴地望着他。

“我戒酒之前没多久，有一天，我醒来的时候，旁边躺着一个我在酒吧里勾搭的女人。我们在她的公寓里。那地方像个狗窝，因为她几乎一无所有。我可以得出这种结论，是因为我自己也几乎一无所有，我们两个大概出于同样的原因陷在破败的境地。你们都知道原因是什么。”他耸耸肩，“如果你是我们中的一员就知道，酒会夺走你的所有。先是一点点，然后加量，再然后，一切都没了。

“那个女人，她叫蒂尼。我记不得很多关于她的事情，但我记得她的名字。我穿上衣服就打算走，但走之前我拿了她的钱。结果，事实证明她终究有一样宝贝是我没有的，因为当我翻她的钱包时，她的儿子就站在那儿。穿尿片的小孩子。我和那个女人前一晚买了些白粉，还在桌子上放着。他看到了，想去拿。他以为那是糖。”

丹又抹了抹眼睛。

“我把白粉拿到他够不到的地方。我就做到了那个程度。太差劲了，但我只做了那么多。接着，我把她的钱塞进自己的口袋，离开了那地方。不管用什么代价，我都愿意重来一遍。但不可能。”

过道里的两位女士又走回了厨房。有些人开始看手表。谁的肚子叫了一声。看着台下近百号酒鬼，丹第一次发现一件震惊的事：别人不觉得他犯下了滔天大罪，甚至不能让他们感到惊异。他们听够了比这更糟糕、更离谱的事，有些人犯的错也更甚于此。

“好吧，”他说，“就是这样。谢谢你们听我讲。”

掌声响起前，坐在后排的一个老成员喊出了每场必答的问题：“你要怎么做，道克？”

丹笑了笑，给出了按部就班的正确答案：“一次救一天。”

2

祈祷完，吃过比萨和裱着 XV 字样的巧克力蛋糕，丹扶着凯西走回他那辆坦途。下起了雨夹雪。

“这就是新罕布什尔的春天，”凯西酸溜溜地说，“岂不美妙。”

“雨滴落，溅泥浆，”丹假模假式地唱诵道，“风何其猛！公车滑，溅得我们一身脏，该死的，讨人厌。”

凯西怔怔地看着他：“你胡诌的？”

“不是啦。埃兹拉·庞德。你打算这样一瘸一拐到什么时候？还不去换个髋关节？”

凯西咧嘴一笑：“下个月。我曾经作出决定，如果你肯讲出最重大的秘密，我就去修理屁股。”他停顿一下，“丹尼，这倒不是说你真有天大的秘密。”

“我也发现了。我以为他们会尖叫着从我面前逃跑呢。可是这倒好，他们只是站成一圈吃比萨，聊聊天气。”

“就算你对他们说，你杀了一个盲婆婆，他们也会留下来吃比萨和蛋糕的。免费的，不能错过。”他拉开驾驶座的车门，“推我一把，丹尼。”

丹尼推了他一把。

凯西笨重地调整身姿，总算舒服了，这才插进钥匙，发动引擎，让雨刷把雨夹雪拂去。“只要说得出口，就不再是大事，”他说，“我希望你把这条心得传授给你的徒弟们。”

“遵命，智者。”

凯西用悲悯的眼神看着他：“去死吧你，宝贝儿。”

“事实上，”丹尼回答，“我要进去帮忙收拾桌椅。”

那就是他接下来做的事。

直到你睡去

1

艾布拉今年的生日派对上没有魔术师，也没有气球。她十五岁了。

但确实有半条街都听得到的摇滚乐，戴维·斯通——在心灵手巧的比利·弗里曼的协助下——安好了户外音响。孩子们占据了楼下的起居室和后花园，从喧闹声来看，他们玩得挺痛快。到了五点钟，孩子们陆续离去，但爱玛·迪恩——艾布拉最要好的朋友——留下来吃晚饭。穿着露肩上装和红裙的艾布拉兴高采烈。她翻来覆去地看着丹送给她的漂亮手镯，拥抱他，亲吻他的脸颊。他闻起来有香水的味道，那可是稀罕事。

艾布拉送爱玛回家，两个女生叽叽喳喳地走了出去。这时候，露西凑到丹跟前。她嘟着嘴，眼圈有几根新冒出来的细纹，还有了几根灰发。艾布拉似乎已把真结族抛到了脑后，丹却觉得，露西至今也没放下心来。“你愿意和她谈谈吗？关于那些盘子？”

“我打算去后花园，看看河边的夕阳。等她从迪恩家回来，你可以让她出来找我。”

露西好像卸下了包袱，丹觉得戴维也有同感。在他们眼里，她将永远是个难解的谜。如果告诉他们，她在丹心目中也很神秘，这会帮到他们吗？未必。

“祝你好运，老大。”比利说。

后花园的台阶，正是在这里，艾布拉曾经毫无知觉地瘫软下来。约翰·道尔顿跟着丹一起出来了："我会在精神上支持你，不过，这件事恐怕要你独自承担。"

"你试过和她谈谈吗？"

"试过。露西请求我的。"

"没用？"

约翰耸耸肩："她几乎避而不谈。"

"我也是。"丹说，"在她这个年纪。"

"但你从没把你妈妈古董餐具柜里的每个盘子都打烂，是不是？"

"我妈妈根本没有古董餐具柜。"丹说。

他沿着缓坡往下走，一直走到斯通家后花园毗邻萨科河的地方。快要下山的夕阳金光铺洒，河面上宛如游动着一条闪闪发光的红蛇。很快，山峦就要吞没最后一线阳光，河面就会暗沉为灰色。以前，这里有一道铁链围栏，以防小孩坠落河中，现在已换成了一排装饰性的灌木。去年十月，戴维把围栏拆下来，他说艾布拉和她的朋友们都长大了，不需要那种防范措施了。再说，她们各个都擅长游泳。

不过，当然还会有别的危险。

2

当河面渐渐褪隐出玫瑰灰，艾布拉来到了他身旁。他不用回头看就知道她在后面，也知道她在裸露的肩膀外披了件毛衣。新罕布什尔中部春寒料峭，哪怕最后一场雪早下完了，夜里的温度还是会迅速下降。

（我喜欢新手镯丹）

她已经习惯省去舅舅的称谓了。

（那就好）

“他们希望你和我谈谈盘子的事。”她说出口的话反而没有她的意念那种热切的感觉，现在，连意念也没有了。非常诚挚地感谢他之后，她就把自己的内心世界封闭起来了，包括对他也没有开放。她已经精于此道了，每过一天，技艺就更精湛。“是不是？”

“你想和他们谈论这事儿吗？”

“我对她说过了，我很抱歉，我不是故意的。我认为她不相信我。”

（我相信）

“因为你懂，而他们不懂。”

丹没说什么，仅仅递出一个念头：

（？）

“不管什么事，他们都不相信我！”她的心声脱口而出，“太不公平了！我又不知道詹妮弗家傻了吧唧的派对上有酒，而且我根本没喝一口！但是，她竟然让我禁足整整他妈的两星期！”

（？？？）

没回应。现在，河面几乎完全成了暗灰色。他斗胆看了她一眼，发现她正低头盯着自己的跑鞋——红色的，和红裙很衬。她的脸颊红通通的，也很配红裙。

“好吧。”终于，她开口了，尽管还是不肯正视他的眼睛，但嘴角现出了一丝勉强的笑意。“骗不了你的，是不是？我只咽了一口，就想尝尝那是什么味道。那也没什么大不了的嘛。我猜想，我回家后她闻到了我嘴巴里有酒气。你猜怎么着？根本没什么了不起的，太难喝了！”

丹没有回应这个论断。要是他告诉她，他第一次喝酒的时候也觉得很难喝，也一样觉得喝酒没什么大不了的，根本算不上天大的秘密，她肯定会觉得那不过是成年人瞎说的，因而听不进去。孩子长大了，你就不能用教条的办法限制他们，也不能灌输他们该怎么做。

“我真的不是故意打碎盘子的。”她嗫嚅地说道，“纯属意外，我跟她说过了。只是因为我太生气了。”

“那是你本能的反应。”他想起了艾布拉站在变身中的高帽罗思面前。痛吗？艾布拉问那个看似即将死去的女人（只有骇人的独牙表明了她和普通人的不同），但愿如此。我真希望你活活痛死。

“你要教训我吗？”语气里有一丝轻蔑，“我知道那是她想要的。”

“我笨嘴拙舌，不会教训人，但我可以给你讲个故事，是我妈妈讲给我听的。关于你的曾祖父，也就是杰克·托伦斯的爸爸。你想听吗？”

艾布拉耸耸肩，意思是说：你想说就说吧。

“唐·托伦斯不是像我这样的护工，但也有点类似。他是个男护士。到了晚年，他要拄着拐杖才能走路，因为他的腿在一次车祸中被撞坏了。有一天晚上，在餐桌边，他用拐杖打了他老婆。没有任何原因，就那么突然地抽打起来。他打断了她的鼻梁骨，打破了她的头皮。她从椅子里滑下去，倒在地板上，他站起来，继续打。据我爸爸对我妈妈说，要不是布雷特和迈克——他们是我的叔叔——把他拉走，他肯定会把她活活打死的。医生赶到的时候，你的曾祖父正跪在地板上，手边是他的小医药箱，他正不遗余力地救治她。他说，她跌下了楼梯。你的曾祖母——艾布拉，你没见过的另一位婆婆——赞同他的说法。孩子们也一样。”

“为什么？”艾布拉气呼呼地问道。

“因为他们害怕。后来——在唐死后很久——你爷爷折断了我的胳膊。后来，在全景——也就是现在世界之巅所在地——你爷爷又差点儿把我妈妈打死。他用的不是拐杖，而是一根槌球棒，但其本质是一模一样的。”

“我懂了。”

“又过了很多年，在圣彼得堡的酒吧里——”

“别说了！我说了，我懂了！”她在颤抖。

“——我用一根桌球杆把一个人打得昏迷不醒，就因为我打偏的时候他笑了一声。那之后，杰克的儿子、唐的孙子穿了三十天的橙色连衣裤，在41号高速公路边捡垃圾。”

她别过身去，哭了起来：“谢谢你，丹舅舅。谢谢你毁了……”

他的头脑里出现整幅的画面，瞬间盖过了河水的景象：一只烤焦了、冒烟的生日蛋糕。在某种情况下，这个画面会很搞笑，但不是现在。

他轻轻扳着她的肩膀，让她转身面对他：“没什么需要懂的，没有什么意义，只不过是几个家族故事。用永垂不朽的猫王的名言来说，这是你的宝贝，你来折腾。”

“我不明白。”

“日后你可能会写诗，像孔切塔那样。也可能用意念把某人从高台推下去。”

“我决不会……罗思是罪有应得。”艾布拉仰起哭花的脸迎向他。

“没有异议。”

“那为什么我会梦到？为什么我希望那一切都不要发生？她可能把我们杀了，为什么我还希望自己没有那么做？”

“你是希望没有杀她？还是希望没有杀人的乐趣？”

艾布拉垂下头。丹很想拥抱她，但忍住了。

“不说教，也不讲大道理，只是将心比心。警醒的人会有愚蠢的冲动，但当你完全清醒，就会发现已进入人生的新阶段。对你来说这是很艰难的事，我明白。对任何人都很难，但大部分少男少女都没有你的超能。你的武器。”

“我怎么办？我能怎么办？有时候我会非常愤怒……不止是

对她，还有老师……学校里那些自以为是的小屁孩……还有那些笑话你运动能力差、穿错衣服的家伙……”

丹想起凯西·金斯利曾经给他的建议：“去垃圾堆。”

“什么？”她瞪着他看。

他传送给她一幅画面：艾布拉用不同凡响的超能力——还没到达峰值，难以置信，但确实还不知她的上限——把废弃的冰箱扔个底朝天，让坏掉的电视机爆炸，把没用的洗衣机甩开。惊起一群海鸥。

现在她不瞪他了，咯咯笑起来：“有用吗？”

“在垃圾堆里撒野，总比砸烂你妈妈的宝贝盘子强多了。”

她歪着脑袋，用欢快的眼神注视他。他们又是好朋友了，真好。“但那些盘子真的好——丑！”

“你愿意试试吗？”

“愿意。”从她的表情来看，她简直急不可耐地想去试试了。

“还有一件事。”

她严肃起来，等他讲。

“你不用非得当别人的出气筒。”

“那倒挺好的，不是吗？”

“是好事。只要记住一点：你愤怒，就会制造危险。记——”

他的手机响了。

“你该接这通电话。”

他扬了扬眉：“你知道是谁打来的？”

“不知道，但我觉得事情挺紧急的。”

他从兜里掏出手机，看到屏幕上显示：**利文顿安养院**。

“喂？”

“丹尼，我是克劳德特·艾伯森。你能来吗？”

他在脑海中飞快地扫描一遍写在他黑板上的病人名字：“阿曼达·李科？还是杰夫·凯尔洛克？”

都不是。

“如果你能来，最好立刻动身，趁他还有意识，”克劳德特说着，犹豫了一下，“他亲自要求你来。”

“我会去的。”但如果情况像你说得那么糟，等我赶到，他恐怕已经死了。丹挂了电话，“亲爱的，我得走了。”

“哪怕他不是你朋友，哪怕你根本不喜欢他？”艾布拉若有所思地问道。

“哪怕。是的。”

“他叫什么？我没听到。”

（弗雷德·卡林）

他把名字写在意念里，然后环抱她，紧紧地、紧紧地拥抱她。艾布拉也一样。

“我会试试的。”她说，“我会试着去撒野。”

“我知道你一定会。”他说，“我知道。听着，艾布拉。我非常爱你。”

她说：“真高兴。”

3

四十五分钟后他赶回了安养院，克劳德特在护士办公室。他问了一个问过几十次的问题：“他还在吗？”好像问的是一趟即将发车的巴士。

“勉强。”

“有意识？”

她挥了挥手：“时有时无。”

“艾奇？”

“在那儿待了一会儿，但爱默生医生进去后，它就溜走了。爱默生医生现在不在那间病房，他去查看阿曼达·李科了。他前脚走，艾奇后脚就回去了。”

“没有转送医院吗？”

“没法转。还不行。119公路过城堡岩的地方有四车追尾事故，很多人受伤。四辆救护车在路上，还有直升救援机。有些人送医院还有救，但弗雷德……”她耸耸肩。

“出了什么事？”

“你知道我们那位弗雷德——只吃垃圾食品的大胖子，麦当劳就是他的第二个家。有时候他横穿克莱默大道的时候会看看车，有时候根本不看，就指望着别人停车让他走。”她皱起鼻头，吐出舌头，好像小毛孩刚刚吃了什么难吃的东西。大概是芽甘蓝。“那种做派。”

丹知道弗雷德的日常习惯，也清楚他是什么做派。

“他跑出去买奶酪汉堡当晚餐。”克劳德特说，“警察扣留了撞到他的女司机——那女人醉得都站不直了，我听说是这样——把她送进牢房了。警察把弗雷德送到这里。他的脸都被撞碎了，胸部和骨盆粉碎性骨折，一条腿几乎被碾断了。要不是爱默生医生在当班查房，弗雷德恐怕当场就死了。我们帮他做了伤口检测，止了血，但就算他状态最好的时候……亲爱的老弗雷德也绝对不是健康人士……”她耸耸肩，“爱默生说，城堡岩的车祸现场处理完后，他们会派一辆救护车来，但他应该撑不到那个时候。爱默生医生不肯明说，但我相信艾奇。你最好快点去，如果你要去的话。我知道你从来也没正眼看过他……”

丹想起那个护工在可怜的老查理·海耶斯的手臂上留下的指痕。很抱歉听到这消息——当丹告诉他老人去世了，卡林就是这么回答的。舒舒服服在最喜欢的椅子里摇来摇去的弗雷德，还嚼着薄荷糖。但他们来这儿不就是为了这事儿吗？

现在，弗雷德就在查理去世的那间病房里。生命如轮，兜兜转转，总会转回起点。

4

阿兰·谢泼德套间的房门半掩着，但出于礼貌，丹还是敲了敲门。甚至在走廊里就能听到费雷德·卡林呼哧呼哧、带着咳音的呼吸声，但这丝毫没有影响艾奇蜷成一团窝在床脚。卡林躺在胶皮床垫上，除了沾了血迹的四角短裤，周身上下赤裸着，裹了很多绷带，但已有多处渗血。他的脸变形了，身体扭曲了，不同的部位各自扭向三四个方向。

"弗雷德？我是丹·托伦斯。你能听到我说话吗？"

仅剩的一只眼睛睁开了。呼吸加重了。急促而嘶哑的一声大概就是他在说是的。

丹走进洗手间，用热水浸湿了一块布，拧干。这些都是他做了无数遍的琐事。当他回到卡林的床边，艾奇站了起来，弓下背脊，伸了个十足猫类的大懒腰，跳到了地板上。它一眨眼就不见了，去继续日常的夜间巡逻。它现在有点跛足。作为猫，它实在有一把年纪了。

丹坐在床边，用湿布轻轻擦拭弗雷德·卡林尚且完好的那半边脸。

"痛得厉害吗？"

又响起嘶哑的呼哧声。卡林的左手拧成一团，手指都断了。丹只能拉住他的右手："你不需要讲话，只需要告诉我。"

（现在没那么疼了）

丹点点头："好，那就好。"

（但我很怕）

"没什么要怕的。"

他看到弗雷德六岁时和哥哥在萨科河里游泳，弗雷德老是去拽泳裤的后腰，以免它滑下去，因为那条泳裤和他拥有的每一样东西一样，都是哥哥们传下来的，现在穿还太大。他看到弗雷德十五岁在布里奇顿汽车旅馆里亲吻一个姑娘，抚摸她的胸脯时，闻着她身上的香水味，企求这一夜永远不要结束。他看到弗雷德二十五岁沿着汉普顿海滩，跟着路圣重机车队雄赳赳地骑在哈雷FXB摩托车上，斯特吉斯摩托车赛专用型，真棒。他的身体里灌满了安非他命和红酒，那天爽爆了，在震耳欲聋的轰鸣声中，在闪闪发光的车队里，每个人飞驰而过，生命如烟花绽放。他也看到了卡林的公寓——生前的公寓——还有一条小狗陪着他，它叫勃朗宁。勃朗宁不是纯种犬，只是一条不起眼的杂种狗，但很聪明。有时候，它会跳到护工的膝头，他俩一起看电视。勃朗宁让弗雷德心神不定，因为它肯定在等弗雷德回家，带它出去散个步，再往它的食盆倒满肉汤狗粮。

“不用担心勃朗宁，”丹说，“我认识个女孩，她会喜欢照顾它的。她是我外甥女，今天又是她的生日。”

卡林抬起那只完好的眼睛看着他。他的呼吸声已趋于低缓，听起来像是进了灰的引擎在转。

（你能帮我吗　　求你了医生　　你帮帮我）

好的。他可以帮。这是他能行使的圣职，用他天生的才能。现在利文顿安养院里静悄悄的，真的，非常宁静。有扇门，在很近的地方，慢慢敞开。他们抵达了生死界。弗雷德·卡林抬头看着他，问那是什么。问怎么做。其实很简单。

“你只需长眠。”

（别离开我）

“不会，”丹说，“我在这里。我会留在这里，直到你睡去。”

现在，他用双手拢住卡林的右手。露出微笑。

“直到你睡去。”他说。

二〇一一年五月一日—二〇一二年七月十七日

后　记

我在斯克里布纳出版社出的第一本书是《尸骨袋》，那是在一九九八年。急于取悦新合作伙伴的我为那本小说做了一次巡回书展。在某场活动的签售环节上，有人问："嘿，有没有想过《闪灵》里的小孩后来怎样了？"

关于那本老书，这也是我经常问自己的问题。随之而来的还有一问：如果丹尼酗酒的父亲遇到了戒酒互助会，他会怎样？用互助会的说法来讲，他竭尽全力想要戒酒，但那种清醒的状态反而令他神经紧绷，让人捏一把汗。

在写作《穹顶之下》和《11/22/63》的时候，这个想法也从未彻底被我忘却，时不时就想起来——冲淋时，看电视时，或在收费高速公路长途驾驶时。我会不知不觉地算起丹尼·托伦斯的年纪，猜测他在哪里。更不用说他母亲了，杰克·托伦斯毁灭性地惊醒时，她这个无辜的善人也被永远留在了噩梦里。用时下的说法来说，温迪和丹尼是互相依赖的共生体，出于爱和责任，他们和另一位有酒瘾的家庭成员紧密地联系在一起。二○○九年，我有个正在戒酒恢复期的朋友对我讲了一句笑话："当互相依存的两人之一溺水了，眼前会浮现另一人的生平。"这句话猛然触动了我，因为太真实了，一点儿不可笑。我想，就是在那个时刻，《长眠医生》的写作成了无法避开的事。我必须知道他们的结局。

我有没有感到无从下笔？你就信吧。人们谈及我的小说把他们吓得屁滚尿流的时候，总会提到《闪灵》（还有《撒冷镇》《宠物公墓》和《它》）。而且，当然了，还有斯坦利·库布里克翻拍的同名电影，很多人都认定那是他们看过的最吓人的电影——我从来没搞懂原因——因而记得很牢。（如果你看过电影，但没有读过小说，你要了解一点：《长眠医生》是《闪灵》的续篇，在我看来，不妨说是托伦斯家族正史。）

我愿意去想，我对于自己的职业还是很拿手的，但没什么能比拟一段真正恐惧的回忆，我是认真的，完全没有，尤其是对于一个容易受到影响的年轻人。希区柯克的《惊魂记》起码有一个无与伦比的续集（米克·加里斯导演的《惊魂记IV》，安东尼·博金斯重新演绎了自己曾扮演过的诺曼·贝茨），但看过的人——包括看过其他版本的续集——只会摇摇脑袋，说不，不，没有原版好。他们记得的是第一次看到珍妮特·李的情形，无论翻拍还是拍续集，浴帘被拉开、刀子划下来的那个瞬间的惊悚都不可能被超越。

人也在变。写出《长眠医生》的这个人和写出《闪灵》的那个有酒瘾的好心人相差很大，但两人都对一件事情感兴趣：讲一个绝妙的好故事。再次找到丹尼·托伦斯并跟随他历险，这让我很享受。我希望你们也能乐在其中。如果真这样，忠实的读者，我们就都满意了。

说再见之前，请允许我借此机会感谢那些值得被感激的人，好吗？

南·格拉汉姆出色地编辑了这本书。谢谢你，南。

恰克·弗瑞尔，我的经纪人，卖出了这本书。那是很重要的，但他还帮我接听了所有电话，喂我吃了几勺咳嗽糖浆。那些也是不容小觑的事。

拉斯·杜尔负责搜集和查验资料，但如果有错误，请归咎于我的误解。他为一位有名的内科医生担任助理，像地道的北欧魔头一样精力充沛。

克里斯·罗茨在我需要意大利文的时候有求必应。谢啦，克里斯。

洛基·伍德，在我需要任何相关《闪灵》的信息时，他都能帮我排解难题，提供我要么忘记要么弄错的姓名和日期。他还为我搜集整理了每一种现有的旅宿车和露营地的相关资讯（最酷的莫过于罗思的陆巡舰）。洛基比我还了解我的作品。有时间上网搜索一下他的名字吧。他的网站时有更新。

我的儿子欧文在读过本书后给我提出了宝贵意见。最主要的一点是：他坚持让我们看到丹坠入谷底，用戒酒成功的前酒鬼的话来说就是“见瓶底儿”。

我太太也读过《长眠医生》，帮我把它修改得更好。我爱你，塔比莎。

也要感谢你们，诸位读者。愿你们天长夜爽。

请让我用一则警示作为结语：当你们在美国高速公路上行驶时，小心那些温尼贝戈和莽汉旅宿车。

你决不会猜到谁——或是什么——在车里。

缅因州，班戈